PREMIÈRE PARTIE

1

« Tu vas aimer ma fille, tu verras, dit Peter à Emma. Quoi qu'elle fasse. Même si elle te mord. »

Emma le dévisagea, se demandant s'il fallait en rire, mais Peter, qui conduisait, ne tourna pas la tête. Elle détailla son profil à la recherche d'indices : le long nez droit, l'œil bleu, sérieux, enfoncé dans l'orbite. La ligne de la bouche était sévère, et le ton sur lequel il s'était exprimé dénotait moins la gaieté que la réprobation. Troublée, Emma se détourna, gardant elle aussi les yeux fixés sur la route.

« Je vais sûrement l'aimer », affirma-t-elle, polie.

C'était pourtant un constat d'alarme. Comment interpréter ce que venait de dire Peter ? Voulait-il prévenir Emma que sa fille était difficile ou lui rappeler qu'elle n'avait de toute façon pas le choix ? Dans un cas comme dans l'autre, la mise en garde était superflue. Il était évidemment important qu'Emma s'attache à la fille de Peter, et évident aussi que l'enfant était difficile. Cependant, Peter avait peut-être tout autre chose en tête… peut-être s'agissait-il juste d'une plaisanterie maladroite, angoissée. Emma n'osa pas lui poser la question.

Ils se voyaient depuis maintenant quatre mois. Si, la plupart du temps, Emma en retirait l'impression qu'ils n'avaient plus guère de secrets l'un pour l'autre, il lui arrivait encore de traverser des moments très déroutants – mares noires de silence surgies à l'improviste dans un paysage ouvert et changeant. Il faut si longtemps pour connaître quelqu'un, se disait-elle, pour saisir facilement, d'un coup, le sens d'une remarque, d'une inflexion. Marié, on considère que cela va de soi. Quand on doit tout reprendre de zéro, en revanche, il devient si lent d'apprendre à connaître l'autre par cœur. L'entreprise, parfois, lui paraissait impossible.

Elle vivait avec la peur que Peter découvre sur elle des choses qu'il n'aurait jamais imaginées, des choses qui le dresseraient irrémédiablement contre elle. Elle l'avait vu un jour enlever une paire de gants humides, en déshabiller ses doigts, en débarrasser sa chair et les jeter d'une chiquenaude en masse informe sur un siège, où ils restèrent un moment suspendus avant de tomber par terre. Voilà, imaginait-elle, ce qui lui arriverait si elle le décevait.

Emma regarda par la fenêtre. Ils roulaient le long de Park Avenue, à la hauteur des numéros 70. Les grands immeubles se dressaient de chaque côté, solides, immuables, avec leurs façades de pierre claire, leurs hautaines marquises de toile. Des portiers autoritaires et cassants, en uniforme et casquette à galon, montaient la garde devant chaque porte. C'était là un quartier qu'Emma connaissait bien : jusqu'alors, sa vie d'adulte s'était pour l'essentiel déroulée à proximité immédiate de Park Avenue et de son étroit sillon vert, de si grande allure malgré la suie et la fumée. Six ans plus tôt, lors de son arrivée à New York, elle avait été hébergée par des amis de ses parents dans la minuscule chambre de bonne d'un immense duplex, à l'angle de Park Avenue et de la 81e Rue. Après son mariage avec Warren, elle s'était installée dans la 92e, entre Park Avenue et Madison Street. La femme et la fille de Peter – lui aussi, autrefois – vivaient au coin de Park Avenue et de la 68e Rue.

Ce jour-là, Emma accompagnait Peter qui allait chercher Amanda, sa fille âgée de sept ans. Il déjeunait avec elle tous les dimanches, mais c'était la première fois qu'Emma devait être de la partie. Elle était à la fois heureuse et flattée que Peter lui ait demandé de venir.

« Tu sais que j'ai déjà vu Amanda, lui rappela-t-elle dans la voiture.

— Ah bon ? Quand ça ?

— Le soir où nous nous sommes rencontrés, au cocktail.

— Je l'ignorais, dit Peter.

— Ce fut très bref. Elle m'aura sans doute oubliée, mais je m'en souviens bien. »

Ils étaient arrêtés au feu de la 68e Rue. Devant eux, la large avenue s'incurvait en pente douce, allant en s'étrécissant vers la majestueuse silhouette de la gare de Grand Central, adossée à l'austère et froid parallélépipède de l'immeuble de la Pan Am. Les arbustes persistants bien taillés et régulièrement espacés des étroits massifs qui partageaient Park Avenue alignaient comme des portées musicales leurs cordons verts uniment tendus entre les hauts immeubles de pierre. L'ensemble composait une perspective nette, méthodique, avec à l'aplomb le ciel de février, d'un bleu pâle lumineux.

Une femme noire entre deux âges vêtue d'un manteau trop long traversait l'avenue juste devant la voiture. Elle tenait par la main une petite fille blanche. L'enfant – parka rose vif, pantalon en velours côtelé vert, bottines écarlates – traînait les pieds, l'air boudeur, le corps penché en arrière selon un angle de résistance opiniâtre. Elle ne portait pas de chapeau, et ses cheveux s'ébouriffaient en halo rebelle autour de sa tête. La femme la remorquait avec fermeté, sans tenir compte de sa mauvaise grâce. Au milieu de la rue, elle se retourna pour lui adresser quelques mots – sans doute une menace, à en juger par son expression. La gamine se renfrogna plus encore. Quand elles repartirent, elle ne s'arc-boutait plus mais chacun de ses pas était récalcitrant, lourd de rancœur. Les bottines glissaient à regret sur la chaussée, elle se tenait tête baissée. La femme continuait d'avancer, se désintéressant d'elle.

Les enfants n'ont pas le choix, ils sont à notre merci, pensa Emma. Au moins, et elle s'en réjouit, la petite fille avait refusé de mettre son chapeau.

« Que faisait Amanda quand tu l'as vue ? » s'enquit Peter.

Un sourcil haussé, interrogateur, il la dévisageait de son regard bleu impérieux. Peter était avocat, et lorsqu'il lui posait des questions Emma avait parfois l'impression de subir un contre-interrogatoire.

« Oh, pas grand-chose. Caroline lui faisait faire le tour de la pièce pour la présenter aux invités. Amanda n'avait pas l'air enchantée.

— C'est bien de Caroline. Et c'est bien d'Amanda », commenta Peter.

Le feu passa au vert. Il engagea le véhicule dans la 68e Rue et s'arrêta devant son ancien immeuble. Le portier, petit et agile, martial dans son lourd manteau chamois aux épaulettes massives, s'avança aussitôt vers la portière.

« Bonjour, Sam, le salua Peter.

— Bonjour, monsieur Chatfield », répondit le portier d'une voix forte en portant la main à sa grande casquette. Ses yeux noirs étincelaient, et le long manteau aux plis raides l'enveloppait presque tout entier.

« Je reviens tout de suite », ajouta Peter en sortant de la voiture.

Le portier jeta un regard à Emma et eut un petit hochement de tête, cassant mais neutre.

Restée seule, Emma regretta que Peter ait choisi de s'adresser au portier plutôt qu'à elle. Elle le suivit des yeux alors qu'il pénétrait dans cet édifice où il possédait toujours un appartement. Derrière l'épaisse porte de verre, elle aperçut le liftier qui s'avançait pour le saluer. Tout le monde, ici, connaissait Peter ; sans doute allait-il rencontrer un ancien voisin dans l'ascenseur… Le front pressé contre la vitre à la manière des enfants, Emma l'observait qui attendait devant la porte de l'ascenseur. La haute silhouette masculine en pantalon de velours côtelé un peu râpé et vieil imperméable se perdit peu à peu dans le flou, brouillée, indistincte. Ce fut en vain qu'Emma plissa les yeux pour rendre à l'image sa netteté : Peter disparaissait derrière un écran de fumée. Le visage presque écrasé contre la vitre, elle le fixait de toutes ses forces, en pure perte, pour le retenir. Intriguée, elle se recula et s'aperçut alors que sa propre angoisse était la cause de ce phénomène : son haleine avait projeté un cercle de buée s'élargissant sur la vitre, un pâle film de ténèbres qui lui masquait Peter. Sans plus s'en approcher, elle contempla le verre, qui, en séchant, se laissait gagner par la clarté.

La porte de l'ascenseur reparut, mais Peter n'était plus là. Le panneau coulissant s'était sombrement refermé derrière lui, et il se trouvait à présent dans le caveau calme de l'ascenseur, montant de son plein gré vers sa femme, sa fille, son appartement, sa vie passée. Neuf ans durant il avait été partie intégrante du couple de M. et Mme Chatfield, au onzième étage. Qu'allait-il faire, une fois là-haut, qu'allait-il dire ? Jusqu'à quel point peut-on se fier à un homme engagé dans une procédure de divorce ? Un homme qui revient sur la parole donnée à son épouse, sur tout ce qu'il lui avait promis ?

Le portier ressemblait à une statuette de guerrier : le menton en avant, les deux jambes écartées d'un pas sous l'énorme manteau, une main gantée sur le sifflet dont il se servait pour héler les taxis, il ignorait résolument Emma, qui avait l'impression d'être une intruse garée en stationnement interdit devant son immeuble. Elle se détourna, préoccupée par ce qui pouvait bien se passer au onzième.

Emma n'était allée chez les Chatfield qu'une seule fois, un an plus tôt, alors qu'elle était encore mariée avec Warren. Warren faisait partie d'un conseil d'administration où siégeait aussi Caroline, la femme de Peter, qui pour cette raison les avait invités à un cocktail. En sortant de l'ascenseur, ce soir-là, Warren et Emma avaient découvert le large palier au sol dallé de marbre noir, aux murs tapissés de rayures jaunes et blanches. La porte d'entrée, grande ouverte, donnait accès à des pièces où se pressait une foule bourdonnante, colorée. Beaucoup d'espace, des plafonds hauts, des surfaces lisses étincelantes : tables au plateau de bois poli ; figurines de porcelaine sur le manteau de la cheminée ; au-dessus, un grand miroir de Venise. Les tresses des embrasses chargées de glands retenaient d'immenses rideaux de satin galonnés d'or terni.

Des chandeliers en argent aux branches serpentines se faisaient pendant sur la desserte en acajou.

Ils s'attardèrent un moment dans l'entrée. Un serveur en veste blanche s'approcha, leur tendant un plateau d'argent garni de verres à pied remplis d'un vin jaune paille. Emma et Warren en prirent chacun un.

« C'est vraiment somptueux, déclara Emma en jetant un regard alentour.

— Je te l'avais dit, se rengorgea Warren avec une satisfaction de propriétaire. Bonsoir, Caroline », ajouta-t-il pour saluer la femme en robe d'un bleu éclatant qui s'avançait vers eux. Il parlait fort, sur un ton de jovialité un brin mielleuse, comme ses manières. Il ne pouvait échapper à Emma que Caroline l'impressionnait.

« Warren, quel plaisir ! »

Caroline Chatfield était belle, assez grande et presque plantureuse, sensuelle. Elle planta deux baisers autoritaires sur les joues de Warren, avant de s'écarter avec un sourire professionnel à l'adresse d'Emma.

« Ma femme, Emma », annonça Warren en couvant Emma du même regard approbateur que Caroline. Emma se sentait dans la peau d'une candidate devant un jury d'examen.

Caroline lui tendit la main puis, joignant les talons, serra la sienne en s'inclinant dans une petite révérence de parodie. Ses cheveux striés de mèches blondes lui arrivaient aux épaules. Les yeux étaient d'un bleu très clair, le nez pointu. Elle portait des boucles d'oreilles en or, et un rang de perles se détachait nettement sur l'empiècement de sa robe – une robe coupée dans de la soie indigo, à manches longues, à col montant, riche de détails discrets : petites fronces impeccables, petits plis cousus.

« Je suis *ravie* que vous soyez venue, affirma Caroline avec énergie. On vous a servi à boire ? Ah, oui, je vois que c'est fait. » Puis, tournée vers Warren, l'air soudain sérieux, sec : « Il faut absolument qu'on se voie, tous les deux. Le projet d'appel de fonds exceptionnel paraît très compromis.

— Vraiment ? s'étonna Warren, sourcils haussés et sourire de conspirateur.

— Tu as vu Cynthia, à ce propos ? (Warren fit signe que non. Il buvait du petit-lait.) Je n'attendrais pas trop si j'étais toi, lui conseilla Caroline en hochant la tête d'un air entendu.

— Je crois que nous avons des arguments pour convaincre Cynthia », répondit-il.

Sur ce, Caroline se tourna vers Emma, la mine enjôleuse : « Il faut nous pardonner cet aparté professionnel. Votre mari est un trésor. C'est une telle chance, pour nous, qu'il soit au conseil. (Warren était aux anges.) Grâce à lui, les choses bougent, enfin.

— Je n'en doute pas, sourit Emma, marquant ainsi son refus d'énumérer les mérites de son mari.

— Oh, vous savez tout ce qu'il faut savoir sur Warren, bien sûr, poursuivit Caroline, plus distraitement. Tiens, voilà Serena. Il faut que je lui parle avant qu'elle s'en aille. Je suis très contente de vous connaître, lança-t-elle à Emma. Excusez-moi, j'espère que nous aurons plus de temps tout à l'heure. »

Puis elle s'éloigna pour fendre la foule en faisant osciller avec assurance les plis soyeux de la longue jupe.

Warren la suivait du regard. Il se tenait plus droit, gonflé de fierté, stimulé.

« C'est quelqu'un ! s'extasia-t-il.

— En effet, dit Emma sans s'engager davantage.

— Quelle femme élégante ! Elle est toujours comme ça, tu sais. Vraiment, elle s'arrange à la perfection. Les cheveux, les vêtements, les bijoux... »

Emma perçut la critique mais ne releva pas. Elle venait de Cambridge, dans le Massachusetts, où la frivolité s'attirait la réprobation, où le souci des apparences passait pour une marque de vulgarité. Dans ce milieu, la beauté de même que les bijoux sont affaire d'héritage : on les tient de famille ou bien on s'en passe.

Emma se méfiait des femmes qui, telle Caroline, soignaient leur personne avec tant d'énergie, tant d'application, et prenaient si manifestement plaisir à se présenter sous des dehors lisses et soignés, éblouissants, hors de prix. En leur présence, elle était partagée entre la désapprobation et l'envie : Caroline montrait à quel point on peut paraître sûre de soi.

« J'aimerais te présenter Peter, aussi, disait Warren. Vous travaillez dans le même rayon, tous les deux. Il possède une magnifique collection d'objets d'art. Il te plaira. »

Il s'exprimait en patron et en propriétaire – en homme qui a la situation en main.

Emma garda le silence. Les gens à la tête de magnifiques collections d'objets d'art ne lui plaisaient pas toujours. Ils se comportaient souvent de façon bizarre, quand ils apprenaient qu'elle travaillait pour une revue d'art : ils adoptaient alors un ton de voix pressant, se penchaient trop près pour converser. Emma se sentait vite suffoquée par la trop bonne opinion qu'ils avaient d'eux-mêmes. Ils insistaient pour lui montrer leur collection au grand complet, dans ses moindres détails. Ils se réclamaient de grands conservateurs de musée, qui, à les en croire, s'étaient répandus en éloges sur leurs trésors. Ils mentionnaient les sommes qu'ils avaient versées ; souvent d'ailleurs ils mentaient à ce propos. Ils quêtaient les compliments, l'estime, l'attention respectueuse. Emma se disait parfois que les collectionneurs étaient ce qui lui plaisait le moins dans l'art.

Elle avait regardé en passant les tableaux accrochés dans l'entrée. Sans ses lunettes, elle avait simplement vu qu'il s'agissait de dessins, présentés dans de lourds cadres anciens. Une fois qu'elle eut pénétré dans le grand salon, elle prit le temps d'examiner ce qui l'entourait : la pièce regorgeait de splendeurs. Un papier léopard tapissait les murs, en partie masqué par de hautes bibliothèques en bois blanc. Une impressionnante rangée de doubles fenêtres donnait sur la terrasse. De gros canapés bas aux coussins généreux et des sièges à la forme curieuse étaient disposés çà et là sur l'immense tapis persan. Ce décor semblait être en place depuis la fin du siècle dernier : des châles somptueux pendaient au dossier des sièges, des bibelots précieux – objets en vieil ivoire, coffrets en bois de rose patiné – étaient éparpillés sur les plateaux des tables. Aux murs, il y avait des tableaux, et Emma, intriguée, plissa les yeux pour observer le plus proche : une nature morte.

Elle dut admettre qu'elle était fort bonne, sans prétention, excellente même, cette nature morte aux légumes du début du XIXe siècle, probablement due à un artiste américain ; les formes en étaient solides, les contours précis, les couleurs franches.

« C'est un de ceux que je préfère », dit quelqu'un dans son dos.

Se retournant, Emma se trouva face à un homme qui contemplait le tableau avec affection. Grand, blond, très beau, il avait des sourcils fournis et un regard bleu intense. D'emblée, Emma douta : le personnage était trop séduisant, trop soigné, trop riche pour être intéressant. Trop beau, aussi, pour être connaisseur ; d'autres, sans doute, lui avaient vanté les mérites de la composition.

« Vous l'aimez ? lui demanda-t-il.

— Oui, beaucoup. »

À présent, il allait lui expliquer combien cette œuvre était importante, au dire de tel spécialiste célèbre, de tel conservateur flagorneur. Il allait lui raconter où il l'avait trouvée. Emma espérait de tout cœur qu'il n'allait pas lui confier ce qu'elle avait coûté.

« J'aime le rouge, reprit Peter, absorbé dans l'examen du tableau. Il est tellement audacieux, vous ne trouvez pas ? Et ces courbes qui s'entrecroisent, la façon dont tout cela tient ensemble. »

S'interrompant, il regarda Emma en souriant, l'air complètement détendu. La jeune femme revint au tableau.

« Oui, dit-elle. Le rouge est beau. C'est une œuvre américaine ?

— Autant qu'on sache, oui. »

Emma n'enchaîna pas tout de suite, attendant encore qu'il mentionne l'opinion de quelque éminente personnalité, mais il s'en tint là.

« J'aime bien l'aubergine, aussi, risqua-t-elle alors. Je crois que je n'avais jamais vu d'aubergine dans un tableau américain.

— Dans les tableaux européens, oui ? s'enquit Peter.

— Non, en fait. Il me semble simplement qu'on aurait *a priori* plus de chances de l'y rencontrer. Les Américains étaient si soucieux de respectabilité, à l'époque. Ils ont peint des fruits, des gâteaux, des tasses à thé. Les Européens étaient plus nature : chez eux il y a des légumes, des lapins morts... » Maintenant, il allait lui demander d'où elle tirait ses connaissances sur l'histoire de la peinture.

« C'est vrai, acquiesça-t-il. Les Européens s'intéressaient à ce qui se passait dans les cuisines, et les Américains à ce qui se passait dans la salle à manger. Quelle conclusion en tirer, à votre avis ?

— Oh, les banalités habituelles, vous ne croyez pas ? Les Américains ont toujours eu peur de passer pour des provinciaux. De ce point de vue, il y avait trop de risques à peindre ce qui se passait aux cuisines : de là à ce qu'on les prenne pour des cuisiniers...

— Le vieux problème de la piètre image de soi, en effet... une angoisse typiquement américaine. Mais voyons, reprit-il en se rapprochant d'un pas, dites-moi.

— Oui ? » Le faisceau du regard très bleu la fixant sous les sourcils épais était prévenant, attentif. Cet homme, qui ne semblait pas avoir conscience de l'impression qu'il produisait, n'avait apparemment pas en lui une once d'arrogance narcissique. Ni d'arrogance d'aucune sorte, d'ailleurs ; beaucoup d'aisance, c'est tout. Pour l'heure, il avait une mine réjouie. Intéressée, Emma attendait sa question. « Est-ce qu'on vous a servi à boire ce que vous vouliez ?

— Oui », dit-elle avec le sentiment qu'il l'abandonnait. Elle ne l'intéressait pas, c'était clair. N'avait-il donc pas envie d'en savoir davantage sur ses opinions artistiques ?

« Pour tout vous avouer, j'ai besoin d'un autre verre. Vous ne voulez vraiment pas que je vous rapporte quelque chose ?

— Non, merci beaucoup », répondit-elle, plus distante. Il lui adressa un sourire chaleureux et tourna les talons pour se faufiler dans la foule.

Emma était déçue, et chagrine de l'être. Peter Chatfield était beaucoup plus sympathique qu'elle ne l'eût cru, et d'une beauté prodigieuse. Elle le suivit des yeux tandis qu'il se glissait parmi les invités, saluant ses amis au passage. Il contourna une table au plateau lustré, et elle aperçut sa nuque reflétée dans le miroir de Venise de l'entrée. Il évoluait avec naturel au milieu de ces surfaces lisses et polies.

Puis Warren vint la rejoindre, et un moment plus tard Caroline refit une apparition, suivie d'une femme âgée en robe grise et tablier blanc.

« Warren, lança Caroline. Je voudrais te présenter ma fille, Amanda. »

Une fillette qui pouvait avoir quatre ou cinq ans se tenait devant Caroline. Elle avait les traits de sa mère – joues pleines, teint pâle, yeux bleu clair – mais arborait un air boudeur, belliqueux même ; les jambes un peu écartées sous sa robe à volants, elle se tenait bras croisés sur la poitrine dans une attitude inflexible. Ses cheveux châtain clair, brillants et rebelles, étaient sévèrement taillés : la frange, trop courte, lui barrait le front de manière peu seyante, dessinant des angles droits appuyés au niveau des tempes – la coupe se voulait intransigeante.

Amanda défia Warren du regard sans desserrer les lèvres. Caroline posa une main dans le dos de sa fille, qui modifia alors sa posture en s'inclinant légèrement vers l'arrière, tandis que ses pieds, chaussés d'escarpins noirs vernis, s'ancraient avec fermeté dans le tapis. Caroline, remarqua Emma, souriait à ses amis, mais sa main restait appuyée sur l'échine d'Amanda. Laquelle croisa plus résolument les bras contre l'empiècement à smocks de sa robe rose et fronça ses sourcils noirs rectilignes.

Caroline se pencha vers elle.

« Dis bonjour à M. et Mme Goodwin, Amanda », lui enjoignit-elle, très énergique, toujours avec le sourire. Elle avait insisté un peu plus sur le prénom de sa fille que sur le reste de la phrase, telle une mise en garde à peine perceptible. Amanda décocha un regard féroce à Warren, sans décroiser les bras. Caroline se pencha, ramena les mains dans son dos avec une résignation affectée, inclina la tête de côté comme s'il s'agissait d'un jeu. « Amanda », répéta-t-elle en détachant les syllabes, avec un clin d'œil complice à l'adresse de Warren. La fillette, à son tour, pencha la tête, mais en l'enfonçant entre ses épaules, comme pour se protéger d'une caresse désagréable. Un instant durant, la scène se figea ; le cercle des adultes silencieux, immobiles, semblait tenu en respect par l'enfant silencieuse et immobile.

Emma ne se souvenait pas de la suite, mais il ne lui semblait pas qu'Amanda eût cédé. Un peu plus tard, les bras toujours sur la poitrine, la fillette s'était éloignée avec la gouvernante à la bouche pincée qui la morigénait à voix basse. Caroline était restée à discuter avec animation avec ses amis ; son bracelet en or étincelait quand elle agitait le bras, les plis impeccables de sa robe épousaient chacun de ses mouvements.

« Amanda a la réputation d'être une enfant très difficile, lui avait expliqué Warren quand ils furent à nouveau seuls. La directrice de l'école Nightingale a prévenu Caroline que si la petite devait rester, il faudrait l'envoyer voir le psy. Cette gamine est intraitable, alors que Caroline est la femme la plus parfaitement organisée de New York. Ça la rend folle, tu imagines. »

Dans la voiture où elle attendait Amanda, Emma revoyait le petit visage fermé, vigilant, les bras potelés résolument croisés. Était-il effectivement arrivé à Amanda de mordre quelqu'un ? Peter aurait pu s'abstenir de cette remarque ! Elle ne comprenait pas pourquoi il l'avait choisie, et cela lui déplaisait.

Des détritus jonchaient le sol autour de la corbeille en treillis métallique installée au coin de la rue. Emma se demanda quelle impulsion poussait les gens à jeter leurs saletés non pas dans, mais à côté des récipients prévus à cet effet.

Deux femmes en manteau de vison passèrent sur le trottoir, trop voyantes avec leurs cheveux orange bouclés, leurs bouches déplaisantes sous le rouge à lèvres vif. Y avait-il jamais eu au monde une ville ne présentant pas ces contrastes accusés ? où les riches, nichés dans le cocon de leurs droits, ne côtoyaient pas sans la voir la misère noire des rues ? New York, peut-être, dans les années 1950... Le recul aidant, il était plaisant de se l'imaginer, calme et romantique, à l'époque. Le paysage urbain se composait alors pour l'essentiel de solides immeubles sans prétention, la ligne des toits restait à des hauteurs raisonnables, accessibles ; on trouvait une petite épicerie proprette à chaque coin de rue, et tout le monde partageait le langage de l'optimisme et de la politesse. En ces années quatre-vingt, en revanche, la misère avait semble-t-il pris le dessus, et la rancœur était devenue le sentiment dominant.

Un passant chauve et corpulent vêtu d'un coûteux manteau en poil de chameau promenait un cocker gras et affairé. Le chien musardait au gré d'un trajet compliqué, reniflant tout ce qui se présentait. Ayant trouvé un endroit propice sur le trottoir, il s'arrêta soudain, s'accroupit. L'échine arc-boutée au-dessus des pattes arrière, les oreilles rabattues, il se concentrait, les yeux dans le vague, évitant les regards. L'homme inspecta les alentours à la hâte, furtivement, Emma saisit tout de suite son dessein criminel : il n'avait aucune intention de nettoyer les saletés du chien. Une fois qu'il eut terminé, le cocker se redressa et, très digne, leva la truffe en l'air. Puis il s'écarta prestement et gratta derrière lui d'un mouvement énergique qui le dissociait de son acte. L'homme, qui arborait maintenant un air hautain, n'agit pas autrement. Tous deux s'éloignèrent de conserve, satisfaits, distants, pesants de respectabilité. Un délit de nanti, et sous mon nez, pensa Emma. Ces gens-là trouvent légitime d'agir comme bon leur semble. Qu'aurait dit ce type si on l'avait pris sur le fait ? Qu'il ignorait que la loi s'appliquait également aux cockers ? Que son chien était bien petit ? Emma se demandait si cette arrogance, ce mépris des autres étaient vraiment plus forts que par le passé ou simplement plus flagrants.

Elle suivit du regard le maître et son chien. Qu'est-ce qui pouvait bien retenir Peter si longtemps ? Et que ferait-elle s'il ne revenait pas ? Caroline avait peut-être provoqué une scène. Quel genre de scène pouvait bien provoquer Caroline ? Caroline avec ses cheveux soyeux, ses perles aux oreilles, ses chaussures impeccables... Emma pouvait l'imaginer en colère, mais pas éperdue. Comment s'habillait Caroline quand la passion, l'angoisse, l'excès étaient à l'ordre du jour ? Emma se pénétrait des sentiments qui devaient agiter Caroline tandis qu'elle attendait l'arrivée de Peter dans cet appartement qu'ils avaient partagé. Au moment où elle lui avait ouvert la porte, en sachant qu'il ne la désirait plus...

Et si Peter avait changé d'avis, s'il renouait tout simplement avec son ancienne vie ? S'il décidait de rester, après tout ? Le portier, sans doute, viendrait alors lui transmettre ce message : « M. Chatfield vous fait dire de partir sans lui. » S'il choisissait de l'abandonner, elle, Emma, au lieu de Caroline ? de la laisser là, en stationnement illégal devant son immeuble ? S'il ne revenait pas, Emma sortirait de la voiture et s'en irait, voilà tout.

Elle passait ce week-end avec Peter. Tess, sa fille de trois ans, devait rester chez son père jusqu'au dimanche soir. Emma caressa l'idée de partir seule, d'aller flâner en solitaire dans les librairies d'occasion. Elle achèterait un livre un peu démodé, facile à lire... un roman d'Elizabeth Taylor ; elle s'installerait avec devant un bol de soupe dans un petit restaurant. Imaginant ce moment, et le creux du temps qui s'étendait devant elle, Emma appuya de nouveau son front contre le verre froid de la vitre et regarda au-dehors d'un œil absent.

De l'autre côté, un visage la scrutait : la ligne dure de la frange châtain clair coupée au cordeau, les paupières lourdes, la bouche récalcitrante. Amanda fixait Emma à travers la vitre, nez à nez, tyranniquement proche. Peter devait se trouver derrière, bien sûr, mais Amanda le masquait ; le visage vide et ébahi d'Amanda masquait tout le reste à la vue d'Emma, qui recula d'instinct. Puis, presque aussitôt, Peter s'accroupit et son visage, souriant, apparut à la hauteur de celui d'Amanda. Emma, qui maintenant souriait elle aussi, baissa la vitre.

« Bonjour, Amanda, lança-t-elle. Tu vas bien ? »

Amanda ne répondit pas. Elle détourna la tête et remua la mâchoire d'avant en arrière sans ouvrir la bouche.

« Amanda, je te présente Emma », dit Peter d'une voix forte et impérieuse. Placé comme il l'était derrière elle, il ne voyait pas le visage de sa fille. Lui-même avait l'air soucieux.

« Bonjour, Amanda », répéta Emma en se penchant vers la fillette avec un sourire plus insistant. Elle ouvrit la portière, hésitant à l'embrasser. Elle tenait à ce que ce premier contact se passe bien. Pensant à sa candide petite Tess qui devrait s'accommoder des futures maîtresses de Warren, elle formula mentalement cette supplique fervente : Oh, s'il vous plaît, s'il vous plaît, soyez gentille avec cet amour. Elle tendit la main pour serrer celle d'Amanda, mais l'enfant garda les siennes dans ses poches, le regard obstinément fixé par terre. Sans interrompre son geste, Emma le transforma, replia le bras et posa le bout des doigts sur le rebord de la vitre. Elle espérait que Peter n'avait rien remarqué. Toujours derrière sa fille, il avait maintenant une moue impatiente. Emma continuait de leur sourire à tous les deux. « Viens, monte dans la voiture », fit-elle à Amanda en se retournant, assez gauchement, pour ouvrir la portière arrière.

Peter prit l'enfant par la main ; elle eut un mouvement de recul.

« Qu'est-ce qu'il y a ? » demanda-t-il en s'inclinant vers elle. Emma n'entendit pas ce que répondait la petite. « Qu'est-ce que tu as ? reprit Peter. Monte, Amanda. » Une pause, puis à nouveau Peter qui disait : « Quoi ? Qu'y a-t-il ? Oh, non, ma chérie, pas maintenant. Une autre fois. Il n'y a pas de place, là. Assieds-toi à l'arrière.

— Que se passe-t-il ? Elle voudrait monter devant ? Viens, Amanda, viens t'asseoir sur mes genoux, proposa Emma en lissant sa jupe.

— Eh bien voilà, dit Peter, l'air satisfait. Tu veux monter devant avec Emma ? »

Amanda dévisagea Emma et secoua lentement la tête.

La bouche de Peter prit un pli sévère, tandis qu'Emma souriait au père et à la fille.

« Ce sera pour une autre fois », déclara-t-elle d'un ton léger.

D'autorité, Peter déposa Amanda sur le siège arrière tandis qu'Emma se contorsionnait sur le sien pour lui adresser encore un sourire. Puis il ferma la portière et contourna la voiture pour venir s'installer au volant, les laissant une minute seules dans l'habitacle absolument silencieux.

Dans son manteau de laine rouge foncé, Amanda se tassa au fond de la banquette, les yeux fixés sur l'immeuble qu'elle venait de quitter. Ses mains frappaient le siège à un rythme irrégulier, bruyant. Elle ne regardait pas Emma.

On l'a forcée à venir, songea Emma en observant la fillette. Pour quelle raison devrait-elle se réjouir ? Préoccupée, elle se retourna pour se caler contre son dossier. Peter se glissa à côté d'elle et claqua sèchement la portière, une expression butée et contrariée sur le visage.

Alors qu'il démarrait, il glissa à Emma, très bas pour ne pas couvrir le bruit du moteur : « Il y a eu une scène épouvantable, là-haut.

— Je trouvais que tu mettais longtemps…

— Ç'a été affreux. Caroline va appeler son avocat. Elle prétend qu'elle n'avait pas compris ci, pas compris ça.

— Elle n'avait pas réalisé que j'étais là.

— Exactement.

— Je peux aller chez moi, lâcha Emma d'un trait.

— Non, non. Ça devait arriver, tôt ou tard. Elle m'a demandé si je serais seul, aujourd'hui. J'ai répondu non et elle a sauté au plafond. Elle veut revoir sa décision, vérifier ce que précise notre arrangement à propos des droits de garde.

— Elle ne pouvait tout de même pas penser que tu allais rester seul toute ta vie.

— Elle n'a tout simplement pas pensé, point. »

Cela signifiait qu'elle n'était pas prête à tirer un trait sur son mariage, s'avisa Emma. Caroline ne voulait pas admettre que Peter l'avait quittée pour de bon. Il était parti en septembre et elle continuait d'estimer que c'était provisoire. Elle voulait croire que Peter allait se ressaisir, accepter de reprendre la vie commune.

Emma s'imaginait à la place de Caroline : ce qui lui arrivait devait être si déconcertant – et tellement difficile. Aux yeux de Caroline, son mariage avait suivi un cours normal et somme toute satisfaisant, jusqu'au jour où Peter lui avait annoncé que tout était fini. Caroline n'avait rien changé à sa manière d'être. C'est Peter qui avait changé, décidé de faire d'une autre qu'elle la femme de sa vie. Et sans crier gare, en la prenant de court, puisque jamais il ne l'avait avertie qu'il fallait modifier les choses entre eux, ou les mettre au point : il lui avait tout bonnement annoncé qu'il partait. Lui qui n'avait pas laissé de seconde chance à Caroline, en laisserait-il à Emma ? Comment faire confiance à un homme quand il vous tient les mêmes discours qu'autrefois à sa femme en affirmant s'être trompé de bonne foi ?

Les rues du centre de Manhattan étaient quasi désertes. Piétons et voitures s'y déplaçaient avec lenteur, sur le tempo du week-end. Après que Peter se fut garé dans un parking en plein air, tous trois gagnèrent à pied les quais de South Street. En descendant de voiture, Amanda s'était immobilisée un instant sur le trottoir, attendant qu'Emma se place d'un côté de Peter. Elle avait alors pris la main de son père de l'autre, l'obligeant à se tenir entre elles deux.

Peter avait organisé l'emploi du temps de l'après-midi, qui débutait par la visite d'un petit musée maritime.

« Des maquettes de bateaux », lança-t-il avec une satisfaction évidente en inspectant la pièce du regard. Le long des murs s'alignaient des vitrines éclairées, dont chacune contenait un navire minuscule. « Génial, non ? » ajouta-t-il, plein d'enthousiasme, à l'adresse d'Amanda.

Dubitative, Emma examinait un voilier miniature, son gréement élaboré, ses filins minuscules méticuleusement enroulés. Naïf, mais barbant. Des couleurs éteintes, dans les gris et les marrons, pas de personnages, aucune vie.

L'énergie n'était que suggérée : le vent, l'eau, des forces abstraites... Ces maquettes lui évoquaient des équations mathématiques, elle y voyait les symboles d'un combat théorique : l'intelligence contre la nature. Elle fut soudain prise d'une envie de bâiller. Coupable, elle ferma la bouche, sentant dans ses narines le picotement révélateur.

« Oui, c'est chouette, dit-elle. On dirait des maisons de poupées. »

La remarque choqua Peter : « Rien ne ressemble moins à des maisons de poupées. C'est barbant, les maisons de poupées.

— Qu'en penses-tu, Amanda ? s'enquit Emma.

— J'aime bien », affirma la petite, prenant résolument le parti de son père.

À la façon dont ses yeux passaient sans relâche d'un bout à l'autre de la pièce, il était pourtant clair qu'elle ne s'intéressait guère aux maquettes. Elle ne tenait pas en place. Se faufilant d'une vitrine à l'autre, elle gigotait sans arrêt, haussait une épaule, penchait la tête, dansait d'un pied sur l'autre, frénétique, agitée.

Ils furent rejoints par un homme et une petite fille, plus jeune qu'Amanda, qui se précipita impulsivement sur la vitrine.

« Hilary, tu ne *touches* pas ! » s'exclama l'homme d'un ton sec en la retenant par le col. La petite fille s'arrêta net, boudeuse, bouche cousue. L'homme, brun et massif, portait des lunettes à monture d'écaille. Il avait le visage fermé, un pli obstiné lui pinçait les lèvres. Il foudroya sa fille d'un regard indigné, hostile. Il est divorcé, estima Emma. Elle observa les petits groupes de gens éparpillés dans la salle en se demandant si c'était aussi le cas de tous les parents seuls qu'elle identifiait. Passant, l'air maussade, d'une jolie maquette à l'autre, chacun de ces parents, chacun de ces enfants attendait que l'autre commette une erreur, fasse ou dise ce qui justifierait la colère dans laquelle les plongeait la séparation, le ressentiment qui ne les quittait plus et se repaissait de cet échec majeur.

Ils allèrent ensuite déjeuner dans un restaurant conçu comme un compromis entre la taverne de marins et l'intérieur d'un bateau. Des cordages solides pendaient aux murs en lourdes boucles. Au creux de chaque boucle, légèrement décentrée, était accrochée une bouée de sauvetage. Les fenêtres rondes, au verre épais, étaient aussi opaques que des culs de bouteille. Une généreuse couche de vernis recouvrait les tables et les chaises fabriquées en série.

Peter ouvrit le menu grand format et se carra contre son dossier.

« Alors, Amanda, commença-t-il avec entrain. Que vas-tu commander ? Ta soupe à l'oignon préférée ? Amanda aime beaucoup leur soupe à l'oignon, expliqua-t-il à l'intention d'Emma.

— Oh ! s'exclama celle-ci en souriant à la petite fille. *J'adore* la soupe à l'oignon. Si vraiment tu la trouves bonne, je crois que je vais en prendre une, moi aussi. »

Amanda se tortilla sur sa chaise en examinant le menu de travers, peu disposée à pactiser avec Emma. Il y eut un silence.

« Amanda ? reprit Peter. Alors, c'est oui ? Ta soupe à l'oignon préférée ? » Suivit un nouveau silence, plus palpable que le précédent. Amanda louchait toujours sur le menu ; elle fronça lentement les lèvres, comme si elle réfléchissait de toutes ses forces. « Amanda ? » répéta Peter pour la troisième fois sur un ton frémissant d'impatience.

Elle ne broncha pas. Puis, son père s'apprêtant à intervenir encore, elle prit les devants.

« Non, lâcha-t-elle, la lèvre supérieure retroussée en une moue méditative pendant qu'elle continuait de scruter le menu, les yeux baissés.

— Non quoi ? fit Peter. Et arrête de plisser la bouche comme ça.

— Non à la soupe à l'oignon, je crois, s'interposa Emma. Pas aujourd'hui, c'est ça ? »

Au bout d'un instant, Amanda leva enfin la tête vers son père et opina.

« Très bien, dit Peter. De quoi as-tu envie, alors ? Une tartine chaude au fromage, ça te tente ? C'est aussi quelque chose que tu aimes beaucoup, si je me souviens bien. »

Amanda, là encore, ne réagit pas tout de suite, et cette fois Emma ne s'en mêla pas.

« Oui », acquiesça la petite fille, les yeux dans ceux de son père. Elle n'avait pas regardé une seule fois Emma depuis qu'elle l'avait dévisagée derrière la vitre de la voiture. Pour le moment, elle fermait les paupières et secouait la tête, gênée, comme si une mouche la dérangeait. Puis, ouvrant les yeux, elle fixa son père sans ciller. Le silence se prolongea, et l'expression qui se peignit sur le visage de Peter ne présageait rien de bon. Il s'apprêtait à prendre la parole quand Amanda lui adressa un sourire conciliant, chef-d'œuvre d'hypocrisie.

Elle ne m'aime pas, songea Emma, mais est-ce vraiment si étonnant ? Comment pourrait-elle aimer la femme qui prend la place de sa mère ? Pourquoi Amanda devrait-elle être heureuse qu'une autre femme sourie à son père ? Pour elle, cette femme n'aura jamais le bon visage, le bon sourire, la bonne odeur. Rien ne lui plaira, chez cette femme, rien du tout. Le fait que son père soit parti est déjà assez dur pour elle, on ne peut pas en plus lui demander d'accueillir à bras ouverts l'intruse qui s'immisce dans sa vie.

Emma attendit que les assiettes soient sur la table et qu'ils aient englouti leur contenu pour s'adresser à Amanda.

« Alors, avança-t-elle avec un sourire engageant, tu viens souvent manger ici avec ton papa ? »

Ce mot, « papa », rendait un son faux. Peut-être Amanda n'appelait-elle pas son père ainsi ? La moindre bévue pouvait générer le mépris.

« Papa ? » fit Amanda en fronçant la lèvre supérieure, comme si ce mot appartenait à une langue étrange et déplaisante. Son regard glissa sur le buste d'Emma, se détourna. Elle secoua la tête.

« Mais bien sûr, affirma Peter. Tu ne vas pas prétendre le contraire, Amanda ? Nous venons ici tout le temps. » Il était plus détendu, maintenant qu'il avait mangé. « Avec *qui* viens-tu souvent ici, si ce n'est pas avec moi ? Je trouve ça un peu louche, tu sais. Qui d'autre que ton papa chéri t'emmène te promener, alors ? »

Amanda s'appuya confortablement contre le dossier de son fauteuil, posa les bras sur les accoudoirs et se mit à passer avec méthode les doigts entre les intervalles des barreaux qui les reliaient au siège. Elle gardait la bouche fermée, mais un sourire s'esquissait aux commissures. Malgré elle, son expression s'adoucissait.

« Il va falloir que je surveille ça, poursuivit Peter en beurrant un petit pain avec la fermeté de l'homme d'action. Je vais mettre ma secrétaire là-dessus sans plus tarder. "Oh, mademoiselle Jacobs, lança-t-il d'une grosse voix bourrue pleine d'autorité, pourriez-vous vérifier qui emmène ma fille déjeuner dans le restaurant de South Street, s'il vous plaît ?" (Puis, sur un ton de fausset ridicule, en se tordant les mains qu'il avait posées sur la table :) "Certainement, monsieur Chatfield. J'y vais tout de suite, sur-le-champ. Eksassaute, monsieur Chatfield." »

Toute crispation avait disparu des traits d'Amanda. Le grand sourire ravi qui s'était épanoui sur ses lèvres se transforma en petit rire.

« Tu ne l'appelles jamais mademoiselle Jacobs, observa-t-elle avec assurance, et elle, elle ne parle pas de cette façon.

— Ah bon ? s'étonna Peter en haussant les sourcils.

— Eksassaute, s'esclaffa Amanda dans un gloussement irrépressible. Elle ne parle pas de cette façon.

— Oh, mais si. Mlle Jacobs dit "et que ça saute" à toute allure, d'un coup d'un seul, affirma Peter très sérieusement. Il est même rare qu'elle prononce une phrase sans y ajouter "eksassaute".

— Papa ! » protesta Amanda qui maintenant pouffait franchement. Elle agita une main en l'air dans un geste gentil, un peu coquet, de mise en garde.

« Quoi ? fit Peter. Tu ne savais pas que cette pauvre Mlle Jacobs s'exprimait comme ça ? C'est un tic de langage, qu'elle a : "Bonjour, monsieur Chatfield eksassaute." Voilà comment elle m'accueille quand j'arrive au bureau le matin. C'est la triste vérité. Seulement il ne faut pas le dire devant elle, ce serait méchant. »

Amanda, les mains glissées sous ses fesses, se balançait d'avant en arrière, aux anges, ravie, complètement détendue. Elle secoua la tête :

« Papa ! M. Chatfield eksassaute », répéta-t-elle avant de se remettre à pouffer en se trémoussant sur son siège avec délices, dans un plaisir de tout le corps.

Peter se laissa aller contre le dossier, heureux, rassuré maintenant qu'il n'y avait plus de tension entre eux.

Emma, quant à elle, entrevoyait ce que seraient à l'avenir les rapports de ces deux êtres, pris dans les rets des reproches, de la culpabilité, de la colère. Amanda ne pardonnerait jamais vraiment à son père de l'avoir quittée, d'avoir abandonné sa mère, la source tendre de son monde, et infligé cette blessure au cœur de sa vie. Peter se sentirait coupable, il en voudrait à Amanda de ses accusations. L'amour qu'ils se portaient en deviendrait féroce, étranglé.

Il y aurait des moments tels que celui-ci, où un calme soudain descendu sur eux les tiendrait en suspens comme dans l'œil d'un cyclone. Les crises, les cris cesseraient, cédant la place à un silence et à une paix où l'affection pourrait s'avouer. Puis la tempête se déchaînerait à nouveau… Jamais les choses ne seraient faciles, dans ce conflit qui dressait l'un contre l'autre le père et la fille. Emma tremblait pour eux deux.

2

Emma quitta Peter et Amanda en fin d'après-midi, ce dimanche, et rentra chez elle. Elle vivait à présent dans le centre, dans la 10e Rue ouest, car après s'être séparée de Warren elle avait eu envie de s'installer dans un quartier inexploré, sans rapport avec sa vie d'avant. Greenwich Village l'avait tentée, par ses dimensions raisonnables, ses liens avec la bohème. Quand l'idée lui en était venue, elle s'en était ouverte à Warren.

« Ça ne te ressemble pas, Emma, crois-moi, avait-il décrété sans hésiter, en hochant la tête avec un petit sourire. Quitte-moi et divorce, si c'est ce que tu veux, mais ne va pas vivre dans le centre. Tu trouverais ça insupportable. »

Cela l'avait décidée.

Emma aimait son nouveau quartier. Greenwich Village semblait une autre ville, une petite ville aux coquettes façades de brique ou de grès rouge, aux portes peintes de couleurs gaies, munies de heurtoirs en cuivre astiqués. Elle avait déménagé à la fin de l'été, alors que devant les fenêtres les jardinières croulaient sous les géraniums écarlates et que les glycines lançaient à l'assaut des murs leurs pythons sinueux. La taille des immeubles était rassurante, à l'échelle humaine. Le matin, la clarté du soleil coulait sans entraves sur les toits bas. Les bâtiments qui bordaient la 10e Rue répercutaient l'écho de ses pas. À cette heure, ce bruit net, familier, lui donnait l'impression de vivre loin de New York.

Sa maison – une belle vieille bâtisse, un brin décatie – se trouvait à l'angle de la Cinquième Avenue. Quand elle avait décidé de vivre seule, elle avait d'abord rêvé d'un grand espace vide et propre: une pièce blanche et dépouillée, un lit bas tout blanc, des murs nus, un plancher ciré. La perspective était tentante, mais guère pratique. Elle comportait des lacunes criantes: les livres, les vêtements, Tess. Emma avait besoin d'au moins trois chambres – une pour elle, une pour Tess et une pour Rachel, la jeune Jamaïcaine qui s'occupait de Tess. Cela dit, le nouvel appartement était plus simple et plus petit que l'autre, et l'immeuble avait connu des jours meilleurs. Il avait de hauts plafonds, de grandes fenêtres. Les pièces donnaient au sud, sur la Cinquième Avenue, et l'après-midi la lumière emplissait l'espace. Emma avait peint les murs couleur crème et emporté dans ses affaires de vieux tapis aux riches nuances un peu fanées. Elle se sentait maintenant pleinement chez elle, dans ces pièces belles et agréables à vivre.

Elle fit quelques courses en chemin et, une fois arrivée, gagna directement la cuisine pour déballer ses achats. Dans la chambre du fond, la radio de Rachel fonctionnait.

« Rachel ! je suis rentrée », lança Emma à tue-tête.

Rachel apparut sur le seuil et s'appuya nonchalamment contre le chambranle, les bras croisés, la tête inclinée. Grande, elle avait le visage plein, le nez épaté. Le grain luisant de sa peau bien tendue, d'un brun doré très foncé, accusait le dessin de l'ossature. Vraiment, pensa Emma, les peaux sombres ont un éclat que ne possèdent pas les peaux claires; elles ont l'air comme polies, alors que les nôtres ont une matité terne. Rachel, nu-pieds, portait un jean très ajusté et un pull à larges rayures turquoise. Ses innombrables petites tresses noires, toutes fines, toutes légères, se cambraient en tous sens autour de sa tête. « Bonjour », dit-elle en découvrant ses dents étincelantes.

Jamais Rachel n'appelait Emma par son prénom devant elle. Au téléphone, Emma l'avait surprise en train de parler d'elle en disant « Emma », mais face à face Rachel n'utilisait que le « vous ». Cela mettait Emma un peu mal à l'aise : Rachel étant son employée, n'aurait-il pas été plus convenable qu'elle la nommât madame Goodwin ? Certes, Emma n'était que de quatre ans son aînée, ce qui lui permettait difficilement d'exiger le « madame ». Les noms ou les titres, pourtant, servaient à marquer leur différence par ce « madame »... Emma n'aurait-elle pas dû se montrer plus ferme ? Fallait-il que, prenant sur elle, elle insiste pour que Rachel dise madame Goodwin ? Si elle ne pouvait pas arrêter une bonne fois pour toutes sa décision sur un point aussi élémentaire, était-elle seulement capable de prendre position sur quoi que ce soit ?

La question de la race compliquait tout, bien sûr. Rachel ne risquait-elle pas de trouver humiliant qu'Emma lui demandât de l'appeler madame Goodwin ? Se sentirait-elle rabaissée ? Comment Rachel aurait-elle dû s'adresser à elle si Emma avait été noire ? Comment une Blanche aurait-elle dû s'adresser à elle ? Une mignonne jeune fille blanche sortie de Smith College[1] ? Une petite Blanche insolente ayant décidé d'abandonner ses études ? Toute cette histoire était extrêmement compliquée, et Emma n'avait pas le courage de la régler. D'autant que Rachel était une jeune personne décidée, qui ne manquait pas de conviction. Elle pouvait fort bien refuser purement et simplement de l'appeler madame Goodwin. Qu'adviendrait-il alors ? Par ailleurs, Rachel était intelligente, d'une confiance à toute épreuve, drôle. Emma l'appréciait pour ses qualités et l'*aimait*, oui, pour l'affection qu'elle portait à Tess.

Reste qu'il n'était pas simple de vivre avec quelqu'un qui travaillait pour vous. Employée à titre de femme de ménage et de baby-sitter depuis la naissance de Tess, Rachel avait été le témoin involontaire de la dégradation et de la rupture du mariage d'Emma. Les disputes entre Emma et Warren ne lui avaient pas échappé. Elle savait,

1. Collège universitaire privé accueillant exclusivement des filles, ouvert depuis 1871 à Northampton, dans le Massachusetts. *(N.d.T.)*

depuis, qui dormait où. Elle avait entendu Emma sangloter désespérément au beau milieu de la nuit; au matin, elle avait mis de l'ordre dans le salon, rangé les draps, les couvertures, les oreillers. D'autres faits, plus anecdotiques mais parlants, se déroulaient devant Rachel: elle était là quand Emma oubliait d'appeler le plombier ou de racheter du produit à vaisselle, elle voyait qu'Emma n'osait pas se plaindre au peintre du placard qu'il avait bâclé. Rachel assistait à ces moments où Emma se montrait faible et permissive avec Tess, à ceux, aussi, où elle s'emportait. Elle n'ignorait aucun des aspects de la vie d'Emma. Si cela avait toujours été vrai, du temps de son mariage avec Warren Emma avait au moins un allié, quelqu'un qui prenait son parti. Quand Warren était là, à eux deux ils l'emportaient sur Rachel. À présent, le rapport de force semblait s'être inversé en faveur de la jeune femme.

Seule avec Rachel, Emma se sentait exposée en permanence à la critique froide de son jugement. La jeune fille se réclamait de l'Église baptiste abyssinienne, qui condamnait fermement la séparation des époux, le divorce et l'adultère. Emma, en règle générale, désapprouvait elle aussi ces dérèglements, mais le cours qu'avait pris sa vie la rendait triplement fautive. Elle estimait, certes, avoir des circonstances atténuantes; elle pensait aussi que la situation n'était que provisoire et se voyait, dans un avenir proche, mariée et fidèle. Reste que Rachel n'en savait rien. Emma, qui ne souhaitait pas en parler avec elle, lui en voulait de l'accabler en permanence de sa réprobation silencieuse.

Pour l'heure, Rachel questionnait en souriant: avait-elle passé une bonne journée? Emma répondit par l'affirmative, tout en se demandant avec culpabilité si Rachel se doutait qu'elle sortait avec un homme séparé de sa femme.

« Vous avez eu deux coups de fil, annonça Rachel, l'air contente d'elle.

— De qui? s'enquit Emma en rangeant une bouteille de jus de pamplemousse et une boîte de muffins anglais dans le réfrigérateur.

— De votre sœur. »

Emma fronça les sourcils ; sa sœur, Francie, vivait en Californie et ne l'appelait qu'exceptionnellement.

« Qu'est-ce qu'elle voulait ?

— Elle a juste dit qu'il fallait la rappeler.

— Très bien. Et l'autre coup de fil ?

— Un admirateur, dit Rachel.

— Un admirateur ? » Surprise, Emma se retourna pour regarder Rachel, qui hochait la tête d'un air entendu.

« *Deux* admirateurs, pour être exacte, précisa-t-elle sans se départir de son sourire, attendant.

— Qu'est-ce que vous me chantez là ? » fit Emma. Mais elle comprit de qui il s'agissait avant même d'avoir fini sa phrase. Son visage s'altéra. Tournant le dos à Rachel, elle entreprit, nerveusement, bruyamment, de lisser et de plier le sac en papier maintenant vide abandonné sur le plan de travail. « Ainsi, M. Goodwin a appelé, affirma-t-elle d'une voix neutre, apportant seule la réponse à la question qu'elle venait de formuler en pensée.

— M. Goodwin et Tess, confirma Rachel, satisfaite. Hier soir. Tess voulait vous souhaiter une bonne nuit. (Elle marqua une pause, sans la quitter des yeux.) Elle était triste de ne pas vous trouver. Comme M. Goodwin d'ailleurs, je crois. »

Emma fourra soudain le sac dans la poubelle.

« Je ne vois pas pourquoi ils ont appelé, dit-elle. J'avais prévenu M. Goodwin que je ne serais pas là du weekend. » Rachel continuait à la dévisager d'un regard qui ne cillait pas : « Il a dû oublier », suggéra-t-elle doucement.

Emma haussa les épaules sans répondre, agacée, et, quittant la cuisine, gagna sa chambre. Elle ne savait que trop bien ce qui s'était passé.

Elle les imaginait, tous les deux, dans cet horrible appartement qu'occupait Warren sur la 57e Rue est, avec ses plafonds trop bas et ses fenêtres larges comme des vitrines. Tess, assise à la table de la salle à manger, un coussin sous les fesses. En train de parler toute seule pendant que Warren lisait le journal. Warren absent, ne l'écoutant pas. Jusqu'au moment où un mot avait attiré son attention. Alors il avait refermé son journal, levé les yeux vers Tess.

« Tu veux appeler ta mère et lui souhaiter bonne nuit, mon petit chou ? (La voix tendre.) Bien sûr que tu peux. Viens, on va téléphoner à ta mère. »

Warren aidant l'enfant à composer le numéro alors qu'il savait très bien ce qui l'attendait, lui dictant les chiffres lentement pour qu'elle appuie sur les boutons sans se tromper. Tess, l'oreille collée à l'appareil pour écouter la sonnerie, se préparant à entendre la voix de sa mère, les yeux brillants d'excitation, le visage illuminé.

Rachel avait décroché, naturellement.

« Rachel ! s'était exclamée Tess, gonflée d'importance. On téléphone à maman. Je voudrais parler à ma maman. »

Ses traits qui se décomposaient pendant les explications de Rachel.

« Elle n'est pas là ? Ma maman n'est pas là ? »

Tess, incrédule, son visage qui commençait à se friper. Warren à côté, attendant.

« Ne pleure pas, mon petit chou. Ton papa est là. Il ne t'a pas quittée, *lui*. » La serrant dans ses bras, la consolant alors qu'elle fondait en larmes.

Salaud, songea Emma avec rage. Elle ferma la porte derrière elle. Sa chambre était petite, carrée. Le matin elle était inondée de soleil mais à cette heure-ci, dans le soir qui tombait, le blanc crème des murs avait quelque chose d'oppressant. Emma retira son pull et sa jupe, qu'elle jeta sur le lit, enfila à la hâte un pantalon de survêtement en serrant d'un geste rageur le cordon qui le retenait à la taille. Évidemment, pensait-elle, il n'y a personne pour compter les points. Elle passa un tee-shirt, puis un sweat-shirt gris foncé. Personne pour dénoncer les coups bas, personne pour dire à Warren qu'il se comporte en sale égoïste. Elle tira sur ses lacets, les attacha et sortit d'une humeur massacrante. Dehors, galvanisée par la colère, elle se mit à courir à petites foulées en direction de Washington Square.

L'air commençait à fraîchir sérieusement, le jour déclinait. Un couple de touristes s'était arrêté sur le trottoir au coin de la Cinquième Avenue. L'homme était maigre, avec un visage décharné, défait ; la femme avait des hanches replètes, des cheveux courts, des lunettes. Tous deux portaient des coupe-vent, de grosses chaussures de tennis aux pieds, une banane autour du ventre. Ils se serraient l'un contre l'autre en examinant un plan de la ville. Au moment où Emma passa près d'eux, la femme leva la tête pour déchiffrer le nom de la rue d'un œil perplexe.

« On ne peut pas être là », remarqua-t-elle bêtement.

Il était encore bien tôt dans l'année pour les touristes. Emma se demanda ce qu'ils espéraient découvrir à New York au mois de février : dans ce quartier vieillot de Greenwich Village, la foule se pressait sur les trottoirs étroits, les rues étaient d'une saleté repoussante, les automobilistes d'une témérité meurtrière. Les clochards qui raclaient le pavé en poussant leurs chariots de supermarché marmonnaient pour eux seuls. Peut-être les touristes ne venaient-ils ici que pour constater avec soulagement qu'ils vivaient ailleurs, dans un environnement moins fou ?

L'idée qu'on puisse être touriste à New York était intéressante en soi. Le tourisme suppose une sorte de supériorité culturelle, une attitude condescendante à l'égard des indigènes, considérés comme des spécimens exotiques. Les étrangers venaient peut-être à New York comme on part pour un safari-photo, curieux de découvrir la faune locale. Elle les imaginait ensuite, de retour chez eux, montrant leurs diapositives dans des séjours mal éclairés. « Nous sommes tombés sur celui-ci en fin de journée, non loin de l'avenue A. Je me servais du Nikon. »

Emma s'écarta de justesse pour éviter un homme qui marchait à pas lents et lui frôla le bras.

« Excusez-moi, lança-t-elle machinalement.

— Va te faire foutre », s'emporta-t-il.

Il ne devait pourtant pas être facile d'éprouver de la condescendance à l'égard des New-Yorkais. Les New-Yorkais se fichent comme d'une guigne de ce que peuvent penser les touristes ; les New-Yorkais s'estiment supérieurs au reste du monde, à tous les autres indigènes. Ils ont gagné cette suprématie culturelle : elle les venge de devoir vivre dans la pire, et la plus extraordinaire, ville du monde.

L'arène spacieuse de Washington Square s'ouvrait devant Emma. En son centre se dressait l'arche splendide, sereine et monumentale, grandiose d'harmonie classique avec ses verticales dressées d'un bloc et l'ample résolution de sa voûte. Tout autour, à une hauteur moindre, les peupliers entrelaçaient la toile d'araignée de leurs branchages dépouillés par-dessus leurs troncs chimériques et pommelés. Emma aimait les peupliers, les jeux changeants et pleins d'élégance de la lumière et de l'ombre sur leur écorce, leurs légères boules pelucheuses qui jonchaient les trottoirs au printemps. Elle traversa la rue et prit vers l'ouest pour courir sur la portion de trottoir dominée par ces arbres. Elle se demandait si Warren allait se comporter de la sorte tous les week-ends, recourant à ces manœuvres indignes, se servant de Tess pour qu'elle, Emma, se sentît coupable. Elle était curieuse de savoir ce que voulait Francie. Lui annoncer sa rupture avec son actuel petit ami ? Qui était-ce, d'ailleurs, en ce moment ? Roger ? Oui, ce devait être Roger, elle en était à peu près sûre. L'acteur, non ? Probablement.

Emma dépassa un homme aux longs cheveux souples. Son blouson de cuir noir s'entrouvrait sur un torse étroit. Sa chevelure blonde était soyeuse, propre. Mignon, songea Emma, admirative. Mais les yeux du garçon glissèrent sur elle avec indifférence : elle ne faisait pas partie de son champ de vision. Les touristes étaient peut-être venus ici pour voir des gays. Était-ce condescendance de leur part ? Sans aucun doute, encore que les homosexuels flamboyants, ceux dont la tenue proclamait leur nature, aimaient attirer les regards, cherchaient, précisément, à les attirer. L'observation dont ils étaient l'objet ne constituait pas pour eux une atteinte à leur vie privée : elle était l'aune à laquelle se mesurait leur succès. Touristes et *drag queens* s'exploitaient mutuellement dans une relation symbiotique.

Courir sur ce trottoir n'était pas plus facile que slalomer sur une piste de ski. Emma pivota des épaules pour se faufiler entre deux couples, abandonna un instant le trottoir pour la chaussée et remonta dessus aussi sec, freina brutalement en déviant sa course afin d'éviter une femme qui venait de s'arrêter net pour relacer sa chaussure.

Warren occupait à nouveau ses pensées, mais la colère avait disparu. Le rythme de ses pas, le martèlement régulier de ses jambes, le bien-être de tout son corps commençaient à produire sur son esprit leur effet apaisant. Le sang circulait plus vite dans ses veines, ses bras s'activaient d'avant en arrière. Warren était toujours un sale type, mais elle s'en indignait moins. Elle effectua cinq fois le tour de l'arche, un kilomètre et demi, guère plus, mais elle n'avait pas le temps d'en faire davantage avant l'arrivée de Tess.

Emma rentra juste avant cinq heures, le moment convenu pour le retour de la petite. Laissant la porte de son appartement ouverte, elle l'attendit sur le palier, toujours dans le tee-shirt et le pantalon de survêtement qu'elle avait trempés de sueur. Les bras croisés sur la poitrine, elle se mit à arpenter l'entrée exiguë en pensant à sa fille, l'imaginant déjà chez elle.

Emma était devenue mère sans que rien ni personne l'y eût préparée. Avant, elle ne s'intéressait pas aux enfants des autres, n'éprouvait jamais l'envie ni le besoin de prendre leurs bébés dans ses bras. Le déferlement d'émotions qui s'était abattu sur elle à la naissance de Tess l'avait laissée pantoise. Cela avait tout d'une histoire d'amour à ses débuts – *c'était* une histoire d'amour. Avoir à soi un être adoré dont la pensée ne vous quitte plus. Désirer éperdument le retrouver quand il a fallu s'en séparer. Cet amour taraudait Emma comme une maladie chaque fois qu'elle s'éloignait si peu que ce fût de Tess – de l'autre côté d'une cloison, à une distance de quelques pas. La nuit, elle la prenait presque systématiquement dans son lit. Elle s'en cachait, d'ailleurs ; les spécialistes auraient vu cela d'un mauvais œil, sûrement cela pouvait avoir sur Tess des conséquences irrévocables et dommageables – mais c'était plus fort qu'elle. Elle est si douce, la présence d'un être adoré.

Warren était en retard, il était déjà cinq heures dix. Emma se mit à arpenter le palier dans sa tenue de sport qui lui collait à la peau. Elle ne voulait pas se changer tout de suite, elle avait envie de prendre un bain avec Tess. Il aurait d'ailleurs suffi qu'elle décide de passer d'autres vêtements pour que Warren arrive alors qu'elle était nue comme un ver. Cinq heures douze. Quel manque d'égards, vraiment. Jusqu'à quand allait-elle attendre avant d'appeler ? De toute façon, il ne serait pas là. Quelle grossièreté, tout de même. Quelle grossièreté ! Il ne pouvait donc pas se conduire en individu civilisé ? Il ne pouvait pas être à l'heure, pour une fois ? Cinq heures et quart. Cinq heures dix-sept.

La porte de l'ascenseur coulissa doucement, laissant apparaître Julio, le liftier, puis Warren, qui tenait Tess par la main. Emma ne vit que Tess, comme si la petite fille de trois ans était seule, ou les deux hommes invisibles.

« Tessie ! s'écria-t-elle en se baissant, les bras tendus.

— Maman ! » glapit Tess, la voix vibrante d'excitation. Et, ouvrant grand les bras, elle se précipita sur Emma, qui l'attrapa et la serra contre elle.

« Bonsoir, Emma », dit Warren.

Il s'était à peine risqué sur le palier. Derrière lui, Julio hésitait, ne sachant trop s'il devait l'attendre ou pas.

« Bonsoir. » Emma se redressa, Tess dans les bras. « Merci de l'avoir ramenée, ajouta-t-elle avec froideur. Tout s'est bien passé ?

— Oui, oui, tout s'est passé on ne peut mieux, enchaîna poliment Warren. N'est-ce pas, Tessie ? On s'est bien amusés ? » Il regardait Tess, qui hocha énergiquement la tête. Suivit un silence embarrassé.

Le savoir-vivre ne dit rien sur ce genre de situation, songeait Emma. Convenait-il qu'ils s'embrassent sur les deux joues, en amis ? qu'ils se serrent la main, comme de vagues connaissances ? ou qu'ils s'abstiennent avec soin de tout contact et se gardent surtout de tourner le dos à l'autre, à la manière des négociateurs en armes ?

« Papa ! » s'exclama Tess en agitant vigoureusement sa menotte avec une grâce coquette. Non, constata Emma écœurée, c'était plus que de la coquetterie : elle faisait le bébé. « Au'voir, papa ! »

Warren posa sur elle un regard ému, gauchement attendri. « Au revoir, mon petit chou, dit-il. Papa doit s'en aller, tu sais. Il faut que papa te quitte.

— Non, ne t'en va pas ! se récria-t-elle en copiant son ton pathétique.

— Il faut que papa te quitte, mon petit chou. C'est triste, mais il le faut. Il n'a pas envie de te quitter, Tessie, mais ta maman ne veut pas que je reste.

— Maman ? dit Tess en observant Emma. Tu veux bien que papa reste ? »

Furieuse, Emma ébouriffa les cheveux de sa fille. « Papa ne vit plus avec nous, Tess. C'est pour cela qu'il faut qu'il s'en aille maintenant. Il habite dans sa maison, toi et moi nous habitons dans notre maison. Tu sais, Tessie, cela ne t'empêche pas de le voir, ni de lui téléphoner. Demande à papa si tu pourras lui téléphoner, tout à l'heure. » Le coup était bas ; Emma était sûre que Warren avait l'intention de sortir.

Tess se tourna vers son père : « Papa ? Je peux te téléphoner tout à l'heure ? »

Warren ne regarda pas Emma et ne répondit pas à Tess. Il battit vivement en retraite vers l'ascenseur.

« Nous nous verrons dans pas longtemps, mon petit chou, et je te téléphonerai bientôt, promit-il.

— Pourquoi m'as-tu appelée, hier soir ? l'interrogea Emma alors qu'il se glissait dans la cabine de l'ascenseur. Je t'avais dit que je sortais. »

Warren plissa le front comme pour un effort de mémoire. « Ah bon ? fit-il en secouant la tête. J'ai dû oublier. » Puis, avec un signe de main à l'adresse de Tess : « À bientôt, ma chérie.

— Allons, Tess, déclara Emma d'un ton abrupt. Papa doit s'en aller à présent.

— Je t'aime, ma petite Tessie, ajouta encore Warren. Ton papa t'aime. » Il plissa la bouche pour lui envoyer à distance un baiser mouillé. Derrière lui, Julio, en homme bien élevé, laissait son regard se perdre dans le vague.

« Papa ! » La voix de Tess défaillait, proche du gémissement.

« Dis au revoir à papa, lui ordonna Emma avec fermeté. Et puis, tu sais quoi ? Nous allons prendre un grand bain, toutes les deux.

— Un grand bain ! » répéta consciencieusement Tess après sa mère.

C'est dégoûtant, pensa Emma : nous nous servons d'elle pour régler nos comptes.

« Je t'aime, ma chérie, lâcha encore Warren d'une voix rauque.

— Moi aussi, papa », pleurnicha Tess.

Warren entra à reculons dans l'ascenseur en agitant la main. Julio, qui s'autorisait enfin à croiser le regard d'Emma, la salua d'un petit hochement de tête.

« Merci, Julio », dit Emma en lui adressant un vrai sourire.

Puis le lourd panneau métallique se rabattit, lui masquant les deux hommes.

Emma ferma derrière elle la porte de l'appartement et prit une profonde inspiration. Une remarque formulée des années plus tôt par Francie à propos de Warren lui revint en mémoire. « Au début, lui avait-elle confié, je le prenais vraiment pour un imbécile, mais en réalité il n'est pas si bête qu'il en a l'air. Au fond, il est plutôt rigolo. » À l'époque, la condescendance de sa sœur avait exaspéré Emma. Aujourd'hui, elle hésitait à son tour face à cette alternative déconcertante : qu'est-ce qui définissait le mieux Warren, sa bêtise ou sa bonne nature ? Certes, il valait mieux pour elle qu'il fût un imbécile, au moins cela lui donnait raison de l'avoir quitté. À défaut, c'était à elle que revenait le mauvais rôle.

Emma baissa la tête pour regarder Tess qui l'observait à la dérobée. Toute sa frénésie envolée, la petite fille avait à présent l'air fatiguée, abandonnée. Elle suçait son pouce et, de sa main libre, tripotait une mèche de cheveux, les yeux rivés sur sa mère, attendant la suite des événements.

Emma lui sourit et la prit par la main.

« Au bain », déclara-t-elle.

Elles gagnèrent la chambre de Tess, où Emma s'agenouilla sur le tapis pour la déshabiller.

« Tu veux de la mousse ? Je te laisse la mettre ? » lui proposa-t-elle, apaisante.

Mais rien n'était plus pareil, et Tess ne releva pas. Agitée, elle restait plantée sur ses pieds en remuant nerveusement un genou comme si elle s'efforçait de suivre un rythme endiablé. Emma dégrafa ses bretelles et rabattit la salopette sur ses chevilles. Tess dégagea l'un après l'autre ses pieds du vêtement, en s'appuyant sur les épaules de sa mère pour garder l'équilibre. Alors qu'elles se trouvaient ainsi nez à nez, la petite fille planta ses yeux dans ceux d'Emma. Son regard était hostile. Elle leva les mains et enfonça ses doigts dans les cheveux humides d'Emma, lui frottant avec rudesse les oreilles au passage, tirant sans ménagement sur les mèches sans cesser de la dévisager.

« Tes cheveux sont mouillés, décréta-t-elle sur un ton accusateur.

— J'ai été courir », expliqua Emma, placide.

Tess se mit à parcourir la pièce des yeux. Abandonnant la salopette sur le plancher, Emma s'apprêta à lui enlever sa chemise, mais l'enfant la repoussa. Elle se baissa, ramassa la salopette, la jeta théâtralement par terre, puis, défiant sa mère du regard, entreprit de la piétiner rageusement.

Sans se formaliser, Emma attrapa le col de la chemise et tira vers le haut.

« Où est Tess ? demanda-t-elle alors que la tête de l'enfant disparaissait sous le tissu.

— Où est Tess ? répéta sa fille après elle, ainsi que le jeu l'exigeait, mais d'une voix distante, perçante.

— La voilà ! » s'exclama Emma en la dégageant et en l'accueillant avec un sourire, comme toujours. Avec l'espoir que si elle restait calme, si tout se passait comme d'habitude, Tess finirait par retrouver sa bonne humeur.

« La voilà », rabâcha Tess au moment où son visage surgit. Les deux mots étaient sortis d'un trait de la bouche demeurée sérieuse. La petite fille promena un regard inquiet autour de la chambre. « Où est mon panda ? interrogea-t-elle soudain, d'un ton accusateur.

— Je ne sais pas, répondit Emma. Sûrement quelque part.

— Je veux mon panda, exigea Tess, les traits crispés.

— On va le trouver. »

Elles examinèrent d'abord le lit en bois peint, couvert d'un édredon aux couleurs vives, puis les étagères : celles du haut, pleines de livres, celles du bas, encombrées de jouets. Un singe marron était assis sur le fauteuil à bascule près du lit, mais il n'y avait pas de panda sur l'oreiller de Tess.

« Où il est ? Où est mon panda ? » Sa voix, à présent, résonnait d'agressivité. Emma s'efforça au calme.

« Tu ne l'as pas emporté chez papa ? »

Le visage de Tess se figea, s'assombrit.

« Mon panda est chez papa ! Je le veux ! » hurla-t-elle.

Emma pinça les lèvres avant de déclarer avec autorité, dans une tentative pour contenir le raz de marée qui menaçait : « Il ne peut rien arriver à ton panda, Tess. S'il est chez papa, nous irons le chercher demain.

— Mais il me le faut tout de suite. Je veux mon panda maintenant. » La voix de Tess filait dans les aigus. Bien décidée à avoir gain de cause, la petite fille, tête basse, se mit à trépigner en tire-bouchonnant le tapis sous ses talons. « Je le veux ! Je le veux !

— Arrête ! la prévint Emma. Arrête de brailler comme ça. Ton panda ne s'échappera pas. On va appeler ton père et on ira le chercher demain. »

Tess ne semblait pas l'avoir entendue. Les yeux clos, elle secouait la tête en tous sens. Ses hurlements devenaient exaspérants.

« Je le veux ! Je veux mon panda !

— Tess, arrête *immédiatement*. »

Mais aucun argument ne pouvait avoir raison de Tess. Elle se tortillait avec frénésie contre le buste d'Emma, les paupières crispées, la tête rejetée en arrière. Ses pieds martelaient le plancher dans un transport de rage folle. « Je le veux, je le veux, je le veux ! » s'époumonait-elle. L'octave qu'elle avait atteinte, stridente, en vrille fine, transperçait l'oreille d'Emma comme une alarme de voiture.

« Arrête-toi, Tess ! lui ordonna-t-elle en forçant la voix.

— Je le veux ! continua à glapir Tess en balançant furieusement la tête d'avant en arrière, les yeux toujours fermés, à moitié possédée, emportée par le courant tumultueux de l'hystérie.

— Tess, nous irons chercher ton panda. Mais arrête-toi », reprit Emma pour la énième fois. Où était sa petite fille ? Quel argument saurait la lui ramener ? Tout cela est la faute de Warren, pensa-t-elle avec colère. C'est lui qui l'a ainsi remontée, perturbée, troublée. « Cesse de hurler », l'enjoignit-elle sur un ton sans réplique.

Tess, qui se débattait dans ses bras, ne l'écouta pas. « Je... veux... mon pan... da », balbutiait-elle, éperdue. Le *lamento* acéré passait les limites du supportable. Une bouffée d'indignation souleva brusquement Emma contre cette colère, la complaisance, l'égoïsme dont elle témoignait. Les braillements de sa fille la rendaient folle. Saisissant une petite main, elle en frappa la paume rose, furieuse contre Tess, à qui elle reprochait en vrac son hystérie, son refus de l'écouter, l'alliance avec son père qui la retournait contre sa mère, son abandon, sa trahison. La tape eut pour effet d'intensifier encore la voix enfantine – au-delà des mots, à présent, grimpée jusqu'à un registre insoutenable, désespéré, à croire qu'on la torturait.

Emma laissa aller la menotte moite tandis que Tess, secouée par les sanglots, s'écartait de sa mère. Elle pleurait à chaudes larmes.

« Tu t'arrêtes, maintenant. Arrête-toi », jeta froidement Emma.

Elle avait les joues en feu, son cœur cognait dans sa poitrine. À cet instant, alors que sa main fourmillait encore de la claque donnée, Emma se sentit impitoyable, triomphante : investie de la charge de défendre le pacte rigoureux qui confère leur statut aux parents, aux adultes. Les enfants doivent comprendre qu'il y a des limites, songeait-elle, sûre de son bon droit. La discipline, voilà ce qu'il faut imposer. Les enfants en ont besoin. Elle se félicitait d'avoir mis un terme à l'hystérie de sa fille.

Tess, quant à elle, ne prêtait plus aucune attention à Emma. Affalée sur le tapis, bras et jambes déjetés, elle sanglotait à perdre l'âme. À la voir ainsi, la colère d'Emma se dissipa d'un coup. Ses convictions se transformèrent instantanément en remords, sa poitrine se soulevait au rythme des hoquets de Tess. Le petit corps tiède s'abîmait dans le chagrin, par la faute d'Emma. Comment avait-elle pu la battre ? Tess n'avait que trois ans, ce week-end la laissait perturbée, inquiète, et voilà qu'en plus sa mère la frappait. Où Emma avait-elle donc la tête ? Qu'est-ce que c'était que cette histoire de discipline ? Dans quel camp était-elle ? Elle avait perdu son sang-froid, tapé son enfant. Qu'est-ce qui lui avait pris ? Tess le lui pardonnerait-elle jamais ? Comment apprendre à être une bonne mère ? À combien d'erreurs a-t-on droit ?

S'agenouillant à côté de sa fille, Emma se mit à caresser le petit dos nu. Il était brûlant. Elle le frotta doucement jusqu'à ce que les sanglots commencent à se calmer.

« Viens, ma grenouillette, dit-elle en prenant la main de Tess. Je n'aurais pas dû te donner cette tape, je suis désolée. »

La petite figure bouffie était cramoisie, le corps potelé s'abandonnait sans résistance. Tess n'avait d'autre choix que de se laisser consoler par l'ennemi – le comble de l'humiliation. Sa mère était tout à la fois son geôlier, son bourreau, son juge et son dernier recours.

Tenaillée par le remords, Emma la prit dans ses bras et l'embrassa. « Je t'aime », murmura-t-elle en étreignant ce petit être qu'elle chérissait entre tous. Elle déposa Tess sur le lit, s'allongea près d'elle, la serra sur sa poitrine, massa le crâne dur et moite, lissa les fins cheveux. Le souffle enfantin s'apaisa peu à peu, les sanglots s'espacèrent. Encore sous le choc d'une violence qui l'emplissait de honte, Emma se mit à chanter à voix basse :

Hush little baby, don't say a word,
Mama's gonna buy you a mockingbird [1].

Emma aimait particulièrement cette berceuse – promesse d'une mère à son enfant, consolation à quoi se raccrocher dans les moments de déception. Les paroles bien connues, la mélodie lente et monotone amenèrent enfin Tess à réagir. Se détendant, elle se livra avec plus de confiance contre le corps d'Emma comme si, enfin, elle y avait sa place.

1. « Chut, petit bébé, ne dis rien / Maman va t'acheter l'oiseau moqueur. » *(N.d.T.)*

3

L'année où Emma préparait sa licence à Smith College, Warren l'invita au printemps à venir camper dans les monts du New Hampshire. Le jour fixé pour l'escalade, ils arrivèrent le matin au pied de la montagne et se garèrent sur le parking. Emma ne connaissait pas les autres : Jack et Winston, deux copains de Warren à Williams College, accompagnés de leurs petites amies. Tous avaient déjà effectué des randonnées de ce genre, en bande. Ils portaient de grosses chaussettes dans leurs chaussures de marche au cuir éraflé et s'étaient entendus pour se répartir le chargement. Chacun avait son sac à dos. Warren s'occupa de remplir celui d'Emma.

« Ce n'est pas trop, pour toi ? s'inquiéta-t-il alors qu'elle le calait sur son dos d'un mouvement d'épaules.

— Non, bien sûr que non, répondit-elle.

— C'est une première, pour Emma, expliqua alors Warren au reste du groupe. Elle aurait bien aimé prendre un taxi jusqu'au sommet et nous attendre là-haut. »

Les autres pouffèrent en se tournant vers Emma. Elle se joignit à leurs rires, sans montrer que la remarque l'avait blessée : grimper lui plaisait et elle n'avait jamais rien dit de tel.

L'ascension, assez pénible, dura jusqu'au soir, et ils en vinrent à bout en ordre dispersé. Ils étaient emmitouflés dans plusieurs couches de vêtements, qu'ils ôtèrent l'une après l'autre, au fur et à mesure que la température montait et que leurs membres se réchauffaient. Les coupe-vent et les chemises en flanelle avaient fini autour de leurs tailles pendant qu'ils continuaient en tee-shirts et jeans élimés. L'air était pur et frais, le ciel bleu et dégagé, hormis, çà et là, quelques gros nuages blancs rebondis.

Au départ, se faufilant entre les rangées aléatoires des fûts brunâtres, ils suivirent d'un pas régulier le sentier étroit qui sinuait à travers les bois silencieux. Il n'y avait pas un souffle de vent, pas un bruit, à l'exception du froissement des feuilles sèches sous leurs pieds. Ils progressaient en file indienne, Warren et Emma fermant la marche. Ils n'étaient pas partis depuis bien longtemps et se trouvaient encore sous le couvert des arbres quand Warren lança à Emma, assez fort pour que les autres entendent : « Je sais que tu es fatiguée, mon cœur, mais il n'y a pas d'escalator ici. Tu n'aurais peut-être pas dû mettre tes talons hauts. » La plaisanterie eut du succès.

Quand le chemin déboucha enfin du couvert pour monter en diagonale à l'assaut des grands prés pentus, Warren reprit, sur un ton encourageant : « Allez, encore un petit effort et on va arriver à l'hôtel. Là tu trouveras une manucure. Tu pourras même avoir deux séances, mon cœur. » L'éclat de rire, cette fois, fut général et plus franc. Il semblait bien que cette réputation collait désormais à la personne d'Emma. Tandis que Warren continuait sur le même registre, ses amis, visiblement amusés, jetaient à la dérobée des coups d'œil à sa compagne. Elle leur répondait par des sourires.

En fin d'après-midi, ils atteignirent un espace rocailleux dénudé en contrebas de la cime. Ce plateau de granite incliné disparaissait par endroits sous des mousses souples d'un brun verdâtre et sous des lichens friables. D'étroites et profondes failles zébraient les plates-formes rocheuses comme autant de balafres. Elles recelaient des poches de mousse épaisses et, pour la plus large d'entre elles, des buissons de myrtilles tout rabougris en ce début de printemps, presque entièrement dépouillés à l'exception de quelques feuilles dépenaillées d'un brun-rouge qui s'y accrochaient depuis l'année précédente.

Ils montèrent les tentes, rassemblèrent du bois pour le feu. Ils avaient encore le temps d'arriver au sommet pour le coucher du soleil. « Nous allons grimper jusqu'en haut, mon cœur, la prévint Warren. Toi, tu restes ici pour regarder la télé. » Sous le nez d'Emma, Winston se fendit alors d'un grand sourire goguenard pendant que sa petite amie étouffait un ricanement méprisant.

Ce fut comme s'il l'avait giflée. Elle se tourna vers lui : « Warren, pourquoi t'obstines-tu à te moquer de moi ? Est-ce que je me plains ? Je ne me plains jamais. De quoi parles-tu, à la fin ? »

Aussitôt, Warren fut sur elle. Il l'enlaça, l'entraînant contre lui dans une virevolte qui la dissimula aux regards des autres, s'éloigna de quelques pas en la portant sous son bras comme une poupée.

« Allons, Emma, dit-il tout bas, presque dans un murmure, d'une voix chaude et tendre. Allons. Ne prends pas la mouche. » Il s'arrêta, frotta son nez contre le sien, ajouta en chuchotant : « Ne prends pas la mouche. D'accord ? Je plaisante, c'est tout. Ce sont mes amis, Em. N'en fais pas tout un plat. » Il lui sourit, posa sa main sur sa joue. « D'accord ? »

Il avait un regard clair et doux. Son bras la plaquait toujours contre lui. Il lui frottait gentiment la joue. Emma hocha la tête.

« D'accord, acquiesça-t-elle tout bas, honteuse. Excuse-moi. »

Un sourire indulgent aux lèvres, Warren ajouta en secouant la tête : « Tu as l'air si sotte quand tu te conduis ainsi. Je ne veux pas que mes amis croient que tu es sotte. » Il parlait tout doucement. Sa main s'arrondit sous la mâchoire d'Emma, la caressa, la tapota aimablement. Il attendait.

Emma opina de nouveau, sans mot dire. Tous deux retournèrent alors vers les autres, qui évitèrent leurs regards.

Ils se hissèrent le long du dernier raidillon caillouteux menant à la roche déclive et nue du sommet. Assis sur d'énormes éboulis de granite gris, ils contemplèrent le soleil se fondre subrepticement au creux des crêtes d'un noir d'encre. Au-dessus de leurs têtes, il n'y avait que le ciel, devant eux, rien que des montagnes. Les genoux entre les bras, ils s'emplissaient les yeux du spectacle. Les mots paraissaient bien superflus, là-haut. L'espace, la lumière, la distance les cernaient de toutes parts. Le ciel s'étendait à l'infini, sur et autour d'eux. Emma pensait avec exaltation qu'elle était libre, d'une liberté céleste.

Lorsque le soleil eut complètement sombré, laissant la lumière se dissoudre dans le crépuscule, ils redescendirent avec mille précautions, s'enfonçant dans la nuit. Ils atteignirent leur campement avec la toute dernière lueur du jour et allumèrent le feu. Le dîner se composait d'œufs brouillés trop cuits, de pain grillé au goût de fumée, de pommes. Puis ils restèrent autour du feu, dont les flammes légères dansaient en vacillant, fascinés par son éclat. Jack fit circuler un joint ; l'air cristallin se corsait à présent de la douce odeur musquée de l'herbe. Emma, sans y toucher, tendit le joint à Warren, qui, comme elle, le passa à son voisin.

« Pas envie ? lui demanda-t-elle.

— Ça me donne sommeil », répondit-il.

Emma, alors, était en train de tomber amoureuse de Warren, et chaque coïncidence venait conforter le sentiment de complicité magique qui la rapprochait de lui. Ils préféraient l'un comme l'autre l'Italie à la France, les Beatles aux Rolling Stones, et avaient les sushis en horreur.

Souriante, Emma posa sur lui un regard destiné à capter son attention, jusqu'à ce qu'il questionne : « Toi aussi ? »

Elle acquiesça d'un signe.

Le visage de Warren s'éclaira et il secoua lentement la tête, la fixant de son iris très bleu. « Stupéfiant, fit-il. Le destin. »

Ce minuscule élément qui venait de tomber si judicieusement en place constituait un motif supplémentaire de vivre ensemble. Pour Emma, c'était comme si Warren avait eu un pouvoir secret, un lien direct avec des forces mystérieuses. Elle s'en remettait à lui.

Warren lui passa un bras autour de la taille. Il sortit une flasque d'une de ses poches, et tour à tour ils burent de petites lampées de whisky. Emma trouvait cela plus adulte, plus digne, que fumer de l'herbe. Assis sur la pente rocheuse, perdus dans un océan de ténèbres, ils regardaient leur petit feu de camp. Autour d'eux, les sombres montagnes boisées se dressaient dans le ciel immense. Au-dessus s'étendaient les espaces scintillants de l'univers, leur noirceur vertigineuse piquetée de feux d'artifice statiques. Eux, au milieu de tout cela, goûtaient un bonheur incalculable : ils y étaient, en ce lieu, avec leurs tentes, leurs duvets, leurs gamelles. Ici, dans l'obscurité insondable et sauvage de la montagne, ils pouvaient, contre toute probabilité, s'épanouir ; Emma avait l'impression que rien n'eût pu leur résister. Assise au côté de Warren, elle était au profond d'elle-même convaincue qu'ils avaient partie liée. Elle vivait, pensait-elle, un de ces moments qui méritent d'être appelés grands.

Warren l'enlaça et lui embrassa l'oreille. « Petite bouille », chuchota-t-il.

C'était délicieux de sentir ainsi son bras autour d'elle. Elle en devenait infiniment précieuse. Il la tenait tout contre lui. « Petite bouille », répéta-t-il tout bas, la tête blottie dans son cou.

Plus tard, ils se glissèrent tant bien que mal sous les tentes. Tout au long de la journée, elles avaient paru bien grandes, arrimées sous les sacs, ballottant contre leurs reins, mais à présent, dépliées et montées, elles semblaient affreusement exiguës. Warren et Emma se faufilèrent sous la leur, remontèrent la fermeture Éclair pour s'abriter de la nuit et entreprirent gauchement de se déshabiller. Dans l'espace restreint où ils devaient s'accroupir, leurs coudes, leurs genoux devenaient soudain encombrants. Ils se glissèrent dans le double sac de couchage et, enfin, s'étreignirent. Warren colla sa bouche à l'oreille de sa compagne.

« Petite bouille, murmura-t-il. Je t'aime. »

Sa main remonta le long de la cuisse d'Emma, qui se

crispa, obnubilée par les autres tentes qui flanquaient la leur.

« Ils vont nous entendre, non ? »

Warren s'écarta : « Alors, dit-il, il faut que ça en vaille la peine », et il grogna comme un cochon, arrachant du fond de sa gorge des grommellements avides et sonores. Emma éclata de rire, et plus elle riait, plus Warren en rajoutait, tout en la serrant fort.

Rire ainsi, cela ressemblait à se laisser chuter, s'abandonner, faire l'amour, et tout le temps que cela dura les bras de Warren ne la lâchèrent pas. Alors qu'elle roulait sur elle-même, désarmée, étourdie par les reniflements vulgaires qu'il émettait sans discontinuer, elle avait conscience de l'immensité mystérieuse de la nuit, conscience aussi de capituler dans ce rire, conscience que leur abandon mutuel les retenait au lieu où ils étaient, en sécurité. Les bras de Warren étaient refermés autour d'elle. Il lui semblait qu'il la tiendrait toujours ainsi, exactement ainsi – son corps tout entier à jamais pris dans cette étreinte.

Le rire finit par se calmer et les corps par s'immobiliser, mais ils restèrent enlacés. Il se mit à l'embrasser, à se presser contre elle, durement, comme s'il y était contraint, comme si elle devait être punie par le désir même qu'elle lui inspirait.

« Je t'aime, murmura-t-il encore, phrase qui résonna au plus profond d'Emma. Je t'aime. » Il répétait son prénom, inlassablement, comme s'il s'agissait d'un mot secret de son invention, comme s'il avait pour lui une signification qu'elle ne pouvait saisir. La passion de Warren avait un côté imposant, tempétueux, autoritaire. Son étreinte était dominatrice, fanatique. Elle se sentait en son pouvoir et trouvait la sensation grisante, un peu terrifiante – par moments, l'impression d'être tombée entre les mains d'un dément, d'un assassin, d'un prédateur. Elle se sentit mollir, elle sentit que Warren se chargeait d'elle, et s'en remit à lui, pensant qu'elle n'avait pas le choix – son emprise sauvage, féroce.

Ils s'étaient mariés l'année suivante. Emma était bien jeune, vingt-deux ans tout juste, mais elle ne trouvait pas d'argument pour attendre. Warren, lui, était décidé. « Tu as besoin de moi, petite bouille », affirmait-il. Il était absolument sûr de lui, sûr d'elle. Quant à elle, cela la rassurait de lui confier la responsabilité de sa personne : il l'aimait, savait ce qu'il lui fallait, connaissait ses faiblesses et les pardonnait.

Les parents de Warren leur offrirent un voyage en Italie pour leur lune de miel. Warren venait de suivre un cours d'histoire de l'architecture et, cette année-là, il s'était autant amouraché du Palladio que d'Emma. Ils partirent pour la Vénétie afin de découvrir son œuvre, prirent une chambre au « Cipriani », dans la vieille ville d'Asolo. Bâti sur une terrasse à flanc de colline, l'hôtel se composait de deux bâtiments du XVIIe siècle disposés en L. L'un bordait la rue arrière, l'autre se déployait face à la pente. Dans l'angle ainsi formé était aménagé un petit jardin exubérant, garni de tables et protégé par la toile d'un store. Derrière, la colline montait à pic.

En contrebas, c'était un étagement de maisons entourées de leurs arbres et de leurs potagers étriqués. La raideur de la pente et la proximité des terrasses s'associaient pour créer un curieux mélange d'intimité et de surpeuplement. Des arbres qui avaient leurs racines et leurs troncs à un niveau réservaient leurs ramures et leur feuillage à celui qui les surplombait. Les voisins, quoique invisibles les uns aux autres, percevaient le moindre bruit de toux, le moindre chuchotement provenant des habitations proches.

Warren et Emma logeaient dans l'annexe de l'hôtel, parallèle à la rue et donnant sur le jardin. Leur chambre, grande et biscornue, était par malchance fort sombre. Un seul de ses murs était percé de fenêtres. Toutes de petite taille et placées à hauteur d'épaule, elles ouvraient directement sur la verdure. La lumière filtrée par les feuilles prenait une nuance aqueuse, et la pénombre, la hauteur déconcertante des croisées conféraient à la pièce un aspect vaguement sous-marin. Emma s'y sentait devenir claustrophobe.

« C'est bizarre, commenta-t-elle en se dirigeant vers une fenêtre. On a l'impression d'être sous l'eau. Il ne nous manque que des combinaisons de plongée.

— Tu as raison, acquiesça Warren. Je vais appeler la réception et leur en demander. Comment dit-on « combinaison de plongée » en italien ?

— *Robi di diva.*

— Ils vont confondre avec la tenue des chanteuses d'opéra, plaisanta Warren. Je me contenterai de le dire en anglais. Je suis sûr qu'on leur en demande tout le temps, ils doivent avoir l'habitude, à force. »

Debout devant la fenêtre, les bras appuyés sur le rebord, Emma pencha la tête à l'extérieur. L'été démarrait tout juste et les feuilles étaient encore pâles, d'un vert tendre et translucide. Plus avant dans la saison, les arbres devaient complètement obscurcir les ouvertures, mais pour l'heure les jeunes feuilles ne faisaient que tamiser le jour verdâtre qui baignait la pièce. Une des fenêtres dominait les frondaisons et, de là, la vue s'étendait jusqu'à la colline d'en face, nette dans l'air limpide. Ce versant-là était plus sauvage, sans terrasses cultivées ni constructions. La pente, très escarpée, se couvrait de hautes herbes qui ondoyaient sous le vent dans un mouvement soyeux. Des fleurs émaillaient ces prés. Une villa, tous volets clos, se dressait au sommet, isolée. Aucune route n'y menait et ainsi, à distance, on eût dit qu'elle appartenait à un autre temps, à un autre espace.

Le menton posé sur les bras, Emma tendait le cou pour humer l'air italien, pur et tiède. Tout était paisible, dehors. Des bruits de voix montaient des jardins ; un chien aboyait, comme ça, machinalement, pour annoncer la fin de l'après-midi. Les poules se répétaient par distraction. Ces sons domestiques si proches résonnaient de manière étrange, face au panorama dégagé, lointain. Elle aurait aussi bien pu se trouver dans un appartement à la montagne. Cette compacité, cette proximité de la vie italienne lui plaisaient. Rien à voir avec ce qu'elle connaissait chez elle, où chacun vivait pour soi.

Derrière elle, Warren se déplaçait dans la pièce avec des gestes sûrs, défaisait les valises, rangeait en piles ses chemises protégées par leurs enveloppes de papier et de plastique, assortissait par paires ses chaussures bien cirées. Warren prenait très au sérieux la question de l'habillement, et il avait de très belles choses : de douces chemises en coton égyptien, des pulls en pure laine, des vestes en cachemire. Quand il avait fini de s'habiller, il se plantait devant le miroir. « Pas mal », commentait-il en tirant sur ses manchettes avec satisfaction. Très droit, il se passait une main dans les cheveux pour dégager son front. « Qui donc est ce beau démon ? Ne serait-ce pas un acteur célèbre ? » Emma se mettait à rire. Warren était beau, en effet, et elle en était fière. Sur les méplats du visage, la peau lisse était couleur de miel. Les yeux bleu vif, bridés, s'ouvraient en fentes étroites, et l'épaisse chevelure brune retombait avec panache sur le front large.

Emma et son beau mari passèrent leurs journées à parcourir en voiture les terres plates et fertiles de la Vénétie à la poursuite du génie palladien. Sur le siège passager, une liasse de cartes et de guides en vrac sur les genoux, Emma lisait à voix haute les passages appropriés. Ils se mettaient méthodiquement en quête des grandes villas isolées. Certaines étaient ouvertes au public, et ils en franchissaient les grilles pour mieux détailler le dessin des toits, les lignes audacieuses et élégantes des bâtiments. À Emo, après avoir glissé leurs pieds chaussés dans de grosses pantoufles lâches, ils se risquèrent à pas feutrés sur les sols au dallage de pierre lustré, dans les pièces richement ornées, le long des immenses trompe-l'œil peints sur les murs. À Vicence, ils s'arrêtèrent dans les ruelles étroites, bouche bée devant l'implacable appareil en maçonnerie des édifices urbains plus tardifs, sombres et sévères.

À son tour, Emma s'éprit de Palladio. L'amour qu'elle portait à Warren s'en accrut d'autant : n'était-ce pas lui qui l'avait mise au contact de toutes ces richesses en l'amenant à découvrir un pays qu'elle ne connaissait pas ? L'ordre rassurant de la symétrie, l'absurde élégance aérienne des silhouettes des statues alignées sur le rebord des toits – le mérite de toutes ces merveilles revenait à Warren, qui les déployait sous ses yeux.

Un matin, après avoir avalé leur petit-déjeuner, ils prirent l'étroit chemin carrossable qui, menant au bas de la colline, reliait la vieille ville d'Asolo à la grand-route. La plaine de la Vénétie s'étalait devant eux à perte de vue, verte, calme, riche, et sa vue arracha à Emma un soupir d'aise.

« C'est si beau ! s'extasia-t-elle. Ce voyage est si beau. »

Warren, au volant, leva le menton d'un air crâne : « Ne me quitte pas, petite, dit-il. Il te faut quelqu'un qui te prenne en main. »

Ce soir-là ils avaient dîné dehors, dans le jardin paisible, environnés par le crépuscule translucide d'Asolo. Leur table était placée sous le store ; à quelques mètres, imposants, se dressaient les arbres antiques féeriquement éclairés par-dessous. Les serveurs en veste blanche s'inclinaient avec grâce pour déposer devant eux des assiettes bordées d'or dans le cercle dessiné par la lumière des bougies. Ce repas terminé, grisés par le vin, l'air et Asolo, ils regagnèrent leur appartement silencieux.

La femme de chambre avait allumé les lampes de chevet, rabattu les draps de coton blanc. Les lumières scintillantes et le linge éclatant faisaient du lit le centre de la pièce, l'aboutissement d'une longue journée. Warren s'y engouffra le premier, nu, et ne quitta pas Emma des yeux tandis qu'elle se déshabillait. Elle attrapa sa nuisette aguichante, consciente de son regard posé sur elle.

« Non », lança-t-il du fond du lit.

Elle se tourna vers lui, fière de sa nudité : « Non quoi ?

— Reste comme ça, ne mets rien, dit Warren. Tu as un beau corps. Viens. »

Debout, nue devant lui dans la pièce faiblement éclairée, Emma se sentait toute-puissante. Elle ne bougea pas.

« Un beau corps ? reprit-elle. Et mon visage, alors ? Tu ne parles jamais de mon visage.

— Eh bien, rétorqua sentencieusement Warren, tu n'as pas un beau visage. *Moi*, bien sûr, il me plaît, ajouta-t-il comme s'il s'agissait là d'un caprice tout personnel, mais je ne dirais pas qu'il est beau. De visage, tu es jolie, mais pas belle. Ton corps, en revanche... Allez, viens. »

Il se leva pour venir la chercher. Il la saisit par un poignet qu'il tira sans ménagement, l'amena jusqu'au lit et tomba dessus avec elle, l'enveloppant de tout son corps, insistant, exigeant.

La troisième nuit, longtemps après l'amour puis le sommeil où ils avaient sombré, Emma s'éveilla dans le noir. Il devait être très tard – le plein cœur de la nuit. Dehors, tout était totalement silencieux, de ce silence profond propre à la campagne. Emma fixa la fenêtre jusqu'à ce qu'elle arrive à deviner les formes, jusqu'à ce que ses yeux s'habituent à la pénombre. La lune était pleine – était-ce cela qui l'avait réveillée ? Elle emplissait la pièce de son éclat poudreux, illuminant faiblement les contours mystérieux de ce qu'Emma savait être la grosse armoire, les tables où s'empilaient des cartes, des guides, des livres, les deux fauteuils bas, replets. Chaque objet paraissait plus grand, autre, menaçant. Les meubles avaient « semble-t-il » un peu changé de place. Tout, dans ce silence, sous cet éclairage argenté, avait l'air ambigu, différent du souvenir qu'en gardait Emma, de ce qu'elle savait être la réalité. Elle se sentait infiniment calme. Sa réalité à elle était la suivante : elle se trouvait dans une chambre d'hôtel avec son mari. Sa vie, se disait-elle, commençait et ainsi allait-elle se dérouler. Emma en éprouvait du bonheur, de la reconnaissance.

Warren était couché à côté d'elle sur le dos, les bras le long des flancs. Emma s'appuya sur un coude pour observer son visage, l'examinant comme s'il s'agissait d'un objet. Elle le détaillait à la dérobée, partagée entre une vague culpabilité et l'excitation. Avec, aussi, de la fierté : le regard qu'elle posait sur lui était légitime – n'était-il pas son époux ? Il lui appartenait autant qu'elle lui appartenait. Warren aimait l'examiner des pieds à la tête, l'air absorbé, laissant ses mains suivre le chemin indiqué par ses yeux. Il la scrutait, approbateur, fixait son corps comme s'il s'apprêtait à la dévorer, comme s'il s'appliquait à la mémoriser, comme si elle était sa chose. Emma avait assurément les mêmes droits sur son visage endormi.

Elle se pencha sur lui – le long biseau de la mâchoire, l'arc indistinct, à peine ébauché, des sourcils, les cheveux soyeux tout ébouriffés. Il gisait là, tranquille, exposé à son regard. Les mains paisiblement ouvertes, paumes vers le haut, la poitrine nue, avec le petit triangle de la toison éparse, les traits détendus, sereins. Tant de confiance paraissait remarquable à Emma : elle la trouvait touchante, rare. La poitrine de Warren se souleva, le rythme de son souffle se suspendit sur une inspiration, il poussa un long soupir. Sa tête, alors, se déplaça légèrement pour creuser plus profond l'oreiller complaisant. Ce geste instinctif, voluptueux, enflamma Emma. Une pensée la traversa : le corps de Warren cherchant le confort, le plaisir. La pensée de son dos, de ses hanches bougeant contre elle, dans la chaleur. La pensée de son corps à lui en quête du plaisir de son corps à elle – car en cela comme en d'autres domaines il la prenait en main, la pressait de la voix à venir, venir –, la pensée du corps de Warren s'enfonçant, toujours plus profond, dans le sien.

Elle se pencha sur lui ; le lit grinça un peu. Elle se sentait téméraire, dans la pièce baignée de lune, cernée par le silence agreste. Jamais auparavant elle ne s'était comportée de la sorte, jamais elle n'avait été l'instigatrice de leur commerce charnel. Mais Warren était son mari. Emma se pencha et, très doucement, embrassa la bouche de Warren. Le contact de ses lèvres lui parut étrange, tant elles étaient dociles, indifférentes. Elles restèrent immobiles sous les siennes – lui dormait toujours. Emma leva la tête et contempla son visage, la ligne sombre des sourcils, le nez un peu crochu.

Un autre frisson de plaisir illicite la parcourut. Prendre ainsi l'initiative, au profond de cette nuit, avait un côté dangereux, excitant. Emma pensa à la Belle et la Bête, à Psyché et Cupidon. Aux femmes qui à minuit allument subrepticement une chandelle pour observer les formes de leurs amants : un geste irrémédiable suivi d'une catastrophe. Emma avait la nette impression de prendre un risque, mais sans pouvoir se l'expliquer : Warren n'était pas une bête.

Elle posa de nouveau ses lèvres sur celles de Warren. Sa peau, exigeante, voulait qu'il la touche. Elle s'inclina jusqu'à effleurer, légère, son torse de ses seins, qu'elle sentit se gonfler contre lui. Ses lèvres, encore, se posèrent sur sa bouche, tendrement insistantes. Elle suivit de l'index le contour de sa tête, s'arrêta à l'oreille, insinua le doigt caressant dans la tiédeur des volutes délicates au dessin compliqué. Elle respirait plus fort, à présent. Elle voulait qu'il la touche, imaginait qu'il la touchait. Elle voulait qu'il s'éveille à elle. Elle voulait qu'il la prenne dans ses bras, l'attire vers lui, écarte les draps de leurs corps pour les préparer au plaisir.

Warren ouvrit lentement les yeux. Emma les vit cligner et, voluptueuse, sûre de ce qui allait suivre, ferma les siens. Allongée sur lui, elle leva le menton, exposant sa gorge, sa bouche au regard de l'époux. Elle sentit les mains de Warren l'agripper, lui empoigner les bras. Elle le sentit convoquer ses forces – bander ses muscles, se contracter, se soulever sous elle. Puis elle fut catapultée, expulsée du lit.

Elle n'y pouvait rien, n'avait plus le contrôle de son corps : propulsée dans les airs, le souffle coupé, terrifiée, elle vint avec violence heurter la butée du mur. Son dos et une de ses hanches s'écrasèrent dessus, elle tomba. Les dalles de pierre la meurtrirent de partout – les seins, le menton, les genoux.

Le choc fut épouvantable. Emma gisait sur le sol glacé. Sous l'emprise de la peur, elle n'esquissa pas un geste. Elle s'entendait respirer, aussi ouvrit-elle la bouche pour étouffer ce halètement. Le clair de lune inondait toujours la chambre. De l'endroit où elle était étendue, au fond du puits étroit creusé entre le lit et le mur, elle ne voyait que le plafond, où le dessin de la fenêtre se projetait en un vague motif. Elle écarquilla les yeux, car sa vue était aussi trouble que si elle avait bu. Elle était incapable de se ressaisir, incapable de comprendre ce qui s'était passé, ce qu'elle devait faire. Elle ne savait pas si tout, dans la pièce, s'était brusquement et violemment déplacé, ou si la commotion ne valait que pour elle. Puis elle pensa aux maisons donnant sur la terrasse, juste en dessous : quelqu'un avait-il entendu ? Ces gens auraient-ils pu dire à quoi correspondait ce bruit ? Il était crucial que personne ne se doutât de rien. Revivant ce moment, maintes fois, elle se sentit à nouveau projetée en l'air dans le noir, impuissante, désorientée. Elle ferma les yeux. C'était de la honte, cette sensation. Plus jamais elle ne souhaitait lever les yeux, croiser un autre regard. Son dos lui faisait mal, de même que sa joue et son cou. Elle se rendit compte qu'elle ne respirait plus et, tout doucement, inhala à la dérobée jusqu'à s'emplir les poumons.

Par terre, muette, figée, paniquée, elle attendit que son souffle s'apaise, qu'un improbable état plus agréable s'instaure. Elle s'appliquait à rendre sa respiration absolument inaudible, cela lui paraissait important. Elle n'osait pas pleurer, tant elle avait honte, une honte qui la pressait de toutes parts.

Plus tard, dans le silence nocturne, Emma, frigorifiée, regagna le lit avec mille précautions, se déplaçant sans un bruit. Warren s'était retourné ; il lui présentait son dos et elle resta tout au bord du lit. Elle pensait qu'il allait lui parler, mais il n'ouvrit pas la bouche. Elle s'aperçut qu'elle pleurait et bloqua l'air au fond de sa gorge, retenant son souffle pantelant pour le calmer, se calmer. Elle resta là sans bouger, pelotonnée au bord du lit, puis, beaucoup plus tard, alors qu'il n'y avait pratiquement plus de lune dans la chambre, elle sombra dans le sommeil.

Au matin, elle en fut tirée par Warren, allongé sur elle, le visage à quelques centimètres du sien. Elle sentait son odeur. Il fixa ses yeux, laissant sa main remonter lentement à l'intérieur de sa cuisse, et sans doute l'avait-il caressée pendant qu'elle dormait car déjà elle cédait au désir, déjà ses jambes s'étaient écartées, et avant d'avoir recouvré la mémoire elle ferma les yeux, se laissa couler.

« Je t'aime, déclara Warren instamment, comme s'il lui donnait un ordre. Je t'aime. »

En bougeant l'épaule sous laquelle il avait glissé sa main, Emma fut traversée par une douleur aiguë et se rappela soudain. Elle ouvrit les yeux. Warren, devant elle, avait l'air ténébreux, absorbé.

« Je t'aime », répéta-t-il, et le soulagement envahit Emma : c'est donc qu'il lui avait pardonné. Elle plongea son regard dans le sien.

Les souvenirs de la nuit lui semblaient fous, irréels. La lumière matinale était claire et pure. La sombre armoire avait retrouvé une taille normale, les fauteuils étaient à nouveau à leur place. Derrière la fenêtre, les feuilles pâles s'agitaient souplement. La voix familière de Warren résonnait au creux de son oreille. « Je t'aime. »

Emma baissa les paupières. Et si rien n'était arrivé, si elle avait rêvé ? Les yeux fermés, pourtant, elle revécut ce vertige terrible, son impuissance à contrer le mouvement qui la projetait, et puis le mur solide auquel elle se heurtait, le dallage si froid. Elle avait mal. Peut-être Warren l'avait-il repoussée en rêve, sans réaliser ce qu'il faisait ?

Quoi qu'il en soit, c'était fini, maintenant, c'était du passé, se dit Emma. Warren lui avait pardonné, il l'aimait toujours. Consentante, elle se livra à lui, bougeant avec précaution pour ne pas aviver la douleur.

Un peu plus tard, seule dans la salle de bains, elle se tourna dos au miroir et regarda derrière elle. La main droite sur l'épaule gauche, elle se contorsionna en tendant le cou pour arriver à distinguer cette lointaine partie de son corps. Sur l'omoplate – sur son aile d'ange, disait sa mère – s'étalait un gros bleu violacé, tout meurtri, marbré. Le moindre mouvement du bras s'accompagnait d'un élancement dans l'omoplate. Emma leva et baissa l'épaule à plusieurs reprises pour tester la douleur, en observant la tache mystérieuse changer de forme par-dessus l'os. La peau n'était pas entamée et Emma trouva curieux qu'une telle souffrance lui fût infligée de l'intérieur, de la structure osseuse de son corps, alors que la surface élastique de la peau restait intacte.

Elle garda longtemps cette ecchymose. Au terme de la lune de miel elle était toujours là, s'estompant lentement sous des verts et des jaunes ternes qui peu à peu se fondirent dans une ombre rose. Le souvenir cauchemardesque, la sensation d'être soufflée, nue, par une force à laquelle elle ne pouvait résister, projetée durement contre le mur inébranlable, ne devait plus quitter Emma. Pas plus que le soulagement et la gratitude éprouvés après, en comprenant qu'elle était pardonnée.

Le couple s'installa dans un appartement exigu sur la 97e Rue. Emma commença à travailler dans une librairie d'art ; de son côté, Warren fut recruté par une agence de relations publiques dont la clientèle était essentiellement politique. « Ces types-là sont brillants, déclarait-il, l'air important. Je peux me défoncer, dans ce groupe. » Il aimait prononcer les noms de leurs célèbres clients ou, fronçant légèrement les sourcils, annoncer qu'il était crevé parce qu'il avait passé tout son après-midi « à discuter stratégie avec le sénateur ». Emma était heureuse qu'il réussisse si bien, et de façon pour lui si satisfaisante.

Tess n'était pas encore née ce soir où, dans leur chambre, Warren et Emma finissaient de s'habiller. Ils étaient invités à dîner chez de vieux amis d'Emma, des gens qu'elle aimait beaucoup, et toute à sa bonne humeur elle se trouvait jolie. Penchée sur sa coiffeuse, elle se mit à fredonner en fixant à ses oreilles les pendants de perles qui avaient appartenu à sa mère.

Warren était campé devant le grand miroir fixé à l'intérieur de la porte de la penderie. Il nouait sa cravate, attentif à son reflet.

Emma, se redressant, fit glisser la robe par-dessus sa tête. C'était une de celles qu'elle préférait, rose avec des ruchés de volants dans le dos, ajustée à la taille et décolletée ; chaque fois qu'elle la portait elle se sentait devenir légère et gaie.

Venant se placer à côté de Warren, elle lui demanda : « Tu veux bien remonter ma fermeture Éclair ? » et lui tourna le dos, mains sur les hanches pour lui faciliter la tâche. Elle pencha la tête, se préparant au contact des mains de Warren sur son dos, mais celui-ci, absorbé par son nœud de cravate, ne se laissa pas distraire et continua de tordre en boucles appliquées le ruban de soie surchargé de motifs.

« Une minute », lâcha-t-il enfin.

Emma attendit, la tête toujours penchée. Warren n'esquissa pas un geste vers elle.

« Warren, reprit-elle au bout d'un moment, avec un sourire. J'attends.

— Patience. C'est important.

— Oh, mais ça aussi, répliqua Emma, en riant cette fois, car la vanité de son mari l'amusait, l'attendrissait. Je ne peux pas sortir avec ma robe dégrafée.

— Personne ne s'en apercevrait, répliqua Warren en souriant à l'image que lui renvoyait le miroir.

— Que veux-tu dire ? »

Emma leva la tête pour le regarder.

« Tout simplement que si nous sommes invités à dîner, ce n'est pas pour toi, petite bouille. » Warren fit coulisser le nœud de sa cravate, le serra, le remonta sous son col. Puis il examina le résultat dans le miroir, releva le menton, tira légèrement sur le nœud pour le mettre en place, le tapota pour finir d'un geste approbateur. Il était prêt. Il attacha ses boutons de manchette, visiblement content de lui. Qui est donc ce beau démon ? lança-t-il à son reflet.

« Que veux-tu dire ? insista Emma.

— Ce que je veux dire, petite bouille, c'est que ton mari est canon. Quand nous allons au restaurant, les têtes se tournent sur mon passage. On me prend pour un acteur de cinéma. » Il secoua la tête, haussa les épaules, un petit sourire aux lèvres. « Je n'y peux rien, c'est comme ça. »

Emma l'observait fixement.

« Bon. Que puis-je pour toi ? » reprit-il en venant se placer dans son dos. Elle ne quittait pas son reflet des yeux ; leurs regards finirent par se croiser dans le miroir et il hocha la tête : « Allons, Emma, ne commence pas.

Ne prends pas la mouche une fois de plus. Je le vois, quand tu es remontée. » Il lui adressa un sourire aimant, clément. « N'oublie pas qui je suis : l'homme qui t'aime plus que quiconque au monde. » Il y eut un long silence. « Tu te rappelles ? reprit-il tendrement. Je suis ton mari. »

Emma se taisait, le scrutant toujours dans le miroir.

Warren se pencha pour l'embrasser dans le cou. « Alors, que puis-je faire pour toi, petite bouille ? Je suis prêt à faire tout ce que tu veux. Tout.

— Attache ma robe », répondit Emma en baissant la tête.

Elle ne parlait jamais à personne de ces moments-là. Elle avait honte, et peur aussi qu'il eût raison, que ce qu'il disait fût simplement vrai.

4

Peter offrit son visage au jet violent de la douche qui débarrassait son corps des traînées de savon éparses. L'eau chaude lui martelait la poitrine en crépitant ; il s'inclina dessous, d'avant en arrière, laissant son ruissellement le laver. Ensuite, il coupa l'eau et sortit de la cabine carrelée. Des mouchetures sombres piquetaient la vieille pomme chromée. Le jet, devenu asymétrique, ne s'arrêtait pas tout de suite de couler : il s'entêtait à suinter à grand bruit, petit filet inégal qui se raréfiait en gouttes avant de s'interrompre enfin.

Peter se tenait maintenant sur le tapis de bain jeté, un peu chiffonné, à même le carrelage. Il n'y avait pas de caillebotis, pas non plus de rideaux à la fenêtre, ni de cadres sur les murs. Seul son nécessaire de rasage, rangé sur l'étagère au-dessus du lavabo, révélait sa présence en ces lieux. Attrapant la serviette accrochée à une patère, Peter posa un pied sur le rebord de la baignoire et, se penchant pour s'essuyer la jambe, cessa de se voir dans le miroir.

La plupart du temps, il se souvenait de ce qui l'avait amené là. La plupart du temps, cela lui paraissait normal, entendu. Par moments, toutefois, au réveil ou au téléphone, pris au dépourvu, il oubliait et avait soudain l'impression de se retrouver dans un endroit inconnu. Pour l'heure, nu, penché vers l'avant, en équilibre sur un pied, il n'avait plus ses repères dans cette petite pièce dépouillée au carrelage jaune fendillé. Les murs étaient enduits d'une épaisse couche de peinture blanche sous laquelle se devinaient çà et là les sillons des fissures. C'était d'ailleurs la marque de l'appartement tout entier: une beauté sur le déclin.

Peter passa entre ses orteils, sur la protubérance arrondie de la cheville, la serviette au tissu rêche contre sa peau humide. Il songeait à Caroline; sa pensée le hantait souvent. L'image qui dansait sous ses yeux était indistincte, ses contours brouillés. Il ne se souvenait plus très bien du visage: l'idée générale subsistait, il savait en gros à quoi il ressemblait, mais n'arrivait plus à convoquer les traits particuliers, les détails de l'ensemble.

Ce n'était désormais plus sa femme. Son mariage était de l'histoire ancienne. Chaque fois que cette expression – *de l'histoire ancienne* – lui traversait l'esprit, quelque chose en lui cédait et la tristesse l'envahissait. Il n'avait pas prévu que cela se passerait ainsi. Longtemps il avait cru que son mariage était devant lui, pareil à un vaste territoire inconnu et fertile ne demandant, croyait-il, qu'à être exploré, repéré, décrypté peu à peu, au long de la vie. Voilà qu'il avait renoncé à cette aventure. Comment était-ce possible? Comment en était-il venu à divorcer? N'empêche, il avait fait en sorte que cela arrive, il avait insisté. À la perspective de retourner vers elle, de reprendre leur vie commune, il sentit son cœur se fermer comme une huître. Non: si c'était à refaire il n'agirait pas autrement, il partirait.

Sans cesse traversé par ces sentiments qui lui brouillaient l'esprit, il avait l'impression de vivre simultanément dans deux univers parallèles: la peine que lui causait l'échec de son mariage, la détermination farouche d'y mettre un terme. Il revoyait le visage d'Amanda, postée à côté de l'ascenseur; il revoyait Caroline dans la chambre, ses larmes, sa fureur.

Peter se redressa et posa l'autre pied sur la baignoire afin de sécher l'autre jambe – le bord osseux du tibia affleurant sous la surface souple de la peau, la longue courbe ferme du mollet.

Il revoyait les traits de Caroline, contractés, ses doigts crispés. Elle s'était répandue en hurlements, ce jour-là, elle l'avait agoni d'injures. Cela s'était déjà produit. Courroucée, impatiente, méprisante : elle lui apparaissait de plus en plus souvent ainsi. Étrange, car la bonne humeur, justement, était ce qui d'emblée l'avait frappé chez Caroline.

Il l'avait remarquée pour la toute première fois sur la plage. C'était au début de l'été, à la fin de sa première année de droit. Peter passait le week-end chez un de ses amis étudiants, à Nonquitt. Ils étaient allés pique-niquer sur une plage privée proche, baptisée avec bonheur Barney's Joy. Après avoir garé la voiture, ils avaient malaisément foulé le sable blanc épais, chargés de serviettes, de sandwichs, de bière. Dans son souvenir, la grande plage lisse s'étendait à perte de vue. Longue étendue de galets filant vers l'infini, s'élevant à un bout pour se perdre dans les ondulations généreuses des dunes. Il lui semblait qu'il n'y avait personne, ce jour-là, en dehors de leur petit groupe exubérant, isolé dans ce panorama lumineux, illimité.

C'était une belle journée, mais fraîche, venteuse. Caroline portait un pull sur son maillot. Un grand chapeau, Peter s'en souvenait, des lunettes de soleil. Il ne distinguait pas bien son visage, dissimulé sous le large bord de paille et les lunettes noires, très vamp. Il n'en avait pas moins une image d'elle – une image souriante, charmante. Belle. Sa façon de bouger était celle d'une belle fille. Jusqu'au moment où quelqu'un, attrapant une bouteille Thermos, renversa une partie de son contenu sur le pull de Caroline. Elle se leva d'un bond, en poussant un grand cri. Le pull ample lui enveloppait les bras, tout le buste, mais laissait magnifiquement nues ses longues jambes. Elle sautait d'un pied sur l'autre sur le sable, s'ébrouait, saisie par le liquide – était-il chaud ou froid ? –, excitée, hilare. Elle avait crié, mais de plaisir, eût-on dit, pas de colère en tout cas. Peter avait été étonné qu'elle prît si bien la chose ; elle avait frotté la tache qui marquait le lainage puis s'était mise à rire. Là, il l'avait parfaitement vue. Le vent retroussait le bord de son chapeau. Les longues mèches de ses cheveux tirant sur le blond lui balayaient les joues, la bouche, et elle les écartait avec ses doigts.

Peter passa la serviette sur ses cuisses, ses fesses, son dos. Ses gestes devenaient plus lents, maintenant qu'il était à peu près sec. Il enfouit son visage dans l'éponge, s'absorbant dans son obscurité humide et rêche. Derrière le tissu, ses mains entreprirent de modeler durement ses traits, suivant le creux des orbites, frottant, récurant, comme pour ôter une couche indésirable qui se serait déposée sur le tard afin de le rendre à une phase antérieure de son apparence. De l'histoire ancienne, pensa-t-il. À nouveau ces mots le projetèrent ailleurs, dans un lieu sombre et turbulent. Où était-il ? Qu'avait-il fait de sa vie ? Une part de sa personne, son mariage raté, l'élançait, tel un membre amputé toujours doué de sensibilité.

Lorsque Peter avait rencontré Caroline, il n'envisageait pas encore de se marier, ne cherchait pas la femme qu'il épouserait. Il avait un plan, linéaire, méthodique : une fois ses études de droit terminées, il irait à New York, trouverait du travail là-bas. Il voulait régler cela avant de s'engager dans la vie de couple. Une épouse, il fallait s'en occuper ; c'était une responsabilité que Peter n'était pas prêt à assumer tout de suite. Ce qui, à l'époque, le motivait et le stabilisait, le rayon invisible qui ordonnait le paysage de son avenir, était la peur de manquer d'argent.

La nuit, quand il était sur le point de s'endormir, Peter était visité par une scène de cauchemar. Muet, paralysé, il regardait par la fenêtre ses parents, éperdus de confiance et de naïveté, glisser avec lenteur, en toute inconscience, sur la pente inexorable qui les entraînait vers le dénuement. Il les voyait, tous deux confortablement installés devant la cheminée ; il voyait la maison qui commençait à s'affaisser dangereusement – les planchers se déformaient dans un silence affreux, les fondations cédaient, le toit aux bardeaux moussus se creusait. L'image, qui revenait souvent, était chargée d'une angoisse qui accélérait les battements de son cœur.

Le jour où, sur la plage de Barney's Joy, il admira Caroline sautillant sur le sable blanc, ses longues jambes lisses, son chapeau, *compagne* fut pourtant le mot qui lui vint spontanément à l'esprit. Il en resta abasourdi. Ce n'était pas ce qu'il avait cru vouloir d'une femme, d'une épouse. *Une parfaite compagne* – telle fut la phrase qui s'imposa à lui.

À présent, dans la petite salle de bains, Peter se souvenait de sa peur panique de la pauvreté, sans pouvoir, cependant, en retrouver le goût – c'était comme essayer de convoquer une douleur disparue. Il voyait les choses autrement, désormais. Il s'était donné les moyens d'obtenir ce qu'il voulait – la sécurité – et ce que voulait Caroline – l'appartement sur Park Avenue, les clubs, l'école privée, la nourrice. Maintenant qu'il avait fait ses preuves, la réussite n'était plus aussi effrayante. Il se sentait comme un cheval harnaché, qui frotte son épaule contre un palefrenier en sachant qu'il peut le renverser.

Peter détenait une partie du capital du cabinet juridique où il travaillait – une bonne affaire, bien située, en plein centre, et qui tournait bien. Lui-même s'était spécialisé dans la propriété intellectuelle à une époque où peu de gens s'y intéressaient. Depuis, avec l'essor de l'édition électronique, la question des droits d'auteur était devenue un vrai casse-tête. Ses jeunes collègues s'empressaient autour de lui comme un troupeau de bouvillons ; impétueux, mais circonspects, ils se bousculaient pour attirer son attention. Son service s'était agrandi. Ses parents n'iraient pas à l'hospice.

Peter passa la serviette sur son torse et son ventre, appréciant la friction de sa texture rugueuse. Sec, propre, il était prêt pour le dîner avec Emma, qui devait clore cette journée en beauté. Il accrocha à la diable sa serviette à la patère, la laissant pendre en plis lourds et chiffonnés. À la maison, comme il continuait de dire malgré lui, il l'aurait retrouvée pliée selon les règles, lors de la douche suivante. Ici, la prochaine fois, sa serviette aurait exactement la même allure de chiffe négligée. Très bien, se dit-il.

Sa chambre était pleine d'objets depuis longtemps familiers. Ils l'entouraient, ces compagnons de sa fuite, de son exil, de sa libération : le tapis persan rouge auparavant dans la bibliothèque, usé jusqu'à la trame, à la frange inégale, effilochée ; le fauteuil en cuir au dossier à oreilles et le bureau en acajou de son grand-père, lourd et luisant, son bois poli d'un brun-rouge foncé, son grain très fin qui lui donnait un aspect de carte météo barbouillée de tourbillons à la dérive, de subtils courants sous-jacents. Le tiroir du haut gonflait effrontément sa panse avant de s'incurver, telle une colonne en ronde-bosse posée à l'horizontale en travers du meuble. Dessous, les tiroirs du bas s'alignaient avec sobriété à la perpendiculaire, étoilés d'une double rangée de boutons en cristal.

Caroline avait été ravie d'être débarrassée du bureau. « L'horreur victorienne », comme elle disait. Peter, lui, échouait à le décrire. À ses yeux il ne s'agissait pas d'une pièce d'ameublement mais d'un objet de famille. Il lui évoquait son grand-père. Un grand-père qu'il n'avait pas connu, mais dont le bureau, si loin qu'il s'en souvînt, avait trôné dans sa chambre. Tôt le matin, à l'heure où Peter s'éveillait à peine, il regardait entre ses paupières demi-closes, animées de lents battements, et s'imaginait voir son aïeul petit garçon. Il lui apparaissait vêtu d'étranges vêtements empesés – le haut col blanc qui l'engonçait, la culotte noire d'un autre âge lui arrivant aux genoux. Immobile dans la pénombre, son jeune grand-père examinait le contenu d'un tiroir ouvert. Jamais il ne se retournait : Peter ne le voyait que de dos. Cette présence indistincte, fruit de son imagination, avait sur lui un effet bienfaisant, réconfortant.

Les parents de Peter vivaient toujours à Marblehead, dans la maison où il avait grandi. Du temps des grands-parents de Peter, c'était une remise à voitures. Aujourd'hui, les bâtiments de la propriété avaient tous été réaménagés. La buanderie, les étables, la remise étaient devenues des logements occupés par des cousins, des tantes, des oncles. Seule la maison de maître, Axminster, était restée en l'état. Elle appartenait à un oncle de Peter, juriste lui aussi, seul membre de la famille assez fortuné pour l'entretenir.

Axminster était sombre, massive. À l'extérieur, des bardeaux sans apprêt protégeaient les façades percées de fenêtres à petits carreaux, surmontées d'étroites cheminées blotties les unes contre les autres, dans le style Arts and Crafts. Dedans, les pièces étaient hautes de plafond, spacieuses et obscures, habillées d'immenses parquets de chêne poli et de boiseries sombres. Il y avait une énorme cheminée rustique en granite dans le salon, une autre dans la salle à manger. L'escalier majestueux formait un palier à mi-hauteur avant de s'élever jusqu'au premier étage. Sa rampe était soutenue non par des pilastres, mais par de minces panneaux de bois plat évidés en forme de cœur. Autrefois, un épagneul répondant au nom de César aimait se poster sur le palier et passer le museau à travers une de ces découpes. Peter, maintenant, ne savait plus s'il avait connu César pour de vrai ou seulement entendu parler de lui, mais il en avait une image très nette : assis sur le palier, sa petite truffe noire en avant, il agitait sa queue courtaude.

Quand Peter avait amené Caroline chez ses parents pour la leur présenter, elle avait fait grand cas de la remise transformée. « Oh, c'est charmant ! répétait-elle à tout bout de champ. J'adore cet endroit ! » Très expansive, méridionale.

L'ancienne remise, elle aussi, était sombre à l'intérieur avec ses hauts lambris et son plafond mansardé. Le sol était, par endroits, recouvert de planchers à lattes étroites, à d'autres de dalles de grès, vernissées mais inégales. La maison possédait un cachet campagnard qui la rattachait de façon subtile à son passé. Il n'eût pas été surprenant d'y découvrir une lourde chaîne pendue à l'un des murs, prête encore à recevoir l'anneau en cuivre d'un licol, ou, poussé dans un coin, un gros nid de vieux fers à cheval attendant d'être refaçonnés à grands coups sonores sous le marteau du forgeron. Les Chatfield occupaient la maison avec légèreté. Les objets, le décor étaient ce qu'ils étaient… il ne leur serait pas venu à l'idée d'y changer quoi que ce soit.

Ce jour-là, après le déjeuner, Peter proposa à Caroline d'aller marcher un peu. L'automne touchait à sa fin et le soir tombait tôt. Ils traversèrent la pelouse envahie par la mousse, crissante du premier gel. Après s'être faufilés sous le mur buissonnant des forsythias, ils débouchèrent sur l'allée en gravier qui menait à la maison de maître et, suivant sa large courbe, se retrouvèrent devant la grande porte cochère percée dans la façade sombre d'Axminster.

Caroline ouvrit de grands yeux et voulut savoir à qui appartenait la maison.

« À oncle Punch et tante Judy, répondit Peter.

— Punch et Judy[1] ? s'étonna Caroline.

— Ma tante s'appelle Sarah, mais tout le monde la nomme Judy, à cause d'oncle Punch.

— Parce que lui s'appelle vraiment Punch ?

— Non, Hubert. »

Suivit une pause, rompue par Caroline :

« Seigneur, soupira-t-elle. C'est immense.

— Tant pis pour toi, glissa Peter en lui passant un bras autour des épaules. Tu n'as pas choisi le bon cousin.

— Ne dis pas de bêtises », rétorqua Caroline en secouant la tête, un sourire enjôleur aux lèvres. Il était clair, pourtant, qu'elle était déçue, et Peter, à qui cela n'avait pas échappé, s'en amusa à l'époque.

La famille de Peter était implantée à Boston depuis le XVIIIe siècle. Sans être riches, ses ancêtres avaient vécu dans une aisance confortable jusqu'au XIXe siècle, époque où l'un d'entre eux avait fait fortune dans l'industrie textile. Axminster était le nom d'un tapis autrefois très prisé. À la naissance de Peter, les signes tangibles de cette prospérité avaient pour la plupart disparu, ceux du moins de la branche dont il était issu. À l'instar de son père, il avait fréquenté St. Paul's et Harvard, mais, contrairement à lui, avec un statut de boursier.

---

1. Punch et Judy sont un couple de marionnettes très populaire dans le théâtre pour enfants. Punch, le mari, est un vilain bossu au nez crochu, qui au moindre prétexte bat à coups de bâton sa femme, Judy, et leur bébé. *(N.d.T.)*

Peter enfilait à présent un caleçon propre dont il fit claquer l'élastique à la taille pour mieux sentir le coton frais bien repassé sur sa peau encore un peu humide. Ce luxe de la propreté, pensa-t-il, du tissu frais sur soi. Aussitôt il songea à Emma, à sa peau crémeuse. Ses bras lisses. Ses mains, aux doigts souples et fins, qui lui évoquaient un genre de lémurien, une petite créature préhensile. Son menton pointu, si net et précis, lutin. Il aimait ses yeux tirant sur le vert, brillants, magnifiquement fendus selon une inclinaison élégiaque. Quand elle souriait, ils s'étrécissaient, s'illuminaient.

Peter ouvrit le tiroir contenant des chemises pliées dans des enveloppes en plastique. Il en choisit une bleu foncé à petites rayures blanches et, après l'avoir secouée pour casser les plis raides, glissa ses bras dans les manches.

Ses affaires étaient sur le bureau, posées sur une écharpe en tissu : les deux brosses à cheveux en vieil ivoire de son grand-père, une timbale en argent qu'un huissier lui avait offerte lors du mariage d'un ami étudiant, son portefeuille en cuir – noir, avachi, bourré. Et aussi un petit plateau en argent dont il avait oublié la provenance, sur lequel il vidait ses poches de leur monnaie ; une petite coupe en terre cuite non vernissée qui penchait dangereusement vers la gauche, confectionnée par Amanda en classe de CP et qu'elle lui avait donnée pour Noël ; Peter y déposait ses boutons de manchette.

Il glissa leurs chaînettes dans les doubles boutonnières des poignets à rabats. Ces boutons de manchette lui venaient de son père ; avant, ils avaient appartenu à son grand-père : ses initiales, PSC, étaient gravées sur les petits ovales de cuivre, usés sur le dessus, éraflés. Avec le temps, les lettres avaient perdu de leur précision sur les bords. Son grand-père se prénommait Paul, pas Peter, mais leurs initiales étaient identiques. Fils unique, Peter hériterait d'ailleurs de tous les objets de famille, monogrammés ou non. Quand ses parents mourraient, ce serait tout ce qui resterait : les meubles, la maison. Année après année, son père écornait le capital avec constance, sinon prodigalité.

Peter devrait se défaire de la maison. Il provoquerait un scandale familial en la vendant à des étrangers, mais essayer de lui trouver un acquéreur au sein du clan le précipiterait à coup sûr dans le tourbillon cauchemardesque des tractations, des récriminations, des silences obstinés, des lettres manuscrites ulcérées, sans compter les cousins qui changeraient de trottoir quand d'aventure il les croiserait dans la rue. Cela s'était déjà produit lorsque, à la mort de sa grand-mère, la propriété avait été partagée. De fureur, un de ses oncles avait déménagé à Santa Barbara ; depuis il n'adressait plus la parole à Punch.

Peter ne pourrait pas garder la vieille remise. Il n'avait aucune intention de revenir s'installer à Marblehead, le cours de sa vie l'entraînait ailleurs. Jamais, cependant, il n'avait parlé à ses parents de ce projet de vendre la maison. Peter avait quarante ans. Sa mère en avait soixante-douze et son père soixante-quinze. Tous deux se portaient à merveille, ils débordaient encore de vie et de santé.

En ce moment – sept heures du soir ou presque –, ils se tenaient sans doute dans la cuisine. Le père de Peter, Jeffrey, avait désormais réduit son activité de pédiatre. Il n'acceptait plus aucune garde le week-end et travaillait moins en semaine. Là, il était installé dans son fauteuil à bascule, à un bout de la table de la cuisine. Dans une main, il devait tenir le seul verre qu'il s'autoriserait de la soirée, un scotch coupé d'eau. De l'autre, il feuilletait le journal. Il achetait son quotidien en rentrant à la maison et le lisait le soir, si bien qu'il avait systématiquement un jour de retard sur les nouvelles. Pendant que sa femme préparait le repas, lui, sous le rond de lumière du lampadaire, lisait à voix haute des extraits qui l'amusaient ou l'exaspéraient.

Le père de Peter était grand et mince, chauve. Des lunettes sans monture cerclaient ses yeux bleu vif, des rides profondes ravinaient ses joues et des touffes de poils blancs folâtres jaillissaient de ses oreilles. En hiver, il portait une grosse veste tricotée à la main et des complets de tweed épais, inusables. L'été, il passait d'antiques costumes en toile lustrés par le fer à repasser et chaussait des tennis bleues. Quelle que fût la saison, le Dr Chatfield ne se séparait jamais de sa vieille paire de jumelles en métal sombre, lourde, sérieuse, accrochée autour de son cou par une courroie de cuir râpée. Ornithologue amateur acharné, passionné, il s'arrêtait au bord de toutes les routes pour des observations à la jumelle qui nécessitaient une mise au point minutieuse. La liste des espèces qu'il connaissait était aussi longue qu'impressionnante.

Polly, la mère de Peter, devait aller et venir entre l'évier, le plan de travail et la cuisinière, dans une jupe en tweed et un de ses éternels chandails unis. Elle s'habillait dans des couleurs sans éclat – marron, gris, bleu ardoise. Plutôt petite, elle avait une silhouette confortable, l'arrière-train large, généreux, pas de taille. Une courte ride s'était creusée à la verticale entre ses yeux noisette, au-dessous desquels s'étalaient maintenant des poches discrètes. Ses cheveux raides d'un blanc éclatant, coupés court, étaient partagés par une raie sur le côté. Elle répondait aux déclarations de son mari par de brèves répliques.

Quand Peter avait annoncé à ses parents que Caroline et lui allaient se séparer, sa mère avait haussé les sourcils, sans un mot.

Le Dr Chatfield, lui, s'était balancé un moment dans son fauteuil, l'air pensif, fixant son fils par-dessus ses lunettes, une moue irritée sur les lèvres.

« À quoi t'attendais-tu ? » finit-il par lâcher en faisant craquer son siège.

Peter, à son tour, sentit la colère l'envahir. Il attendit un moment avant de répondre : « Je me suis trompé. Nous ne voulons pas la même chose de la vie, Caroline et moi.

— Tout le monde en est là », le fustigea son père. Peter garda le silence et, au bout d'un moment, le Dr Chatfield se replongea dans son journal, la bouche toujours crispée, l'œil plissé.

Assis en face de lui, Peter avait avalé une gorgée sans mot dire. Puis il avait appuyé la tête contre le haut dossier droit de sa chaise en bois, cherchant à s'accommoder de cette butée verticale. De toute évidence, il venait de décevoir ses parents, mais pourquoi ne l'interrogeaient-ils pas davantage ? Il leur en voulait de ce jugement mutique. Jamais ils ne l'avaient explicitement encouragé à réussir sa vie de couple, ni complimenté pour ses succès, pas même pour sa réussite matérielle, qu'il avait pourtant voulue pour eux, entre autres. C'était ainsi, on n'en parlait pas.

Souvent, ensuite, il s'était interrogé sur la signification de la remarque paternelle. Était-ce une allusion à un épisode passé sous silence de la vie de ses parents ? Peter ne posa pas de questions, il ne voulait pas savoir. Le soupçon se profilait à la limite de son champ de vision, subreptice, pareil à un noir récif dont la présence n'est révélée que par l'écume blanche qui le recouvre, trop dangereux pour qu'on l'approche. *Tout le monde en est là*. L'expression s'était gravée en lui.

À moitié habillé, maintenant, sa chemise boutonnée, poignets compris, les jambes nues, Peter enfilait ses chaussettes. En cachemire. À nouveau il goûtait consciemment ce luxe, avec un sentiment de gratitude adressé au monde entier. Des chaussettes en cachemire. C'est en pension que Peter avait réalisé combien sa famille était bizarre, différente. Jusqu'alors il lui avait suffi de constater que son patronyme figurait au vu et au su de tous dans les lieux publics – les cimetières, les murs de l'église, les bibliothèques. Pour lui, cela allait de soi, encore qu'il en tirât un certain orgueil qui lui paraissait légitime. C'est en pension qu'il avait compris, avec étonnement et mortification, que sa famille était pauvre.

À dix-sept ans, gauche et susceptible comme on l'est à cet âge, il se trouvait dans la cuisine un soir d'hiver, juste avant le dîner. Son père lisait le journal.

« Pourquoi n'irait-on pas à Vail pour les vacances de printemps ? proposa Peter de but en blanc, maladroitement provocant.

— Pour quoi faire ? demanda son père en interrompant sa lecture.

— Vail est une station de ski, pourquoi ne pas y aller ? » insista Peter, tout de suite irrité par la non-réponse de son père.

On avait toujours skié, dans la famille. Les Chatfield possédaient une ferme près de Mad River. Tout un chacun s'y rendait – tantes, oncles, cousins –, en fonction de règles d'occupation devenues de plus en plus complexes avec le temps. Mais la maison était vieille. Au fil des ans, les arrangements conclus avaient généré des hargnes et des embrouillaminis impossibles, et pour finir la propriété avait été vendue quand Peter avait douze ans. Depuis, il ne skiait plus que lorsqu'il était invité par des amis.

« À Vail ? répéta son père. Vail, dans le Colorado ? »

Peter opina, sur la défensive.

« Pourquoi n'allons-nous pas là-bas ? Parce que nous n'en avons pas les moyens », avança le Dr Chatfield, l'air ébahi et inquiet, comme si son fils, soudain, avait sauté d'un bond sur la table. S'ensuivit un long silence, que Peter mit à profit pour remâcher sa rancune. Estimant qu'il avait été clair, le Dr Chatfield retourna à son journal.

« De plus, intervint posément la mère de Peter, debout devant l'évier, nous ne connaissons personne qui aille à Vail.

— Moi, si, dit Peter.

— Nous n'y allons pas, un point c'est tout », décréta son père derrière son journal.

Peter repoussa brusquement sa chaise et quitta la pièce en trombe.

C'est à Harvard que Peter avait pris la mesure exacte de sa pauvreté. En première année, il partageait sa chambre avec un riche Argentin, Roberto. Bouche bée, il l'écoutait lui décrire les estancias, les parties de chasse, les week-ends dans les villas du bord de mer, les bals, les danses, les avions particuliers. Il y avait aussi la façon dont Roberto traitait ses affaires – ce blazer en cachemire, par exemple, qu'il avait un jour jeté par terre et qui y était resté près d'un mois et demi. Peter n'avait qu'un seul blazer, en laine. Pendant la période des révisions, en janvier, il s'était décidé à ramasser le blazer poussiéreux abandonné et à le suspendre au dossier d'une chaise. Roberto avait alors déclaré, sur un ton enjoué : « Ne te donne pas cette peine. Il est dégueulasse, je vais le jeter. »

Peter était resté un moment à le dévisager. Il pensait au blazer, roulé en boule dans la corbeille à papier de leur chambre, il l'imaginait dehors, dans la grande poubelle du palier – et il se voyait l'en extirper furtivement. Furieux qu'une idée pareille lui passe par la tête, indigné par sa propre imagination, il avait ajusté les épaules du vêtement sur le dossier de la chaise en observant avec froideur : « Ce n'est que de la poussière. » Roberto avait haussé les épaules.

Quelque temps plus tard, le blazer disparut et Peter supposa que Roberto l'avait jeté, après tout. Roberto n'avait aucune espèce d'attention pour ses vêtements. Il perdait ses splendides chemises taillées sur mesure, ses pulls magnifiques en pure laine. Il enfilait ses coûteux mocassins Peal sans chaussettes, fourrant sans ménagement ses talons dedans si bien que les contreforts ne résistaient pas longtemps. Il en achetait d'autres. Peter observait, gardant pour lui ses réflexions.

Chez lui, Peter se mettait à remarquer les cols et les poignets élimés des chemises en coton de son père. Il s'apercevait que tout, dans la maison, avait un aspect fatigué, vieilli, usé : le carnet d'adresses en lambeaux de sa mère, les coussins fanés du canapé, les tapis persans râpés jusqu'à la corde. Il rageait, rejetait la faute sur son père. Il y avait eu de l'argent pourtant, mais il s'était envolé.

Peter passa son costume, glissa avec soin les pans de sa chemise dans le pantalon. Ses costumes étaient cousus à ses dimensions. Pas à Londres : cela, à son avis, se transmettait de père en fils. Son grand-père avait bien eu un tailleur londonien, mais plus personne ne savait qui. S'adresser de sa propre initiative à un tailleur londonien revenait, de l'avis de Peter, à s'inventer des armoiries. Il allait donc chez Morty Sills, dans la 53e Rue. Une petite boutique très snob, aux allures de club privé. Caroline avait été ravie qu'il choisisse Sills. Quand Peter lui en avait parlé, son visage s'était éclairé – on eût dit qu'il venait d'accomplir quelque action d'éclat au lieu de simplement décider qu'il dépenserait désormais beaucoup d'argent pour s'habiller.

Comme Peter, Caroline avait vu dans New York une ville où donner la mesure de ses talents, même si elle se fixait d'autres objectifs que lui. Elle rêvait pour sa part d'une réussite sociale éclatante. Originaire de Louisville, *Lou'ville*, comme disait maintenant Peter, à la manière des gens du Sud, Caroline était issue d'une grande famille, solidement cossue. Il y avait des cousins, des maisons, des fêtes... Sa mère, Mme Pierce, une femme fascinante et dominatrice, était grande, mince, avec un long cou tout en tendons. Elle coiffait en arrière et vers le haut, comme à la herse, ses cheveux rêches et drus, couleur vieux bronze et creusés de sillons. Ses colliers et ses bracelets en or ressemblaient à des tresses épaisses et elle traitait Peter avec une coquetterie délibérée. « *Petah*, prononçait-elle avec l'accent du Sud, en tapotant la place restée vide à côté d'elle sur le canapé. Venez donc ici, asseyez-vous et racontez-moi qui sera le prochain président des États-Unis. » Elle était flatteuse, charmeuse. Caroline en avait peur.

Peter se souvenait de l'incident survenu dans le grand salon rouge des Pierce. Sous le toit de sa mère, Caroline passait des heures à s'habiller, soignait particulièrement sa coiffure, son maquillage. Le soir en question, elle portait des boucles d'oreilles neuves, achetées à New York, qu'elle s'était empressée de montrer à Peter en exultant : « Ma mère va les adorer ! » Il s'était alors aperçu que, même à New York, elle s'habillait en fonction de sa mère. En gagnant le rez-de-chaussée avec elle, ce soir-là, il avait perçu la joie impatiente de Caroline, son excitation.

Les Pierce recevaient, et la pièce brillamment éclairée était pleine d'invités dispersés en petits groupes. Mme Pierce se tenait devant la cheminée – pantalon blanc, pull rouge vif, boucles d'oreilles en or –, au centre d'un cercle. Caroline, en bustier argenté sur pantalon noir, les cheveux bien lissés, aux pieds des escarpins vernis étincelants, s'arrêta un moment en haut des deux larges marches menant au salon. Puis, un grand sourire aux lèvres, elle se dirigea vers sa mère.

Mme Pierce se retourna, la fixa un instant et déclara, haut et fort :

« Caroline, où donc avais-tu la tête quand tu as acheté ces choses ? On dirait des petits bouts d'intestin dans du papier d'argent. » L'assistance s'esclaffa et Mme Pierce, s'adressant à ses amis, ajouta avec un sourire : « J'ai *horreur* de ces pendants d'oreilles qu'on voit aujourd'hui. Ah, si Fulco vivait encore ! Vous vous souvenez de Fulco ? Ses bijoux étaient si amusants. »

Debout à côté de Peter, Caroline ne broncha pas. Elle porta la main à ses boucles et accueillit les risées avec un sourire. Peter vit que ses yeux brillaient. Elle prononça quelques mots indistincts, puis, s'éloignant comme si elle avait oublié quelque chose, monta à la hâte les deux marches et s'esquiva en direction de la salle à manger. Peter, qui lui avait emboîté le pas, poussa la porte battante donnant accès à l'office. Il l'y trouva, les coudes appuyés sur un placard, en pleurs, fulminante. « Je la hais ! s'exclama-t-elle avec fureur. Je la hais ! » Elle enfouit son visage dans ses mains. Peter l'attira contre lui et elle sanglota sur son épaule.

Quand ils revinrent au salon, Mme Pierce multiplia les marques d'attention à l'égard de Peter. Elle l'avait placé à sa droite à la table du dîner.

Peter se campa devant le miroir pour glisser sa cravate autour du col de sa chemise, dont il venait de relever les pointes raides. En cet instant où Caroline, en larmes, meurtrie, s'était effondrée sur sa poitrine, il avait été submergé par un brusque flot de tendresse, mêlé au désir de la protéger. Elle paraissait vulnérable, il se sentait fort.

Ces sentiments s'imposaient à lui avec une force impérieuse, turbulente. Une forme d'amour – il croyait alors qu'il s'agissait du véritable amour.

Peter noua sa cravate en tordant le pan de soie en boucle autour de lui-même. Curieux, se dit-il, qu'il faille se regarder dans un miroir pour y arriver, même quand on sait comment s'y prendre. On a beau connaître précisément la mécanique du geste, l'œil reste indispensable. Il examina la boucle, le nœud coulant, les deux pans de soie tombant impeccablement l'un au-dessus de l'autre, l'un plus court que l'autre de l'exacte longueur voulue. Lui revint le souvenir des longs jours de pluie dans le Maine, où il apprenait à faire des nœuds marins. Le lapin sort de son terrier, passe autour de l'arbre, retourne dans son trou. Peter était prêt. Il boutonna sa veste. Levant les yeux, il croisa le regard de son reflet : à présent, Emma.

L'espace d'une seconde, le visage de la jeune femme lui apparut : brillant, radieux, sur un horizon infini. Puis l'image s'effaça et Peter dut battre des paupières en esprit et se concentrer pour essayer de la retrouver.

Il se rappela leur toute première rencontre, au cocktail. Il l'avait trouvée froide, ce soir-là, suffisante ; il savait maintenant qu'elle était timide, très vite mal à l'aise. Les commentaires auxquels elle s'était livrée sur ses tableaux lui avaient paru péremptoires, définitifs. Aujourd'hui, il savait qu'Emma n'était jamais plus intransigeante que vis-à-vis d'elle-même. Elle ne se pardonnait rien, ne s'autorisait pas le moindre faux pas ; c'en devenait absurde, touchant.

Il avait envie d'elle. Cette forme d'amour était si différente. Comment avait-il pu prendre l'autre pour la vraie ? Il voulait, plus que tout, la présence d'Emma – le plaisir de cette présence, sa consolation voluptueuse. Il pensa à la longue ligne de l'intérieur de son bras, à sa peau pâle, délicate.

Il lui semblait qu'il fonçait tête baissée en suivant la pente d'une montagne, sans se soucier où il mettait les pieds, sans s'inquiéter de la chute, des roches, de la gravité, en proie exclusivement à la nécessité de sa précipitation. Qui pouvait dire où cela mènerait ? Qui s'en souciait ? Quel bonheur, pour lui, de se trouver au beau milieu de tout cela, emporté par cet éboulement fracassant de lui-même, qui l'entraînait vers elle.

5

« C'est une expérience », glissa Peter à Emma en lui tenant la porte. Elle franchit le seuil. Un restaurant mexicain, déprimant, prétentieux. De hautes salles avec, aux murs, de mauvais portraits du XIXe siècle dans des cadres surchargés. L'endroit était presque vide, et le serveur les accueillit avec effusion. Chauve, corpulent, cassé en deux par ses courbettes, il avançait à reculons devant eux pour les conduire à leur table. Il se posta ensuite derrière la chaise à haut dossier d'Emma.

« Señora, déclara-t-il onctueusement en tirant le siège avec un arrondi du bras. Señor », enchaîna-t-il avec une inclination de tête. Il leur tendit à chacun un menu immense, retenu par des cordelettes rouges à pompons, se frotta les mains, leur adressa un affreux sourire. « Vous prendrez un apéritif ? »

Une fois qu'il se fut éloigné, Emma regarda Peter.

« Pourquoi sa servilité est-elle si déplaisante ?

— Elle est avant tout hostile, répondit Peter. Un mince vernis de politesse recouvrant un mépris insondable.

— C'est tout à fait ça. Il y a de la colère rentrée derrière ses révérences. Alors qu'un serveur italien peut s'incliner à longueur de soirée sans du tout donner cette impression. Il te laisse sous le charme.

— Parce que les Italiens ne pensent pas qu'ils vont perdre la face en se montrant polis. Il en faut beaucoup plus pour cela. Ils sont foncièrement dignes. Rien de ce qu'ils font ne menace leur dignité. En revanche, les Américains sont d'une telle susceptibilité qu'ils exigent d'être appelés "monsieur" pour aller garer ta voiture. » Il jeta un regard autour de la salle funèbre. « Je ne connais pas du tout cet endroit. Ça n'a pas l'air d'une gaieté folle.

— On y mange peut-être bien, supposa Emma.

— Au moins, ce n'est pas bruyant. » Peter prit la main d'Emma sous la table. « Je pourrai t'entendre sans problème, dit-il avant d'ajouter, les yeux plantés dans les siens : Je pourrai te regarder, aussi.

— Moi je ne peux pas te regarder trop longtemps. C'est comme fixer le soleil. »

Il commençait à se détendre, elle le sentait. Si elle arrivait, à présent, à reconnaître chez lui les signes de tension, elle ne savait toujours pas ce qui, en temps normal, le relaxait : l'exercice physique ? la solitude ? l'alcool ? En fait, elle ne connaissait pas Peter en temps normal, dans sa vie normale. Il n'y avait plus pour lui de vie normale. Depuis le divorce, il dérivait, toutes amarres larguées.

Emma se rappelait la foule rassemblée chez lui le soir de leur rencontre. Tous ces gens avaient semble-t-il disparu de la vie de Peter. Après un divorce, les amis communs prennent le parti de l'épouse. En sus de la garde de l'enfant, Caroline avait un droit de garde sur l'appartement ; apparemment, cela lui conférait aussi un droit de garde sur leurs relations. Elle continuait à mener la vie qu'ils avaient partagée autrefois, et dont il était désormais exclu.

Peter ouvrit le menu.

« Tout est mexicain, annonça-t-il.

— J'aime ça, dit Emma. J'ai passé un été au Mexique.

— Ah bon ? fit Peter en la regardant. À quelle occasion ?

— J'ai participé à un projet d'aide au développement, quand j'étais à la fac, pour un petit village dans la montagne. J'adorais cet endroit – la chaleur, la sécheresse, l'éloignement : un village complètement replié sur lui-même, un monde en soi. Autour, la campagne était intacte, vide, si tranquille. Les jours de marché, les femmes se mettaient à genoux par terre devant leurs légumes arrangés en petites pyramides, les poivrons verts, les tomates rouges, tous resplendissants, éclatants de propreté.

— Qu'est-ce que tu faisais là-bas ?

— Les garçons construisaient une école. Nous nous chargions de la cuisine à tour de rôle, deux par deux ; mon coéquipier s'appelait Jeff. J'étais follement amoureuse de lui, mais j'aurais aussi bien pu être transparente.

— Pourquoi ? Il était aveugle ? »

Emma secoua la tête : « Non, mais il était au-dessus de tout ça. Il avait une conscience politique développée à l'extrême : c'était un pacifiste convaincu, et un végétarien. Il avait un avis sur tout. Cela m'impressionnait beaucoup : moi, je n'avais d'avis sur rien.

» Pour notre dernière soirée là-bas, nous avons préparé un vrai festin, Jeff et moi : un énorme plat de haricots avec un tas d'autres légumes. Nous étions dix-neuf à table et nous avons passé l'après-midi, tous les deux, à éplucher, hacher, mélanger. Il y en avait une pleine marmite. Nous avons mis le tout à bouillir avec de l'eau, et à ce moment-là j'ai ajouté deux cubes de bouillon de poule, tu sais, ces petits trucs compacts, dorés. Puis j'ai levé la tête et j'ai vu que Jeff me regardait. "Tu as mis du bouillon cube dedans ?" m'a-t-il demandé. Alors, j'ai réalisé ce que je venais de faire. "Oh, mon Dieu ! me suis-je écriée. Je vais les repêcher." Jeff a eu un geste fataliste. "Non, non, a-t-il dit. Ça n'a aucune importance." Il évitait mon regard. Le ragoût a mijoté tout l'après-midi. Au dîner, il est allé se chercher une assiette, plutôt qu'un bol, et il s'est contenté de tortillas. Pour rien au monde il n'aurait mangé ces légumes.

— Ah, un puritain moralisateur, commenta Peter. C'était son problème.

— Je me sentais tellement idiote.

— C'était lui, l'idiot. Un imbécile sûr de son bon droit.

— Mais il avait des principes, protesta Emma. Je l'admirais pour cela.

— Il était rigide, intolérant et mal embouché, qu'est-ce que cela a d'admirable ? maugréa Peter avant d'ajouter, après un silence : Je ne savais pas que tu avais été au Mexique. J'aime découvrir ces choses sur toi.

— Ça m'inquiète, en fait. Et si tu découvrais des choses qui ne te plaisent pas ?

— Et si tu découvrais sur moi des choses qui ne te plaisent pas ? lui retourna Peter. Faudra-t-il se quitter parce que nous sommes inquiets ? »

Emma se mit à rire : « Et puis quoi encore ?

— Tu vois. » Peter avala une gorgée de sa boisson. « Tu avais quel âge, à l'époque ?

— Dix-neuf ans.

— Tu étais heureuse ? Heureuse de ta vie, je veux dire ?

— Je ne sais pas. Je n'y pensais jamais de cette façon. J'étais trop jeune pour me demander si j'étais heureuse ou non. On ne se pose pas la question quand on est jeune, on vit, c'est tout.

— Je pense qu'on aime les endroits où on a été heureux, et pas ceux où on ne l'a pas été.

— Tu ne crois pas que tu aimeras toujours Venise, quoi que tu puisses y vivre ? demanda Emma.

— Je peux parfaitement imaginer une Venise haïssable, répondit Peter. Une ville froide et sinistre. Humide.

— Très peu banal, remarqua Emma.

— Que je puisse ne pas aimer Venise ?

— Qu'un lieu ait pour toi la couleur de l'émotion.

— C'est si extraordinaire ?

— Chez un homme, oui.

— Oh, je suis sûr que tu ne tarderas pas à découvrir que je suis un type peu banal », la taquina gaiement Peter.

Le serveur rôdait non loin, tel un prédateur. D'un signe, Peter lui indiqua qu'ils avaient choisi. Aussitôt le serveur s'empressa : « Señor ? »

Pendant qu'elle lui passait sa commande, Emma l'entendait respirer : le souffle était lent, un peu étouffé, assez semblable à un ronflement léger. Elle attendit qu'il se fût éloigné avec les menus pour déclarer :

« Pauvre homme. Il me fait de la peine.

— Pourquoi ?

— Ce n'est sans doute pas ce dont il rêvait, quand il a quitté le Mexique. Il devait espérer une vie meilleure, et voilà qu'il se retrouve dans ce restaurant lugubre, obligé de ramper devant de riches Américains.

— Tu n'en sais rien, dit doucement Peter. Je te trouve élitiste. Autant que tu peux en juger à partir des éléments dont tu disposes, son but était de devenir serveur dans un grand restaurant. Un endroit chic où il y aurait des tableaux dans des cadres dorés, des menus avec des pompons. Il a pris un crédit pour s'acheter une maison dans le Queens, sa femme roule en Honda. »

Emma rit de bon cœur.

« Peut-être, convint-elle, mais ça ne l'empêche pas, peut-être, de détester cette vie. Je préfère quand même avoir de la peine pour lui, au cas où.

— Bien, approuva Peter. Sur ce point, je m'en remets à toi.

— Quel point ?

— Penser aux autres.

— Et sur quel point est-ce que je m'en remets à toi ?

— Choisis, tu as carte blanche. » Il lui sourit, tranquille.

Emma lui rendit son sourire. Jamais Warren ne lui avait dit qu'il s'en remettait à elle sur quoi que ce soit, et lorsqu'il l'engageait à s'en remettre à lui cela sonnait comme un ordre. Là, c'était différent : une proposition d'association à parts égales.

La cuisine était bonne : les tortillas pâles fumaient, les haricots rouges frémissaient encore, rehaussés d'un ruban de sauce chili.

« Tu saurais préparer ça ? s'enquit Peter.

— Non, avoua Emma. Enfin... je pourrais, mais ça ne me dit rien. Il faut un temps fou pour cuisiner à la mexicaine. Préparer les tortillas, faire cuire les haricots... Ça prend des jours et des jours : on ne peut pas se lancer là-dedans en rentrant du boulot.

— Tu aimes cuisiner ?

— Oui... Parfois, rectifia-t-elle honnêtement. Pas tout le temps. Caroline, oui ? »

Ce prénom était étrange, dans sa bouche. Elle s'efforça de le prononcer avec le plus de naturel possible.

Warren et Caroline : un sujet brûlant, interdit mais irrésistible. Le seul fait d'énoncer ces deux prénoms était en soi un acte fort, tant ils étaient chargés, puissants, essentiels au mythe de Peter et d'Emma, dont le temps était venu de se déployer. Ces événements en chaîne avaient été déclenchés par la magie pernicieuse de Warren et de Caroline. En dévidant le récit de leurs angoisses, Peter et Emma étaient amenés à se lier dans la compassion. Par loyauté, par correction, ils se refusaient à la plainte, aux reproches, tout en cédant à ces deux tentations par chagrin, par colère, par solitude.

« Caroline trouve avilissant de cuisiner, répondit Peter. En fait, j'ai compris que notre mariage était fichu le soir où elle a refusé de préparer le dîner.

— Comment ça ?

— Ça couvait depuis des semaines. Nous étions invités à un cocktail... »

Ce soir-là, Peter était rentré fatigué, frigorifié. La journée avait été longue. Caroline l'attendait dans l'entrée. Il n'avait pas refermé la porte qu'elle lui brandissait une enveloppe sous le nez. Elle exultait.

« Devine ! s'exclama-t-elle en agitant le carton. Un cocktail chez les Spenser !

— Génial », bougonna Peter sans la regarder. Il se débarrassa de son attaché-case et commença à déboutonner son manteau.

Caroline, à nouveau, leva le carton, si près, cette fois, que force fut à Peter de poser les yeux dessus. Des italiques Arts déco gravées en relief sur un rectangle blanc glacé. Les lettres noires élégamment penchées composaient un message d'où il ressortait que M. et Mme Edward Spenser seraient heureux de les compter parmi eux.

« Peter, tu as vu ? reprit Caroline, les sourcils légèrement froncés. Tu as vu d'où ça vient ?

— J'ai vu, rétorqua Peter d'un ton égal, et tu m'as annoncé d'où ça venait. Seulement je viens à peine de rentrer. J'aimerais au moins pouvoir enlever mon manteau avant d'être assailli par des invitations. »

Un silence accueillit cette déclaration. Caroline le dévisageait, bras croisés sur la poitrine. « Qu'est-ce qui ne va pas, Peter ? lâcha-t-elle enfin.

— Tout va très bien, dit-il en sortant ses bras des manches. Je viens de rentrer, tout va bien.

— Ça, je crois que j'ai compris. C'est la deuxième fois que tu le répètes à quelques secondes d'intervalle. De quel délai as-tu besoin de disposer avant d'être informé de nos activités mondaines ? »

Peter suspendit le vêtement dans le placard de l'entrée, ferma la porte en prenant son temps, puis se tourna vers sa femme : « Vas-y, déclara-t-il. Je t'écoute, mets-moi au courant de nos activités mondaines. Quelles nouvelles extraordinaires as-tu à m'annoncer ? »

Caroline plissa les yeux. « Je t'ai déjà tout dit, Peter. Et j'ai la nette impression que tu prends cela bien à la légère. Ce cocktail a lieu chez les Spenser.

— Je ne le prends absolument pas à la légère. Un cocktail chez les Spenser, tu penses. Parfait. Je l'ai déjà dit et je le répète : parfait.

— Pas du tout ! Tu n'as pas du tout dit "parfait". Ce que tu as dit, en réalité, c'est : "génial". » Son débit s'était accéléré, elle battait des cils avec irritation. « Aucune importance, de toute façon. Cette invitation est vraiment une occasion unique. On ne répond pas à cela avec un "génial" ironique.

— Si ça n'a aucune importance, inutile d'insister, répliqua Peter un ton plus haut. Qu'est-ce que ça change, hein, que je dise "génial" ou "parfait" ? »

Caroline lui faisait front, mains sur les hanches.

« Peter, reprit-elle, c'est une occasion unique, tu le sais. Nous n'avons encore jamais été reçus chez les Spenser. Pourquoi réagis-tu comme si ce n'était rien ? Ce n'est pas rien. Ces gens-là comptent, à New York. Ils sont *incontournables*. Lui est apparenté aux Morgan. Elle, elle siège au conseil d'administration du Met[1]. Je serais capable de tuer pour qu'elle entre au conseil du centre.

— Ils sont "incontournables", la singea Peter, méprisant. Tu es grotesque, Caroline. Qu'est-ce qui t'excite tant, chez les Morgan ? J'ai été à l'école avec un certain nombre d'entre eux ; ils ne sortent pas de la cuisse de Jupiter, que je sache. Waddy Baxter est un Morgan lui aussi, et il est complètement débile. Pendant les discours du proviseur, il imitait des bruits de pets. Tu veux le rencontrer ? Je peux te le présenter. »

Caroline soupira, écœurée. « Ne sois pas ridicule, s'emporta-t-elle. C'est toi qui es grotesque. Ne viens pas me chanter que ça revient au même d'être invité chez Waddy Baxter ou chez Edward Spenser, toi-même tu n'y crois pas. Tu es un imbécile. Ne t'imagine pas... » Elle s'interrompit. « Tu fais comme si ce n'était rien.

— Bon sang, Caroline, il ne s'agit que d'un cocktail ! Et tu n'en partiras pas sans avoir signé un chèque pour une de leurs causes. Ne sois pas si naïve. À te voir, on dirait qu'ils nous ont demandés en mariage. »

Très contrariée, Caroline ferma les yeux, pinça l'arête de son nez entre le pouce et l'index, puis leva le regard sur lui :

« Ne prends pas ce ton condescendant, Peter.

— Ne me dicte pas ma conduite », répliqua-t-il en quittant l'entrée.

Le jour du cocktail arriva, mais Peter l'avait oublié. Il n'était rentré qu'en fin d'après-midi après avoir dormi la veille à Chicago : avant de pouvoir atterrir, son avion avait dû survoler plus d'une heure l'aéroport de La Guardia, noyé dans le brouillard. Quand il eut enfin débarqué, Peter prit un taxi et arriva dans un appartement d'où Caroline était déjà sortie. Amanda et Maeve, sa nourrice, étaient dans la cuisine, mais dans sa chambre seule l'attendait l'invitation, posée sur le bureau avec ce mot : « À tout à l'heure là-bas, j'espère. » Un cercle rageur entourait le *j'espère*.

---

1. Abréviation courante qui, outre le Metropolitan Opera, désigne le Metropolitan Museum of Art, un des plus grands musées de New York. *(N.d.T.)*

Cela lui avait tout de suite rafraîchi la mémoire, évidemment. Sa montre indiquait huit heures vingt. Le carton d'invitation précisait que le cocktail avait lieu de six à huit, et les Spenser vivaient sur la Cinquième Avenue, entre la 90e et la 91e Rue. Même en partant tout de suite, il ne pouvait espérer arriver avant neuf heures vingt, neuf heures et quart au mieux. Or Peter n'avait aucune envie de partir tout de suite; il se sentait sale, fourbu. Il passa dans la salle de bains pour un brin de toilette.

Là, il s'aspergea la figure à deux mains. Les yeux clos, il s'imagina arriver à la fête. Le hall d'entrée de l'immeuble, dallé de marbre; le vestiaire jouxtant l'ascenseur, bourré de lourds manteaux; puis l'ascenseur montant dans les étages... la foule des invités à laquelle il faudrait se joindre, leur hilarité artificielle, qu'il appréhendait. En haut, la porte allait s'ouvrir sur la fin de cette soirée de cocktail hivernale. Voix trop fortes, aigus stridents, gestes vides, regards flous... des gens en train d'échanger de vaines promesses de se revoir sans faute, de déjeuner ensemble, de s'appeler bientôt. Le maître de maison serait introuvable, et de toute façon Peter ne le connaissait pas. Son épouse serait retenue au coin de la cheminée en marbre d'une pièce un peu à l'écart, où les gens se presseraient en laissant fuser des reparties sonores. L'air poli mais perplexe qu'elle afficherait tandis qu'il tenterait d'approcher en fendant la mer des inconnus. L'expression affreusement snob du serveur, son plateau chargé de coupes de champagne et de verres de vin blanc. La seule perspective de ce qui l'attendait épuisait Peter.

Caroline se tiendrait à côté de leur hôtesse. Elle penchait un peu le buste en avant, attentive, anxieuse à l'idée que quelque chose pourrait lui échapper, battant rapidement des paupières comme chaque fois qu'elle se concentrait sur l'instant présent. Son rire haut perché, un peu embarrassé. Quand elle apercevrait Peter, elle lui adresserait un de ses faux sourires, le suivrait affectueusement du regard alors qu'il se fraierait un chemin dans la foule compacte. Puis, une fois qu'il l'aurait rejointe, elle poserait sur son épaule une main revendicatrice, tendrait le cou. « Madame Spenser, il faut que je vous présente mon époux, Peter », annoncerait-elle, fière, empressée, et à cet instant Peter aurait l'impression d'être son jouet, une marionnette docile. « Et merde, lança-t-il au miroir en jetant sa serviette dans le lavabo. De toute façon, il est trop tard. » Là-dessus, il avait retraversé le couloir pour aller trouver Amanda.

« Alors tu n'y es pas allé du tout ? » demanda Emma stupéfaite. Peter fit non de la tête. « Elle a dû être furieuse.

— C'est le mot, dit-il. Je l'avais lâchée. En plus, elle avait raison : je l'avais traitée avec condescendance. »

Le serveur s'affairait autour d'eux, secondé par un très jeune aide. Les assiettes immenses quittèrent leur table dans un ballet de gestes étourdissants, puis les menus pomponnés leur furent à nouveau tendus pour qu'ils choisissent le dessert. Tous deux se contentèrent de commander un café. Désapprobateur, le serveur s'inclina, retourna à l'obscurité.

« Quand on divorce, je crois, on ne se dit jamais que c'est sa faute, remarqua Emma. Chacun estime qu'il y a été poussé, malgré lui, par l'autre. Chacun pense être quelqu'un de bien et estime que l'autre a été injuste.

— Sans doute, fit Peter en haussant les sourcils, visiblement sur la réserve.

— C'est sûrement ce que se disent Caroline et Warren : qu'ils sont innocents, qu'ils n'ont rien vu venir, que les scélérats que nous sommes les ont pris au piège. Il en va de même pour nous. Tous nous nous sentons lésés et innocents.

— Tu as raison, reconnut Peter, plus détendu. Caroline est toujours restée la même. C'est moi qui ai changé. Au début, je pensais que nos différences n'étaient que des détails. »

Ils gardèrent le silence un moment.

« Mais cette histoire de cuisine ? relança Emma. Tout à l'heure, tu disais que ç'avait été ça, la goutte d'eau.

— Oh, c'est secondaire, en réalité. Ce soir-là, Caroline est rentrée à la maison vers neuf heures, neuf heures et demie, après la réception. Entre-temps, je m'étais moi-même cuit une omelette et je m'étais installé dans la bibliothèque, très content, avec un bouquin et un verre de vin.

» Caroline était furieuse, évidemment, j'avais tort sur toute la ligne, mais si nous avons fini par nous disputer c'est parce qu'il a bien fallu qu'elle se prépare à manger. Elle était sûre que j'allais tout de même venir au cocktail et qu'ensuite nous irions dîner quelque part, et voilà que mon égoïsme grossier l'obligeait à s'occuper de son repas et à dîner seule. Pour moi, ce fut la goutte d'eau, en effet. La fin. Tout en me chamaillant avec elle, l'idée m'est venue, comme une sorte de promesse, qu'il était hors de question que je passe le reste de ma vie à me quereller de la sorte avec une femme qui prenait ces fadaises au sérieux. Je me suis rendu compte alors que nous n'avions rien en commun – ni objectifs, ni principes, ni manières de voir, rien. À tel point qu'en réalité nous n'aimions pas les mêmes choses. Caroline préférait regarder la télé plutôt que lire, si elle lisait c'était une revue plutôt qu'un bouquin, et dès que l'occasion s'en présentait elle était prête à tout lâcher pour un cocktail. Ce fut une révélation. J'avais déjà entrevu ces différences, avant, mais séparément, pas comme un tout cohérent... Pris un à un, ces éléments n'avaient pas de réelle signification. Ils me paraissaient anecdotiques, en regard de ce lien essentiel qui nous unissait l'un à l'autre. Sauf que je me suis alors aperçu que ce lien essentiel n'existait pas et que ce que j'avais pris pour de l'amour n'était en fait que de l'affection, et de la pitié. J'ai été sidéré, et la pensée qui m'est venue immédiatement après fut que je ne voulais plus continuer. Ça m'a fait l'effet d'un baume miracle, le soulagement que j'éprouvais balayait tout.

» Cela paraît très excessif, aujourd'hui, reprit Peter après un silence, en jetant à Emma un regard désabusé. Très injuste pour Caroline, aussi ; après tout, ce n'était qu'une dispute de plus.

— Elles s'ajoutent les unes aux autres, dit Emma en secouant la tête. Ce ne sont pas des moments séparés, mais un long crescendo. De toute façon, apparemment, Caroline était très en colère contre toi. Le mot ne paraît pas trop fort. »

Peter acquiesça d'un signe.

« C'est vrai, admit-il. Je l'exaspérais. Elle aurait voulu que je prenne en considération des choses dont je me fichais. Elle aurait voulu que je sois plus respectable. Elle aurait surtout voulu que j'hérite d'Axminster ; elle a été extrêmement contrariée que ça ne se passe pas ainsi. Quand elle a rencontré mon cousin Roger et su qui il était, elle s'est d'ailleurs mise à jouer les coquettes. Je trouvais ça drôle. « C'est Axminster qui l'intéresse », ai-je dit à Roger. Il a pris un air réjoui : « C'est vrai ? s'est-il exclamé. La maison est à vous, Caroline. Il faut complètement revoir le toit, l'électricité, la plomberie. La facture d'électricité est si chère que cette baraque est une rente pour la Northeastern Power and Light. Je vous remets les titres quand vous voulez. »

— Qu'a répondu Caroline ? demanda Emma en pouffant.

— Elle a bien vu qu'on la taquinait, mais sans bien saisir pourquoi. Je ne me souviens plus comment elle s'en est tirée, sans doute de façon délicieuse. Elle sait se montrer absolument délicieuse. »

Ainsi rappelée à l'ordre, Emma se tut. Elle s'interrogeait sur les motifs poussant Peter à lui rappeler que Caroline était une femme délicieuse. Absorbée dans la contemplation de sa tasse de café, elle songea à la loyauté de Peter envers Caroline, à l'affection mêlée de regrets qu'il éprouvait toujours pour elle. Le constater lui était certes pénible, mais elle trouvait cela admirable.

« La première fois que je t'ai rencontré, le soir du cocktail, chez toi, tu avais l'air tellement sûr de tout, dit-elle pensivement. Tu donnais l'impression d'être si confiant, si marié.

— À ce moment-là, déjà, nous nous adressions à peine la parole, répondit Peter en hochant la tête. En tête à tête, nous n'échangions pas un mot. Nous ne prenions plus nos repas ensemble, nous passions nos soirées chacun de notre côté. C'était quasiment fini. Et toi ? demanda-t-il en la regardant. Est-ce qu'un beau jour tu as su que ton mariage serait bientôt de l'histoire ancienne, que tu en étais à un tournant ?

— Oui, opina Emma. Tess avait environ six mois. J'avais arrêté de travailler après l'accouchement, malgré l'avis de Warren, qui aurait voulu que je continue. Il fanfaronnait en affirmant que mon boulot allait bientôt me manquer, mais une fois que Tess a été là je n'ai plus eu aucune envie de reprendre. Dans les premiers temps je n'avais pas de nourrice ni de jeune fille, personne, j'étais en permanence seule avec mon bébé. C'était éreintant, mais ça me plaisait. Je me levais au milieu de la nuit, je la nourrissais, je la changeais, parfois même je me pelotonnais avec elle dans son berceau et j'y restais jusqu'au matin. J'ouvrais l'œil quand elle se réveillait, je faisais la grasse matinée avec elle, la sieste l'après-midi, comme elle. Je vivais dans un monde de rêve, un monde à part où je n'avais qu'à m'occuper de mon bébé, le changer, dormir, le câliner. Ma vie se résumait à cela : une sorte d'hébétude amoureuse.

» Warren n'appréciait pas vraiment : jusque-là, c'est à lui que je m'étais consacrée. Il aimait Tess, lui aussi, mais à distance. Il s'en occupait quand je le lui demandais, mais sans trop s'empresser. Cela m'était égal. J'endossais volontiers cette responsabilité.

» Ce dimanche-là, nous étions au salon, en train de lire les journaux. Warren s'était allongé sur le canapé, j'étais assise sur le tapis avec Tess. Elle a commencé à s'agiter, je l'ai prise dans mes bras et promenée dans la pièce en lisant le journal par-dessus son épaule. Puis elle s'est mise à geindre, pas fort, mais continûment. Je n'y ai pas prêté attention, quand soudain Warren a bougonné, sans lever les yeux de son article : "Elle pleurniche tout le temps, cette gamine." Machinalement, j'ai répondu : "Mais non, elle ne pleurniche pas. – Écoute-la, a dit Warren, toujours plongé dans son journal. Elle n'arrête jamais." J'ai protesté : "Ce n'est pas vrai, elle ne pleurniche pas sans arrêt, elle a besoin de faire la sieste, c'est tout. – Elle vient juste de se réveiller. C'est une pleurnicharde qui couine du matin au soir", a-t-il décrété sur un ton définitif.

» Alors, brusquement, j'ai réfléchi à ce qu'il venait de dire. J'ai regardé ma montre et je lui ai fait remarquer: "Elle ne vient pas juste de se réveiller. Il y a quatre heures qu'elle est levée, elle a pris son petit-déjeuner et maintenant elle a besoin de dormir. Ce n'est pas une pleurnicharde, tu n'y connais rien et tu ferais mieux de te taire." Là-dessus, très en colère, je suis sortie de la pièce avec Tess.

» C'était la première fois que je m'opposais à Warren. J'étais furieuse qu'il critique sa fille de façon si arbitraire, si suffisante et en se trompant à ce point, en se montrant totalement injuste. J'ai le souvenir d'être restée avec Tess dans la chambre, je l'ai couchée dans son berceau, l'ai calmée, endormie, mais mon cœur battait à cent à l'heure et je n'arrêtais pas de me répéter: "C'est ça, c'est bien ça", avec une espèce de jubilation. Je crois que je ne savais pas très bien ce que j'entendais par là. Je ne pensais pas au divorce, mais je me sentais libérée. J'avais l'impression de dominer, d'être beaucoup plus grande que Warren, plus imposante, comme si je m'étais transformée en un énorme nuage montant dans le ciel. J'ai su que je ne voulais plus que ça dure, que je ne supporterais plus ses remarques. S'il n'y avait eu que moi, je les aurais endurées, toujours, mais pour Tess je ne pouvais pas. Je me sentais libérée. » Elle jeta à Peter un regard angoissé. « Cela doit te paraître très déloyal, non? tellement intransigeant... »

Peter lui prit la main, la caressa: « Ce n'est pas pire que ce que je t'ai raconté. Nous avons agi de la même façon. Je me console en pensant que c'est de la détermination, plus que de l'intransigeance. Mais c'est triste... »

Il aurait voulu pouvoir dépasser cette tristesse, sortir des brumes opaques de la culpabilité, de la colère, de la honte, surmonter tout cela, être à nouveau sûr de sa vie. Il voulait que la situation fût réglée. Il ne voulait pas qu'Amanda en souffrît. Il voulait Emma.

Le serveur s'avança, lourd de discrétion. Paupières baissées, lèvres pincées, il s'inclina et déposa une feuille de papier brun pliée en deux sur la table, à côté de Peter, puis murmura, d'une voix rauque : « L'addition, señor. »

Peter glissa une carte de crédit à l'intérieur du bout de papier, dont le serveur s'empara aussitôt avant de s'éclipser.

Emma le suivit des yeux en secouant la tête. « Pauvre vieux, dit-elle avec un sourire que Peter lui rendit.

— Tu es bonne, déclara soudain Peter avec ferveur. Tu es bonne, et tu es courageuse. » Il avait soif de sa bonté, follement envie d'être seul au monde avec elle, de fermer les yeux et de recevoir cette bonté. Il se pencha vers elle. « Il n'est rien que tu puisses avoir peur de me confier, assura-t-il. Rien. Je te connais. Rien de ce que tu pourras me confier ne saurait changer cela. Je sais qui tu es. Je t'aime, j'aime celle que tu es. Aie confiance en moi. »

Emma leva la tête. Sans plus parler, ils restèrent ainsi à se fixer au fond des yeux. Le regard d'Emma était clair, généreux : Peter ne désirait plus que s'y perdre.

6

Ouvrant les yeux dans le silence de la nuit, Emma ne distingua d'abord qu'un haut plafond noyé d'ombre. Autour d'elle, la pièce était plongée dans l'obscurité. Un rai de lumière oblique perçait le noir de cet espace, en provenance d'une porte à peine entrebâillée. À en juger par le dur éclat de la lumière, il devait s'agir de la salle de bains, mais la porte n'était pas au bon endroit, placée ainsi sur le mur à droite du lit; dans la chambre d'Emma, la salle de bains se trouvait à gauche.

Le regard brouillé, encore à demi endormie, Emma essaya d'inverser sa perception. Gênée par la lumière crue, elle s'efforçait mentalement de remettre la porte à sa place. En vain: le battant ne bougeait pas, il demeurait fixe, énigmatiquement éclairé par l'arrière-plan lumineux sur lequel il se détachait.

Emma cilla, troublée; elle souleva la tête de l'oreiller, moitié aveuglée, moitié paniquée. Plissant les yeux, elle fixa la clarté transparente pour tenter d'y accommoder sa vision. Elle n'avait aucun repère dans cette chambre. Elle y était allongée sur un lit dans le noir, à côté d'un homme assoupi. Un instant, elle fut au bord de céder à l'affreuse panique d'Asolo, redoutant le choc qui allait la projeter par terre. Crispée par la peur qui la serrait de sa glaciale étreinte, elle ouvrit la bouche pour inspirer. L'instant d'après, alors qu'elle scrutait toujours les ténèbres, la pièce soudain devint intelligible, se recomposa en un espace familier : la chambre de Peter, le lit de Peter.

Elle laissa sa tête aller sur l'oreiller et resta immobile, les yeux rivés au plafond. Couché sur le côté, Peter lui tournait le dos, la forme lisse de son épaule nue se dessinant par-dessus le drap froissé. Tout à fait éveillée, à présent, Emma ne se sentait plus inquiète, juste mal à l'aise. Le péril était tapi là, tout près ; elle n'osait esquisser un mouvement dans cet appartement qui n'était pas le sien, dans ce lit qui n'était pas le sien.

Figée, allongée sur le dos, elle s'obligea à respirer longuement, tranquillement, pour se calmer. Il faisait encore nuit, mais une lente clarté commençait à filtrer des fenêtres tout en hauteur. Par un mouvement mystérieux, la lumière suivait une pente ascendante à partir du bas des stores blancs, repoussait presque, semblait-il, le rebord plat des châssis. Les ombres se gonflaient d'air puis l'exhalaient à faible bruit, dans un doux froissement de papier contre le jour qui se levait. De part et d'autre des fenêtres se profilaient peu à peu les contours encore indistincts des lourds rideaux damassés qui, trop longs, s'affaissaient sur le tapis en lourds plis mous. La silhouette du lampadaire poussé dans le coin s'esquissait vaguement sur le mur. Plus aucune étrangeté, dans ce décor, et pourtant le malaise persistait.

Le réveil indiquait six heures douze : l'heure d'y aller. Emma tenait à être rentrée au moment où Tess se réveillait, afin de lui donner son petit-déjeuner avant de repartir travailler. À cette heure-ci, l'enfant dormait encore. La hâte d'Emma tenait à Rachel : Emma ne la prévenait pas de ses absences nocturnes, ce qui l'obligeait à se faufiler dans l'appartement sur la pointe des pieds pour ne pas la tirer du lit.

Chaque fois, au retour, elle se sentait coupable. Au moment de déverrouiller la porte, dans l'intervalle de quelques secondes qui précédait son entrée, la peur l'étreignait qu'il fût arrivé quelque chose, que son éclipse secrète, égoïste, illicite, irresponsable eût entraîné une catastrophe. Lorsque, le cœur battant, elle introduisait la clef dans la serrure, elle se jurait de mettre Rachel au courant à la prochaine occasion. Puis elle s'introduisait chez elle, suivait le couloir en courant presque et trouvait Tess paisiblement endormie dans son berceau, en parfaite santé, le teint rose et frais.

Emma n'informait pas Rachel de ses intentions de découcher pour ne pas voir l'expression qui n'eût pas manqué de se peindre sur le visage de la jeune femme. Rachel n'aurait pu retenir une grimace et, haussant un sourcil, aurait prononcé quelques mots qu'Emma n'avait aucune envie d'entendre – une allusion intime à sa vie sexuelle. Ou bien elle l'aurait dévisagée froidement, l'air interloquée, et sans ouvrir la bouche. Emma n'avait cure que Rachel fût au courant de sa vie privée, mais elle ne voulait pas savoir ce qu'elle en pensait.

Il faudrait bien pourtant qu'elle se décidât à lui en parler. Cet état de choses n'était pas destiné à durer, il finirait tôt ou tard par prendre un caractère plus permanent, ou plus instable. Emma préférait attendre de pouvoir se prononcer. Dans l'intervalle, elle rentrait chez elle comme une voleuse et fouillait son sac à la recherche de ses clefs, anxieuse et rongée par la culpabilité.

Tout doucement, Emma se glissa hors du lit et remonta le drap autour de Peter pour le protéger d'un courant d'air. Nue, elle se déplaça sur la pointe des pieds dans la pièce sombre où régnait un silence crépusculaire. Elle se sentait invisible.

Ses vêtements étaient là où elle les avait laissés, bien pliés ; elle se hâta de les enfiler avec dégoût. Les collants qu'elle n'avait pas lavés la grattaient désagréablement et pendouillaient en poches tristes au niveau des genoux. Sa robe en soie rouge, la veille encore impeccable, sans un pli, semblait imprégnée d'humidité. La tête penchée pour ramener ses longs cheveux d'un côté, Emma remonta la fermeture Éclair dans son dos. Elle chaussa ses talons hauts, chevilles flageolantes : il était beaucoup trop tôt pour cet exercice d'équilibre sexy. Son moi nocturne – en robe courte et talons hauts, maquillé, parfumé – paraissait grotesque à présent. Hier soir, à la table du restaurant, dans la clarté dense des bougies, ou, plus tard, dans la boîte de nuit où elle dansait, Emma voulait précisément avoir l'allure qu'elle avait. Une allure qui maintenant faisait tapageuse, effrontée, coquette. Emma réintégrait sa peau de mère. Elle aurait préféré un jean et des tennis, les pieds posés bien à plat sur le sol.

Elle était habillée, mais loin d'être prête: elle ne s'était pas lavé la figure, ni brossé les dents. Ici, il n'était pas question d'autre chose que de partir; ce n'est que chez elle qu'elle pourrait se préparer à affronter la journée. Elle mit des lunettes noires pour dissimuler les coulures de mascara sous ses yeux, enroula la chaînette de son sac dans le creux de sa main pour l'empêcher de tinter.

Sans un bruit, elle se pencha sur le visage ensommeillé de Peter, qui s'était retourné sur le dos. Lèvres à peine entrouvertes, il inspira profondément tandis qu'elle l'observait. Une roseur apparaissait sur la pommette, floraison délicate sur le teint pâle. Le solide pinceau des cils enchevêtrés soulignait le trait net des paupières closes. Cette invasion silencieuse à laquelle elle se livrait en examinant les traits du dormeur à son insu l'angoissait. Elle s'approcha pour l'embrasser avant de partir.

« Peter », murmura-t-elle.

Il ouvrit les yeux avant même qu'elle l'ait touché. Son regard limpide disait qu'il savait où il était, et il la prit aussitôt dans ses bras, comme s'il avait attendu cet instant. Il l'attira vers lui, sur sa poitrine. Déséquilibrée, Emma d'abord s'agenouilla sur le lit puis se laissa choir contre Peter. Sous le drap le corps masculin était chaud, rayonnant, il fleurait bon l'odeur de Peter. Elle s'en emplit les narines, les yeux clos. Il l'embrassa, longuement, d'un baiser qui la ranimait, la stimulait. Elle sentait la chaleur de Peter, discernait les muscles et les nerfs de son amant se mettant lentement en branle, comme une gigantesque mécanique. Elle sentait aussi sa propre peau sous les mains de Peter et, sur la muqueuse de sa lèvre, le tremblotement de sa langue. Elle vacilla.

« Peter, chuchota-t-elle à nouveau, troublée.

— Mmm... » Il avait refermé les yeux. Sa main glissa en haut de la cuisse d'Emma.

« Peter », répéta-t-elle, plus fort.

La main s'interrompit, il souleva les paupières : « Quoi ?

— Il faut que j'y aille.

— Pourquoi ? » La main reprit son mouvement.

« Tu sais bien, dit Emma. Je dois être là quand Tess se réveille. »

Elle était maintenant allongée de tout son long sur lui. Sa chaleur se répandait en elle, au travers de la soie de sa robe. La tenant toujours entre ses bras, il se remit à caresser l'arrière de sa cuisse.

« Non, pas déjà », souffla-t-il. Ses doigts étaient chauds, nonchalants. Un autre baiser. Il était six heures vingt-trois. Emma attendit un peu.

« Peter.

— Quoi ? »

Les doigts remontèrent encore un peu. Les yeux ne la quittaient pas ; fixés sur elle, ils la retenaient captive. Emma se redressa, se dégagea.

« Il faut que je parte. Désolée.

— Je ne vois pas pourquoi. (Un ton de défi, à présent, hostile.) Rachel n'est pas là ?

— Ça ne change rien, je dois y aller. »

Emma se leva. Elle s'en voulait de se refuser à lui, mais la nuit était finie et seule la pensée de Tess l'habitait, à cet instant.

Peter croisa les bras derrière la tête. Il la regardait sans mot dire, un pli réprobateur sur les lèvres.

« Je suis désolée, répéta désespérément Emma. Je n'ai pas *envie* de partir.

— Reste, alors.

— Je ne peux pas.

— Emma, tu peux parfaitement. C'est ridicule.

— Peter, je ne suis pas chez moi de la journée, plaida-t-elle. Je ne la vois qu'un petit moment le matin, un petit moment le soir.

— Il est six heures et tu commences à travailler à neuf heures et demie.

— Il est six heures et demie… », commença Emma sans pouvoir poursuivre davantage. Transie, soudain, découragée, elle était incapable de s'expliquer, d'avancer des arguments, tant elle le sentait hostile. Elle se dirigea vers la porte.

Sur le seuil, elle se retourna, mais Peter avait basculé sur le côté, le visage enfoui dans l'oreiller.

« Bon, eh bien, au revoir », lança-t-elle.

Il releva la tête, l'air indifférent : « Au revoir. »

Emma s'attarda quelques secondes dans l'espoir qu'il se laisserait fléchir, lui sourirait, s'adoucirait, mais voyant qu'il n'en était rien elle s'engagea à pas lents dans le couloir. Elle s'arrêta devant le placard de l'entrée, enfila son manteau, dégagea ses cheveux du col, secoua la tête pour les laisser flotter dans son dos, serra sa ceinture en prenant son temps. Aucun bruit provenant de la chambre. Alors elle sortit en refermant doucement la porte derrière elle, l'oreille toujours aux aguets.

Le couloir était à la fois spacieux et miteux ; autrefois, il desservait une maison particulière, divisée depuis en appartements. Des corniches en plâtre aux moulures épaisses bordaient le haut plafond, et la poussière qui s'y était accumulée soulignait les détails de leurs volutes complexes. Les carreaux du sol en damier noir et blanc étaient tachés, ébréchés. Les murs blancs avaient acquis le laiteux blême de l'huître, de minces lézardes les craquelaient de part en part. Glacé encore par la nuit, l'air du palier avait un goût tout neuf.

Emma appuya sur le bouton en cuivre terni de l'ascenseur et attendit. Un vent coulis de matin frais se faufilait entre ses jambes, froid, rébarbatif. Elle serra autour d'elle son manteau court, avec l'impression d'être tombée en disgrâce.

Elle n'avait dormi que trois ou quatre heures – Peter l'avait maintes et maintes fois réveillée au cours de la nuit – et ses yeux la brûlaient ; elle imaginait ses orbites pareilles à deux trous noircis cernés de creux sombres douloureux. Emma enfonça les mains dans ses poches, courba les épaules. Elle se tenait le dos à la porte de Peter, à l'affût du bruit qui en signalerait l'ouverture, souhaitant éperdument qu'il apparût sur le seuil, changé, gentil, redevenu lui-même, se confondant en excuses, amoureux.

L'ascenseur monta en silence des profondeurs. La paroi vitrée surgit, capsule illuminée qui s'élevait à la verticale, semblable à une cloche de plongée. La porte roula sur son rail. Emma hésita, entra. Elle se mit au fond avant de se retourner face à l'ouverture, laissant une dernière chance à Peter. Elle aurait tant voulu le voir jaillir de chez lui, se précipiter vers l'ascenseur, poser le doigt sur le bouton juste au moment où le panneau métallique se refermait comme une lame.

Mais la porte de Peter resta obstinément close pendant que celle de l'ascenseur coulissait, lui masquant le palier. Le sol s'enfonça sous les pieds d'Emma, qui se sentit couler dans le puits noir de la cage. Tout en bas, la porte à nouveau s'ouvrit ; quittant la cabine, Emma s'aventura dans l'entrée de marbre sous le regard scrutateur du portier.

Elle le salua d'un bref « Bonjour », brusquement trop consciente des lunettes de soleil, des collants noirs, des talons hauts, de son petit manteau de soirée. Il sautait aux yeux qu'elle venait de passer la nuit dans cet immeuble où elle n'habitait pas. Le portier lui tint le battant ; elle ne lui demanda pas d'appeler un taxi tant elle avait hâte de vider les lieux.

Dehors, elle s'engagea d'un pas vif en direction de Madison. L'air matinal était encore pur et frais et elle s'obligea à respirer à fond, dans une tentative pour rétablir sa présence au monde. J'ai un appartement, se disait-elle, un boulot, ma vie. De quel droit Peter ose-t-il être aussi vindicatif ? Jamais, se jura-t-elle, elle ne se remettrait dans une situation pareille. Plus jamais elle ne passerait la nuit chez lui.

Au carrefour, elle tourna dans Madison. Il n'y avait pas de circulation à cette heure, et l'avenue se déployait devant elle, large et vide dans la clarté naissante. Propre, luisante de l'humidité nocturne. Emma se dirigeait vers l'hôtel Westbury, dont la façade majestueuse s'étirait un peu plus bas, au sud. Pas de lumière derrière les vitrines alignées le long du trottoir – des boutiques, le « Polo Bar » ; les devantures étincelaient, immaculées. Emma passa devant, plus calme à présent, rassérénée par leur perfection impersonnelle.

Deux taxis stationnaient devant l'entrée imposante du Westbury. Moteur coupé, signal allumé, ils attendaient les lève-tôt. Sans hésiter, Emma ouvrit la portière du premier et s'y engouffra. Aussitôt, le chauffeur se tourna vers le siège arrière. Ni vieux ni jeune, costaud, il n'était pas rasé et portait des lunettes à monture noire. Un bourrelet adipeux lui doublait le menton, un grain de beauté proéminent était piqué à la base de son nez.

« Non, non ! s'écria-t-il avec un signe de tête en direction de l'entrée de l'hôtel. Je vais à l'aéroport.

— À l'aéroport ? » s'étonna Emma, troublée, regardant le hall d'entrée obscur et désert. Derrière les épaisses portes vitrées, seul se tenait le portier, impassible.

« Ouais, ouais, fit le chauffeur en élevant la voix. Allez, dehors, dehors ! » Il se penchait vers le siège arrière, le ton insultant, agitant les mains pour la chasser. « Allez, file, file ! Sors de là ! Je ne te prends pas », ajouta-t-il en hochant vigoureusement la tête.

Effrayée, abasourdie, Emma sortit du taxi et alla vers l'autre. Alors qu'elle montait dedans, le chauffeur se tourna pour la dévisager, l'œil sombre et soupçonneux.

« Non, non », dit-il avec un geste de la main. C'était un petit Hispanique maigrichon, très brun, au regard noir flamboyant.

Cette fois, pourtant, Emma était préparée.

« Comment ça, non, non ? protesta-t-elle en s'installant sur le siège et en claquant violemment la portière.

— Non, non ! gronda le chauffeur. Je vous emmène pas.

— Mais si, vous allez m'emmener ! s'énerva Emma. Au coin de la Cinquième Avenue et de la 10e Rue.

— Non, non », répéta le chauffeur, un index brandi vers elle, les yeux fermés, refusant de la voir.

Emma se carra contre le dossier, s'y appuyant de tout son dos : « Je vais au coin de la Cinquième Avenue et de la 10e Rue. Vous m'y conduisez ou j'appelle la police. Et arrêtez avec vos "non, non".

— Et lui, pourquoi il vous a pas pris ? demanda le chauffeur, toujours méfiant mais sur le point de céder.

— Je n'en sais rien et je m'en fiche, mais si vous ne m'y emmenez pas vous aurez affaire à la police, le menaça Emma, furieuse. *Policia*, compris ? »

Croisant les bras sur sa poitrine, elle se tourna vers la vitre. Le chauffeur n'avait toujours pas mis le contact, il l'observait dans le rétroviseur, la poignardant d'un regard noir haineux. Sans bouger d'un pouce, elle continuait à fixer le hall d'entrée plongé dans la pénombre et le portier statufié. Marmonnant entre ses dents, le chauffeur se décida enfin à enclencher le compteur et à démarrer. Il braqua le volant et s'engagea dans l'avenue.

Emma regardait dans le vague pendant que le véhicule filait en bringuebalant dans les rues vides du centre. Le chauffeur conduisait beaucoup trop vite, fonçant chaque fois que le feu s'apprêtait à passer au rouge, prenant ses virages sur les chapeaux de roue, passant impulsivement d'une file à l'autre. Emma, qui ne se sentait pas le courage de provoquer une nouvelle querelle, ne desserrait pas les dents et se cramponnait tant bien que mal au siège arrière où elle glissait, ballottée dans les tournants, rudement secouée lorsqu'ils passaient sur un nid-de-poule. Elle ressassait sa colère en essayant de démêler les raisons du refus du premier chauffeur. De toute évidence il lui avait menti à propos de l'aéroport puisque, en dehors du portier, il n'y avait pas âme qui vive dans l'hôtel. Mais comment expliquer ce mensonge ? Un chauffeur de taxi n'avait pas le droit de refuser une course.

Emma imagina à quoi elle pouvait ressembler, dans ses chaussures rouges à talons hauts, sa robe courte, ses lunettes de soleil. Ses cheveux défaits, l'heure matinale, son esseulement ; il l'avait prise pour une putain.

Une putain. Emma regarda dehors. La journée commençait mal.

Elle se rencogna contre le dossier en évitant de baisser les yeux sur sa robe. Tout le monde, pourtant, s'habillait de la sorte ; court, près du corps, moulant, provocant. L'allure se devait d'être sexy. Les robes de cuir noir présentées dans les magazines s'arrêtaient en haut des cuisses. On les portait les cheveux dans le dos, sans soutien-gorge. Avec des bracelets d'esclave aux bras, un collier de chien autour du cou. Et des talons aiguilles, des bottes de cuir couvrant les genoux. C'était la mode, tout le monde s'habillait comme ça.

Nous nous habillons comme des putes mais ne supportons pas qu'on nous confonde avec elles, songea Emma en lorgnant toujours par la vitre. Elle se sentait sale, elle avait honte, comme si elle venait d'être prise en flagrant délit. Le chauffeur la surveillait d'un œil mauvais dans le rétroviseur, l'air de connaître à son sujet quelque secret épouvantable.

Lorsqu'il se fut garé devant son immeuble, Emma lui donna le prix exact de la course, billets et pièces qu'elle lui fourra dans la main avant de tout de suite s'extirper de la banquette. L'homme considéra avec méfiance l'argent dans le creux de la paume, le compta, puis rouspéta, rageur :

« Hé, m'dame ! Z'avez pas laissé de pourboire.

— C'est exact, répliqua Emma en lui faisant face. Pas de pourboire. Le pourboire, c'est en plus. Vous avez été grossier, désagréable. La prochaine fois qu'un client monte dans votre taxi, n'essayez pas de le jeter dehors. Vous aurez alors peut-être un pourboire. »

Elle se serait voulue olympienne, digne, mais le ton ne fut pas à la hauteur. Sur les derniers mots, sa voix se cassa, et elle claqua la portière, ivre d'une colère de gosse de deux ans.

« Va te faire foutre ! » brailla le chauffeur en poussant le moteur à fond pour démarrer en trombe dans une embardée furieuse, suivi d'un nuage de gaz bleutés nauséabonds qui tremblotaient dans le petit matin.

Emma entra dans le hall. Elle en voulait à Peter, aux chauffeurs de taxi, à elle-même. Pourquoi s'être abaissée au niveau de ce mufle ? Avoir crié, claqué les portes comme une poissonnière au lieu de lui donner un mince pourboire et de filer, tout simplement ? Tout de même, qu'est-ce qui justifiait un pourboire ? Valait-il mieux, réellement, fermer les yeux sur le comportement d'un type qui se permettait d'être si incorrect, si déplaisant ? Fallait-il l'en récompenser ? Le premier l'avait tutoyée. Quelles règles suivre, en la circonstance ? Emma avait l'impression de se retrouver au pays des merveilles de l'alternative impossible ; ne pas être grossière revenait à avouer sa faiblesse, ne pas être raciste, à se faire sermonner. Dans l'ascenseur, elle ferma les yeux pour essayer d'oublier cet incident.

Arrivée à son étage, Emma s'introduisit doucement chez elle. Elle referma la lourde porte en freinant son mouvement, la main sur la poignée pour l'obliger à tourner sans bruit. Une fois à l'intérieur, elle tendit l'oreille un moment, retenant son souffle.

Elle était rentrée. Dans l'entrée de l'appartement silencieux baigné de la jeune lumière, elle retrouva peu à peu son calme. Après avoir suspendu son manteau, elle alla voir sa fille. Tess était couchée sur le ventre, son petit postérieur légèrement surélevé, le visage tourné vers la porte ; pâle peau de pêche, sous les yeux des creux bleuâtres pleins d'innocence. Et la courbe renflée de la joue, le petit nez en piqué.

Emma se pencha sur Tess, lui caressa la tête. La respiration de l'enfant étant inaudible, elle observa le mouvement ténu qui soulevait puis abaissait le torse. Le petit crâne était tiède sous ses doigts. Les mèches fines un peu emmêlées se séparaient les unes des autres, moites de la chaleur du corps de Tess, des battements réguliers de son cœur.

Emma prit dans ses bras la petite fille endormie et la porta jusque dans sa propre chambre. Elle la coucha dans son lit, se déshabilla et s'allongea à son côté. Elle disposait de trois quarts d'heure. Attentive au souffle paisible de Tess, Emma ferma les yeux et s'assoupit.

Très vite elle se retrouva ailleurs – une rue étroite grouillante de chaussures en grande conversation –, à l'orée du sommeil. Puis un son se surimposa au charabia qu'échangeaient les chaussures ; un froissement de draps. Emma perçut le léger déplacement de poids provoqué par le geste de Tessie soulevant la tête ; elle entendit le soupir d'aise que poussait la petite fille en réalisant où elle était. Elle-même se garda d'ouvrir les yeux, feignit de dormir, mais sentit bientôt les doigts menus de Tess sur son visage, ses paupières.

« Maman dort ? murmura Tess, très sérieuse. Tu dors, maman ? Tu dors ? »

C'était irrésistible. Emma ouvrit les yeux sur le visage enfantin radieux.

« Je croyais que tu n'étais pas réveillée, maman, mais c'est pas vrai. »

Tess s'assit dans le lit avec un soupir de plaisir plus profond que le premier et se mit à explorer du regard la chambre de sa mère. Telle une vague, la fatigue déferla sur Emma. Ses paupières, insupportablement lourdes, refusaient de s'ouvrir. Tess se glissa avec entrain au bas du lit pour vagabonder dans la chambre, tripotant des objets çà et là. Somnolente, Emma la surveillait à moitié, si épuisée que la tête lui tournait. À sept heures et demie, le réveil se mit à sonner.

Un quart d'heure plus tard, douchée, habillée pour aller travailler, Emma entra dans la cuisine, Tess dans les bras. Rachel y était déjà, dans sa robe de chambre violette. La mine renfrognée, elle ne sourit pas à Emma.

« Bonjour, lança Emma avec une jovialité résolue.

— Bonjour, rétorqua Rachel sans une once de gaieté.

— Rachel ! Bonjour, Rachel ! » Tess rayonnait. « Rachel ! Tu n'es pas habillée ? Tu as fait de beaux rêves ? »

Les deux femmes se mirent à rire. Pour s'adresser à Tess, Rachel se départit de son air maussade.

« Bonjour, Tess, dit-elle. Non, je ne suis pas encore habillée. Toi non plus, d'ailleurs. » Elle avait souri à la petite fille, mais son visage se ferma de nouveau dès qu'elle cessa de parler et elle ne jeta pas un regard à Emma.

Cette dernière n'avait aucune envie d'approfondir la question. Elle était debout depuis plus de deux heures, s'était déjà habillée deux fois, avait traversé la moitié de la ville et affronté l'hostilité de trois représentants du sexe masculin. Rachel, elle, sortait à peine du lit, traînait encore en robe de chambre et était déjà de mauvaise humeur.

Emma souleva sa fille pour l'installer dans la chaise de bébé, attacha la boucle de la courroie en coton qu'elle avait passée autour du petit ventre, attrapa des bols et les boîtes de céréales.

« De quoi as-tu envie ce matin, Tessie ? lui demanda-t-elle. Des céréales de maman ou des céréales de Tessie ? »

Les goûts alimentaires d'Emma la portaient vers la monotonie ; en semaine ou le week-end, elle prenait le même mélange de céréales le matin, déjeunait du même sandwich à midi. Son petit-déjeuner se composait de flocons d'avoine aux raisins secs et aux noisettes arrosés de lait et de yaourt, alors que Tess explorait résolument le champ des possibles en matière de céréales. À la question de sa mère, elle se pencha en avant, tassée sur ses deux poings serrés, puis rejeta la tête en arrière dans un mouvement de gymnaste, souple, élastique. Elle ferma les yeux.

« De quoi j'ai envie ? s'interrogea-t-elle à voix haute. De quoi, de quoi ? »

Emma remplit son bol, versa par-dessus une blanche ration de yaourt. « Tu ferais mieux de te décider, sinon je vais tout manger », dit-elle. Conciliante, mais sans oser regarder Rachel, plantée sur le seuil, l'air distant, elle ajouta : « Alors, Rachel ? Quel est le programme, aujourd'hui ? »

La jeune femme haussa les épaules. « Promenade au jardin ce matin. Sieste cet après-midi. Ensuite, supermarché. » Elle s'était exprimée avec une indifférence appuyée.

« Le jardin ! s'exclama Emma à l'adresse de Tess. Oh, Tessie, comme tu vas t'amuser, au jardin.

— J'aime bien le jardin, approuva Tess en prenant une profonde inspiration.

— Ce soir, quand je rentrerai à la maison, tu pourras choisir deux histoires que je te lirai. Maintenant, il faut que j'aille au bureau. » Sur ces mots, elle se leva, sous l'œil soudain alarmé de sa fille.

« Tu ne t'en vas pas déjà, dis, maman ? » lança l'enfant, câline.

Le moment tant redouté était arrivé. Agir vite devenait à présent d'une importance cruciale. Emma déposa un baiser sur la tête de Tess.

« Je dois aller au bureau tout de suite, sinon mon patron ne sera pas content de moi et il me dira que je ne fais pas du bon travail. » Le visage de la petite fille se chiffonna d'un coup. Les sourcils se rejoignirent, la peau fragile se rida, la bouche s'affaissa aux commissures. Le malheur prenait le dessus. Des larmes brillaient dans ses yeux, mais elle ne protesta pas. Elle inclina simplement le menton sur la poitrine pendant que son petit corps se crispait et tressautait au rythme de sa respiration. « Tessie, ma chérie, je t'adore mais il faut que j'y aille. Je te téléphonerai dès que je serai là-bas, d'accord ? »

Tess tenait la tête obstinément baissée. Emma s'accroupit devant la chaise haute pour essayer de voir son visage, mais l'enfant se détourna. Elle pleurait, de plus en plus fort, à gros hoquets angoissés.

Emma leva les yeux vers Rachel. Le moment était venu où elle était censée intervenir, réconforter et distraire, entraîner Tess dans une autre voie, à rebours de son désespoir. Au lieu de quoi, Rachel s'apprêtait à quitter la cuisine.

« Rachel, vous voulez bien la prendre, s'il vous plaît ? »

Cette demande eut pour effet d'intensifier les sanglots de Tess. Sans un mot, Rachel rentra dans la pièce pour se diriger vers Tess en traînant les pieds. Quand elle la sortit de son siège, la petite poussa un cri aussi perçant que si on venait de la mordre et se débattit comme une furie entre les bras de la jeune fille.

« Non, non ! hurlait-elle. Maman ! Je veux maman ! »

Rachel se mit à la tapoter dans le dos en la secouant sur son sein, toujours sans desserrer les dents.

« Elle n'a encore rien mangé », observa Emma.

Rachel la toisa d'un œil méprisant.

« Je croyais que vous m'aviez demandé de la prendre.
— C'est vrai, dit Emma. Je voulais juste m'assurer que vous saviez qu'elle n'avait pas déjeuné.
— Je le sais », rétorqua Rachel.

Les deux femmes se dévisagèrent. Rachel portait Tess comme un bébé ; elle la berçait, ses longs doigts bruns traçaient des cercles apaisants sur l'échine pitoyable, sur le dos secoué de sanglots.

« Je voulais vous demander quelque chose », reprit Rachel.

Le ton, le regard étaient insolents. Bien d'aplomb sur ses pieds écartés, elle se balançait d'avant en arrière avec Tess. Emma croisa les bras sur sa poitrine : « Dites. »

Les courtes nattes de Rachel s'agitaient par saccades, son peignoir bâillait sur sa chemise de nuit blanche informe. Emma, elle, portait sa tenue de femme active ; pull à col montant, petite jupe droite, collants, escarpins. Elle avait déjà un pied dans son autre vie, celle du monde extérieur, si étranger à ce désordre domestique. Elle était prête, impatiente de filer toutes affaires cessantes. Pourtant, songea-t-elle soudain, partir et s'éloigner de tout cela – de l'enfant en pleurs, de cet enchevêtrement brouillon d'émotions – est le propre des maris. Ils quittent ce huis clos pour leurs bureaux feutrés, climatisés, où leurs secrétaires les attendent, comme si ce qui se passait chez eux était irréel, moins sérieux.

Rachel pencha la tête sur le côté, plissa les yeux avec rancune.

« Vous voudrez bien me prévenir, la prochaine fois que vous irez dormir ailleurs ? Ça m'éviterait de passer la nuit à me demander si la porte est bien fermée à clef, ou à tendre l'oreille pour écouter Tess à l'autre bout de l'appartement. »

La culpabilité figea Emma sur place : « Oui, bien sûr », acquiesça-t-elle en fronçant les sourcils, délibérément distante.

Tournant le dos à Rachel, elle prit son bol et le porta à l'évier pour le rincer bruyamment. Elle était humiliée. Comment ai-je pu me conduire avec tant de légèreté ? se reprochait-elle. Par ailleurs, elle en voulait à Rachel de sa remarque. Non, je ne m'excuserai pas. Je ne vais pas laisser Rachel me dicter ma conduite. S'excuser, craignait-elle, reviendrait à admettre elle ne savait quoi d'essentiel, de fatal. Ce serait condescendre à un aveu dont elle ne se remettrait pas, qui donnerait à jamais à la jeune fille l'avantage sur elle. Le risque était trop grand. Emma en resta là.

Berçant toujours impérieusement Tess dans ses bras, Rachel attendait.

« Si vous sortez pour la nuit, autant que je prenne Tess avec moi.

— Mais oui, dit Emma avec un hochement de tête approbateur, sans regarder Rachel. Bonne idée. La prochaine fois, je vous préviendrai. » Elle ouvrit le lave-vaisselle, fourra son bol dedans, referma la porte d'un geste ample qui se voulait dégagé. « Bon, je me sauve. À tout à l'heure. » Tess, que ce moment de tension avait un moment calmée, se remit à geindre, mais Emma n'avait plus ni le temps ni l'envie d'être conciliante. « À tout à l'heure, ma petite Tess, dit-elle avec fermeté. Sois sage. »

Tess poussa un gémissement.

Emma l'embrassa tout en dégageant avec douceur son cou des mains de sa fille, se libérant des liens qui la retenaient en ce lieu, se dégageant de l'univers familial. Le centre de ses pensées s'était déplacé. Elle n'était plus qu'à moitié là, avec Tess ; son cœur s'attardait encore, mais son esprit s'orientait déjà vers la prochaine étape de la journée. À présent, c'était son travail qui la mobilisait.

Elle s'échappa. Après avoir tiré la porte derrière elle, elle entendit la voix de Tess grimper dans un aigu désespéré. Sur le palier, Emma appuya sur le bouton de l'ascenseur et serra fort les paupières, dans une tentative pour étouffer les tristes cris plaintifs qui lui parvenaient de l'autre côté du mur. Ils lui vrillaient toujours les tympans lorsqu'elle entra dans la cabine.

Les portes de l'appareil se refermèrent. Pour la seconde fois en quelques heures, anxieuse, désemparée, elle quittait un endroit où elle aurait aimé s'attarder et se mettait en route pour un autre, pressée par le temps, l'obligation, caressant l'espoir que ce qu'elle laissait se résoudrait seul, l'espoir aussi qu'elle avait raison d'aller de l'avant, ailleurs, inquiète et mal à l'aise pourtant à l'idée que, peut-être, elle aurait dû rester. Elle était tendue, à bout – emportée par la vitesse qu'avait déjà acquise cette journée, par l'élan même de la vitesse.

7

Dans les locaux d'*Art et culture*, Emma disposait d'un bureau étroit tout en longueur, pourvu d'une fenêtre donnant sur la Troisième Avenue. Elle avait accroché aux murs gris abîmés des affiches qu'elle aimait : une fleur en gros plan de Georgia O'Keeffe, profonde, voluptueuse, un long tableau horizontal de Winslow Homer, portrait d'une jeune femme qui lisait allongée dans l'herbe, tout absorbée par son livre. Cette juxtaposition de la vie intellectuelle et de la vie physique plaisait à Emma.

La petite pièce n'avait par elle-même aucun charme. Le bureau métallique noir était tout éraflé, les étagères, elles aussi en métal, croulaient sous les piles de livres d'art et de catalogues d'exposition entassés dans le plus grand désordre. La fenêtre étriquée encadrait un minuscule carré de ciel comprimé entre des murs de brique blanchis, souillés par la pollution. Le bureau où trônait l'ordinateur disparaissait sous un amoncellement de manuscrits. Un Rolodex gris de taille imposante y côtoyait une boîte de Kleenex, une petite agrafeuse rouge, une boîte à trombones ronde recouverte de papier reliure. Une poignée de stylos, de crayons et une unique lime à ongles, lisse d'avoir trop servi, jaillissaient en maigre bouquet d'une chope en grès.

Emma arriva tard. En principe, le travail au journal commençait à neuf heures et demie pour s'achever à dix-sept heures trente, mais la plupart des employés arrivaient plus tard et partaient aussi plus tard. À l'inverse, Emma, qui préférait ne pas rester le soir à cause de Tess, essayait d'arriver tôt, mais tout, ce matin-là, s'était ingénié à la ralentir. C'est le psychique qui traîne, pas le physique, songeait-elle en pénétrant dans le hall d'entrée caverneux. Ce qui m'a mise en retard, ce ne sont pas mes déplacements mais ces discussions. Pourtant je prends juste le temps de parler, pas d'écouter ce que les autres ont à dire… Elle repensa à la voix glaciale de Peter, à la violence des chauffeurs de taxi, à Rachel, à Tess. Le temps qu'elle arrive au septième étage, il était dix heures dix.

Elle retira son manteau et alla directement à la machine à café. Du couloir elle entendait Robert, le rédacteur en chef, essayer de mettre un terme à sa conversation avec le directeur artistique, dont le bureau jouxtait celui d'Emma. « D'accord, acquiesçait-il. Très bien. Génial. »

Le directeur artistique, lui, ne voulait pas le lâcher. « Il faut aussi que je te parle du numéro de juin, disait-il. L'article sur la sculpture. » Emma, qui aspirait à la solitude, espéra qu'il allait retenir Robert et l'empêcher ainsi de venir la trouver dans son bureau.

Robert n'avait pas envie de s'éterniser. « D'accord, promit-il. Il faut en effet que nous en parlions. Je repasserai te voir », puis Emma reconnut ses pas dans le couloir.

Mince, fébrile et passionné, Robert avait des petits yeux gris, un visage slave plutôt rond, un menton en pointe. Ses cheveux grisonnants l'auréolaient de la masse souple de leurs boucles serrées. Il portait des lunettes rondes à monture noire et, en permanence, un nœud papillon. En arrivant au journal le matin, avant toute chose, il tombait la veste et remontait les manches de sa chemise, sans se contenter de les retrousser afin de dégager les avant-bras aux deux tiers mais en les roulant soigneusement au-dessus du coude, comme pour être mieux préparé à accomplir des tâches aussi ardues qu'imprévisibles.

Quand Emma regagna son bureau, il l'y attendait.

« Ah, bien. Tu es là, commença-t-il sans autre forme de procès.

— Entre », lui proposa Emma alors qu'il était déjà dans la pièce, installé sur l'inconfortable chaise au piétement en aluminium placée à côté de sa table de travail. Alors qu'elle souhaitait être seule, au cas où Peter appellerait.

« La Biennale du Whitney, annonça Robert.

— Oh, non ! s'exclama-t-elle en poussant un soupir à l'idée de cette exposition gigantesque, tumultueuse et controversée. Je ne peux pas penser à la Biennale si tôt le matin.

— Mais si, fais un effort. Qui faudrait-il envoyer pour la couvrir, à ton avis ?

— Hmm... » Emma avala une gorgée de café en formant le vœu qu'il s'en aille. « Pourquoi pas Jed Perl ?

— Je voyais plutôt une femme. Pense à une femme.

— Ah... » Elle porta le gobelet de café à ses lèvres. « D'accord. Laisse-moi y réfléchir. »

Robert opina et se leva pour partir. Arrivé sur le seuil, il se retourna.

« Tu trouves ça sexiste ? demanda-t-il. Probablement, hein ?

— Non, pas du tout, protesta Emma, tout en pensant *Va-t'en*, sans regarder le téléphone, de peur qu'il ne se mette à sonner.

— Margot n'arrête pas de parler du sexisme rampant, poursuivit Robert. (Sa femme était avocate, et virulente.) Envers les femmes, bien sûr. J'essaie de ne pas tomber là-dedans, mais est-ce que du coup je ne suis pas sexiste envers les hommes ?

— Tu n'es pas sexiste, tu es équitable. (Pourquoi ne partait-il pas ?) L'époque est à l'équité. Je vais te trouver quelques noms.

— À moins que ça te tente, d'écrire toi-même l'article ? proposa-t-il en passant la porte.

— Oh, Seigneur, non ! déclina Emma d'un geste de la tête. De quelque façon que tu t'y prennes pour parler de cette expo, tu rends fou de rage un New-Yorkais sur deux. Ça ne me tente franchement pas de devenir un objet de haine pour la moitié de la ville.

— Vraiment ? s'étonna Robert en s'appuyant contre le mur, visiblement intéressé. Moi, j'aime bien provoquer. Qu'est-ce que ça peut bien te faire que les autres ne soient pas d'accord avec toi ?

— Je suis lâche, convint-elle. Je déteste qu'on m'en veuille. (Tu vas t'en aller, oui ? pensait-elle. Va-t'en, va-t'en !)

— Les femmes sont drôles, remarqua Robert en hochant la tête. Tel que tu me vois, *j'adore* la polémique. C'est la meilleure raison de vivre. »

Emma lui sourit, sans relever. Il lui rendit son sourire, leva le menton pour humer le vent du conflit et se décida enfin à sortir.

Emma avala d'un trait une grande gorgée de café puis, posant sa tasse, se laissa aller contre le dossier de sa chaise, seule pour la première fois depuis qu'elle était debout. La solitude, le luxe le plus enviable, songea-t-elle. À présent, elle pouvait commencer à envisager sa journée. Il fallait qu'elle réfléchisse à une journaliste pour Robert, mesure qui ne suffirait d'ailleurs pas à venir à bout du sexisme rampant. Aussi longtemps que les acheteurs seraient des hommes, le monde de l'art tournerait pour les hommes. Quand Peter allait-il se décider à appeler ?

Elle balaya du regard la surface de son bureau, en évitant toutefois le téléphone, par superstition. L'appareil se trouvait à sa gauche, à portée de main. Elle pouvait décrocher à la première sonnerie. Elle éplucha son agenda couvert de notes : cette semaine, elle attendait un article d'un écrivain notoirement connu pour ne pas tenir les délais. Il allait falloir qu'elle commence à le relancer. Au premier coup de fil, il prétendrait que tout se passait très bien et qu'il avait presque fini. En fin de semaine, au deuxième coup de fil, il lui expliquerait qu'il n'avait pas tout à fait terminé. À la fin de la semaine suivante, elle n'arriverait plus à le joindre en personne : elle laisserait des messages sur son répondeur et une bonne semaine plus tard, il en laisserait à son tour un sur le répondeur d'Emma – le soir, à une heure où il était sûr de ne pas la trouver – pour prévenir qu'il avait des ennuis et ne serait pas en mesure de remettre l'article à la date prévue. Il faudrait également qu'elle appelle la galerie, à un moment ou un autre, pour obtenir des photos susceptibles d'illustrer ce papier. Elle ne passerait toutefois aucun de ces coups de fil tout de suite – sa ligne devait rester libre.

Elle pensa à Peter, travaillant dans son cabinet où elle n'avait jamais mis les pieds. Elle imaginait une pièce en angle, moderne, soignée, avec des baies vitrées, un grand bureau net, un fauteuil raide placé devant. Sur tout un mur, des manuels de droit aux reliures sobres, rangés par séries. Dans un coin, un imposant ficus en pot, dont s'occupait quelque préposé aux plantes d'intérieur. Que faisait Peter, là-bas ? Pensait-il à elle ? Pourquoi n'appelait-il pas ?

Elle avait sous les yeux le manuscrit raturé d'un article à reprendre. Tout le monde, à *Art et culture*, disposait d'un ordinateur, mais les chefs de rubrique continuaient d'exiger des versions imprimées des articles. Des « copies papier », disaient-ils, toujours un brin embarrassés d'utiliser ce jargon étrange qu'ils maîtrisaient mal. Du coup, ces feuillets ordinaires semblaient investis d'une sorte d'autorité intangible, alors qu'en réalité ils étaient on ne peut plus dociles et malléables. Sur écran, le texte scintillait, gardant froidement ses distances, rouleau sans fin d'écrit liquide en suspens dans un espace infiniment profond. Emma préférait mille fois l'encre, le papier qui bruit. Les vrais feuillets lui rendaient le texte plus accessible qu'aucune machine. Avec ses minuscules points lumineux, son bourdonnement atténué dans les aigus, l'ordinateur était sans cesse accaparé par de mystérieuses tâches internes. Certes, il s'arrêtait dès qu'on intervenait, mais il était toujours déjà prêt, déjà occupé. Son infatigable activité, son empressement à fonctionner, à exécuter, à traiter sur-le-champ, selon les lois de l'électronique, s'interposaient entre le lecteur et le texte. En l'occurrence, pourtant, la seule action requise se ramenait à la lente absorption du second par le premier – la jeune femme de Winslow Homer, allongée dans l'herbe, oublieuse de ce qui l'entourait. L'ordinateur n'avait plus de raison d'être, ici. Lire un texte sur l'écran, c'était comme lire un livre au volant d'une voiture dont le moteur tournait.

Emma saisit le manuscrit. L'article, très déférent, avait trait à un artiste qui insérait des tessons de poterie dans ses toiles. Emma, qui aimait le Caravage et Thomas Eakins, soupira. Le langage de l'art moderne était toujours si ésotérique, si hermétique ! Qui, en dehors d'un cercle restreint de New-Yorkais, pouvait comprendre en quoi ce procédé – le recours à de la vaisselle cassée – était intéressant ? On voyait mal, aujourd'hui, ce qui avait poussé l'avant-garde à se couper sciemment du public pour ne plus s'adresser qu'aux experts. Pourquoi exclure le grand nombre des amateurs d'art ? Pourquoi s'employer de façon active à heurter les sensibilités ?

Puis le téléphone se mit à sonner, et tout de suite la main d'Emma se posa sur le récepteur. Pour ménager sa dignité, elle attendit néanmoins que la sonnerie s'interrompe avant de décrocher.

« Emma ? »

La voix de Francie la fit se raidir. Elle détestait ces conversations avec sa sœur.

Francie avait trois ans de moins qu'elle. Quand elles étaient petites, Emma s'occupait de sa cadette. Francie lui avait servi de poupée. Emma l'aidait à s'habiller, elle lui brossait les cheveux, lui racontait des histoires, lui apprenait à sauter à la corde, à lire. Les deux filles avaient partagé la même chambre jusqu'à ce qu'Emma eût treize ans.

Le soir où elles devaient dormir ensemble pour la dernière fois, Emma était allée à une fête de l'école. En cachette, elle avait rapporté des produits de beauté du drugstore et passé l'après-midi à se préparer – se laver les cheveux, appliquer dessus une crème démêlante ; raser les longues pentes de ses jambes, les creux de ses aisselles, malaisés à atteindre ; s'enduire le visage d'un masque aux herbes, attendre qu'il sèche, blanchissant et figeant ses traits, et lui donnant l'aspect de quelque divinité africaine ; puis l'enlever, complètement : dessous, la peau était rose et luisante. Ensuite, elle s'était approchée du miroir pour s'acharner sur ses cils avec du Rimmel qu'elle appliquait sans discernement autour de l'œil inquiet, papillonnant. Elle avait déposé une traînée à peine perceptible de fard à joues brun rosé sur ses pommettes, plongé le bout d'un doigt dans le pot de brillant à lèvres pour le passer en couche luisante sur sa bouche. Elle avait arrangé ses longs cheveux soyeux sur ses épaules.

Aussi impressionnée qu'excitée, allongée sur son lit, Francie la regardait en lui donnant son avis. Emma avait d'abord bavardé et ri avec elle, mais plus l'heure de la fête approchait, plus ses silences se prolongeaient. Quand vint le moment de s'habiller, Emma revint sur ses choix à plusieurs reprises. Le lit, la chaise, le tapis disparurent sous les couches des vêtements qu'elle avait écartés. La panique la gagnait. Alors elle cessa de s'amuser avec Francie – une petite fille qui ne savait rien de cette fête, du monde où vivait Emma avec ses camarades de classe –, elle arrêta de lui parler. Elle se décida enfin pour une toilette, mais ça n'allait pas, c'était moche : un pantalon pattes d'éléphant à taille basse, à rayures violettes, qui soudain paraissait trop serré ; les pointes bordeaux de ses bottes préférées rebiquaient par-dessous, leur cuir était abîmé. Un petit pull à col montant blanc, par-dessus une tunique rouge qu'elle aimait, maculée à l'épaule. Emma s'examina dans la glace, s'écarta de son image, désespérée. Elle voyait de quoi elle avait l'air : une grosse fille bête à pleurer, jamais à sa place nulle part. Au premier coup d'œil, ses amis décèleraient l'imposture, la traiteraient de tricheuse. Quand, atterrée, elle se retourna, Francie retint son souffle.

« Tu es belle », affirma-t-elle avec solennité.

Malade de peur, Emma ne lui répondit pas. L'admiration de sa cadette lui confirmait qu'elle n'était elle-même qu'un bébé, une petite fille pathétique. Elle s'en alla, complètement déprimée.

Elle arriva à la fête la gorge nouée d'angoisse. Le gymnase était immense, mal éclairé, la musique assourdissante. Elle se sentait perdue, ne distinguait personne. Ses amis s'essaimaient en groupes mouvants, qui n'arrêtaient pas de se dissoudre et de se fondre. Leurs voix lui perçaient les tympans. Ne se reconnaissant plus comme l'une d'entre eux, Emma ne trouvait rien à dire. Elle s'entendait rire – trop fort, bêtement. Le garçon qu'elle aimait, dont elle avait en secret écrit et réécrit le nom sur la semelle de ses baskets, sembla d'abord ne pas la voir. Deux fois de suite il dansa avec la même fille, et pour le reste passa l'essentiel du temps dehors, avec des amis, à fumer des joints.

Vers le milieu de cette soirée interminable, Emma se rendit aux toilettes des dames. Le silence tomba sur cet espace dès qu'elle en eut poussé la porte. Les regards des trois filles qui s'y coiffaient se croisèrent dans le miroir. Emma lança à la cantonade un « Salut » embarrassé auquel les autres firent immédiatement chorus, mais c'est à peine si leurs yeux s'arrêtèrent sur elle. Plantée devant un lavabo, elle laissa l'eau lui couler sur les mains, espérant niaisement que les choses allaient s'arranger et le monde redevenir accueillant. Alors, ces mots chuchotés lui sifflèrent aux oreilles : « Elle ne vient pas. Joanna ne l'a pas invitée. » Emma arrêta le robinet et quitta la pièce sans un regard en arrière. Elle devait cependant attendre la fin de la fête, car il était prévu qu'elle rentre avec d'autres en voiture. La phrase saisie aux toilettes s'était gravée en elle et la poursuivit tout le reste de la soirée, qu'elle passa seule, au bord de la piste de danse ou dans l'ombre, juste derrière la porte latérale du gymnase.

À la fin, elle se fit ramener comme convenu avec quatre autres filles par la mère de l'une d'entre elles. Elle s'assit devant, sur le siège passager. Pendant le trajet, aucune des quatre autres ne lui adressa la parole ; au moment de la déposer devant sa porte, en revanche, elles se montrèrent soudain beaucoup plus démonstratives, lui souhaitant bonne nuit à voix haute et claire pendant qu'elle ouvrait sa portière. Emma les ignora. Elle remercia la mère et s'empressa de rentrer chez elle pour ne pas voir la voiture s'éloigner vers la maison de Joanna.

Dans l'entrée, elle tomba sur Francie, qui l'attendait en chemise de nuit, assise sur la dernière marche de l'escalier. Le visage de sa sœur s'éclaira, elle battit des mains en silence et articula sans bruit son prénom : *Emma !*

« Tu devrais être au lit ! Francie, s'écria Emma, d'une voix délibérément forte.

— J'ai fait un cauchemar », protesta la petite sur la défensive, en se levant. Jusqu'alors, quand Francie se réveillait la nuit, Emma la prenait dans son lit. Cette fois-ci, elle se contenta d'un reniflement railleur.

« Tu parles », rétorqua-t-elle, toujours aussi fort.

Elle gagna le salon, où son arrivée arracha ses parents à leur lecture. Sa mère lui sourit.

« C'est moi, annonça Emma avec brusquerie.

— Où étais-tu ? » s'enquit son père.

Elle le foudroya du regard.

« À la fête, Everett, tu le sais. Tu t'es bien amusée, Emma ?

— Une fête ? reprit son père réprobateur. Dans cette tenue ? Tu as tout d'un bouffon dans ce pantalon ridicule. »

Emma tourna les talons.

« Everett ! le tança sa mère. Allons, Emma, reviens. » Circonspecte, Emma passa de nouveau la porte. « Je te trouve très jolie.

— Elle serait aussi jolie sans ce pantalon ridicule, dit son père, les yeux fixés sur elle. Et qu'est-ce que tu as, sous le menton ? »

Emma porta la main à son visage, l'air soucieux : « Je ne sais pas. C'est quoi ? » Elle tendit le cou pour se lisser le menton. Un instant, personne ne parla, pendant qu'elle regardait son père de biais, d'un œil soupçonneux. « Qu'est-ce que j'ai ?

— Rien », répondit-il, l'air content de lui.

Emma baissa la tête : « Qu'est-ce que j'ai ? répéta-t-elle.

— Rien, rien du tout.

— Dis-moi ce que tu as vu, insista Emma en penchant davantage la tête.

— Rien. Juste un petit pli charnu sous ton menton. Ce n'est rien du tout. Il disparaît quand tu tends le cou. »

Emma quitta la pièce en trombe. Au passage, elle bouscula Francie, qui traînait toujours anxieusement dans l'entrée en chemise de nuit.

« Toi, tu devrais dormir au lieu d'écouter aux portes ! » s'emporta-t-elle. Et tout en montant l'escalier avec fracas, elle cria en direction du rez-de-chaussée : « Il n'est plus question que je partage ma chambre avec cette petite morveuse pourrie gâtée. Je veux une chambre pour moi toute seule. »

Quand Francie monta à son tour, Emma était déjà au lit, roulée en boule sur le côté, lumière éteinte. Francie appela sa sœur dans un murmure, mais Emma ne bougea pas, ne dit rien. Elle garda sa position, le menton enfoncé dans le cou, les poings crispés. À présent, les autres filles étaient sans doute arrivées chez cette Joanna qu'Emma haïssait. Les garçons y étaient peut-être, eux aussi. Francie grimpa doucement dans son lit, tira les couvertures et s'allongea, le visage tourné vers sa sœur. Aussi loin que remontaient les souvenirs de Francie, elles s'étaient toutes deux couchées ainsi face à face, nuit après nuit, dans leurs lits jumeaux. Chacune voyait les yeux de l'autre briller à la faveur de la faible clarté tombée de la fenêtre.

« Emma ? » chuchota Francie. Pas de réponse. « Em ? »

Emma ne répondit pas et resta immobile. Elle gardait les yeux ouverts et savait que Francie pouvait les voir briller dans le noir. Jamais elle n'avait mis les pieds chez Joanna, qui habitait à Brookline. Ils devaient tous s'y être retrouvés, maintenant. Ils s'amusaient.

Le lendemain, Emma s'installa dans une chambre plus petite, au rez-de-chaussée. L'alliance entre les deux sœurs était rompue. Emma se sentait souillée par l'enfance quand elle était avec Francie.

Elle avait ensuite docilement fréquenté le même lycée puis la même université que leur mère, d'abord Milton, puis Smith College. Francie, en revanche, avait joué les fortes têtes. Elle avait quitté Milton en troisième pour un établissement privé à Cambridge. Elle se laissait pousser les cheveux, fumait du hasch, n'avait pratiquement pas de diplômes. Elle refusa de poursuivre ses études – à l'en croire, l'université était trop structurée. Emma ne se priva pas de lui dire qu'elle était grotesque, Francie rétorqua qu'elle trouvait Emma assommante. Dès lors, chacune suivit sa voie. Francie partit à San Francisco, s'y maria, divorça. Elle avait deux enfants en bas âge et ne revenait que rarement sur la côte Est, juste pour voir ses parents.

« Ah, bonjour Francie, lança Emma. (Ça y est, la ligne était bloquée. Que fabriquait donc Peter ?) Tu t'es levée tôt.

— Je me lève toujours tôt », affirma Francie. Emma, qui en doutait, ne releva pas. « Tu as eu mon message, l'autre jour ?

— Oh, oui, oui, je l'ai eu, répondit Emma, qui l'avait complètement oublié. Dimanche. Excuse-moi de ne pas t'avoir rappelée. Je comptais le faire aujourd'hui. » Ennuyée d'être ainsi prise en défaut, elle prit un ton cassant : « Qu'est-ce que tu voulais ?

— Simplement te parler d'un truc dont je m'occupe, en ce moment.

— C'est quoi ?

— Une série de séminaires, plus ou moins. Je dois venir dans l'Est, cet été, pour les assurer.

— Des séminaires ? fit Emma en associant spontanément le terme avec l'histoire européenne ou la politique de l'esclavage. Sur quoi ?

— L'évolution personnelle. La réalisation de soi, tu sais. La prise de conscience de ses potentialités. Le programme est conçu comme un tout.

— Oh, fit Emma sur la réserve.

— Le cycle est très intéressant, poursuivit Francie. Vraiment, c'est incroyable.

— Formidable. Tu l'as suivi, toi aussi ?

— Mmm… Ici, à l'institut.

— Où est-ce que tu dois assurer ces séminaires ?

— Justement, c'est là que j'ai pensé que tu pourrais peut-être m'aider. C'est un programme super, pour un prix imbattable. Tout compris, pour cinq séances de séminaire de quatre heures chacun, ça ne coûte que deux cent quatre-vingts dollars.

— Incroyable ! renchérit Emma.

— Oui, hein ? Seulement il me faut un lieu. L'institut ne dispose pas encore d'une vraie base à New York.

— Je ne vois pas trop d'endroit qui puisse convenir.

— Je m'étais dit que chez toi, peut-être… risqua suavement Francie.

— C'est bien trop petit, réagit tout de suite Emma. Ça n'irait pas du tout. »

Il y eut un silence.

« Il n'y aura jamais beaucoup de gens à la fois, Emma, reprit Francie. Et l'ambiance est toujours très sereine. Personne ne crie, personne ne s'engueule, tu sais. Il s'agit de se réaliser.

— Mon appartement est trop petit, insista Emma. J'ai déménagé, tu sais. Franchement, il n'y a pas de place. »

Suivit un nouveau silence.

« Bref, tu ne veux pas nous aider, constata Francie.

— Francie, tu es injuste.

— Pourquoi ? C'est très simple. Tu as l'occasion de nous aider et tu ne lèves pas le petit doigt.

— Ce que tu me demandes, Francie, c'est de te laisser mon logement pour tes histoires de boulot.

— Je te parle de réalisation de soi, Emma, pas d'histoires de boulot.

— Et où suis-je censée vivre, moi ? Où est-ce que Rachel est censée passer ses journées et ses soirées ? Mon appartement est l'endroit où je vis. Pourquoi faut-il que tu me demandes de te le céder ? »

Francie poussa un soupir.

« Je te remercie, Emma.

— Francie… »

Le silence dura cette fois plus que les précédents.

« En fait, je savais bien que tu ne pourrais pas comprendre, dit Francie.

— Je ne vois pas ce qu'il y a à comprendre. Tu essaies de me forcer la main.

— C'est tout de même intéressant, la résistance que vous opposez à ces idées, vous, les New-Yorkais.

— Je n'ai rien contre l'idée de ce séminaire. Simplement je refuse qu'il ait lieu chez moi.

— Ah bon ? Et si on trouve un endroit, tu t'inscriras à cette session ? »

Emma ferma les yeux, excédée.

« Francie, j'ai ma vie, elle est ce qu'elle est, mais je peux t'assurer que quand j'ai envie d'assister à un séminaire je suis assez grande pour m'y inscrire toute seule.

— Ici, il s'agit d'éveil de la conscience, Emma. Ce n'est un luxe pour personne.

— C'est ton avis, Francie.

— Tu crois que tes capacités psychiques sont assez développées et que tu n'as pas besoin de ça ?

— Je suis comme je suis, Francie. Je ne te demande pas de te prononcer sur le développement de mes capacités mentales, d'accord ? Comment vont les parents ?

— Bonne question. Comment vont les parents ?

— Pourquoi ne pas organiser ton séminaire chez eux, à Cambridge ?

— Tu perds la tête, ou quoi ?

— En tout cas, ce n'est pas juste de vouloir que je te laisse mon appart, Francie, alors ne me le demande pas.

— En échange, tu pourrais suivre le séminaire gratuitement. Dis-toi bien qu'il s'agit d'éveiller ta conscience, d'accord ? Si jamais tu changes d'avis, téléphone-moi. Préviens-moi, c'est tout.

— Je ne changerai pas d'avis, rétorqua sèchement Emma.

— Je n'ai pas d'autre sœur que toi, tu sais, ajouta Francie, qui essayait maintenant de l'amadouer. Je me sens vraiment une responsabilité à ton égard.

— Francie, écoute-moi. Je ne changerai pas d'avis.

— Pas de problème, poursuivit Francie sans se démonter. Tu peux appeler quand tu veux, à n'importe quelle heure du jour ou de la nuit. Cela te ferait du bien, je t'assure. C'est important d'acquérir ce savoir. Je sais que tu n'en crois rien, je sais bien que pour toi il n'y a que le bourrage de crâne universitaire qui compte, mais j'aimerais que tu essaies de t'ouvrir un peu l'esprit. Tu auras du mal, c'est sûr, mais j'aimerais que tu essaies.

— Francie, comment réagirais-tu si je te conseillais de t'inscrire en fac ?

— Fais-moi confiance, Emma, répondit Francie avec un petit rire indulgent. Tu passes un coup de fil quand tu veux. »

Emma raccrocha et fixa l'écran de son ordinateur. Être gentille, serviable, ne pas décevoir l'attente des autres..., quel intérêt ? se demandait-elle.

Emma avait neuf ans et Francie six, cet après-midi d'été où elles avaient accompagné leur père dans l'épicerie-quincaillerie vieillotte de Cape Cod. Il y achetait du papier. Les lames du plancher de pin sombre et graisseux étaient douces à leurs pieds nus. Emma tenait Francie par la main, lui montrait les objets alignés sur les rayons en les nommant à voix haute. « Du cirage, Francie. Du cuir de Cordoue », énumérait-elle. À la caisse, un inconnu s'offrait un cône de crème glacée. Francie déclara à Emma qu'elle en voulait un, Emma répondit qu'il n'en était pas question. Francie se mit alors à pleurnicher, de plus en plus fort. Elle tirait sur le short de sa sœur en réclamant : « Je veux une glace, je veux une glace. » Ses petits pieds trépignaient ; de rage, elle finit par s'asseoir par terre.

Emma se pencha à sa hauteur : « Pas entre les repas, Francie, lui expliqua-t-elle. On n'a pas le droit. »

Les pleurs de Francie redoublèrent, et lorsque leur père se retourna, son papier à la main elle hurlait.

« Que se passe-t-il ? s'enquit-il en fronçant les sourcils.

— Elle veut une glace. J'ai beau lui dire qu'on ne peut pas en manger entre les repas, elle ne veut pas m'écouter, lui rapporta vertueusement Emma.

— Elle a tout à fait le droit d'avoir une glace. » Il baissait les yeux vers elles, les dominant de toute sa taille, imposant, perfide. « Quel genre de glace veux-tu, Francie ? Quel parfum ? »

Emma n'avait rien oublié de ce qui lui était alors apparu comme un scandale énorme, irréparable. La loi bafouée avec tant de désinvolture, le sol qui se dérobait sous ses pieds. Assise à côté d'elle sur la banquette arrière, Francie passa le voyage de retour à lécher les coulures de sa glace à la framboise. Elle lançait à sa sœur des coups d'œil circonspects, mais triomphants. Emma avait refusé la friandise, par principe. Il fallait, se disait-elle, que quelqu'un enseigne à Francie les rigueurs de la vie ; de toute évidence, ses parents se dérobaient.

À présent, Emma fixait le manuscrit en ressassant sa rancune contre sa cadette.

La sonnerie du téléphone retentit. Encore Francie qui rappelait, elle en était sûre.

« Allô ? »

C'était Peter.

« Allô, fit Emma en écho, troublée.

— Tu as une minute ? lui demanda-t-il, la voix douce.

— Oui, dit Emma en s'accoudant à sa table, le dos tourné à la porte.

— Je suis désolé, pour ce matin. Je ne comprends pas pourquoi je me suis mis en colère comme ça.

— Oh, je t'en prie. Mais merci.

— C'était vraiment excessif. Je ne voulais pas que tu partes.

— Ça, je l'avais compris. Je me sentais si malheureuse. J'espérais de toutes mes forces que tu allais te lever et sortir pour me rattraper.

— Je suis désolé, je ne comprends pas ce qui m'a pris, répéta-t-il. Je sais que tu as besoin de voir Tess.

— Je me sens écartelée entre vous deux. Moi non plus je n'avais pas envie de partir, mais quand je commence à penser à Tess, je m'affole. J'ai presque l'impression qu'il faudrait que je prenne parti pour l'un de vous deux contre l'autre. C'est horrible.

— Je n'aurais jamais dû insister pour que tu restes. Ce n'était pas juste.

— Merci.

— Tu ne penses pas qu'on devrait prendre un appartement ensemble ? » Peter s'arrêta, puis comme elle ne répondait pas il ajouta : « Je t'aime. »

Emma sentit ses yeux s'emplir de larmes inattendues. Cette proposition, qui la prenait de court, lui paraissait éminemment risquée. Elle commençait tout juste à apprécier de vivre seule en paix. Les habitudes qu'elle développait ne regardaient qu'elle... Elle éteignait la lumière quand cela lui plaisait, il ne tenait qu'à elle de rompre ou de prolonger le silence. Elle hésitait à accueillir dans ce lieu une présence masculine, nécessairement exigeante, envahissante, désireuse de s'imposer. Il faudrait composer avec Peter s'il était là, dans le même espace, tout le temps. Peter serait chez lui dans sa chambre, les complets en laine de Peter côtoieraient les vêtements d'Emma dans sa penderie. Qu'adviendrait-il si Rachel partait ? Saurait-il aimer Tess ?

« Je ne te demande pas de me répondre tout de suite, poursuivit Peter. Simplement, réfléchis-y. Il me semble que ce serait plus facile pour toi. Plus facile pour nous deux. Dans la situation actuelle, tu ne peux qu'être tiraillée entre ta fille et moi. » Peter était gentil et tendre, c'était indéniable, il dormait en la tenant dans ses bras toute la nuit. Pourtant, Emma continuait à se taire. « Il y a autre chose ? Je te sens hésiter. À quoi penses-tu ?

— Tess, lâcha Emma.

— Un des trucs qui me chiffonnent un peu, dit Peter, la voix plus douce encore, est que je réalise juste combien elle est petite.

— C'est vrai ? s'étonna Emma.

— Absolument.

— Et Amanda ?

— Il faudra l'intégrer, elle aussi. »

Emma regarda par la fenêtre. De l'autre côté de la rue, l'immeuble de brique blanc était coupé diagonalement en deux par le soleil qui le frappait de biais, plongeant sa partie inférieure dans une ombre épaisse. Les étages supérieurs s'élevaient en gradins de plus en plus étroits, dessinant à l'air libre un escalier étincelant de lumière, tout en angles nets contre le vaste ciel.

« Je viens de recevoir un coup de fil de Francie, ma sœur, déclara Emma. Elle voudrait que je lui laisse mon appartement pour pouvoir y donner une série de séminaires sur l'éveil de la conscience.

— Explique-lui qu'il n'y a plus de place chez toi, conseilla Peter. Dis-lui que maintenant tu vis avec ton gourou privé. »

Emma se mit à rire. Quel soulagement de parler avec Peter ! Elle avait tant confiance en lui, tant d'admiration, aussi, pour sa persévérance. Il faisait déjà partie de sa vie. Elle avait envie de se réveiller avec lui le matin, de sombrer dans le sommeil à son côté. Au souvenir du contact de la main de Peter sur sa gorge, Emma ferma les yeux une seconde, avec l'impression de glisser dans une baignoire remplie d'eau fumante.

Puis elle contempla de nouveau les marches flamboyantes qui s'étageaient en pyramide. On pouvait toujours trouver une bonne raison d'hésiter, de refuser, de se dégager. Il y aurait toujours, forcément, des arguments contre, des problèmes… L'indépendance se confondait aisément avec la solitude. Le choix de l'indépendance réclamait du courage… Il en fallait plus encore pour s'engager.

8

Peter emménagea chez Emma au début du mois de mars. Ce printemps-là fut lent à naître : trois semaines plus tard, le temps était toujours maussade et froid.

Emma avait travaillé tard et il se mit à pleuvoir alors qu'elle sortait du bureau. Il était plus de sept heures quand elle émergea de la station de métro de la 14e Rue. La nuit était tombée, la pluie se déversait à torrents sur sa tête nue. Elle n'avait pas pris de parapluie et, bien sûr, il n'y avait pas de taxis.

Il n'y avait jamais de taxis quand il pleuvait. Dès les premières gouttes, ils disparaissaient. Emma les imaginait, fonçant tous ensemble vers une arène connue d'eux seuls, dissimulée au cœur de la ville. Là, ils s'alignaient en files jaunes luisantes tandis que la pluie tambourinait sur les toits. Dans leurs coquilles de verre fumantes, les chauffeurs solitaires se morfondaient patiemment, radio en sourdine le temps que l'averse se calme.

Emma remonta le col de son manteau et cala son livre de poche sous son bras. Les trottoirs chatoyaient sous les flaques, l'eau s'infiltrait dans ses chaussures. Demain elles seraient marquées de taches irrégulières, soulignant les îles encore humides autour du pied.

Elle était quasi seule à s'être risquée dehors. Les magasins de vente au rabais qui bordaient la 14e Rue avaient tous baissé le rideau, derrière leurs devantures criardes où des promesses mirobolantes s'affichaient en rouge. La rue déserte paraissait plus grande dans le noir. Quelques voitures passèrent à toute allure, envoyant jaillir des éventails d'eau glaciale sur le trottoir. La pluie qui trempait les cheveux d'Emma lui dégoulinait sur le front, l'obligeait à cligner des yeux. Une goutte aventureuse se fraya un chemin le long de sa nuque, dévia sur le côté, se glissa dans son dos. Emma avait les doigts gourds, elle marchait penchée en avant, la tête dans les épaules. Encore cinq minutes et je serai à la maison, se répétait-elle pour s'encourager. Cinq minutes.

La porte d'entrée s'ouvrit sur un flot mozartien. Peter était là. Emma se débarrassa de son manteau et entra dans le salon, où il était installé avec un livre. Il avait changé de tenue pour un pantalon en velours côtelé, une chemise écossaise, des mocassins. Une expression de tranquille satisfaction se peignait sur ses traits, et dès qu'il vit Emma il ouvrit grand les bras.

« Em ! Tu es trempée.

— Tu crois ? » répliqua Emma avec un sourire.

Elle l'embrassa, ferma les yeux pour mieux sentir l'odeur délicieuse de son cou. Puis se raidit alors qu'il l'attirait vers lui. Elle ne voulait pas que Rachel la trouvât sur les genoux de Peter.

« Pas devant le petit personnel », déclara-t-elle très digne en se redressant. Lissant sa jupe humide, elle demanda : « Où est Tess ?

— À la cuisine.

— Je vais l'embrasser. »

Tessie et Rachel étaient à table. Tess sortait de son bain, rose et rayonnante, les pointes de ses cheveux blonds un peu plus foncées d'avoir été mouillées. Son visage s'illumina à la vue d'Emma.

« Maman ! s'écria-t-elle, extatique, en écartant les bras.

— Tessie », dit Emma en la prenant dans les siens.

Il lui suffisait de voir sa fille pour que quelque chose en elle se relâche, cède, et qu'une onde de félicité la traverse. Elle souleva le petit corps compact pendant que Tess la prenait par le cou dans une étreinte légère.

« Ma-man, ma-man », psalmodiait la petite fille dans un chuchotement insistant. Emma l'embrassa, fort, au creux du cou, puis se tourna vers Rachel.

« Bonsoir, Rachel. Tout va bien ? »

Un coude sur la table, Rachel appuyait le menton sur sa main, le visage impénétrable.

« Comment ça ? » demanda-t-elle, glaciale.

Autant ses échanges avec Tess étourdissaient Emma de plaisir, autant ceux qu'elle avait avec Rachel l'accablaient de culpabilité.

« Oh, eh bien, vous savez. En général », répondit-elle en préférant ignorer la mine renfrognée de la jeune fille. Penchée en arrière, Tess s'acharnait des deux mains sur les épaules, les oreilles, la tête de sa mère.

« Votre robe rouge n'est pas à la blanchisserie, dit Rachel.

— Ils doivent pourtant l'avoir récupérée, non ? Vous n'avez pas le ticket ?

— C'est vous qui l'y avez portée. » Rachel baissait ostensiblement les paupières, les traits vides d'expression. « Vous avez le ticket.

— Ah bon ? Je ne sais pas où il est. Ils me connaissent, de toute façon. Sans doute ai-je tout simplement laissé la robe sur le comptoir. J'étais pressée. »

Rachel eut un haussement d'épaules dubitatif et Emma, abandonnant la partie, se tourna vers Tess : « Tu viens avec moi pendant que je me change ?

— Elle n'a pas fini de dîner, s'interposa Rachel.

— Ah ? » Emma baissa les yeux sur l'assiette de sa fille. « Pas tout à fait, mais presque. Elle a assez mangé. Tu as fini de dîner, Tess ? » Tess opina en regardant attentivement sa mère d'abord, puis Rachel, qui se tenait les bras croisés, une moue réprobatrice sur les lèvres.

« Je l'emmène avec moi juste le temps de me changer », reprit Emma en évitant de croiser le regard de Rachel. Sur ce, celle-ci se leva et entreprit de débarrasser le couvert de Tess. « Laissez, nous nous en occuperons tout à l'heure », protesta Emma. Mais la jeune femme fit la sourde oreille et, prenant l'assiette, vida ce qui y restait dans la poubelle.

Tess dans les bras, Emma quitta la cuisine accablée par sa mauvaise conscience. L'irritabilité de Rachel ne tenait pas à l'interruption du dîner de Tess, mais à la présence de Peter dans l'appartement. Elle boudait depuis qu'il était là, et Emma ne savait que lui dire pour la ramener à de meilleurs sentiments. La seule perspective de cette discussion l'épuisait – au nom de quoi devrait-elle justifier sa position morale auprès de cette femme chargée de tenir sa maison ? Elle espérait que l'explication ne serait pas nécessaire et que Rachel cesserait d'elle-même de lui battre froid. Elle se promettait de lui parler dès que ses projets avec Peter seraient un peu plus précis. En attendant, elle ne voulait pas que Rachel la jugeât ni ne reçût ses confidences.

Emma souhaitait se remarier ; sa situation de mère célibataire lui pesait. Elle trichait avec Tess en l'élevant dans ce foyer anormal, asymétrique, sans père. Mais si c'était pour le bien de sa fille qu'Emma voulait se remarier, c'était sa fille, justement, qui compliquait les choses. À trois ans, la petite Tess débordait de santé et de vitalité, occupait beaucoup de place et faisait beaucoup de bruit. Elle avait l'habitude d'être au centre de l'attention d'Emma. Chaque fois qu'elle se trouvait avec Tess et Peter, Emma sentait monter la tension, déchirée qu'elle était entre ces deux êtres. Elle craignait que Peter ne supportât mal les interventions et les exigences incessantes de Tess. Pourquoi les aurait-il supportées ? Ce qu'il avait connu avec Caroline était si différent – un mode de vie calme, ordonné, dans un appartement impeccablement tenu par des domestiques discrets, autour d'une enfant objet de leurs soins constants. Que devait-il penser du foyer d'Emma, de la maussade Rachel en sweater turquoise et jean moulant, de la turbulente Tess qui, au moindre prétexte, entrait en coup de vent dans la chambre de sa mère ? Tout cela mettait Emma sur les nerfs, nourrissait son sentiment d'impuissance ; elle redoutait par-dessus tout que Peter n'en rejetât la faute sur Tess.

Il y avait eu ce soir où, alors que sa fille sautait impétueusement sur leur lit, Emma s'était mise à rire de ses cabrioles. En se tournant vers Peter pour partager avec lui son plaisir, elle avait croisé son regard désapprobateur. Là où elle s'extasiait devant son enfant chérie, éclatante de vie, de joie, lui ne voyait que tapage, bruit, indiscipline.

« Tu ne l'aimes pas, n'est-ce pas ? fit-elle, brusquement dégrisée.

— Pas comme toi, répondit-il avec douceur.

— Pas du tout, insista Emma.

— Je ne l'en traiterai que mieux. »

Glacée, elle le dévisagea. Elle avait introduit chez elle un homme qui n'aimait pas sa fille. Il risquait de tout envoyer promener d'un moment à l'autre – elle, Tess, tout.

Depuis, Emma avait l'impression de vivre au-dessus d'un volcan. Pour prévenir l'éruption, elle tenait Peter à l'écart de l'organisation domestique. Jamais elle ne réclamait son aide, jamais elle ne lui demandait de surveiller Tess, de passer à la blanchisserie, de lui prêter de l'argent pour payer Rachel. Les obligations de Peter se limitaient à partager le loyer avec elle. Pour le reste, Emma assumait seule la gestion du foyer, avec le sentiment qu'au moindre incident, à la moindre peccadille, il se dresserait contre son enfant.

Dans sa chambre, Emma retira ses vêtements imprégnés d'humidité pendant que Tess allait et venait gaiement autour d'elle en se dandinant dans sa grenouillère. Un raton laveur en peluche sous le bras, elle se parlait toute seule, babillant sans discontinuer.

Il était sept heures et quart. Emma devait préparer le dîner pour Peter et elle-même, lire une histoire à Tess et la mettre au lit pour sept heures et demie. Si Emma couchait l'enfant en premier, Peter rouspéterait parce qu'ils mangeaient tard. Si elle s'attaquait d'abord au dîner, demain Tess serait grognon et fatiguée. L'idéal aurait été que Rachel leur préparât à dîner pendant qu'Emma couchait sa fille, mais lorsqu'elle l'avait engagée, Rachel avait clairement mis les points sur les i : « Je m'occupe du baby-sitting et du ménage, mais je ne fais pas la cuisine le soir », avait-elle déclaré. À l'époque, Emma cherchait quelqu'un de confiance pour garder Tess pendant la journée ; maintenant, le recul aidant, elle s'en voulait de ne pas avoir négocié. Peut-être n'était-il pas trop tard ? Mais Rachel lui en voulait si fort qu'Emma avait peur de la voir partir pour de bon. Et puis, malgré toute la mauvaise humeur qu'elle lui manifestait, Rachel s'acquittait avec tendresse et dévouement de ses devoirs envers Tess, qui l'aimait d'un amour inconditionnel. Pour cela, Emma était prête à supporter bien des choses.

Après avoir enfilé un jean et un pull, Emma regagna le salon. Il allait lui falloir enfreindre la règle qu'elle s'était fixée en demandant à Peter de lui donner un coup de main, s'ils voulaient passer à table à une heure décente.

« Cela ne t'ennuie pas de mettre le couvert ? risqua-t-elle timidement. Je vais raconter son histoire à Tess en préparant le dîner.

— Qu'est-ce qu'on mange ? s'enquit Peter en refermant son livre.

— Des côtelettes d'agneau et du riz avec des petits pois », répondit-elle sans le regarder.

Il était déçu, elle le savait. En matière de nourriture, Peter avait des goûts spartiates. Il s'abstenait de graisses, de viande rouge, appréciait en revanche les sushis, les grillades de poisson, les légumes exotiques et les épices, les currys. Il aurait préféré un plat ayant mijoté des heures à feu doux sur la cuisinière. Ce qu'elle lui proposait était banal et sans intérêt, mais rapide à préparer : une demi-heure en tout et pour tout.

Dans la cuisine, Tess grimpa sur une chaise et ouvrit son livre.

« Maintenant, maman, on lit, réclama-t-elle.

— Une petite seconde. »

Un le riz, deux les côtelettes, trois les petits pois. Emma emplit une mesure d'eau qu'elle versa dans une casserole pour le riz, en ajouta un peu au fond d'une autre pour les petits pois. Une trace noirâtre tachetait le fond du second récipient, ombre fantomatique d'autres petits pois qui y avaient attaché. Emma ne comptait plus le nombre de fois où elle avait laissé brûler les légumes, alors qu'elle pensait avoir pris toutes les précautions imaginables. Ce soir, en tout cas, elle ne pouvait pas les rater puisqu'elle resterait là, à deux pas, pour lire son histoire à Tess. Elle garderait l'œil sur le dîner.

Peter passa la tête par l'embrasure.

« Qu'est-ce que tu veux que je prenne, pour mettre la table ?

— Les sets sont là, les couverts dans le tiroir du haut et les assiettes dans ce placard, avec les verres. » Tess, qui s'impatientait, commença à s'acharner sur le dos de son livre. « Une petite minute, lui dit Emma, qui frottait les côtelettes avec du romarin.

— Ici ? »

Peter n'avait pas ouvert le bon placard et examinait avec perplexité les casseroles empilées sur l'étagère.

« Non, à côté », répondit Emma en s'essuyant les mains, un peu visqueuses d'avoir touché la viande. Elle attrapa la bouteille d'huile d'olive, mais elle avait les doigts trop gras pour dévisser la capsule. « Encore une toute petite minute, Tessie. Le temps que l'eau commence à bouillir et que je mette le riz. » Ses doigts glissaient sans succès sur la capsule métallique.

« Je suis désolé mais je ne trouve pas, lança Peter, qui explorait le contenu d'un autre placard.

— Non, pas là. Ici, dit Emma en se penchant pour ouvrir la bonne porte. Tu prends les assiettes que tu veux, les verres que tu veux. Tu pourrais me dévisser ça ?

— Quoi ? » fit Peter en se retournant nonchalamment. Emma lui tendit la bouteille. « C'est tout gluant, remarqua-t-il, l'air dégoûté. Qu'est-ce qu'il y a dessus ?

— Ma-man, ma-man, se mit à piailler Tess en s'agitant sur sa chaise.

— Une seconde, chérie. C'est du gras d'agneau, expliqua-t-elle à Peter. Merci. »

Elle versa un filet d'huile sur les côtelettes. Dans la casserole, l'eau commençait à frémir ; mues par un mouvement mystérieux, de minuscules bulles argentées montaient à la surface. Pas à gros bouillons, loin de là, mais Emma n'avait pas le temps d'attendre. Elle jeta le riz d'un coup, et les grains translucides s'affaissèrent en massive pyramide sous-marine. Emma posa un couvercle sur la casserole, remonta le minuteur d'un quart de tour. Sept heures trente-cinq. « Ça y est, Tess, déclara-t-elle en s'asseyant.

— Celles-là, ça te va ? demanda Peter dans son dos.

— Parfait, répondit Emma sans regarder.

— Ici, maman, montra Tess, faisant glisser le livre devant sa mère. Tu commences ici. » Penchée en avant, le menton au ras de la table, appuyé dans la coupe de ses mains, elle dévorait les images du regard.

« Attends, se mit à lire Emma. Attends que la lune soit pleine. »

Elle se tourna vers la petite fille en écarquillant les yeux. Tess leva la tête vers sa mère et ses yeux, à son tour, s'écarquillèrent comme si elles observaient toutes deux le même spectacle : des lapins, des ratons laveurs, des marmottes, des opossums tous en train de danser dans un pré, les herbes et les fleurs plus sombres sous les pieds des danseurs, la grosse lune blanche déversant sur la scène une lumière argent féerique.

Les côtelettes n'étaient pas tout à fait dorées lorsque Emma eut fini, mais elle les retourna et baissa le feu sous les petits pois. Puisqu'il fallait qu'elle les abandonne, elle prendrait le minuteur. « Viens, Tessie. Je te chanterai une chanson dès que tu seras couchée. » Elle avait juste le temps, avant que le riz fût cuit, de surveiller Tess pendant qu'elle se brossait les dents, de lui chanter une berceuse, de l'embrasser pour lui souhaiter bonne nuit.

Le brossage des dents fut interminable. Sentant que sa mère voulait en finir vite, Tess laissa tomber d'abord le tube de dentifrice, puis le bouchon, ensuite sa brosse à dents. Emma prit sur elle pour ne pas la bousculer, mais elle était sur des charbons ardents quand la cérémonie du coucher s'acheva et que Tess, débarbouillée, fut enfin allongée entre ses draps, bordée, munie de l'animal qu'elle avait réclamé. Le destin du dîner ne tenait qu'à un fil.

« Maintenant, maman, tu me chantes ma chanson », déclara Tess en se pelotonnant confortablement au creux de son oreiller. La chanson en question était une berceuse lente. On ne pouvait pas en accélérer le rythme.

« Dodo, bébé, entonna Emma, d'une voix aussi apaisante que possible. Oublie ton chagrin, dors, petite Tessie. » Le pouce enfoncé dans la bouche, Tess la regardait gravement. « Quand tu ouvriras les yeux, nous irons à la recherche des jolis petits chevaux. »

Lorsque Emma eut fini de chanter, Tess se redressa pour lui tapoter la joue.

« Ne pars pas, maman, dit-elle, câline.

— Tess, c'est l'heure de dormir », répondit Emma en surveillant le minuteur. Les côtelettes devaient être cuites. Et les petits pois...

« Non, maman, protesta Tess – et sa caresse devint plus insistante. Chante-moi juste une autre chanson, s'il te plaît. Je t'ai attendue toute la journée. »

Emma regarda son petit visage triste. Elle n'était rentrée que depuis une demi-heure, et déjà elle se débarrassait de Tess, soufflait la flamme de son esprit vif, la dissociait de la grande lueur maternelle rassurante. Les petits pois allaient brûler. Elle aurait mieux fait d'attendre avant de les mettre à chauffer.

« Je t'aime, ma petite Tessie, reprit Emma. Je suis désolée d'être rentrée si tard, ce soir, mais il faut que j'y aille, je dois m'occuper du dîner de Peter. » Idiote, pensa-t-elle alors que ce prénom s'échappait de ses lèvres.

« Le dîner de Peter ? répéta Tessie.

— Et de maman, corrigea vite Emma. Je n'ai pas encore dîné. »

Aussitôt, Tess s'écarta et se mit à tapoter le drap devant elle.

« Tu peux venir ici, maman, en même temps que tu manges. Tu pourrais rester à côté de moi pendant ce temps-là. »

Elle n'avait pas lâché son pouce, et les mots qui lui sortaient de la bouche éclataient en bulles liquides. Emma sourit.

« Merci, ma chérie, mais ce n'est pas possible. » Elle ne s'en serait pourtant pas privée si elle avait été seule. Assise sur le bord du lit, elle aurait lu une autre histoire à Tess, puis, tandis que sa fille aurait basculé lentement dans le sommeil, elle aurait pris son roman pour en poursuivre la lecture. C'est parce que Peter se trouvait entre elles deux que la chose devenait impossible.

Le tic-tac du minuteur devenait plus rapide, signe qu'il allait bientôt émettre son grêle avertissement. « Il faut que je m'en aille, Tessie, sinon le dîner va brûler. Je reviendrai après pour t'embrasser et voir si tu dors bien. D'accord ? D'accord, Tessie ? » Tess la regardait en suçant activement son pouce. Emma se pencha sur elle au moment où le minuteur sonnait. Cela sentait le roussi. « Je t'aime », ajouta-t-elle en embrassant la joue douce. De grosses larmes brillaient dans les yeux de Tess. Elle se taisait. Emma était à la torture. « Je t'aime », murmura-t-elle. Tessie hocha la tête et suivit du regard sa mère qui quittait la chambre.

Comme elle passait devant lui au pas de course, Peter leva les yeux.

« Je peux faire quelque chose ?

— Viens, dit Emma. Ça doit être prêt, ou alors c'est cramé. »

C'était cramé. L'odeur l'alerta dès qu'elle pénétra dans la cuisine : relents de caoutchouc des petits pois, effluves de côtelettes carbonisées, grésillement sec du riz qui attachait. Après avoir éteint tous les brûleurs, elle porta la casserole de petits pois à l'évier, versa de l'eau froide dedans ; un nuage de vapeur s'échappa. La porte de Rachel était fermée. Était-il possible qu'elle n'ait pas senti que le dîner brûlait ?

Les petits pois n'étaient plus qu'une masse noircie, mais le riz était en partie récupérable : Emma préleva sur le dessus les grains restés à peu près intacts. Quant aux côtelettes, elles étaient acceptables à condition de les aimer très cuites. Elle confectionna à la hâte une salade.

« Voilà, annonça-t-elle en tendant son assiette à Peter, qui faisait grise mine. Le charbon est excellent pour les dents. C'est ce que disait toujours ma mère, au petit-déjeuner, quand les tartines étaient trop grillées. Elles l'étaient toujours trop, chez nous : nous avions un grille-pain pyromane. Il m'a fallu des années pour savoir à quoi ressemblait du pain normalement grillé. »

Peter sourit, mais ne répondit pas. Il mâchait son riz, muré dans un silence lourd de reproches.

Une fois ce repas muet terminé, il se leva.

« Merci pour le dîner », dit-il gravement.

Sur ce, il retourna lire au salon après avoir posé son assiette sur la desserte. Emma vida la sienne dans la poubelle.

Debout devant l'évier, elle contempla l'eau qui coulait sur la vaisselle grasse. Ça ne marchera jamais, songeait-elle. Peter sera reparti avant la fin de la semaine. Comment l'en blâmer, d'ailleurs ?

Quand elle eut rangé la cuisine, elle gagna à son tour le salon où résonnaient les accents de la musique de Mozart. Peu désireuse de se heurter au visage renfrogné de Peter, elle évita de regarder dans sa direction, mais alors qu'elle passait devant le canapé, il la saisit par le poignet et l'arrêta. Elle baissa les yeux : il tendait la tête vers elle pour un baiser.

« Viens », dit-il gentiment en l'attirant vers lui. Tout en pensant à Tess qui l'attendait dans sa chambre, Emma céda à l'invite. Peter l'enlaça. « Parlons un peu. La soirée a été rude, pour toi, je l'ai vu.

— Elle n'a pas été excellente, reconnut Emma.

— Non. Pour moi non plus, elle n'a pas été excellente. »

Pour lui ? Emma se raidit : elle allait avoir droit à des récriminations, pas à de la compassion.

« J'imagine, répondit-elle.

— Tu fais mieux qu'imaginer, tu l'as vu, insista Peter avec un sourire.

— Je suis désolée, fit-elle d'un ton sec. Cela doit être extrêmement déplaisant de sentir que ton repas brûle alors que tu es en train de lire. Et si contrariant de devoir te lever pour fermer la porte afin de chasser l'odeur.

— Je ne pensais pas à ça, dit Peter, le visage fermé.

— Ah ? À quoi pensais-tu, alors ?

— J'ai eu l'impression d'être un peu le cadet de tes soucis.

— Le cadet de mes soucis ! » Emma partit d'un rire bref. « Eh bien, j'en suis navrée. Rien ne s'est passé comme tu l'avais prévu, bien sûr. Tu t'attendais sans doute à ce que nous prenions un verre au salon, le temps que la bonne couche Tess et nous prépare à souper. »

Peter la regarda, le visage grave, la bouche pincée : « Ta remarque ne part pas d'un très bon sentiment, il me semble.

— Je trouve que ce que tu as dit ne partait pas non plus d'un très bon sentiment, répliqua Emma en se levant. Je vais voir Tess. Je lui ai promis d'aller l'embrasser après le repas. »

Elle attendit, mais rien ne vint. Impénétrable, Peter garda les yeux fixés sur elle jusqu'à ce qu'elle ait tourné les talons.

Il faisait sombre dans la chambre de Tess. Emma entrebâilla doucement la porte. Elle vit, dans la pénombre, que Tess était couchée sur le côté, les bras au-dessus de la tête, les mains ouvertes sur l'oreiller comme si elles y étaient plaquées par la vitesse, comme si l'accélération du sommeil projetait le petit corps au creux de l'oreiller moelleux.

Emma se pencha sur le lit. « Tessie ? » chuchota-t-elle. Il n'y eut pas de réponse. Tess gardait les yeux fermés et respirait tranquillement, presque sans bruit. Emma s'assit à son côté, enfin libre de bavarder avec sa fille, prête à jouer avec ses mains menues, à la faire rire. Sa gorge se serra alors qu'elle contemplait l'expression pleine de confiance de Tess. Les sourcils qui s'incurvaient vers le bas trahissaient pourtant l'espoir déçu. Même endormie, Tess continuait d'attendre sa mère. Dans la chambre obscure, Emma observait sa fille, attentive au rythme irrégulier de son souffle léger.

Évitant le salon, Emma gagna ensuite directement sa chambre et ferma la porte derrière elle. Le bureau en érable qui lui venait de ses parents, la chaise en velours qui avait appartenu à sa grand-mère, son propre lit à deux places, recouvert d'un jeté blanc: la vue de ces objets familiers la réconfortait, mais elle n'était plus chez elle dans cette pièce. Sur le bureau, posés à côté de ses trois bonbonnières en porcelaine, se trouvaient le portefeuille en cuir rebondi de Peter, son trousseau de clefs cliquetant, la monnaie qu'il avait retirée de ses poches, son mouchoir en soie marron. Dans la penderie, la soie blanche fragile de son chemisier à col montant frôlait le tissu sombre et lourd du complet de Peter, sa tenue d'homme d'affaires, imprégnée de fumée et de poussière urbaines. Qu'avait-elle fait en le laissant entrer dans sa vie?

Elle se déshabilla, enfila sa vieille chemise de nuit en coton douce à la peau. Mais contre la colère prévisible de Peter, ce vêtement parut soudain lui offrir une bien piètre protection. Il lui aurait fallu un collant, des chaussettes de montagne, un bonnet de laine.

Emma se brossa les dents, acheva de les nettoyer sans trop s'appliquer avec du fil dentaire qui lui picotait les gencives. Derrière la porte de la salle de bains entrouverte, elle guettait l'arrivée de Peter. Et s'il décidait de prendre ses affaires et de partir, là, tout de suite? Si ce dernier affrontement marquait pour lui un point de non-retour? Si tout était fini entre eux?

Elle passa la brosse dans ses cheveux, se mit de la crème sur la figure, se glissa dans le lit, du côté où elle dormait d'habitude. Puis elle prit son roman en jetant un coup d'œil anxieux au réveil. Qu'il était difficile de vivre avec quelqu'un. À quoi pensait Peter, seul dans son coin?

Elle se souvint de la façon dont il lui était apparu, la toute première fois, alors qu'il traversait les vastes pièces élégantes où se pressaient ses amis. Il se déplaçait avec une aisance remarquable, endossant sans effort ses responsabilités de maître de maison. Emma savait qu'elle ne pouvait rivaliser avec ce style de vie. Elle n'y parviendrait pas. Il n'était pas dans ses cordes, cet intérieur au décor rouge et or, éblouissant, bruissant des propos échangés. Peter n'avait pas choisi celle qu'il lui fallait. Il n'était même pas dans les cordes d'Emma d'apprêter un dîner tout simple… Elle repensait à cette soirée gâchée, à ce repas épouvantable. Elle n'était pas capable de s'occuper à la fois de Tess et de Peter. Pas assez forte pour que ça marche.

Emma ne leva pas la tête et n'ouvrit pas la bouche lorsque Peter entra. Elle garda les yeux obstinément fixés sur sa page. Peter non plus ne dit rien. Emma l'observait cependant du coin de l'œil. Relisant à nouveau le même passage, elle le regarda se déshabiller, ôter son pantalon puis l'attraper par le bas pour le déplier, disposer avec soin les revers l'un sur l'autre, aligner les jambes en le tenant devant lui afin de laisser la gravité recréer l'ordre, le poser enfin sur le dossier de la chaise.

Il n'avait pas d'autre endroit où le pendre. Ici, Peter n'avait pas de placard à lui, pas de tiroir. Il avait accroché un complet de rechange dans la penderie et empilé quelques vêtements propres – des slips et des chemises – sur le dessus de la commode. Il se débarrassait de ses affaires sales en les entassant discrètement par terre, dans la penderie, puis, les fourrant sous son bras, il allait chaque semaine les donner à laver à l'extérieur. Le soin avec lequel il exécutait ces gestes simples rappela à Emma le prix qu'il attachait à la propreté, à la prévenance, à la courtoisie. Mal à l'aise, elle changea de position : elle aurait dû parler avec Rachel lorsqu'il était venu s'installer ici, clarifier les choses, lui faire une place chez elle. Elle se promit de ne plus attendre : dès demain, elle aurait une conversation avec Rachel – s'il n'était pas trop tard, bien sûr, s'il n'avait pas déjà pris la décision de partir.

Debout devant la penderie, il déboutonnait sa chemise avec des mouvements précis, rapides, les yeux baissés, l'air fâché.

Emma avait peur de lui. Quand ils se disputaient, elle se mettait dans tous ses états, disait n'importe quoi. Peter, lui, avait une vue des choses autrement plus organisée et plus ancrée dans la réalité que la sienne. Il ne fallait surtout pas qu'il découvrît l'étendue de son incompétence, voire de sa nullité. Elle ne pouvait espérer y parvenir que par des voies détournées ; la séduction ou la colère, tout moyen susceptible d'empêcher le regard froid et assuré de son amant de sonder son caractère.

Peter avança de son côté du lit, souleva les couvertures. « Je crois que demain j'irai dormir chez moi, dit-il.

— Très bien », répliqua Emma en feignant de lire.

Il se glissa entre les draps sans la toucher, prit son livre. La chambre sombra dans le silence. Emma percevait les bruits de la ville, dehors. Il pleuvait toujours ; quelques étages plus bas, les voitures se succédaient dans des chuintements rapides.

Bonne idée, songea Emma. Elle aussi serait soulagée de passer une nuit seule. Cela lui permettrait de consacrer sa soirée à Tess, de s'en occuper entièrement, sans se sentir coupable. Relevant le menton, elle ramena ses cheveux en arrière. Allongé à côté d'elle, Peter entretenait un silence lourd de ressentiment.

« Peter », dit-elle enfin. Il se tourna vers elle, le visage de marbre. « Je ne peux pas me charger de tout, le soir, surtout quand je rentre tard. » Puis, sur un ton de défi qui annulait l'excuse qu'elle présentait, elle ajouta : « Je suis désolée d'avoir laissé brûler le dîner.

— Le dîner était bien peu de chose, comparé au reste, commenta sèchement Peter.

— Comment ça, le reste ?

— Le pire, je crois, déclara Peter en reposant son livre, c'est que tu as réussi à me donner l'impression que j'étais un intrus.

— Un intrus ? Que veux-tu dire ?

— Tu peux m'expliquer ce que je fais ici ? poursuivit-il rageur, les yeux au plafond. À la façon dont tu te comportes, il est clair que je n'ai pas de place chez toi. Tu rentres et tout de suite tu t'actives, tu bavardes avec Rachel, tu lis une histoire à Tess, tu prépares le dîner. Pendant que je suis censé rester seul dans une pièce, la soirée entière ? D'où ma question : qu'est-ce que je fais ici ? Tu ne veux pas que j'adresse la parole à Rachel, tu ne veux pas que j'adresse la parole à Tess, et tu ne veux pas non plus que je te parle. Tu n'es même pas venue me voir après avoir couché Tess. »

Il s'arrêta pour la regarder. Ulcérée par ses critiques, blessée par son projet d'aller dormir ailleurs, Emma ne répondit pas. Il l'aimait déjà moins, elle l'avait déçu.

Elle s'efforça toutefois de voir les choses de son point de vue : toute la soirée Peter était resté seul, saisissant des bribes de ses échanges avec Rachel dans la cuisine, la suivant des yeux pendant qu'elle allait et venait avec Tess, distraite, accaparée ailleurs, loin de lui. Puis cet affreux dîner. L'hostilité de Rachel, les jalouses exigences de Tess. Honteuse, Emma continuait à fixer son livre.

« Eh bien ? reprit Peter. Tu n'as rien à me dire ? » Emma leva la tête vers lui. Elle ne savait par où commencer. « Rien ? » répéta-t-il avec irritation, et il posa son livre.

Emma referma le sien, le mit sur sa table de nuit. Elle allongea le bras pour toucher l'épaule de Peter, tous muscles noués.

« Je n'ai pas imaginé, avoua-t-elle, ce que tu pouvais ressentir.

— Essaie, alors, répliqua-t-il d'un ton buté.

— Je ne voulais pas te demander de m'aider, poursuivit-elle, conciliante. Je sais que tu n'y es pas habitué.

— De quoi est-ce que tu parles ? Quelles sont mes habitudes, selon toi ? Tu crois que j'ai l'habitude de sortir avec mes chemises sales sous le bras ? On dirait une pension de famille, ici. J'ai droit à une chambre, mais le service s'arrête là. J'ai beau payer la moitié du loyer, Rachel se comporte comme si je n'existais pas. Pour rien au monde elle ne m'appellerait par mon nom et son regard me passe au travers, j'ai l'impression d'être transparent. Pourquoi ne lui dis-tu pas de porter mes affaires à la blanchisserie en même temps que les tiennes ? Tu m'as pris à l'essai ou quoi ? »

Emma à présent le dévisageait, les yeux écarquillés, confondue.

« Je suis désolée, risqua-t-elle. Je n'y avais pas pensé. C'est simplement que je ne sais pas très bien comment aborder le sujet avec elle.

— C'est donc si dur de lui dire : Rachel, s'il vous plaît, vous voulez bien porter les vêtements de Peter à la blanchisserie ? Qu'est-ce que ça a de si difficile ?

— Non, ce n'est pas ça. Le problème, c'est que je ne sais pas par où commencer pour lui parler de toi, de ta présence ici. Pour des histoires de religion : elle est contre le divorce. D'ailleurs, tu n'es pas le seul qu'elle n'appelle pas par son nom, moi non plus.

— Qu'est-ce que c'est que cette histoire, encore ?

— C'est comme ça, dit Emma. Ce n'est pas neutre, la manière dont on s'adresse aux gens. De toute façon, elle ne travaille pas pour toi, mais pour moi. C'est moi qui la paie. Tu comprends, qui es-tu, pour elle, dans cette maison ? Un pensionnaire ? Quelqu'un qui est là pour de bon ou qui ne fait que passer ?

— Comment le saurais-je ? Et toi, comment le saurais-tu ? Je ne m'éterniserai sûrement pas si la moitié de l'appartement m'est interdite ou si je n'ai pas le droit de parler avec les gens qui y vivent. Tu n'as qu'à me dire ce que tu veux. Si tu souhaites que je verse à Rachel la moitié de son salaire, ajouta-t-il, furieux, très bien, je paierai, encore que je ne voie pas pour quelle raison je le devrais.

— Parce que Rachel fait le ménage dans les pièces où tu vis, rétorqua Emma, parce que c'est elle qui lave les draps dans lesquels tu dors, elle qui achète ce que tu manges.

— Tu as raison, je veux bien. Dans ce cas, d'accord. Je paierai la moitié de son salaire. Mais alors, bon sang, j'exige qu'elle me regarde dans les yeux et qu'elle dise « Bonjour, monsieur Chatfield » quand j'arrive.

— Elle devrait, c'est évident, mais elle n'y est pas disposée, même pour moi.

— Pourquoi, où est le problème ? Pour elle aussi bien que pour toi, d'ailleurs ? Si elle ne t'appelle pas par ton nom, comment est-ce qu'elle t'appelle, alors ? Ma parole, c'est un asile de fous, ici.

— Elle ne m'appelle tout simplement pas. Parce qu'elle n'en a pas envie, j'imagine.

— Parfait. J'ose espérer que Rachel se sent parfois obligée de faire ce dont elle n'a pas envie. Tu t'arranges comme tu veux avec elle, mais en ce qui me concerne j'exige qu'elle m'appelle par mon nom, j'exige d'être considéré comme un occupant à part entière de cette maison. Il n'est pas question que je reste confiné au salon.

— C'est juste que je ne voulais pas que Tess te gêne, expliqua Emma. J'essaie de me débrouiller pour que tu ne sois pas dérangé, c'est tout.

— Eh bien, arrête ! cria Peter hors de lui. Arrête ! Dérange-moi !

— Bon, d'accord. D'accord. Compte sur moi. »

Tous deux s'affrontaient du regard.

Puis Emma lui tourna le dos. Alors qu'elle se penchait pour prendre son livre sur la table de nuit, Peter glissa un bras sur sa poitrine, par-derrière. Ce contact peau contre peau était vibrant, électrique. Il se prolongea.

9

Dans l'entrée de l'appartement où elle déambulait seule, Tess conversait tranquillement avec elle-même.

« Ils ne sont pas encore arrivés ? demandait-elle en prenant un air grave. Peter et Amanda ne sont pas là ? » Elle s'arrêta, immobile, l'oreille collée au lourd battant de la porte, feignant d'écouter.

Emma dressait le couvert dans la salle à manger : sets de table bleus fantaisie et serviettes en papier décorées des animaux de la jungle. Elle plaça dans deux des assiettes des petits paquets joliment enrubannés qui renfermaient des barrettes ornées de fleurs : des roses pour Tess, des pâquerettes pour Amanda. De là où elle se tenait, elle entendait Tess parler bas, d'un ton sérieux.

« Ils vont bientôt arriver », se promit la petite fille.

Tess avait passé la matinée à attendre. Il y avait une semaine qu'elle attendait, depuis qu'Emma lui avait dit que la fille de Peter, la grande, la mystérieuse Amanda, devait venir déjeuner.

Quelques heures plus tôt, quand Emma était entrée dans sa chambre, Tess, instantanément réveillée, s'était dressée dans son lit, bouillante d'impatience. Ses traits encore rêveurs avaient une miraculeuse fraîcheur, son teint pâle était lisse, transparent.

« C'est aujourd'hui qu'Amanda vient, déclara-t-elle, clignant des yeux au sortir du sommeil, mais pleine, déjà, de détermination. Je vais mettre une robe de fête.

— Ce n'est pas vraiment une fête, corrigea Emma.

— Mais un peu, tout de même. Puisqu'on a des invités. Alors, une robe de fête, ça serait bien. »

Tess ne pensait qu'à cela. Elle rêvait de porter des dentelles, des rubans, des jupons à volants, à croire qu'elle était élevée dans un bordel.

« Amanda n'aura pas de robe de fête, lui avait expliqué Emma. Elle va mettre ses habits de tous les jours. » Au moment où elle faisait glisser le petit pantalon de pyjama le long des jambes nacrées de sa fille, Emma eut soudain une image d'Amanda : des yeux durs, implacables. « C'est plus pratique pour jouer. Si tu mettais ton pull avec les canards ? et ton chemisier blanc avec un joli col ?

— Mon chemisier avec de la dentelle autour du cou et le long des boutons ? s'enquit Tess avec intérêt.

— C'est ça. »

Tess trottait à présent vers elle pour lui rapporter que personne n'était encore là. Elle portait un pantalon en velours côtelé et le pull avec des canards. Le grand col blanc froncé ondulait autour de son cou. Elle s'appuya lourdement contre le flanc de sa mère, poussa un gros soupir.

« Je voudrais qu'ils arrivent ! souffla-t-elle, découragée.

— Bientôt, lui assura Emma.

— Je voudrais qu'ils arrivent *tout de suite* », insista Tess. Et elle posa la tête sur la table d'un air accablé.

Emma lui tapota les cheveux. Toute attente est terrible quand on est petit. On n'a pas le sens du temps qui passe ; à cet âge, il s'étire sans qu'on en voie le bout.

« Bientôt », répéta Emma, sûre d'elle : Peter était toujours à l'heure.

Tess leva la tête : « La maman d'Amanda ne va pas venir ?

— Non.

— Mais elle est où, la maman d'Amanda ? » poursuivit Tess en clignant des yeux.

Emma le lui avait déjà expliqué : « Elle est chez elle, dans la maison où elle habite avec Amanda.

— Et Amanda, elle n'habite pas avec son papa ?

— Non. Comme toi. Toi non plus tu n'habites pas chez ton papa », dit Emma. Elle se demandait si Tess avait bien compris qui était le père d'Amanda, et où il habitait.

Tess ne la lâchait plus des yeux.

« Maman, reprit-elle. Elle a quel âge, Amanda ?

— Je te l'ai déjà dit. Sept ans.

— Sept ans, répéta Tess avant d'ajouter, impressionnée : Tu sais, maman, moi je ne joue jamais avec des filles si grandes.

— Avec Amanda, tu pourras jouer, affirma Emma pour la tranquilliser. Tu vas beaucoup t'amuser avec elle.

— Tu crois ? demanda la petite fille pleine d'espoir.

— Vous allez très bien vous entendre », lui promit Emma.

La porte du palier s'ouvrit à ce moment-là.

« Les voilà », chuchota Tess.

Peter laissa joyeusement le battant claquer derrière lui. Pour se protéger du frais matin d'avril, il avait passé une veste en tweed, une écharpe de laine. Il amenait avec lui une bouffée d'air vivifiant et avait les joues roses de froid et d'excitation. Souriant, il écarta de son front une mèche couleur de blé mûr. Chacun de ses gestes était vif, généreux, il débordait d'énergie et de bonheur.

« Bonjour, douce », lança-t-il à Emma.

Amanda, en jean et veste de couleur fauve, paraissait petite à côté de son père. Il avait posé une main sur l'épaule de sa fille, qui se tenait au plus loin de lui, comme si elle tirait sur une longe, les mains au fond des poches, les traits tirés.

Enhardie par l'exaltation, Tess se précipita à leur rencontre. Arrivée devant eux, elle s'arrêta net, brusquement intimidée.

Peter, exubérant, se pencha, l'attrapa, la souleva à bout de bras pour l'embrasser en la saluant d'un « Bonjour, toi ».

Tess, les yeux dans les siens, s'éleva entre ses mains, lestement propulsée selon une courbe en vrille. Il redressa le buste. Cet homme, qui d'avoir quitté sa femme et son enfant était cause de chagrin, de malheur, s'affirmait à nouveau en père de famille capable d'amour, susceptible, donc, d'être pardonné, en portant ainsi la fille d'Emma pour ce baiser aérien. Le grand mouvement de balancier qu'il lui impulsa était plein de fougue, d'espoir. Comme la courbe atteignait son apogée, il leva la tête, les lèvres prêtes à recevoir la petite bouche de Tess, la douceur de son baiser appliqué – la rédemption.

Mais Tess, timide, embarrassée par la présence de la fascinante étrangère, se tortillait entre ses bras. Elle renversa la tête, tordit le cou afin d'échapper au baiser. « Pose-moi, ordonna-t-elle. Pose-moi par terre. » Obéissant, désappointé, Peter la laissa aller.

Tess vint se planter devant Amanda. L'espace d'un instant, leurs yeux se croisèrent, puis, avec froideur, Amanda se détourna. Tess se risqua un pas plus près, les mains dans le dos, attendant le départ, le coup d'envoi de leur amitié. Imperturbable, Amanda fixait un point à distance, par-dessus la tête de la petite fille.

À son tour, Emma s'avança. « Bonjour, Amanda », dit-elle en se penchant pour l'embrasser, mais alors qu'elle approchait ses lèvres de la joue, la fillette recula soudain. L'inquiétude puis la froideur qui se peignirent successivement sur son visage étaient telles qu'Emma abandonna, découragée. Elle se contenta de lui passer un bras autour de l'épaule pour une accolade maladroite. Amanda tressaillit un peu, comme si elle venait de recevoir un coup.

Peter vint se placer entre les deux enfants, une main sur l'épaule de chacune.

« Amanda, déclara-t-il, je te présente Tess, la fille d'Emma. Tessie, voici Amanda. C'est *ma* fille. »

Amanda baissa les yeux vers Tess.

« Bonjour, dit-elle.

— Moi, je suis Tess », annonça Tess en haussant les épaules avec une grâce étudiée pour tout de suite les laisser retomber.

Retournant à son mutisme, les mains enfoncées dans les poches, Amanda examinait l'entrée d'un œil inquisiteur. Elle est furieuse d'être ici, songea Emma, le cœur serré. Tout ici lui déplaît, jusqu'à la consistance de l'air.

« Tu devrais me donner ta veste, Amanda, je vais la suspendre », proposa-t-elle.

Amanda jeta un regard autour d'elle sans esquisser le moindre geste. Durant une minute, personne ne parla. Amanda fixait obstinément le haut du chambranle de la porte, prête à repartir.

« Amanda ? intervint Peter. Donne ta veste à Emma. »

Amanda le dévisagea, l'air distant. La fermeture Éclair de sa veste lui remontait jusqu'au menton. Emma imagina quelqu'un – Caroline ? –, un genou posé sur un tapis devant l'enfant pour remonter cette fermeture avec un sourire, enfermer Amanda dans le cocon douillet du vêtement.

Peter n'avait pas quitté sa fille des yeux.

« Amanda, reprit-il. Tu as entendu ce qu'Emma vient de te dire ? »

Amanda gardait les bras serrés contre les flancs et s'appliquait à regarder droit devant elle. À côté, Tess la dévisageait avec un respect fasciné, anxieux. Un nouveau silence avait accueilli la question de Peter.

« Amanda, répéta-t-il pour la troisième fois, le ton ferme.

— Elle n'a qu'à la garder, ça n'a pas d'importance, dit Emma. Tess, tu veux montrer ta chambre à Amanda ? » Il valait mieux, pensait-elle, les laisser toutes les deux seules ensemble, les éloigner de la montée dérangeante des attentes parentales.

« Oui, viens, s'empressa Tess. Tu veux voir ma chambre, Amanda ? ». Elle lui adressa un signe affairé et se hâta vers le fond de l'entrée. Amanda lui emboîta le pas avec réticence. Tess se retourna : « Viens », la héla-t-elle joyeusement, comme s'il s'agissait d'un jeune chiot.

Amanda suivait nonchalamment. Les mains toujours dans les poches, elle accompagnait chaque pas d'un petit coup de pied dédaigneux et, telle une reine en exil, examinait avec impudence les pièces qu'elle traversait.

« Tu veux bien venir m'aider à la cuisine ? » demanda Emma à Peter.

Elle avait composé le repas en fonction d'Amanda : soupe à l'oignon, quiche, salade. Pour le dessert, une glace et des gâteaux secs. Emma souleva le couvercle de la casserole : un nuage de vapeur s'éleva, chaud et humide sur sa figure. Les lanières translucides des oignons flottaient à la surface du liquide sombre. La quiche était au chaud, dans le four. Emma s'attaqua à la sauce de la salade pendant que Peter sortait la longue miche de pain frais du sac en papier qui la protégeait.

« Quelle tête de mule ! pesta-t-il.

— Elle n'a aucune envie d'être ici, fit observer Emma.

— Pourquoi cela ? s'étonna-t-il. Elle a enfin une chance de voir son père dans sa nouvelle vie.

— Elle n'a pas très envie non plus que tu aies une nouvelle vie. »

Peter se mit à trancher le pain de biais avec des gestes rapides, appliqués. « Je lui ai recommandé d'être gentille avec Tess.

— Elles vont bien s'entendre, dit Emma en espérant ne pas se tromper. D'ici quelque temps. C'est dur, pour Amanda. Elle est jalouse de Tess.

— Eh bien, il faut qu'elle apprenne à ne pas l'être.

— Tu ne peux pas lui dicter ses sentiments. » Tout en parlant, Emma versait un onctueux filet d'huile dans une mesure en verre. Le liquide jaune-vert s'enroula prestement sur lui-même avant de s'étaler en nappe.

« Mais si, rétorqua Peter, qui s'appliquait à beurrer, énergiquement, les tartines qu'il venait de couper.

— Non. Tu peux contrôler tes actes. Pas ce que tu éprouves.

— Bien sûr que si.

— Non. » Le vinaigre qu'elle ajoutait à l'huile s'y rétracta en une grosse bulle sombre. « Tu ne peux pas obliger quelqu'un à t'aimer.

— Les enfants aiment ceux qui les aiment, affirma Peter en disposant les tartines sur un plateau en métal. J'aime Amanda, tu l'aimes, Caroline l'aime. Tess va l'aimer, elle aussi. Qu'est-ce qu'elle pourrait souhaiter de plus ? »

Emma, qui n'aimait pas Amanda, garda le silence. Elle vissa le couvercle sur la mesure, la secoua. À l'intérieur, l'huile et le vinaigre se dispersèrent en minuscules globules. Chaque secousse les fractionnait davantage en particules scintillantes, effrénées, ténues, mais qui jamais ne se fondraient les unes aux autres. Chaque fois qu'Emma se trouvait en présence d'Amanda, l'hostilité de la fillette l'atteignait de plein fouet, par grandes ondes glaciales, repoussantes. Que se passerait-il si elle se révélait incapable de l'aimer ?

« C'est prêt ? s'enquit Peter.

— J'appelle les filles », répondit Emma.

En approchant de la chambre de Tess sur la moquette qui étouffait ses pas, Emma les entendit bavarder et s'arrêta à la porte. Lui parvint d'abord le pépiement de Tess, flûté, sérieux ; puis un silence, et la voix presque grave d'Amanda.

« C'est ton tour de prendre une carte », disait-elle. Après une pause, elle ajouta : « Elle est où, la chambre de ta mère ?

— De ma maman, tu veux dire ? demanda Tess hésitante.

— De ta mère, répéta Amanda avec une inflexion presque méprisante.

— La chambre de maman est là, expliqua Tess, conciliante. C'est celle de maman et de Peter. Ils la partagent, maintenant. » Amanda ne fit pas de commentaire. « Ici, c'est ma chambre », poursuivit Tess avec une bonne volonté manifeste.

Au bout d'un petit moment, Amanda reprit la parole : « Ma chambre est plus grande », remarqua-t-elle comme pour elle-même. Suivit, dans une palpitation légère, le bruissement du jeu de cartes mélangé. « Beaucoup plus grande, ajouta-t-elle pensivement. À toi.

— J'ai une penderie, avança Tess sans qu'Amanda daigne répondre. Tu veux la voir ?

— Non », déclina Amanda, cruelle. Une pause, à nouveau. Le bruit des cartes qui glissaient sur le tapis, puis la voix d'Amanda : « J'ai gagné.

— Pourquoi ? demanda Tess.

— Regarde, j'ai les quatre éléphants.

— Mais tu as déjà gagné tout à l'heure, observa Tess sur un ton chagrin.

— Cette fois encore j'ai gagné. »

Emma franchit le seuil. Les deux enfants étaient assises sur le tapis, les cartes dispersées devant elles.

« Alors, les filles ? » lança Emma.

Amanda, les yeux rivés sur les siens, esquissa promptement un geste coupable. Quelques cartes disparurent, escamotées derrière sa main en coupe.

« On joue au jeu des animaux, maman. Et, tu sais, Amanda a encore gagné.

— C'est la vie. Quand on joue, il faut un gagnant ; quelquefois c'est toi, quelquefois c'est l'autre.

— Oui, acquiesça tristement Tess, mais c'est toujours elle, la gagnante. Moi aussi j'aime bien gagner, tu sais. »

Amanda se leva et, de la pointe du pied, envoya les cartes voltiger. « De toute façon, c'est fini », déclara-t-elle.

Emma lui jeta un coup d'œil de mise en garde pour lui montrer que la façon dont elle avait gagné ne lui avait pas échappé, mais l'enfant, relevant le menton, esquiva son regard.

À table, Emma plaça Tess à côté d'elle, en face de Peter et d'Amanda. Tess s'empara tout de suite du paquet posé dans son assiette.

« Qu'est-ce que c'est ?

— Un cadeau, répondit sa mère.

— Je peux l'ouvrir ?

— Il vaudrait mieux attendre le dessert, tu ne crois pas ? Amanda aussi a un cadeau. »

L'intéressée baissa les yeux sur son paquet sans dire un mot.

Emma servit la soupe et Peter déposa un croûton dans chaque bol. Tess se pencha sur le sien, si près que son nez plongeait presque dans le liquide. Elle le renifla bruyamment, en prenant son temps.

« C'est quoi cette soupe, maman ? C'est une soupe que j'aime ?

— C'est de la soupe à l'oignon, Tess, je ne sais pas si tu en as déjà mangé. Seulement, ajouta Emma, ce n'est pas très poli de te pencher comme ça sur ton bol et de renifler ce qu'il y a dedans. »

Interdite, Tess leva les yeux vers sa mère. Comme frappée de mutisme, elle posa ses mains sur ses genoux et se renversa contre son dossier. Amanda, maintenant, la regardait avec curiosité.

Emma comprit trop tard son erreur.

« Tout va bien, Tessie. La prochaine fois il ne faudra pas recommencer, c'est tout. »

Sa remarque eut pour seul effet d'aggraver les choses. Tess pencha la tête en avant. Son menton écrasait le grand col blanc, elle ne bougeait pas d'un pouce.

« Tess », dit Emma. La petite fille ne broncha pas.

Amanda l'observait avec un intérêt non déguisé, aussi insolent que peu charitable, comme on contemple un objet en vitrine. Tess avait reposé sa cuillère. Amanda s'empara de la sienne avec une grâce affectée et la leva délicatement. Toutes les deux ou trois cuillerées, elle s'essuyait la bouche avec sa serviette, sans tenir aucun compte de Peter ni d'Emma.

Emma s'attaqua à son bol en surveillant sa fille du coin de l'œil. Quant à Peter, réfugié dans une diplomatique indifférence, il avalait résolument sa soupe.

« Très bonne, cette soupe », déclara-t-il à l'adresse d'Amanda en haussant les sourcils avec éloquence. La fillette regarda ailleurs.

La tête de Tess s'inclinait de plus en plus. De petits sanglots étouffés commençaient à lui secouer les épaules.

« Tessie ? »

La question d'Emma tomba dans le silence, inutile. Emma posa sa cuillère, souleva Tess de sa chaise, la porta dans sa chambre. Elle s'assit avec elle sur le lit.

« Tessie, dit-elle, je suis désolée de t'avoir parlé comme ça devant tout le monde. »

Tess pleurait à présent sans retenue, à gros hoquets.

« Amanda est *grande*, réussit-elle enfin à articuler. Tu n'aurais pas dû me parler comme ça devant une grande.

— Je suis désolée », répéta Emma, serrant contre elle le petit corps enfiévré. Elle s'était elle-même fait une règle de ne jamais critiquer Tess en public. Pourquoi l'avoir enfreinte ? À cause d'Amanda, réalisa-t-elle. Elle avait tenté de protéger Tess de l'œil méprisant d'Amanda, de ses sourcils hautains, de son sourire condescendant. Elle ne supportait pas qu'Amanda jugeât sa fille ; elle avait voulu prévenir une réaction de sa part.

« Je suis désolée », murmura-t-elle pour la troisième fois. Il allait falloir qu'elle se débrouille mieux, désormais. Elle prit Tess sur ses genoux et sentit les sanglots s'apaiser. Les lèvres dans les cheveux de l'enfant, elle lui embrassa la tête, la berça jusqu'à ce qu'elle fût rassérénée.

Lorsqu'elles revinrent à table, Peter sourit à Tess.

« La voilà ! » lança-t-il. Réconfortée, Tess grimpa sur sa chaise et attrapa sa cuillère.

Au bout d'un moment, Emma s'adressa à Amanda :

« Où est-ce que tu vas à l'école, Amanda ? »

Le regard de l'enfant l'effleura une demi-seconde.

« À Nightingale, répondit-elle.

— C'est une très bonne école, affirma Emma avec un petit signe de tête approbateur. Tu sais, Tess, qu'il y a aussi un oiseau qui s'appelle comme ça [1] ? Un oiseau au très joli chant.

— Un oiseau ? Tu vas dans une école qui s'appelle comme un oiseau ? » Toute sa bonne humeur recouvrée d'un coup, Tess affichait une expression de joyeuse incrédulité.

Amanda, en revanche, n'avait pas l'air de trouver si amusant le nom de son école. Murée dans son silence, elle dévisagea froidement Tess.

« Comme un oiseau, oui, enchaîna Peter à sa place. L'oiseau qui chante le mieux au monde.

— Une école comme un oiseau ! s'extasia Tess.

— Amanda est en CP, dans la classe des grands, ajouta Emma, comprenant qu'il fallait changer de sujet. Quelle est ta matière favorite ? Qu'est-ce qui te plaît le plus, à l'école ?

— La lecture ? souffla Peter. La musique ? Le calcul ? »

1. *Nightingale* signifie « rossignol ». *(N.d.T.)*

Pour la toute première fois, le pli sévère qui fermait la bouche d'Amanda se détendit, s'incurva. Ses lèvres se retroussèrent en un sourire involontaire.

« On ne fait plus de calcul, papa, dit-elle.

— Ah bon ? » s'étonna Peter.

Tous attendaient la suite. Tess se pencha en avant.

« Maintenant on fait des maths, papa », précisa Amanda avec une petite moue délicieuse.

Peter secoua la tête.

« Ah ! là, là ! soupira-t-il. Voilà que j'ai recommencé. Je me suis encore trompé. » Il leva les yeux au plafond. « Des maths, murmura-t-il sévèrement comme pour lui-même. Pas du calcul, des maths : *maths*. »

Amanda laissa échapper un petit rire.

« Pourquoi dis-tu toujours "calcul" ? demanda-t-elle en détachant le mot comme s'il était comique en soi.

— Pourquoi ? » Peter hocha la tête. « Je me l'explique mal. Ça me vient tout seul, que veux-tu. Quelquefois ce mot, "calcul", me passe par la tête et il prend la place de celui que j'aurais voulu employer. Il me sort de la bouche en premier. Le matin, il m'arrive de demander une tasse de calcul au lait. »

Les deux filles se mirent à pouffer. Tess regardait Amanda.

« Une tasse de calcul au lait ! » répéta-t-elle avec délices, pour partager la plaisanterie.

La seule idée qu'elles pussent être complices doucha instantanément la gaieté d'Amanda. Le visage fermé, elle baissa les yeux sur son bol de soupe. Porta posément la cuillère à ses lèvres.

Tess n'arrêta pas là sa tentative. Sans lâcher Amanda du regard, elle gloussait comme une petite folle, désireuse de retrouver cet instant de joie commune.

Amanda l'ignora. L'instant était passé ; il semblait à présent n'avoir jamais existé. L'air concentré, elle ouvrit la bouche pour avaler sa soupe.

Tess la contemplait toujours, pleine d'espoir, mais Amanda fixait obstinément un point de la table sans lui prêter attention, et le visage de la petite s'assombrit.

Peter but une gorgée d'eau en observant les filles du coin de l'œil.

« Je sais bien, pourtant, que les grandes filles ne font plus de calcul », reprit-il.

Il est vraiment adorable, songea Emma, cantonnée dans son rôle de spectatrice. Il fait de son mieux. Elle regarda Amanda.

Cette dernière mâchait lentement chaque bouchée puis déglutissait sans plus s'intéresser à la conversation. Elle se lécha les lèvres, les tamponna du coin de sa serviette, souverainement méprisante, puis s'adressa à Tess :

« Où elle est, ta nourrice ?

— Ma nourrice ? s'étonna Tess en levant la tête vers Emma. Qu'est-ce que c'est, ma nourrice ?

— Elle veut parler de Rachel, expliqua Emma.

— Ma baby-sitter ? Ma baby-sitter s'appelle Rachel. Elle n'est pas là. Aujourd'hui elle se repose. »

Amanda écarquilla les yeux.

« Pourquoi dis-tu que c'est une baby-sitter ?

— Parce que c'est ce qu'elle est, répondit Tess en soulignant chaque mot d'un petit hochement de tête. Rachel est ma baby-sitter. »

Amanda haussa les sourcils et s'empara de nouveau de sa cuillère.

« Amanda a une nourrice pour s'occuper d'elle, intervint Peter. Elle s'appelle Maeve.

— Je l'ai toujours eue, précisa Amanda. Depuis que je suis née.

— Maeve accompagne Amanda à l'école le matin et va la chercher le soir, dit Peter.

— C'est comme ma baby-sitter ! s'exclama Tess toute contente. Ma baby-sitter fait pareil avec moi.

— C'est différent, rectifia Amanda avec hauteur. Une nourrice ne fait pas que ça. C'est mieux qu'une baby-sitter. »

Emma commençait à craindre qu'Amanda ne se chargeât bientôt de démontrer à Tess que la maternelle n'avait rien à voir avec l'école. Elle ne se souvenait plus si Rachel était sortie ou non. Pourvu, se dit-elle, qu'elle ne soit pas dans sa chambre, à trois mètres.

« Une nourrice n'est pas mieux, Amanda, estima Peter. C'est un autre nom, c'est tout. »

Amanda haussa les épaules.

Tess se pencha par-dessus la table pour l'interpeller directement :

« Ma baby-sitter a la peau marron. Ta nourrice aussi, elle est marron ? »

Amanda fronça les sourcils. Emma, qui priait le ciel que Rachel ne fût pas là, reprit sa fille :

« Voyons, Tess. Rachel est noire, pas marron. »

Tess eut un geste de dénégation farouche.

« Non, elle n'est pas noire. Elle a la peau *marron*, je t'assure. »

Repoussant sa chaise, elle sauta d'un bond par terre. « Viens, je vais te montrer.

— Non, l'arrêta Emma. C'est le jour de repos de Rachel. Il faut la laisser souffler un peu. » Pressée de changer de sujet, elle s'empara du premier qui lui vint à l'esprit : « Dis-moi, Amanda, ce n'est pas bientôt ton anniversaire ?

— En mai, rétorqua Amanda sans s'adresser à personne en particulier.

— Moi aussi, c'est en mai, mon anniversaire, affirma Tess en regrimpant sur sa chaise.

— Tu crois ? fit Emma. Il me semblait que c'était au mois d'août.

— Oui, acquiesça Tess. Des fois aussi, c'est en juin.

— Raconte-nous ce que tu fais pour ton anniversaire, dit Emma à Amanda.

— Ma mère nous emmène au cinéma. Ensuite, on rentre à la maison, on mange un gâteau et j'ouvre mes cadeaux.

— Des cadeaux ? s'enquit Tess.

— Il y a toujours des cadeaux à un anniversaire », bougonna Amanda en la fustigeant du regard.

Décontenancée, Tess garda le silence, la tête penchée sur le côté.

« Tu te rappelles l'anniversaire de Samantha ? lui glissa Emma. On lui avait apporté un cadeau. »

Tess acquiesça.

« Tu as quel âge ? lui demanda Amanda.

— Plus de trois ans, affirma Tess.

— Quatre, alors ? »

Tess eut un signe de dénégation.

« Elle a trois ans, dit Emma. N'est-ce pas, Tess ? À ton prochain anniversaire, tu souffleras quatre bougies.

— Mais j'ai plus de trois ans puisque j'en ai déjà soufflé trois, expliqua Tess avec une pointe d'inquiétude.

— C'est vrai, convint Emma. Tu as trois ans et demi.

— Trois ans... », murmura Amanda en aparté.

Tess la regarda, troublée.

« Chercherais-tu à être méchante avec Tess, Amanda ? » intervint soudain Peter.

Amanda prit un air ambigu, haussa les épaules. Emma se leva.

« Si vous avez fini, les filles, je vais aller chercher la quiche, annonça-t-elle en ramassant leurs bols. Peter, tu m'accompagnes pour porter la salade ? » Dans la cuisine, elle lui glissa : « Ne sois pas trop dur avec elle.

— Quelle mouche l'a piquée ?

— Elle te voit ici pour la première fois. Ce n'est pas facile pour elle.

— Ce n'est facile pour personne.

— Elle n'apprécie pas qu'il y ait une autre petite fille dans ta vie.

— Eh bien, c'est comme ça. Il faudra qu'elle en prenne son parti. »

Emma sortit le plat du four et, sans le regarder, ajouta timidement : « Après le déjeuner, tu pourrais l'emmener se promener quelque part. Peut-être qu'elle serait contente d'aller au jardin, ou ailleurs.

— Au jardin ? Par ce temps ? grommela Peter en fronçant les sourcils. Il doit faire moins de zéro, dehors.

— Ou au musée, si tu préfères.

— Au musée ? Tu me vois traîner Amanda dans les salles du Whitney ? Elle serait sans doute enchantée. Bon

Dieu, Emma, qu'est-ce qui te prend? dit-il, les mains sur les hanches. Tu ne veux pas d'elle chez toi?

— Non, non, ce n'est pas ça, protesta Emma. Je pensais simplement qu'elle avait sans doute envie d'être seule avec toi. »

Peter laissa échapper un petit rire sans joie. « Tu nous mets dehors, c'est ça?

— Bien sûr que non.

— Alors pourquoi ne pas passer l'après-midi tous les quatre ici? Les filles pourront jouer ensemble après le déjeuner. »

Emma revit le geste subreptice d'Amanda pour dissimuler les cartes derrière sa main.

« Il me semble qu'Amanda aimerait autant être avec toi, c'est tout, dit-elle dans une nouvelle tentative, mais prête déjà à battre en retraite, vaincue.

— Il faut qu'elle accepte la vie qui est désormais la mienne, martela Peter. J'habite ici. Il n'est pas question que je la traîne derrière moi tout l'après-midi comme si je vivais dans la rue. » Emma se garda de répondre. « Où veux-tu que j'aille? » ajouta-t-il, moins furieux que désespéré.

Emma lui caressa les cheveux. « Ici, affirma-t-elle. Reste ici. »

Dans la salle à manger, les deux enfants se taisaient. Tess, l'air éperdu, contemplait Amanda, qui regardait droit devant elle. Emma glissa dans leurs assiettes une part de quiche impeccablement coupée, bien dorée et boursouflée en surface, fumante.

« Voyons, dit Peter en s'asseyant. Voyons si vous arrivez à la manger sans commencer par le bout pointu. » Les deux petites levèrent les yeux vers lui. « Vous mangez tout, sauf le bout.

— Moi, j'aime mieux manger le bout d'abord, rétorqua gaiement Tess.

— Bien sûr, approuva Peter. Tout le monde préfère le bout, mais essaie de le garder pour la fin. »

Tess secoua sereinement la tête: « J'aime mieux pas », et, prenant sa fourchette, elle la planta dans l'extrémité de sa part, qu'elle enfourna sans lâcher Peter des yeux. « Miam, miam », dit-elle. Peter et Emma se mirent à rire.

Amanda, comme si de rien n'était, saisit sa fourchette et son couteau et découpa la part en deux dans le sens de la longueur, avant d'en détacher un morceau du côté de la croûte.

« Très bien, l'encouragea Peter. C'est une façon d'y arriver. Un bon point pour toi, Nanna.

— Mon cadeau ! brailla Tess tout à trac.

— Que se passe-t-il ? s'enquit Emma.

— Il n'est plus là ! s'écria Tess d'une voix suraiguë. Où il est, mon cadeau ? » Elle laissa tomber sa tête sur la table, la rejeta en arrière, cognant le dossier de la chaise. « Il n'est plus là !

— Tess, calme-toi, lui enjoignit Emma en se levant. Qu'est-ce que tu racontes ? »

Le petit paquet n'était effectivement plus à côté de son couvert.

« Mon cadeau, il n'est plus là ! » gémit Tess en gigotant sur sa chaise. Emma souleva son assiette, vérifia sous le set, se pencha pour regarder sous la table. Le cadeau resta introuvable. Tess, pendant ce temps-là, continuait à se lamenter à grands cris perçants, insupportables.

« Arrête ! la tança Emma, très troublée. Il n'a pas pu disparaître. Arrête de pleurnicher. »

Peter à son tour regarda sous la table : « Où est-ce qu'il était ?

— Près de son verre, répondit Emma. Il ne peut pas être loin. Il était là quand nous sommes passés à table.

— Je veux mon cadeau ! » geignait Tess.

Amanda lui jeta un regard en coulisse. Les mains sous les cuisses, elle balançait les jambes d'avant en arrière.

« On va le trouver, Tess, reprit Emma. Ne t'inquiète pas. Il est forcément par là. »

Elle plongea encore sous la table… Le paquet rose vif avait pu lui échapper, caché sans doute par un pied de chaise. L'air soucieux, Peter vint se camper derrière Tess.

Emma souleva de nouveau l'assiette de sa fille, le set sur lequel elle était posée. « Lève-toi une seconde, Tess, lui dit-elle. Tu es peut-être assise dessus. »

Tess glissa au bas de sa chaise. Le siège était vide.

« Il est perdu, fit Tess en sanglotant éperdument. Il est perdu. »

Ce jour qu'elle avait attendu avec une impatience fébrile prenait un tour catastrophique. La grande fille fascinante qui devait devenir son amie ne l'aimerait jamais. Tess avait perdu aux cartes. Amanda n'avait que mépris pour son âge, sa baby-sitter, ses anniversaires. Amanda se moquait d'elle, la tournait en ridicule. La journée tout à l'heure riche de promesses excitantes ne recelait que des déceptions, et voilà pour finir que le seul plaisir un peu tangible – le cadeau de sa mère – disparaissait comme par magie.

« C'est bizarre, dit Emma à Peter. Où peut-il bien être ? »

Amanda saisit son verre d'eau, avala une longue gorgée.

« Amanda », lança Peter, les bras croisés sur la poitrine, un pli sévère sur les lèvres. Il paraissait soudain immense, à côté de la frêle stature de sa fille.

« Amanda, tu sais où est le cadeau de Tess ? » Il attendait. Elle secoua lentement la tête en évitant son regard. « Amanda, regarde-moi. » Quelques secondes s'écoulèrent encore avant qu'elle obtempère, les yeux à demi voilés derrière les paupières. « Réponds-moi, ordonna Peter, l'air menaçant. Est-ce que tu sais où est le cadeau de Tess ? » Amanda se taisait. « Lève-toi. »

Amanda se détourna ostensiblement pour regarder droit devant elle. Elle prit sa cuillère pour tout de suite la lâcher comme par inadvertance, d'un geste négligent, sur le set de table.

Tess, qui se cramponnait à Emma, se laissa glisser contre la jambe de sa mère et s'affala par terre, pleurant toutes les larmes de son corps. « Chut, Tess », souffla Emma sans quitter Peter des yeux.

Il se pencha sur Amanda, l'empoigna par l'épaule d'une prise qui n'était plus ni fière ni affectueuse. Amanda se tortilla sur sa chaise afin d'éviter la main paternelle, le visage empourpré par la colère.

Emma se retint pour ne pas intervenir d'un mot, d'un geste qui aurait arrêté Peter, retenu sa colère et sa force, par trop démesurées face à cette petite fille. Seulement Emma avait une fille, elle aussi, plus petite encore et anéantie par le chagrin. Elle revit Amanda dissimuler furtivement les cartes à jouer, elle réentendit sa voix grave qui repoussait les offres innocentes de Tess. Le cœur d'Emma se serra, le courroux lui emplit la poitrine. Sa gorge gonflée la brûlait. Son enfant à elle gisait en pleurs à ses pieds.

« Lève-toi », répéta Peter d'un ton implacable.

Plus rien ne pouvait sauver Amanda, à présent. Jamais ça ne marchera, songea Emma. Durant les minutes interminables qui précédèrent le moment où Amanda se mit debout, Emma vécut ce que l'on peut éprouver au départ d'une piste de ski, en ce moment où, saisi, terrifié, on s'arrête devant la pente, les jambes flageolantes. Dessous, la pente verglacée interminable file à perte de vue. Nul doute, alors, qu'elle est bien trop raide pour vous. Vous savez avec certitude que seule la catastrophe vous attend en bas, mais vous n'avez plus le choix : vous êtes là, tout en haut, il est trop tard pour retourner sur vos pas, pour changer d'avis, vous le comprenez juste avant d'entamer la longue glissade qui vous est imposée.

10

« On y est », déclara Peter en ouvrant la portière.

Dehors, seule une petite brise venue du large troublait le silence de la soirée d'été. Le chemin sableux se perdait dans cet espace sans limites, aléatoirement souligné par la végétation broussailleuse de Cape Cod. Une sente étroite menait à la maison qui se détachait sur l'arrière-plan des hautes dunes, au milieu d'un boqueteau de grands pins clairsemés.

« Tu es brave », dit Emma en sortant pour aller ouvrir la portière arrière. Tess, assise sur son siège d'enfant, gigotait pour se libérer de la ceinture.

« Oui, je suis brave, acquiesça la fillette avec gravité. Pourquoi je suis brave, maman ?

— Pas toi, répondit Emma en la détachant. Peter est brave.

— Il faut bien l'être, quelquefois, lança l'intéressé en ouvrant le coffre.

— Pourquoi il est brave, Peter ? » demanda Tess, les bras écartés pour se dégager de la sangle. Emma la libéra et la prit dans ses bras.

« On est arrivés, Tessie, dit Emma sans répondre à la question. Gonny et grand-père vont être contents de te voir.

— Oui », approuva Tess.

Le soleil venait de se coucher. L'obscurité incomplète qui à cette heure descend sur l'océan gagnait les hautes herbes ondulantes, les pins rabougris, les lauriers, les buissons de myrte. Emma ouvrait la marche ; guidée le long du sentier sablonneux par la mémoire de son cœur, de ses pieds, elle froissait au passage le feuillage des myrtes au parfum douceâtre, se faufilait entre les troncs nus des pins à l'écorce grossière. Toutes fenêtres illuminées, la maison bâtie sur un replat avait des allures de long paquebot mystérieux.

« Je n'ai rien oublié ? s'inquiéta soudain Peter, dans son dos. Deux valises et le sac de bébé ?

— Le compte est bon », dit Emma, qui pour sa part ne portait que Tess.

Il est tout de même un peu nerveux, songea-t-elle. C'était la première fois qu'il le laissait paraître. Elle lui avait répondu à la cantonade, les yeux fixés sur la bâtisse, marchant vers elle sans en détacher son regard de crainte, qui sait, de trébucher si elle se laissait distraire.

Dans la douceur du crépuscule, l'entrée de la maison ressemblait à un décor de théâtre chaleureux et lumineux en regard de l'ombre environnante. La grande porte était ouverte. En approchant, Emma distingua ses parents qui attendaient à l'intérieur.

Son père, Everett Kirkland, enseignait l'économie au MIT [1]. C'était un homme imposant, au torse puissant, au nez en bec d'aigle. Très brun, il avait des yeux noirs et des sourcils impérieux. Il se tenait bien droit, la tête légèrement rejetée en arrière, le menton en avant. La pente ascendante de la mâchoire soulignait le regard altier : Everett Kirkland semblait toujours regarder les gens de haut, y compris lorsqu'ils avaient la même taille que lui.

Grande, elle aussi, la mère d'Emma, Aline, commençait en revanche à se tasser. Elle se penchait constamment en avant dans une posture inquiète, les épaules voûtées. Aline Kirkland avait des yeux bleus, des joues roses et pleines, une bouche petite et douce à l'arc parfait, des cheveux clairs, peu fournis. Comme son mari, elle avait

1. Massachusetts Institute of Technology : prestigieuse université scientifique privée qui se trouve à Cambridge, près de Boston. *(N.d.T.)*

passé le cap de la soixantaine ; tous deux portaient un pantalon kaki identique, des pantoufles bleues, un pull.

La lampe-tempête accrochée juste au-dessus de leurs têtes projetait sur leurs visages des ombres profondes. Ils avaient entendu la voiture et se tenaient maintenant côte à côte, sur le qui-vive, immobiles, tels deux acteurs avant le lever du rideau. Leur fille divorcée, son amant divorcé, la fille qu'elle avait eue d'un autre homme s'avançaient vers eux, invisibles dans le noir. Pareille configuration ne pouvait que leur déplaire.

Emma poussa le léger battant de la moustiquaire et pénétra à l'intérieur.

« Bonsoir, nous voilà ! lança-t-elle.

— Gonny ! Je suis venue te voir ! » s'écria Tess, les bras tendus dans un grand mouvement qui la propulsait vers sa grand-mère.

Emma se dirigea vers son père : « Bonsoir, papa. »

Il l'attrapa par l'épaule dans une étreinte légère et l'embrassa sur la joue. Sa peau, sèche et parcheminée, frôla celle d'Emma.

« Bonsoir, Emma. Bonsoir, Tess. » Puis il se tourna avec courtoisie vers Peter, qui, empêtré par les valises, s'escrimait contre le loquet récalcitrant de la moustiquaire. « Attendez, je vais vous aider, ajouta-t-il en allant à sa rencontre.

— Oh, encore cette saleté de porte ! Excusez-nous, glissa la mère d'Emma d'une voix feutrée, préoccupée, comme si la porte était une cause permanente de soucis, une vieille adversaire, un des innombrables fantassins de cette armée d'objets contre laquelle il fallait sempiternellement batailler.

— Bonsoir, monsieur Kirkland », dit Peter quand il fut enfin entré. Il posa les valises et s'avança, la main tendue.

« Papa, je te présente Peter, déclara Emma, un peu crispée. Mon père, Everett Kirkland. »

Les hommes se tenaient face à face. Tous deux de taille identique, ce qui la surprit, même si, interrogée un peu plus tôt, elle n'aurait pas su dire lequel était le plus grand. Peter regardait son père droit dans les yeux.

« Et ça, c'est Gonny ! s'exclama Tess tout excitée, en martelant l'épaule de Mme Kirkland du plat de la main.

— Soyez le bienvenu, Peter », enchaîna Aline avec un hochement de tête et un grand sourire. Encombrée par Tess, qu'elle tenait toujours dans ses bras, elle dégagea tant bien que mal sa main gauche.

« Bonsoir, madame Kirkland. C'est très aimable à vous de m'accueillir, répondit Peter en serrant amicalement la main tendue, l'air tout à fait à l'aise.

— Tout le plaisir est pour nous, renchérit son hôtesse. Nous avons tellement entendu parler de vous. »

C'était un demi-mensonge : Emma ne s'était guère étendue sur Peter auprès de ses parents.

Peter opina. « Et moi de vous », ce qui était plus vrai. Puis il poursuivit : « Je suis ravi d'être ici. »

Emma, spectatrice de cet échange, sut que tout irait bien. Ç'avait été différent avec Warren : Warren charmait, il n'en imposait pas. Jamais il n'était resté les yeux dans les yeux devant son père ; il préférait se glisser avec dextérité dans le rôle du fils adoptif. Il flirtait plaisamment avec la mère d'Emma, qui lui devait son surnom de Gonny, et formait une coalition masculine avec M. Kirkland. Devant lui, il taquinait Emma sans retenue, affirmant que c'était une paresseuse-née, une misanthrope irrécupérable, une cuisinière catastrophique. Bien que trop distant et trop pondéré pour plaisanter avec Warren, le père d'Emma s'amusait néanmoins de ses saillies. Quant à elle, cette alliance entre les deux hommes la rassurait. Elle y voyait le gage qu'elle ne serait jamais déchirée entre eux. Bien sûr, cela excluait aussi qu'elle pût jamais remettre Warren en cause, dans la mesure où contester l'allié de son père revenait à s'opposer à ce dernier.

Témoin du calme dont Peter faisait montre face à son père, Emma pressentit que les choses allaient se passer différemment. Ces deux-là s'évaluaient, se jaugeaient. Jamais Peter ne jouerait au fils adoptif, ne chercherait à se concilier les bonnes grâces paternelles. Jamais il ne prendrait le parti d'Everett contre Emma. Voilà qui était aussi réjouissant qu'imprévu, et qui renvoyait à l'adolescence, la camaraderie flagorneuse de Warren. La nouvelle donne, pourtant, avait quelque chose de déconcertant : si, en effet, Peter et son père n'étaient pas alliés, à qui Emma devait-elle fidélité ?

Elle se tourna vers sa mère : « Tu veux bien surveiller Tess pendant que nous montons nos affaires là-haut ? Peter est dans la chambre du fond, n'est-ce pas ?

— Oui, acquiesça sa mère, qui portait toujours l'enfant. J'ai mis la petite avec toi, dans ta chambre. »

La maison, une construction des années vingt riche en angles biscornus, en pignons insolites, semblait avoir été édifiée sans plan défini. Emma entraîna Peter dans le couloir de l'étage, jusqu'à une petite chambre carrée. Deux lits jumeaux, recouverts de dessus-de-lit vieillots en coton bleu, y étaient placés côte à côte. Un miroir surmontait une coiffeuse peinte en blanc, où étaient posées une cruche et une bassine en faïence. Le long des murs soupentés couraient des étagères basses, garnies d'une collection hétéroclite de livres aux couvertures défraîchies. Le plancher, d'un bleu soutenu, était en partie masqué par un tapis à la trame usée étendu devant la coiffeuse.

Il faisait chaud dans cette pièce à l'odeur de renfermé. Emma, non sans mal, remonta la fenêtre à guillotine, et tout de suite l'air salin s'engouffra à l'intérieur. Les rideaux blancs frémirent sous la brise nocturne tandis que dehors, au-delà des dunes, les vagues invisibles venaient mollement s'écraser sur la longue bande de terre plate où le sable poreux les aspirait dans un doux bruit de succion.

Emma tourna le dos à la fenêtre. Peter, les valises derrière lui, était planté au milieu de la pièce, l'air incongru dans ce drôle de lieu où le plafond était trop bas, les lits trop étroits pour sa stature.

« Ne t'en fais pas, va, lui dit Emma.

— J'ai quarante ans, répondit Peter en la prenant dans ses bras. Je ne vais pas m'en faire pour tes parents.

— Bien, bien. D'ailleurs, poursuivit-elle avec optimisme, la tête contre sa poitrine, ma mère va sûrement t'aimer.

— Et ton père ?

— Tu crois qu'il pourrait s'en empêcher ?
— Ça, j'imagine. »

Ils dînèrent dans la cuisine. La table en pin au plateau éraflé, aux abattants gauchis, était entourée d'un assortiment de chaises en bois bancales jadis toutes bleues. Ce coin-repas se trouvait devant une large fenêtre en saillie donnant du côté de la mer.

Les parents d'Emma y prenaient toujours leurs repas, à présent qu'ils n'avaient plus de cuisinière. La dernière, Alice Sullivan, était une femme de la région qui habitait à South Yarmouth – une veuve maigre comme un clou, posée, avec de beaux cheveux gris vigoureux coupés court, des lunettes à monture métallique, un grand tablier de toile bleue qu'elle passait pour travailler. Alice Sullivan avait un fils, alors adolescent. Un soir où les Kirkland recevaient, après avoir préparé le dîner, elle tint à leur communiquer, à eux et à leurs invités, une nouvelle d'importance : tout en passant à la ronde le plateau d'argent garni de petits fours au fromage, elle annonça que son fils venait d'obtenir une bourse pour Exeter. Même si elle ne poussa pas plus loin ses confidences, il se trouvait que son fils était le premier membre de la famille à être admis dans un établissement privé aussi prestigieux. Tous les gens rassemblés ce soir-là chez les Kirkland connaissaient bien sûr Exeter ; tous avaient, en leur temps, fréquenté une école privée, et il en allait de même pour leurs enfants. Tous, donc, félicitèrent Alice en dégustant ses petits fours. Puis les conversations reprirent là où elles avaient été interrompues. Alors Alice regagna la cuisine avec le plateau en argent qu'elle posa sur le buffet. Le gigot était cuit, elle avait mis les assiettes à réchauffer dans le compartiment du four prévu à cet effet. Les légumes mijotaient doucement sur un coin du fourneau. Alice enleva son tablier, le pendit dans le placard et sortit par la porte de derrière.

Depuis, les Kirkland n'avaient plus de cuisinière à plein temps ; plus personne ne voulait de ce genre d'emploi. La plupart des familles qui venaient l'été en vacances se débrouillaient sans, mangeaient dans la cuisine les repas préparés par leurs soins. Lorsqu'elles recevaient, elles recouraient aux services d'un traiteur: régulièrement, une jeune mère entreprenante et divorcée depuis peu ouvrait une boutique de plats à emporter. Cela durait quelques étés, puis elle abandonnait et une nouvelle la remplaçait. Le système laissait à désirer, mais il fonctionnait parfaitement.

Mme Kirkland ne s'intéressait guère à la gastronomie, et il lui était égal d'avoir ou non une cuisinière. Comme sa mère, elle avait grandi dans une maison où il y en avait une, ce qui expliquait qu'elle n'eût pas appris à cuisiner. Elle prenait aussi peu de plaisir à préparer un repas qu'à le déguster, n'y voyant qu'une série d'épreuves quotidiennes auxquelles il fallait bien se soumettre. M. Kirkland considérait cette contingence avec autant de détachement: son repas de midi se composait de deux tranches de pain sur lesquelles il étalait un morceau de thon en boîte; il partait ensuite se promener jusqu'au port muni de ce triste en-cas, qu'il engloutissait en chemin sans plus y penser. Quand on lui demandait s'il avait déjeuné, il n'en gardait aucun souvenir.

Ce soir-là, il y avait au menu de la soupe de tomate en boîte allongée non avec du lait mais avec de l'eau et une salade de laitue aux feuilles roussies sur le bord. Sur une assiette blanche ébréchée trônait un bloc de cheddar pâle juste sorti du réfrigérateur, entouré de débris de biscuits salés.

Alors qu'ils passaient à table, la mère d'Emma fit remarquer, l'air ailleurs:

« Il me semblait qu'on pouvait encore manger ces biscuits, je ne sais pas...

— Mais on peut, Gonny, dit Tess, intriguée. On peut les manger, Gonny. » Elle interrogea sa mère du regard: « Pourquoi Gonny a dit qu'elle ne sait pas si on peut les manger? »

Pour toute réponse, Emma se contenta d'un sourire.

Chaque fois qu'elle se trouvait chez ses parents, Emma basculait dans un état voisin de la transe. Adopter une façon d'agir un peu différente de celle qui avait toujours prévalu, remettre en cause les habitudes de ses parents, modifier les siennes, se lancer dans une activité quelconque, si insignifiante fût-elle, tout cela semblait irréalisable. Emportée par le flot puissant des vœux muets de ses parents, Emma perdait pied et, impuissante, retombait en enfance. Elle avait beau avoir trente-deux ans, un travail, un enfant, elle continuait à se débattre vaille que vaille dans les eaux agitées de sa vie, ballottée par des courants contraires dont elle était la source.

Le père d'Emma mangeait avec lenteur ; légèrement voûté vers l'avant, il glissait sa cuillère de biais dans la soupe aqueuse.

« Nous avons un temps idéal pour le bateau, en ce moment », déclara-t-il *ex abrupto*, sans regarder personne en particulier.

Posant sa cuillère sur la table, il leva les yeux pour croiser ceux de Peter, assis en face de lui, et croisa les mains, l'air benoît, avant d'ajouter avec une feinte humilité : « Je ne sais si vous avez le pied marin…

— Oh, dit Peter, je me débrouille. »

Il y eut un silence. M. Kirkland l'observa d'un œil approbateur et reprit sa cuillère.

« Ah bon ? lâcha-t-il enfin. Où est-ce que vous naviguez, d'habitude ?

— Je n'en ai plus guère l'occasion, maintenant, mais plus jeune je n'aurais renoncé pour rien au monde à une sortie en mer… l'été, du moins.

— À quel endroit ? insista M. Kirkland.

— Dans le Maine. À Sorrento, pour être précis.

— Sorrento…, répéta M. Kirkland, les sourcils froncés.

— À l'est de Bar Harbor, sur la côte. »

Peter, songea Emma, aurait pu s'en tenir à mentionner le Maine. Avec ses brumes froides et hostiles, ses formidables marées, ses rivages dangereux où le granite affleurait, le Maine restait le grand maître des amateurs de voile. Dénigrer un marin formé dans le Maine était impensable. Nul ne s'y serait risqué, pas même son père, grand maître, pourtant, du dénigrement.

« Sorrento..., intervint Mme Kirkland. N'est-ce pas là que vont les Patterson ? Evelyn et Roger Patterson ?

— Ils habitent à côté de chez mes parents », dit Peter.

Mme Kirkland lui sourit : « Tu te souviens, Everett ? Nous les avons vus là-bas, l'été où nous sommes allés en croisière avec le Yacht Club. » M. Kirkland, qui n'avait pas envie de parler des Patterson, émit un grognement indistinct à l'adresse de son assiette de soupe. « J'ai fait mes études avec Evelyn, s'obstina Mme Kirkland. À Smith College. Qu'est-ce qu'elle était drôle !

— Ma mère et elle se voient souvent, l'encouragea Peter.

— Votre mère s'appelle comment ? s'enquit gaiement Mme Kirkland en s'emparant d'un bout de biscuit cassé pour le croquer du bout des dents.

— Polly Morris. Elle était étudiante là-bas, elle aussi. » Mme Kirkland secoua la tête à regret ; ce nom ne lui évoquait personne. « Elle est allée à l'école de Mlle Hall, puis à Smith. Mon père, continua Peter à l'intention de M. Kirkland, est allé à Harvard, mais je sais d'après Emma que vous-même étiez à Yale.

— La promo de 1941, confirma M. Kirkland avec un lent hochement de tête.

— Mon père est de la promotion de 1938.

— 1938 ? Alors, il a peut-être connu mon cousin, Carter Lawson, dit pensivement M. Kirkland. Il me semble qu'il était de la promo de 1938.

— Absolument. Ils faisaient de l'aviron ensemble. Carter Lawson était le barreur. »

Cette précision lui valut un nouveau sourire de Mme Kirkland.

Emma, spectatrice de cet échange, triompha en secret en pensant que ses parents ne pourraient pas ne pas apprécier Peter. Non seulement il savait naviguer, non seulement son père avait bien connu Carter Lawson, mais de plus, et surtout, Peter était charmant – comment le nier ?

« Il reste de la soupe, si quelqu'un en veut », proposa la mère d'Emma, interrogeant la tablée du regard.

Sa main se tendit vers le saladier : « Non ? On passe à la salade ?

— Moi, je ne veux plus de soupe, Gonny », déclara Tess avec assurance. Et elle s'empara d'un morceau de biscuit. « Et je ne veux pas de salade, ajouta-t-elle en montrant le saladier du doigt. Je n'aime pas cette salade, Gonny.

— Ne sois pas grossière, la réprimanda Emma alors que sa mère gardait un sourire serein : aucune remarque relative à la nourriture n'aurait su la blesser.

— Oui, ce n'est pas très appétissant, n'est-ce pas ? convint-elle d'ailleurs en examinant avec intérêt sa laitue roussie.

— Arrête de manger des biscuits, Tess », ajouta machinalement Emma, qui, au moment même où elle énonçait cet interdit, réalisa que Tess n'aurait pas grand-chose dans l'estomac en dehors du potage trop liquide. Elle se leva et prit l'assiette où se morfondait le morceau de cheddar. « Et si je faisais du pain grillé au fromage ? Ça vous tente ?

— Quelle bonne idée ! » s'exclama sa mère, émerveillée.

La proposition séduisit tout le monde.

Tout en enfonçant avec peine le couteau dans le fromage, Emma interrogea : « Francie est venue, non ?

— Nous l'avons eue une semaine, répondit Aline. Avec les filles. Et, tu sais... cet homme.

— Ça s'est bien passé ? »

Ses parents ouvrirent la bouche en même temps :

« Très bien, affirma sa mère.

— Assez mal, bougonna son père.

— C'est de *ma* Francie que vous parlez ? demanda Tess à sa grand-mère.

— De ta tante Francie, oui, et de tes cousines, Rainie et Mallow.

— Elles vont toutes venir, alors ? Pendant que je suis là ?

— Non, Tess, pas cette fois-ci », lança Emma. Puis, s'adressant à son père : « Qu'est-ce qui n'allait pas ? »

Everett Kirkland se cala contre le dossier de sa chaise et croisa les bras sur sa poitrine.

« Elle est avec ce type affreux..., commença-t-il, le menton levé.

— Voyons, Everett, il n'est pas si mal », protesta joyeusement son épouse en souriant.

Le père d'Emma reposa sa cuillère. « Tu ne parles pas sérieusement, Aline. Tu ne penses pas sérieusement ce que tu dis. » Sa femme ne releva pas. Il se tourna vers sa fille : « Ce type est un parfait imbécile. Il n'a pas une once d'éducation et aucunement l'intention, ni l'espoir, d'en avoir un jour.

— Oh ! tempéra Emma, il y a pire, tout de même...

— Laisse-moi finir, reprit son père en élevant la voix. Ce type n'a pas une once d'éducation et il n'est pas dans ses intentions d'y changer quoi que ce soit. Il n'a pas de travail, non plus. Tout ce qui l'intéresse, c'est de trouver quelque chose en dehors du "système". » Le père d'Emma prononça le mot du bout des lèvres, avec un dégoût manifeste. « J'ai tout de même fini par lui demander ce que c'était, pour lui, le "système". Il n'a évidemment pas pu fournir d'explication cohérente. Eh bien, lui ai-je dit... (il secoua la tête), si vous voulez savoir, le "système", c'est l'organisation sociale qui permet aux gens de toucher un salaire, qui assure l'échange des biens et la circulation de l'argent entre les individus. Si vous connaissez un moyen de trouver du travail en dehors du "système", je serais curieux de savoir lequel », conclut l'orateur avec un regard triomphant.

Il y eut une pause, rompue par Emma : « Francie n'a rien dit ? »

Son père émit un rire bref peu amène : « Ta sœur a fait un foin de tous les diables, bien sûr. Elle a prétendu que j'avais "agressé" son bonhomme et elle est partie très fâchée, après avoir déclaré à ta mère qu'elle ne remettrait plus les pieds ici.

— Je pense que tu l'as blessée, dit Mme Kirkland à son verre d'eau.

— Je ne vois vraiment pas pourquoi ! s'indigna M. Kirkland. » Calé contre son dossier, il s'essuya brutalement la bouche avec sa serviette. « Rien, dans mes propos, n'était susceptible de la blesser, *elle*.

— Au moins, papa, tenta Emma d'une voix conciliante, reconnais que tu n'as pas été très gentil avec son petit ami.

— Il est franchement impossible d'être gentil avec ce garçon, je t'assure. Impossible », se défendit M. Kirkland, les bras croisés sur la poitrine dans une posture magistrale.

Tess prit la parole, les yeux levés vers lui : « Mais tu es très gentil avec Peter, le petit ami de ma maman, grand-père, hein ? Peter aussi est très gentil, tu ne trouves pas ? »

Tess ponctua cette sortie d'un signe de tête appuyé pour quêter l'approbation de son grand-père. M. Kirkland gratifia sa petite-fille d'un regard irrité.

« J'espère être gentil avec tout le monde, Tess, répondit-il.

— Pourtant, tu n'as pas l'air d'être très *ami* avec Peter. »

M. Kirkland fronça les sourcils, puis releva le menton : « Nous venons juste de faire connaissance, Peter et moi. Nous ne sommes encore que des connaissances. Il faut du temps pour devenir ami avec les gens, Tess. »

La mère d'Emma s'interposa avant que la petite fille eût pu continuer : « Tu veux que Gonny te couche, ce soir, ma petite Tessie ? »

Tout de suite distraite, Tess se récria avec indignation : « Pas maintenant ! Il n'est pas l'heure d'aller au lit.

— Allons, Tess. » Et, comme chaque soir, Emma s'apprêta à sacrifier au rituel des ordres et des concessions.

Quand la vaisselle fut terminée, les Kirkland, à leur tour, montèrent se coucher, laissant Emma et Peter seuls. Dans le salon, une série de fenêtres à meneaux offraient une vue sur la mer. Un sofa quelque peu défoncé, recouvert d'un chintz à fleurs élimé, était placé juste dessous. La plupart des meubles avaient le même aspect fatigué : le fond des housses de coussin était éculé jusqu'à la trame, des trous gris d'usure marquaient les accoudoirs des fauteuils.

Emma vint s'asseoir à côté de Peter.

« Pourquoi suis-je si épuisée ? s'étonna-t-elle. Il n'est pas tard et je n'ai rien fait. »

Elle s'appuya contre le dossier et ferma les yeux. Peter passa un bras autour de sa taille. Paupières toujours closes, Emma posa une main à plat sur la poitrine de son amant ; il la recouvrit de la sienne.

« C'est d'être chez tes parents.

— Les parents sont donc toujours ainsi ? demanda Emma sans bouger d'un pouce. Toi aussi, les tiens t'épuisent ?

— Pas de la même manière. Mes parents sont un peu le contraire des tiens : mon père est distrait et gai ; il s'exprime par jeux de mots. Ma mère se charge de jouer les rabat-joie. »

Emma ouvrit les yeux, tournée vers lui : « Tu trouves que mon père est rabat-joie ?

— Pas toi ?

— Je ne sais pas. Pour moi, c'est l'image même d'un père : je le trouve paternel.

— "Paternel" n'est pas le mot qui me viendrait à son propos. Je dirais qu'il est rabat-joie.

— Moi, je dirais que le tien est charmant, fit Emma.

— Il dirait sans doute quc tu es charmante aussi.

— Et Caroline ? Il la trouvait charmante ?

— Oh, tu sais, mon père aime les femmes, point », répliqua Peter, diplomate. Caroline plaisait donc à M. Chatfield père, en déduisit Emma. Aussitôt, le personnage lui parut éminemment critiquable – lui, ses reparties faciles, ses jeux de mots idiots... « Pourtant, ils ne s'entendaient pas très bien. Mes parents ne sont pas assez chic pour Caroline. Leur maison n'est pas assez grande, leurs amis pas assez sélects. Caroline espérait tout le temps être invitée à prendre un verre dans un endroit snob.

— C'est vrai ? » ronronna Emma. Comme Caroline était superficielle, pensa-t-elle, éprouvant aussitôt un élan de sympathie pour le père de Peter, cet homme au sens de l'humour délicieux qui appréciait la compagnie des femmes.

« Parle-moi plutôt de ta sœur et de son petit ami modèle, réclama Peter.

— Il y a toujours un petit ami dans la vie de Francie, commença Emma sans aménité, comme s'il s'agissait d'un défaut majeur.

— Qu'y a-t-il de mal à cela ?
— Elle en a trop, et ils sont tous épouvantables. Elle ne se décide pas à se marier.
— Elle a été mariée.
— Elle aurait mieux fait de s'abstenir.
— Ton père n'a pas l'air de les apprécier.
— Ils sont tous du même acabit que ce Rex. Tous plus excentriques les uns que les autres. Comment veux-tu qu'ils trouvent grâce à ses yeux ?
— De quoi vivent-ils, Rex et Francie ?
— De projets. Mon père aide Francie financièrement, et il râle. En ce moment, ils essaient de monter un séminaire sur le développement de la personnalité.
— Ah oui, l'éveil de la conscience… » Peter hocha la tête. « Comment t'es-tu débrouillée pour être si normale ?
— Tu me trouves normale parce que je te ressemble, mais je suis sûre que pour Rex, Francie est la *seule* personne normale de la famille.
— En tout cas, je suis content d'être tombé sur toi plutôt que sur elle. »
Emma appuya la tête sur son épaule.
« Je suis désolée qu'ils t'aient cuisiné de cette façon, à propos de tes parents, soupira-t-elle. Je déteste quand ils sont comme ça.
— Je ne m'en formalise pas. Il n'est pas très étonnant qu'ils veuillent savoir qui je suis.
— Je hais ça. » Elle s'écarta, bascula la tête contre le dossier du canapé. « Demain, il va te proposer un tour en bateau.
— Tu viendras ?
— Non.
— Pourquoi pas ?
— La dernière fois que je suis montée sur un bateau avec papa, j'avais treize ans. Il avait décidé que j'étais désormais assez grande pour lui servir d'équipière pendant les régates. Je n'ai rien fait d'autre de l'été, alors que j'ai horreur des régates. Dès qu'on est au large, le vent souffle trop fort, les voiles deviennent lourdes, les embruns sont glacés. J'étais constamment gelée. J'avais les doigts si

gourds que je n'arrivais pas à tenir les bouts ni à défaire les nœuds. Je m'en sortais comme un manche, mon père se mettait en colère et ça me rendait encore plus maladroite.

» Je n'ai plus jamais navigué avec lui de ma vie après la dernière régate de cette saison. Il était très bien classé, cette année-là : le jour dont je te parle, il se battait pour la première place avec deux autres concurrents. Ça ne lui était encore jamais arrivé, alors tu imagines comme il était excité. Le vent soufflait bien, nous avons magnifiquement réussi le départ. Tout de suite nous avons pris la tête et l'avons conservée presque jusqu'à la fin, jusqu'à ce que l'un des deux autres bateaux les mieux classés, le *Sea Witch*, commence à se rapprocher dangereusement. Nous étions tout près de la ligne d'arrivée, en vue du bateau des commissaires de la course. Mais le *Sea Witch* nous talonnait et papa a décidé de virer de bord. Alors que nous entamions la manœuvre, le filin du foc s'est coincé sur le pont avant et le foc s'est à moitié enroulé sur lui-même. Papa m'a hurlé d'aller dégager le cordage. On virait, le bateau gîtait, j'y suis allée à quatre pattes, en glissant, avec la grand-voile qui claquait au-dessus de moi et devant le foc qui s'agitait comme un lion pris au piège. J'ai rampé jusqu'au pont avant : le bout du foc s'était entortillé en se prenant dans un taquet. J'étais trempée, j'avais les doigts raides de froid et il fallait que je me dépêche parce que le *Sea Witch* était maintenant presque à notre hauteur. Mon père me criait de me grouiller. Il paniquait… moi aussi. J'ai tiré sur le paquet de cordages pour les décoincer, et pile au moment où on arrivait devant le bateau des commissaires, j'ai attrapé le mauvais bout et le foc s'est affalé. Toute la voile m'est tombée sur la tête. Le bateau a stoppé net, j'ai failli passer par-dessus bord. Le *Sea Witch* a remporté le prix et mon père ne m'a plus jamais demandé de naviguer avec lui.

— Qu'est-ce qu'il t'a dit, après ?

— Il n'en a plus été question. Nous n'en avons jamais reparlé. C'était bien trop terrible.

— Je t'aime, tu sais », déclara Peter en l'enlaçant.

Emma ferma les yeux, réconfortée : « Merci. »

Le salon était presque plongé dans le noir ; la seule source de clarté émanait du lampadaire placé à côté du canapé. Avec le temps, son abat-jour rose saumon avait pris une nuance ocre foncé qui tamisait considérablement la lumière. Tout le reste de la pièce baignait dans une ombre épaisse qui engloutissait les grands fauteuils fatigués. Derrière Peter et Emma, de l'autre côté des fenêtres, par-delà les dunes, l'océan soupirait. À l'intérieur, le silence régnait.

Le lendemain matin, Emma et Tess se levèrent les premières. Quand les Kirkland firent leur apparition, ils trouvèrent leur fille dans la cuisine, où elle avait noué le tablier en toile bleue d'Alice Sullivan autour de sa taille.

« Comment voulez-vous manger vos œufs ? demanda-t-elle alors que son père poussait la porte.

— Mes œufs ? répondit-il.

— Vos œufs. Alors, comment ?

— Oh, des œufs ! » s'exclama la mère d'Emma, entrée derrière son mari. Elle avait passé un pantalon kaki et un pull à col cheminée blanc sur lequel elle avait enfilé un gilet. Le pull s'effrangeait aux poignets, les coudes du gilet étaient râpés. « Quelle bonne idée ! » ajouta-t-elle en se frottant les mains, l'air admiratif.

Lorsque Mme Kirkland se chargeait du petit-déjeuner, les occupants de la maison allaient et venaient dans la cuisine dans un joyeux désordre, se coupaient tranquillement le passage, multipliaient sans dire un mot les navettes du réfrigérateur à la table en s'acquittant de leur mission chacun pour son compte, prisonniers des brumes épaisses de l'introspection matinale. Ils renversaient du lait sur la desserte, chipaient sans penser à mal les tartines de pain mises à griller par d'autres, s'escrimaient à étaler sur leur surface molle des morceaux de beurre glacé. Ils posaient la boîte de céréales à un endroit, partaient chercher un bol et découvraient à leur retour que la boîte avait disparu, déplacée par quelqu'un qui à son tour était allé prendre un bol. Quant au jus d'orange, impossible de mettre la main dessus : à peine sorti du réfrigérateur, il devenait introuvable, oublié près de la cuisinière où il se réchauffait lentement des heures durant.

Ce matin-là, Emma plaça la grande poêle noire sur un des brûleurs pendant que Peter et Tess mettaient le couvert. La fillette, à genoux sur une chaise, avait entrepris de plier chaque serviette en forme de triangle aléatoire. Emma prépara des œufs brouillés, puis racla le fond de la poêle pour les verser dans les assiettes en molle cascade jaune et fumante.

Une fois rassasié, M. Kirkland se renversa contre le dossier de sa chaise et jaugea du regard Peter, qui venait d'entrer dans la pièce.

« Il me semble que nous pourrions sortir en mer, ce matin. Le vent vient de l'est.

— Je suis partant, acquiesça Peter.

— Moi aussi, je pourrais venir », lança Tess avec une allégresse hésitante.

Emma sourit en secouant la tête : « Toi, tu restes ici, avec Gonny et maman. »

Toutes trois accompagnèrent les hommes à l'appontement. Ils montèrent dans le canot, où M. Kirkland prit les rames. Peter, installé à l'arrière, se retourna pour leur faire signe alors qu'ils s'éloignaient. Assis en face de lui, M. Kirkland, un pli profond entre les sourcils, se mit à souquer ferme tandis que leur petite embarcation tanguait dans le sillage d'un hors-bord. Les femmes et la fillette agitèrent la main par intermittence jusqu'à ce qu'ils grimpent à bord du voilier. Puis elles reprirent en sens inverse l'étroite passerelle métallique bringuebalante pour regagner le quai. Une brise régulière agitait les herbes, sur les dunes ; en haut de son mât, le drapeau claquait et ondulait.

« Ils vont bien en profiter, remarqua joyeusement Emma.

— Oui, renchérit sa mère. C'est bien qu'il aime la mer.

— Il s'appelle Peter », rectifia Emma.

Mme Kirkland plissa les yeux dans le vent et ramena les pans de son gilet sur sa poitrine. Elle s'adressa à

Tess : « Viens avec Gonny, dit-elle. Nous allons te trouver des crayons de couleur. »

Emma l'aida à la cuisine pendant qu'assise à la table Tess coloriait son album. Se campant devant l'évier, Mme Kirkland laissa à sa fille le soin de ranger la pièce, de passer un coup d'éponge, de remettre les choses en place.

« Tiens, j'avais oublié ces assiettes ! s'exclama Emma en en brandissant une – blanche, ornée d'une guirlande de fleurs de chicorée bleu vif. Elles m'ont toujours plu.

— Elles ont toujours été là », rétorqua sa mère avec indifférence. Elle faisait couler l'eau. Derrière elle, Emma voyait surgir lentement un blanc paysage compact : la mousse du produit à vaisselle. Mme Kirkland n'avait que dédain pour les lave-vaisselle. Elle ferma le robinet, tâta l'eau, en ajouta. Le paysage de bulles continua de s'élever, tout en creux et bosses.

« J'espère que tu sais ce que tu fais », lâcha-t-elle soudain.

Emma se raidit, sur la défensive. Sa mère ignorait tout de sa vie, absolument tout.

« Je l'espère aussi », répliqua-t-elle d'un ton sec.

Un temps, ni l'une ni l'autre ne parla.

« Je crains que ce ne soit difficile pour elle, reprit sa mère avec un signe de tête en direction de Tess.

— Tu as raison, pour moi aussi », déclara Emma. Elle rabattit l'ouverture du carton de lait et le rangea dans le réfrigérateur, dont elle claqua brutalement la porte.

Que croyait donc sa mère ? Qu'Emma n'avait jamais pensé que le divorce serait une épreuve pour Tess ? Sa mère s'était bien gardée de lui donner son avis lorsqu'elle avait épousé Warren. À ce moment, oui, elle aurait dû mettre Emma en garde – mais là, non ; pas à propos de Peter. Il est vrai que sa mère avait une expérience bien différente de la sienne. Mme Kirkland avait épousé un homme qu'elle respectait, au côté de qui elle avait mené une existence digne. Emma, elle, était devenue la femme d'un homme qu'elle avait fini par mépriser, au côté de qui elle avait par moments eu envie de se suicider. Quel avis sa mère aurait-elle bien pu lui donner ?

« Je suis sûre que ce sera difficile pour Tess. Ça l'est pour chacun de nous, ajouta froidement Emma. Mais ce qui est fait est fait, et c'est définitif.

— Tu ne nous as jamais exposé tes raisons. »

La mère d'Emma arrêta le robinet et se tourna pour dévisager sa fille. La tête inclinée sur le côté, elle attendait. Dans le silence qui envahit la cuisine, on n'entendait plus que le va-et-vient du crayon de Tess sur le papier.

Emma n'avait pas exposé ses raisons. Elle ne pouvait pas parler de son mariage à sa mère.

Debout près de l'évier, cette dernière la fixait de son regard bleu. L'âge pesait sur ses paupières. Elle ne laissait rien paraître de l'éventuelle irritation que lui inspirait cette fille rétive, peu disposée à lui confier les projets qu'elle avait en tête ou les détails de la vie qu'elle menait. Elle, la mère, attendait, les mains plongées dans le paysage étincelant.

Emma croisa son regard sans dire un mot. Elle pouvait d'autant moins parler à sa mère de l'humiliation qu'elle avait vécue avec Warren qu'elle n'avait rien de mieux à offrir à la place – aucune radieuse perspective d'avenir. Emma ne savait pas si Peter et elle légitimeraient jamais leur liaison. Leur mariage lui paraissait parfois merveilleusement évident ; à d'autres moments, elle trouvait insupportable l'idée de passer une heure de plus avec Peter.

Le silence qui s'éternisait dissipa la concentration de Tess. Vigilante, elle observa les deux mères tour à tour, en plein visage, essayant de déchiffrer ce qui passait sur leurs traits. Emma, la première, interrompit ce face-à-face muet en ouvrant un placard pour y ranger le miel. Elle laissa aller la porte, qui se referma avec un bruit sourd.

« Tu veux le garder ou je le jette ? » demanda-t-elle en tenant à bout de bras un sac à pain en plastique. Il contenait deux très fines tranches de pain abandonnées au fond. Sa mère allait sans doute les y laisser, et elles continueraient de rassir jusqu'à pétrification complète.

« Jette-le, répondit Aline en retournant à sa fragile chaîne de montagnes.

— Je le jette ?

— Oui. »

Tess, que la tension perceptible inquiétait, se redressa sur sa chaise.

« Je pourrais le prendre ! s'écria-t-elle, pendant que ses yeux allaient de sa mère à sa grand-mère. Je pourrais le prendre et le donner aux oiseaux.

— Bonne idée », approuva Mme Kirkland.

Le sourire que les deux femmes adressèrent à l'enfant ne contribua pas à les rapprocher.

Tess alla se planter sur la pelouse. Les sourcils froncés, elle rompit le pain à la va-vite en gros morceaux qu'elle jeta vers le ciel avec des gestes rageurs.

L'après-midi touchait à sa fin quand les deux hommes rentrèrent. Emma, qui les vit traverser le jardin, devina à leur démarche que la journée s'était bien passée. Ils cheminaient côte à côte comme deux vieux amis, le pas souple et élastique. Le vent du large leur avait rosi les joues et poissé les cheveux de sel. Ils avaient l'air ravis. Emma suivit Peter à l'étage, curieuse de connaître sa réaction.

« C'était formidable, affirma-t-il. Ton père est un bon marin. »

Il se débarrassa de sa chemise trempée, qu'il abandonna sur le plancher. Emma admira le modelé de ses bras nus, la vigueur de son torse. On eût dit un autre homme, là, dans la petite chambre où il se tenait pieds et torse nus, les mains sur les hanches. La géométrie décontractée de ses membres, son aisance, la chemise gorgée de sel par terre – autant de détails affirmant qu'il était chez lui sous le toit mansardé.

« Il ne t'a pas crié dessus ? demanda Emma.

— Un capitaine crie toujours. On ne s'entend pas sur un bateau. Il faut crier pour se faire comprendre, d'autant qu'il n'y a pas de temps à perdre pour la manœuvre.

— Tu t'en fiches, alors ? »

Le sourire de Peter s'élargit. « Oh, je déteste ça. Je l'ai prévenu : Si jamais vous me criez encore dessus, j'affale le foc, dit-il dans un piaillement de collégienne, la bouche derrière la main.

— Très drôle. Mais tout de même, pourquoi est-ce que tu t'en fiches ? C'est si déplaisant.

— Les hommes s'en fichent, rétorqua Peter. Les hommes gueulent tout le temps. Ça m'est égal que ton père crie.

— Moi pas », fit Emma en secouant la tête.

Le dîner de ce soir-là ne ressembla pas à celui de la veille. Emma avait pris les choses en main. Elle était sortie faire des courses et avait préparé un poulet à la cocotte, du riz, une salade fraîche. Pour le dessert, elle avait prévu une glace.

Sa mère s'était chargée des hors-d'œuvre. Elle avait trouvé une poignée de carottes dans le fond du frigo et les avait disposées dans un plat trop grand où elles semblaient perdues. Épluchées depuis déjà quelques jours, elles avaient perdu leur couleur et s'étaient racornies ; les fibres ligneuses du cœur étaient proéminentes, les bouts effilés rebiquaient. Mme Kirkland avait également déniché une autre boîte de biscuits en miettes : rectangles écarlates et carrés roses, dont elle versa pêle-mêle les morceaux dans un petit bol en verre, comme elle l'aurait fait de cacahuètes. Ils étaient d'ailleurs aussi salés que des cacahuètes, mais mous, et ils cédaient sous la dent avec la résistance de vieux tubercules.

M. Kirkland prit place à table et se frotta les mains avec appétit.

« Ah, ce fut une bonne journée, déclara-t-il en dévisageant la tablée.

— Où est-ce que vous êtes allés ? » s'enquit Emma.

Elle se fichait pourtant bien de savoir où ils étaient allés. On ne va jamais nulle part, en bateau : on file dans un sens puis dans l'autre, secoué par les vagues et c'est tout. Quel intérêt, qu'ils aient croisé dans un coin ou un autre ?

« Eh bien, nous avons eu la marée pour nous jusqu'à l'embouchure de la Bass River, répondit M. Kirkland avec enthousiasme – et il posa sa fourchette pour pérorer plus commodément. Nous avions la marée pour nous et un bon petit vent de tribord, alors ça démarrait plutôt bien. Nous n'avons pas eu besoin de virer de bord plus de deux fois entre le corps-mort et l'embouchure, conclut-il en se rengorgeant.

— Deux bords seulement ! C'est bien ! » s'exclama sa femme.

M. Kirkland attendit, puis voyant que personne d'autre n'intervenait, il reprit la parole : « J'ai déjà atteint l'embouchure en ne prenant que deux bords, mais jamais avec un seul. Deux, ça reste mon record. Steve Steadman y est arrivé, lui, seulement j'ai mesuré la distance en comptant mes pas et je crois bien que son appontement est vingt-cinq mètres plus près de l'estuaire que le nôtre. Ça n'a l'air de rien, mais ces vingt-cinq mètres correspondent *grosso modo* à l'avancée de la côte au niveau de la rivière. Toute la différence est là. Comme je lui ai dit, s'il réussissait d'un seul bord en partant de *notre* appontement, là je lui tirerais mon chapeau. » Il marqua une nouvelle pause, satisfait, baissa distraitement les yeux sur son assiette. « Une fois arrivés à l'embouchure, nous avons décidé de poursuivre jusqu'à la cloche.

— Si loin… mon Dieu ! » murmura Mme Kirkland.

Emma se souvenait : la cloche de l'affreuse balise, balancée sans fin, tel un bouchon, sur les eaux vertes dont on ne voyait pas le fond, son tintement lugubre et creux porté sur les vagues mornes. Loin du rivage à vous glacer le sang, et les bulles grises, à jamais obligées de glisser sans but autour de sa forme solennelle, ballottée.

« Une bonne petite brise venait de se lever, et d'après mes calculs au retour nous devions avoir la marée pour nous, poursuivit M. Kirkland, qui n'avait pas encore entamé son repas. Théoriquement, ça collait, sauf que le vent a changé, il est retombé, et le temps que nous atteignions l'embouchure de la Bass River, bernique : la marée s'était mise contre nous. Là, il a fallu batailler ferme pour remonter la rivière, ç'a été terrible.

— C'était tout de même plaisant », commenta Peter.

M. Kirkland se rembrunit : il préférait « terrible » à « plaisant ».

« Évidemment, pour quelqu'un qui a appris à naviguer dans le Maine, ce que nous faisons ici ne doit pas paraître bien sérieux, maugréa-t-il, froissé.

— Ne croyez pas ça, dit Peter. Selon moi, il faut réellement s'y connaître pour s'aventurer dans un bras de rivière somme toute pas si large, en composant avec la marée. Autant que je sache, il n'y a rien de pareil dans le Maine.

— Oui, on se débrouille comme on peut pour passer de bons moments, convint M. Kirkland plus serein. Vous devriez participer à une régate, un jour. On s'amuse pas mal, vous verrez.

— J'aimerais bien, acquiesça poliment Peter.

— Est-ce que Peter vaut vraiment quelque chose sur un voilier, papa ? intervint Emma. J'ai comme l'impression qu'il est plus fort en théorie qu'en pratique. »

M. Kirkland prit un air sévère : Emma jouait les coquettes. Il s'absorba un instant dans la contemplation de son assiette, s'empara de sa fourchette et de son couteau.

« Il n'est pas mauvais, lâcha-t-il enfin sentencieusement. Pas mauvais du tout.

— Eh bien, Emmy, tu y es arrivée, en fin de compte, enchaîna Mme Kirkland, qui se carra sur sa chaise, un œil sur Peter.

— Arrivée à quoi ? s'étonna Emma.

— À nous amener un homme qui sache faire du bateau. Ta sœur et toi aviez plutôt échoué, jusqu'ici. »

M. Kirkland se renfrogna une fois de plus. Il n'avait pas fini de dire ce qu'il avait à dire et voilà que la conversation lui échappait.

« Je ne suis pas sûr que la priorité d'Emma soit de trouver un marin, observa-t-il.

— Et mon papa, alors ? fit Tess. Il sait faire du bateau. » Les adultes lui adressèrent tous un sourire ; aucun d'entre eux n'ouvrit la bouche. « Mon papa sait faire du bateau », insista-t-elle, pendant que son regard inquiet passait alternativement de son grand-père à sa grand-mère.

« Tu as raison, papa savait faire du bateau, temporisa Emma, mais il n'était pas... ce n'était pas ce qu'il préférait, tu comprends ? Ce n'est pas là qu'il était le meilleur.

— Si, s'obstina Tess, un ton plus haut. C'est là qu'il était le meilleur.

— Je ne crois pas. » M. Kirkland eut un petit rire narquois. « J'espère que non, en tout cas. »

Tess le défia, apeurée : « Si, c'était là. »

Sa voix avait dérapé dans les aigus. M. Kirkland planta ses yeux dans les siens :

« Je crois être meilleur juge que toi en la matière, Tess, la sermonna-t-il. Ton père ne valait pas tripette en mer, voilà ce que j'en pense. » Et il se rengorgea pendant que les joues de Tess viraient au cramoisi.

« Papa ! s'indigna Emma. Comment peux-tu parler de cette façon ? »

Elle chercha de l'aide du côté de sa mère, mais celle-ci était penchée sur son assiette. Elle tenait à deux mains, avec délicatesse, du bout des doigts, un morceau de poulet qu'elle mordillait avec application, et elle ne leva pas les yeux.

« C'est comme ça, reprit le père d'Emma en pinçant les lèvres sur le dernier mot. Ce n'est pas un problème de bienséance ou d'avis personnel, c'est comme ça. Ton père ne valait pas tripette en mer. » Il sourit à sa petite-fille. En réponse, Tess repoussa violemment sa chaise, qui menaça de tomber par terre. « Pas la peine de pleurer. C'est comme ça, un point c'est tout.

— Je te déteste ! brailla la petite à pleins poumons à l'adresse de son grand-père avant de fondre en larmes.

— Papa ! » s'interposa Emma, furieuse. Elle se leva en fusillant du regard son père, qui se contenta de hausser les épaules. « Viens, Tess, dit-elle en prenant dans ses bras l'enfant, qui sanglotait éperdument.

— Non ! hurla Tess. Non, non, non. Ne me touche pas ! »

Hors d'elle, Emma sortit de la pièce avec sa fille.

Quand elle regagna la cuisine, la pièce était plongée dans le silence. Peter lui sourit avec un petit clin d'œil amical lorsqu'elle tira sa chaise pour s'asseoir, mais personne ne pipa mot.

« Papa, commença-t-elle, tu n'aurais pas dû parler de la sorte du père de Tess.

— Ce n'était que la vérité, rétorqua M. Kirkland en se dressant.

— Je me fiche que ce soit la vérité. C'est blessant. » Sans daigner répondre, son père avala une gorgée d'eau. « C'est blessant, répéta Emma. On ne parle de cette façon-là à personne, surtout pas à une enfant de trois ans.

— Emma, glissa sa mère.

— Qu'est-ce qu'il y a ?

— Ne fais pas une scène. » Mme Kirkland s'efforçait avec beaucoup de concentration de couper son poulet avec le bord de sa fourchette.

« Ce n'est pas moi qui fais une scène ! s'emporta Emma. La scène, c'est papa qui la fait avec l'air de ne pas y toucher.

— Je ne prends aucun air, s'offusqua son père en haussant le ton. Et je trouve que tu es particulièrement mal placée pour dicter leur conduite aux autres.

— Que veux-tu dire par là ?

— Tu sais très bien ce que je veux dire.

— Non, je n'en ai aucune idée.

— Eh bien, énonça son père posément, je considère que tu as perdu le droit d'émettre un jugement moral quel qu'il soit.

— Parce que j'ai divorcé, c'est ça ?

— Selon toi, le divorce ne tire donc pas à conséquence ? tonna son père. Selon toi, le mariage n'a aucune espèce d'importance ? Tu estimes que tu peux renier comme ça une parole qui t'engageait tant ? »

Les yeux d'Emma s'embuèrent ; elle lutta pour refouler ses larmes.

« Tu crois que j'ai agi sur un coup de tête ? demanda-t-elle en s'efforçant de maîtriser sa voix.

— Les raisons qui t'ont poussée à prendre cette décision me dépassent mais, maintenant que les dés sont jetés, tu dois en accepter les conséquences. Tu es une femme divorcée. Tu es une mère célibataire. Tu as rompu ta promesse, détruit ton foyer et privé ta fille d'un père. »

Rendue muette par la colère, Emma tentait de se ressaisir. Au fond d'elle-même, elle redoutait par-dessus tout qu'il n'y eût du vrai dans ce que son père venait de lui assener. Il l'observait, les yeux plissés, une expression de triomphe sur les traits.

Peter alors se leva, redressa la tête, s'éclaircit la gorge :

« Emma… » dit-il d'un ton grave. Elle se tourna vers lui, reconnaissante. Son père fronça les sourcils. « Veux-tu m'épouser ? »

11

Si, à un moment donné, Emma tomba amoureuse de Peter, ce fut alors, en cet instant où il affala le foc sur la tête de son père.

Pendant de longues minutes qui allaient rester gravées dans les mémoires, le silence régna autour de la table. Tous restaient comme pétrifiés. La fourchette que Mme Kirkland portait à sa bouche s'arrêta en plein mouvement ; elle la reposa. Elle et son mari contemplaient Peter, qui ne lâchait plus le regard d'Emma.

« Oui », acquiesça-t-elle calmement, le buste bien droit.

M. Kirkland eut un reniflement contrarié, et il baissa les yeux sur son assiette. Un pli dépité se dessina sur sa bouche. La mère d'Emma, quant à elle, leva son verre d'eau avec une maladresse pleine d'allant.

« Bravo ! » s'écria-t-elle, ses joues légèrement rosies.

Doublement offensé cette fois par la fougue de son épouse, M. Kirkland à son tour saisit son verre. Il adressa à Peter de raides « Félicitations », appuyées d'un signe de tête compassé.

« Merci », répondit Peter avec un hochement similaire.

Puis tous portèrent en chœur un toast à cet instant. Ils se regardaient, surpris et souriants, M. Kirkland compris.

Les dés étaient jetés.

Le lendemain soir, dans la voiture qui les ramenait à New York, Emma glissa à Peter :

« Tu as été très courageux.

— Moi ? Et toi, alors !

— Non, toi tu as été courageux. Tu t'es mesuré à mon père.

— Je n'ai pas peur de lui. Et je suis de ton côté, ne l'oublie pas. »

Emma garda les yeux fixés sur lui un moment, puis se détourna pour regarder par la vitre.

Ils se trouvaient alors quelque part au milieu du Connecticut, bien que c'eût pu être n'importe où ailleurs. Le paysage étrange qu'ils traversaient surgissait de façon inquiétante dans le faisceau puissant des phares. Les bas-côtés herbeux, les buissons, les remblais escarpés filaient à toute allure, brillamment éclairés, pour aussitôt être engloutis sur leur passage. Les talus étaient surmontés de murs antibruit aveugles, très hauts, qui dissimulaient des villes entières, toute une géographie. Déconnectée des terres qu'elle traversait, la route se transformait en tunnel anonyme et sans fin que seul venait éclairer l'immense et fugace rayon lumineux projeté par les phares.

Peter fixait la route. Il roulait à allure régulière, sans se laisser troubler par la trouée lugubre, absorbé par le retour. Emma le revit, traversant la piètre étendue de gazon au côté de son père, chargé du sac taché qui contenait le matériel, tous deux fouettés par le grand air, rubiconds, détendus. Elle réalisait à présent qu'elle avait mal interprété les cris paternels : ce n'était, de fait, pas pareil entre hommes. Ils s'en fichaient, et elle se demanda s'il en allait de même de toutes les activités humaines, si toutes sans exception, le moindre geste, la moindre remarque étaient marqués si peu que ce fût par la différence des sexes. Chaque camp, dès lors, étant en permanence surpris, troublé, par les erreurs de jugement de l'autre.

Peter lui avait raconté qu'il avait un jour trouvé sa secrétaire en larmes, en arrivant au travail.

« La pauvre, avait commenté Emma. Qu'as-tu fait ?

— À ton avis ? Je suis entré dans mon bureau et j'ai fermé la porte.

— Peter, ce n'est pas possible ! Elle avait besoin que tu lui dises quelques mots gentils.

— Elle avait besoin de rassembler ses esprits », avait déclaré Peter avec assurance.

On pourrait aussi bien me décrire les coutumes d'une peuplade inconnue, songea Emma : ce qui passe par la tête d'un homme est impensable. Comment expliquer qu'ils se fichent qu'on leur crie après ? Les coups de gueule et les vociférations n'ont-ils pas justement pour but d'intimider l'autre ? Pourquoi cela ne les affecte-t-il pas ? Et pourquoi crient-ils, alors ? D'autant que ça commence tôt, dès l'enfance, déjà, ils sont comme ça. Emma les avait vus faire, à la maternelle, dans la cour – des bambins de deux ans. Les filles s'asseyaient sagement en rang, jambes croisées sur leurs chevilles grassouillettes, solidaires dans leurs jeux. Les garçons ne rêvaient que plaies et bosses : ils se battaient, se cognaient et en redemandaient. La maîtresse présidait à tout cela avec calme, elle n'intervenait que rarement. « Ne mords pas, Robert. Tu te rappelles ce que je t'ai dit ? On ne mord pas. » Mais pourquoi était-il interdit de mordre ? Ou de se battre à la machette ? C'est ce qu'ils voulaient, après tout.

Elle se demanda en quels termes Robert, au journal, commenterait son remariage avec Peter. C'était tout de même imprévu. Si Robert était curieux des autres, il ne s'y intéressait toutefois pas réellement. Doté d'une capacité d'absorption en soi à toute épreuve, il était incapable, malgré sa gentillesse, de partager la joie et la peine d'autrui.

Et les Chatfield, comment réagiraient-ils ? D'emblée, elle les avait aimés. Mme Chatfield était dehors, dans le jardin, dans un vieux jean trois fois trop grand pour elle qu'elle appelait son bleu de travail. Elle s'était avancée à sa rencontre et l'avait surprise en la prenant dans ses bras pour la serrer contre elle dans une étreinte sincèrement chaleureuse. « Comme je suis contente de vous voir », avait-elle ajouté en lui serrant la main, et Emma s'était sentie acceptée. Quant au père de Peter, la dévisageant avec bonhomie de dessous ses sourcils hérissés, il lui avait proposé de venir observer les oiseaux avec lui dans les marais.

Lorsque Warren et elle avaient décidé de se marier, il en avait informé ses parents avant de la leur présenter. « À quel club appartiennent ses parents ? » avait demandé son futur beau-père. Warren le lui avait rapporté en tournant la chose en dérision : il savait que ses parents étaient affreusement snobs. Emma n'avait jamais eu beaucoup de sympathie pour eux, mais Warren, tel qu'elle le voyait, ne leur ressemblait pas. Leur arrogance, leur goût pour les cancans, leur mesquinerie ne lui échappaient pas, pensait-elle. Il lui semblait qu'il jugeait sans indulgence leurs travers. Comment avait-elle pu être aussi naïve ? Certes, elle était jeune, à l'époque, assez jeune encore pour croire qu'il suffit de repérer les défauts de ses parents pour en être exempt. Assez jeune pour vouloir croire que les enfants ne sont pas la réplique de leurs parents. À présent, elle avait compris que même si le comportement de ses parents l'exaspérait trop souvent, elle était faite à leur image. Malgré elle, sur un mode différent, elle reproduisait celles de leurs attitudes qu'elle condamnait le plus sévèrement.

La voiture filait sur l'autoroute sans que rien vînt troubler son allure. Emma ferma les yeux, sereine. Son bonheur l'étonnait. Il était incommensurable. Elle commençait à peine à mesurer l'écart entre ce qu'elle avait ressenti envers Warren et cette émotion ; elle la retrouvait maintenant partout, jusque dans l'air qu'elle respirait. C'était cela qu'elle désirait. Emma posa la main sur le genou de Peter. Il la recouvrit de la sienne, la pressa.

« Je suis là, dit-il.

— C'est bien. »

Dès qu'ils furent arrivés, Tess s'engouffra dans l'appartement et fila dans le couloir pour gagner la cuisine. Emma la suivit, d'un pas moins précipité. En courant, la petite fille, gaie comme un pinson, lançait à tue-tête le prénom de Rachel. Cette dernière répondit à ses cris joyeux. Emma les trouva toutes deux au coin du couloir, Rachel assise par terre, Tess entre les genoux. Elles se regardaient les yeux dans les yeux, si près que leurs fronts se touchaient presque.

« Tu m'as manqué, disait Rachel. Est-ce que tu t'es bien amusée chez tes grands-parents ? » La jeune femme tenait solidement l'enfant au creux des reins et la balançait d'avant en arrière en lui parlant.

Tess fit oui de la tête.

« Et tu sais quoi ? ajouta-t-elle.

— Dis-moi.

— Maman et Peter vont se marier. »

Rachel leva les yeux vers Emma : « C'est vrai ? » Alors qu'Emma, tout sourires, acquiesçait d'un signe, Rachel se leva, Tess dans les bras. Tout en la serrant contre elle, elle se pencha pour poser sur la joue d'Emma un sec baiser de circonstance. « Félicitations, déclara-t-elle.

— Merci, répondit Emma.

— Et moi... », les coupa Tess, laissant la phrase en suspens. Les deux femmes échangèrent un regard amusé. Tess se mit à taper sur l'épaule de Rachel pour réclamer son attention : « Rachel, écoute.

— Qu'est-ce qu'il y a ?

— Et moi, répéta Tess, j'y serai, au mariage.

— Non ! » Tess hocha gravement la tête, très fière. « C'est pour quand ? reprit Rachel à l'adresse d'Emma.

— Au mois de septembre. Le dix-huit, sans doute. Il nous faut un peu de temps pour organiser les choses.

— Le dix-huit septembre ! » Rachel se mit à rire, soudain sans retenue, comme autrefois. « Ça, c'est un bon jour. Un très, très bon jour : c'est l'anniversaire de maman.

— Ta maman ? s'étonna Tess, prête à changer de sujet.

— Cela vous plairait d'aller la voir pour son anniversaire ? proposa impulsivement Emma. Et si nous vous offrions le voyage, en l'honneur de notre mariage ?

— Oh ! » souffla Rachel ravie, souriant jusqu'aux oreilles.

Emma aurait offert n'importe quoi à Rachel, n'importe quoi.

Le lendemain, Emma appela Francie du journal, pour lui communiquer la nouvelle. Elle attendit midi, afin d'être sûre que sa sœur fût levée. Emma en était à son second café. Elle le prenait allongé avec de la crème qu'elle gardait en réserve dans le petit réfrigérateur du bureau. Elle en buvait au maximum deux tasses ; elle aurait d'ailleurs aimé pouvoir complètement renoncer au café et se contenter de tisanes. De même qu'elle eût aimé abandonner tous les excitants chimiques pour se sentir plus en harmonie avec elle-même. Idéalement, elle se serait volontiers nourrie de céréales complètes et de légumes bio et, dans la foulée, aurait bien entrepris de dépolluer la planète entière, mais jusqu'ici elle s'était limitée à restreindre sa consommation de café à deux gobelets par jour. À vrai dire, Emma aimait les excitants chimiques.

En attendant le moment propice pour appeler Francie, Emma avait essayé de reprendre un article intitulé : « D'un vertex à l'autre : la manière picturale de Jedson Cray à ses débuts. » Ce n'était que jargon abscons : « Ces premières images d'une extrême pureté – pudiques malgré elles – laissent délicieusement présager l'intériorité abrupte et délibérément, pour ne pas dire farouchement, classique des œuvres de la maturité, plus subtilement complexifiées. » Pourquoi les historiens de l'art étaient-ils incapables d'imaginer un titre qui ne fût pas en deux parties ? Que diable pouvaient bien désigner les vertex ? Qu'est-ce qui les empêchait d'écrire simplement ?

À midi, Emma avala une gorgée de son breuvage chimique au goût de craie et composa le numéro de sa sœur. Francie décrocha.

« Salut, dit Emma. C'est moi. Juste pour t'annoncer que je vais me marier.

— Encore ?

— Pour de bon, précisa Emma avec une moue.

— C'est qui ?

— Tu sais qui c'est. L'homme avec qui je sors. Peter Chatfield.

— Mais il est comment ? Agent de change, lui aussi ?

— Warren n'était pas agent de change, répliqua froidement Emma. Peter non plus, d'ailleurs.

— Oh, tu vois ce que je veux dire, insista Francie. Ce genre, quoi.

— Quel genre ? demanda Emma agacée.

— Tu sais bien. Est-ce qu'il porte un costume gris et un slip noir pour aller bosser ?

— Non. Il y va en peignoir de bain et en caleçon. C'est un lutteur de sumo. »

Toutes deux marquèrent une pause au cours de laquelle Emma, levant les yeux, s'aperçut que Robert se tenait sur le seuil. Elle lui adressa un petit signe, désigna le téléphone. Robert haussa les sourcils. Emma secoua la tête et lui tourna le dos.

Francie choisit finalement d'en rire. « Très bien, lança-t-elle. Ça a du bon, les brassages génétiques.

— Tu viendras au mariage, alors ?

— C'est quand ?

— En septembre. Le dix-huit.

— Papa et maman viennent ?

— Euh... oui.

— Alors, sans moi, déclara Francie d'un ton décidé. Je ne leur parle plus, en ce moment. Tu ne peux pas savoir comme papa a été odieux avec Rex.

— Oh, si, j'imagine parfaitement. Il en a balancé une ou deux à Tess, quand nous étions là-bas. Tu aurais dû l'entendre, sur Warren. Il a même flirté avec l'idée de s'en prendre à Peter. Un cauchemar à lui tout seul.

— Pourquoi veux-tu qu'ils viennent, alors ?

— Allons, Francie, soupira Emma, les yeux clos. Ce sont nos parents, on ne va pas rompre les ponts avec eux. Même si on ne devait plus jamais leur adresser la parole, ils restent nos parents.

— C'est gentil de me le rappeler, merci, mais je ne vois pas ce qui nous oblige à les supporter et, pour ce qui me concerne, j'en ai jusque-là.

— D'accord, d'accord. Mais j'aimerais bien que tu viennes. Tu n'auras qu'à ne pas leur parler.

— Je ne veux pas être dans le même endroit qu'eux, s'entêta Francie, contente malgré tout de l'insistance de sa sœur.

— Tu ne vas pas venir à mon mariage ?

— J'étais là la dernière fois, j'y serai la prochaine. Je ne saute que celui-là, promis.

— Très drôle, apprécia Emma. Sauf que celui-ci, c'est le bon. Je ne me marierai plus jamais. » Il y eut un silence. Emma avala une gorgée de café. « J'aimerais vraiment que tu sois là. Tu es ma sœur, après tout, la seule que j'aie, la seule qui compte.

— Emma, ces deux-là sont toxiques, reprit Francie. Ils ne pensent qu'à nuire. Pour ma part, j'ai choisi de ne plus me trouver sur leur chemin. »

Emma leva les yeux au ciel. Qu'est-ce qui pouvait bien pousser les gens à s'exprimer de cette façon sitôt qu'ils vivaient en Californie ?

« À t'entendre, on croirait qu'il s'agit de voleurs de cadavres, Francie. Ce ne sont jamais que nos parents, et ils ne peuvent rien t'imposer. Tu es adulte. Pourquoi leur en vouloir autant ?

— Ne prends pas tes petits airs supérieurs. Ne viens pas me raconter qu'il ne te donne pas des envies de meurtre, à toi aussi.

— D'accord, je veux bien. Il me met hors de moi. Et après ? Ça ne change rien au fait qu'il est mon père.

— Tu as peur de lui, affirma Francie. Tu n'as pas le courage de larguer les amarres. »

L'idée qu'elle ressemblait peut-être à Warren, qu'elle admirait peut-être un trait de caractère indigne traversa soudain Emma. Aurait-elle dû, en effet, s'affranchir une bonne fois pour toutes ? Ses parents, pourtant, avaient beau être pénibles et son père horripilant, du moins n'étaient-ils ni bigots ni snobs : ce n'étaient jamais que des gens normaux, et exaspérants.

« Larguer les amarres n'est pas la solution, à mon avis, dit-elle. Je crois qu'il vaut mieux composer avec sa famille. Ils ont bien des défauts, ça oui. Et alors ? Nous aussi. » Le silence, à nouveau, s'instaura. Emma le rompit : « Écoute, Francie, je suis venue à ton mariage. Je viendrai aussi au prochain, si tu te remaries.

— Si ? répéta sèchement Francie.

— Quand tu te remarieras », rectifia Emma. Pourtant rien ne pouvait être pire que le premier mariage de Francie. Cela se passait dans une orangeraie, sous un soleil de plomb. Il faisait trente-huit à l'ombre. Les invités, hébétés, trébuchaient dans les sillons : la terre venait d'être retournée autour des arbres, il n'y avait pas un brin d'herbe. Pas un endroit où s'asseoir, non plus, et rien d'autre à boire que de l'eau en bouteilles, car à l'époque Francie crachait sur l'alcool, qu'elle avait remplacé par la drogue.

« Comment puis-je être sûre que papa ne va pas monter sur ses grands chevaux ? l'interrogea Francie. Comment être sûre qu'il ne va pas être encore grossier avec Rex ?

— Je lui parlerai, promit Emma. Nous lui parlerons, maman et moi. Ça me ferait vraiment plaisir que tu sois là.

— Bon, d'accord, accepta Francie. Seulement, tu es responsable. En plus, il faudra que tu nous trouves un endroit où loger.

— Oui, oui. »

Emma raccrocha, toute contente. Les choses avançaient. Elle allait commencer à dresser des listes, à cocher des noms. Elle pouvait déjà cocher celui de Francie.

« Em ? »

Elle se retourna. Robert était toujours là.

« Entre, lui dit-elle en brandissant son gobelet. Viens me féliciter. Je me marie.

— Encore ?

— Francie vient de me la faire. Tu sais que ce n'est pas poli du tout ? Tu es censé trouver quelque chose d'un peu plus aimable.

— Excuse-moi », dit Robert. Manifestement intéressé, il s'avança dans la pièce et resta debout, les mains dans les poches. « Avec qui ?

— Il s'appelle Peter Chatfield. » Emma aimait prononcer ce nom.

« À quoi est-ce qu'il ressemble ?

— À un ange à forme humaine.

— Petite veinarde. Et réaliste, avec ça.

— Au début, il vaut mieux penser que celui que tu épouses est parfait, tu ne crois pas ?

— Faux, répondit Robert. Tu ferais mieux de penser que ton futur époux est une horreur. Dans ce cas, si tu vas tout de même jusqu'au bout et que tu l'épouses, tu as une petite chance que ça marche.

— Si je pensais que Peter est une horreur, je n'envisagerais pas de me marier avec lui. J'ai déjà commis cette erreur.

— Il paraît que ça se répète, les erreurs. Il est différent du premier ? »

Emma opina du chef : « À tous les égards. Tu n'imagines pas. Pour commencer, Warren était un gamin. Peter, lui, est adulte.

— Admettons, fit Robert en haussant les épaules. Mais encore ? Il est beau ? riche ? célibataire ? intelligent ?

— Tout ça.

— Parfait, approuva Robert en hochant la tête. Je me demande comment ma femme me décrivait avant qu'on se marie.

— Exactement pareil, j'en suis sûre. »

Robert eut un sourire radieux : « J'en doute. Bon, maintenant, l'article, ajouta-t-il, les yeux sur les feuillets étalés devant elle. Qu'en penses-tu ?

— Illisible, répliqua Emma. Comme le dernier. » Robert se renfrogna. « Je plaisante. C'est bien. »

C'était idiot de sa part de se moquer d'un sujet que Robert prenait au sérieux. Que faisait-elle là, d'ailleurs, si elle jugeait ce truc illisible ?

« L'exposition David Salle, poursuivit Robert. Il nous faut quelqu'un pour la couvrir.

— Pourquoi pas une femme ? proposa Emma.

— Je ne dirige pas un journal de deuxième zone, la tança Robert avec un regard de mise en garde.

— Il me semble juste qu'une femme pourrait avoir des choses intéressantes à dire dessus, plaida Emma, qui pour sa part trouvait l'œuvre de Salle immature et sexiste.

— Ma chère Emma, je ne suis pas à la tête d'une revue qui dénonce le sexisme à tout va. Ce qui nous intéresse ici, c'est l'art, pas la sociologie. Picasso était salaud avec les femmes, on le sait. N'empêche, c'est un grand peintre.

— Je ne te parle pas de la vie privée de Salle. J'ignore si dans l'intimité il est ou non salaud avec les femmes. C'est à sa peinture que je pensais. Il a toujours des sujets lascifs, humiliants pour les femmes.

— Tu prends les images au pied de la lettre. Elles contiennent bien autre chose.

— Reste que ces images sont là. Tu ne peux pas faire comme si elles n'existaient pas sous prétexte qu'elles se veulent aussi métaphoriques. Les significations cachées ne contredisent pas le sens immédiat, elles le prolongent. Le thème des tableaux de Salle, c'est la brutalité. Ils sont immenses, orgastiques, et ils exaltent les brutalités commises contre les femmes. On prétend que c'est une manière ironique de pointer du doigt la violence, mais où commence la différence ? Tu crois que les Noirs ne protesteraient pas si un artiste blanc se mettait à peindre de gigantesques toiles montrant des Noirs ligotés et lynchés ? Ce serait un scandale de tous les diables. » Le cœur d'Emma cognait à grands coups ; exprimer son désaccord la mettait au bord de l'affolement. « Les femmes devraient s'élever contre, mais elles n'osent pas. Dans le monde de l'art, les femmes se font conspuer, sauf si elles peuvent passer pour des mecs. Elles ont été formées à penser comme les hommes. »

Robert balaya les arguments d'Emma d'un geste dédaigneux.

« Salle a une technique hyperpuissante, déclara-t-il avec hauteur. Elle l'est peut-être trop pour toi.

— Je ne vois rien d'hyperpuissant là-dedans. Je trouve ça simplement choquant et superficiel.

— Tu considères tout selon un point de vue moral, Emma, dit Robert en secouant la tête. L'ambiguïté est pourtant au cœur de la vie. Ton avis n'est pas le seul qui vaille. De toute façon, je ne confierai pas ce papier à une femme. Vous prenez tout trop à cœur.

— Les femmes prennent à cœur tout ce qui vise à les avilir, répliqua Emma. Amuse-toi à remplacer les femmes de ces images par un autre groupe opprimé, tu verras si personne ne se plaint.

— Que tu es intolérante ! » conclut Robert avec indulgence avant de sortir de la pièce.

Seule, Emma s'efforça de se calmer. Elle avait sûrement parlé trop fort. Sans doute suis-je intolérante, se dit-elle, découragée. Sans doute est-ce vrai que je prends les choses trop à cœur. Avait-elle tort, cependant, à propos de Salle ? S'être opposée à un homme la troublait tant qu'elle ne savait plus, après coup, si le discours qu'elle lui avait tenu était fondé ou si ce n'était qu'un tissu de bêtises. Reprends-toi, ordonna-t-elle. Tu as une opinion sur la question, Robert en a une autre, et alors ? Il ne t'a pas menacée ? Non, mais pour elle c'était tout comme.

Elle repensa à Francie. Elle n'était plus si satisfaite de leur conversation, n'avait plus l'impression d'avoir bien joué. En fait, elle était consternée : pourquoi avoir promis à Francie de modérer leur père ? Elle imaginait l'air offusqué qu'il prendrait quand elle oserait aborder le sujet – le pli hautain de la bouche, le menton pointé en avant. Elle n'avait pas plus de pouvoir sur son père que sur Rex, avec son catogan minable, sa chemise de muletier ouverte sur la poitrine, ses cristaux et ses convictions New Age sur la circulation des énergies et la réincarnation. Elle aurait dû faire promettre à Francie d'obliger Rex à s'habiller normalement et à se conduire en personne civilisée.

Sa mère lui avait raconté que, lors du séjour de Rex et de Francie sous le toit parental, son père s'était innocemment plaint d'avoir la nuque raide. Rex était aussitôt passé à l'action : fixant l'imprudent d'un regard de toqué, il lui avait proposé de le guider au long de toute une série d'exercices physiques et mentaux destinés à le « débloquer » et à le débarrasser des « poisons » qui l'intoxiquaient.

Emma imaginait sans problèmes l'air courroucé de son père.

« Mes poisons ? Auriez-vous l'obligeance de m'expliquer à quoi, selon vous, ressemblent ces “poisons” ? »

L'inconcevable soupçon : son père, en haut, allongé sur le lit – nu ? Si fou qu'il fût, Rex lui-même était-il allé aussi loin ? Son père couché sur le dos, contracté, ses longs pieds osseux joints, orteils raidement dressés vers le haut. Son père prenant les ordres de ce moins que rien incompétent et sans-gêne qui le tyrannisait en lui psalmodiant de se laisser aller. Emma voyait son père rosir sous l'outrage à l'idée que son corps recelait des poisons, ou s'en débarrasserait sur commande. Outré à l'idée de se dessaisir de quoi que ce soit, de laisser quoi que ce soit, fût-ce un rien, échapper à son emprise.

Pauvre Rex, se dit-elle, émue tout de même de penser qu'il avait pu vouloir participer, faire usage de ses dons et de ses pouvoirs. Emma finit jusqu'à la dernière goutte de café-crème froid resté au fond du gobelet et décida de remettre à plus tard le coup de fil à ses parents.

Elle n'avait pas non plus très envie de parler à Warren. Il n'avait pas de secrétaire, et un instant elle songea, un peu lâchement, à lui communiquer la nouvelle par l'intermédiaire de la boîte vocale de son portable. Puis elle y renonça, à contrecœur, et lui laissa un message le prévenant qu'elle voulait le joindre. Il ne la rappela pas tout de suite. Il ne rappelait jamais le jour même, préférant la faire attendre, systématiquement.

Sa voix, quand il téléphona, était joviale, paternelle.

« Emma !

— Ah, Warren, bonjour, répondit-elle, très calme.

— Tu m'as appelé. »

Elle l'imaginait, un demi-sourire sur les lèvres, le menton en l'air. Au téléphone, Warren fermait souvent les yeux avec une expression dédaigneuse. Non pas pour mieux se concentrer sur la conversation, mais pour montrer qu'il pouvait la suivre les yeux clos.

« Oui, dit Emma. J'ai une nouvelle à t'annoncer : Peter et moi allons nous marier. Je voulais que tu l'apprennes de ma bouche.

— Ah, ah... ? » Ça y est, il baissait les paupières, elle l'aurait juré. « Eh bien, toutes mes félicitations. Ou plutôt, non : ce n'est pas aux femmes qu'on les adresse, n'est-ce pas ? Ça pourrait laisser croire que la jeune mariée rougissante vient de remporter une victoire stratégique, au lieu de rester comme il se doit à sa place de récompense passive et innocente.

— Très juste.

— C'est l'homme qu'il faut féliciter pour son exceptionnelle bonne fortune. Pour avoir remporté la récompense.

— Très juste, répéta Emma, agacée.

— D'autant, bien sûr, que je suis bien placé pour savoir quelle récompense tu es.

— Warren, je n'ai pas l'intention de me disputer avec toi.

— J'espère que tu es très heureuse, reprit-il, mais trop haut, d'une voix affectée. Vraiment. Tu peux me croire.

— Merci. » Il y eut une pause. « Je suis désolée que ça n'ait pas marché entre nous, Warren, ajouta-t-elle. Je m'en veux encore, tu sais. » Elle ferma les yeux : elle savait, au détail près, l'attitude qu'il adoptait maintenant, le geste qu'il effectuait en écartant ses cheveux de son front à l'aide de l'index et du majeur, comme pour un salut. Elle savait l'odeur de sa peau, sa forme et sa consistance, les endroits où il était chatouilleux. Elle le connaissait : il était impensable qu'ils fussent séparés.

« Pourquoi donc ? s'exclama Warren. Nous avons appris quelque chose, non ? La vie continue. Nettement mieux qu'avant. Au fond, tu nous as rendu service à tous les deux, voilà comment j'analyse la situation.

— Ne sois pas si content, Warren. À t'entendre, on croirait que c'est merveilleux d'avoir divorcé.

— Emma, c'est toi qui m'as quitté. À mon avis, c'était une erreur. Je pense même que tu n'en as jamais commis de plus grosse. Mais la vie continue. Ma vie continue. Je ne vais pas me mettre à pleurer chaque fois que tu m'appelles, et sûrement pas chaque fois que tu me le demandes. Il est fini, le temps où tu pouvais attendre de moi que je te dise combien je t'aimais.

— Tu as raison, reprit Emma au bout d'un silence. D'accord. Bon, le mariage est fixé au dix-huit septembre. Si tu pouvais le marquer sur ton agenda, je voudrais avoir Tess ce week-end-là.

— Le dix-huit septembre. Bien, répéta Warren d'une voix lente, comme s'il inscrivait consciencieusement l'information. Voilà. J'y suis. Ça roule. »

Emma n'en croyait rien: « Tu veux que je t'envoie un fax ou un mot de confirmation ? demanda-t-elle.

— Non, non, c'est noté, déclina Warren. Bien. Bien. Écoute, je suis ravi pour toi, mais il faut que j'y aille. Mon sénateur va se pointer dans deux minutes. On en reparle. Et toutes mes félicitations. » Il raccrocha.

Peter s'y prit autrement. Estimant qu'il serait cruel et cavalier de prévenir Caroline par téléphone, il l'invita à dîner dans leur restaurant préféré, le « Lutèce ». Ce fut affreux.

Peter avait réservé une table au fond, dans le jardin d'hiver au toit percé de tabatières et aux murs treillissés. Les serveurs français s'empressaient autour d'eux, affairés. Au milieu de tout cela – les lumières tamisées, les fleurs, le linge de table amidonné, les fragiles verres à pied –, pénétrée de ce luxe et de son importance, tout aussi tangible et indéniable, Caroline rayonnait.

Elle avait passé un tailleur en soie qu'il ne lui avait jamais vu, vert très foncé, presque noir. La peau était crémeuse, la coiffure impeccable. Elle portait des perles – autour du cou, aux oreilles. Son éclat même exerçait une forme de séduction effrayante. Elle se tenait très droite, plus protocolaire encore que les serveurs. Elle examina le menu en fronçant les sourcils, le passa soigneusement en revue comme si ce repas était la vraie raison de leur rencontre.

Les apéritifs qu'ils avaient commandés arrivèrent. Peter leva son verre. « Tchin », lança-t-il.

Dans son esprit, ce rendez-vous devait être cordial, compréhensif – une manière d'adieu amical à leur mariage, aujourd'hui que la tempête était apaisée. Caroline, levant son verre à son tour, répondit « Tchin » sur un ton très différent, d'ardente expectative.

Ils trempèrent leurs lèvres dans les boissons, reposèrent les verres. Et Peter, qui jusqu'alors n'avait pas douté une minute qu'il fallait procéder ainsi, ne sut plus trop quelle conduite adopter.

« Tu es resplendissante, déclara-t-il en guise d'ouverture.

— Merci », dit doucement Caroline. Le compliment lui plut. Elle avala une longue gorgée de vermouth, sourit à Peter. « Toi aussi. C'était peut-être une bonne idée, après tout. »

Sa voix avait pris une inflexion complice : comprenait-elle ce qui se préparait ? Avait-elle deviné qu'il envisageait de se remarier ? Et qu'est-ce qui lui paraissait une si bonne idée : leur séparation ou ce repas en tête à tête ? Il préférait ne pas lui poser la question, peu désireux d'engager ce type de conversation avec elle, de se livrer à ces incursions indiscrètes dans ses pensées. Il s'étonnait à présent d'avoir tant tenu à l'inviter. Manifestement, le tailleur vert-noir était neuf et elle était passée chez le coiffeur juste avant. Le cœur de Peter se serra.

« Comment va Amanda ? » s'enquit-il.

Caroline changea d'expression dans la seconde. Réservée, distante, elle haussa les épaules, but un peu de vermouth.

« Ç'a été très difficile pour elle, tu sais. Elle a des problèmes à l'école. »

Peter contempla son verre d'un œil sombre. Voilà qui était pire que la complicité.

« Amanda a toujours eu des problèmes à l'école, reprit-il.

— Pas les mêmes, glissa Caroline sans s'appesantir.

— En quoi ceux-là sont-ils nouveaux ? soupira Peter.

— Il semble qu'elle triche pendant les compositions.

— Elle triche !

— Hmm. Apparemment, c'est assez courant à la suite d'un divorce.

— C'est ce qu'on t'a dit à l'école ? Avec qui en as-tu parlé ?

— La conseillère d'éducation. Elle est psychologue. »

Peter secoua la tête. « À l'époque où j'allais à l'école, il n'y avait pas de psychologues. Ni de conseillers d'éducation. Il y avait des enseignants, et nous, les élèves.

— Et il n'y avait pas de divorces », déclara Caroline.

Elle posa la main sur la table. Une main aux longs doigts effilés, élégants. Aux ongles roses chatoyants. Peter baissa les yeux sur son menu.

« Tu as choisi ? lui demanda-t-il. Qu'est-ce qui te ferait plaisir ? »

Un serveur arrogant et impavide vint se poster à côté de leur table. Caroline adressa à Peter un sourire déconcertant qui lui faisait des fossettes de petite fille.

« Tu sais bien, dit-elle. Je commande toujours la même chose, ici. »

Elle attendait que Peter rie, et il s'esclaffa : ça lui était sorti de la tête.

La toute première fois qu'ils étaient venus dans ce restaurant, Caroline prenait des cours de français. Chaque semaine, elle s'astreignait à passer une heure à l'école Berlitz. Ce fameux soir, au « Lutèce », elle avait eu envie d'essayer sur le serveur la langue qu'elle maîtrisait encore mal. Elle désirait des blancs de poulet et, après avoir consulté son dictionnaire, les demanda en français en s'appliquant à la prononciation : « *Je voudrais des seins de poulet, s'il vous plaît.* » Le serveur s'en était offusqué, susceptible comme sont toujours les Français. Peter et Caroline étaient pour lui des barbares, des malotrus. Il faillit, devinèrent-ils, appeler le maître d'hôtel pour lui abandonner ces clients au comportement impardonnable. Ne comprenant pas la raison de son indignation, Peter et Caroline s'étaient regardés et avaient commencé à rire. Il était fort réjouissant de défier ainsi le serveur du « Lutèce ». Maintenant qu'il se remémorait la scène, Peter réalisa que le lien triomphant qui l'unissait alors à Caroline n'était plus qu'un souvenir ; ce constat l'attrista.

Caroline, quant à elle, souriait toujours aux anges. Lorsqu'ils eurent commandé, elle attrapa sur la table sa serviette damassée et la déplia sur ses genoux bordés de soie. Le tailleur avait un col en V, sa couleur vert sombre mettait en valeur la peau laiteuse de sa gorge. Elle bougea les épaules, étendit ses longs doigts, consciente de leur séduction.

« J'ai déjeuné avec Marella Compton la semaine dernière », dit-elle pour introduire un potin.

Peter tendit l'oreille, curieux malgré lui. Caroline le ramenait dans le monde où il avait vécu dix ans durant, parmi les gens qu'il y avait fréquentés. Les amis d'Emma étaient moins nombreux, moins liés, et il commençait à peine à les connaître. De toute façon, Emma cancanait moins. Un trait que Peter admirait, mais qui rendait les dîners moins intéressants.

« Harrison aurait voulu le beurre et l'argent du beurre, racontait Caroline. Il aurait voulu rester copain avec Frank Bailey tout en sortant avec sa femme. Alors il a organisé un déjeuner avec Frank pour tout mettre sur la table.

— Quelle a été la réaction de Frank ?

— Il s'est levé au beau milieu du repas – ils étaient au "Century" –, il a dit "Va te faire foutre" à Harrison et il est sorti.

— Un bon point pour lui », affirma Peter en riant.

Caroline, l'air contente d'elle, porta son verre à ses lèvres.

Tout ça ne va pas, songea Peter. Il était là pour se séparer d'elle, pas pour partager cette sorte de camaraderie. Les commérages auxquels se livrait Caroline exerçaient sur lui une attirance morbide, et après les avoir écoutés il se sentait immanquablement sali. L'un de ses associés, au bureau, ressemblait à Caroline : au moindre prétexte, il se faufilait dans le bureau de Peter pour lui raconter quelque anecdote croustillante dont ce dernier, ensuite, réalisait qu'il eût préféré l'ignorer. Il suffisait de l'entendre casser du sucre sur le comportement d'un tel ou d'un tel, on avait envie de fuir comme la peste la personne concernée. Cet homme adorait les rumeurs et se hâtait de les répandre. Peter s'en voulait de l'écouter, cela l'humiliait ; chaque fois qu'il le voyait, pourtant, une part de lui-même frémissait d'intérêt.

Sans les ragots, il aurait d'ailleurs eu du mal à entretenir la conversation : le persiflage mondain était la spécialité de Caroline, sa principale préoccupation. Peter se demanda ce que faisait Emma en ce moment. Il l'imagina en train de lire une histoire à Tess, assise sur le lit, les jambes croisées, une assiette au contenu immangeable posée sur ses genoux : un morceau de bœuf en sauce réchauffé à même la boîte et qui avait attaché y côtoyait sans doute une flaque de ketchup rance. Emma ne savait pas se nourrir. Était-ce un caractère héréditaire ? Aurait-elle évolué normalement si elle avait grandi au sein d'une famille que la chose laissait moins indifférente ? C'était peut-être génétique... Peut-être manquait-il un gène alimentaire déterminant sur la double hélice de la jeune femme. Il repensa au père d'Emma, engloutissant ses sandwichs avec une rapacité de vieux corbeau, à cette sortie en bateau avec lui, à sa manie de crier qui tourmentait Emma. En réalité, ce jour-là M. Kirkland n'avait pas crié, il avait à peine élevé la voix. Il s'était montré excessivement poli avec Peter.

Quand on leur apporta les entrées, Caroline l'entretenait d'un stage auquel elle pensait inscrire Amanda pour l'été : cours de français et de tennis. Seigneur, se dit Peter. Où sont passés les châteaux de sable ? les cerfs-volants ? les cordes à sauter ?

« Betsy Edgerton m'en a parlé, assura Caroline avec autorité. D'après elle, le niveau est excellent. » Elle discourait comme si Peter et elle formaient toujours un couple, uni pour le meilleur et pour le pire, et accompagnait ses phrases de gestes fluides de ses longs doigts pâles. Caroline tirait de la vanité de ses mains, qu'elle savait belles. Elle portait toujours sa bague de fiançailles, remarqua Peter : le diamant qu'il tenait de sa grand-mère, taillé à l'ancienne. S'apercevant qu'il le regardait, elle leva la main, en joua avec élégance. Puis, battant des cils, elle glissa, moqueuse et provocante : « Je ne m'en déferai pas.

— Pardon ? s'étonna Peter en fronçant les sourcils.

— Laisse tomber. Il ira à Amanda. Il est à elle.

— Amanda a sept ans.

— Tu n'en as pas besoin, reprit Caroline. Pourquoi le reprendrais-tu ? Tu ne vas tout de même pas donner à une autre la bague que tu m'as passée au doigt. Aucune autre femme n'en voudra. »

C'était juste. Reste qu'il désirait récupérer le diamant de sa grand-mère. Sans doute l'avait-il offert à Caroline en cadeau, mais à présent il était clair, évident, indiscutable qu'en fait il s'agissait d'un prêt : la bague de sa grand-mère ! Un bien de famille, dont Peter avait hérité. Ce solitaire avait en réalité un jumeau, retaillé comme lui à partir d'une paire de boucles d'oreilles. L'une de ces bagues était allée à son père, l'autre à son oncle. C'était un diamant à facettes serti d'une monture ronde en émail, vert foncé pour le sien, bleu foncé pour celui de son oncle. Caroline avait fait la fine bouche quand il le lui avait présenté.

« Elle ne t'a jamais plu, s'indigna Peter. Tu n'aimais pas la monture.

— Je la trouve ravissante, répliqua Caroline. Qu'est-ce que tu racontes ? Je l'ai toujours adorée. » Elle tendit la main devant elle pour admirer la pierre, ses doigts souples, leva les yeux, lui sourit, baissa la tête, coquette et charmante. « Il y a des années que nous ne nous étions pas si bien amusés », reprit-elle, l'air mutin.

Les choses se gâtaient sérieusement. Peter songea soudain que des gens de leur connaissance étaient peut-être venus dîner ce soir-là dans le même restaurant. Y avait-il quelqu'un pour les voir ensemble ? Pour aller imaginer qu'il flirtait avec son ex-femme ? Caroline se redressa avec un mouvement d'épaules superflu, gonfla la gorge, se déploya sur son siège.

Peter reposa sa fourchette et son couteau. Il s'accouda sur la table, croisa les doigts et se lança :

« En fait, je voulais te dire qu'Emma et moi allons nous marier. » Caroline se tut, les yeux fixés sur lui. « C'est pour cela que je t'ai demandé de dîner avec moi. » S'emparant de son verre, elle avala une gorgée de vin. « Je tenais à t'en informer moi-même, ajouta-t-il, dans l'espoir de s'en tirer honorablement. Je n'avais pas envie que tu l'apprennes par quelqu'un d'autre. »

Caroline, toujours taciturne, contemplait son assiette. Peter s'aperçut avec horreur qu'elle avait les larmes aux yeux. Elle saisit sa fourchette, qu'elle se mit à planter avec une morne distraction dans les morceaux de poulet, en même temps que les premières larmes dévalaient lentement ses joues pâles.

« Caroline, reprit Peter, anxieux. Caroline. »

Abandonnant sa fourchette, elle se laissa aller contre sa chaise sans plus s'inquiéter ni de son cou, ni de ses épaules, ni de ses longs doigts blancs. Elle s'y adossa n'importe comment, telle une reine qu'on vient de destituer et qui n'a plus rien à perdre. Elle ne détournait pas les yeux, les plantait droit dans les siens, les larmes coulant sans discontinuer le long de ses joues sans qu'elle se donnât la peine de les essuyer. Les bras croisés sur la belle veste en soie de son tailleur, elle le regardait.

« Salaud, lâcha-t-elle sans élever la voix.

— Caroline », répéta Peter, désagréablement conscient de la présence des autres dîneurs autour d'eux. Caroline se conduisait sans discrétion aucune. Elle levait le menton, le visage luisant de pleurs, les yeux fixés sur lui. Le serveur s'approcha, hésita, l'air réprobateur, puis s'éloigna. « Caroline. »

Elle ne prononça pas un mot de plus, continuant à le dévisager sans ouvrir la bouche, sans bouger. Ses supplications et ses questions demeurant sans réponse, y compris celles à propos d'un éventuel dessert ou d'un café, Peter finit par héler le serveur pour demander l'addition. Caroline pleurait toujours lorsqu'ils se levèrent. Les larmes inondaient son visage par vagues successives, sans répit. Traversant devant lui les salles du « Lutèce », elle se fraya un chemin entre les tables enjuponnées, les vases de fleurs, les bougies, la tête dressée comme un fanal brillant sous l'averse. Les gens lui jetaient des coups d'œil furtifs, détournaient le regard, puis immanquablement le reposaient sur Peter, s'interrogeant sur la cruauté de l'époux capable de rendre aussi malheureuse cette femme superbe.

Tout en se faufilant à sa suite entre les tables, Peter gardait lui aussi le silence. Il se sentait pris au piège – un piège qu'il s'était tendu lui-même. Son geste se voulait gentil; il avait essayé d'être gentil, mais peut-être n'avait-il plus le droit de l'être. L'impardonnable méchanceté qu'il avait commise à l'encontre de Caroline rendait sans doute, en effet, toutes ses petites attentions à jamais inutiles. À ses yeux il était un salaud, elle l'avait dit. Il avait brisé sa vie.

Peter salua le maître d'hôtel, qui répondit par un sourire figé accompagné d'un sec petit hochement de tête. Tous deux firent comme s'ils ne voyaient pas la femme en pleurs.

Sur le trottoir, Peter s'arrêta à la hauteur de Caroline pour héler un taxi. Elle se tenait très droite, la tête haute. Ses sanglots étaient devenus audibles ; elle reniflait, ne regardait pas de son côté. La nuit était glaciale. Peter sentait le froid sur sa poitrine, à travers sa chemise – il aurait dû prendre un manteau. Il se mit à scruter l'obscurité, aveuglément. Caroline n'y était pour rien. C'est lui qui avait changé ; elle était restée celle qu'elle avait toujours été. Il l'avait courtisée, l'avait prise pour femme, s'était ravisé. Quels arguments trouver pour sa défense ?

Une femme noire, une clocharde, avançait sans hâte vers eux. Elle poussait devant elle un chariot de supermarché rempli de ballots rebondis ; des sacs en plastique se balançaient aux poignées, pleins à craquer. Qu'emportait-on avec soi quand il fallait aller vivre dans la rue ? se demanda Peter. L'indispensable, c'est tout : des couvertures, des manteaux... Quand il faut trimballer tout ce qu'on a, il n'y a pas de place pour le sentiment. On ne s'encombre pas d'une trousse de toilette : où pourrait-on bien se brosser les dents ? La terrible pauvreté d'une telle vie le sidérait soudain – l'humiliation de la saleté, et en permanence la peur, nourrie par la vulnérabilité. La femme portait un long manteau gris crasseux, dont les pans bâillaient. Elle sentit que Peter l'examinait, releva la tête en marmonnant, planta ses yeux dans les siens. Il découvrit un visage rond tout ridé, un front creusé de plis, des globes oculaires noyés de blanc, exorbités. Le regard était si direct, si chargé de haine sombre et limpide que Peter se détourna. Près de lui, sur le trottoir, la femme qu'il avait épousée pleurait sans se cacher.

Devait-il revenir sur sa décision et retourner à Caroline ? Cela suffirait-il pour arrêter ses larmes ? Mais aussitôt Peter vit se profiler devant lui la vie qui l'attendrait, écœurante et sinistre de chagrin. Plus jamais il ne vivrait avec Caroline.

Il se mit à penser à Emma, patientant chez elle, à son visage clair, lumineux. Pourvu, se dit-il, que ça ne soit pas une erreur – qu'elle ne soit pas une erreur. Pourvu qu'elle corresponde, vraiment et pour de bon, à ce que je cherche : l'être qui doit me rendre heureux, que je peux rendre heureux. Emma, certes, était entêtée, tendue, critique ; et douce, scrupuleuse, attentive. Lesquelles de ces qualités l'emportaient ? Peter croyait l'aimer. Il convoqua l'image de ses yeux curieusement fendus, vifs, de son corps caressant.

Les sanglots secouaient Caroline. Pleurer la rendait plus grande, plus splendide encore. Son corps au port de reine émettait des ondes de chaleur. Il y avait quelque chose de somptueux, de magnifique dans la plénitude de ses larmes, leur réserve inépuisable, leur abondance fluide, étincelante. On eût dit qu'elles devaient couler pour l'éternité.

Si se marier avec Emma était une erreur, songea Peter, alors il était fichu. Jamais il ne supporterait un second divorce.

12

Le jour du mariage, Emma s'éveilla tôt. Peter, comme elle l'en avait prié avec superstition, avait passé la nuit dans le nouvel appartement et, pour la dernière fois, elle se trouvait seule dans sa chambre. Il faisait encore sombre lorsqu'elle ouvrit les yeux : 5 h 42, affichait le petit réveil électronique posé à son chevet, mystérieusement éclairé d'une pâle lueur verte. Pas un mouvement à la surface du réveil, pas de petite baguette magique chassant devant elle, hautaine et inlassable, les fractions du temps : l'instrument ne paraissait disposé à reconnaître que cet instant précis, 5 h 42. Couchée dans son lit dans l'obscurité du petit jour, au matin de son second mariage, Emma avait l'impression de contempler la minute unique où le temps s'était condensé. Aucune raison pour le réveil de souhaiter 5 h 43, aucune raison de se souvenir de 5 h 41 ; seule existait la minute indiquée. Quand soudain les traits lumineux s'animèrent, la configuration se modifia, trop vite pour qu'Emma pût la saisir. L'instant était passé.

L'écran silencieux rendu à l'immuabilité affirmait à présent qu'il était 5 h 43. La distance séparant Emma de son mariage venait de se réduire de une minute. Ce mariage approchait, annoncé par un bruit clairement audible. Le Mariage : il semblait imposant, richement orné, blanc et chatoyant, équivoque, terrifiant, aussi peu naturel qu'un carrosse créé à partir d'une citrouille. Il arrivait de loin vers elle, et plus il approchait, plus il en imposait. Lentement, inexorablement, il masquait l'horizon, le paysage, le reste de la vie d'Emma. Il allait l'écraser, c'était certain, l'engloutir, la submerger. Le Mariage était son œuvre, mais elle avait perdu tout contrôle dessus. Il l'emportait sur elle ; rien, à présent, ne pouvait plus l'arrêter. À la fin de cette journée, Emma serait la femme d'un autre, à nouveau accouplée, appariée. Frémissant et grinçant, perdant sur son passage ses atours et ses fleurs, le Mariage, alors, l'aurait rattrapée et dépassée pour poursuivre plus loin sa course pesante. Désormais derrière elle, il appartiendrait à jamais au passé assoupi ; Emma serait remariée.

Il était trop tôt pour se lever. Emma se pelotonna sur elle-même tel un œuf tout de muscles, les jambes serrées contre la poitrine, un pied nu par-dessus l'autre pour les tenir au chaud. L'anxiété lui nouait l'estomac. Tu n'y peux rien, se raisonnait-elle ; il est normal que tu sois nerveuse le jour de ton mariage. Elle se demanda s'il était normal de l'être deux fois plus que la première fois.

À quoi ressemblerait-elle, cette vie avec Peter ? Pouvait-elle être sûre d'avoir fait le bon choix ? dégagé les vraies priorités ? Peter débordait d'énergie et il était brillant, captivant, drôle. Généreux, aussi. Il l'aimait ; il serait bien avec Tess. Emma avait confiance en lui, il ne mentait pas. En plus, c'était un amant merveilleux. Était-ce cela le plus important ? Car, par ailleurs, il arrivait à Peter d'être tendu, tatillon, exigeant. Parfois même il se montrait pédant, péremptoire. Emma le craignait lorsqu'il se mettait en colère. Il était susceptible à propos de ses parents, à propos de l'argent. En plus, il jouait au squash : faudrait-il qu'elle passe ses week-ends sur ces coursives exiguës, à regarder d'en haut le sommet du crâne des joueurs et cette balle qui fonçait de tous côtés, comme un insecte pris au piège ?

Il y avait peut-être chez Peter d'autres choses dont elle aurait dû s'inquiéter, des choses dont elle ignorait tout, ou qu'elle subodorait sans pouvoir encore juger de leur importance. Elles n'en risquaient pas moins de se révéler catastrophiques. Comment savoir ?

Jamais elle ne connaîtrait sa vie avec Caroline. Du continent de leur union, elle ne voyait que la petite arête émergée, l'étroite cordillère pierreuse du malheur que lui décrivait Peter. Le reste, immense et sombre, demeurait enfoui, et il le partageait avec Caroline. C'était vaste: cela recouvrait aussi bien leurs décisions communes quant à la peinture de l'entrée, au choix d'une voiture, que les disputes qui les avaient opposés dans les aéroports, au petit-déjeuner, dans la chambre d'amis d'inconnus où ils tentaient de maîtriser leurs éclats de voix. Les phrases impardonnables qu'ils s'étaient lancées à la tête – et sur lesquelles, ensuite, ils avaient passé l'éponge. Les fois où ils n'avaient pu retenir le rire sonore qui leur échappait dans un lieu public absolument silencieux; celles où, ensemble, ils s'étaient énervés contre un tiers – le réceptionniste de l'hôtel qui refusait d'admettre qu'ils avaient réservé. Les fois où ils avaient eu peur, tremblé tout à coup pour leur vie ou celle d'Amanda. Tout cela – l'amour, tard dans la nuit, et la bouche sèche et le désespoir qui saisit au milieu des draps enchevêtrés, les avions manqués, les repas ratés et les repas délicieux – tout cela, Emma n'en saurait jamais rien. Elle n'en saurait toujours rien quand, à son tour, elle partagerait un continent avec Peter. Tout ce qui concernait le premier mariage lui resterait caché, par loyauté d'abord, puis par indifférence et enfin par oubli. Quoi que Peter pût lui raconter à ce jour, autrefois il avait aimé Caroline. Et c'était bien, elle devait s'en souvenir: il était douloureux de l'admettre, mais il était bon que son mari sût aimer.

Elle espérait de tout cœur ne pas commettre une erreur, elle croyait ne pas commettre d'erreur. Les choix deviennent de bons choix, s'épanouissent en bons choix dès lors qu'on y croit, qu'on s'engage. Se retourner sur soi, se torturer l'esprit ressortit à la complaisance. Il faut se l'interdire, telle une chose inutile et nuisible. La conviction: s'accrocher à la conviction. Emma, les yeux fermés, fourra la tête sous les couvertures et pressa son front contre les dômes durs et chauds de ses genoux. Non, ce n'était pas une erreur.

Certes, elle ne voulait plus jamais divorcer. Une différence fondamentale distinguait le divorce du célibat : ce dernier pouvait procéder de la volonté, alors que le divorce était un échec. Peu importe qui, des deux conjoints, demandait la séparation ; à partir du moment où la question se posait, elle signait la faillite du mariage. Les stigmates du divorce avaient beau s'estomper, ils restaient aussi indélébiles que de vieilles taches de sang sur un drap. Emma commençait seulement à prendre la mesure de son désir d'être à nouveau mariée. Elle voulait se savoir à nouveau insérée de plein droit dans la société. Elle voulait que Tess eût deux parents, elle voulait faire partie d'un tout proportionné, symétrique, sortir de la forme tronquée, contre nature, bancale de la famille monoparentale, dont l'incongruité la frappait toujours. Ses réactions à l'égard de Tess manquaient, elle le savait, d'un frein, d'une confirmation. Il lui arrivait de perdre son sang-froid là où un époux aurait réussi à la calmer, à protéger Tess ; de s'énerver là où un père se serait fermement opposé aux exigences tyranniques de l'enfant. La tâche exigeait deux personnes pour préserver l'équilibre. Emma désirait le restaurer pour le bien de Tess. Elle espérait pouvoir y arriver également pour Amanda. Pauvre Amanda, rongée d'angoisse ; la consoler était la mission qui incombait à Emma, sa pénitence.

Emma restait roulée en boule au creux du lit. Les chiffres affichés par le réveil changèrent une fois de plus, sans prévenir. Encore une minute de disparue. Elle aurait aimé se rendormir ; elle s'y efforça, se concentra sur sa respiration, essaya de se détendre. Elle inspira une longue goulée d'air, la retint un moment, l'exhala très lentement. S'attacha à visualiser le souffle : l'air s'échappant de ses poumons, les minuscules alvéoles tendres et irrégulières qui, en se vidant, s'affaissaient, paisibles, sur elles-mêmes, membrane contre membrane, en contraignant les profondes cavités rouges à suivre le même mouvement. L'air contenu dans ces cavernes humides s'éleva en colonne tiède, aspiré vers le haut, monta dans sa poitrine puis le long de sa gorge – un courant formé à l'intérieur d'elle-même et qui s'évacua, dans un doux chuchotis, par ses narines, avant de se disperser enfin hors de son corps, emplissant de son essence vaporeuse la grotte musquée creusée sous les couvertures. Ainsi vidée, Emma tenta d'apprivoiser le sommeil.

Mais le mariage se rapprochait, poursuivant sa charge pesante et chassant le sommeil.

La cérémonie serait célébrée dans le calme et l'intimité d'une église du quartier. La réception, plus importante, devait avoir lieu dans la bibliothèque du Knickerbocker Club. Emma pensa à Francie et à Rex, à ses parents ; à nouveau elle ferma les yeux.

Elle avait rassemblé tout son courage pour parler à son père, mais le jour où elle s'était décidée à téléphoner, ce fut sa mère qu'elle eut au bout du fil.

« Bonjour, avait prudemment commencé Emma.

— Oh, bonjour ma chérie, dit sa mère.

— J'appelais à propos du mariage.

— Oh, oui, oui. En septembre.

— Je sais que c'est en septembre.

— Je sais que tu le sais. Je ne le disais que pour m'en souvenir.

— Bon, bon, maman. En fait, c'est à propos de papa que j'appelle.

— De ton père ? » La voix de sa mère s'était un peu altérée, devenant plus tendue.

« Oui, et de Rex. » Au tour d'Emma d'être crispée.

« Ton père et Rex ? s'étonna sa mère, déconcertée, inquiète.

— Rex, oui, l'ami de Francie, précisa Emma, qui s'était mise à parler plus vite, comme si ses explications devaient y gagner en clarté. En fait, Francie m'a demandé de vous appeler. D'après elle, papa n'a pas été très poli avec Rex.

— Ton père ? Pas très poli avec Rex ? » La voix maternelle était grimpée plus haut pour mieux nier ; le ton n'aurait guère été différent si Emma avait accusé son père de vol.

« Quand ils sont venus vous voir, au printemps dernier. Il n'a pas demandé à papa d'aller s'allonger là-haut ? »

Emma ne se rappelait plus exactement ce qui lui avait été rapporté. « En se déshabillant ?

— Rex se serait déshabillé ? » Sa mère paraissait franchement horrifiée.

« Non, pas Rex, papa, rectifia Emma, démontée.

— Rex aurait déshabillé ton père ? C'est ça que Francie est allée te raconter ?

— Non, Francie n'a pas dit ça…

— Qui, alors ? Je ne sais pas de quoi tu parles. Je n'ai aucun souvenir d'une telle scène.

— Il n'y a rien eu de ce genre, maman, répliqua Emma exaspérée.

— Pourquoi ces allusions, alors ? Je t'ai tout de même entendue dire que quelqu'un s'était déshabillé.

— Non, personne ne s'est déshabillé, martela Emma. Papa a été désagréable avec Rex, voilà tout. »

Il y eut un silence.

« Eh bien, ce n'est pas impossible mais je n'en ai pas le souvenir, reprit sa mère. Cela ne m'évoque absolument rien.

— Tu m'as dit que Rex avait essayé de convaincre papa de faire des espèces d'exercices New Age parce qu'il se plaignait d'avoir la nuque raide. Et, d'après Francie, papa s'est montré grossier avec Rex. Elle affirme qu'elle ne viendra pas à mon mariage si cela devait se reproduire.

— Je ne crois pas que ton père ait été grossier avec Rex. Je ne crois pas qu'il puisse l'être avec qui que ce soit, et ce dont je suis sûre, c'est que cette conversation ne nous mène nulle part. Je ne veux pas en entendre davantage, répliqua sèchement sa mère.

— Maman, attends. Tu veux bien en toucher un mot à papa ? Lui demander d'être un peu aimable avec Rex ?

— En toucher un mot à ton père ?

— Arrête de répéter après moi, maman. J'ai l'impression que ce que je dis n'est qu'un galimatias.

— Je crois que ce n'est pas correct, Emma.

— J'essaie de m'exprimer du mieux que je peux, soupira Emma en fermant les yeux.

— Galimatias avec un t, pas galimassia.

— D'accord, tu as sans doute raison. Mais pourrais-tu parler de Rex à papa ? Francie ne viendra pas, sinon.

— Ton père n'est certainement pas quelqu'un qui se permet d'être désagréable, et par ailleurs c'est à Francie de prendre ses décisions. Je préférerais que nous en restions là, Emma, j'ai des choses à faire. Au revoir, chérie. »

Elle avait raccroché sur ces mots. Fixant le téléphone d'un œil furieux, Emma avait répété « Au revoir, chérie » en plissant fort les paupières, peinée.

Au fond de son lit, ce matin-là, elle se rappelait ce coup de fil, ce mur de silence exaspérant que sa mère lui opposait. De tout temps il en avait été ainsi : sa mère prenait systématiquement le parti de leur père, sermonnait ses filles en leur affirmant qu'elles se trompaient. Toutes leurs récriminations se retournaient contre elles. Cette attitude remplissait chaque fois Emma d'un sentiment de frustration rageur ; elle eût aussi bien pu être invisible et muette pour sa mère. Ce qu'elle voyait, ce qu'elle entendait était nié, n'avait pas droit de cité.

Dans le nid douillet où elle se pelotonnait, Emma en vint pourtant à admettre que sa mère, peut-être, était prise en tenailles entre son mari et la réalité. Et si elle n'avait pas le choix ? Si ses réticences, ses approximations lui servaient de bouclier, si elle ne se sentait pas de taille à participer au combat qui opposait son mari à la terre entière, à ses filles ?

Emma se souvint d'un jour – elle avait onze ou douze ans – où elle était entrée dans la grande cuisine de la maison de Cambridge. Son père était assis à table à sa place habituelle, près de la fenêtre. Il se tenait très droit et mordait dans son sandwich en fixant un point devant lui. Il y avait de l'hostilité, de la provocation, dans sa raideur, et quand sa fille pénétra dans la pièce il ne lui adressa ni un regard ni un mot. Debout à côté de la cuisinière, sa mère leur tournait le dos à tous deux. Ses gestes étaient maladroits ; elle aussi ignora l'arrivée d'Emma.

« Très bien, Everett, lâcha-t-elle sans se retourner. C'est parfait, puisque tu le dis. J'ai tort. »

Elle parlait d'une voix sourde, éteinte, où, chose épouvantable, tremblaient des larmes. Jamais jusqu'à ce jour Emma n'avait vu sa mère pleurer. Cette voix la terrifiait ; l'air, dans la pièce, se raréfia.

« Il n'y a aucune raison pour que tu te mettes dans tous tes états, Aline, rétorqua M. Kirkland sans bouger d'un pouce. La politique est simplement un domaine qui t'échappe. Inutile de pleurer. » Les yeux toujours droit devant lui, il avait planté ses dents dans le sandwich.

« Je ne pleure pas ! »

La mère d'Emma se retourna, mais sans regarder ni son mari ni sa fille, en baissant la tête pour leur dissimuler son visage. Alors même qu'elle proférait cette protestation, sa voix se brisa de façon affreuse : elle pleurait, oui, c'était indéniable. La figure à moitié dissimulée derrière une main, elle quitta précipitamment la cuisine en poussant à toute volée la porte battante qui tourna un moment sur ses gonds avant de s'immobiliser peu à peu. Emma, pétrifiée, sentit sur elle le courant d'air froid créé par le départ de sa mère. Soudain, la cuisine semblait vide. Son père était resté à la table où il terminait sans hâte son repas. Emma observait l'angle de sa mâchoire pendant qu'il mastiquait. Il ne leva pas les yeux vers elle, ne prononça pas une parole. Emma était comme paralysée : bouger eût été trop dangereux, à cause des innombrables éclats scintillants du désastre restés en suspension dans l'air.

Emma revoyait la scène : la fuite de sa mère, la main de son père s'emparant du sandwich. Sa mère et ses gestes imprécis, ses yeux anxieux, ses pulls fanés, ses cols râpés, jamais un mot plus haut que l'autre. Sa pauvre mère.

Le réveil charriait le cours des choses. 6 h 4. Le Mariage était de plus en plus près, il arrivait. Au moins la présence des Chatfield serait-elle rassérénante. Elle imagina le Dr Chatfield, vêtu comme en toute circonstance de son costume de toile usé jusqu'à la corde, ses vieilles chaussures de tennis bleues aux pieds. Elle ne l'avait jamais vu sans la lanière de cuir râpé de ses jumelles autour du cou... peut-être les emmènerait-il avec lui à l'église, pour ne rien manquer d'un éventuel battement d'ailes venu troubler l'ombre obscure de la coupole. Elle se le représentait, droit comme un i sur son banc, se penchant discrètement de côté, la tête inclinée pour mieux observer, puis soufflant à l'oreille de sa femme, à voix basse mais néanmoins audible : « Des jaseurs, avec leur plumage d'hiver. » À la réception, Mme Chatfield embrasserait tout le monde sur les deux joues, ses pommettes hautes rosiraient de plaisir. Elle porterait sans doute un tailleur en tweed bleu, avec ses perles. D'autres viendraient, aussi – des tantes et des oncles, des cousins, des amis d'Emma et de Peter, autant de gens qu'ils fréquentaient avant, dans leurs mariages antérieurs, mais qui n'avaient pas pris parti et étaient généreusement prêts à leur adresser à nouveau tous leurs vœux.

Rachel serait là, Rachel qui s'était réconciliée avec Emma et avait déménagé avec elle, dans le nouvel appartement à l'ouest de Central Park. Emma retenait son souffle le jour où elle l'avait montré à Rachel. Il était plus grand que le précédent, plus haut de plafond : cela compliquait la tâche du ménage. Emma craignait un peu que la jeune femme, passant ainsi d'un lieu à l'autre, d'un mariage à un autre, eût l'impression d'être traitée comme un meuble. Or Rachel avait totalement changé d'attitude à son égard. Elle arpenta les pièces du vaste appartement en poussant des exclamations ravies. La grande Rachel, la scintillante Rachel serait là, aujourd'hui, présence sombre et royale qui rappellerait à chacun les règles de la bienséance – du moins Emma l'espérait-elle. Et Amanda ? La petite figure pâle et figée d'Amanda surgit devant ses yeux.

À sept heures, Emma se leva. Sitôt hors du lit, elle alla ouvrir sa penderie pour admirer la robe. La première fois, quand elle avait épousé Warren à la fin des années soixante-dix, elle était vêtue d'un costume-pantalon blanc. Cela allait bien à sa pétulance d'alors, à son désir de ne pas paraître conventionnelle. À présent, elle voyait les choses de façon différente. Pour ce mariage-ci, son vrai mariage, elle avait opté pour un tailleur en soie blanche dont la jupe lui arrivait aux chevilles. La veste étroitement ajustée avait un col montant, de longues manches étroites, une rangée de petits boutons en diamant sur le devant. Elle ressemblait, se dit Emma, à une veste de cavalière à la mode de jadis, un vêtement que sa grand-mère aurait pu porter. En l'essayant, Emma s'était sentie investie d'une réserve et d'une gravité qui lui donnaient l'impression que le monde lui rouvrait grand les bras. Son cœur s'envola lorsqu'elle entrevit la longue forme blanche, douce et chatoyante : maintenant, oui, elle était prête.

À midi, elle se rendit au Knick, où était prévue la réception. Elle s'attarda sous le plafond majestueux de la bibliothèque, dont les hautes fenêtres donnaient sur la Cinquième Avenue. La lumière du jour qui baignait la grande salle rectangulaire atténuait l'aspect fastueux des reliures en cuir bruni des livres couvrant des pans entiers de mur, du tapis oriental jeté sur le sol. La table en acajou placée au centre de la pièce croulait sous les fleurs. Les chrysanthèmes à l'odeur fétide, aux couleurs fanées, constituaient l'ultime trace d'un mariage célébré en septembre. Emma avait commandé des lis et des roses, d'un blanc classique, de fragiles anémones. Ils s'amoncelaient en une masse opulente allégée çà et là de vrilles serpentines et posée sur son épais jupon de feuillage d'un vert dense. Tout était calme et serein, en place. André, le maître d'hôtel, lui assura avec un sourire qu'ils étaient fin prêts. Elle n'avait aucune raison de s'attarder plus longtemps.

Le trac, pourtant, l'étreignait toujours : le Mariage approchait.

À trois heures et demie, ils quittèrent l'appartement ensemble pour se rendre à l'église. Une petite heure avant, chacun se retira pour s'habiller, se préparer en vue du rituel.

Tess portait une robe en coton Liberty rose, à l'imprimé de fleurs fragiles entrelacées. Un empiècement de smocks barrait sa poitrine innocente de fronces régulières et complexes qui s'arrêtaient sous le col blanc amidonné. Rachel lui noua dans le dos la longue ceinture tandis que Tess, le cou tordu, s'assurait que le nœud raide était comme il devait être, ses boucles symétriques, les deux pans libres de la même longueur. Ainsi parée, ses fines socquettes blanches nettement repliées sur elles-mêmes, ses souliers de fête noirs à bride couinant de n'avoir encore jamais été portés, Tess suivait Rachel d'une démarche lente et solennelle, subjuguée par sa propre splendeur.

Rachel était éblouissante dans sa longue jupe de soie orange extraordinairement lumineuse sur sa peau brune. Ses nattes minuscules ramenées en gros chignon à l'arrière de sa nuque lui donnaient une allure souveraine, olympienne.

Tiré à quatre épingles et manifestement nerveux, Peter lisait au salon. Son costume à fines rayures était d'un bleu soutenu – très, très foncé, et très chic. Il était allé chez le coiffeur, mais la coupe, trop courte, dégageait les tendons jumeaux qui, à l'arrière de la tête, rattachaient le crâne au cou, et la zone tondue de frais semblait plus que vulnérable : surprise. Peter avait glissé dans sa boutonnière un délicat gardénia blanc au parfum délicieux.

Rachel entra dans le salon, tenant Tess par la main. Peter leva les yeux.

« Oh, mais vous êtes superbes, toutes les deux ! s'extasia-t-il. Quelles jolies robes !

— J'ai *aussi* des souliers de fête, signala Tess, le pied pointé en avant.

— Merci », répondit Rachel dans un grand sourire éclatant de blancheur.

Emma, qui avait pourtant commencé longtemps avant eux, fut la plus longue. Elle ne mettait jamais les pieds chez le coiffeur et n'avait pas eu le courage de s'y résoudre pour ce grand jour. Que se serait-il passé si elle en était ressortie avec une coiffure affreuse ? Que se passe-t-il quand on se trouve horrible le jour de son mariage ? Elle s'était lavé les cheveux la veille au soir, en s'y prenant comme d'habitude. Tandis qu'elle s'habillait, elle se contempla un instant dans le miroir. Peut-être aurait-elle dû prendre rendez-vous chez le coiffeur, après tout... Tant pis, il était trop tard, et puis ça allait à peu près. Elle enfila la longue combinaison, la déroula avec soin par-dessus ses bas. À trois heures, enfin habillée, bougeant avec précaution la tête dans l'étroit et haut col de soie, Emma s'exerça à marcher à petits pas dans la longue jupe qui entravait ses mouvements. Sa longueur inhabituelle, sa coupe droite lui plaisaient; elles la ramenaient sans cesse à l'événement imminent, le rendaient réel, inévitable: le Mariage approchait.

À trois heures et quart, Amanda n'était toujours pas arrivée. Elle aurait dû être là à trois heures.

« Tu ne crois pas que tu devrais appeler? demanda Emma à Peter.

— Déjà?

— C'est toi qui vois, dit doucement Emma; lui aussi devait être sur les nerfs.

— Encore quelques minutes », répondit-il.

Ils étaient réunis dans la petite salle à manger, désœuvrés maintenant qu'ils étaient tous prêts. Tess leva les yeux vers eux. Elle tenait dans une main le bouquet qu'elle devait porter. De l'autre, elle tripotait une boucle de cheveux. Tous attendaient. Emma marcha à tout petits pas d'un bout à l'autre de la pièce, puis se retourna.

« Et si elle n'est pas là à trois heures et demie? reprit-elle.

— Tu veux que j'appelle Caroline?» Il y avait de la tension dans la voix de Peter.

« Tu ne crois pas que ce serait mieux? Si nous attendons encore, Caroline va peut-être te répondre qu'elle pensait que le rendez-vous était fixé à trois heures et demie, et elles habitent si loin qu'Amanda risque de rater le mariage.

— Mais non. Dans ce cas, elle ira directement à l'église avec sa nourrice. »

Mi-contrariée, mi-inquiète, Emma garda le silence et reprit sa déambulation. Puis la sonnerie du téléphone retentit, et le visage de Peter s'éclaira. Il se leva pour aller répondre, revint un instant plus tard, aussi crispé qu'avant.

« La limousine est en bas », annonça-t-il. Emma le regarda sans dire un mot. « Emma, n'oublie pas que c'est dur pour Caroline. Il s'agit tout de même d'envoyer Amanda assister à mon mariage.

— Je sais. Je sais que c'est dur pour elle. Je suis désolée, mais je t'en prie, essaie de savoir ce qui se passe.

— Je vais l'appeler », déclara-t-il en quittant la pièce.

Emma gagna le salon, autour duquel elle se mit à décrire une lente ellipse, les bras croisés sur la poitrine. Elle jeta un œil à sa montre : trois heures treize. Elle pensa à Caroline, qui habillait Amanda pour le second mariage de Peter. Pauvre Caroline. N'auraient-ils pas dû l'inviter, après tout, l'inclure d'une manière ou d'une autre ?

Tess vint la rejoindre, son bouquet à la main.

« Maman, dit-elle, je ne sais pas si je vais arriver à porter ces fleurs. »

C'est à peine si Emma avait compris ce qu'elle disait.

« Bien sûr que si, lança-t-elle distraitement.

— Je ne crois pas, maman. » Et elle tendit à bout de bras le petit bouquet rond, coussinet de violettes de velours sombre serti de feuilles vertes en forme de cœur, d'où pendait un étroit ruban bleu pâle.

« Pourquoi n'y arriverais-tu pas ?

— Je crois que je risque de les lâcher », affirma Tess avec solennité.

Emma s'agenouilla devant elle. « Mais non, mon chou », la rassura-t-elle en s'efforçant au calme, car dans sa poitrine son cœur battait à grands coups. Ce qu'elle éprouvait, pensa-t-elle, ressemblait à de la terreur, mais ce n'était pas le mariage qui la terrifiait ainsi. N'empêche, son cœur cognait si fort. Elle passait son bras autour de Tess pour se ressaisir quand Peter apparut sur le seuil.

« Où est-elle ? l'interrogea Emma.

— En route, répondit-il d'une drôle de voix.

— Elle est partie quand ? s'enquit Emma d'un ton soupçonneux.

— Elle est en route, répéta Peter. Elle va arriver à temps.

— Peter… »

Emma n'alla pas au bout de sa phrase. L'angoisse lui serrait la gorge, elle se sentait démunie. Tous les possibles tant redoutés, les menaçantes catastrophes en voie de formation semblaient s'être concentrés sur ce seul fait : Caroline empêchait Amanda d'être à l'heure, Caroline s'immisçait dans le mariage d'Emma.

Peter l'enlaça, la tint contre lui en lui caressant le dos. « Tout va bien, Emma, affirma-t-il avec conviction. Quoi qu'il advienne, tout ira bien. » Il la serra plus fort. « Chut, chut, murmura-t-il à son oreille. Quoi qu'il advienne, nous allons nous marier, toi et moi. »

Emma ferma les yeux, comme si elle dansait, s'abandonnant à l'étreinte de Peter.

Amanda et Maeve, sa nourrice, arrivèrent pour finir à trois heures trente-cinq. Les autres les attendaient dans l'entrée, leurs manteaux sur les épaules. Emma tendit son bouquet à Amanda et tous s'engouffrèrent dans la limousine noire racée stationnée devant le trottoir. La porte de l'immeuble se referma solidement. Sans s'adresser un regard, Rachel et Maeve prirent place sur les strapontins. Les deux enfants s'assirent entre Peter et Emma. L'automobile respirait le luxe, avec ses panneaux d'acajou poli et sa sellerie gris tourterelle impeccable. À l'intérieur, tous se tenaient tranquilles, impressionnés par le silence et l'intimité qui s'étaient soudain refermés sur eux. Emma s'appuya avec précaution contre le siège, inhala une longue goulée d'air : les dés étaient jetés, les choses suivraient leur cours, quoi qu'il arrive. Elle sourit à Peter, qui lui rendit son sourire et lui prit la main. Ça y était, presque. Le Mariage approchait ; son fracas devenait assourdissant.

L'automobile s'arrêta devant l'église du Repos-Céleste. Peter sortit le premier, seul. Se penchant par la portière, il envoya un baiser à Emma. « Je t'aime », souffla-t-il avant de s'éloigner pour aller trouver le pasteur. Emma resta à l'intérieur avec les filles, tandis qu'arrivaient d'autres gens qui pénétrèrent dans l'église. Une fois les abords dégagés, elles s'extirpèrent une à une de la voiture. Laissant Rachel et Maeve entrer pour se trouver un siège, Emma patienta avec les deux petites dans l'humide vestibule de pierre. Au milieu trônait une table qui supportait le livre des signatures et un amoncellement de fleurs, les mêmes que celles du Knickerbocker Club. Le cœur d'Emma battait à tout rompre.

L'église, plongée dans la pénombre, résonnait des trilles fluides exécutés par l'organiste ; parents et amis se pressaient sur les bancs. Le moment était imminent. Emma se sentit de plus en plus calme, d'une légèreté inouïe. Elle sourit aux deux fillettes. Toutes deux portaient des robes identiques, leurs cheveux bien peignés brillaient. Amanda, cependant, arborait un air maussade, et Emma se demanda comment s'était passée pour elle la séance d'habillage. Caroline, peut-être, avait pleuré. Peut-être s'était-elle fâchée. Emma s'accroupit à côté de la petite fille. Souhaitant par-dessus tout partir sur de bonnes bases, elle était bien décidée à se concilier Amanda.

« Que tu es jolie, dit-elle. Tes cheveux sont magnifiques. » Tess, jalouse, se pressa contre elle. Emma lissa les cheveux d'Amanda, qui se déroba furtivement à la caresse. « C'est pour moi un grand bonheur d'épouser ton père, Amanda. Je sais que ce n'est pas facile pour toi, et j'en suis désolée, mais nous voulons vraiment que tu fasses partie de la famille, avec Tess, ton père et moi. » Amanda la regardait droit dans les yeux, sans ciller. Emma, à nouveau, lui tapota la tête, et l'enfant eut le même mouvement de recul. « J'aime beaucoup ton père... » Emma s'arrêta, se demandant s'il fallait ajouter qu'elle aimait aussi beaucoup Amanda. Elle craignait que cela ne parût faux ; elle craignait que ce ne fût pas tout à fait vrai.

« Et moi, compléta Tess avec gourmandise, en poussant du ventre sa mère.

— Et toi », acquiesça Emma, l'esprit ailleurs. Elle regardait Amanda, qui se tenait devant elle, bras ballants. « Où est ton bouquet ? » Les yeux baissés, Amanda haussa les épaules. Tess la dévisageait, la mine vertueuse. « Où est-il, Amanda ? » insista Emma. Amanda croisa son regard, mais resta muette. Elle avait les mains vides, les manteaux étaient restés dans la voiture, et le bouquet avec, abandonné. « Il est dans la voiture ? » Amanda leva les sourcils, haussa de nouveau les épaules. Sa détermination sidérait Emma. Elle regarda dehors, mais le chauffeur était parti se garer dans une rue latérale. Amanda, quant à elle, esquissait une moue, les yeux dans le vague.

« Tant pis, on s'en passera », dit Emma en jetant un coup d'œil autour d'elle. Dans l'église, l'organiste avait entamé un morceau plus long et plus grave, prélude au Mariage. « Non, j'ai une idée. » Tenant sa jupe pour éviter de toucher les iris mouillés, elle se pencha sur un vase de fleurs aux dimensions impressionnantes, dans lequel elle préleva délicatement une rose blanche en la dégageant des tiges enchevêtrées. La fleur était petite, parfaite, d'un blanc crémeux. Elle la tendit à Amanda : « Tiens. Prends celle-ci à la place. »

Le Mariage s'avançait maintenant ; plus cliquetant et grondant que jamais, il rassemblait au-dessus d'elle sa masse énorme, prêt à l'engloutir. Les détails étaient ramenés à leur insignifiance – tout lui échappait.

Les doigts refermés avec négligence autour de la rose blanche, Amanda se tenait à côté de Tess, qui, à l'inverse, serrait consciencieusement son bouquet à deux mains. Sa mère n'eut aucun mal à deviner ses pensées : Je ne suis pas comme Amanda, se félicitait Tess. Je suis gentille, moi.

Les yeux d'Emma se posèrent sur la petite silhouette crispée d'Amanda, qui tenait sa fleur solitaire comme si elle avait peur de se blesser. Elle comprit combien ses espoirs étaient vains : Amanda ne pouvait se réjouir que son père épousât Emma, ni qu'il vécût avec Tess. Comment aurait-ce été possible ? À sept ans, cette enfant portait déjà le deuil de sa vie, de son bonheur enfui, d'un monde disparu. Elle portait le deuil du temps d'avant la chute, d'une vie de félicité où l'ordre prévalait, où chaque chose trouvait sa juste place, où ses parents resplendissaient côte à côte là où ils avaient la leur, au firmament. Tout cela était à jamais révolu. Pourtant, Emma savait se montrer opiniâtre, elle aussi. Elle était bien décidée à arracher Amanda à son malheur, à l'attirer dans un nouvel univers.

Plus hardis à présent, plus contraignants, les accords de l'orgue réclamaient Emma. La crypte obscure et fraîche l'attendait, le profond mystère du rituel la recouvrait presque de son ombre, si proche qu'elle tressaillit, effrayée à l'idée qu'il allait la happer. Elle se retourna pour regarder dehors, comme si ce devait être la dernière fois. La porte restée ouverte se découpait sur la rue. Une femme curieusement recroquevillée sur elle-même dans son imperméable bronze s'était arrêtée au bord du trottoir. Elle se blottissait derrière un parcmètre, comme si la mince borne métallique suffisait à la dissimuler aux regards. Les yeux d'Emma s'immobilisèrent sur elle, intrigués par la tension qui émanait de cette silhouette, son trouble, son anxiété. Ses mouvements furtifs. Caroline.

La musique se déployait, gagnait en force, de plus en plus insistante, et Emma, cédant à son appel, fit face à la voûte mal éclairée. D'instinct, elle se redressa, puis sourit tour à tour aux deux fillettes. Elle était prête. À l'autre bout de l'allée se dressait la haute silhouette du pasteur, investie d'un pouvoir étrange par sa chasuble, ses étoles, ses brocarts. Près de lui, elle distinguait le visage grave de Peter, debout, mains jointes devant lui dans une posture cérémonieuse. Ils l'attendaient. Le Mariage était là.

DEUXIÈME PARTIE

13

Maeve Jones, la nourrice d'Amanda, était originaire du pays de Galles. Elle avait le teint très clair et des cheveux très noirs coupés court, souples, zébrés par endroits de nervures blanches. Un long nez, aussi, et des yeux gris qui l'obligeaient à porter des verres incolores. Elle arborait invariablement, hormis les jours de congé, une robe à carreaux marron et blancs, au col et aux poignets blancs. L'été, cette tenue s'allégeait de manches courtes et bouffantes; l'hiver, les manches étaient longues, et Maeve enfilait par-dessus un cardigan brun-roux. Cardigan était le nom exact de ce chandail boutonné sur le devant, et aussi le nom d'une ville galloise. Amanda tenait ces précisions de Maeve.

Maeve savait tout, et elle savait tout faire. Qui plus est, elle était très belle: elle avait des rides magnifiques. Deux petits plis lui retroussaient en permanence les lèvres, même quand elle ne souriait pas. Au coin extérieur de ses yeux s'était formé un filigrane léger, aérien, qu'on eût dit tracé à la plume. Il s'accentuait lorsqu'elle était d'humeur rieuse. Un court sillon vertical séparait ses deux sourcils, alors que des lignes horizontales plus sinueuses marquaient son front. Parfois, tandis qu'elle était assise pour coudre, Amanda se perchait sur le bras de son fauteuil et suivait du doigt ces lignes du front, comme si elle les traçait sur la peau pâle de Maeve. Au bout d'un moment, Maeve baissait la tête, ou la secouait, et demandait à

Amanda ce qu'elle fabriquait, si elle cherchait de l'or ou Dieu sait quoi. Au fond d'elle-même, pourtant, elle s'en fichait ; rien qu'à l'entendre Amanda en était sûre.

En ce temps-là, quand rien encore n'avait changé, c'est Maeve qui, vêtue de pied en cap, coiffée, impeccable dans son uniforme, faisait irruption le matin dans la chambre d'Amanda endormie. Et ce jour-là, le jour où tout changea, débuta comme les autres lorsque Maeve poussa la porte donnant sur le couloir.

« Allez, debout. Montre-toi », lança-t-elle en entrant. Elle utilisait toujours cette formule. Sa voix avait un phrasé musical vif : c'est ainsi qu'on parlait, chez elle, au pays de Galles. Elle traversa la chambre, tapota au passage les pieds d'Amanda sous les couvertures. S'arrêtant devant la fenêtre, elle tira d'un petit geste plein d'autorité le cordon du store, qui s'enroula bruyamment sur lui-même. Alors elle se tourna vers Amanda, qui clignait des yeux au fond de son lit, éblouie par la lumière.

« Qu'est-ce que c'est que cette fille qui est toujours couchée ? s'enquit-elle. Qu'est-ce que c'est que cette mollassonne, cette paresseuse Amanda ? » Le petit sourire sur ses lèvres démentait heureusement le ton indigné.

« Maeve, protesta Amanda. Je ne suis pas une paresseuse. Je suis fatiguée, c'est tout.

— Oh, oh, fatiguée… je vois. » Et tandis que Maeve posait ses mains sur ses hanches, ses bras vêtus de carreaux marron et blancs s'arrondirent en modèle d'exaspération. Une énergie presque palpable, presque vrombissante, irradiait de toute sa personne. Elle hocha la tête. « Fatiguée, hein ? répéta-t-elle en toisant Amanda. Cela n'aurait pas un rapport avec le fait de s'être couchée tard, par hasard ? »

La mémoire ainsi rafraîchie, Amanda commença à s'extirper du lit : « Non, non, pas du tout », affirma-t-elle.

La veille au soir, elle avait promis d'être en forme le matin, si on lui donnait la permission de veiller.

En ce temps-là, c'était toujours Maeve qui préparait le petit-déjeuner d'Amanda. Elle laissait chauffer son porridge à feu doux avant de venir la réveiller, pour qu'il fût prêt quand elles arriveraient à la cuisine. Pendant qu'il cuisait, elle l'aidait à s'habiller. Chaque soir, elle sortait ses vêtements pour le lendemain : le chemisier à col Claudine, la robe chasuble écossaise, les chaussettes bleu marine montant jusqu'aux genoux, les souliers à lacets marron. Chaque année, à la fin de l'été, il arrivait à la maison une grande boîte contenant en plusieurs exemplaires l'uniforme qu'Amanda devait porter pour aller à l'école : des chaussettes neuves bleu marine, des robes chasubles neuves au tissu écossais bleu, des chemisiers blancs neufs, tous encore un peu raides et bien pliés dans leurs emballages individuels, maintenus par des épingles piquées dedans pour leur éviter de se froisser. Ces habits neufs étaient toujours trop grands : les robes cachaient de façon désolante les genoux d'Amanda, les cols godillaient autour de son cou, mais c'était exprès, afin qu'elle pût y grandir à son aise. Elle était d'ailleurs la première surprise de constater qu'elle y arrivait, en effet, sans effort.

Ce matin-là, Maeve se mit à genoux devant elle sur le tapis pour l'aider à s'habiller. Amanda posa une main sur l'os noueux de l'épaule de Maeve afin de garder l'équilibre pendant qu'elle enfilait sa culotte, en levant un pied après l'autre. Puis Maeve entreprit de boutonner le chemisier blanc. Amanda s'abandonnait sans broncher à ses gestes sûrs. Tout en s'activant, Maeve renversait la tête en arrière pour mieux voir les boutons de derrière ses lunettes. Chaque fois qu'elle en glissait un dans sa boutonnière, le petit sillon entre ses sourcils se creusait davantage, puis s'atténuait.

« Depuis quand je te connais, Maeve ? » demanda Amanda, qui l'observait attentivement.

Maeve arriva au dernier bouton du haut, l'inséra dans la petite fente, puis lissa le col d'un geste vif pour parachever son travail.

« Tu me connais depuis que tu es sortie de la clinique, répondit-elle. Tu étais un ballot, à l'époque.

— Pas un *ballot* ! s'indigna Amanda, ravie. J'étais un bébé.

— Je sais ce que je dis. Lève les bras, s'il te plaît. » Obéissante, Amanda s'exécuta ; Maeve lui enfila la robe chasuble. « Tu étais un ballot, ni plus ni moins. » Elle tira sur la robe pour la mettre en place, fit pivoter Amanda, lui leva le bras et remonta la fermeture Éclair placée sur le côté.

« Et qu'est-ce que je suis, maintenant ? reprit Amanda, subjuguée comme à l'ordinaire par l'autorité de Maeve, la fermeté avec laquelle elle la prenait en charge.

— Une polissonne, rétorqua Maeve. Ne bouge pas. »

Elle attrapa la brosse à cheveux et se rendit dans la salle de bains, d'où un bruit d'eau sortant à gros jet du robinet parvint à Amanda. Des gouttes tombaient de la brosse quand Maeve revint dans la chambre.

« Pourquoi tu l'as mouillée ? s'étonna Amanda en jetant un œil suspicieux sur l'objet dégoulinant.

— Pour que tes cheveux ne voltigent pas dans tous les sens », dit Maeve en prenant dans sa main les beaux cheveux de l'enfant.

Amanda eut une vision de ses cheveux se soulevant, mèche par mèche, sur son crâne et commençant à s'agiter, secoués par un mouvement aérien. Elle essayait de garder la tête droite sous la volée des coups rapides et décidés que lui infligeait Maeve. La brosse agrippa un nœud.

« Ouille ! se plaignit Amanda, le corps brusquement déjeté.

— Désolée, princesse », fit Maeve sans se laisser émouvoir outre mesure. Posant la brosse, elle saisit avec délicatesse le nœud entre ses doigts.

« Maeve, reprit Amanda.

— Oui, princesse ?

— Quand tu étais petite, ta mère t'appelait polissonne, toi aussi ?

— Ça, c'est un secret », s'empressa de répondre Maeve en roulant le *r* sur le bout de sa langue. Le ton sans appel de ses répliques n'abusait pas Amanda ; elle savait que sa nourrice n'était pas fâchée.

La petite fille pensait à la photo posée sur la commode de Maeve, représentant ses parents. Elle la connaissait bien sûr, elle connaissait chacun des objets qui se trouvaient dans la petite chambre de Maeve. Une pièce beaucoup moins spacieuse que la propre chambre d'Amanda, et tout en longueur. Dedans, il y avait juste la place pour le lit étroit, la commode, une petite bibliothèque, un fauteuil, un lampadaire. Le lit était toujours fait, le dessus-de-lit blanc toujours soigneusement tiré par-dessus la forme rebondie de l'oreiller. Un ordre parfait régnait dans cette chambre, qui sentait bon l'odeur des sels de bain de Maeve : rose géranium.

Amanda disposait d'une chambre vaste, avec deux lits et deux fenêtres. Elle avait un jour essayé de convaincre Maeve d'y dormir avec elle, dans le lit inoccupé.

« Il ne sert à personne, lui avait-elle fait remarquer.

— Oui, mais j'ai mon lit, avait répondu Maeve. Et toi, il faut que tu dormes pour être belle et fraîche.

— Si tu dors dedans, ça pourrait devenir ton lit. Je dormirai autant que d'habitude, si tu es là.

— Le soir, je me couche tard, je lis, j'écris des lettres. Je t'empêcherais de trouver le sommeil.

— Mais non, avait affirmé Amanda, en balayant l'argument avec impatience. Je resterai tranquillement couchée, les yeux fermés. Je ne t'entendrai même pas. »

Jusqu'alors, Amanda attendait les réponses de Maeve avec confiance, persuadée qu'elle allait réussir, que seule une petite discussion la séparait encore de ce qu'elle désirait. Elle comprit qu'il n'en était presque rien lorsque Maeve reprit la parole. Il lui suffit de l'entendre pour savoir que malgré toute sa force de conviction, malgré toute la bonne volonté de Maeve, il n'y avait aucune chance que ce désir se réalisât, et que Maeve ne lui expliquerait jamais vraiment pourquoi.

Si au moins la chambre de Maeve avait pu se trouver à côté de la sienne ! Si au moins elles avaient pu dormir tout près l'une de l'autre, même séparées par un mur ! Ainsi, quand Amanda faisait un cauchemar, elle aurait pu, rapide, légère, invisible, se glisser dans la pièce voisine au lieu de s'aventurer en pleine nuit, le cœur battant, le long des interminables couloirs tout noirs. Mais non : la chambre de Maeve se trouvait à l'autre bout de l'appartement, dans un espace différent, infiniment loin : à côté de la buanderie, au fond du petit boyau sombre qui séparait la cuisine de l'ascenseur de service.

Amanda adorait la chambre de Maeve. C'était pour elle un pays enchanté où elle s'aventurait, chaque fois qu'elle en avait la permission, avec une extrême vigilance, comme si elle avait une mission à accomplir. Respectueuse, dévorée de curiosité, elle l'examinait dans les moindres détails, la passait au crible, essayait de mémoriser ce qu'elle voyait. Elle voulait tout connaître de la vie de Maeve. Elle, Amanda, avait une vie d'un bloc ; et Maeve, qui l'avait entièrement partagée, en avait de son côté une autre, qui englobait sa propre famille, ses parents, sa sœur Susan, des endroits étrangers, d'autres petites filles même, avec qui elle avait vécu. Amanda n'arrivait pas à imaginer Maeve avec d'autres petites filles – entrant dans leur chambre le matin, les appelant, elle aussi, princesses. La chose paraissait impossible, et pourtant la nourrice lui avait assuré qu'elle était vraie. Alors que Maeve avait toujours fait partie de la vie d'Amanda, Amanda, elle, n'avait pas toujours fait partie de celle de Maeve, dont les aspects qui lui restaient inconnus la déconcertaient, la fascinaient.

Amanda connaissait la brosse et le peigne en écaille posés sur la commode. Elle connaissait la boîte à couture à poignée en bois, toujours bien rangée, avec, dedans, une paire de petits ciseaux étincelants, irrésistibles. Elle connaissait les couvertures des livres de poche alignés sur l'étagère, représentant de belles dames aux cheveux longs, aux longues robes virevoltantes. Elle connaissait le broc en cuivre poli qui trônait sur la table de nuit, un cadeau de la maman de Maeve.

Amanda, surtout, connaissait les photos des parents et de la sœur de Maeve. On les y voyait qui souriaient en clignant des yeux dans un curieux petit jardin gallois, devant de mystérieux buissons denses et touffus. Les parents de Maeve se tenaient côte à côte, un peu gauches, embarrassés par leurs mains, l'air anxieux sous leurs sourires. Le père, chauve, les lèvres minces, était un monsieur corpulent; son gilet de laine froissé, de couleur sombre, n'était qu'à moitié boutonné sur le devant. La mère, petite, était vêtue d'une robe à fleurs évasée à la taille, ajustée sur la poitrine. Son sourire était crispé et ses yeux presque fermés, comme si elle avait eu peur d'être blessée par le déclic de l'appareil au moment du déclenchement, mais l'arc de ses sourcils haussés exprimait pourtant une sorte de contentement intérieur. Susan, qui posait seule dans le même jardin, était plus grande que sa mère, plus massive. Comme Maeve, elle portait des lunettes, mais le visage était plus rond, le nez plus court; ses cheveux, plats et lisses sur le sommet de la tête, frisottaient autour des oreilles. Les photos étaient disposées dans un cadre double en cuir bleu marine éraflé, qui se refermait comme un livre et que l'on pouvait bloquer à l'aide d'un fermoir en métal. Amanda aimait jouer avec, actionner le petit crochet, le baisser puis le soulever pour déplier le cadre, mais elle n'en avait pas le droit: ces bruits ténus rendaient Maeve folle.

« Maeve, quand tu écris à ta mère, tu lui parles de moi ? » À chaque passage de la brosse, la tête d'Amanda s'inclinait, se relevait. Maeve écrivait à sa mère une fois par semaine; la vieille dame habitait à Abergavenny, avec Susan, qui travaillait à l'école du village; son père, lui, n'était plus de ce monde.

« Que veux-tu que j'aille lui raconter sur toi ? répliqua Maeve – et il y avait de la violence dans sa voix douce. Que tu es une polissonne la plupart du temps ? Ce serait gâcher du papier. »

La brosse, à nouveau, achoppa sur un nœud, que Maeve, interrompant un moment le brossage, supprima en tirant dessus avec délicatesse. Amanda se taisait. Les bras ballants, elle attendait, confiante, sans opposer de résistance au courant puissant. Sa nourrice finit de lui démêler les cheveux, puis paracheva son travail avec un dernier coup de brosse.

« Voilà », annonça-t-elle avec une évidente satisfaction. Posant les mains sur les épaules d'Amanda, elle la poussa devant elle comme une marionnette jusqu'au grand miroir fixé sur la porte de la penderie.

Sans tenter de se soustraire à l'emprise protectrice de sa gardienne, Amanda examina son reflet dans le miroir : mains posées bien à plat sur la robe, pieds sagement joints, cheveux raides et lisses, avec çà et là des mèches mouillées plus foncées. Le visage, grave, émergeait du col rond du chemisier blanc trop grand ; la robe, trop grande aussi, d'un bleu presque noir, descendait sous les genoux, au ras des chaussettes.

« Eh bien, reprit Maeve. N'est-ce pas que tu es mignonne, maintenant. »

C'était une affirmation bien plus qu'une question. Amanda en déduisit que l'image qu'elle découvrait dans le miroir – cette expression, ces vêtements, ces cheveux aplatis – était très exactement celle qu'elle devait donner d'elle-même. Maeve voulait qu'on la vît ainsi. Chaque matin, quand elle entendait cette phrase sortir de la bouche de sa nourrice, Amanda savait que oui, vraiment, elle était une mignonne petite fille, et que Maeve, grâce à ses soins compétents, avait réussi à mettre sa personne en accord avec le monde. Amanda n'avait pas plus de contrôle sur ce processus que sur celui qui la faisait grandir dans son uniforme. Entre les mains de Maeve, elle devenait ce qu'il fallait qu'elle fût. Elle s'imaginait dans un grand hamac suspendu dans l'espace, un refuge sûr où elle se berçait, mue et retenue à la fois par des forces puissantes et amicales.

L'après-midi de ce même jour, le jour où tout changea, il pleuvait lorsqu'elle sortit de l'école. Mères et nurses se pressaient dans le vaste hall d'entrée au lieu d'attendre sur le trottoir. En descendant le grand escalier avec les autres filles de sa classe, Amanda aperçut Maeve près de la porte. Elle avait son imperméable marron, et une capuche de pluie en plastique déployait sur sa tête un éventail de plis transparents. Elle la suivait des yeux, et quand Amanda croisa son regard, elle haussa les sourcils et leva le menton pour lui montrer qu'elle l'avait vue. Amanda s'approcha.

« Il pleut à verse, dehors, annonça Maeve. Enfile donc ça », et elle lui tendit son ciré jaune, tout raide et collant, ainsi que ses bottes rouges.

Elles rentrèrent à pied par les rues détrempées. Maeve s'abritait sous le grand parapluie qui tressautait au rythme de ses pas, protégeant par moments la tête d'Amanda, à d'autres laissant par surprise une goutte de pluie tomber sur ses cheveux, dans son cou. Autour d'elles, la ville murmurait des sons feutrés qui chuintaient sous la pluie. Tout en marchant, Amanda regardait ses bottes. Elle aimait le bruit qu'elles produisaient, ce claquement sourd du caoutchouc. Elle aimait patauger dans l'eau avec ses bottes rouges, et deux fois de suite, très vite, elle les enfonça dans le petit ruisseau qui s'était formé le long du trottoir de Park Avenue, en tapant du pied dans la flaque.

« Amanda », intervint Maeve en la secouant par la main. Ce jeu les avait retardées : elles n'avaient traversé que la moitié de l'avenue quand le feu passa au vert, les obligeant à s'immobiliser sur le refuge pour piétons. « Tu vois », lui fit remarquer Maeve.

Les voitures passaient lourdement devant elles dans un bruit de succion, soulevant des gerbes d'eau scintillantes. Amanda recula d'un pas, accrochée à la main de Maeve. Celle-ci obligeait toujours Amanda à lui tenir la main pour traverser.

Quand elles arrivèrent, Maeve posa le parapluie dégoulinant dans le bac prévu à cet effet à côté de l'ascenseur, déboutonna son imperméable et poussa la porte d'entrée. Elle pénétra dans l'appartement, trop lentement au gré d'Amanda, qui la poussait avec impatience par-derrière. « Tu veux bien que je vienne dans ta chambre ? » lui demanda-t-elle en s'engouffrant sous son bras.

En principe, la chambre de Maeve lui était interdite, surtout les jours de congé. « Laisse-la un peu tranquille, disait la mère d'Amanda. Elle t'a sur le dos tout le reste de la semaine, tu peux au moins la laisser souffler le dimanche. » Amanda était blessée par le ton que prenait alors sa mère : comme si Maeve n'avait pas envie de passer ses journées avec elle, comme si ce n'était pas ce dont elles avaient le plus envie, toutes les deux… Elle ne répondait pas à sa mère. Elle connaissait les règles : elle n'avait même pas le droit de rester dans le couloir devant la porte de la chambre de Maeve, l'oreille aux aguets, pour vérifier si elle était là ou non.

Elle s'y risquait, néanmoins ; passant par la cuisine, elle se faufilait dans le couloir du fond sur la pointe des pieds, avançant de plus en plus doucement au fur et à mesure qu'elle se rapprochait de la porte de Maeve. Devant, elle s'arrêtait et s'immobilisait, la tête inclinée d'un côté, les yeux plissés, retenant son souffle pour mieux écouter. Elle n'entendait presque rien. Des bruits de pas, quelquefois, des bruissements assourdis. Un silence plein de mystère. Que faisait Maeve quand elle était seule, sans elle ? Cela dépassait l'imagination d'Amanda.

Les jours de pluie, en revanche, Amanda avait la permission d'aller dans la chambre de Maeve. Une faveur qu'on lui autorisait. Maeve lui offrait un gâteau à la cannelle et une tasse de thé sucré avec beaucoup de lait – au vrai, du lait chaud avec un peu de thé. Amanda arrivait avec ses bandes dessinées d'Archie Andrews [1], qu'elle lisait à plat ventre sur le lit de Maeve, bientôt parsemé de miettes de biscuit. Pendant ce temps, Maeve lui recousait des boutons ou réparait les accrocs de ses robes. Elle se laissait parfois convaincre de jouer à pigeon-vole.

Ce jour-là, l'entrée était encombrée d'un tas de bagages empilés : son père, sans doute, que ses affaires obligeaient

---

1. Archie Andrews est un personnage de bande dessinée imaginé en 1941 par le dessinateur Bob Montana. Son succès jamais démenti lui a valu le surnom de « plus vieil adolescent américain ». Suivi pendant plus d'un demi-siècle par son créateur, il inspira ensuite d'autres auteurs et des réalisateurs de dessins animés. Les aventures qu'il vit en compagnie de la raisonnable Betty, de la riche Veronica et de l'excentrique Jughead se déroulent dans le cadre modèle de la petite ville de Riverdale. *(N.d.T.)*

encore à partir en voyage. Maeve posa un genou par terre pour aider Amanda à retirer ses bottes.

« Tu veux bien ? » répéta Amanda.

Le mollet d'Amanda dans une main, l'autre sur le talon de la botte, Maeve répliqua simplement : « Arrêtez de bouger, mademoiselle Frétillette.

— Tu veux bien ? insista Amanda en prenant appui sur les valises pour abandonner son pied à Maeve.

— On verra, dit Maeve. Allez, tire. »

Amanda mit tout son poids dans ses coudes et s'adossa aux valises de son père telle une reine sur son trône. La tristesse qu'elle affichait lorsque son père s'en allait ne l'empêchait pas d'éprouver une secrète satisfaction : pendant ses absences, il téléphonait tous les soirs exprès pour lui parler, et elle avait le droit de dormir dans le lit de sa mère, ou au moins de s'y endormir.

La chambre de ses parents était grande et très calme, avec une épaisse moquette grise, un plafond lointain, gris perle. Des bergers et des bergères dans les tons bleu-gris se pressaient sur le papier peint et les rideaux qui encadraient les hautes fenêtres reprenaient le même motif ; dessus, les bergères bleu-gris s'alanguissaient. Amanda ne pouvait entrer dans cette chambre qu'à condition de promettre d'être sage. Elle n'avait pas le droit d'y apporter à manger ou à boire, ni d'y jouer à la balle ou d'y lancer des objets. Dès que sa mère trouvait qu'Amanda gesticulait trop, elle appelait Maeve, qui venait la chercher sur-le-champ.

Quand elle était sage, en revanche, Amanda pouvait prendre ses bandes dessinées et s'étendre sur le lit de sa mère, qui, de son côté, lisait des magazines, discutait au téléphone avec ses amis ou regardait la télévision. La mère d'Amanda était belle, elle aussi, mais pas comme Maeve. Elle retenait ses cheveux épais et vigoureux, foncés par-dessous, éclaircis de mèches blond pâle sur le dessus, en y plantant deux peignes en écaille à la forme arrondie qui les dégageaient du front. Ils lui tombaient presque aux épaules, où ils se recourbaient légèrement.

Caroline était toujours exactement comme il fallait être. Bien coiffée, avec du vernis sur les ongles. Ses vêtements avaient toujours l'air neufs et elle n'avait pas besoin de grandir pour qu'ils lui aillent. Chez elle, à la maison, elle enfilait un sweater noir à col montant et un pantalon noir. Elle donnait à tout le monde l'impression d'être organisée, calme, parfaite. Amanda voyait bien qu'elle était tout à fait comme une mère doit l'être.

Pendant les absences de son père, souvent elles dînaient toutes les deux sur des plateaux dans la chambre gris-bleu, puis elles regardaient la télévision ensemble, joignant leurs rires à ceux de la bande-son. Lorsque Peter n'était pas là, Caroline ne préparait pas les repas. Elle faisait livrer le dîner ou partageait avec Amanda une collation de sandwichs au pain de mie grillé avec du beurre et du fromage américain. « Surtout, ne le répète à personne, Nanna, disait-elle. On mange des cochonneries, ce n'est pas bon pour la ligne. » Même lorsque son père était là, d'ailleurs, il arrivait à ses parents de dîner comme cela, sur des plateaux, chacun de son côté : Peter dans la bibliothèque, où il s'installait dans un grand fauteuil avec un ouvrage qu'il lisait en mangeant ; Caroline dans sa chambre, allongée sur le lit pour regarder la télévision. Quand Amanda avait fini son repas, elle venait parfois la retrouver et s'étendait près d'elle sur le lit.

C'était un lit immense, avec un couvre-lit blanc et quatre oreillers dans des taies blanches bordées de dentelle, des oreillers bien rembourrés, empilés deux par deux contre le chevet en acajou. Ce grand lit correspondait en réalité à deux petits poussés l'un contre l'autre, bord à bord. Le jeté blanc les recouvrait comme s'ils n'en formaient qu'un, mais dessous ils étaient faits séparément, chacun avec ses draps et ses couvertures bordés sous son matelas, y compris au milieu. Les nuits où Amanda s'endormait là, à la place de son père, elle entendait sa mère respirer, elle l'entendait bouger doucement, mais jamais, ni assoupie ni éveillée, elle ne sentait la chaleur du corps maternel, les battements du cœur maternel.

Le soir, quand son père appelait, en général elles étaient toutes les deux allongées sur le lit. Caroline mettait le haut-parleur du téléphone et baissait le son de la télévision. Amanda prenait l'appareil la première: elle adorait papoter avec son père quand il était en voyage. Avant toute chose, elle voulait savoir où il était: il s'agissait immanquablement d'un endroit où elle n'avait jamais mis les pieds, et elle voulait savoir à quoi ça ressemblait.

« Je suis à Los Angeles, disait Peter. Il y a beaucoup de voitures et les panneaux sont roses.

— Plein de voitures et des panneaux roses ? » Amanda imaginait un parking gigantesque, aussi grand que celui de l'aéroport, où les rangées de voitures serrées comme des sardines se distinguaient par leurs panonceaux aux couleurs acidulées.

« Et toi ? demandait Peter. Tu as passé une bonne journée ? Comment c'était, à l'école ? »

Amanda taquinait son père, lui racontait des blagues. Il croyait tout ce qu'elle lui disait. Un jour, elle inventait qu'une de ses amies savait voler comme les oiseaux, un autre, qu'un dinosaure s'était introduit dans la salle de classe.

« Un dinosaure ! C'est un animal très dangereux, Amanda. J'espère que ça n'est pas arrivé en vrai.

— Je t'assure, papa, soutenait Amanda toute contente. Ça a l'air incroyable, mais c'est la vérité.

— Mon Dieu ! Personne n'a été blessé ?

— Il a mangé Mlle Bernstein, imaginait cruellement Amanda.

— Oh, non ! s'exclamait son père au comble du désespoir. Quelle horreur ! »

Pouffant de rire, Amanda s'employait alors à le rassurer.

Quand elle avait fini de bavarder avec lui, sa mère prenait le relais. Tout en discutant avec Peter, Caroline continuait à regarder la télévision. Leur conversation ne s'éternisait jamais. À la fin, Caroline raccrochait et montait le son de la télé à l'aide de la télécommande.

Appuyée contre les bagages, Amanda finit de dégager sa jambe gauche de la botte que Maeve agrippait par le talon. Puis elle balança joyeusement le pied en l'air, envoyant valdinguer la botte froide et moite.

« Arrête de faire le clown ! lui enjoignit Maeve d'un ton acerbe en reposant les bottes côte à côte. Regarde un peu par terre : on dirait les Grands Lacs, ma parole. Allons, tiens-toi tranquille pendant que je t'ôte ton ciré. »

Elle s'exprimait avec une froideur inhabituelle qui laissait clairement entendre qu'elle était mécontente. Matée, Amanda resta immobile pendant que Maeve dégrafait les attaches en métal du ciré.

« Amanda ! »

Elle fut très surprise par cette voix surgie dans son dos, la voix de son père qui sortait du salon. D'habitude, son père n'était jamais à la maison quand elle rentrait de l'école. Jamais. Amanda se tourna vers lui. Il se tenait sur le seuil, le visage soucieux. « Quand tu auras enlevé ton manteau, j'aimerais que tu viennes me voir. Je vous remercie, Maeve », ajouta-t-il sans un sourire.

Intimidée, Amanda acquiesça d'un signe. Maeve finit de dégrafer le ciré, le fit glisser des épaules d'Amanda et le tint, dégoulinant, entre le pouce et l'index. Entre ses sourcils, le petit sillon vertical s'était encore creusé. « Tu peux y aller », dit-elle à Amanda avec un mouvement de tête en direction de Peter, mais en évitant son regard. Puis elle se redressa et, chargée des bottes et du ciré, s'éloigna dans le couloir pour gagner la cuisine. Amanda la suivit des yeux, mais Maeve referma la porte derrière elle sans se retourner.

Elle resta donc seule avec son père. Il était toujours là, dans l'embrasure de la porte, grand, l'air grave. Elle avait peur.

« Viens », dit-il en lui tendant la main.

Ce geste ne rassura pas Amanda : quelle raison avait-il de vouloir lui tenir la main pour aller au salon ? Elle la lui donna, cependant, et entra avec lui.

Le salon était très grand, à peine éclairé, inquiétant, plein d'objets fragiles qu'Amanda n'avait pas le droit de toucher. Il y avait de la violence dans les murs aux taches léopard, et quelque chose d'oppressant dans les épais rideaux chatoyants. Les cordelettes dorées des embrasses qui retombaient le long de leurs plis ressemblaient à des cordes de cloches sacrées. Bien que cette pièce ne fût pas explicitement interdite à Amanda, chaque fois qu'elle y pénétrait Maeve ou sa mère s'empressaient de l'en faire sortir.

Ce jour-là, le salon était silencieux, noyé dans la pénombre. Tenant toujours Amanda par la main, Peter l'entraîna jusqu'au grand sofa garni de doux coussins ronds. Il s'y assit et tapota la place à côté de lui. Amanda se posa avec précaution sur le coussin, qu'elle sentit céder mollement sous son poids. Par mesure de précaution, elle glissa les mains sous ses cuisses et leva les yeux vers son père en se demandant quelle nouvelle terrifiante il allait lui annoncer.

Peter se pencha en avant, plia et déplia les doigts, les observa un moment, puis se tourna vers sa fille.

« Tout d'abord, commença-t-il, je tiens à ce que tu saches que je t'aime et que je t'aimerai toujours. » Amanda frissonna. « Tu n'y es pour rien. » Les battements de son cœur s'accélérèrent.

« Je vais partir. Tu n'y es pour rien et ta mère non plus n'y est pour rien. Ce n'est la faute de personne. Nous n'arrivons plus à nous rendre heureux, ta mère et moi. »

Amanda le dévisageait. À l'autre bout du salon, en toile de fond derrière le buste de son père, un immense pan de rideau vert-gris chutait en plis lourds au bel arrondi, mais rigides, immuables. Après un long silence, Amanda s'entendit demander :

« Où est-ce que tu vas aller habiter ?

— J'ai trouvé un autre appartement… il est plus petit, expliqua-t-il, et Amanda comprit qu'il n'était pas tranquille, qu'il se sentait coupable. Tu viendras me voir, là-bas.

— Mais toutes tes affaires sont ici », observa-t-elle. Car Peter vivait ici, avec Maeve et elle. Toutes ses affaires étaient ici : ses livres dans la bibliothèque, la lampe spéciale dont il se servait pour lire, le tableau du lac où il était allé petit garçon, ses manteaux dans le placard, ses peintures, tout. La vie de Peter était ici.

« J'en emporte quelques-unes avec moi. Elles sont dans les valises, dans l'entrée. Ta mère va en garder, aussi. » Ses manteaux ? se demanda Amanda. Quoi ? « Nous continuerons à nous voir beaucoup », affirma-t-il en posant sa main sur le poignet d'Amanda, qu'il se mit à caresser d'avant en arrière. Le pouce de son père était rugueux, contre sa peau. « Je te téléphonerai tout le temps. Tu viendras me voir dans mon nouvel appartement. Je passerai te prendre pour t'emmener dîner dehors. »

Amanda le regarda. Elle n'avait aucune envie d'aller dans ce petit appartement où il voulait vivre sans elle, aucune envie d'aller dîner dehors, dans un endroit bizarre.

« Je pourrai avoir une glace au sirop ?

— Une glace au sirop ? répéta son père, interloqué.

— Au dessert, expliqua Amanda, qui avait l'impression de parler à un étranger.

— Ah, au dessert ! Bien sûr, bien sûr. »

Cela aussi était inquiétant : il était rare que l'on autorisât Amanda à manger une glace au sirop.

« Pourquoi tu t'en vas, papa ?

— Je te l'ai dit : nous ne nous rendons plus heureux, ta mère et moi. »

Elle continuait à le fixer, sans comprendre. Le tic-tac de la pendulette en chrysocale posée sur la cheminée résonnait bruyamment dans le silence. Ce que venait de déclarer son père n'avait pas de sens. Les gens ne décident pas d'être heureux ou malheureux : chacun vit sa vie, c'est comme ça et voilà. Amanda, son père, sa mère et Maeve vivaient tous ensemble. Ils étaient heureux puisque c'était leur vie. Les gens ne sont pas heureux ou malheureux *à cause* des autres ; ils vivent leur vie, un point c'est tout. Ici, ils étaient heureux, bien sûr. Où son père avait-il la tête ? Les gens qui vivent avec vous font partie de votre vie.

Ils sont là, vous ne pouvez rien y changer.

Amanda s'absorba dans la contemplation de ses pieds : ils bougeaient, animés de petits soubresauts saccadés. Elle leva de nouveau les yeux vers son père, qui l'observait, penché en avant. Chaque fois qu'il partait en voyage, il la prenait dans ses bras, la soulevait et la pressait contre lui, sur sa poitrine. Elle, elle fermait les yeux et le serrait à son tour très fort. C'était rassurant de sentir sa chaleur à travers le tissu de la robe.

Il ne la souleva pas dans ses bras, ce jour-là ; il se contentait de la regarder en caressant machinalement son poignet d'un pouce rêche, sur la saillie de l'os rond. Son père allait les quitter. À cette pensée, Amanda se vit toute petite, minuscule silhouette perdue dans un paysage vague et confus qui s'étirait vers un lointain horizon. Elle était à peine visible dans ce paysage – une tête d'épingle. Tout était sombre autour d'elle, sombre en elle aussi. Un peu partout, les choses, les gens s'amenuisaient. Il n'y aurait bientôt plus personne pour l'entraîner vers le miroir et lui dire qu'elle était mignonne. Elle-même, à son tour, disparaissait presque, n'était plus vraiment sûre d'être encore là.

Amanda regardait fixement son père. Elle avait mal au cœur. Son estomac se tordit et elle eut peur de vomir. Elle entendait le bruit de sa respiration – un drôle de bruit. Maeve, pensa-t-elle en souhaitant sa présence, sans bouger, cependant, tant elle était profondément enfoncée dans le coussin qui soulevait autour d'elle sa forme molle, se gonflait avec une dangereuse complaisance : que se passerait-il si elle n'était plus jamais capable de se lever ?

Peter lui prit la main et l'aida gentiment à se mettre debout. Dans l'entrée, il ouvrit la porte du placard, en sortit son manteau. Aucun de ses gestes n'échappait à Amanda – son père avait l'air inflexible, terrible. Il enfila posément le vêtement, arrangea le col autour de son cou sans lui jeter un regard. Puis, se plantant devant elle, il la prit dans ses bras, l'étreignit contre lui. Elle perçut comme un coup au fond de la poitrine de son père, un souffle soudain retenu, un autre. Il la serrait très fort, et il était si grand, si près, qu'elle ne pouvait plus bouger. Cette fois, elle ne le serra pas à son tour dans ses bras : ainsi enveloppée dans les siens, elle était trop petite pour que ça compte. Pressée contre sa poitrine, elle sentait l'odeur de son père mais ne la reconnaissait plus. Cette odeur ne lui appartenait plus.

« Au revoir, Nanna. Nous allons nous revoir bientôt, très bientôt. Je t'aime », dit-il.

Amanda ne répondit pas. Sa voix était trop fluette.

Sur le palier, son père appela l'ascenseur. Il se tenait au milieu de l'amoncellement des bagages chargés de toutes les affaires qu'il emmenait. En attendant l'ascenseur, il se mit à jouer avec la monnaie qu'il avait trouvée au fond de sa poche ; les doigts repliés pour former un tunnel, il secouait les pièces qui s'entrechoquaient dans un tintement. Amanda le regardait. Son cœur continuait à battre trop fort, il cognait à tout rompre dans sa poitrine. Elle aurait dû ajouter quelque chose… Le mot, la phrase capables d'arrêter son père, de l'obliger à retirer son manteau existaient, elle le savait. Elle les avait sur le bout de la langue.

La porte de l'ascenseur coulissa et Richie, le liftier irlandais, apparut derrière, souriant. Petit et chauve, Richie avait des yeux noirs effrontés. « Bonjour, monsieur Chatfield, lança-t-il. Bonjour, Amanda.

— Bonjour, Richie, répondit Peter. Vous pouvez me donner un coup de main ?

— Bien sûr, monsieur Chatfield, affirma Richie en s'élançant. Vous en avez des bagages. Un long voyage, hein ! » Il adressa un clin d'œil à Amanda. Elle le fixa sans ciller.

À eux deux, Richie et son père glissèrent les gros sacs dans la petite cabine de l'ascenseur. Amanda regarda son père s'y engouffrer à leur suite, puis se retourner vers elle. Richie reprit sa place près du tableau de commandes. Il sourit à Amanda.

« Au revoir, alors », dit-il d'une voix mielleuse, avec un nouveau clin d'œil.

Derrière lui, son père s'adossait à la paroi en acajou sombre. Il ne souriait pas. « Au revoir, Nanna. »

Amanda resta muette. Elle ne trouvait pas le mot, la phrase. La porte se referma doucement, glissant sur le visage très sérieux de son père, puis elle entendit ce bruit de chute soudaine et sans heurts qui accompagnait la descente de l'ascenseur au fond de la cage.

14

Amanda avait sept ans quand elle déménagea avec sa mère. Le nouvel appartement se trouvait dans les beaux quartiers, mais elles avaient quitté Park Avenue pour la 87e Rue. L'entrée de l'immeuble, moins spacieuse, formait un long couloir étroit. Pour monter chez elles, à présent, il fallait dépasser le premier ascenseur et aller chercher le second tout au bout du couloir. Amanda entendit un jour Caroline décrire le nouvel appartement au téléphone : elle prit une drôle de voix pour expliquer qu'il fallait prendre l'ascenseur du fond, et Amanda lui posa donc la question :

« Ce n'est pas bien, l'ascenseur du fond ?

— Mais si, bien sûr que si, répondit Caroline d'un trait, sans la regarder. Ça n'a aucune importance. »

Depuis, Amanda savait bien sûr que c'était important et que sa mère et elle avaient déchu.

La nouvelle chambre d'Amanda était plus petite que l'ancienne. Il y avait la place pour les deux lits jumeaux, mais pas assez pour qu'elle pût jouer par terre à leur pied. Dans la nouvelle chambre, les meubles étaient plus près les uns des autres, plus tassés, les rideaux à carreaux étaient trop longs et il n'y avait qu'une fenêtre au lieu de deux. On y avait tout de même accroché les vieux rideaux, qui pendaient bien en dessous du rebord. « On les raccourcira plus tard », avait décrété Caroline, mais en attendant ils pendaient. Comme le tapis d'Amanda était trop grand, elle hérita de celui de l'ancienne chambre de

Maeve. Amanda demanda un jour à sa mère où était passé le sien. « Au garde-meuble, dit Caroline. Dans un entrepôt. » Apparemment, des tas de choses se trouvaient maintenant au garde-meuble – tout ce qu'elles n'avaient pas réussi à caser dans le nouvel appartement. À la manière dont Caroline en parlait, on aurait dit que ces affaires avaient déménagé sans elles ; elles se trouvaient en lieu sûr, mais Amanda et Caroline ne les reverraient plus jamais.

Maeve les avait quittées juste avant le déménagement. Lorsque Maeve lui avait annoncé qu'elle partait, Amanda ne lui avait pas demandé de rester. Si Maeve, comme son père, s'en allait, c'est parce qu'elle en avait envie, parce qu'elle ne voulait pas rester avec Amanda et sa mère.

Au moment des adieux, Amanda remarqua les deux petites lunes d'eau formées par les larmes au bas des lunettes de Maeve. Celle-ci enleva ses lunettes pour pincer l'arête de son nez entre le pouce et l'index. Elle cligna des yeux à plusieurs reprises avant de la regarder à nouveau. Elle promit de venir voir Amanda souvent : elle allait habiter tout près, avec une autre famille de Park Avenue où elle devait s'occuper d'une autre petite fille. Amanda pensait à Maeve dans la chambre de bonne d'autres gens – Maeve et son cadre à photos en cuir posé sur une autre commode. Elle imaginait Maeve assise dans un autre fauteuil : la lumière tombait sur ses mains pendant qu'elle recousait les boutons du cardigan de l'autre petite fille.

Cette nuit-là, Amanda se réveilla en sursaut. Sa chambre était plongée dans le noir. Elle se leva en hâte pour se ruer jusqu'à la salle de bains. Pieds nus sur le carrelage froid, elle se pencha sur la cuvette en porcelaine blanche et vomit. Entre deux vagues de nausée, elle sentait le vomi lui couler sur le menton, les yeux lui brûler. Ça sentait affreusement mauvais, les haut-le-cœur qui la secouaient étaient effrayants. Amanda ne pouvait plus s'arrêter, elle avait l'impression d'être emportée. Quand ce fut fini, elle était rompue, épuisée. Toute tremblante, elle s'agenouilla sur le tapis de bain devant le siège des toilettes, un pied replié sur l'autre pour essayer de se tenir chaud en attendant que ses frissons se calment. Une fois le danger éloigné, elle essuya sur sa serviette son menton dégoulinant et sa bouche pleine de bave. L'odeur écœurante n'avait pourtant pas disparu lorsque Amanda regagna son lit – elle avait dû s'en mettre dans les cheveux. Le nez dans l'oreiller, elle s'était obligée à respirer par la bouche. Maeve était partie.

Le déménagement avait eu lieu un vendredi. Le lundi suivant, le premier jour où Amanda avait classe depuis qu'elle habitait dans le nouvel appartement, Caroline entra dans sa chambre pour la réveiller. Elle n'était pas encore habillée ; elle avait simplement enfilé sa longue robe de chambre molletonnée à fleurs et glissé ses pieds dans ses chaussons en fourrure qui ressemblaient à des petits moutons bleu ciel.

« Debout, Amanda. C'est l'heure de te lever ! » s'écria-t-elle vivement. Amanda ouvrit les yeux mais ne bougea pas. Rien n'était à sa place. Caroline restait plantée sur le tapis, les mains enfoncées dans les grandes poches de sa robe de chambre. Elle n'avait pas allumé la lumière ; elle n'allait pas non plus lever le store.

« Nanna ? reprit-elle. C'est l'heure de te lever. Allez, debout. »

Amanda attendait qu'elle allât ouvrir le store ou s'approchât de son lit, mais sa mère gardait les mains dans les poches. Elle s'aperçut que la tenue qu'elle devait porter pour l'école n'était pas sur sa chaise.

« Où sont mes habits ? » demanda-t-elle.

Caroline eut l'air de ne pas comprendre.

« Quels habits ?

— Mes habits d'école.

— Ah… sans doute rangés avec tes affaires, dit Caroline avec un coup d'œil en direction de la penderie. Où les as-tu mis, la dernière fois que tu les as enlevés ? »

La dernière fois qu'Amanda avait son uniforme sur le dos, c'était le vendredi, le jour où les déménageurs étaient venus. L'après-midi, elle était rentrée directement dans le nouvel appartement, où tout était dans des cartons. Elles avaient passé le week-end à les déballer, mais rien n'était encore organisé. Amanda n'avait aucune idée de l'endroit où pouvaient se trouver ses affaires. Avant, c'était toujours Maeve qui s'en occupait.

Caroline s'avança vers la commode, sur laquelle deux gros cartons carrés étaient empilés.

« Voyons, voyons... De quoi as-tu besoin ? demanda-t-elle. Ton chemisier, tes chaussettes...

— Ma robe... où elle est ? s'inquiéta Amanda, qui entre-temps s'était levée.

— Où est-ce que Maeve la range, d'habitude ?

— Dans la penderie », répondit Amanda, peu rassurée.

Ça ne servait à rien de savoir où Maeve mettait ses affaires, avant. Maeve n'était plus là. Il n'y avait aucune chance, à présent, que la robe chasuble fût pendue sur un cintre avec ses autres vêtements. Ensemble, la mère et la fille inspectèrent néanmoins la penderie ; une rangée de petites robes d'été en coton s'y alignaient, vides et flasques ; pas de robes chasubles écossaises parmi elles.

« Tant pis, dit Caroline. On va sûrement en trouver une dans tes cartons. Toutes tes affaires sont dedans. » Elle entreprit de s'attaquer avec ses ongles à la bande adhésive qui fermait la boîte. Amanda observait. Caroline s'escrimait, les sourcils froncés. Elle grattait, tirait sur la bande récalcitrante entrecroisée à deux reprises autour du carton et qui s'emmêlait opiniâtrement. Quand elle eut réussi à la décoller sur le dessus, elle leva les deux côtés du couvercle et se pencha. Amanda n'était pas assez grande pour voir ce qu'il y avait à l'intérieur ; elle ne quittait pas des yeux sa mère tandis que celle-ci bouleversait le contenu de la boîte à deux mains, les sourcils toujours froncés. « Et merde, lâcha Caroline sans regarder sa fille.

— Qu'est-ce qu'il y a dedans ?

— Des serviettes. »

Le prénom d'Amanda s'inscrivait pourtant au gros feutre noir sur le carton. Caroline le souleva et le posa par terre pour passer au second. Elle s'acharna sur la bande adhésive, mais dans ce carton-ci il y avait les pulls d'Amanda. Caroline se redressa.

« Qu'est-ce que je vais mettre ? demanda Amanda, de plus en plus anxieuse. Je ne peux pas aller à l'école sans mon uniforme, c'est interdit.

— Tu peux sauter un jour. Je vais passer un coup de fil et je te donnerai un mot.

— Non ! protesta Amanda au bord de la panique. Je ne vais pas sauter un jour. Personne ne vient à l'école sans uniforme. C'est *interdit*.

— Tu n'as pourtant pas qu'une seule robe chasuble, reprit Caroline en examinant à nouveau la penderie. On devrait peut-être appeler Maeve.

— Maeve préparait toujours mes affaires le soir.

— Je sais, dit Caroline, qui commençait à s'énerver. Sauf que Maeve n'est pas là. » Amanda attendait. « Bon, va te brosser les dents pendant que je continue à chercher. » Amanda ne bougea pas. « Dépêche-toi, Amanda ! Va te brosser les dents. »

Amanda se rendit à la salle de bains. Elle ne savait pas très bien s'y prendre toute seule : avant, Maeve mettait le dentifrice sur la brosse et la regardait pendant qu'elle se lavait les dents. Ensuite, elle prenait un gant qu'elle avait trempé dans de l'eau tiède, elle l'essorait et le passait partout sur la figure d'Amanda. Le gant était chaud, un peu rugueux. Amanda, les yeux fermés, abandonnait son visage à Maeve, qui le frottait, le polissait comme un bijou, un cristal.

« Propre comme un sou neuf », affirmait-elle – et le visage d'Amanda sortait de la friction régénéré, purifié. En séchant, il la picotait un peu, petit crépitement à la surface de la peau.

Toute seule dans la salle de bains sombre, Amanda n'avait pas plus envie de se brosser les dents que de se laver la figure. L'histoire de l'uniforme l'angoissait. La peur lui tordait le ventre. Il fallait bouger le moins possible, économiser ses gestes au maximum pour ne pas faire empirer les choses. Amanda ouvrit le robinet à fond – au bruit, sa mère croirait qu'elle se lavait les dents. Debout, immobile, elle se regarda dans le miroir. Elle retroussa les lèvres : les dents étaient blanches – pas moins que si elle les avait brossées. Ouvrant la bouche, elle tira la langue tant qu'elle put : elle était mouchetée de rouge, normale. Amanda se lécha les lèvres, ferma le robinet et sortit de la salle de bains.

« Tu l'as trouvée ? demanda-t-elle à Caroline.

— Tu n'as qu'à mettre une jupe, répondit sa mère. Pour un jour, ça ira très bien.

— Je ne mettrai pas de jupe. Non et non. Toutes les autres seront en uniforme. C'est la règle. » Elle se voyait au milieu de ses camarades : le chemisier blanc froufroutant, tout le haut du corps d'un blanc insoutenable – et elle, point de mire de la classe, à la torture. Obligée de supporter la blancheur de neige étincelante de ce chemisier, leçon après leçon, quand toutes les autres auraient la poitrine modestement couverte par la robe chasuble écossaise. Elle, toute la journée comme une anomalie, pas pareille. Les questions que lui poseraient les maîtresses. Les regards des autres filles sur elle. « Non et non.

— Tiens, ton chemisier, dit sa mère en ouvrant un tiroir de la commode. Et voilà des chaussettes propres.

— Je n'irai pas à l'école en jupe », répéta Amanda, les bras croisés sur la poitrine. Elle avait mal au ventre.

« Enfile ça, au moins, insista sa mère. Je vais bien trouver quelque chose. Qu'est-ce que tu veux pour ton petit-déjeuner ? »

Jamais Maeve ne lui avait demandé ce qu'elle voulait pour son petit-déjeuner.

« Du pain perdu, décréta-t-elle, très contrariée.

— Du pain perdu ? Ce serait bien trop long. On n'a plus le temps. » Caroline fouillait une fois de plus la penderie, passant en revue les robes de sa fille, examinant tous les cintres. « On l'a peut-être suspendue sous une autre. Je sais que tu en as plus d'une. Elles doivent être dans un carton. » Des tas de cartons encore fermés s'empilaient dans le couloir. « Je vais voir s'il n'y en a pas dans la lingerie, avec ce qui est rentré de la blanchisserie. Viens dès que tu seras prête. Je vais te préparer une tartine. »

Sur ces mots, Caroline s'éloigna vers la cuisine.

Amanda enfila ses chaussettes avec lenteur. À quel moment décider qu'elle serait prête ? Elle ne pouvait pas être prête puisqu'elle n'avait pas son uniforme. Elle remonta soigneusement ses chaussettes en dessous des genoux, replia leurs rabats en s'appliquant pour qu'ils aient la même longueur partout. Puis elle passa son chemisier et se mit à le boutonner jusqu'au cou en partant du bas, avant de s'apercevoir qu'elle s'était trompée de boutonnière. Il lui fallut défaire tous les boutons et recommencer. Décidément, rien n'était plus comme avant. Maintenant, même s'habiller devenait difficile, hasardeux. Aucun de ses gestes n'était bon, elle faisait tout à l'envers.

Amanda se regarda dans le miroir. Elle n'était pas coiffée. Jamais elle ne s'était coiffée toute seule : le manche de la brosse était trop gros pour sa main, les piquants lui meurtrissaient le cuir chevelu. Maeve savait la peigner sans tirer. Amanda avait encore les cheveux tout emmêlés par la nuit, tout sales aussi : personne n'avait pensé à les lui laver, dimanche soir. Elle ne portait que sa culotte bouffante bleu marine et le volumineux chemisier blanc, sans tee-shirt dessous, ce que sa mère n'avait pas remarqué. Ses chaussettes étaient bien tirées jusqu'aux genoux et elle s'appliquait à garder les pieds joints. Les bras le long du corps, les mains plaquées de chaque côté des cuisses, elle contemplait son reflet comme à l'accoutumée. Elle se tenait très droite, mais ce reflet n'était pas du tout le même que d'habitude. Ça n'allait pas, cette image-là n'allait pas. Si une autre personne l'avait regardée, elle ne lui aurait pas dit qu'elle était mignonne. Ça se voyait qu'elle ne l'était pas – Amanda le voyait.

Après le départ de Maeve, Caroline, les soirs où elle devait sortir, confia Amanda à des baby-sitters. Maria, qui avait continué à travailler pour elle, venait faire le ménage deux fois par semaine, et parfois c'était elle qui gardait Amanda. Originaire du Salvador, Maria avait une vingtaine d'années, des petits yeux noirs, des cheveux très bruns, très épais, un visage large et un teint pâle, un peu jaune, avec des joues lisses. Elle portait des bandeaux de toutes les couleurs, des collants noirs, des chemisiers blancs et des cardigans – sauf qu'Amanda était à peu près sûre que Maria ne savait pas que ces gilets s'appelaient ainsi. Maria ne connaissait que quelques mots d'anglais. Elle était farouche et bizarre; Amanda en avait peur.

Les soirs où elle devait la garder, Maria passait son temps au téléphone à jacasser à toute allure en espagnol. Pour dîner, elle mettait une pizza congelée à réchauffer. Il n'y avait pas de règles avec Maria: si Amanda avait envie de prendre un bain, elle le prenait toute seule, sinon elle ne se lavait pas. À neuf heures, Maria passait la tête par la porte de sa chambre et déclarait: « Neuf heures. Tu dors, okay? » Amanda cessait un instant de lire sa bande dessinée ou de regarder la télévision, juste le temps d'acquiescer d'un signe. Quelques minutes plus tard, Maria repassait pour lui dire bonsoir. Amanda s'était glissée sous les couvertures. Elle n'avait pas forcément enfilé son pyjama, ni brossé ses dents.

« Okay, bonsoir », disait Maria en éteignant la lumière. Amanda écoutait ses pas s'éloigner dans le couloir, puis rallumait la lumière, ou la télé. Maria ne revenait jamais. Elle allait dans la cuisine et continuait à téléphoner, après avoir refermé la porte derrière elle.

Du temps où Maeve couchait Amanda, elle restait avec elle un moment et lui caressait le front en lui lissant les cheveux. Amanda fermait les yeux, sans bouger, pendant que Maeve traçait lentement sur sa peau le dessin d'un huit. Elle sentait les doigts calmes de Maeve se déplacer avec légèreté, d'avant en arrière, sur son visage. C'était un geste magique: elle se sentait soudain parfaitement reliée à Maeve par la seule grâce de son toucher ferme, comme si les doigts de sa nourrice représentaient son contact avec le reste du monde et l'infinité noire de l'espace où Amanda, alors, comprenait qu'elle avait sa place, tout entière et en sécurité, parce qu'il y avait ce lien entre elles.

Maintenant, quand Maria était retournée à la cuisine après lui avoir dit bonsoir, Amanda, quelquefois, restait couchée dans le noir, paupières closes, en se racontant qu'elle sentait sur son front la lente caresse des doigts de Maeve. Elle allait même, certains soirs, jusqu'à sortir sa main de sous le drap pour tracer le huit sur sa figure. Ce n'était pas aussi bien, mais ça l'apaisait.

Une nuit où elle n'arrivait pas à dormir, Amanda sortit de sa chambre pour gagner la cuisine, où la lumière l'obligea à plisser les yeux. Maria était assise devant une tasse de café. Elle téléphonait. Amanda attendit sur le seuil qu'elle remarquât sa présence. Quand elle la vit, Maria releva brusquement le menton.

« Tu veux quoi ? demanda-t-elle sans un sourire, l'appareil toujours tout près de la bouche.

— J'ai soif », finit par déclarer Amanda.

Maria la dévisageait. Amanda ne bougea pas d'un pouce.

« *Esperate* », lâcha Maria dans l'appareil. Puis, se tournant vers Amanda : « Tu bois quoi ? Tu bois de l'eau ? » Amanda fit non de la tête. « Tu bois quoi ? répéta Maria.

— Du Coca », essaya Amanda.

Maeve ne lui aurait jamais donné du Coca. Maeve l'aurait grondée et immédiatement réexpédiée au lit. Sauf si Amanda avait été malade ou malheureuse ; dans ce cas, Maeve lui aurait préparé une tasse de lait chaud additionné d'une cuillerée de miel, et elle serait venue s'asseoir à côté d'elle dans le noir pour la boire.

Maria, elle, posa le combiné et se dirigea sans hésiter vers le réfrigérateur – chacun de ses gestes était rapide, décidé. Elle en sortit une boîte de Coca qu'elle tendit à Amanda.

« Okay ? » Amanda la remercia dans un murmure, accompagné d'un petit hochement de tête.

Aussitôt, Maria retourna au téléphone. Tournant le dos à Amanda, elle se percha sur le tabouret, qu'elle tira le plus près possible du plan de travail. En appui sur les coudes, elle se pencha sur l'appareil.

« *Oyeme* », dit-elle tout bas, d'une voix pressante. Et elle reprit sa conversation, envoyant en direction d'un monde inconnu un flot de mots inconnus, emportés, précipités, qui se bousculaient sur ses lèvres.

Amanda sortit de la cuisine. La boîte de Coca en métal était froide, dans sa main, et sa fine paroi rouge cédait à la pression avec une élasticité complaisante. Les fraîches gouttelettes formées en surface lui mouillaient désagréablement les doigts. De retour dans sa chambre, Amanda ferma la porte et alluma la lumière. Elle tira d'un coup sec sur la capsule du Coca : avec un sifflement, le liquide foncé se mit à mousser en frisottant autour de l'ouverture. Amanda en avala une gorgée, mais la boisson sucrée pétillait fort à l'intérieur de sa bouche. Ça piquait trop, c'était trop froid, ça remuait trop dans sa gorge. Elle sentit même avec inquiétude quelques bulles lui remonter dans le nez.

Posant la boîte sur la table de nuit, Amanda s'assit sur son lit. Elle avait sur elle un pantalon de pyjama, son tee-shirt à manches longues en coton blanc, aux poignets effrangés, et un pull. Elle se baissa pour attraper la pile de bandes dessinées dissimulées derrière la garniture à fronces du sommier. Du temps où Maeve était là, elle regardait toujours sous le lit d'Amanda. Elle soulevait la garniture et tirait de là-dessous tout ce qu'Amanda avait pu y fourrer.

« Tu amasses un trésor ou quoi ? lui demandait-elle sévèrement. Il y a une place pour chaque chose et chaque chose doit être à sa place. » Maeve sortait sans arrêt des formules de ce genre, des petites règles tyranniques pour toutes les occasions. Amanda savait sans le savoir que ces règles l'inscrivaient à sa place, inscrivaient son monde à sa place. Là de tout temps et pour toujours, elles l'accompagnaient et lui indiquaient les limites.

Avec Maria, il n'y avait aucune règle. Maria n'allait jamais voir sous le lit où Amanda, maintenant, glissait systématiquement la pile chancelante et multicolore de ses albums de bandes dessinées. Ce soir-là, allongée sous les draps en appui sur un coude, elle en ouvrit un et se plongea dedans. Archie était son héros préféré. Elle se passionnait pour la vie du candide Archie, avec ses taches de rousseur, ses yeux brillants, sa coupe de cheveux étonnante, à deux toupets comme des cornes. Pour celle de la blonde et candide Betty, tout aussi jolie que la brune Veronica mais moins adulée pour des raisons mystérieuses. Elle détestait de tout cœur le tortueux Reggie, toujours prêt à trahir la confiance que les autres plaçaient en lui ; elle aimait avec autant d'ardeur l'excentrique Jughead au nez d'ornithorynque, grand amateur de hamburgers. Amanda dévorait ces histoires avec un intérêt des plus sérieux. Elle absorbait les informations distillées sur les salons de thé, les bals d'étudiants, les sorties à deux couples comme s'il s'agissait de s'instruire en vue de sa propre adolescence – sans voir qu'il n'y avait aucun point commun entre l'environnement qui était le sien et Riverdale, ses petites maisons individuelles bien léchées, ses rues calmes et luisantes de propreté, son université privée, ses fêtes et ses matchs de foot. À Riverdale, il n'y avait pas d'étrangers.

Immergée dans la vie d'Archie, Amanda oublia son Coca. Il n'était plus frais du tout quand elle y repensa, et toutes les bulles étaient parties. Elle en prit une lampée, mais sans l'avaler. Quelques minutes durant, elle garda en bouche le liquide tiède et sucré : bien que dans son corps, le Coca n'en faisait pas encore partie ; sitôt qu'elle aurait dégluti, en revanche, il disparaîtrait, se fondrait en elle, se confondrait avec son estomac, ses poumons, toutes ces parties qui la composaient à l'intérieur et qu'elle ignorait. La boisson se réchauffa dans sa bouche : sa saveur sucrée prit le goût du dedans de ses joues. La lampe de chevet créait une flaque de lumière réconfortante dans la chambre obscure. Tout en se rinçant la bouche avec sa lampée de Coca, Amanda tourna une page jaune et molle. Elle entendit la porte d'entrée se refermer doucement.

Aussitôt, Amanda avala le liquide et remit la boîte sur la table de chevet. Elle glissa prestement les bandes dessinées sous le lit et éteignit la lampe. Sa mère prenait le couloir du fond, en direction de la cuisine. Amanda l'entendit vaguement discuter avec Maria, puis se rapprocher; elle était seule. Maria avait dû partir par l'ascenseur de service.

Étendue dans son lit, Amanda serrait fort les paupières. Elle écoutait les pas de sa mère, assourdis par la moquette du couloir. Caroline passa devant la porte d'Amanda, continua jusqu'à sa chambre, ferma la porte. Amanda ouvrit les yeux mais ne ralluma pas : sa mère risquait de venir lui dire bonsoir lorsqu'elle serait elle-même prête à aller se coucher.

Amanda ne bougeait pas. Sa fenêtre ne donnait pas sur Park Avenue, si bien que la nuit, lorsqu'il pleuvait, elle n'entendait pas le doux chuintement régulier des voitures. La nouvelle chambre donnait sur une petite rue qui s'animait par à-coups. Au lieu du ronronnement rêveur des voitures isolées venues s'arrêter au feu au beau milieu de la nuit, elle s'emplissait soudain de la musique discordante et angoissée des camions-poubelles qui s'y engageaient à l'improviste.

Pour le moment, tout était tranquille dehors. Dans le noir, Amanda tendait l'oreille pour saisir les bruits provenant de la chambre de sa mère. Rien, cependant, ne passait au travers de leurs deux portes closes. Immobile dans son lit, elle resta ainsi à écouter dans le noir jusqu'au moment où elle s'endormit.

Amanda avait huit ans la nuit d'hiver où elle s'éveilla en sursaut sous l'emprise d'un cauchemar, prise d'une terreur qui chassait de sa tête toutes les autres pensées – une monstrueuse présence était tapie dans sa chambre. D'abord, elle resta sous ses couvertures, attentive aux sons de la rue. Un camion-poubelle rugissait au carrefour ; plus loin, une sirène miaulait faiblement dans le lointain, mais ce n'étaient pas ces bruits qui avaient accéléré les battements de son cœur. Elle contempla les lumières qui dansaient au plafond. La peur la tenait clouée sur place ; ses bras, ses jambes pesaient des tonnes. Ces ombres au plafond. Et ces ombres dans la penderie, derrière la porte entrebâillée. Le grand silence dans le couloir, de l'autre côté du mur.

Quand la peur de rester immobile l'eut emporté sur la peur de bouger, Amanda sauta à bas de son lit et, le cœur battant, se rua hors de la pièce. La chambre de sa mère se trouvait de l'autre côté du couloir, tout au bout. Sans essayer de percer les ténèbres dans un sens ou dans l'autre, Amanda le traversa aussi vite qu'elle put, en diagonale. La panique fusait dans ses veines à la vitesse de l'éclair. Elle posa la main sur la poignée, prête à bondir dans le noir sur le lit de sa mère. Au moment où elle ouvrit la porte, elle avait déjà commencé à prendre son élan.

Il y avait de la lumière dans la chambre de Caroline. La petite lampe de chevet projetait au plafond l'ombre des colonnes du lit. Le reste de la pièce n'était que vaguement éclairé. La porte se trouvait juste en face du lit aux lourds rideaux retenus aux quatre coins par des embrasses. Plantée sur le seuil, Amanda ne voyait que ce lit. Sa mère n'était pas dedans. Un corps énorme, cauchemardesque, avait pris sa place sous les draps. Amanda ne pouvait détacher les yeux de l'agitation brouillonne de cette forme, du désordre de ses têtes sur l'oreiller. Glacée d'horreur – son rêve se répétait –, elle restait sur le seuil à fixer les sursauts et les contorsions de la forme invisible. Brusquement, le visage de sa mère apparut, se détachant du reste.

« Amanda ? » dit-elle. La forme se figea dans l'instant. Une seconde tête émergea, dépourvue de visage, couverte de poils noirs. « Retourne te coucher, Amanda. » Jamais encore l'enfant n'avait perçu cette colère dans la voix de Caroline. « Retourne au lit immédiatement ! »

Amanda obtempéra et sortit en refermant derrière elle.

Une fois qu'elle eut regagné sa chambre, elle enleva la couette de son lit, attrapa plusieurs bandes dessinées et transporta le tout jusqu'à la penderie, où elle s'enferma après avoir allumé le plafonnier. À quatre pattes sous ses robes suspendues, elle écarta les chaussures posées par terre pour s'aménager une clairière dans les profondeurs les plus reculées de l'espace. Elle y étala la couette et, s'asseyant dessus, la remonta sur ses épaules. Le sol était froid, elle frissonnait, mais la cachette était paisible, rassurante, et peu à peu la chaleur se répandit dans le cocon de sa couverture. À la lumière de la petite ampoule du plafonnier, Amanda prit l'album posé en haut de la pile et l'ouvrit sur ses genoux. Elle se mit à relire ces histoires qu'elle connaissait si bien, où il était question de Riverdale, de balades en décapotable et de supporters enthousiastes.

Le lendemain matin, ni Caroline ni Amanda ne soufflèrent mot de l'incident nocturne. En se rendant à la cuisine pour y prendre son petit-déjeuner, Amanda jeta un coup d'œil dans la chambre de sa mère, par la porte entrouverte. Le lit était vide, les oreillers s'étalaient dessus, tout bosselés, les draps froissés étaient sens dessus dessous, avec un grand bout qui pendait par terre. Amanda passa sans s'arrêter. Pour le petit-déjeuner, sa mère lui avait préparé des céréales au lait froid. Sa mère achetait n'importe quelle marque de céréales, du moment qu'Amanda le lui demandait.

15

Ils quittèrent New York le vendredi soir, après le dîner de Tess et d'Amanda. C'était l'été, les soirées étaient longues et il faisait encore jour lorsqu'ils se mirent en route. Emma était assise devant, à côté de Peter, qui conduisait. Derrière, Amanda, alors âgée de huit ans, et Tess, quatre ans, s'étaient installées face à face à genoux. La longue banquette glissante se transformait pour elles en vaste contrée ouverte à l'aventure et qu'elles seules occupaient. Elles jouaient à Wonder Woman.

Amanda décrivait l'action au fur et à mesure, dans un chuchotement haletant. Se retenant tant bien que mal au siège arrière, qu'elle agrippait de sa superpoigne, elle se balançait dans le vide en haut d'un gratte-ciel. Tess buvait ses paroles, les yeux écarquillés ; elle incarnait l'assistante de Wonder Woman.

« *Maintenant, les kidnappeurs se penchent au-dessus de moi par la fenêtre*, disait Amanda à voix basse. *Ils voudraient couper mon lasso magique*.

— Ils n'y arriveront pas, affirma Tess en secouant la tête. C'est impossible de le couper.

— *Je le laisse pendre encore plus bas*, poursuivit Amanda sans tenir compte de l'interruption. *Je me glisse le long du gratte-ciel jusqu'à ce que je trouve une fenêtre ouverte. Je suis suspendue au-dessus de la rue au quarante-septième étage*.

— Le vent se met à souffler, suggéra Tess.

— *En haut, les autres secouent la corde pour que je me cogne contre le mur.* »

Prenant appui contre le dossier, Amanda s'arc-bouta en poussant des deux mains contre le coussin.

« Ça va, les filles ? s'enquit Emma en se tournant vers elles.

— Ouais, ouais, répondit Amanda.

— On joue à Wonder Woman, expliqua Tess en sautant sur le siège. Moi, je suis l'assistante.

— Oh ! Tout se passe bien ?

— On va gagner, dit Tess. Les kidnappeurs ont failli nous attraper, mais on a réussi à s'échapper.

— Tant mieux, la félicita Emma en se radossant sur le siège avant.

— *Ça y est ! En voilà un qui se penche par la fenêtre. Il essaie de me tirer dessus.*

— Sers-toi de tes bracelets magiques, conseilla Tess.

— *Wonder Woman enfile son bracelet magique*, continua Amanda sans la regarder. *Bang ! Bang ! Les balles rebondissent dessus. J'attrape l'autre bout de mon lasso, je fais un nœud coulant et je le lance sur Black Bart.*

— Il est attrapé par la tête ! » s'exclama Tess dans un cri de triomphe en applaudissant des deux mains.

Amanda s'interrompit pour la dévisager. « Tess ! gronda-t-elle. C'est moi qui raconte.

— Je sais, je sais », se vexa Tess.

Imperturbable, Amanda reprit tout bas le fil de l'histoire : « *Je tire sur le lasso magique, Black Bart passe par la fenêtre. Juste au moment où il passe par la fenêtre, Wonder Woman le retient d'une main grâce à sa superforce.*

— Pourquoi tu le retiens ? s'étonna Tess de sa voix normale.

— Parce que Wonder Woman est bonne, répondit Amanda, elle aussi redevenue elle-même. Wonder Woman ne tue jamais les gens. En plus, ça ne peut pas s'arrêter maintenant : on vient juste de commencer. » Allongeant un bras devant elle, elle s'aplatit contre le dossier. « *Wonder Woman ne le lâche pas, même si à cause de son élan elle se cogne contre le gratte-ciel.*

— C'est quand, mon tour, Amanda ?

— Bientôt. Dès que Wonder Woman aura réussi à pénétrer à l'intérieur.

— Tu dis toujours ça, se plaignit Tess.

— *Wonder Woman arrive à attraper le rebord de la fenêtre, elle sera bientôt dedans* », murmura Amanda.

Tess changea de position. Assise les genoux sous le menton, les pieds écartés, elle tapait avec impatience ses jambes l'une contre l'autre.

« *Ça y est ! Elle a réussi ! Elle enjambe la fenêtre, et là elle voit son assistante*.

— Bon, qu'est-ce que je fais, alors ?

— *Wonder Woman tire Black Bart derrière elle par la fenêtre*, continua Amanda en mimant frénétiquement l'action. *Son assistante l'attend, elle porte un gros livre énorme : un dictionnaire. Elle le soulève et donne à Black Bart un grand coup sur la tête dès qu'il est à l'intérieur. Elle l'assomme !*

— Amanda ! Moi aussi je veux des armes magiques. Je n'ai pas envie de lui taper sur la tête avec ce vieux dictionnaire. Pourquoi tu ne veux pas que je me serve des armes magiques ?

— Tu sais bien que les armes magiques sont à Wonder Woman, Tess, expliqua Amanda avec gravité. Il n'y a qu'avec elle que ça marche, c'est évident. Personne d'autre qu'elle ne peut s'en servir.

— Alors, je ne joue plus, décréta Tess, qui se détourna pour regarder droit devant elle, la bouche pincée. Ou alors on change et je suis Wonder Woman. Je veux faire Wonder Woman, moi aussi.

— Tess, dit Amanda sans élever la voix, car elle préférait qu'Emma n'entendît pas. Je suis plus grande que toi. Wonder Woman ne peut pas être plus petite que son assistante.

— Bon, d'accord. Puisque c'est comme ça, tu n'as qu'à faire Wonder Woman toute seule. Moi, je ne joue plus. » Sur ces mots, Tess croisa les bras, le visage de marbre.

« Écoute, Tess, c'est bête parce que tu vas rater le plus grand exploit de l'assistante : C'est elle qui sauve Wonder Woman.

— Je m'en fiche ! » Très fâchée, Tess se pencha vers sa mère : « Maman ? » Emma se retourna. « Je peux venir avec toi devant ? »

Emma lui tendit les bras et Tess franchit traîtreusement la frontière pour passer dans le monde des adultes.

Amanda resta seule. La vie animée, grouillante, haletante qui l'instant d'avant se déroulait encore à l'arrière s'était volatilisée d'un coup. Amanda n'était plus nulle part, à présent : juste seule sur la banquette arrière. Elle regarda par la fenêtre. Des voitures filaient dans l'autre sens, emportées par l'impitoyable monotonie de l'autoroute. Elle agita les jambes, se mit un doigt dans la bouche, commença à en ronger l'ongle. Une lame de fond d'ennui gonfla en elle.

Elle s'appuya contre le dossier du siège avant, derrière son père. La tête renversée, elle contemplait sa nuque, le col de sa chemise écossaise. Les cheveux coupés court étaient duveteux à la base, plus longs, plus semblables à de vraies plumes en haut du crâne et sur les côtés. Elle caressa à rebrousse-poil la nuque de son père.

« Papa ?

— Oui, Nanna ? dit Peter.

— C'est quand mon tour de venir devant ?

— Tu voudrais t'asseoir sur les genoux d'Emma ? demanda Peter pendant que Tess, le pouce dans la bouche, observait Amanda d'un œil soupçonneux.

— C'est toujours Tess qui est devant. Je devrais pouvoir y aller, moi aussi. »

Tess sortit un pouce luisant de sa bouche : « Non ! refusa-t-elle.

— Ce n'est pas juste, protesta Amanda à l'adresse d'Emma. Pourquoi c'est toujours Tess qui vient sur tes genoux et jamais moi ?

— Parce qu'elle est beaucoup plus petite que toi, répondit vivement Emma. Il n'y a pas assez de place pour toi sur mes genoux, Amanda, tu es bien trop grande », conclut-elle avec un grand sourire.

Un instant, personne ne parla.

« Il n'y a pas assez de place sur tes genoux pour Amanda ? reprit Peter.

— Amanda est vraiment très grande. » Emma avait gardé ce ton de voix vif, presque cassant, et elle évitait de regarder Peter. « Amanda pousse à vue d'œil. Ses bras, ses jambes sont bien plus grands que tu ne crois. »

Amanda attendait, la tête pressée contre le dossier du siège conducteur, mais son père se taisait. Tess, qui s'était remise à sucer son pouce, s'abandonnait contre le buste d'Emma. Voyant qu'Amanda la regardait, elle lâcha son pouce une fraction de seconde pour lui tirer la langue. Amanda répliqua par une vilaine grimace, les yeux plissés, puis elle s'affala sur la banquette, se laissa tomber sur les coussins, vaincue par l'ennui et la rancune. Elle détestait Tess. Elle détestait Tess et Emma. Avec Emma, c'était toujours la même chose. Un jour où Peter n'était pas là et où Amanda couchait chez eux, Emma avait permis à Tess de dormir avec elle dans le grand lit. Amanda lui avait demandé si elle pouvait venir, elle aussi, mais Emma avait déclaré qu'il n'y avait pas assez de place.

Ressassant sa rancœur, Amanda se laissait éblouir par les phares des véhicules qu'ils doublaient. Elle détestait son père de n'avoir rien répondu. Au volant, il déboîtait, changeait de file, passant d'un sillage de lumière à un autre. Un flot ininterrompu de voitures filait dans l'autre sens à toute allure, les croisant sans retour. Derrière eux, il en surgit une qui fonçait dans la nuit. Abandonnée sur le siège arrière dans l'obscurité vrombissante, Amanda s'endormit.

Le soudain silence quand la voiture s'arrêta la tira du sommeil.

« On est arrivés », déclara Peter en ouvrant la portière. Dehors il faisait noir, tout était calme. On n'entendait que le souffle léger du vent. Amanda reconnut l'odeur de la mer. Tess aussi avait dormi ; ça se voyait à ses yeux gonflés.

« Tout le monde porte quelque chose », lança Emma à la cantonade dans une formule en réalité destinée à

Amanda : Peter et elle n'allaient bien sûr pas partir les mains vides et Tess était trop petite. Amanda s'empara donc de sa valise et tous quatre s'engagèrent à la queue leu leu sur le sentier menant à la maison.

Les Kirkland les accueillirent à la porte. M. Kirkland, un monsieur très grand, plutôt effrayant, embrassa Emma et Tess avant de serrer la main de Peter et d'Amanda.

« Bonsoir, Everett, le salua Peter en posant sa valise. Vous reconnaissez Amanda, ma fille ?

— Bonsoir, mademoiselle », dit M. Kirkland en l'examinant par-dessous ses sourcils. Il était vraiment immense.

« Bonsoir, Amanda, enchaîna Mme Kirkland. Je suis contente que tu sois venue. »

Elle se baissa pour embrasser Amanda. La pression du bras qu'elle lui posa sur l'épaule était bizarre, mal assurée. Elle planta un baiser sur la joue de l'enfant, qui attendait, figée sur place, qu'elle eût fini.

« Gonny ! s'écria Tess impérieusement – et l'enfant se jeta dans les jambes de sa grand-mère, les yeux fermés pour mieux feindre le ravissement.

— Je me demande comment tu vas pouvoir t'occuper, ici », déclara M. Kirkland d'une voix de stentor à l'adresse d'Amanda.

La remarque stoppa net Emma, qui se tourna vers son père : « Elle va sûrement trouver des tas de choses à faire, papa. Amanda et Tess ne s'ennuient pas ensemble.

— Tant mieux, tant mieux », marmonna M. Kirkland. Il fronçait tout le temps les sourcils.

Tous montèrent à l'étage, envahissant l'étroit couloir. Tess, qui n'avait pas lâché la main de sa grand-mère, ouvrait la voie avec autorité.

« Ça, c'est ma chambre, Amanda », annonça-t-elle en regardant son aînée par-dessus son épaule.

Les deux filles devaient partager cette chambre, meublée de deux petits lits et d'un vieux tapis usé. Entre les deux lits, dans un cadre doré abîmé, était accroché le portrait d'une jeune fille d'autrefois, vêtue d'une cape et d'un chapeau noirs, les mains glissées dans un manchon en fourrure. Sur les étagères encastrées dans les murs s'alignaient des chopes en faïence, un coussinet à aiguilles, une collection de coquillages. Tout le mobilier était peint en blanc. Rien là-dedans n'avait l'air neuf.

Tess prit place sur le lit le plus près de la porte. Elle se laissa rebondir dessus et décréta : « Ça, c'est mon lit. C'est là que je dors.

— Allons, Tess, intervint Mme Kirkland. N'oublie pas ton rôle d'hôtesse. Il faut laisser choisir ton invitée.

— D'accord. » Tess leva les yeux vers Amanda : « Amanda, tu veux dormir là ? demanda-t-elle, le doigt pointé vers le lit du côté de la fenêtre.

— Ça m'est égal », répondit Amanda en haussant les épaules.

Le lendemain matin, Amanda s'éveilla la première. Après avoir résisté, paupières serrées pour se protéger de la lumière, elle finit par ouvrir les yeux malgré elle. La pièce baignait dans l'éblouissante clarté du jour qu'aucun obstacle ne venait arrêter : seuls de minces rideaux blancs que personne n'avait songé à tirer protégeaient les fenêtres. Les stores fragiles ne servaient qu'à masquer les pins décharnés et la plate étendue d'herbe pelée qui poussait sur le sable. Rien, absolument rien n'arrêtait le soleil, dont la lumière aveuglante envahissait la chambre entière.

Chez elle, à New York, Amanda n'était jamais réveillée par le jour. Ses rideaux à carreaux bleus et blancs étaient toujours tirés, le soir, le lourd store blanc opaque était dûment baissé jusqu'au bord de la fenêtre, et cette dernière fermée à l'espagnolette. La nuit durant, l'air enfermé dans cet espace clos circulait paisiblement à travers ses poumons. Amanda dormait, bercée par un souffle, une toile bruissante qu'elle tissait elle-même et qui l'enveloppait, chaude, familière, proche.

Les nuits qu'Amanda passait chez Emma et son père étaient bien différentes. Elles n'étaient pas si calmes, chez eux. Emma obligeait toujours Amanda à dormir en laissant sa fenêtre dangereusement ouverte : n'importe quoi pouvait entrer, venu de l'extérieur, à commencer par le vent froid, qui s'y faufilait comme il voulait. La veille au soir, Amanda avait d'ailleurs entendu de drôles de bruits – des coups précipités venus du dehors, et dedans des craquements, des trottinements incompréhensibles. Chez elle, à New York, il n'y avait pas de rumeurs comme ça. On n'entendait que le grondement sourd de la circulation, l'alarme d'une sirène lointaine – rien que de très normal. Le matin, c'était le tintamarre strident des tuyaux du chauffage secoués par des jets de vapeur puissants. Tous ces sons-là étaient déchiffrables, rassurants.

Amanda se redressa un peu sur son oreiller et regarda autour d'elle. Tess, évidemment, dormait. Tess passait son temps à dormir – elle faisait la sieste, se couchait tôt, se réveillait tard. Là, les yeux bien clos, la bouche entrouverte, elle enfonçait sa tête au creux de l'oreiller.

Amanda examina la chambre. Elle avait une drôle de forme : le plafond, au lieu d'être plat, finissait en pente de chaque côté de la fenêtre et découpait l'espace en volumes bizarres, irréguliers. De toute façon, tout était bizarre, ici.

Cette maison mettait Amanda mal à l'aise. Elle était vieille, les meubles étaient branlants, les tapis élimés, il y avait des trous sur les accoudoirs des fauteuils. Jamais la mère d'Amanda n'aurait habité dans un endroit pareil. Amanda connaissait la grande maison de brique blanche de ses vrais grands-parents, le père et la mère de Caroline. Chez eux, les parquets brillaient, bien cirés, et aucune fissure ne zébrait les murs. Les meubles n'étaient pas abîmés, il n'y avait pas de trous sur les bras des fauteuils.

Cette maison-ci, celle des parents d'Emma, était pauvre. Cela n'avait pas l'air de gêner leur fille, mais Amanda trouvait la pauvreté dégoûtante. Il faudrait faire attention, se méfier des housses fanées, des planchers douteux, des recoins poussiéreux. Tout cela n'avait rien à voir avec elle. Elle n'était que de passage ici ; il lui tardait déjà de repartir. Personne ne lui avait demandé son avis : elle était ici à cause de son père et n'avait qu'une envie, s'en aller, sauf quand elle jouait avec Tess.

Amanda continua d'inspecter la chambre. Elle allait s'ennuyer à mourir. Il n'y avait que des livres, dans cette pièce. Les livres l'agaçaient. Emma l'obligeait à écouter l'histoire qu'elle lisait à Tess, le soir, quand elle les mettait au lit toutes les deux, bien trop tôt. Emma exigeait qu'Amanda aille se coucher en même temps que Tess, qui avait pourtant quatre ans de moins. Lorsque Amanda avait dit à Emma que d'habitude, chez elle, elle se couchait à neuf heures, Emma ne l'avait pas crue. « Ta mère te permet de rester debout jusqu'à *neuf heures* ? » s'était-elle écriée d'une voix aiguë. Elle n'aurait pas eu l'air moins abasourdi si Amanda lui avait raconté que Caroline la laissait jouer avec des armes à feu.

Il n'y avait qu'à regarder Emma pour voir qu'elle avait vraiment l'impression de les gâter en leur racontant une histoire au moment du coucher. Tess se glissait sous ses couvertures et Emma s'asseyait près de son oreiller. La petite fille buvait ses paroles et ne la quittait pas des yeux, l'air absorbé, comme si elle se représentait chaque mot, chaque phrase sortis de la bouche de sa mère. Quant à Amanda, couchée sur le dos, les mains croisées derrière la tête, elle contemplait le plafond. Tout le temps que durait la lecture, ses pieds tressaillaient, battant la mesure sans discontinuer. Emma lisait lentement, avec des manières, en changeant de voix pour les différents personnages.

Elle levait souvent les yeux vers Tess ; souvent, aussi, elle souriait à Amanda, mais Amanda refusait de la regarder. Emma leur racontait l'histoire d'une pauvre fille qui vivait dans une maison sombre en Angleterre, avec son rouge-gorge idiot et son jardin sans intérêt. Les mots trop longs, incompréhensibles, et le plafond pour toute distraction. Amanda essayait de se boucher les oreilles en pensée et de songer à autre chose à la place, un film qui lui avait plu à la télé, par exemple.

Chez elle, Amanda n'était jamais obligée d'ouvrir un bouquin ni d'écouter une histoire. Sa mère ne lui en racontait jamais, d'ailleurs elle n'aimait pas beaucoup lire, elle non plus. Quand ça lui arrivait, elle en choisissait un neuf, à la couverture gaie, presque toujours avec une jolie fille dessus. Tant qu'à lire, il vaut mieux ces livres-là, se disait Amanda. La plupart du temps, cependant, Caroline préférait feuilleter des magazines, ou bien elle regardait la télévision avec Amanda. Quelquefois, elle préparait un bol de pop-corn, et toutes deux s'installaient côte à côte sur son lit, en se fabriquant un petit nid dans la couette.

Emma ne regardait pas la télévision ; Tess non plus. Elles ne savaient jamais de quoi parlait Amanda quand elle faisait allusion à une de ses émissions préférées, une série que tout le monde connaissait sauf elles. Emma se contentait de secouer la tête et de sourire, comme si c'était normal d'être aussi bête. Tess, en revanche, écarquillait les yeux d'envie. Elle n'avait pas le droit de regarder la télé, et Amanda, qui pourtant n'avait pas envie de la plaindre, en avait presque de la peine pour elle.

Amanda sortit du lit. Elle avait sur elle son pantalon de pyjama et le petit pull à manches courtes à rayures qu'elle portait la veille. Elle adorait garder ses vêtements pour dormir. Emma, qui n'était pas d'accord, essayait de l'en empêcher. Elle se fâchait quand Amanda ne l'écoutait pas ; elle prenait un air furieux et s'énervait : « Je t'ai déjà dit qu'il ne fallait pas, Amanda ! » Maeve non plus ne lui aurait jamais permis d'aller se coucher sans se déshabiller, mais elle, au moins, elle ne se serait pas mise en colère. Maeve l'aurait traitée de petite souillon et l'aurait forcée à se lever pour enfiler son pyjama, mais sans se fâcher. Maeve ne s'énervait jamais contre elle ; Emma, tout le temps.

Il n'y avait pas un bruit dans la maison des Kirkland ; il devait être très tôt. Amanda était bien trop réveillée pour rester au lit. Elle trouverait sans doute une télévision quelque part, elle l'allumerait et regarderait des dessins animés en mettant le son tout bas. Les parents d'Emma avaient beau être pauvres, ils avaient forcément la télé ; même les pauvres avaient la télé. Maria avait la télé.

Si Amanda avait été chez elle, elle aurait enfilé sa robe de chambre rouge écossaise que sa mère lui avait offerte pour Noël et serait allée regarder des dessins animés dans la bibliothèque. Amanda avait toujours regardé les dessins animés du samedi matin. Quand elle était petite, elle prenait avec elle sa couverture jaune bordée d'une bande de satin toute douce, sortait les coussins du canapé et s'installait dessus, sur le tapis, emmitouflée, pour regarder Bip-Bip et le Coyote. Elle tirait la laine sur sa tête, pressait la bordure de satin contre son nez, sa bouche, pour en respirer l'odeur familière, et restait comme ça, les yeux plissés devant l'écran, les fermant par moments pour se laisser bercer par les sons émis par l'oiseau et le coyote – flot de mots qui, en se brouillant, tissait autour d'elle un confortable hamac sonore. Parfois, lorsqu'elle était couchée ainsi, à moitié assoupie dans les plis de la couverture dont le bord s'effilochait, elle percevait sur la plante de ses pieds la trace d'une sensation ténue mais insistante, un diabolique frémissement de plume à la surface de la peau, annonciateur d'un plaisir fou, hystérique : l'insupportable jouissance des chatouilles. Sa mère l'avait trouvée. Elle prenait place à côté d'elle, pelotonnée elle aussi dans la couette jaune. Elles regardaient les dessins animés ensemble quand elle était petite, Bip-Bip et le Coyote, ou Tom et Jerry qui se déchaînaient sur l'écran, et Amanda se sentait en sécurité, rassurée de savoir qu'elle grandissait dans le même monde que sa mère.

Amanda s'arrêta près du lit de Tess, mais la petite dormait à poings fermés. Elle ouvrit la porte de la chambre et passa la tête dans le couloir. Un instant, elle envisagea de rester là et d'aller s'asseoir sur le lit de Tess jusqu'à ce que celle-ci se réveille. Le temps passait plus vite avec Tess, même si elle n'avait que quatre ans. En plus, Tess la protégeait d'Emma. Quand elle était toute seule, Amanda risquait de se faire gronder dès que quelque chose allait de travers, alors qu'Emma s'énervait moins quand elles étaient toutes les deux. Cependant, il était absolument interdit de réveiller Tess. Tess promettrait peut-être de ne pas le répéter, mais Emma trouverait ça bizarre qu'elle se soit levée si tôt ; et puis elles allaient peut-être se disputer, dans la journée : Tess menacerait alors d'aller rapporter, et si elle rapportait Amanda aurait des problèmes.

Les problèmes commenceraient quand Emma l'appellerait en prenant sa petite voix sèche : « Amanda, tu peux venir une minute ? Je voudrais te parler. » Amanda la suivrait dans sa chambre. Emma fermerait la porte et elle s'assiérait, sans se presser, pour qu'Amanda comprenne bien que tout ça était très grave. Ensuite, elle croiserait les bras sur la poitrine et regarderait Amanda ; son visage serait dur, mécontent.

« Amanda, dirait-elle, je voulais te voir parce que tu as encore réveillé Tess ce matin. » Elle marquerait un temps d'arrêt et fixerait Amanda bien en face. « Tess est plus jeune que toi, elle a besoin de plus de sommeil. C'est une petite fille. »

Emma se tairait encore un peu. Debout devant elle, Amanda se dandinerait d'un pied sur l'autre ; un de ses genoux se mettrait à tressaillir pendant qu'elle attendrait que ça passe.

« Je te l'ai déjà dit, Amanda. Combien de fois, à ton avis, t'ai-je déjà dit qu'il ne fallait pas réveiller Tess ? »

Amanda n'aurait pas besoin de répondre à cette question. Elle soupirerait, aussi fort qu'elle pouvait se le permettre – et attendrait que ça passe.

Immobile comme une statue, Emma continuerait à la dévisager. « Si je me fâche, ce n'est pas juste parce que tu réveilles Tess, ajouterait-elle, c'est parce que tu recommences tout le temps, alors que je te l'ai interdit. »

Bien sûr qu'elle recommençait tout le temps : chaque fois qu'elle se réveillait, Tess dormait. Elle baisserait les yeux un instant, puis les reposerait sur Emma ; il suffisait d'attendre, Emma finirait bien par s'arrêter. Emma se conduisait comme si personne au monde ne comptait plus que Tess, comme si c'était un drame de réveiller Tess un peu plus tôt que d'habitude... Elle avait l'air de prendre Tess pour une merveilleuse princesse trop fragile pour qu'on la touche, qui risquait de se casser en mille morceaux si jamais Amanda la réveillait une demi-heure trop tôt. Il était plus prudent de laisser Tess dormir.

Amanda se faufila dans le couloir et descendit l'escalier sur la pointe des pieds. Elle n'avait pas remarqué de poste de télé, la veille au soir, mais il était sans doute dans le salon. Elle fouilla du regard cet espace transformé par la lumière du jour : des étagères de livres partout, mais pas trace de téléviseur. Retournant dans le couloir, Amanda explora tranquillement le reste du rez-de-chaussée. Elle s'aventura dans une petite pièce située à côté de la porte d'entrée, meublée en tout et pour tout d'un fauteuil et d'un bureau en chêne. Elle ouvrit une porte qui masquait un immense placard bourré de tout un tas de trucs : du matériel de bateau, des cirés, des raquettes de tennis, des vestes, des bottes en caoutchouc. Elle découvrit encore une autre salle, au fond, avec une grande étagère en métal pleine de plantes en pot et un vieux canapé couvert d'un tissu à rayures, mais pas plus de télé qu'ailleurs. Où est-ce qu'ils pouvaient bien l'avoir mise ?

Amanda retraversa le salon et la salle à manger, puis poussa la porte battante de la cuisine. Mme Kirkland était assise à table dans une vieille robe de chambre en coton défraîchi, devant un livre qu'elle avait appuyé contre un pot de confiture. Elle portait des lunettes posées sur le bout de son nez, pour lire en mangeant. À côté d'elle se trouvait une assiette ; dessus, une tasse contenant un œuf où elle trempait sa cuillère. Elle leva les yeux pour regarder Amanda par-dessus ses lunettes.

« Tiens, bonjour Amanda, dit-elle. Tu t'es levée tôt. » Ainsi encouragée, Amanda pénétra dans la pièce. Mme Kirkland lui sourit. « Tu veux ton petit-déjeuner ? » Oubliant un instant l'objet de ses recherches, Amanda acquiesça d'un signe et s'assit sur une chaise en face de Mme Kirkland. « Qu'est-ce que tu prends, d'habitude ? »

Sur l'assiette, il y avait aussi une tartine trop grillée, charbonneuse, où était vaguement étalé un petit morceau de beurre dur. « Du pain perdu, répondit Amanda.

— Oh ! fit la vieille dame en fixant Amanda d'un air sceptique. Du pain perdu... » Amanda garda le silence ; avec ses talons, elle donnait de petits coups contre le barreau de la chaise. « Je crois qu'il vaudrait mieux attendre qu'Emma descende, alors », lâcha enfin Mme Kirkland.

Elle lui adressa un nouveau sourire et retourna à son livre.

Amanda la regarda en silence. « Où est la télévision ? demanda-t-elle au bout d'un moment.

— Quelle télévision ? s'étonna Mme Kirkland en interrompant sa lecture.

— La télé d'ici. Je ne l'ai pas trouvée.

— Oh !...» La mère d'Emma secoua la tête avec une petite moue dédaigneuse. « Nous n'avons pas de télévision ici. Tu vas nous trouver très vieux jeu, mais nous n'avons pas eu envie de l'installer. Ça ne serait plus pareil, le soir. Quelquefois, c'est bien de l'avoir, je sais. Nous l'avons à la maison, à Cambridge, pour regarder les informations, mais ici nous nous en passons parfaitement. »

Le visage de la vieille dame s'éclaira ; elle avait l'air toute contente.

« Vous n'avez pas la télé ? insista Amanda, sous le choc.

— Pas ici, non. »

Amanda se détourna pour regarder par la fenêtre. Même Emma avait la télé chez elle, dans l'appartement, et on avait le droit de l'allumer dans des occasions exceptionnelles. L'idée d'une maison dépourvue de poste de télé la démoralisait. Elle n'avait pas très attentivement écouté les explications de Mme Kirkland, mais qu'on pût choisir de ne pas avoir la télé et en être fier, en plus, cela la dépassait. Comme si quelqu'un se coupait le pied et s'en vantait, en allant raconter que deux pieds c'était très bien, quelquefois, mais que ça simplifiait trop la marche. Qu'est-ce qu'il y avait de mal à rester le soir devant la télé ? ruminait Amanda.

Il faisait déjà doux, la journée promettait d'être belle et chaude. Amanda gardait les yeux fixés sur la pelouse desséchée par l'été. Au-delà, on apercevait les rampes en bois des marches qui descendaient sur le quai et le mât d'un drapeau. Ce dernier ondulait doucement, comme en rêve, sous la brise matinale.

« Il est à vous le drapeau ? » s'enquit Amanda. Mme Kirkland hocha la tête. « À quoi il vous sert ?

— Eh bien, tu vois, il est là, à l'appontement, répondit la vieille dame en se tournant vers la fenêtre. Des tas de gens en ont un, par ici, va savoir pourquoi.

— Vous le laissez là tout le temps ? insista Amanda en la regardant.

— Il reste dehors tout l'été. On le rentre l'hiver. Tu ne veux pas une tartine grillée normale ? » Elle lui tendit son bout de pain sec carbonisé. « Il y a du miel, aussi », proposa-t-elle comme si c'était extraordinaire.

Amanda déclina d'un signe, mais elle commençait à avoir faim.

« Il n'y a pas de céréales ?

— Oh, si, je crois. Regarde dans le cellier… La porte, là, juste derrière. Non, pas celle-là, l'autre. Sur la deuxième étagère. Tu en vois ?

— Oui », dit Amanda, qui laissa cependant la boîte en place : ces céréales-là n'avaient pas de goût, elles n'étaient pas sucrées. Aucun intérêt. Il fallait les mâcher pendant des heures. Emma avait voulu lui en donner, une fois. Sur la boîte, il n'y avait que des choses écrites, pas de personnages de dessins animés, rien en couleurs, rien d'excitant. Chez elle, les boîtes de céréales occupaient toute une étagère ; elles étaient sucrées, arboraient des noms rigolos et des couleurs vives, pour bien commencer la journée. Amanda referma la porte du cellier et regagna la table, abattue.

« Tu ne les as pas trouvées ? »

Mme Kirkland repoussa sa chaise et se leva pour venir l'aider.

« Je n'aime pas celles-là, ronchonna Amanda.

— Décidément, il n'y a rien que tu aimes, ici. » Sur ces mots, Mme Kirkland se rassit.

Amanda alla ouvrir le réfrigérateur. « Ne laisse pas la porte ouverte trop longtemps, Amanda, sinon tout le froid va partir », lui recommanda Mme Kirkland d'un air préoccupé.

Amanda continua d'inspecter les quelques denrées qu'elle avait sous les yeux sans se donner la peine de répondre.

Chez elle, le frigo regorgeait de choses qui pouvaient la tenter et que sa mère achetait exprès pour elle : des biscuits au chocolat, des boissons aux fruits, des esquimaux dans le compartiment du congélateur. Amanda avait le droit de manger un esquimau le matin en attendant que sa mère se lève ; elle trichait souvent, en prenait deux et dissimulait sous son couvre-lit le bâtonnet et l'emballage du premier. Emma avait beau parler tout le temps de ce qui était bon pour la santé, chez elle il n'y avait rien de bon dans le réfrigérateur : ni gâteaux, ni boissons pour enfants, ni glaces – rien de sucré. Si jamais Amanda lui demandait pourquoi elle n'en achetait pas, Emma prendrait son petit air supérieur et expliquerait de sa voix vive et cassante que ce n'était pas sain de manger des sucreries et que c'était pour ça qu'elle n'en achetait pas. Là-dessus, elle proposerait à Amanda une de ces pommes vertes acides qu'elle détestait.

Amanda referma le frigo : ici non plus il n'y avait rien pour elle – rien de savoureux, rien de réconfortant.

Au même moment, Emma entra dans la cuisine.

« Bonjour, maman ! » lança-t-elle avec gaieté. Puis, d'une voix légèrement différente, un peu plus aiguë, un peu plus dure, elle ajouta : « Tiens, Amanda. Bonjour. Tu t'es levée tôt. »

Emma sourit, à sa mère en premier, à Amanda ensuite. Cette dernière la regarda d'un œil sombre. Emma se dirigea vers le réfrigérateur.

« Où est Tess ? » demanda-t-elle. Amanda haussa les épaules. « Elle dort toujours ? » La fillette opina. « Très bien. Dis-moi, Amanda…, reprit Emma en se penchant vers elle, un ton en dessous, qu'est-ce que c'est que ce tricot ? Tu as oublié ta veste de pyjama ? Il me semble pourtant t'avoir déjà dit qu'il ne fallait pas se coucher sans se déshabiller. »

Souriante, elle scrutait le visage d'Amanda, butée dans son silence. À son tour, Peter arriva, déjà vêtu d'un jean et d'une chemise polo.

« Bonjour, ma chérie, dit-il à Amanda. Tu es bien matinale. Bonjour, Aline, ajouta-t-il à l'adresse de Mme Kirkland.

— Oh, bonjour Peter. C'est affreux, n'est-ce pas, je suis encore en robe de chambre. Je suis si souvent seule, vous savez… je n'ai plus l'habitude d'avoir des invités, s'excusa Mme Kirkland avant de hausser les épaules avec un petit sourire timide.

— Tu devrais vite aller t'habiller, toi aussi, Amanda, enchaîna tout de suite Emma. Brosse-toi les dents, surtout. Et fais ton lit, si Tess est réveillée. »

Emma se redressa et tapota Amanda sur la tête – elle la prenait pour un chien savant ou quoi ? Chez elle, Amanda n'était pas obligée de faire son lit. Les jours d'école, Maria s'en chargeait. Le week-end, il restait défait, voilà tout. Quelquefois, sa mère s'en apercevait ; elle fronçait les sourcils et s'exclamait : « Quel désordre ! On dirait qu'une avalanche est passée par là », mais les choses s'arrêtaient là. Ce n'était pas si grave, que son lit ne soit pas fait.

Avec Emma, ce n'était pas pareil. Emma souriait tout le temps à Amanda, mais pas de la même façon que Maeve, et pas non plus de la même façon qu'à Tess. Emma souriait à Amanda comme si elle jouait dans une pièce – un sourire pour la galerie.

Amanda oubliait tout le temps de faire son lit quand elle habitait chez Emma. Elle s'en fichait pas mal, d'ailleurs – c'était idiot. Dans la cuisine de Mme Kirkland, le dos appuyé contre le plan de travail, elle laissait son doigt courir sur le bord en chrome, d'avant en arrière, bouche cousue, les yeux fixés sur Emma.

« Oh ! là, là ! s'écria allégrement Aline en les observant tour à tour, radieuse.

— Amanda ? » reprit Emma. Elle avait un peu haussé la voix pour forcer Peter à s'en mêler.

« Amanda », articula gravement Peter. La fillette continua de se taire et de s'absorber dans la contemplation de sa main, puis elle leva la tête vers son père. Emma et lui la dévisageaient, l'air de plus en plus fâchés.

« Amanda, répéta Peter d'un ton mécontent.

— Quoi ? fit-elle en haussant les sourcils, distante, indifférente.

— Tu as entendu ce que j'ai dit ? demanda Peter. Est-ce que tu as entendu ce que j'ai dit ? »

Amanda baissa la tête sans souffler mot.

« Allons, allons, intervint Emma d'une voix apaisante – et Amanda comprit qu'elle essayait d'arranger ce qu'elle avait déclenché. Allons, Amanda, ce n'est quand même pas une tragédie. Tu montes vite là-haut, tu t'habilles et tu fais ton lit, voilà tout. » Il y eut une pause. Amanda regardait par terre, murée dans son silence, mais Emma, sans plus s'intéresser à elle, lui tourna délibérément le dos et se mit à sortir de la vaisselle du placard. « Va vite », ajouta-t-elle sans se retourner.

Mme Kirkland sourit à Amanda avec un clin d'œil. Lentement, Amanda se redressa. Son père se tenait toujours devant elle ; il était en colère. Elle le contourna sans lui prêter attention.

« Nous allons monter ensemble, Amanda », déclara Mme Kirkland en se levant. Comme Amanda ne répondait pas, elle haussa gentiment les sourcils pour ajouter : « Je monte, de toute façon. Tu viens avec moi ? » Et elle quitta la cuisine.

Amanda lui emboîta le pas avec nonchalance, puis ralentit l'allure au moment où la vieille dame s'engagea dans l'escalier. Du couloir, elle entendait son père parler bas, d'une voix contenue. Elle s'arrêta pour écouter.

« Ne me regarde pas comme ça ! s'énervait Peter. Moi aussi elle me rend fou.

— Elle n'est pas contente d'être ici, protesta Emma. Pourquoi l'obliges-tu à passer tous les week-ends avec toi ?

— Je la veux avec moi, s'entêta Peter. C'est ma fille. »

En entendant ces mots – « Je la veux avec moi » –, Amanda eut une drôle d'impression, comme un petit bond douloureux au fond de sa poitrine.

« Tu la rends malheureuse, poursuivit Emma.

— Merci. » Peter ricana, se tut un instant et reprit : « Tu crois que tu la rends heureuse, peut-être ? »

Aussitôt, sans doute parce qu'elle n'attendait que ça, Emma répondit : « Et elle, tu crois qu'elle me rend heureuse ?

— C'est une enfant, Emma, se fâcha Peter en élevant la voix. Toi, tu es une adulte.

— Et toi, un tyran, rétorqua Emma. Tu ne devrais pas la traiter de cette façon.

— Je suis juge de ma conduite. » Il y eut un silence, puis au bout d'un moment Peter ajouta : « J'aurais tant voulu que tu l'aimes. »

Amanda attendit en retenant son souffle, mais Emma se taisait. Plus personne ne parlait, maintenant. Elle entendit le bruit des bols et des casseroles qu'on posait sur la table, le claquement d'une porte de placard, l'eau qui coulait dans l'évier. Ils avaient fini de discuter, et Amanda, sur la pointe des pieds, s'éloigna pour monter à l'étage.

Arrivée en haut, elle alla tout droit à sa chambre. Tess dormait toujours. Amanda entra et alla s'asseoir, plus lourdement que nécessaire, sur le lit de Tess. La petite fille était couchée sur le côté, la tête enfoncée dans l'oreiller, les mains ouvertes, une paume en l'air, l'autre retournée. Immobile, elle respirait sans bruit.

Amanda, pour voir, souleva un peu les fesses et se rassit, plus fort qu'avant ; le matelas bougea. Le visage de Tess se plissa. Ses doigts se refermèrent, puis s'écartèrent ; le sommeil avait eu raison d'elle. Amanda s'approcha plus près. Penchée en avant, les mains en appui sur le lit de chaque côté de la tête de Tess, elle examina la douce bouche entrouverte de Tess, ses paupières baissées, les veines bleues qui couraient sous sa peau. Vraiment, Tess n'était qu'un bébé. Amanda leva une main, qui resta un instant en suspens au-dessus de la figure de Tess, puis descendit droit sur le nez pour pincer les narines avec délicatesse.

Tess fronça les sourcils, secoua la tête. Elle ouvrit plus grand la bouche pour respirer, écarquilla les yeux. Quand elle aperçut Amanda, sa moue s'accentua et un pli contrarié lui barra les lèvres.

« Amanda, tu n'as pas le droit de me réveiller, déclara-t-elle sur un ton péremptoire.

— Je n'ai rien fait, nia Amanda, froide et hautaine, la main innocemment posée à côté d'elle. Je me suis assise et tu t'es réveillée, c'est tout. J'attendais pour voir si tu finirais par arrêter de dormir. Ta mère est déjà en bas, d'ailleurs. »

Clignant des yeux, Tess se redressa comme un ressort pour rattraper le temps perdu. Amanda se leva et se dirigea vers la porte.

« Où tu vas ? s'enquit la petite, inquiète.

— À la salle de bains, répondit Amanda avec indifférence.

— Attends ! » Tess s'extirpa du lit. « Je peux t'accompagner ?

— Non. D'abord, tu dois faire ton lit, répondit Amanda sans se retourner.

— Non et non. Je ne le ferai pas. »

Pieds nus, Tess se mit à trottiner dans le couloir à sa suite. Accélérant le pas, Amanda s'engouffra dans la salle de bains et lui ferma la porte au nez. Tess tambourina contre le battant ; le silence qui régnait derrière était irrésistible.

« Amanda ! Amanda ! »

Sa voix grimpait dans les aigus. Amanda se dit qu'Emma risquait de l'entendre si elle la laissait continuer. Elle se colla contre la porte.

« Qu'est-ce que tu veux ? murmura-t-elle.

— Je peux entrer ? demanda Tess en adoptant son chuchotement.

— Donne le mot de passe. » Tess resta coite. « Pour entrer, il faut donner le mot de passe, déclara Amanda en s'écartant dans un froufrou nettement audible.

— Amanda ! » Tess avait failli crier, de frustration ; aussitôt, Amanda se rapprocha de la porte. « Je ne sais pas le mot de passe. Laisse-moi entrer.

— Bon, d'accord. Écoute-moi. Mets ton oreille près de la serrure, dit-elle en plaçant sa bouche en face du trou. Tu m'entends ?

— Oui, souffla Tess.

— Alors, fais attention : le mot de passe, c'est *caramba*, articula-t-elle à voix basse, en roulant le *r* pour donner au mot une consonance étrangère, exotique.

— Caramba », répéta Tess en s'arrachant un *r* rauque.

Il n'y eut pas de réponse.

Décontenancée, Tess reprit, plus fort : « Caramba ! »

Cette fois encore, rien ne bougea de l'autre côté de la porte, là où Amanda se tenait aux aguets. « Caramba ! » cria Tess. L'exclamation sortait du fond de sa gorge. Elle était au désespoir.

Sans un mot, Amanda ouvrit la porte et Tess se faufila à l'intérieur. Pendant qu'Amanda s'empressait de refermer à clef, elle attendit docilement, les mains dans le dos, levant sur son aînée des yeux éperdus d'adoration.

« Maintenant, je t'explique à quoi on va jouer », fit Amanda d'une voix grave.

16

Amanda poussa la porte de la chambre de sa mère et entra. Elle avait sur le dos l'uniforme de l'école : la robe chasuble écossaise à taille basse avec des plis creux, le chemisier blanc à manches longues et col Claudine, les chaussettes vertes. Seules les chaussures n'étaient pas réglementaires. À treize ans, Amanda, comme toutes les filles de son âge, portait des espèces de bottines marron lacées sur le dessus, d'une couleur mate et terne qui refusait obstinément de briller avec le cirage. Ces chaussures, taillées dans un cuir épais, avaient des œillets en métal voyants. À en croire les explications imprimées sur la boîte, elles étaient conçues pour soutenir la voûte plantaire d'adolescents en pleine croissance – un objectif résolument ramené au rang des bonnes intentions par la manière dont Amanda et ses amies les chaussaient, sans en attacher les lacets, en s'appliquant au contraire à les garder lâches au moyen d'innombrables boucles inutiles. Quand elles marchaient, leurs semelles claquaient à grand bruit sur le sol.

La chambre de Caroline baignait dans une semi-pénombre apaisante ; les stores baissés tamisaient la lumière du jour. À l'heure où Amanda partait à l'école, Caroline n'était jamais levée.

« Salut, m'man, lança Amanda du seuil. Je file. »

Elle avait parlé haut et clair : il s'agissait de prévenir sa mère, pas d'engager la conversation avec elle. À l'autre bout de la chambre, Caroline souleva la tête sur ses oreillers. « Ah bon ? fit-elle à moitié endormie. Déjà ?

— Ouais », fit Amanda toujours aussi fort. Elle s'approcha du lit, laissant traîner ses chaussures délacées sur le parquet.

« Ah bon, répéta Caroline. Quelle heure est-il ? » Elle cligna des yeux pour regarder le réveil. « Oh, mais oui, c'est vrai... Viens m'embrasser », reprit-elle d'une voix plus énergique.

Amanda se pencha rapidement. Il fallait qu'elle se méfie : certains matins, Caroline sentait son haleine pour savoir si elle s'était brossé les dents. Là, elle se contenta de lui demander :

« Tu as pris ton petit-déjeuner ?

— Oui, mentit Amanda.

— Alors, à cet après-midi... Ou plutôt, non, rectifia-t-elle, la mémoire lui revenant soudain, je ne serai pas là. On se verra plus tard. Au revoir, chérie. »

Caroline appelait aussi ses propres copines « chérie », y compris celles qu'elle connaissait à peine, et exactement sur le même ton qu'avec Amanda.

« D'acc, dit Amanda. Tu peux me filer des sous ?

— Je viens juste de t'en donner, non ? s'étonna Caroline.

— Non, c'était la semaine dernière.

— Tu en as besoin pour quoi ?

— On voudrait aller au cinéma. »

Il y eut un silence, puis Caroline céda : « Regarde dans mon sac. » Elle se redressa sur l'oreiller, le menton pointé en avant : son sac était posé sur la chaise devant le bureau.

« Merci. » Amanda traversa la chambre pour aller ouvrir le sac de sa mère, dont elle sortit le portefeuille en cuir noir, doux au toucher, plein à craquer ; elle y préleva un billet de vingt dollars, qu'elle plia vite en quatre au creux de sa main. « Bon, salut, m'man, et merci, ajouta-t-elle en lui adressant un petit signe de la main.

— De rien, chérie », répondit Caroline avec un brin d'irritation, en laissant sa tête retomber sur l'oreiller.

Amanda se glissa hors de la pièce, referma la porte derrière elle. Puis, courant presque jusqu'au bout du couloir, elle attrapa au vol sa veste et le sac de bouquins posé sur une chaise dans l'entrée, et sortit de l'appartement sans s'attarder davantage, afin de ne pas entendre sa mère si jamais elle criait pour lui demander Dieu sait quoi.

Une fois sur le palier, elle enfila sa veste en jean et passa la lanière du gros sac de toile sur son épaule, avec une torsion du buste pour le caler au bon endroit. Elle appela l'ascenseur. Le reste de la journée lui appartenait ; elle était libre.

Quand elle rentrerait, cet après-midi, l'appartement serait vide. Caroline se levait tard et passait la matinée à la maison, au téléphone pour l'essentiel. Elle déjeunait en général avec des amis. Quatre après-midi par semaine, elle travaillait chez Sotheby, la célèbre maison de vente aux enchères ; elle s'occupait des bouquets. C'était très sérieux : Caroline devait composer tous les arrangements floraux, aussi bien dans les galeries d'exposition que dans les salles d'enchères, les bureaux du conseil d'administration et ceux des directeurs. Amanda était encore petite quand Caroline avait trouvé ce poste, et à l'époque il lui arrivait de dire que sa mère travaillait chez Sotheby. Dès qu'elle prononçait ce nom, les visages s'éclairaient. « Chez Sotheby, comme c'est intéressant ! s'extasiaient les gens. Tu as de la chance d'avoir une mère comme ça. Qu'est-ce qu'elle fait, là-bas ? » Une fois qu'Amanda leur avait expliqué qu'elle s'occupait des fleurs, ils changeaient d'expression, hochaient la tête et se mettaient à parler d'autre chose. À présent, Amanda évitait de mentionner le travail de sa mère.

Elle dit bonjour au nouveau portier en traversant le hall. L'ancien portier, Tommy, était parti à la retraite. Il avait un drôle de visage tout bosselé et un accent irlandais. Il lui apprenait des comptines : « Tu connais l'histoire de la vieille à la chaussure ? Ah, c'est l'histoire d'une vieille femme qui vivait dans une chaussure », se mettait-il à raconter pendant que l'ascenseur montait dans les étages. Son accent rappelait à Amanda celui de Maeve, en un peu différent. Elle regrettait d'autant plus Tommy que le nouveau portier n'était pas bavard. Alberto voulait qu'on l'appelât Albert. C'était un brun aux yeux noirs, à l'accent espagnol prononcé.

« Bonjour, mademoiselle », dit Alberto en réponse à son salut. Il avait la peau café-au-lait, était petit, leste et cérémonieux à la fois. Il tint la porte devant Amanda en s'appliquant à ne pas la regarder.

Amanda le remercia et se glissa dehors.

La lumière du matin s'insinuait de biais dans la rue, et la brise sentait bon. Décembre commençait juste ; dans le ciel brillait un soleil pâle et sans chaleur. Amanda descendit Madison Avenue puis prit vers le nord, en direction de l'école. Elle marchait vite, l'air glacial lui piquait les cuisses. La mince veste en jean non doublée offrait une piètre protection contre le froid qui s'insinuait par le bas, sur la poitrine, lui gelait les bras en s'engouffrant par les poignets trop larges. Elle entra avec bonheur dans le café du coin, en quête de douceur. La petite salle était pleine de monde, baignée de l'odeur revigorante du café et du grésillement du bacon et des œufs des petits-déjeuners. Les impressionnantes machines à café en inox étincelaient et fumaient. Les clients perchés sur des tabourets s'accoudaient au zinc, devant le mince serveur noir qui prenait leurs commandes sans dire un mot. Ce serveur portait une tenue blanche ; chacun de ses gestes était incroyablement rapide.

Amanda commanda un café à emporter. Elle ressortit dans la rue en tenant à deux mains la tasse protégée par un sac en papier marron. La chaleur se répandait dans ses paumes, réveillait ses doigts gourds. Elle marchait lentement pour ne pas renverser le liquide. À l'angle de la 90e Rue, elle tourna dans la Cinquième Avenue. Là, fastueusement en retrait de la rue, se dressait le magnifique hôtel particulier d'Andrew Carnegie, où se trouvait désormais le musée Cooper-Hewitt. Amanda alla s'asseoir sur le muret bas de l'enceinte. Adossée à la balustrade de fer, elle retira la tasse du sac, en souleva le couvercle. Elle se pencha dessus pour humer sa vapeur, son odeur. Le petit nuage de fumée dégagé par le café la fit loucher alors qu'elle avalait sa première gorgée. Sous ses cuisses, le muret était tiède ; le faible soleil hivernal tombait sur son visage.

Courtney Miller apparut au bout de la rue, avançant d'un pas vif. Courtney était la meilleure amie d'Amanda. Elle avait des cheveux blonds sans vitalité, des yeux bleus, presque pas de cils et un tas de problèmes. Caroline ne l'appréciait pas ; elle aurait préféré qu'Amanda eût une amie plus présentable, comme elle disait.

Le sac de livres de Courtney cognait à chaque pas contre sa jambe. Dans une main, elle portait une tasse de café enveloppée de papier marron. Elle s'arrêta devant Amanda.

« Salut, dit-elle.

— Salut », répondit Amanda en se poussant pour lui faire une place.

Des piliers en ciment régulièrement espacés s'élevaient à partir du muret, et les deux filles trouvèrent à se caler entre la grille de fer et ces piliers aussi confortablement que sur un canapé. Courtney ôta le couvercle de sa tasse.

« Ça va ? lui demanda Amanda.

— Bof... » Elles restèrent un moment sans rien dire, occupées à siroter à grand bruit leur café brûlant. « Je me suis encore engueulée avec ma mère, hier soir, poursuivit Courtney en se penchant pour remonter sa chaussette.

— Pourquoi ?

— Les mêmes trucs que d'habitude. Elle me fait chier. »

Courtney se rencogna contre le dossier improvisé, un pied posé sur le muret.

« Voyons, voyons, la reprit Amanda avec une indignation feinte, et elles éclatèrent de rire. Elle te laisse quand même venir à la fête ? ajouta-t-elle, à moitié inquiète.

— Ben, ouais. Évidemment. Non, elle s'est énervée parce qu'il paraît que je suis grossière. Alors qu'elle dit encore plus de gros mots que moi et qu'elle le sait parfaitement. » Courtney secoua la tête. « La dernière fois qu'ils se sont engueulés, elle a traité mon père de tous les noms en pleine nuit. *Salaud, sale con !* Mais avec moi, si tu la voyais… » Courtney prit une voix plus grave pour imiter sa mère : « “Courtney, je ne veux plus t'entendre parler de cette façon”, tout ça parce que j'ai dit *merde* au téléphone alors qu'elle était à côté. C'est incroyable.

— Fais quand même un peu gaffe, lui conseilla Amanda. Si tu n'y vas pas, moi non plus. »

Le bal du Cosmopolitan avait lieu chaque année à la fin de décembre au Palm Club. Y étaient invités les filles de quatorze ans et les garçons de quinze ans. Courtney, dont l'anniversaire tombait tard dans l'année, avait de ce fait près d'un an de plus que ses camarades de classe : quatorze ans révolus, ce qui lui donnait droit à une invitation en bonne et due forme. Amanda, elle, n'avait que treize ans, et c'est à sa mère qu'elle devait de figurer sur la liste : après qu'elle lui en eut parlé, Caroline avait appelé une amie qui siégeait au comité, et Amanda avait d'ores et déjà reçu l'épaisse enveloppe blanche contenant le carton gravé en relief.

« Tu peux être sûre que j'irai, affirma Courtney. Et toi, ne t'engueule pas avec ta mère, surtout.

— Je ne m'engueule jamais avec ma mère.

— Tu as du pot.

— C'est avec mon père que je m'engueule.

— Et avec ta belle-mère. »

Amanda approuva d'une grimace, sans répondre. Elles avalèrent une gorgée de café en silence.

« Emma prétend que le café empêche de grandir », glissa Amanda sur un ton lourd de mépris.

Hochant la tête d'un air entendu, elle adressa un regard en coin à son amie et toutes deux se mirent à rire. Puis Courtney jeta un coup d'œil à sa montre : « Faut y aller », déclara-t-elle.

Amanda avala bruyamment la dernière goutte de son café en inclinant la tasse, en lécha le fond, la coinça entre les montants de la grille et se leva.

« Tu viens toujours, après les cours ? demanda-t-elle alors qu'elles se mettaient en route.

— Sûr. On y va vraiment alors ?

— Sauf si tu as la trouille…

— Tu parles ! » répliqua avec dédain Courtney en lui envoyant une bourrade de l'épaule.

Dans l'école, les filles s'attardaient en papotant au pied de l'escalier du vestiaire des grandes – une pièce en sous-sol basse de plafond, avec par terre un linoléum en damier. Des casiers métalliques tout en hauteur couraient le long des quatre murs. À cette heure-ci, c'était calme ; le matin, les filles mettaient la sourdine, encore engourdies par le sommeil, et pas tout à fait délivrées de la présence pesante des parents. Elles étaient proprettes et disciplinées : les cheveux sagement tirés en arrière brillaient, les chaussettes couvraient les jambes jusqu'aux genoux, les tabliers étaient bien repassés et les humeurs dociles.

Dans l'après-midi, lorsque Amanda et Courtney se retrouvèrent au même endroit, l'ambiance avait radicalement changé. Les filles donnaient l'impression de s'être effilochées au long des enjeux de la journée. Les cheveux décoiffés pendaient en mèches vaporeuses, échappaient aux dents des peignes en écaille, aux élastiques colorés censés retenir les queues de cheval. Les chaussettes s'affalaient en gros bourrelets inconfortables sur les chevilles. Les personnalités s'étaient affirmées. Les filles s'appuyaient contre les casiers, se bousculaient. Les corps étaient devenus expansifs, les voix rauques, il régnait dans la pièce un vacarme assourdissant.

Amanda ouvrit son casier et enfila sa veste en jean. Elle fourra brutalement ses livres à l'intérieur de son sac. Courtney, qui avait déjà mis sa veste et préparé son sac, s'adossa contre le casier voisin. Elle fixait Amanda d'un regard insistant.

« Tu as peur ? » souffla-t-elle à mi-voix, en passant la main sous ses cheveux pour les dégager du col et les étaler sur son dos.

Amanda suspendit son geste et, sans regarder Courtney, se mit pour rire à trembler des pieds à la tête avant d'articuler, en syncopant les syllabes : « Peur... de... quoi ? »

Elles pouffèrent avec nervosité, aussi peu rassurées, en réalité, l'une que l'autre. Amanda se ressaisit la première. « Allez, on y va », affirma-t-elle résolument. Claquant la porte de son casier, elle en rabattit le loquet et bascula le sac de livres sur son épaule. « Viens », lança-t-elle à Courtney.

Ensemble, elles descendirent la Cinquième Avenue jusqu'à la 72e Rue. Les immeubles qui bordaient l'avenue côté est se dressaient vers le ciel avec une majesté méthodique. Étage après étage, leurs appartements somptueux se superposaient pour jouir du plus beau des panoramas new-yorkais : la splendeur champêtre de Central Park. Sous les marquises de toile bien tendues, les portiers montaient la garde comme à la parade, impeccables, martiaux.

« C'est là, chez Tina, signala Courtney, le doigt pointé en l'air.

— Pas mal ! fit Amanda, cinglante, avant de prendre une voix bête, haut perchée : Hé, les filles, vous avez vu comme je suis *riche*. Ça en jette, hein ? »

Courtney leva la tête vers l'immeuble, les yeux plissés. « J'y suis allée, une fois, quand on était en CM2, pour son anniversaire. Elle habite au seizième étage. Ces fenêtres, là, tu les vois ?

— Allez, saute, Tina, saute ! » cria Amanda à pleins poumons.

Elles avançaient à grandes enjambées sur le trottoir longeant le parc. Les arbres lançaient leurs branches par-dessus le mur de pierre, envahissaient la ville, parsemaient le pavement de feuilles mortes, de brindilles, de graines. En été, leur feuillage formait un dais de fraîcheur et d'humidité. À cette époque de l'année, les branches dénudées tissaient un treillis boisé, un écran de protection contre les émanations nauséabondes des voitures et des bus desservant la Cinquième Avenue. Régulièrement, ceux-ci s'écartaient du trottoir en lâchant un nuage pestilentiel pour poursuivre vers le sud, massifs, imbus d'eux-mêmes.

Alors qu'elles approchaient de l'entrée du parc au niveau de la 72e Rue, Amanda ralentit le pas.

« Attends, Courtney. On révise ce que ton frère a dit. Tu te rappelles ?

— Ouais : manteau bleu dégueu, baskets, la barbichette, toujours en train de se marrer. Il s'appelle Harold. »

Amanda hocha la tête, un peu hésitante. Tout cela leur avait paru extrêmement facile quand David leur en avait parlé. Alors, dans l'intimité de la chambre de Courtney où ils étaient tous les trois vautrés sur le tapis, le dos appuyé contre le lit pour regarder MTV, ce qu'il leur racontait semblait d'une simplicité enfantine : cet univers était le leur, elles se débrouilleraient sans problèmes. À présent, ce n'était plus pareil, elles n'étaient plus que toutes les deux sur l'avenue glaciale et bruyante, au milieu d'une foule d'inconnus. Leur plan prenait un tour périlleux ; il y avait trop de paramètres, trop de risques. Amanda avait du mal à le récapituler dans le détail.

« D'accord, allons-y, dit-elle bravement. Et si jamais le manteau bleu est au nettoyage ?

— S'il a rasé sa barbiche ?

— S'il a changé de nom ? Tu nous vois, en train d'appeler "Harold ?" et que le mec nous réponde : "Ah, il est pas là. C'est à quel sujet ?" »

À hauteur de la 72e Rue, leur pas se fit plus hésitant encore, et c'est avec circonspection qu'elles pénétrèrent dans le parc. Juste derrière les grilles, la grande allée courbe qui suivait la pente disparaissait très vite dans la verdure. Elle était bordée de bancs où se reposaient des promeneurs que les deux filles examinaient à la dérobée.

« Et si jamais il n'est pas venu, aujourd'hui ? chuchota Courtney.

— C'est son boulot, répliqua Amanda d'un ton ferme. Il est forcément là. »

Pourvu que ce soit vrai ! souhaitait-elle sans le dire.

Elles suivaient l'allée, lentement. Toutes deux repérèrent l'homme en même temps. Il était assis sur un banc, le buste renversé en arrière, les jambes tendues devant lui, négligemment croisées au niveau des chevilles, les bras étalés de part et d'autre du dossier. D'une saleté repoussante, il portait un affreux petit bouc, un sweat gris, un jean. Son manteau déboutonné bâillait sur le torse : il était bleu foncé.

« C'est lui ! laissa échapper Courtney.

— Chut, lui enjoignit Amanda.

— On peut quand même parler, chuchota Courtney. Ce n'est pas parce qu'il est là qu'il faut la fermer à un kilomètre à la ronde. »

Amanda ne répondit pas. Pendant cet échange, elles s'étaient encore approchées, et à présent il les avait remarquées. Il retira ses bras du dossier pour les croiser sur la poitrine et les regarda avancer.

« C'est un signal ? » murmura Courtney. Puis, comme Amanda se taisait : « Tu vas lui parler ?

— J'ai l'argent, souffla Amanda.

— Mais tu vas lui parler ?

— Oui ! » jeta Amanda, exaspérée.

Elles étaient presque arrivées au banc. L'homme les dévisageait effrontément ; il redressa un peu le dos. Les deux filles continuèrent vers lui, hésitèrent, faillirent s'arrêter et, sans s'être concertées, poursuivirent leur chemin, les jambes flageolantes. Courtney donna une petite bourrade de l'épaule à Amanda. Elles avaient à peine parcouru deux mètres que cette dernière pivota sur les talons, comme si elle avait oublié quelque chose. L'homme les regardait toujours.

« Harold ? » dit Amanda. Il opina. Il avait des yeux très bleus, une petite bouche aux lèvres minces.

Quelques secondes s'écoulèrent, puis Amanda se jeta à l'eau : « Mon frère m'a parlé de toi. » Elle s'exprimait d'une drôle de voix, bizarrement essoufflée. « Enfin, non… son frère, plutôt… » À nouveau une pause. Harold ne cillait pas. « On voulait, euh… acheter ce que tu vends, quoi. »

Harold lui sourit ; au-dessus des poils gris poussière de la barbiche, sa petite bouche était rouge et humide.

« Okay, okay, lâcha-t-il d'un trait en hochant la tête. Si vous voulez bien me suivre jusqu'à mon bureau… »

Il passa devant, franchissant un bout de pelouse en direction d'un bosquet.

Amanda lui emboîta le pas, tête basse. Son cœur battait à tout rompre, elle se sentait en danger, à découvert. Oppressante, menaçante, l'omniprésence des forces de police municipale la cernait de toutes parts. Elle pressentait le pire, terrorisée, sûre de son intuition. Elle percevait le vrombissement d'une mobylette, de plus en plus près, elle voyait le bouclier en plastique, le casque, l'implacable inscription noir sur blanc : POLICE. Les bottes astiquées du policier surgirent à côté d'elle. Elle ne leva pas les yeux.

Harold s'arrêta lorsqu'ils eurent atteint le couvert des arbres.

« Bon, alors », déclara-t-il. Il s'approcha tout près pour les examiner, inclina la tête sur l'épaule, l'air interrogateur, découvrit ses dents dans un mince sourire. « D'où vous sortez, les filles ? D'un cours privé, c'est ça ? »

Son manteau était trop long, dégoûtant, avec des épaulettes militaires.

Courtney fit oui de la tête. Amanda, écœurée, se taisait.

« Okay, okay, reprit Harold dans un débit précipité. Vous savez, hein, c'est vraiment pas de la merde ce que je vais vous filer. C'est vrai, quoi, faut le savoir : Harold ne vend que de la bonne marchandise. Y a pas mieux. Faudra dire ça à toutes vos copines, hein. » Il les dévisagea tour à tour, sévère, sérieux. « Compris les filles ? On trouve pas mieux. » Elles avalèrent leur salive. Courtney opina, les yeux plissés. « Okay. Vous avez la fraîche ? » Le sourire avait disparu.

Les doigts d'Amanda se serraient déjà autour du billet de vingt dollars roulé au fond de sa poche. Son cœur cognait dans sa poitrine. David leur avait expliqué la marche à suivre, mais là, tout à coup, cela paraissait impossible – un gouffre mugissant s'étendait entre Amanda et le geste qu'on attendait d'elle. Le petit billet qu'elle serrait au creux de sa paume pesait comme du plomb, retenant son bras, l'immobilisant tout entière. Qu'elle le sorte pour le tendre à Harold et aussitôt il tomberait sur l'herbe, se laisserait emporter par le vent, et le policier surgirait, les yeux cachés derrière le miroir noir des lunettes. Elle aurait déjà pris le sachet en plastique, mais elle allait trébucher : il s'ouvrirait, déversant son contenu, et le policier serait sur elle juste au moment où elle resserrerait sa prise pour ne pas tout perdre. C'est atroce, pensait Amanda, jamais, plus jamais je ne recommencerai. Un poids sur sa poitrine la gênait, l'étouffait. Elle planta ses yeux dans ceux de Harold. Il l'observait attentivement.

Amanda acquiesça avec raideur, et la bouche de Harold s'étira ; un vrai sourire, cette fois, apparut sur ses lèvres.

« Super », dit-il à mi-voix.

L'appartement, lorsqu'elles arrivèrent, était sombre et silencieux. « M'man ? » appela Amanda. Elle se faufila dans le couloir pour glisser un œil dans la chambre de Caroline, au cas où. La pièce était vide, le lit en désordre.

« Tout va bien. Elle ne rentrera qu'à six heures, annonça Amanda. Ça nous laisse presque deux heures. »

Elles firent de la lumière dans la cuisine, laissèrent tomber vestes et sacs par terre, allumèrent le petit téléviseur posé sur le plan de travail – le feuilleton meublerait le silence. Courtney dénicha un paquet de chips. Amanda trouva des allumettes et alla chercher le cendrier en porcelaine dans la chambre de sa mère ; Caroline parlait toujours de s'arrêter de fumer, mais pour le moment c'était encore en projet. Les filles s'assirent à la petite table de cuisine, l'une en face de l'autre.

« Tout est prêt », déclara Amanda sur un ton cérémonieux.

Courtney s'était mise à tripoter ses cheveux pour masquer son appréhension. Elle les souleva à deux mains et secoua la tête, les étalant dans son dos. Amanda plaça devant elles le sachet en plastique plein de feuilles racornies semblables à des mauvaises herbes ; des amas de graines brunâtres en lestaient çà et là la masse. Puis Courtney sortit de sa poche le papier à rouler, et les deux filles entreprirent maladroitement de confectionner leurs premières cigarettes. La marijuana se tassait dedans en boules informes, quand elles léchaient la gomme les graines se collaient sur leur langue, les bords du papier se superposaient mal.

« Tu crois qu'on va y arriver ? Ça a l'air si simple, quand c'est David qui les roule ! s'exclama Amanda.

— Merde ! » jura Courtney en recommençant de zéro.

Enfin, Amanda réussit à fabriquer une cigarette, renflée et toute bosselée, certes, mais qui ne s'ouvrait pas entre les doigts.

« Voilà le travail », annonça-t-elle en la posant sur la table.

Elles contemplèrent un moment la chose.

« Tu te rends compte qu'on l'a fait ? Je n'en reviens pas, dit Courtney.

— Tu parles », renchérit Amanda. Quelques secondes durant, elles se dévisagèrent, puis Amanda secoua la tête : « Je continue à entendre des sirènes de police, tu sais.

— Et moi, je continue à penser que Harold est un indic.

— Non, arrête. Surtout, pas un mot à ton frère, hein ? » Elle attrapa le joint, qui s'avachit entre ses doigts, introduisit prudemment une des extrémités entre ses lèvres, l'en éloigna, l'examina. « Ça change quelque chose, qu'on le prenne par un bout plutôt que par un autre ?

— Euh... non, je ne crois pas », risqua Courtney d'un ton mal assuré.

Amanda le coinça dans sa bouche et l'alluma. Elle inhala une longue bouffée brûlante et le passa à Courtney, qui, à son tour, aspira profondément. Les deux filles restèrent un instant les yeux dans les yeux, solennelles, attentives au déploiement des volutes bleutées au fond de leurs poumons.

« Je voulais te dire, chuchota Amanda en essayant de ne pas recracher la fumée. Emma voudrait que je l'accompagne pour les achats de Noël, vendredi.

— Emma ? Qu'est-ce qui lui prend ?

— J'en sais rien. Tu viendras ?

— Mais tu la détestes.

— Je suis obligée d'y aller.

— Tu dis tout le temps qu'elle est craignos.

— Oui, mais toi elle te laissera tranquille. S'il te plaît, Courtney, implora Amanda, paupières closes. Si tu me laisses y aller seule, je vais me suicider. » Elle ouvrit les yeux. « Si tu es là, ça se passera bien. Avec toi, elle sera chouette. Ça ira, je te promets. » Elle posa la tête sur la table. « Je ne peux pas y aller seule. »

Courtney grimaça. « J'hésite. Qu'est-ce que tu feras pour moi si je viens ?

— Tout ce que tu voudras. Rien ne sera assez beau pour toi, affirma Amanda, la tête toujours posée sur la table. Oh, s'il te plaît, Courtney... Sinon, je vais me suicider et il faudra que tu deviennes amie avec Tina.

— Brrr... fit Courtney en frissonnant. D'ac', alors. C'est quand, déjà ? »

Amanda se redressa et prit une chips. « Vendredi. Elle vient me chercher à cinq heures. Comme maman ne veut pas qu'elle prenne l'ascenseur, je dois l'attendre dans le hall.

— Elle peut pas t'appeler d'en bas ?

— Maman lui raccrocherait au nez. On l'attendra dans le hall. N'oublie pas de prévenir ta mère.

— Elle sera enchantée. » Courtney prit un air grave pour imiter sa mère : « "J'aimerais, réellement j'aimerais que tu aies *d'autres* amies. Je n'ai rien contre Amanda, ce n'est pas ça. Mais j'aimerais que tu aies des *tas* d'amies. Il n'y a personne, en dehors d'elle, avec qui tu pourrais faire des choses ? Je n'ai rien contre Amanda, ce n'est pas ça..." »

Toutes deux éclatèrent de rire.

« Ce qui ne va pas avec toi, c'est que tu n'es pas très *présentable* comme amie, enchaîna Amanda en singeant sa mère : "C'est quand même plus agréable d'avoir tout un *cercle* d'amies. Ça ouvre des horizons." » Elle reprit le joint à Courtney, tira dessus comme s'il en allait de sa vie, puis le tendit à son amie, qui inspira tout aussi goulûment. Elles s'interrogèrent du regard. « Tu sens quelque chose ?

— Je ne crois pas.

— Qu'est-ce qu'il est nul, hein ?

— Qui ça ? »

L'effort qu'elles faisaient pour ne pas recracher la fumée hachait leur débit et rendait leurs voix plus stridentes.

« Harold », hoqueta Amanda.

À nouveau, le fou rire les saisit.

« C'est pas de la merde que je te vends, Amanda, se moqua Courtney en branlant du chef comme un pantin, agitant le joint devant elle avec suffisance. C'est de la bonne marchandise, ça, ma petite.

— Okay, okay », approuva Amanda avec une moue.

Les lèvres ramassées en cul de poule, elle téta le joint avec avidité et avala la fumée, qu'elle bloqua au creux de sa poitrine, longtemps, longtemps. Elle la sentait se déployer à l'intérieur de son corps, prendre du volume et s'assombrir, dévorée par une combustion mystérieuse. L'envie de tousser l'obligea à en recracher un peu.

« D'où vous sortez, les filles ? D'un cours privé ? Vous savez que vous êtes *super*, les filles », poursuivait Courtney. Au lieu maintenant de hocher la tête d'avant en arrière, elle la balançait follement d'une épaule à l'autre. Puis, baissant les paupières, elle la renversa contre le dossier de sa chaise et se mit à rire, les yeux clos. « Ah çà, les filles, vous valez le coup d'œil. D'où vous sortez ? D'un cours privé ? »

Le rire qui la secouait gagna Amanda.

« Et toi, tu te prends pour qui, espèce de faux jeton ? enchaîna-t-elle entre deux quintes. C'est ton baratin qui est super, oui. »

L'une après l'autre, elles inhalèrent une longue bouffée suffocante. La vision d'Amanda commençait à se déformer curieusement, elle avait l'impression de loucher. Elle tira encore sur le joint, jeta un regard autour d'elle. Étonnée, elle s'aperçut que les meubles et les objets de la cuisine changeaient, que tout ce qui l'entourait avait pris de fait un aspect différent. Elle se sentait tiraillée entre le besoin urgent d'en informer au plus vite un maximum de gens – d'expliquer combien le gros réfrigérateur blanc qui ronronnait tout seul dans son coin était absurde et hilarant, par exemple – et l'envie non moins pressante de garder tout cela pour elle, de le taire pour mieux le savourer seule.

De toute façon, si elle essayait de décrire ce qui se passait, Courtney ne l'entendrait même pas. Les yeux toujours fermés, les épaules appuyées à son dossier, Courtney dodelinait de la tête sur un rythme qu'elle était seule à entendre.

Elles finirent le paquet de chips, allèrent se chercher des jus de fruits, prises de fringale. David avait prévenu : elles auraient un petit creux. Elles mâchaient avec soin, les yeux rivés aux yeux étrangement magnétiques de l'autre. Elles regardèrent un feuilleton en pouffant sans pouvoir se retenir. Jusqu'à ce jour, elles n'avaient rien compris aux feuilletons, jamais réalisé à quel point c'était marrant, mais marrant ! Les trucs qu'elles se disaient étaient aussi à mourir de rire, ou incroyablement profonds – les deux, quelquefois. Elles parlaient, elles riaient, de temps en temps elles fermaient les yeux. Amanda piqua du nez à plusieurs reprises.

Plus tard, l'effet diminua, puis cessa tout à fait. La pièce retrouva ses proportions habituelles. Tout redevint normal : les meubles, le liquide à vaisselle. Leurs regards, eux aussi, étaient reconnaissables, à présent, familiers, sans plus rien de magique. Amanda se leva et ouvrit grand les fenêtres. L'air froid du soir balaya la pièce. Elle resta debout devant la fenêtre, en frissonnant. Dehors, il faisait noir, et la cuisine était remplie d'ombres. Elle n'avait plus tout à fait le même aspect qu'avant, comme si l'après-midi l'avait contaminée.

« Tu ne crois pas qu'il faudrait passer un coup de bombe désodorisante ? demanda-t-elle, mal à l'aise.

— Ta mère risque d'en sentir l'odeur et d'avoir des soupçons, non ?

— Elle ne risque pas plutôt de sentir l'herbe et d'avoir des soupçons ?

— Tu n'auras qu'à lui dire que c'est un parfum d'ambiance. Un truc nouveau. En pension, David et ses potes fument leurs joints devant la fenêtre. Ils les tiennent dehors, ils tirent une taf et ils soufflent la fumée dans leurs chaussettes : c'est les chaussettes qui prennent toute l'odeur. Après, ils les mettent au lavage.

— Beurk.

— Ça, j'ai toujours su que les chaussettes de David puaient.

— Des chaussettes planantes », essaya Amanda – mais la remarque tomba à plat: les choses n'étaient plus drôles.

La cuisine avait l'air lugubre, maintenant, sinistre. Il était plus de six heures, l'après-midi était derrière elles. Amanda alla vider le cendrier dans la poubelle, froissa des papiers au-dessus des cendres pour qu'elles disparaissent au fond du seau.

Devant l'évier, elle laissa couler un jet d'eau bouillante dans le cendrier: c'était celui que sa mère préférait, une saucière en porcelaine blanche, décorée au centre d'un bouquet de roses d'un rose soutenu; quelques pétales voltigeaient autour, avec une feuille ou deux, des rubans flottaient entre les tiges. Amanda estimait qu'il était immonde, et elle avait horreur d'entendre Caroline le trouver ravissant. Amanda détestait que sa mère dise des trucs de ce genre. Ça la ramenait en arrière contre son gré, à l'époque où elle, Amanda, levait les yeux vers sa mère et acquiesçait à tout ce qu'elle disait, au point, si ça se trouve, d'avoir affirmé qu'elle aussi adorait les roses. Cette seule pensée lui était insupportable.

Une traînée noirâtre de cendres graisseuses restait accrochée au fond du cendrier, résistant au flot d'eau chaude. La bouche ourlée d'un côté par la concentration qu'elle mettait à sa tâche, Amanda frottait de toutes ses forces à l'aide de l'éponge. Soudain, il lui glissa des doigts – elle faillit le lâcher, sa main s'empressa, le rattrapa, le serra et, une fois de plus, trop lisse et traître, il lui échappa. Ses doigts se refermèrent désespérément sur eux-mêmes tandis que sous ses yeux le cendrier heurtait la faïence blanche de l'évier et éclatait, magnifiquement, en fragments pointus, avec une telle facilité, une telle rapidité que cela semblait prémédité.

Debout devant l'évier, Amanda tournait le dos à la cuisine hostile. Le cendrier gisait en miettes; morcelés, le bouquet, ses feuilles et ses rubans virevoltants étaient devenus indéchiffrables. L'eau coulait en filet régulier sur les éclats monstrueux, comme si ce revers brutal et terrible, cette impression de désastre était dans l'ordre des choses. Comme si Amanda était vouée à rester ainsi à jamais : derrière, la cuisine lugubre gagnée par le froid nocturne, et elle, vaincue par sa déroute et ce chagrin noir, si noir, qui la pressait de toutes parts et l'enveloppait, accablant.

17

À cinq heures, le vendredi suivant, les filles ne se trouvaient pas dans le hall d'entrée où elles auraient dû attendre Emma. Elles étaient en haut, dans la chambre d'Amanda, qui avait gardé les rideaux à carreaux bleus et blancs et les lits jumeaux qu'Amanda connaissait depuis qu'elle était petite, depuis l'époque où elles habitaient encore dans l'ancien appartement, avec Maeve et son père. Elles avaient emménagé ici cinq ans plus tôt, mais les rideaux continuaient à pendre largement en dessous du rebord de la fenêtre, et Caroline avait cessé de dire qu'elle allait les faire raccourcir.

À la maison, il y avait apparemment plein de fric pour certains trucs et pas un sou pour d'autres. L'été, Amanda et sa mère partaient pour Louisville, chez les parents de celle-ci ; parfois, elles allaient aussi passer quelques jours dans un ranch du Wyoming, avec le frère de Caroline et sa famille. À Noël, elles prenaient l'avion pour la Barbade, où les parents de Caroline louaient tous les ans une maison. Ces voyages, qui revenaient cher, ne posaient pas de problèmes, pas plus que les vêtements coûteux. En revanche, l'argent manquait, semble-t-il, pour les détails comme les rideaux d'Amanda. Elle-même préférait ne pas aborder le sujet pour éviter les ennuis. Caroline lui donnait de l'argent de poche quand elle en demandait, mais chaque fois qu'Amanda réclamait une somme fixe par mois ou avait envie de quelque chose au-delà de ses moyens, sa mère prenait un air pincé.

« Franchement, c'est ton père qui devrait assumer ça », déclarait-elle, sur un ton si fielleux que les mots devenaient toxiques. Amanda avait horreur qu'elle dise ça, et de cette façon, en plus. Elle ne voulait pas entendre Caroline lui parler de son père, jamais ; elle ne voulait même pas penser à son père. Lorsque Caroline mentionnait Peter avec ce ton de voix, Amanda avait aussi mal que si on la fouettait. Elle ne voulait pas plus penser à son père qu'en entendre parler, et, s'il n'avait tenu qu'à elle, elle aurait cessé de le voir.

De toute façon, Amanda se fichait de la longueur de ses rideaux. Elle se fichait pas mal de l'aspect de sa chambre. C'était toujours le bazar, dedans. Trois fois par semaine, Maria faisait le lit d'Amanda et rangeait ses vêtements. Le reste du temps, la chambre restait en l'état. Amanda appréciait de trouver son lit propre, mais elle ne voulait pas qu'on touche à ses affaires ; elle aimait bien savoir où étaient les choses, retrouver ses vêtements là où elle les avait laissés. Elle abominait l'ordre – son désordre la rassurait. En principe, Caroline s'abstenait de toute remarque sur le laisser-aller de sa fille, elle-même se donnait rarement la peine de faire son lit. De temps en temps, toutefois, elle entrait dans la chambre d'Amanda et piquait une crise. Plantée sur ses pieds, les mains sur les hanches, elle se mettait à crier, et Amanda, alors, n'avait pas d'autre choix que de ramasser tout ce qui traînait – tout, jusqu'à la moindre babiole un peu trop en évidence. Elle fourrait ses chaussures dans le bas de la penderie et entassait dans le panier à linge le reste de ses affaires, aussi bien les fringues que les ceintures, les BD, les cassettes vidéo, les magazines.

À cinq heures, lorsque Emma arriva, Amanda et Courtney discutaient sur le lit d'Amanda. Elles portaient l'uniforme de l'école. Leurs sacs de livres et leurs vestes étaient par terre, là où elles les avaient jetés, leurs bottines bâillaient sur le tapis. Elles buvaient chacune un Coca et se partageaient le paquet de biscuits au chocolat posé sur la table de chevet, en se disputant à propos d'un mannequin photographié dans le magazine qu'elles feuilletaient.

« C'est Cindy Crawford, c'est évident », affirmait Amanda, le nez à quelques centimètres de la page. Elle connaissait ses modèles.

Assise en tailleur à l'autre bout du lit, Courtney n'était pas de son avis.

« Je ne crois pas, dit-elle. Regarde le nez : ce n'est pas du tout le nez de Cindy Crawford. Le sien fait ça. » Son doigt traça un trait en l'air.

« N'importe quoi, rétorqua Amanda avec dédain. Le nez de Cindy Crawford fait ça. » Elle traça en l'air un trait à l'inclinaison différente.

« Pas du tout : ça, insista Courtney en répétant son geste.

— Non : ça ! » Amanda poussa la main de son amie, Courtney lui rendit la pareille et elles se mirent à pouffer en se chamaillant. Au bout du couloir, le soudain bourdonnement de la sonnette les interrompit. « Oh, mon Dieu ! s'écria Amanda. C'est Emma. Il fallait l'attendre en bas. »

Elle se leva d'un bond, expédiant le magazine par terre, et, sans même remonter ses chaussettes, enfila ses chaussures à la diable.

« Et alors ? lança Courtney, qui l'observait. On va descendre, pas de panique. »

Mais Amanda avait déjà quitté la pièce, à moitié chaussée, et elle se ruait vers la cuisine en se tordant les pieds sur le contrefort de ses bottines. Elle poussa la porte battante à toute volée et tomba sur Caroline, debout près de l'interphone fixé au mur. Caroline venait de rentrer ; vêtue d'un tailleur sombre, des boucles en or aux oreilles, elle se tenait très droite, le combiné à la main. Quand Amanda fit irruption dans la pièce, elle se tourna vers elle et ouvrit les doigts, lâchant l'appareil, qui vint heurter le plan de travail avec fracas. Caroline, s'en désintéressant, se dirigea vers la porte sans un regard pour sa fille.

« C'est pour toi », lâcha-t-elle en sortant.

Amanda ramassa le combiné endommagé. Il en sortait une petite voix qui n'arrêtait pas de répéter « Allô, allô ».

Elle attendit pour répondre que la porte se fût rabattue derrière Caroline; alors seulement elle approcha le récepteur de son oreille.

« Allô ? » dit-elle à son tour, en essayant d'écouter sa mère. Elle ne l'avait pas entendue s'éloigner dans le couloir : Caroline était toujours là, derrière la porte.

« Amanda ? répondit Emma.

— Oui, c'est moi.

— Qu'est-ce qui se passe, encore ? demanda Emma, très contrariée. Tu ne devais pas m'attendre en bas à cinq heures ? J'ai demandé au portier d'appeler chez toi, et quand il m'a passé l'appareil quelqu'un l'a laissé tomber à l'autre bout. Ça a fait un bruit ! J'ai le tympan crevé, ou pas loin. Que se passe-t-il ?

— Excuse-moi, dit Amanda, l'œil sur la porte battante. Le téléphone m'a échappé. J'arrive tout de suite. »

Courtney, l'air terrorisé, apparut sur le seuil au moment où elle raccrochait.

« Elle sait que je viens ? demanda-t-elle en enfilant sa veste.

— T'inquiète, dit Amanda en rentrant son talon au fond de la bottine. Avec toi, elle sera sympa. » Elle passa dans le couloir. « Juste une minute, lança-t-elle pardessus son épaule. Je reviens tout de suite, je vais chercher ma veste. »

La chambre de Caroline était fermée, et alors qu'elle sortait de la sienne, sa veste sur l'épaule, Amanda s'arrêta devant, hésitante. La porte en bois plein était solide, sa surface blanche, lisse et satinée. Amanda appuya sa joue contre le panneau supérieur, retint son souffle : aucun bruit. Au bout de quelques secondes, elle se redressa et s'écarta de la porte.

« Maman ? appela-t-elle comme si elle était à l'autre bout de l'appartement, pressée. On s'en va. Je devrais être rentrée dans une heure, à peu près. À ce soir. »

Immobile, la tête baissée, elle attendit la réponse. Rien ne vint. Amanda porta deux de ses doigts à sa bouche : sa langue se mit à les explorer, en quête d'un ongle offert, finit par dénicher une toute petite bande de peau en demi-lune, l'abandonna aux dents qui l'arrachèrent. Dans la bouche, la molle pelure s'enroula sur elle-même. Amanda attendait; un tic nerveux agitait ses paupières, elle avait hâte de partir, tendait l'oreille en espérant que le silence durerait. Jamais elle ne parlait d'Emma devant sa mère et n'avait jamais entendu sa mère prononcer ce prénom.

« À tout à l'heure, alors », ajouta-t-elle.

Et elle s'éloigna bruyamment dans le couloir, laissant claquer ses semelles. Elle retrouva Courtney qui se morfondait dans l'entrée.

« Ça va ? » s'enquit son amie.

Amanda acquiesça d'un signe, puis haussa les épaules – qu'est-ce qu'elle en savait, après tout ?

Emma patientait dans le hall, à côté de la porte. Cette année, elle avait opté pour une coupe de cheveux courte. Elle portait un pantalon noir et une veste matelassée, des anneaux en or s'accrochaient à ses oreilles et elle n'avait pas l'air contente.

« Ah, bonjour Amanda, dit-elle en lui plantant sur la joue un baiser rapide et sec non payé de retour.

— Bonjour. » Amanda s'écarta d'un pas et, désignant Courtney d'un petit mouvement de tête, ajouta : « Courtney Miller, mon amie. Ma belle-mère.

— Bonjour, Courtney, répondit Emma, qui s'était tout de suite tournée vers l'adolescente avec un sourire. Emma Chatfield. » Elles échangèrent une poignée de main. « Enchantée. Tu vas à l'école avec Amanda ?

— Oui, fit Courtney.

— C'est bien.

— Enchantée », balbutia Courtney d'une petite voix timide.

À deux pas de là, Amanda les observait en silence, passive, les épaules voûtées, les traits vides d'expression.

« Alors, Amanda, par où commence-t-on ? interrogea vivement Emma. À qui faut-il encore que tu achètes des cadeaux, où veux-tu aller ?

— Bof, lâcha Amanda avec une petite moue, les yeux obstinément fixés sur l'entrée de l'immeuble. Je ne sais pas… n'importe où, je m'en fiche. » Elle s'interrompit. Puis, voyant qu'Emma semblait sur le point de parler, ajouta : « Où tu veux. »

Emma laissa passer un moment.

« Tu sais, Amanda, finit-elle par dire, cette sortie est pour toi. Je suis prête à t'accompagner là où tu as envie d'aller. Pour qui as-tu besoin de cadeaux ? Qui est-ce qui reste, encore, sur ta liste ? »

Amanda continuait à fixer la porte en verre de l'entrée, comme hypnotisée par la circulation dense de la fin d'après-midi. Elle secoua un peu la tête : « Personne, en fait. J'ai trouvé des trucs pour tout le monde. »

À nouveau, Emma marqua une pause. « Eh bien, bravo. Tu es très organisée. » Elle sourit à Courtney. « Elle est beaucoup plus organisée que moi.

— Courtney a encore des tas de courses à faire », affirma soudain Amanda, les yeux toujours perdus en direction de la rue.

Courtney prit un air effaré : Emma, tout aussi décontenancée, les regarda alternativement.

« Tu as invité Courtney à venir avec nous ? demanda-t-elle.

— Courtney a plein de courses à faire », répéta Amanda en hochant la tête.

Le silence devint pesant.

« J'en ai pas tant que ça », protesta Courtney qui, ne sachant plus où se mettre, se dandinait d'un pied sur l'autre. Pour se donner une contenance, elle passa une main sur sa nuque, souleva ses cheveux, les laissa retomber dans son dos. Emma lui adressa un sourire.

« C'est une bonne idée, déclara-t-elle. Je suis contente que tu te joignes à nous, Courtney. Tu sais où tu veux aller ? »

S'arrachant à la contemplation de la porte, Amanda laissa son regard glisser sur le visage de son amie. Courtney se tourna vers Emma avec un air apeuré de biche surprise par les phares d'une voiture.

« Il y a encore des gens, sur ta liste, pour qui tu as besoin de trouver des cadeaux ? insista Emma.

— Ma mère, articula Courtney en mal d'inspiration.

— Et toi ? demanda Emma à Amanda. Tu as quelque chose pour ta mère ?

— Mouais.

— Un souci de moins, alors, plaisanta Emma. Qu'est-ce que tu lui as acheté ?

— Un chemisier en soie, marmonna Amanda, les sourcils froncés.

— Oh, c'est bien ! De quelle couleur ?

— Blanc.

— Très bon choix, approuva Emma. Bon, qu'en pensez-vous ? Si nous nous promenions comme ça, au hasard, en nous arrêtant dans les boutiques qui nous paraissent intéressantes ? Ça vous irait ? »

Toutes trois partirent à l'aventure dans le soir tombant. Le froid pinçait plus fort. Emma courba les épaules. Ensemble elles gagnèrent Lexington Avenue pour la descendre vers le sud, à contre-courant de la foule. Les hommes rentraient du travail leur attaché-case à la main, leur pardessus boutonné tout du long, col relevé : les femmes portaient des manteaux de couleur vive, des écharpes autour du cou. Elles croisèrent un groupe de filles de l'âge d'Amanda, en uniforme sous leur blouson, qui marchaient vite et parlaient fort ; derrière elles venait un groupe de garçons en parkas sur des blazers bleus, moins bruyants, la dégaine bagarreuse.

Emma, Courtney et Amanda restèrent côte à côte jusqu'au moment où elles rencontrèrent une autre bande de filles qui avançaient de front, selon une ligne mouvante occupant le trottoir sur toute sa largeur. Au moment où Emma s'écarta pour les laisser passer, Amanda adressa un petit signe de tête distant à l'une des filles, qui la salua tout aussi froidement. Prenant Courtney par le bras, Amanda l'attira alors contre elle pour lui parler à l'oreille. Courtney ricana et répondit par une remarque qui échappa à Emma. Les têtes des deux adolescentes se rapprochèrent ; elles poursuivirent leur chemin, bras dessus, bras dessous, épaule contre épaule, Emma à leur traîne. La jeune femme tenta bien de les rattraper pour reprendre sa place à côté d'elles, mais le flux des passants qui arrivaient en sens inverse était trop dense.

Elles franchirent ainsi le carrefour, Emma à un pas derrière, dans une position embarrassante. Une Jeep 4x4 haute sur roues, noire et brillante, aux vitres teintées, attendait au feu rouge. Les vitres étaient fermées, mais une musique de basse tonitruante pulsait au travers. Toute la caisse de cette voiture vibrait d'une énergie mauvaise. Des dealers, se dit Emma. Des vendeurs de drogue qui circulent comme ils veulent dans la ville, défoncés, hébétés, insensibles. Leur proximité la glaçait. Sitôt que le feu passa au vert, la voiture démarra en trombe et s'éloigna dans un rugissement. Emma regarda les deux filles qui la précédaient. Le 4x4 avait-il sa place dans leur monde ? Voyaient-elles en lui un allié ? À l'époque où Emma était adolescente, les dealers ne l'étaient qu'à l'occasion : c'étaient souvent des amis et ils vendaient des drogues inoffensives – de l'herbe, un peu de hasch. Aujourd'hui, tout cela était terrifiant. Les drogues elles-mêmes étaient devenues terriblement dangereuses, les dealers étaient des tueurs. Amanda le trouvait-elle excitant, ce moyen d'évasion de sa génération, ce bonheur secret des gens de son âge ?

Emma pensa à Rachel en croisant une grande femme noire en manteau sombre. La jeune fille lui manquait. Elle était partie vivre à Brooklyn, où elle travaillait comme assistante sur traitement de texte. Sans savoir au juste à quoi correspondait cet emploi, Emma présumait qu'il s'agissait plus ou moins d'un poste de secrétaire. Rachel allait bien, d'après les nouvelles qu'elle en avait. Elles échangeaient des cartes de vœux à Noël et s'appelaient de temps en temps, mais Rachel ne venait presque plus jamais à Manhattan. Leur amitié, l'intimité qui s'était établie entre elles n'existait plus. Rien n'était plus pareil, bien sûr. Rachel passait les voir, quelquefois, mais la personne qui motivait ce déplacement, l'être cher à son cœur, avait disparu. Tess avait changé. Se retrouver devant cette grande femme noire qui lui souriait avec tant d'affection l'intimidait.

Rachel manquait à Emma, beaucoup : seule Rachel savait combien les rapports avec Amanda étaient difficiles, impossibles. Emma s'interdisait d'en parler à ses amis par loyauté vis-à-vis de Peter, et se confier à lui paraissait hors de question. Elle ne pouvait pas aborder le sujet avec ses parents, qui lui en voulaient toujours d'avoir divorcé, plus encore de s'être remariée, et n'avaient pas une haute opinion d'Amanda. Ni avec Francie, qui s'était elle-même remariée sur un coup de tête, à la mairie, et avait déménagé avec son nouveau mari, Carlos, à Minneapolis, où tous deux espéraient se « réintégrer ». Francie, qui se comportait à présent en mère modèle, consacrait ses soirées à des réunions des Alcooliques anonymes ou à l'association des parents d'élèves et se répandait en conseils sentencieux sur l'éducation des enfants.

Rachel, en revanche... Emma n'avait pas eu besoin de parler d'Amanda à Rachel, celle-ci avait été témoin de tout. Elle était là pour entendre les réponses butées d'Amanda, là pour débarrasser l'assiette pleine d'Amanda qui refusait de manger les plats préparés par Emma. Debout dans le dos de l'enfant, sidérée par sa conduite, elle avait maintes fois regardé Emma en secouant la tête. Emma, alors, n'avait pas à se soucier d'être déloyale : il y avait à ses côtés quelqu'un qui la comprenait. Là, à ce moment précis, sur ce trottoir encombré, Emma aurait aimé régler son allure sur le pas décidé de Rachel.

Le vent lui gelait le visage, alentour la nuit s'épaississait. Emma resserra son écharpe autour de son cou. Comment les choses avaient-elles pu se dégrader au point de la contraindre à arpenter cette rue glaciale en bousculant les passants pour ne pas se laisser distancer par cette gamine hostile avec qui elle n'avait pas de vrai lien de famille ?

Se serait-elle remariée si elle avait su que ça tournerait si mal ? De toute façon, jamais elle n'aurait imaginé que c'en arriverait là ; elle avait bien trop foi en elle-même. Emma voulait croire qu'elle était quelqu'un de bien, de gentil, d'affectueux. Cette petite fille lui avait fait de la peine – elle voulait croire qu'elle saurait guérir ses blessures. Les remèdes d'Emma avaient pour nom amour, compréhension, dévouement – c'était tout ce qu'il fallait, et elle n'en manquait pas. Emma ne doutait pas d'elle-même. Elle avait tort.

Au bout d'un certain temps, elle se décida à héler Amanda :

« Amanda, on commence par où ? Tu veux essayer "Chez Vous", dans la 66e ? Ils ont des trucs rigolos.

— Rigolos ? fit Amanda en lui jetant un regard par-dessus son épaule.

— Oui, enfin... amusants. Ça te dit ? C'est tout près. À moins que tu aies une autre idée ?

— Non, non. D'acc », acquiesça l'adolescente avec indifférence.

Amanda souhaitait de tout son cœur en finir avec cet horrible après-midi, toute cette comédie de la joyeuse surprise. Elle n'avait qu'une envie : rentrer chez elle, s'allonger sur son lit et lire une bonne vieille BD, seule. Ça suffit ! se dit-elle en serrant les paupières pour effacer d'un coup la longue pente sombre de l'avenue rectiligne, la coulée de lumière rouge des voitures qui filaient vers le sud, le maillage lumineux des feux tricolores qui quadrillaient le centre-ville, les piétons qui les bousculaient au passage, le froid qui s'insinuait entre les pans de sa veste ouverte. Amanda effaçait sa vie à volonté, et avec elle tous les éléments qui en repoussaient l'horizon vers un infini intolérable.

La boutique « Chez Vous » était minuscule, mais alléchante. Sa vitrine illuminée regorgeait d'objets fantasques et séduisants : fleurs en porcelaine, taies d'oreiller bordées de dentelle, sachets de sels de bain enrubannés, cadres en écaille. Emma y entra sur les talons des deux filles. La gérante se tenait derrière un comptoir.

Elle les accueillit d'un souriant « Bonsoir ». Plutôt brune et pas très grande, elle avait une cinquantaine d'années. Ses cheveux teints au henné étaient ramassés en chignon flou et ses longues boucles d'oreilles se balançaient au moindre mouvement. Elle portait des lunettes rouges à monture carrée. Rondelette, elle cachait ses formes sous d'amples vêtements tissés à la main, de couleur terne.

« Je peux vous aider ? » proposa-t-elle avec une amabilité toute professionnelle.

Les deux filles se détournèrent aussitôt, sans un mot.

« On regarde... », répondit évasivement Emma en rendant son sourire à la gérante.

Elle baissa les yeux sur la petite table recouverte d'un napperon amidonné qui se trouvait devant elle. Dessus était exposé un nécessaire à toilette ancien en faux ivoire : un miroir à main rond, une brosse à cheveux aux poils soyeux, un chausse-pied. Elle prit ce dernier dans sa main. Difficile, aujourd'hui, d'imaginer un soulier si ajusté au pied qu'il faille, pour l'enfiler, recourir à cet objet courbe. Difficile aussi d'imaginer des cheveux assez doux, assez fins, pour que ces poils couleur caramel, si souples, si flexibles, arrivent à les domestiquer, aient une quelconque efficacité sur les nœuds et les mèches folles. De nos jours, songeait Emma, les pieds sont mieux traités, et les cheveux plus cruellement : nous marchons dans de confortables baskets aux bonnes grosses semelles, et nous nous peignons avec des étrilles en métal d'aspect redoutable. Elle reposa le chausse-pied.

La vendeuse s'approcha.

« C'est mignon, n'est-ce pas ? Et en parfait état...

— Oui, c'est charmant », acquiesça Emma en évitant son regard. Elle esquissa un pas de côté ; le sourire de la femme se perdit dans le vide.

À l'autre bout du magasin, Amanda et Courtney étaient penchées sur un présentoir. Amanda y préleva un objet et le montra à Courtney, en glissant quelques mots qu'Emma n'entendit pas. Courtney s'esclaffa, et les deux filles s'appuyèrent l'une contre l'autre, secouées par le rire. La gérante les observait.

Emma s'écarta du nécessaire de toilette dans un mouvement qui attira brièvement sur elle l'attention de la femme. Ébauchant un sourire en coin qui ne s'adressait à personne en particulier, elle s'empara d'une théière en forme de citrouille.

« Tu as vu, Amanda ? » lança-t-elle en brandissant sa trouvaille. Amanda et Courtney tournèrent la tête vers elle sans bouger de leur place. « Tu ne la trouves pas drôle ? Elle est assez jolie, en plus, non ? » Les deux filles restant muettes, Emma continua de tenir la théière en silence, l'inclinant selon différents angles comme pour l'examiner en détail. « Ce ne serait pas une idée pour ta mère, Courtney ? finit-elle par suggérer gaiement.

— C'est sympa, convint Courtney avec un petit hochement de tête poli, alors qu'Amanda fixait la théière d'un œil inexpressif. Je ne suis pas sûre, mais il me semble qu'elle en a déjà une », ajouta-t-elle après un silence embarrassé.

Les deux filles n'osaient pas se regarder.

Emma reposa la théière, se détourna.

Ce sont des gamines, songea-t-elle. Ce n'est pas drôle, pour elles, de faire les boutiques avec une adulte. De toute façon, ce n'est jamais drôle d'être avec des adultes. En se comportant ainsi, ce n'est pas moi en particulier qu'elles visent. Elles n'ont aucune envie d'être avec des adultes, voilà tout. C'est l'âge, leur âge. Emma contemplait les cache-pot fleuris, les oreillers dans leurs taies aux dentelles rétro qui s'amoncelaient en montagne raffinée, les écharpes en laine angora tissées à la main, garnies de franges, aux couleurs de pierres précieuses.

Bien sûr que c'était un fiasco.

À deux heures du matin, au fond de son lit où le sommeil la fuyait, Emma avait imaginé cette sortie autrement. Dans son esprit, cette sortie en tête à tête avec Amanda, sans Peter ni Tess, devait leur permettre de déposer les armes, de se rapprocher. Couchée dans le noir, Emma s'était imaginé qu'elles pourraient faire ensemble ce que faisaient précisément Amanda et Courtney: se promener bras dessus, bras dessous, fouiner, s'étonner, rire. Elle avait pensé qu'elle emmènerait ensuite Amanda boire un chocolat chaud dans un petit salon de thé aux vitres embuées, où elles se seraient installées côte à côte, genou contre genou. Seules ensemble, dans sa rêverie, elles avaient bavardé, de tout et de rien.

« Ça, c'est adorable », proclama la gérante avec un geste approbateur en direction de l'objet qu'Emma tenait à la main.

Emma baissa les yeux. Devant elle se trouvait une panière en osier pleine de taies d'oreiller en dentelle, toutes brodées de formules au point de croix. Sans même s'en apercevoir, elle en avait prélevé une dans la pile. Dessus, en lettres rouges comme un ruban de la Saint-Valentin, était écrit : J'AIME MA MAMAN.

18

Leur break Volvo fut parmi les derniers véhicules à embarquer sur le bac. Les vingt à trente voitures déjà garées sur le pont étincelaient sous les derniers rayons de soleil, serrées les unes contre les autres selon une disposition en damier qui, de loin, évoquait un jeu de patience métallique.

Peter s'engagea sur la passerelle et attendit, le pied sur le frein. Aussitôt, un employé grisonnant au visage recuit s'avança vers eux, vêtu d'un bleu de travail crasseux qui plissait sous la masse molle de son ventre. Debout devant la Volvo, il leva les bras pour les guider, en chef d'orchestre qui connaît la musique. Tous ses gestes étaient vifs, bien rodés : moulinets de l'index, aiguillages précis à deux mains, souples mouvements de poignet pour indiquer d'avancer, paume levée à hauteur d'yeux pour marquer l'arrêt. Peter se concentrait sur la gesticulation des mains, en ignorant délibérément la dangereuse proximité des carrosseries scintillantes entre lesquelles il devait se glisser. Il braqua, redressa, passa la première puis la marche arrière sans un regard pour ce qui l'entourait. C'était de sa part un acte de foi. La Volvo, impeccablement pilotée, glissa à reculons pile sur l'emplacement qui lui avait été assigné, à vingt-cinq centimètres très exactement de chacune de ses voisines.

Peter coupa le contact, serra le frein à main, et décréta, avec le sentiment du devoir accompli : « Ouf ! On y est. »

Il avait toujours sur le dos son costume d'homme d'affaires, fripé et humecté de sueur par le voyage, mais avait déboutonné le col de sa chemise froissée et enlevé sa cravate en soie à rayures, qui maintenant dépassait de sa poche de poitrine.

Avec un soupir de soulagement, il leva les bras et s'étira autant que le lui permettaient les dimensions exiguës de l'habitacle. Ils étaient pourtant loin d'être arrivés à destination : leur véhicule était simplement stationné sur le pont de ce bac, qui allait mettre près de trois quarts d'heure à franchir le détroit. Pour Peter, cependant, la partie la plus pénible du voyage était terminée. En coupant le contact, il avait interrompu le ronronnement abrutissant du moteur, et il se sentait détendu, le cœur léger, tandis que le bac commençait à s'ébranler. Toutes les pensées qui lui encombraient l'esprit, qui le consumaient au bureau pendant la semaine, se dissipèrent d'un coup. Il allait voir la mer, la brise humide lui caressait la peau.

Peter et Emma avaient découvert Marten Island cinq ans auparavant. C'était une petite île calme et tranquille, où les gens venaient en famille. Il n'y avait que deux boutiques dans le village, et un bureau de poste. La plupart des estivants résidaient à New York, comme eux. Invités chez des amis lors d'un premier séjour, Peter et Emma avaient très vite décidé de louer une maison. Deux ans plus tôt, ils avaient acheté un bout de terrain pentu à l'intérieur des terres, mais avec vue sur l'océan, et, cet hiver, y avaient fait construire une modeste maison en galets. Depuis, ils étaient venus à plusieurs reprises surveiller les travaux, à la mauvaise saison et au printemps, toujours sans Amanda, qui à présent était pensionnaire. Elle ne connaissait pas la maison et n'était jamais restée un mois d'affilée avec eux, sur l'île, dans une des locations. L'année précédente, elle suivait un stage de tennis ; celle d'avant, ils avaient descendu tous ensemble la Snake River et n'avaient passé qu'une semaine à Marten.

Afin de récupérer une partie de l'argent des travaux, ils avaient loué la maison cet été même, en juillet. Maintenant, ils allaient enfin, pour la toute première fois, vivre là un mois entier, tout le mois d'août, avec Amanda. Emma, qui ne travaillait plus à la revue *Art et culture* et avait repris des études, serait là tout le temps, avec les filles. Peter les rejoindrait le week-end, dans un premier temps, avant de s'installer sur l'île pour la seconde quinzaine.

Penser à la nouvelle maison rassérénait Peter. Elle lui plaisait énormément, avec ses lignes simples, ses galets luisants, qui, avec le temps, se patineraient dans différentes nuances de gris. Il en aimait les espaces intérieurs, les belles proportions des hautes fenêtres donnant sur l'océan, la grosse cheminée de granite. Il exultait à l'idée d'être à l'origine de son existence, d'avoir apporté sa pierre à l'ensemble des gîtes de l'espèce.

La perspective de ce mois de vacances avec Amanda le rendait optimiste ; il en attendait beaucoup. Certes, les bouderies de sa fille ne s'étaient pas arrangées, avec le temps, mais c'était une adolescente. À cet âge, tous les enfants étaient pareils. Les cheveux fluo, la rangée de petits anneaux d'or alignés sur l'oreille, le visage maussade, les pantalons informes qui essuyaient le trottoir, ces affreux brodequins noirs... de la frime. Tous les gosses endossaient cette espèce d'uniforme.

Peter se rappelait les filles de son adolescence : le look, alors, se devait d'être éthéré, les cheveux brillants tombaient sur les dos nus en longues cascades... Et cette Anglaise, un mannequin célèbre aux immenses yeux rêveurs, aux jambes interminables : Elvira Madigan, fleur fragile et virginale. Les filles lui ressemblaient – ou essayaient. Leurs lèvres tendres, brillantes ; leurs yeux ingénus au regard ardent. Sa petite amie de l'époque, Annette Stevenson, se défrisait les cheveux au fer à repasser pour les rendre plus beaux. Il l'avait vue faire, un jour, dans la buanderie de ses parents : agenouillée sur le linoléum, l'oreille écrasée contre le bord de la planche à repasser, les paupières contractées d'angoisse, elle appuyait le fer dangereusement près de son crâne. Ses cheveux étaient restés tout raides, ensuite, quand elle les avait brossés. Quelques heures après, cependant, sur la plage de Singing Beach où ils fumaient un joint serrés autour du feu, la longue chevelure brune avait retrouvé sa texture mousseuse et crêpelée à la faveur de l'air marin humide, et elle formait comme un halo de brume légère autour du mince visage d'Annette.

Quant à Amanda, force était de constater qu'elle était tout sauf mince, en ce moment. Elle avait grossi en pension. Pas au point d'être obèse, mais elle se déplaçait lourdement, avec une mauvaise grâce apathique. Peter espérait que ce mois sur l'île serait pour elle une délivrance, une occasion de prendre ses distances avec ce qui la rendait si malheureuse, si peu désireuse de bouger. Son année de pension, se disait-il, avait peut-être enclenché ce processus qui allait lui permettre d'être moins repliée sur elle-même, d'ouvrir un peu les yeux sur le monde. Si seulement elle pouvait sortir de sa coquille, débrider sa bonne humeur, renoncer à sa colère, à son quant-à-soi, à son enfermement dans sa prison hostile. Ces vacances lui offriraient une chance de renverser la vapeur, Peter en était persuadé.

Il se fiait aux encouragements prudents de certains professeurs d'Amanda. Certes, il était dommage qu'elle eût abandonné le hockey, comme tant d'autres activités avant celle-ci, mais en soi le hockey n'était pas bien important. D'après le professeur de dessin, il lui arrivait de livrer des réflexions stimulantes. Peter était sûr que c'était un signe, un début : Amanda commençait à s'épanouir. Il voulait la voir déployer ses pétales délicats et se tourner vers la lumière, vers lui. Quand sa fille allait-elle enfin se tourner vers lui ?

La maison allait tout changer. Il lui en avait parlé en long et en large, lui en avait montré les plans, lui avait envoyé des photos du chantier et décrit sa chambre. À New York, les soirs où, exceptionnellement, Amanda restait dormir chez eux, elle partageait la chambre de Tess. Ici, elle allait avoir pour elle toute seule une jolie chambre qu'Emma s'était ingéniée à aménager. La maison serait le lieu qu'ils partageraient tous ensemble. Il y avait un tas de jeunes de son âge ; elle se créerait des liens, ferait son trou. Elle irait se balader à vélo dans l'île, avec les autres, se joindrait à cette bande de casse-cou qui pédalaient à cœur joie sur les petites routes ensoleillées.

Emma et lui s'étaient efforcés de lui préparer un séjour agréable. Ils étaient particulièrement fiers du stage de tennis pour adolescents où ils l'avaient inscrite trois matinées par semaine. « À son âge, ils y vont tous, avait déclaré Emma. Là-bas, elle rencontrera tout le monde. À partir de là, ce sera plus facile, elle s'intégrera sans problèmes. J'ai aussi l'intention d'aller me promener avec les filles. Je les emmènerai à tour de rôle, pas le même jour, visiter des endroits différents. Ce ne sont pas les distractions qui manquent », avait-elle conclu avec un sourire. Elle semblait si impatiente, Emma, si sûre d'elle et de l'avenir. Si fière, aussi, de lui montrer la chambre qu'elle avait décorée pour Amanda – les dessus-de-lit à fleurs, les rideaux blancs, les tapis colorés.

« C'est joli, tu ne trouves pas ? avait-elle demandé d'une petite voix timide en poussant la porte devant lui. J'espère que ça lui plaira. J'ai essayé de lui donner un cachet plus jeune fille qu'à la chambre de Tess. »

Emma avait adopté une nouvelle coupe de cheveux, cet été-là : frange épaisse sur le front et nuque courte de garçonnet. Elle ressemblait à une adolescente avec cette coiffure toute simple, ses sandales, son short kaki, son tee-shirt. Ses jambes bronzées étaient un peu arquées. Les mains dans les poches, elle se tenait pieds joints sur le seuil de la chambre dans une posture d'enfant sage. Son appréhension et sa bonne volonté avaient ému Peter. Si seulement Amanda comprenait tout ce qu'Emma faisait pour elle… Peter ne souhaitait rien autant que cela. Il serra sa femme contre lui, dans un transport d'affection.

« Ouille ! cria-t-elle.

— Excuse-moi. Cette chambre est exquise, elle va l'adorer. »

Amanda aimerait cet endroit, oui ; elle l'aimerait, il s'y emploierait.

Pour l'heure, Peter et Emma s'agitaient sur le siège avant, détachaient leurs ceintures, se reprenaient en vue de la traversée. Amanda fut prête avant eux. À peine Peter avait-il coupé le contact qu'elle se glissait contre la portière, et au moment où il tira sur le frein à main elle la poussa autant que cela lui était possible, heurtant doucement le flanc miroitant de la Mercedes garée à côté. Elle se faufila par l'étroite ouverture et, sans un regard en arrière, repoussa la portière, ou du moins essaya. La résistance opiniâtre et inégale qu'elle rencontrait la fit se retourner: Tess glissait la tête dans l'interstice, l'air tendu, implorant.

Les deux filles ne s'étaient pas beaucoup vues pendant l'année. Tess vivait toujours chez elle, à New York, alors qu'Amanda s'était envolée vers un autre univers. Plus tôt dans l'après-midi, au moment du départ, elles s'étaient toutes deux installées sur la banquette arrière, à leurs places habituelles, mais c'est à peine si elles avaient desserré les dents du trajet. Dès que la voiture avait démarré, Amanda avait fouillé dans son sac à dos pour en sortir son baladeur neuf. Elle avait dénoué le cordon et ajusté l'arc en métal sur sa tête. À moitié affalée contre le dossier, elle avait ensuite positionné avec soulagement les écouteurs en mousse contre ses oreilles: elle n'en pouvait plus d'attendre que la musique dressât autour d'elle la muraille qui la couperait du monde. Tess l'observait avec respect.

Peu après, Emma s'était retournée pour se pencher entre les sièges avant, un livre à la main. Elle prononça quelques mots en souriant. Amanda ne distingua pas ce qu'elle disait, mais devina qu'elle proposait de lire à voix haute. C'était son truc, en voiture: lors de voyages interminables, elles avaient déjà eu droit à toute la trilogie de Madeleine L'Engle, et Peter avec elles, puisqu'il écoutait en conduisant. Amanda se demanda quel livre elle pouvait bien avoir choisi, cette fois, quel roman convenant, selon elle, à une fille de quinze ans – une grande! Peu importait, de toute façon. Amanda se rencogna, isolée du monde par la musique. Protégée.

Toujours souriante, Emma attendait. Amanda la regarda en fronçant un peu les sourcils, comme si elle lui parlait un jargon incompréhensible. Tess, l'air malheureux, répondit pour elle. Amanda ne saisit pas l'explication, mais elle vit l'expression d'Emma changer. La femme de son père ferma le livre et se rassit.

La tête renversée en arrière, Amanda monta le volume. Elle ferma les yeux: la musique lui emplissait la tête d'accents à la fois hardis et intimes. Il lui semblait que la musique formait une pièce où elle venait d'entrer, sombre, vibrante d'une agitation invisible, dangereuse, métallique, un atelier d'usine démoniaque où les machines tournaient à plein régime. Elle se voyait dans l'obscur espace incontrôlable, debout à quelques pas de Sting, qui chantait devant elle, les cheveux fous, le regard impérieux, tout le corps agité de mouvements électrisants.

Aussi longtemps que dura le voyage, Amanda resta dans son coin, absente, absorbée par la musique qui résonnait dans sa tête. Silencieuse à côté d'elle, Tess contemplait le paysage. Amanda ne lui avait pas adressé une seule fois la parole; elle n'avait plus rien à lui dire. Elle changeait, devenait adulte.

Là, une main toujours sur la portière, Amanda s'arrêta une seconde pour regarder le visage insistant de Tess surgi dans l'entrebâillement. Elle devinait ce que voulait Tess – retrouver leur vieille complicité –, mais à quinze et onze ans, leurs années de différence creusaient entre elles un gouffre immense. Amanda s'éloigna sans un mot tandis que Tess, non invitée mais pas explicitement repoussée non plus, s'extirpait de la voiture à sa suite. « On se retrouve là-haut ! » lança Emma dans leurs dos.

Ni l'une ni l'autre ne répondirent. Amanda fit comme si Emma s'adressait à Tess, et Tess comme si elle n'avait pas entendu.

Escaladant gauchement les pare-chocs qui se touchaient presque, elles se frayèrent un chemin sur le pont à travers le labyrinthe des véhicules tassés les uns contre les autres. Quand elles atteignirent le bastingage de la poupe, le bac avait largué ses amarres. Dans le laps de temps qu'il avait fallu pour garer la voiture, en sortir, gagner l'arrière de l'embarcation, il était passé d'un monde à l'autre.

Au moment où la Volvo avait embarqué, le pont ne semblait qu'une extension de la côte grise. Rien, pas même un cahot, n'avait marqué la frontière entre terre et mer. À présent, le bac révélait sa vraie nature. Sans la plus légère embardée annonciatrice d'un départ imminent, il avait entamé la traversée. Très lent, très calme, il progressait avec une telle majesté qu'on avait d'abord pu croire que le quai s'en était peu à peu détaché et qu'il s'éloignait du bateau resté sur place. À présent, il était évident que le bac se dirigeait vers le large en direction de Marten Island, à huit miles du rivage.

Déjà l'étendue d'eau gris-vert allait s'élargissant entre sa poupe large et le quai. À terre, les silhouettes il y avait peu encore si hautes et imposantes – celle, entre autres, de l'employé grisonnant – devenaient minuscules, insignifiantes. Déjà, le centre de toute chose, la scène animée de l'instant immédiat était ici – marine, transitoire, instable – et non plus là où elle se trouvait l'instant d'avant – arrimée au sol, fixe, familière.

Silencieuses, les deux filles restèrent appuyées au bastingage pendant que le bac dépassait les usines délabrées et les toits bas des hangars du port. À l'embouchure, il contourna le chantier naval où l'armée construisait ses sous-marins, cachant ses secrets nucléaires sous les eaux froides tourbillonnantes, entre d'énormes étais d'acier. Puis la terre s'effaça tout à fait, et le bac poursuivit sa route sous le ciel maintenant illimité, à travers l'immense bras de mer de Long Island. À l'ouest, le soleil entamait son déclin derrière une masse de nuages sombres qui bourgeonnaient, truculents et puissants en leur centre, bordés à la périphérie de festons de lumière.

Les avant-bras posés sur le garde-fou métallique, Amanda se tenait le corps déjeté, tout son poids sur une jambe. À côté d'elle, Tess, nettement plus petite, étirait le buste dans une tentative pour imiter la pose désinvolte : elle observait Amanda à la dérobée pour comparer, rectifier, s'appliquait à étaler ses bras sur la rambarde, pliait le même genou. S'apercevant du manège, Amanda bascula son poids sur l'autre jambe. Sans piper, le regard fixé sur l'horizon, Tess l'imita aussitôt.

Amanda se tourna vers elle.

« Tess ! protesta-t-elle.

— Mais quoi ? » s'écria Tess, dont les yeux écarquillés proclamaient la fausse innocence.

Amanda s'en tint à un hochement de tête dédaigneux. Tess pouvait faire ce qu'elle voulait, se tenir comme elle voulait, ça lui était bien égal. Tess avait onze ans. Elle n'en paraissait pas plus. Elle continuait à porter les tenues choisies pour elle par Emma – ce petit pull de couleur vive, ce jean lavé de frais, des tennis propres. Elle avait les yeux de chien battu d'Emma, son menton pointu. Ses cheveux de gamine, lisses, couleur de miel, étaient ramassés en deux couettes équitables. Elle arborait l'air soigné, reluisant, des enfants chéris.

Mais pas Amanda. Deux larges entailles effrangées coupaient son vieux jean informe au niveau des genoux. Un mince gilet sombre à moitié boutonné recouvrait en partie le tee-shirt dont le noir avait viré à une vague nuance verdâtre. Ses chaussures maculées à semelle épaisse paraissaient tout sauf confortables. Jusqu'à ses cheveux, qui étaient maintenant teints en noir et formaient une tignasse terne, à l'exception d'une mèche vert pâle, près d'une tempe. Elle les portait très courts et les coiffait rarement, se contentant de les ramener derrière ses oreilles.

Amanda percevait bien les ondes émanant de Tess, sa requête muette, son désir éperdu de la ramener à la vie qu'elles avaient partagée. Ce n'était pas possible. Dans la mémoire d'Amanda, ce passé, désormais, était brouillé, dérisoire – il lui revenait comme le rêve d'une autre. Elle trouvait suspects les souvenirs qu'elle conservait des moments si intenses passés autrefois avec Tess, des jeux compliqués qu'elles inventaient. Les évoquer l'agaçait. Tout cela semblait si peu crédible… Elle n'en voulait pas. Cela lui paraissait aussi lointain que les événements d'avant sa naissance.

Amanda gardait les yeux fixés sur le rivage qui s'éloignait dans le crépuscule. La côte avait perdu sa réalité, c'était une abstraction, une bande sombre sur l'horizon. L'espoir d'Amanda déclina, son cœur se serra, son humeur s'assombrit en même temps que le jour. Elle n'avait pas demandé à quitter le continent. Un mois entier allait s'écouler avant qu'elle fût autorisée à traverser le détroit dans l'autre sens pour retrouver sa vraie vie. Elle était prisonnière, sur ce bateau qui l'emmenait vers un endroit inconnu. En pension, elle se débrouillait toute seule, et à New York, chez sa mère, elle avait les mains libres. Caroline ne s'inquiétait que rarement de savoir où elle sortait, encore moins de lui fixer une heure pour rentrer. Amanda se débrouillait, mais personne n'avait eu l'idée de la consulter à propos de ses vacances, ni de lui demander si cela lui plairait d'aller dans la nouvelle maison de son père, à Marten Island. Elle trouvait humiliant de devoir les accompagner parce que ses parents en avaient décidé ainsi, humiliants ce départ contre son gré, cet exil. Ils la traitaient comme une gamine, en la ramenant de force vers une autre époque de sa vie. Amanda se sentait aujourd'hui si loin de ce temps, loin de son père et d'Emma, à des années-lumière de Tess. Qu'on pût considérer Tess comme son égale, sa camarade de jeux, l'humiliait plus que tout.

Se tournant vers la petite, elle lui demanda, sur un ton languissant et revêche : « Alors, c'est comment, Marten ? Ça te plaît, d'y aller ? »

Tess, sur ses gardes, haussa les épaules. Marten n'avait rien d'exceptionnel pour elle. Marten était l'endroit où elle passait ses vacances. Jamais il ne lui était venu à l'esprit de s'interroger à ce sujet.

« Qu'est-ce que tu peux bien faire toute la journée ? reprit Amanda, provocante, moqueuse.

— Je ne sais pas, répondit Tess en haussant à nouveau les épaules avec circonspection. Du vélo. Ou alors on va à la plage. »

La plage : il était hors de question qu'Amanda y mît les pieds. Aller à la plage, c'était montrer son corps, et elle s'y refusait absolument. Amanda haïssait son corps. Jamais elle ne se déshabillait devant un miroir. S'entr'apercevoir nue était une vraie torture, elle ne supportait pas le plus petit bout d'elle-même, comme si elle vivait sous le coup d'une malédiction terrible, captive d'une forme qui n'était pas elle.

« Et quoi, encore ?

— Ben... le tennis, risqua Tess après s'être creusé la tête.

— Le tennis ? Des stages, c'est ça ? »

Tess opina.

Amanda cilla, face au large. « Des stages », répéta-t-elle. Elle ferma les yeux. Ces stages de tennis, c'était presque pire que la plage. La petite jupe plissée classe qui découvre la peau trop pâle des cuisses, les grosses chaussures de sport et les petites socquettes blanches. Et plus nulles encore que cette tenue, les séances d'entraînement sous un soleil de plomb, dans cette chaleur épouvantable qui te tombe dessus comme une masse et irradie du court, réfléchie par le rugueux revêtement gris-vert. Toi, derrière la ligne, tu attends ton tour dans la queue, tu essaies de fixer le moniteur, mais le soleil te gêne, t'assomme, si bien que tu ne te rends pas compte que ça y est, c'est ton tour. « Suivante ! Vite ! À toi, Amanda ! Allez, allez, on se dépêche ! » Le moniteur gueule ton nom, et toi, dans une course maladroite, tu traverses tout le court et tu gagnes le filet au moment où la balle jaune arrive en décrivant une lente arabesque insultante. Tu fonces dessus, la raquette levée au bout du bras tendu pour mieux taper, mais tu es bien trop en retard pour ça, tu n'as plus qu'une solution, te fendre en avant, plonger pour tout de même frapper ce coup, et c'est alors que la voix du prof retentit : « *Pousse* la balle, Amanda, ne tape pas. Il faut te le mettre dans le crâne : ne tape pas, pousse la balle. » Trop tard : le bras est déjà parti, et comme le mouvement te déséquilibre, tu frappes la balle avec le bord de la raquette. La balle fuse dans le filet, rebondit, roule sur le court, et tu manques de te tordre la cheville dessus.

« C'est mieux, Amanda, clame avec impudence le prof. C'est beaucoup mieux. » Toi, tu es déjà partie à petites foulées ; sitôt sortie du couloir, tu ralentis l'allure et marches en tenant tête en bas ta raquette, que tu cognes du pied à chaque pas, exprès. En nage, exaspérée, tu regagnes ta place dans la file pour à nouveau attendre ton tour.

Tess scrutait le visage d'Amanda.

« Tu sais, je déteste les stages de tennis, déclara-t-elle.

— Tu parles », rétorqua Amanda.

Les signes de tête affirmatifs de Tess ne la convainquirent pas davantage. Tess mentait. Tess était une petite fille modèle qui aimait tout ce que sa mère lui proposait. Mieux valait changer de sujet.

« Tu vois ton père souvent ? » demanda-t-elle froidement.

Tess changea d'expression. Revenant à sa prudence initiale, elle haussa les épaules. « Tu le vois souvent ? la bouscula Amanda. Combien de fois ? Tous les week-ends ? Tous les mois ?

— Je ne sais pas. » Tess pencha la tête sur le côté. « Pas tous les week-ends. Des fois, ils m'emmènent en vacances avec eux.

— Et c'est sympa ? » poursuivit Amanda avec une curiosité dépourvue de chaleur. Tess la regarda sans répondre. « Eh bien, réponds. C'est sympa ? »

Tess se détourna vers le large. « Oui, murmura-t-elle.

— Elle est comment ta belle-mère ?

— Mimi, rectifia Tess.

— Mimi. »

Amanda attendait. Tess, de profil, haussa encore les épaules.

« Elle est jolie, lâcha-t-elle.

— Elle t'aime bien ? » s'acharna Amanda.

Tess lui jeta un coup d'œil, mais garda le silence. Elle se remit à contempler la mer, les yeux à demi fermés, un pli résolu sur la bouche. Profondément plongée dans ses pensées, elle excluait sa compagne de son champ de vision. Amanda comprit que la question qu'elle venait de lui poser ne l'avait jamais effleurée. Tess croyait toujours que le monde était un endroit sûr, peuplé de gens gentils.

« Alors ? reprit Amanda. Elle t'aime bien ? »

Les sourcils froncés, le regard sur l'horizon, Tess hocha la tête.

Amanda la fixait effrontément, mais la petite ne se retourna pas.

Le bac traçait sa route en creusant derrière lui un large chemin d'eau dormante, matée. Les mouettes venues se rassembler en troupe turbulente quand il s'était engagé dans le détroit survolaient maintenant son sillage en cercles irréguliers, l'apostrophant de cris accusateurs. Ailes tendues, immobiles, elles se laissaient peu à peu dériver jusque sur le pont en passant au-dessus du bastingage. Les filles distinguaient, étonnamment près, leurs têtes noires lustrées, leurs becs durs au bout recourbé, leurs yeux jaunes impitoyables.

La nouvelle maison se dressait sur une pente boisée. On y accédait par une allée circulaire, puis une volée de marches en bois menant à une longue galerie couverte. Les galets avaient toujours un éclat doré, le mortier était d'un blanc éclatant.

Peter et Emma, qui ployaient sous le poids des sacs, s'engagèrent les premiers sur les marches. Posant son chargement, Peter passa un bras autour des épaules d'Amanda.

« Alors, qu'est-ce que tu en dis ? s'exclama-t-il. Pas mal, hein ? »

Amanda sourit malgré elle de le voir si excité.

« Viens, ajouta Peter. Je vais te montrer la vue. »

Ils passèrent sur le côté de la véranda pour gagner l'arrière de la maison. Plus bas, un parcours de golf s'étendait en douceur jusqu'à une petite déclivité, disparaissait derrière pour reparaître plus loin, jusqu'à la plage lointaine : après, c'était la mer, à peine visible dans l'obscurité de plus en plus dense.

« C'est l'Atlantique, là-bas, pas le détroit », précisa son père avec fierté.

Amanda se demanda ce que ça pouvait bien changer. Son père était fier de lui montrer tout cela : la vue sur l'océan, la maison qu'il avait construite… même la traversée en bac le remplissait de satisfaction. À la limite, il était fier de l'île tout entière, songea Amanda. Elle, pour sa part, se sentait étrangère en ce lieu ; elle n'avait pas sa place ici. Ce cadre l'excluait, elle ne faisait pas partie de la vie qui s'y déroulait. Planté à côté d'elle, les mains dans les poches, Peter lui posa une main sur l'épaule.

« Je suis si content de t'avoir enfin ici, Nanna », reprit-il avec un sourire, en la serrant contre lui.

Amanda suffoquait. Elle se dégagea.

« Aïe !

— Aïe ! la taquina gentiment Peter. Aïe, aïe, aïe. » Il retira son bras. « Excuse-moi, Nanna, je n'avais pas l'intention de te torturer. C'était une marque d'affection. »

Il lui planta un baiser sur le crâne.

Amanda se figea. Elle avait horreur de ça, de ces attentions paternelles qui la plaçaient sur le devant de la scène, exigeaient d'elle une réaction. Elle enfonça imperceptiblement la tête entre les épaules pour s'affranchir de sa présence.

« Peter ! appela Emma. Tu as la clef ? » Emma était à la porte de derrière, chargée de deux gros sacs de toile. « La clef ! répéta-t-elle.

— Attends ! » s'écria Peter en fouillant dans sa poche.

L'instant d'après, il était parti la rejoindre, abandonnant Amanda sur la véranda. Elle discernait à peine les formes des fauteuils en rotin, les pots de géraniums blancs posés au pied de la large balustrade. Elle devinait dans la pénombre l'océan, là-bas, tout au bout des courbes d'herbe rase du parcours de golf. Le vent venu de la côte était humide et froid sur son visage.

Puis la maison s'illumina d'un coup, et Amanda devint invisible dans le noir. La fenêtre devant laquelle elle se trouvait donnait dans le salon : une pièce impeccable, flambant neuve, rayonnante de couleurs vives ; des meubles peints de motifs floraux, des cadres aux murs, des photos sur toutes les tables. Amanda se demanda qui pouvait bien poser dessus. Tout cela était absolument nouveau pour elle.

De l'intérieur lui parvenait un bruit de pas lourds : son père, qui portait les valises à l'étage. Dehors, Tess montait lentement les marches de derrière. Amanda se dirigea vers elle en suivant la véranda et la vit surgir dans le rectangle de lumière projeté par la moustiquaire. Tess avançait avec précaution, en glissant un pied après l'autre comme si elle marchait sur une corde raide. Elle ne voyait rien de ce qui se trouvait devant elle. La forme pansue d'un pot de fleurs en terre lui encombrait les bras ; le feuillage dentelé d'une fougère lui masquait à moitié la figure. Alors qu'elle gravissait les marches menant à la porte, elle accéléra le pas dans un sursaut d'énergie.

« Maman ! brailla-t-elle. Vite !

— J'arrive », répondit Emma. Il y eut un bruit de course.

« Vite ! s'égosillait Tess. Je vais le lâcher ! »

Essayant tant bien que mal de garder l'équilibre, elle leva un genou pour soutenir la masse inerte du pot, tendit la main vers la poignée. La cheville qui supportait la charge oscilla. Tess, dans un effort désespéré pour ne pas tomber, balança d'avant en arrière le pied nu qu'elle tenait en l'air et agrippa la poignée.

Derrière elle, dans le noir, Amanda tendit au même moment la main vers la porte pour lui ouvrir. Penchée en avant, la petite se raidissait pour venir à bout de la résistance du léger battant retenu par ses aimants. L'imprévisible traction exercée dans son dos la projeta d'un bloc. Tess tenta en vain de se retenir, puis bascula la tête la première, en accompagnant sa chute d'un cri strident : « Amanda ! »

Le pot vint se briser sur la pierre de seuil. Les gros tessons de terre cuite s'éparpillèrent sur le dallage blanc. Au milieu gisait la fougère, la trame de ses fragiles racines exposée, ses frondes souples cassées à angle aigu. Le terreau noir coagulait sur le sol en amas compacts.

Emma surgit dans l'embrasure au moment où Tess se relevait. L'enfant se mit debout avec lenteur, une main levée vers sa figure. Amanda, qui n'avait pas lâché la porte, vit de façon nette ses traits violemment illuminés par le dessus. La lumière crue ôtait toute couleur à son teint ; sa peau éclatait de blancheur. Sous cet éclairage, le soudain ruissellement écarlate prenait une teinte sombre, presque noire : ça coulait du nez à la bouche, disparue en un clin d'œil sous le barbouillage grotesque, jusqu'à la gorge. C'était choquant, ce chatoiement liquide, cet intarissable flot.

Chancelante, Tess se risqua sur le désastre de la fougère brisée.

« Maman », bredouilla-t-elle, la voix chevrotante. Elle se mit à pleurer, le visage entre les mains. Les larmes coulaient, ombre fluide et brillante qui gagna son cou, lui couvrit les poignets.

« Tessie, murmura Emma en s'agenouillant. Viens, il faut nettoyer ça. »

Sa voix tremblait, elle avait peur. Elle se pencha pour soulever Tess et l'emporter vers la cuisine. De grosses gouttes rouges et tièdes tombèrent sur les dalles blanches, marquant leur passage. Emma n'avait pas jeté un regard à Amanda, qui, figée, retenait toujours la porte.

Puis Peter descendit l'escalier quatre à quatre, le pas souple et léger, et sa silhouette apparut sur le seuil.

« Que s'est-il passé ? » demanda-t-il.

Amanda souleva sa valise, qu'elle traîna sur les débris du pot et de la fougère écrasée.

« Tess est tombée. »

Peter garda le silence. Quand elle leva la tête vers lui, Amanda s'aperçut qu'il la regardait.

« Comment est-elle tombée ? reprit-il.

— J'étais derrière elle. Je lui ai ouvert la porte, elle ne savait pas que j'étais là. »

L'explication ne sembla pas suffire à Peter, mais Amanda s'en tint là. Le visage fermé, le ton brusque, son père ne lui posa qu'une question :

« Elle ne s'est pas fait mal ?

— Elle saigne du nez. Emma l'a emmenée dans la cuisine », et sur ces mots Amanda s'engagea dans l'escalier en hissant péniblement sa valise.

Elle n'avait pas besoin de se retourner pour savoir que son père était toujours là. Sa colère montait jusqu'à elle, portée par une volonté hostile. Peter était du côté de Tess et d'Emma. Il allait tout lui mettre sur le dos. Tant pis : elle ne céderait pas, ne s'excuserait pas. Il l'aurait voulue gentille, elle ne le serait pas. Elle le détestait : il était la cause de tout ce qui n'allait pas dans sa vie. C'est ce qu'il avait fait et dit qui avait fichu en l'air la vie d'Amanda. Tout était sa faute : cette horrible école où elle allait, ses mauvaises notes, sa sale tête, le petit appartement moche où elle vivait avec sa mère... C'était sa faute, ce malheur qui la poursuivait, épais comme un brouillard. Peter en était responsable. Il était à la source du malheur. Jamais il ne pourrait compenser les torts qu'il avait causés.

Se retournant pour regarder son père du haut des marches, Amanda se ferma, dressa un mur entre elle et lui. Il se tenait au pied de l'escalier, les mains sur les hanches, les lèvres pincées, l'air menaçant. Amanda ne prononça pas un mot, et il abandonna le premier pour aller rejoindre Tess et Emma. Sur le palier, Amanda attendit. Elle ne savait pas où était sa chambre, et elle brûlait d'entendre ce qu'ils disaient. Percevant le murmure étouffé des voix, elle ne saisissait pas les paroles. Ils allaient tout lui mettre sur le dos, mais elle s'en fichait.

Posant sa valise, elle redescendit et se faufila dans le petit dégagement blanc aux murs garnis d'étagères qui menait à la cuisine.

« Comment est-elle tombée ? demandait Peter.

— Je n'étais pas là, répondit Emma d'un ton neutre, sans s'engager.

— Que s'est-il passé, Tess ? voulut savoir Peter.

— Je suis tombée à cause du pot, se mit à balbutier Tess, encore très effrayée et bouleversée. Je n'arrivais plus à le tenir. J'ai crié pour vous appeler mais vous étiez trop loin, alors j'ai essayé d'ouvrir la porte et Amanda est arrivée derrière moi, elle a ouvert et j'ai perdu l'équilibre, j'ai glissé. »

Suivit un silence. Adossée aux étagères où s'entassaient des panières en osier, des bouteilles Thermos, des assiettes en papier, Amanda devina que, de l'autre côté du mur, Peter et Emma se consultaient du regard, confirmaient leurs soupçons, tombaient d'accord. Puis la voix de Tess s'éleva :

« C'était pas la faute d'Amanda, dit-elle, mais les adultes restèrent de marbre. Maman ? C'était pas la faute d'Amanda. »

Toujours pas de réponse.

Tess devait lever les yeux vers eux, scruter leurs visages, passant de l'un à l'autre en quête d'indices. Tess essayait d'apprendre à déchiffrer le monde. Assis tous les trois dans la cuisine, sans doute se dévisageaient-ils, muets, comme s'ils posaient pour un portrait de famille.

19

Amanda lisait, étendue sur son lit. C'était un jeudi, elles avaient fini de dîner, il y avait quinze jours qu'elle était à Marten. Peter était reparti à New York deux jours après leur arrivée, les laissant toutes trois seules dans la maison. Amanda lisait allongée de tout son long sur le dessus-de-lit blanc, complètement habillée et chaussée de ses baskets, ce qui était interdit.

Elle répondit au coup frappé à la porte sans interrompre sa lecture.

« Qui est-ce ?

— Moi. » Tess passa la tête à l'intérieur. « Je peux entrer ?

— Si tu veux, mais je lis, déclara Amanda. Tu peux entrer à condition de ne pas chahuter.

— Mais non, je ne vais pas chahuter », affirma Tess en se glissant par l'embrasure.

Elle referma derrière elle, inspecta la pièce du regard. Amanda l'ignorait. Tess s'écarta de la porte en basculant du talon aux orteils, les pieds raides. Elle s'approcha de la commode d'Amanda, dévorée par la curiosité.

Les deux filles partageaient la même salle de bains, mais Amanda mettait ses affaires personnelles, ses trésors – les flacons, les tubes, les pots –, là, sur la commode. Tess jeta un coup d'œil dans le miroir : Amanda ne s'intéressait pas à elle. La petite fille commença alors à farfouiller dans les produits de beauté en soulevant délicatement chaque pot, chaque flacon. Sourcils froncés, elle déchiffrait les étiquettes, dévissait les couvercles, reniflait le contenu avec prudence. Elle appuya sur un tube; une virgule rose et visqueuse se déposa sur le bout de son doigt. Tess la transféra de son doigt à son nez. Elle s'observa dans le miroir, tourna la tête, à gauche, à droite: la peau du visage était lisse sous le hâle léger, de blêmes taches de rousseur marquaient les pommettes. Sa lèvre supérieure dessinait un petit V, au milieu. Elle avait les yeux verts, comme sa mère, étirés vers le bas. Tess arrondit timidement les lèvres. Derrière elle, Amanda leva la tête. Tess joua les saintes nitouches.

« Coucou, dit-elle.

— Arrête, ordonna Amanda.

— Quoi ?

— Arrête de toucher à mes affaires.

— Mais je regarde, c'est tout, protesta Tess.

— Tu t'en es mis.

— Juste ça. C'est quoi ? demanda-t-elle en levant le tube.

— C'est pour l'acné.

— Ah... » fit Tess, emplie de respect. Elle examina son reflet, puis revint à Amanda. « C'est quoi, l'acné ?

— Des boutons, répondit Amanda. Tu n'en as pas.

— Ah... » Satisfaite, Tess reprit son manège devant le miroir, passant à nouveau de son reflet à Amanda. « Toi non plus, observa-t-elle.

— Des fois, j'en ai, rétorqua Amanda avant d'ajouter, d'une voix de fausset: J'suis une ado, moi. »

Tess souleva une bouteille renfermant une lotion bleu pâle: « Et ça, qu'est-ce que c'est ?

— Un genre de mousse. Ne t'en mets pas sur le nez. C'est pour démêler les cheveux quand on les a lavés.

— Un tout petit peu... » Tess tamponna son nez d'un doigt à peine humecté. « Tu vois, je commence une collec. »

Amanda, secouant la tête, se remit à lire. Tess brandit un mince cylindre en plastique noir.

« Ça, c'est quoi ?

— Du mascara. Exprès pour le nez. »

Lorsqu'elle eut fini son échantillonnage, Tess s'aventura jusqu'au lit d'Amanda et vint sagement s'asseoir à quelques centimètres de ses pieds. Amanda poursuivait sa lecture. Levant la main à plat, paume vers le bas, Tess la maintint en suspens sur le mollet nu d'Amanda sans tout à fait toucher la peau. Elle resta ainsi, dans une attitude d'expectative, comme si elle contrôlait la chaleur dégagée. Ses yeux allaient de sa main à Amanda, qui ne bronchait pas. Tout doucement, Tess se mit à passer le petit aéroglisseur rose qu'était devenue sa main sur la jambe d'Amanda, dans un mouvement d'aller et retour. Amanda ne se rasait pas les jambes ; la paume de Tess effleurait à peine les poils duveteux.

« Arrête, dit Amanda sans la regarder.

— Mais quoi ?

— Arrête de faire ça.

— Je ne fais rien.

— Tu me touches la jambe, râla Amanda en levant enfin les yeux.

— Non. Tu ne le sens même pas, regarde : je touche juste les poils, pas ta jambe.

— Je sais mieux que toi ce que je sens. Tu m'énerves, à la fin. »

La voix était sans appel. Tess retira sa main en esquissant une grimace qui échappa à Amanda. Puis, les mains glissées sous les fesses, à deux reprises elle se souleva sur les bras et se laissa retomber sur le lit, fort, pour exprimer son mécontentement.

« Arrête », répéta Amanda, les yeux sur la page.

Tess obtempéra, mais sans pour autant cesser de gigoter. Elle agitait violemment les épaules, puis, au bout d'un moment, calmée, elle se pencha pour regarder le magazine d'Amanda.

« Qu'est-ce que tu lis ?

— *People*, répondit Amanda en levant le journal pour que Tess voie le titre.

— Beurk !

— Personne ne t'oblige à le lire. »

Tess sauta de nouveau sur le lit. Elle avisa le livre de poche posé sur la table de nuit.

« C'est quoi, ce livre ?

— Regarde toi-même », dit Amanda, refusant de se laisser distraire.

Tess s'en empara. « De quoi ça parle ?

— D'un tueur.

— C'est bien ?

— Super bien.

— Tu me le prêtes ? demanda Tess en examinant la couverture.

— Tu ne vas pas aimer, estima Amanda en levant les yeux.

— Tu n'en sais rien.

— Ça va te faire peur.

— Mais non, j'aurai pas peur.

— Si, c'est évident. Tu seras morte de trouille, et comme toujours tu te précipiteras dans la chambre de ta mère en pleine nuit et c'est moi qui me ferai engueuler. » Tess, les mains sur les genoux, secoua la tête en signe de dénégation. « C'est évident.

— Non, rétorqua Tess. Je t'assure que non, Amanda. Je le sais mieux que toi, ce qui me fait peur. » Il y eut une pause. Amanda tourna une page. « Amanda !

— Quoi ?

— Je le sais mieux que toi que j'aurai pas peur.

— Bon d'accord, tu n'auras pas peur, soupira Amanda.

— Tu me le prêtes, alors ? » glissa Tess avec prudence.

Amanda planta ses yeux dans les siens : « Tu ne vas pas courir dans la chambre de ta mère la nuit pour que ça me retombe dessus après ? » Tess, l'air sérieux, fit un geste de dénégation. « Bon, d'accord, dit Amanda en revenant à son magazine. Prends-le, alors. J'en ai plein, là, sur l'étagère. Ils sont tous à mourir de peur. »

Mais Tess, soudain, pensait à autre chose. Elle se pencha vers son aînée. « Amanda, dit-elle. Tu mâches un chewing-gum ?

— Tu en veux ? proposa Amanda impassible.

— On n'a pas le droit !

— Tu en veux ? »

Tess acquiesça sans souffler un mot. Amanda fut tout de suite sur ses pieds. Elle alla ouvrir le tiroir de la commode où elle rangeait ses chewing-gums et tendit à Tess un paquet entamé.

Juste à ce moment-là, elles entendirent Emma qui montait l'escalier.

« Tess ! appela Emma. Tu es prête à aller te coucher ? Je viens te lire ton histoire si tu as fini.

— Je suis presque prête », lança Tess à tue-tête. Un grossier mensonge : elle était encore tout habillée. « Je suis dans la chambre d'Amanda, il faut juste que je me brosse les dents. »

Elle préleva un chewing-gum dans le paquet et s'éclipsa dans la salle de bains.

Amanda continua de feuilleter son magazine jusqu'au bout, puis le laissa tomber par terre. Elle resta un moment allongée sur son lit. Tess avait fini de se brosser les dents derrière la cloison, Emma lisait tout haut. Sa voix bourdonnait, passait du grave à l'aigu. Tess était bien trop grande pour ça, à présent, songea Amanda, mais ni elle ni Emma n'avaient l'air de s'en inquiéter. Elles continueraient jusqu'à leur mort... Amanda alla chercher un livre et se plongea dedans.

Emma arriva enfin au bout de l'histoire et se mit à bavarder avec Tess. Elles parlaient vite, changeant de ton constamment, s'interrompant souvent pour rire. Seul ce bruit de conversation troublait le silence de la maison. Amanda percevait leurs voix, mais pas ce qu'elles disaient. Les voix résonnaient, intarissables, sur un mode intime et mystérieux. Amanda avait l'impression d'écouter une langue étrangère, comme si Tess et Emma communiquaient dans un langage à elles.

Couchée sur le côté, la tête en appui sur une main, Amanda lisait un livre de Stephen King. Elle l'avait déjà lu ; elle avait dévoré tous ses romans. Elle aimait mille fois mieux lire et relire Stephen King – et le relire encore – qu'essayer même d'ouvrir les bouquins préparés à son intention par Emma. Ces lectures conseillées s'alignaient en rangs aux gais coloris sur la bibliothèque placée près de son lit.

Dès le début du séjour sur l'île, alors qu'elle aidait Amanda à s'installer dans sa chambre, Emma avait fait tout un plat à propos de ces bouquins. « Je les ai choisis pour toi, j'espère qu'ils te plairont, avait-elle déclaré. Tiens, en voilà un que tu vas adorer, j'en suis sûre. Il est vraiment merveilleux. Je t'envie de ne pas l'avoir encore lu. » Sur ce, elle avait caressé la bibliothèque d'un regard pétillant, comme si ces livres et elle appartenaient au même petit club génial où tout le monde s'habillait en rose et se promenait bras dessus, bras dessous. Amanda n'avait aucune envie d'entrer dans le club d'Emma. Emma s'obstinait à lui offrir des livres tous les ans, à Noël et pour son anniversaire. Amanda n'en avait lu aucun ; elle ne les ouvrait pas, elle ne lisait même pas leurs titres.

De l'autre côté du mur, la voix d'Emma venait d'adopter un ton différent, prémonitoire. Il indiquait qu'elle allait partir, que l'heure de la fermeture avait sonné pour Tess. La voix d'Emma était à peine montée d'un cran, et aussitôt celle de Tess devint enjôleuse : elle implorait Emma de s'attarder encore un peu.

Amanda perçut avec clarté la formule finale – « Allez Tessie, tu dors maintenant » –, qui fut répétée plusieurs fois. La voix gagna en volume ; Emma partait, elle était près de la porte. Les supplications de dernière minute de Tess finirent par s'épuiser et la porte se referma, mais pas complètement : Tess ayant peur du noir, il fallait laisser toute la nuit un filet de lumière pénétrer dans sa chambre. Cela ne l'empêchait d'ailleurs pas d'avoir des cauchemars ; quand elle était petite, elle allait se réfugier, terrifiée, dans le lit de sa mère.

À présent, Emma était dans le couloir. Amanda cala sous sa cheville le pied toujours chaussé qui reposait sur le dessus-de-lit et s'enfonça un peu plus dans le matelas, comme pour se protéger d'un coup de vent. Emma venait de pousser sa porte, mais ce ne fut que lorsqu'elle ouvrit la bouche qu'Amanda leva la tête vers elle.

« Amanda ? Je peux entrer ? »

Sa voix avait encore changé. Quand elle s'adressait à Amanda, Emma adoptait toujours ce timbre dur, sorte de cri d'oiseau strident, irréfutable. Son expression aussi s'était modifiée: Emma était sur ses gardes, circonspecte, ses drôles d'yeux tombants exprimaient la méfiance.

Amanda la regarda comme si elle remarquait juste sa présence. Elle répondit d'abord à la question en arquant les sourcils, dans une mimique qui indiquait clairement combien l'irruption d'Emma lui paraissait incongrue.

« Bien sûr », acquiesça-t-elle néanmoins avec indifférence.

Avait-elle le choix, de toute façon ? Soir après soir, sa belle-mère s'obstinait à venir la voir dans sa chambre, à jouer la comédie de la bonne copine.

Emma s'approchait, un sourire figé sur les lèvres. « Ça va ? » demanda-t-elle. Elle était pieds nus, en jean, avec un sweat noir à col montant qui n'était pas serré à la taille et finissait juste là où le jean commençait. Elle ne portait pas de ceinture. Sa nouvelle coupe de cheveux lui dégageait les oreilles. Elle s'arrêta au milieu de la pièce, pieds nus joints, bras croisés, les épaules un peu voûtées.

« Ça va », assura Amanda.

Elle vit le regard d'Emma s'arrêter brièvement sur ses baskets sales nichées sur le dessus-de-lit blanc. Chaque soir Emma rappelait à Amanda la règle interdisant les chaussures sur le lit. Chaque soir, Amanda passait outre. Aussi attendait-elle, les yeux rivés sur le visage d'Emma. Elle vit le regard de sa belle-mère se poser sur ses pieds, se détourner. Elle ne remua pas un orteil. Emma lui adressa un sourire rayonnant.

« Qu'est-ce que tu lis ? » Sans mot dire, Amanda leva son livre pour lui montrer la couverture. « Stephen King, observa Emma tandis qu'Amanda se taisait. Tu aimes ce qu'il écrit ?

— C'est mon écrivain préféré. »

Emma hocha la tête. « Qu'est-ce qui te plaît tant, chez lui ?

— La violence, s'empressa Amanda. J'aime la violence. Et j'aime avoir peur. »

Un long silence suivit cette déclaration.

« Ah, bon. Bon », finit par lâcher Emma. Son regard glissa sur les livres choisis par ses soins. Quand allait-elle se décider à partir ? « Je venais juste te souhaiter bonne nuit.

— Bonne nuit », dit Amanda en souriant.

Emma ne bougeait pas. Visiblement, elle avait encore envie d'ajouter quelque chose. Amanda la dévisageait sans ciller.

« Bon », répéta-t-elle pour la énième fois. Puis elle prit une profonde inspiration et se lança : « Tu sais, Amanda, si tu as envie de t'amuser, un soir, tu peux très bien inviter des copains à dîner… Je pensais à une petite fête, un barbecue, ce que tu veux. C'est avec plaisir que je t'aiderai à tout préparer. On pourrait louer une cassette, par exemple… »

Sa voix s'abîma dans le silence. Amanda restait muette. Jamais elle n'inviterait personne, ici, chez sa belle-mère. Au bout d'un moment, elle s'obligea toutefois à sourire. « Merci », répondit-elle.

La pause s'éternisait. Emma avait l'air d'attendre, mais Amanda avait terminé.

« Je voulais juste que tu y réfléchisses, reprit enfin Emma. Si tu as une autre idée, tu peux m'en parler, bien sûr. On pourrait envisager une soirée sur la plage. Ou inviter des filles que tu aimes bien à passer la nuit ici.

— Merci, répéta Amanda.

— J'aimerais que tu passes de bonnes vacances. J'espère que tu t'entends bien avec les autres. Je sais comme c'est difficile, à ton âge, de se retrouver dans un endroit où on n'est jamais venu avant.

— Ça se passe bien », mentit Amanda.

Les autres filles étaient toutes blondes, souples, gaies et minces, même des cuisses. Quand elles riaient, leurs appareils dentaires brillaient, leurs fins cheveux raides leur balayaient les épaules. Elles avaient invité Amanda à un pique-nique, au club de la plage. Amanda avait refusé. Elle n'avait rien à dire à ces filles qui portaient des habits sages aux couleurs vives et qui croyaient encore que les règles et les interdits servaient à les protéger, elles et leur petit monde. Les garçons étaient encore plus débiles : la seule chose qui les intéressait, c'était de brailler en faisant les malins sur leurs vélos. Ils ne lui parlaient pas, ils ne la regardaient même pas. Amanda les méprisait. En comparaison de ces gosses, elle se trouvait sombre, citadine, lourde. Ils appartenaient à une autre tribu, où le doute n'avait pas sa place. C'étaient des imbéciles.

Amanda se taisait.

Emma patientait toujours, les bras croisés sur la poitrine. Va-t'en, pesta Amanda dans sa tête.

« Bon, soupira enfin Emma. Tu y réfléchis, d'accord ?

— D'accord, dit Amanda en s'arrachant un autre sourire.

— Bonne nuit, Nanna. »

Nanna ! Le surnom que lui avait donné son père. Lui seul avait le droit de l'utiliser – lui et Caroline.

Emma se pencha pour l'embrasser. La main qu'elle posa sur son épaule était légère, nerveuse. Un baiser claqua dans l'air, près de l'oreille d'Amanda. Puis Emma se redressa et lui tapota l'épaule à deux reprises.

« Dors bien, Amanda.

— Oui, assura Amanda en lui rendant son sourire. Bonne nuit. » Maintenant, va-t'en, pensait-elle, va-t'en.

Emma gagna la porte, hésita, s'arrêta.

« Tu veux que j'entrouvre la fenêtre ? » Tous les soirs la même question... Amanda refusa d'un signe. « Je ferme la porte, tu préfères ?

— Ça m'est égal. » Va-t'en, à la fin, souhaita Amanda de toutes ses forces.

« Je t'énerve, hein ? reprit Emma avec l'air de trouver ça très drôle.

— Non, pas du tout », protesta mollement Amanda. Oui, si tu savais !

« Bon, allez, bonne nuit. Je te laisse tranquille, déclara Emma, joyeuse comme si elles s'amusaient bien, toutes les deux.

— Bonne nuit. »

Amanda ferma les yeux. Quinze jours encore... Elle entendit sa belle-mère s'éloigner dans le couloir, en direction de sa chambre, puis refermer sa porte.

Dans le silence bientôt retombé sur la maison, Amanda poussa un gros soupir. Elle se réinstalla confortablement sur le lit. Il lui fallait encore attendre qu'Emma, lorsqu'elle aurait fini de lire, éteigne et s'endorme, mais au moins elle était en paix. Personne ne s'immiscerait dans sa chambre, maintenant. Elle se replongea dans son roman, fascinée: une femme épouvantée, la description terrifiante de la poursuite, l'horreur qui montait, montait.

Vers onze heures, Emma sortit de sa chambre; peu après, la chasse d'eau se vida. Amanda s'immobilisa, l'oreille aux aguets, et laissa passer un peu de temps avant de se lever. Elle entrebâilla sa porte sans bruit, glissa la tête dans le couloir: un rai de lumière filtrait sous la porte d'Emma. Quand il eut disparu, Amanda, dans le noir, recula dans sa chambre sur la pointe des pieds et s'enferma avec précaution. La nuit, enfin, était à elle.

À genoux sur la carpette à côté de son lit, elle glissa loin le bras entre les ressorts du sommier et le matelas, entre les fleurs de la couverture et les fronces de la garniture. Elle sortit de cette cachette une boîte en plastique contenant un paquet de Marlboro Light écrasé, un briquet jaune bon marché, un cendrier de métal rose et un petit sachet en plastique. Hermétiquement plié et replié sur lui-même, il abritait ses provisions secrètes: une douzaine de joints roulés à la main avec maladresse. Amanda les fumait avec modération; elle n'avait que ça pour tenir jusqu'à la fin du mois.

Elle ouvrit grand la fenêtre, elle qui pourtant détestait l'air de cave humide monté de l'océan et les coups de butoir des gros papillons poilus contre le store. Il fallait en passer par là pour chasser l'odeur. Assise sur son lit, elle attrapa son baladeur, plaça sur sa tête l'arc métallique enchanté, impatiente d'écouter les sons profonds qui allaient l'isoler du reste du monde. Au moins, elle n'entendrait pas les papillons.

Après avoir retiré ses baskets, elle posa le cendrier sur la table de nuit et alluma une Marlboro aplatie. Elle inhala une longue bouffée chaude, ferma les paupières. La fumée lui brûlait la gorge, délicieusement âpre.

Seule, Amanda pouvait être elle-même. Autour d'elle, tout n'était que silence. En sécurité dans sa chambre avec sa musique, sa fumée, son souffle, Amanda vivait sa vie. Adossée contre la tête de lit à fleurs, elle chassa de ses poumons la première chimère apaisante, léger ruban tiède et vaporeux qui, sans un bruit, s'enroula en volutes compliquées dans l'air de la pièce, au rythme lent des mouvements fluides du fond de l'océan.

Quelquefois, après la Marlboro elle fumait encore un joint, ou un bout de joint. Certaines nuits, elle avait envie de cette sensation qui couvait en elle, envie de se sentir en secret maîtresse des événements, envie au moins de redécouvrir comme tout était drôle. D'autres nuits, elle s'en tenait aux Marlboro ; parfois, la cigarette entre les lèvres, elle tirait dessus pour l'inciter à l'envahir ; parfois, elle la laissait simplement se consumer entre ses doigts, se raccourcir de plus en plus au fur et à mesure qu'elle tournait les pages de son livre. Elle aimait laisser la cigarette brûler toute seule, laisser la fumée généreuse dériver doucement dans l'espace.

Les nuits étaient longues dans la maison de son père. Amanda n'arrivait pas à dormir ; elle n'essayait pas. Étendue sur son lit, elle fumait et lisait, toute la nuit au besoin, jusqu'à ce que la lumière du jour l'emportât sur celle de sa lampe. Elle était capable de dévorer un livre entre le soir et le matin, au fil des noires heures qui s'écoulaient à son insu. Ou bien elle écoutait ses cassettes, et les boîtiers en plastique qui jonchaient bientôt son lit attestaient ses incursions dans différents univers musicaux. Il lui arrivait aussi de fixer son choix sur une seule cassette, qu'elle passait et repassait sans relâche. Ainsi cernée par la musique et la nuit, Amanda se sentait à l'abri. Le silence régnait dans la maison. Le silence régnait sur l'île tout entière. L'Atlantique léchait ses rivages dans un clapotis silencieux. Il était quatre heures du matin ; elle exceptée, tout le monde dormait, elle seule était réelle. Amanda capta au fond de ses poumons la fumée qu'elle était seule à produire, exhala profondément – cette paix.

Elle reconnut le sentiment qu'elle éprouvait, se laissa peu à peu couler dans sa tristesse. C'était un soulagement. Tout au long du jour étincelant, torturant, brouillé par les interférences, les propos inquiétants. Amanda attendait la nuit, le moment où elle serait seule avec les ténèbres autour d'elle. Elle pouvait, à présent, s'enfoncer dans ce vide dont elle s'était languie, cet espace calme, vaste, où elle avait sa place – ce lac de tristesse si profond.

Au matin, Emma vint frapper à la porte.

« Il est huit heures ! »

Amanda ne répondit pas. Il faisait noir, encore, dans sa tête ; son cerveau était tout engourdi.

« Amanda ? Il faut te lever. Il est huit heures. »

Amanda s'éclaircit la gorge. Si elle ne disait rien, Emma allait entrer dans sa chambre.

« D'accord, marmonna-t-elle d'une voix qui résonna bizarrement à ses oreilles – une voix basse, cassée.

— Amanda ?

— Oui, d'accord, reprit Amanda plus fort, en mobilisant toute son énergie.

— Je t'attends en bas », lança Emma.

Amanda resta couchée sans bouger. Elle n'avait pas ouvert les yeux, son visage était toujours enfoui dans l'oreiller. Il fallait qu'elle se lève. Le stage de tennis commençait à neuf heures, ce qui l'obligeait à partir à vélo à moins dix, dernier carat. Si elle se mettait en retard, Emma l'y conduirait d'un coup de voiture. Elle ne pouvait pas prendre ce risque.

Elle se redressa dans son lit, les yeux toujours fermés. Ses membres étaient de plomb. La défonce persistait, séquestrait son esprit ailleurs, loin. Elle se leva, mal assurée sur ses jambes, paupières closes pour ne surtout pas voir la pièce, sans doute inondée d'une lumière éblouissante, à présent, et emplie d'air salin. Elle esquissa un pas, vacilla légèrement, s'obligea à ouvrir les yeux sur l'éclat blessant des gerbes de fleurs jaunes du papier peint. Les refermant aussitôt, elle avança à tâtons vers la commode. Sa main fouilla à l'aveuglette le tiroir du haut en quête de chaussettes, de la culotte en coton épais à porter sous la jupette. Elle n'avait plus de chaussettes propres, ses affaires étaient introuvables : où avait-elle bien pu fourrer les chaussures de tennis, la raquette, la jupe ? Elle se déplaçait avec des gestes lents, concentrés, finit par dénicher ce dont elle avait besoin : la jupe par terre dans la penderie, sous un tee-shirt, une paire de chaussettes sales au fond du panier à linge. Quand elle eut fini de s'habiller, elle s'examina dans la glace : des cernes sombres en demi-lunes s'étalaient sous ses yeux. Elle donna deux coups de brosse à sa tignasse noire, ramena les mèches derrière les oreilles. Répugnant à l'idée de toucher l'eau, elle prit le parti de ne se laver ni la figure ni les dents.

Emma était dans la cuisine, habillée, guillerette. Elle parlait au téléphone, appuyée contre le plan de travail blanc. Lorsque Amanda entra, elle lui sourit avec un petit clin d'œil et leva un doigt en l'air pour indiquer qu'elle aurait bientôt fini. Amanda resta debout.

« Excuse-moi, mais je dois te quitter, expliquait Emma, la voix sonore, chaleureuse. Amanda vient de descendre et il faut qu'elle avale quelque chose avant de filer au tennis. » Elle s'interrompit, hocha la tête en souriant à Amanda. « D'accord, d'accord, je lui transmets. À bientôt. » Elle raccrocha pour tout de suite enchaîner, à l'adresse d'Amanda : « Mme Cartwright t'embrasse. »

Amanda garda le silence. Mme Cartwright était une amie de Peter et de Caroline qui maintenant s'était liée avec Emma. Amanda n'aimait pas qu'on lui rappelât que cette amie de sa mère voyait Emma. Pour elle, Emma cherchait avidement à s'emparer de tout – non seulement du père d'Amanda, mais aussi de ce qui le touchait de près ou de loin, quitte à empiéter sur le territoire de Caroline.

« Qu'est-ce que tu veux pour ton petit-déjeuner ? Assieds-toi, je te l'apporte », dit Emma, et Amanda s'assit à la table en pin récurée de frais, où le couvert était mis pour trois personnes. Des sets en paille ovales, des serviettes blanches pliées, des grands verres bleus. Les manches des couverts imitaient des tiges de bambou. Amanda connaissait bien ces sets de table: ils sortaient de son passé. Maeve les utilisait autrefois pour lui servir son petit-déjeuner. Ils n'étaient pas à Emma, elle n'avait aucun droit dessus, songeait Amanda. Il y avait plein d'autres objets, ici, qu'Amanda reconnaissait pour les avoir vus avant, et qui n'appartenaient pas à Emma mais à Caroline. Même ce qui était neuf, ce qu'ils avaient acheté exprès pour cette maison, les couverts aux manches imitation bambou, par exemple, tout cela en réalité aurait dû être à Caroline. Tout ce qui se trouvait dans cette maison aurait dû être à Caroline, tout ce qui faisait la vie de Peter aurait dû être à Caroline – et à Amanda. Cette vie aurait dû être la leur. Rien, absolument rien n'aurait dû se trouver dans cette maison et la maison elle-même n'aurait pas dû exister.

« Talley Cartwright est dans le même groupe que toi, au tennis, non? demanda Emma, qui remplissait la bouilloire, debout devant l'évier.

— J'en sais rien.

— Tu n'en sais rien? » Emma s'était retournée, surprise, mais Amanda se contenta de secouer la tête, l'air indifférent. « Remarque, Talley est peut-être un peu plus jeune que toi. Je croyais que vous aviez le même âge. Comment est-ce qu'ils constituent les groupes, en fonction de l'âge ou du niveau?

— De l'âge, paria Amanda.

— Ça doit être pour ça, alors. » Emma se mit à ouvrir les placards les uns après les autres. « Qu'est-ce qui te ferait plaisir, ce matin? Du pain grillé? Des céréales? Du jus de pamplemousse. J'ai acheté des pamplemousses roses, pour ton père. Tu en veux un?

— Je n'aime pas les pamplemousses », déclara Amanda, qui les détestait. Sa mère le savait. Maeve l'avait su, en son temps. Peter le savait, Tess aussi.

« Ah bon? Tu n'aimes pas ça. » Emma inspectait le contenu du frigo, le dos tourné à Amanda. « Je croyais, pourtant.

— J'ai horreur de ça. J'ai toujours eu horreur de ça », scanda Amanda. L'odeur acide du pamplemousse, ce goût amer, les traîtresses giclées jaillissant des petits quartiers luisants…

Le ton d'Amanda alerta Emma.

« Vraiment ? » Elle ferma le réfrigérateur et reprit la parole, sur un débit rapide, cette fois, saccadé. « Je ne peux pas me rappeler les goûts de tout le monde. Peter aime les pamplemousses, Tess déteste les framboises, tu détestes les pamplemousses… Je ne peux pas me fourrer tout ça dans le crâne. »

Amanda s'abstint de tout commentaire. Emma n'avait aucun problème pour se souvenir des goûts de Tess – ou de Peter.

« Bon, qu'est-ce qui te tente, alors ? Pain grillé ? Céréales ? Yaourt ? »

Chez elle, Amanda prenait ce qu'elle voulait pour son petit-déjeuner. Souvent, d'ailleurs, elle s'en passait. Ici, Emma l'obligeait à avaler quelque chose, et ce qu'elle lui proposait n'était jamais vraiment bon : il n'y avait jamais de beignets, par exemple, ni de ces biscuits à la cannelle dont Amanda raffolait. C'était pour son bien, paraît-il, mais si Emma se souciait tant de son bien, pourquoi n'arrivait-elle pas à enregistrer ce qu'Amanda aimait ou n'aimait pas ? Depuis l'âge de sept ans, Amanda passait tous ses week-ends chez elle. Emma jouait à la mère parfaite, mais puisqu'elle se souvenait de ce qui plaisait aux uns et aux autres, pourquoi n'y arrivait-elle pas quand il s'agissait d'Amanda ? La défaillance d'Emma et la nervosité avec laquelle elle y avait réagi étaient révélatrices, importantes, jugea Amanda. Elle se sentit soudain en position de force.

« Amanda ? Il est moins vingt. Qu'est-ce que tu veux manger ?

— Je n'ai pas très faim. Je crois que je prendrai juste un café.

— Du café ? Tu ne vas pas boire du café, tout de même. »

Amanda haussa les épaules et se leva.

« Bon, tant pis, dit-elle. Je ne prends rien, alors. Je n'ai pas faim. À tout à l'heure.

— Non, attends. Il faut que tu manges, surtout si tu dois jouer au tennis.

— Un café me suffirait. »

Emma hésita. « Ta mère te permet d'en boire ?

— J'en bois en pension, affirma Amanda sans sourciller.

— Il ne faudrait pas que ça devienne une habitude, tu es bien trop jeune. Franchement, ce n'est pas bon pour toi, tu sais.

— Si tu le dis... De toute façon je n'ai pas faim », et Amanda tourna les talons sans laisser à Emma le temps de répondre. Elle voulait partir d'ici, partir pour de bon, n'importe où. Si seulement elle avait pu appuyer sur le bouton d'un cadran magique pour se retrouver trois semaines plus tard ! « Je file, je vais être en retard. Salut ! » lança-t-elle.

Elle attrapa son sweat-shirt et sortit de la cuisine, traversa en coup de vent la buanderie, le débarras. Elle avait intérêt à se dépêcher, sinon Emma allait se ressaisir, essayer de la retenir.

Amanda passa sur la véranda de derrière sans ralentir l'allure ; la porte de la moustiquaire claqua légèrement. Elle ramassa son vélo là où elle l'avait laissé, au milieu de l'allée, passa sa jambe par-dessus la selle et se mit à pédaler en danseuse pour gagner de la vitesse. Elle poussait de toutes ses forces la bicyclette bringuebalante le long de l'allée ; les gravillons crissaient sous ses roues. Aucun appel en provenance de la maison ne vint l'arrêter. Amanda, pesant sur les pédales, quitta enfin le lit de gravier meuble. Laissant le massif d'arbustes derrière elle, elle s'engagea sur la route pavée, sombre et lisse. Sauvée !

Elle s'élevait d'abord en pente douce, aussi Amanda continua-t-elle debout tandis qu'à chaque coup de pédale le cadre tanguait entre ses jambes. En haut de la côte, la route tournait sur la droite. Amanda s'assit sur la selle pour prendre le virage. Elle descendit en roue libre le long tunnel vert qui s'ouvrait devant elle : grands troènes de part et d'autre, plus haut l'épais feuillage estival des érables. La campagne avait l'opulence du plein été ; les prés étaient exubérants, les arbres luxuriants. Au bout des chemins envahis par les herbes, des maisons se cachaient à l'abri des arbres et des haies. L'île comptait d'innombrables collines que les routes et les chemins suivaient selon des tracés tortueux, chaque détour offrant un nouvel aperçu sur le paysage verdoyant.

Il fallait dépasser la boutique et les quelques bâtiments massés autour, les deux ou trois voitures qui roulaient au pas, passer le petit terrain de sport découvert ; au-delà, la route, à nouveau, se dégageait. Amanda s'engagea dans une voie plus étroite, se laissa glisser au bas d'une courte descente boisée, appuya sur les pédales pour ne pas perdre de vitesse dans le virage en S. Puis elle quitta la petite route pour un chemin de ferme sableux qui débouchait dans un pré. La bicyclette ralentit et Amanda se remit en danseuse, luttant contre le sable qui freinait ses roues. Le pré était couvert de longues herbes souples, surmontées à présent de plumets duveteux. Tout autour poussait une haie d'églantiers épaisse, impénétrable. Jamais Amanda n'avait rencontré âme qui vive dans cet endroit. Secouée par les cahots, elle suivit le bord du pré jusqu'à l'extrémité opposée et mit pied à terre. Ce faisant, elle s'aperçut qu'elle avait oublié sa raquette. Elle se demanda où elle avait bien pu la mettre, si Emma n'allait pas tomber dessus. Il était de toute façon trop tard pour rebrousser chemin ; elle raconterait à Emma qu'elle en avait emprunté une au stage.

Amanda coucha son vélo près d'un grand cercle d'herbe aplatie. Elle prit le sweat-shirt qui se trouvait dans le panier, le roula en boule, et s'allongea sur l'herbe écrasée en le glissant sous sa tête en guise d'oreiller. Elle dégagea une des manches, en recouvrit ses yeux. À cette heure-ci de la matinée, il faisait encore bon. Elle allait pouvoir dormir deux heures, le temps que le soleil monte au zénith et cogne. Elle bascula sur le côté, les genoux contre la poitrine. Autour d'elle, les grandes herbes agitées par le vent bruissaient, des insectes crissaient. Protégée de la lumière,

Amanda se laissa envahir par une paix obscure. Elle était seule ; elle avait disparu. Personne au monde ne savait où elle se trouvait en ce moment précis. Elle était libre.

Elle avait l'impression de se dilater dans l'espace, de s'y dissoudre comme les grises volutes de la fumée se fondaient dans l'air de sa chambre, à la seule différence que tout son être se diluait dans le beau ciel d'été. Amanda dormait.

20

Quand la porte de la cuisine claqua derrière Amanda, Emma s'aperçut qu'elle se tenait penchée en avant dans une tension douloureuse du corps, comme si elle s'apprêtait à bondir: bondir sur Amanda, l'attraper. La retenir dans la chaleur de ses bras. La frapper.

Elle n'en avait rien fait, pourtant, n'avait ni bougé ni parlé. Immobile, elle restait là, inclinée dans cette drôle de posture. Elle entendit la moustiquaire s'ouvrir dans un rapide chuintement, battre un peu en se refermant. Puis les pas précipités sur les marches de bois. À présent, la cuisine était redevenue silencieuse, mais tout sauf calme, vibrante encore de l'abandon brutal. La violence de ce départ agitait l'air de turbulences, comme après le passage d'un hors-bord. Prise dans les remous que la fuite d'Amanda laissait dans son sillage, Emma croisa les bras et inspira profondément. L'air insufflé brûlait de feu dans sa poitrine. La rage, la honte: elle ferma les yeux, appuya son front contre la porte du réfrigérateur. Du bout des doigts, elle pressa fort les dures cavités de ses orbites. Elle sanglotait.

Je suis la femme de ton père, se répétait-elle.

Une petite fête? Une petite fête?!

Le soleil frappait la fenêtre de biais, découpant le plan de travail blanc en longs rectangles étincelants. Une série de boîtes à épices en verre vert s'alignaient sur l'appui de la fenêtre, leurs bords incandescents brillaient dans la lumière ardente. Un rayon chaud, insistant, frappait Emma dans le dos.

Elle prit une serviette en papier qui traînait sur le plan de travail, la porta à ses yeux et l'y maintint un moment, la tête entre les mains, la bouche ouverte pour un cri silencieux, puis la froissa. Ça ne cessera jamais, pensa-t-elle. Elle s'obligea à respirer.

Attrapant une des boîtes en verre, elle la fit glisser sans bruit sur la mélamine blanche, versa les céréales dans son bol, remplit de lait leurs creux poussiéreux. Elle quitta la flaque de soleil et sa chaleur pour l'ombre froide et bleue et se mit à manger, face à la fenêtre.

Dehors, le long de la maison, Emma avait planté des lilas qu'elle avait elle-même rapportés d'une pépinière du Connecticut. Bien enveloppés dans de la toile de sac, soigneusement couchés sur le côté, les jeunes plants nus hérissés avaient voyagé à l'arrière de la Volvo. Le printemps commençait tout juste, saison de boue, de froid âpre. Toute la campagne était terne, le vent mauvais. Emma avait enfilé ses bottes en caoutchouc et sa parka pour transporter les lourds paquets à l'emplacement prévu, et poussé sa pelle dans le sol gelé sous les graviers. Elle les avait installés sur le côté de la maison. Maintenant, leurs feuilles en forme de cœur, d'un vert mat, atteignaient la fenêtre.

Emma avala ses céréales en silence, avec encore dans les oreilles le claquement ténu de la moustiquaire, le martèlement lourd des pas sur la véranda. À côté d'elle, le couvert d'Amanda était toujours à sa place. Intact : le rond propre de l'assiette à bord bleu ; la douce serviette blanche, lisse, pliée en carré parfait ; le verre foncé, brillant – vide.

Elle aurait dû se souvenir qu'Amanda détestait les pamplemousses. Maintenant, bien sûr, ça lui revenait : elle revoyait clairement la grimace familière que ce seul mot arrachait à Amanda. Comment avait-elle pu oublier ? Quoi qu'il en soit, oubli ou pas, elle aurait dû prendre les choses à la légère au lieu de manifester son irritation, de maugréer sur ce ton. Amanda, excuse-moi, murmurait Emma dans la cuisine silencieuse. J'avais oublié que tu n'aimais pas le pamplemousse. Voilà ce qu'elle aurait dû dire, au lieu d'adopter cette attitude défensive, péremptoire. Au lieu de répondre par le mépris, comme si on ne pouvait attendre d'elle, Emma, qu'elle se rappelât ce qu'aimait Amanda. Comme si les goûts de cette enfant n'avaient aucune espèce d'importance. Comme si la vie de cette enfant, l'être qu'elle était, la carte compliquée de sa personnalité dessinée par l'ensemble de ses pensées, de ses préférences, de ses idées étaient pour Emma sans intérêt, superflus. Elle avait traité Amanda comme une intruse. Assise à la table, à l'écart de la flaque de soleil, Emma frissonnait. La honte, bleu glace, l'étreignait. Prête à tout pour filer, se dit-elle, écœurée. À cause d'elle, l'enfant de son mari avait fui la maison bâtie par lui. Son mari, qui lui avait confié sans crainte sa fille unique adorée.

La cuisine l'accablait de reproches : la rangée de jolies boîtes à épices polies, les carreaux étincelants au-dessus de l'évier, toutes ces surfaces bien entretenues, les taches de couleur. Les fleurettes des pichets en faïence, les maniques à carreaux, les torchons à rayures – charmant, mais quel intérêt ? À cause d'elle, l'enfant de son mari avait fui. Voilà la mère qu'elle était – le maternel, en elle, se résumait à cela, à cette chaleur mesurée. Elle se promit de mieux faire, de s'appliquer.

Alors qu'elle portait son couvert à l'évier, un bruit derrière elle la fit se retourner. Tess était à la porte en chemise de nuit, le visage encore fripé de sommeil.

« Bonjour, Tessie. » Et Emma reconnut sa vraie voix, la voix de celle qu'elle était réellement. « Viens vite à table. »

Tess se frotta les yeux et s'assit à sa place, silencieuse. Emma lui préparait ses céréales. Tassée sur sa chaise, Tess regardait par la fenêtre. Ses beaux cheveux couleur de miel pendaient en écheveaux emmêlés. Mal réveillée, la petite fille était encore hébétée par ses rêves.

« Maman... Il y a des chiens qui ont la rage, par ici ?

— Non. Ici, les chiens sont tous vaccinés, affirma Emma en versant le lait sur les céréales.

— Et s'ils n'étaient pas vaccinés, ils auraient la rage ?

— Je ne crois pas. La rage a presque disparu, aujourd'hui. Ou plutôt, non, ajouta-t-elle après un temps d'arrêt. Ce n'est pas tout à fait vrai. La rage tue encore ces malheureux ragondins, mais la plupart des chiens sont protégés par le vaccin : ils n'attrapent pas la rage, même s'ils se font mordre par un animal qui l'a, expliqua Emma en déposant le bol sur la table.

— Mais si jamais un chien n'est pas vacciné et qu'un ragondin le mord, il aura la rage, alors ?

— Seulement si le ragondin l'a. »

Tess se pencha sur son bol. « Je n'aime pas quand c'est toi qui mets le lait, râla-t-elle en plissant les yeux, la bouche froncée, trop engluée par le sommeil encore pour se montrer raisonnable, intégrer la réalité.

— J'ai oublié, je suis désolée, dit Emma.

— Je déteste quand tu fais ça, reprit Tess, très fâchée.

— Je suis désolée, répéta Emma. J'ai oublié. J'en ai trop mis ? »

Elle s'arrêta. Le visage de Tess s'empourprait. Elle était au bord des larmes. Il y eut un silence.

« J'aime pas, geignit Tess.

— Tess. » Emma leva les mains en l'air, les agita. « Qu'est-ce qu'il y a ? Tu veux que je jette tout ? »

Immobile sur sa chaise, Tess boudait, la tête basse.

Deux scènes dans la matinée, songea Emma. Je m'y prends donc si mal ? Il suffit d'un rien pour que les choses se gâtent. Pourquoi devons-nous toujours contrarier les désirs de nos enfants ?

Dois-je céder, jeter les céréales, recommencer à zéro ? Serait-ce faire preuve de souplesse, de compréhension ? Ou de laxisme, d'indulgence ? Quels signaux envoyons-nous à nos enfants ?

La mère et la fille attendaient. Chacune éprouvait la volonté de l'autre – forte, obstinée, arc-boutée. Le silence se prolongea. Sans regarder sa mère, Tess, le visage tourmenté, s'empara de sa cuillère.

« Bon, ça ne fait rien, marmonna-t-elle amèrement. Ça ne fait rien. »

Elle se mit à manger, voûtée sur son assiette, la bouche ouverte, vexée. Sous la table, ses pieds cognaient le barreau de la chaise.

« Merci, Tessie, de te conduire en grande », dit Emma.

Tess ne répondit pas. Elle continua à manger, mais en fermant la bouche, et arrêta de donner des coups de pied.

Son stage de tennis commençait une heure après celui d'Amanda, mais le temps de finir son petit-déjeuner, de remonter se laver la figure et les dents, d'enfiler ses sandales blanches, elle était trop en retard pour y aller à vélo. Quand elle redescendit, Emma l'attendait au pied de l'escalier. Elle la regardait venir vers elle du haut du palier : son corps solide de petite fille tout d'une pièce, l'envol gracieux des membres nets et bronzés. Tess sauta d'un bond les deux dernières marches en tendant les élastiques et la brosse à cheveux à sa mère. Emma entreprit de lui faire ses couettes.

« Tu es en retard, dit-elle. Je vais t'emmener en voiture.

— Avec mon vélo, alors.

— Oui, avec ton vélo. Je t'aime, Tessie.

— Je t'aime, maman. »

La dispute n'était plus qu'un souvenir.

Plantée devant sa mère, Tess lui abandonnait sa tête avec une absolue confiance. Emma, penchée sur elle, lui brossait les cheveux. Cet âge est encore idéal, l'enfance y est à son apogée, songeait-elle. À onze ans, l'enfance fleurit une dernière fois avant d'être effacée par la gaucherie de l'adolescence ; Tess en était encore à ce stade. Des bras et des jambes tout en longueur, déliés, une peau parfaite, des mains, des pieds ravissants, tout petits. Et l'adorable candeur du regard, la tendresse ingénue : à cet âge-là, les enfants aiment sans honte. Laissant cette pensée se graver en elle, Emma, dans un élan d'amour, ferma un instant les yeux de gratitude.

« Maman ! s'impatienta Tess.

— Oui, oui. »

Elle rabattit la cascade veloutée des cheveux sur le visage de Tess avant de tracer au milieu une raie bien droite. Le cuir chevelu pâle luisait entre les mèches. Rassemblant dans sa main la moitié de la chevelure, Emma créa une fontaine soyeuse derrière l'oreille de Tess.

« Maman, reprit Tess, la tête renversée en arrière. Pourquoi tu t'énerves toujours contre Amanda ? »

Sans mot dire, Emma forma la seconde couette. Elle glissa l'élastique qui ceignait son poignet autour de la touffe légère, tira dessus pour la ramener derrière l'oreille rose et ourlée de sa fille. Tess était-elle éveillée, ce matin, quand elles avaient haussé le ton ? Avaient-elles vraiment haussé le ton, d'ailleurs ? Emma se rappelait la colère, pas les cris.

« Je ne m'énerve pas tant que ça contre Amanda », répondit-elle enfin.

Le silence retomba. Tess le rompit par une remarque hésitante : « Souvent, quand même. »

Une petite fête ? songeait Emma. Une petite fête ?

« Tu es fin prête, lança-t-elle avec une caresse sur le cou de l'enfant. Peut-être que tu as raison. Amanda a du mal à se plier aux règles de la maison. C'est parce qu'elle n'a pas l'habitude. »

Tess leva la tête pour la regarder. Elle avait plus l'air d'une personne, à présent, bientôt elle serait sortie de l'enfance : les traits étaient en miniature, mais achevés. Le front, cependant, restait pur, le regard direct et candide. Tess n'avait pas appris à retenir ses questions. Les yeux dans les yeux de sa mère, elle attendait.

« Je ne peux pas tout t'expliquer, soupira Emma. Cours chercher ta raquette. On y va. »

Il faisait bon, dehors, dans le matin limpide. La rosée humectait encore les feuilles et l'allée ombragée paraissait presque trop fraîche, mystérieuse. Emma inspira profondément, attirant l'air calme au fond de ses poumons. Les marches en bois sonnaient sous ses talons. Elle ramassa le vélo de Tess, le poussa jusqu'à la Volvo sur les graviers qui lui résistaient. La portière du coffre se souleva avec un chuintement pneumatique et Emma hissa la bicyclette sur le plateau protégé par un tapis de sol. Alors qu'elle la glissait à l'intérieur, la roue avant pivota complètement ; la machine, tordue sur elle-même, avait maintenant l'air d'un tas de ferraille. Sous la poussée d'Emma, la roue arrière se mit à tournoyer et ses rayons à étinceler en se croisant vertigineusement dans l'espace sombre du coffre. Ce mouvement preste, silencieux, hypnotique de la roue était comme un adorable cadeau, une vision. Emma se tourna vers Tess, qui venait de surgir près d'elle.

« Tu as vu », dit-elle, lui offrant le chatoiement d'argent en gage de paix.

Et Tess, suivant le regard que sa mère posait sur le coffre, aperçut à son tour l'étincelant tournoiement argenté. Un lent sourire naquit sur ses lèvres.

Il y avait deux clubs, à Marten Island : le Grand et le Petit. Le Petit Club se trouvait à l'ouest de l'île, au bout du quai où accostait le bac. Réservé au tennis et aux enfants, il se composait de dix courts en terre battue, d'une plage abritée et d'un vieux club-house plein de coins et de recoins. Le Petit Club était sans façons. À l'heure du déjeuner, on y pique-niquait au bord de l'eau, ou bien on commandait au serveur du modeste bar un sandwich qu'on mangeait sur la véranda, en compagnie des garçons suant et soufflant après une partie de tennis, qui engloutissaient les leurs dans des éclats de rire rauques, appuyés contre la rambarde.

À l'autre extrémité de l'île, le Grand Club accueillait les adultes et les golfeurs. Il leur proposait son parcours de dix-huit trous, une longue plage sur l'océan et un vrai restaurant. Au Grand Club, on mangeait assis à des tables protégées par des parasols et recouvertes de nappes à fleurs. Les hommes portaient des chaussures de golf et des pantalons roses, les femmes, des lunettes de soleil et des chapeaux de paille hors de prix.

L'allée du Petit Club y menait sans détours, à angle droit de la route, au travers des courts de tennis qui la bordaient de part et d'autre. Le club-house était à main gauche, longue bâtisse de bois peinte en blanc, au toit bas, flanquée de part et d'autre de vérandas profondes. Devant se dressait le mât du drapeau au milieu d'un grand rond de poussière. L'allée contournait le cercle et descendait ensuite vers l'eau, jusqu'à la plage calme enserrée dans sa crique.

La matinée était bien avancée et le soleil radieux réchauffait l'atmosphère. Une brise légère soufflait de la mer. Près du club-house, le drapeau, en haut du mât, s'élevait, ondulait, retombait en plis flasques. Le stage de Tess avait lieu sur les derniers courts, près du bosquet d'acacias qui jetait une ombre filigranée sur la pelouse rabougrie. Un groupe de petites filles se tenait sous les arbres, toutes en tenue blanche et tennis propres, toutes une raquette à la main, toutes désœuvrées, attendant l'heure de la leçon.

Emma se gara et coupa le contact. Elle posait la main sur la poignée quand Tess l'arrêta d'un mot.

« Maman.

— Oui ?

— Quand j'irai chez papa, je pourrai prendre mon vélo ? » Emma la regarda. Une expression inquiète troublait le petit visage ; au-dessus des yeux, les sourcils fragiles se rejoignaient. La question était épineuse. Sortir la bicyclette de l'île et l'expédier avec Tess n'était déjà pas des plus simples, mais la réaction de Warren, surtout, posait problème. Ne risquait-il pas de prendre la mouche si Tess arrivait chez lui avec son vélo neuf ? Warren prenait la mouche pour un rien, maintenant, depuis qu'il avait épousé la difficile Mimi. Mimi venait de Greenwich et avait toujours raison. Elle n'adressait pas la parole à Emma, mais parlait d'elle à Warren ; il ressortait de ces conversations qu'Emma avait tort, sur toute la ligne.

Emma caressa la joue de Tess, lissa les sourcils dorés.

« Pourquoi veux-tu emporter celui-là ? Tu n'en as pas un, là-bas.

— Si, mais c'est un vélo de bébé. Il est trop petit. » Tess esquissa une grimace raffinée. « Il a des fanions en plastique rose sur les poignées. »

Aucun doute, Warren prendrait la mouche. Il y verrait une critique, accuserait Emma de semer la zizanie. Il allait se mettre à fulminer contre elle au téléphone, il lui raccrocherait au nez. Après quoi, chaque fois qu'elle rappellerait il serait trop débordé pour lui parler. Pourquoi était-ce leur fille qui devait en souffrir ?

Sa requête allait de toute évidence provoquer une dispute. Si Emma expédiait le vélo, Warren était capable de se venger sur Tess. Quel était le pire, pour Tess : continuer à se servir de son vélo de bébé ou subir de plein fouet la fureur de Warren ? Pourquoi se mettait-il systématiquement en colère contre Emma ? Ne pouvait-il pas, au bout de tout ce temps, tirer un trait, lâcher ?

« J'en parlerai à ton père », promit Emma. Voyant que Tess n'avait pas l'air très rassurée, elle lui tapota le genou. « Ça va s'arranger, Tessie. »

Autre chose venait d'attirer l'attention de la petite fille qui, redevenue souriante, se glissa hors de la voiture. Sa meilleure amie, Sarah Rogers, approchait. Sarah avait un visage solennel au bel ovale, des paupières lourdes, un front haut parsemé de taches de rousseur. Ses cheveux blond-roux étaient sagement nattés, son short blanc lui remontait sur le ventre.

« Bonjour, Sarah, lança Emma.

— Bonjour », répondit Sarah, polie, absorbée. Elle marchait lentement, la démarche raide, en tenant sa raquette de tennis à bout de bras devant elle, poignet cassé, le tamis vers le bas. À chaque pas, elle donnait un petit coup de pied dans le cordage tendu. « Bing, marmonnait-elle quand le bout de sa chaussure heurtait les cordes. Bing. Bing. »

Tess la rejoignit en courant, lui attrapa un bras et tira dessus, obligeant son amie à pivoter sur elle-même. Consentante, Sarah se laissa bousculer sans protester. Emma, qui entre-temps avait sorti la bicyclette du coffre de la Volvo, la coucha sur l'herbe.

« Je laisse ton vélo ici, cria-t-elle. Appelle-moi si tu ne rentres pas déjeuner. Tu peux amener Sarah, si tu veux. »

Tess ne se retourna pas mais lança en réponse un « D'acc » sonore, tandis qu'avec Sarah elle s'aventurait sur la pelouse, dans le monde qui était le leur.

Emma remonta dans la voiture. Verte et scintillante sous la lumière du matin, la crique miroitait derrière la colline basse qui s'étirait en pente douce jusqu'à la plage. Le drapeau du club-house claquait, s'affalait, se soulevait un peu dans un sursaut nerveux. Emma se sentait libérée : le reste de la matinée lui appartenait. Pendant quelques heures encore, les filles seraient en sécurité, occupées, sous la responsabilité d'autres adultes. Emma avait devant elle la somptueuse promesse du silence.

En sortant du Petit Club, d'humeur plus calme à présent, plus tendre – coupable, au vrai –, Emma ralentit pour adresser au passage un petit signe à Amanda. Elle la chercha parmi les joueurs, mais les courts étaient assez loin, et sur chacun d'entre eux des groupes mouvants s'agitaient – ici des équipes disputant un double, là des petites silhouettes à la queue leu leu qui fonçaient tour à tour vers le filet. Emma roulait tout doucement, jetant de fréquents coups d'œil à droite et à gauche, mais elle n'avait pas repéré Amanda quand elle parvint au bout de l'allée et s'engagea sur la route. Elle dirait plus tard quelques mots conciliants à l'adolescente.

En arrivant, elle gagna la cuisine. La maison n'avait plus l'air abandonnée, le silence était revenu et Emma se sentait à nouveau chez elle. Elle posa la bouilloire sur le feu et resta à rêvasser près de la cuisinière en attendant le sifflement annonçant que l'eau était chaude. Les vicissitudes de la matinée s'éloignaient. Emma oublia la pièce, les filles, elle-même. Son esprit, libéré, la ramena à son travail avec la douce fermeté de la vague qui se déroule sur le sable blanc.

Lorsqu'elle avait décidé de quitter la revue, Robert lui avait offert une promotion.

« J'ai besoin d'une femme chef de rubrique, avait-il déclaré le plus sérieusement du monde.

— Oui, mais il te faut une femme qui écrive comme un homme. Tu ne serais pas content si je disais du mal des garçons.

— Emma, voyons », avait protesté Robert en s'esclaffant, bras croisés sur la poitrine, ses coudes nus dans les mains.

Emma avait ri avec lui, mais elle ne plaisantait pas. La plupart des femmes qui réussissaient dans le monde de l'art – aussi bien les artistes que les galeristes ou les critiques – se comportaient comme des hommes. Les artistes plus encore que les autres. À Dieu ne plaise qu'une femme peintre se mît à peindre comme une femme, en représentant la tendresse, la jouissance, le bonheur ou les bébés, l'intimité, la famille. Tous ces thèmes étaient tenus pour mineurs, secondaires par rapport aux sujets masculins primordiaux, essentiels : la fureur, la guerre, la politique.

Emma s'était réinscrite en maîtrise. Elle avait choisi pour spécialité l'art du XXe siècle aux États-Unis et préparait son mémoire sur les femmes peintres des années trente. Il y en avait eu beaucoup, même si leurs noms étaient souvent obscurs, et la tâche d'Emma consistait pour partie à les redécouvrir, elles et leurs œuvres.

Cela la passionnait. Elle aimait le travail de recherche, quand, dans la pénombre aquatique d'une salle de microfilms, dans le silence filé des machines, elle visionnait tour à tour les images et le texte, chaque cliché gagnant sans cesse en précision lumineuse sous son regard attentif. Elle aimait la grande bibliothèque publique de New York, ses belles et vastes salles, ses espaces dont la beauté, la symétrie honoraient les visiteurs. Tout le monde y parlait à voix basse, par respect pour l'étude. Les paroles chuchotées semblaient aspirées par les hauts plafonds où elles se dissolvaient en murmure sourd et rassurant, protecteur. Emma aimait la gigantesque salle de lecture, avec ses longues tables en chêne, ses lourdes lampes de cuivre. Elle aimait ses collègues inconnus et mutiques, absorbés dans leurs textes, tirant chacun de leurs mots de quoi se sustenter, se fortifier. Elle aimait remplir les fiches de retrait des livres, et vite se lever quand son numéro s'affichait en chiffres brillants sur le panneau électronique placé au-dessus du guichet, signe que les titres qu'elle avait demandés étaient remontés des réserves. Elle aimait aller chercher les catalogues usagés, abîmés, les vieux bouquins cornés, les revues reliées – autant de trésors qu'elle portait avec respect.

Un an durant, Emma avait consulté les archives des marchands d'art, les catalogues d'expositions et de ventes aux enchères, les articles de journaux, les correspondances privées. Elle avait examiné des tableaux, suivi la piste de toiles encrassées jusque dans les sous-sols des musées, les greniers des héritiers, les entrepôts des marchands. Elle adorait l'instant de la découverte, celui où quelqu'un, n'importe qui, un employé de musée impassible ou un descendant fébrile, brandissait sous ses yeux un tableau oublié depuis des dizaines d'années. Le glacis sec de la surface s'offrait à elle dans sa réalité tangible, ses couleurs ternies. L'artiste s'y révélait comme jamais, livrant ses forces et ses failles, aux prises avec sa tâche. Emma adorait ce travail qui consistait à décoder l'effort créatif, à expliquer les images. Elle voulait témoigner de la lutte qui s'était livrée là.

Elle aimait tout particulièrement réfléchir aux questions d'un autre ordre posées par l'existence même d'artistes de sexe féminin. Par exemple, à la différence intrinsèque, réelle ou supposée, entre la création artistique des femmes et celle des hommes. Croire, à l'instar d'Emma, que les femmes avaient une sensibilité particulière et que leurs œuvres devaient par conséquent être différentes permettait d'expliquer leur médiocrité historique : le nombre scandaleusement faible des grands artistes femmes était certes indéniable ; il s'expliquait, en revanche, si l'on considérait qu'elles avaient de tout temps travaillé avec le handicap de devoir forcer leur nature. L'enseignement qu'elles recevaient les formait à une vision qui n'était pas la leur et les engageait à essayer de peindre comme des hommes. Les meilleures d'entre elles, une Berthe Morisot ou une Mary Cassatt, peignaient d'ailleurs fort bien, et dans un style très proche des hommes qu'elles côtoyaient, même si elles n'avaient pas produit grand-chose de très nouveau. En revanche, une artiste aussi immense que Georgia O'Keeffe travaillait comme nul autre, aucun homme de son époque et aucune femme avant elle. Peindre autrement que ses contemporains de sexe masculin lui avait d'ailleurs valu bien des attaques, on l'avait accusée d'être obscure, ésotérique. Pour Emma, elle était tout simplement restée ce qu'elle était en témoignant d'une sensibilité différente. O'Keeffe peignait pour représenter ce que peut éprouver une femme. Trop souvent, les artistes femmes ambitionnaient encore de peindre comme les hommes, d'être aussi fortes, hardies, puissantes, aussi politiques, aussi insultantes et furieuses qu'eux. Comme si cela seul comptait, comme s'il n'y avait rien d'autre qui valût la peine d'être tenté. C'est à ces femmes-là, bien sûr, qu'allaient les encouragements des milieux artistiques, pas à celles qui « peignaient comme des femmes », s'intéressaient à l'intimité, à la jouissance, aux bébés. Pourquoi les images de bébés n'avaient-elles pas l'importance des images d'armes ?

Georgia O'Keeffe restait une exception, mais Emma espérait découvrir une artiste au moins approchante. Elle rêvait de tomber sur quelqu'un qui saurait parler à sa sensibilité, dont les œuvres amplifieraient ses émotions, quelqu'un qui n'aurait pas eu plus honte de peindre la joie que la fureur. Réfléchir à ces questions la passionnait. Elle voulait se pencher sur chacun de ces problèmes philosophiques, y travailler sans relâche jusqu'à le résoudre, comme s'il s'agissait d'un théorème de géométrie, puis le classer, parfaitement limpide.

Debout à côté de la cuisinière, attendant toujours que la bouilloire émît son signal guttural en deux temps, Emma voyait son projet déroulé devant elle – un régal. Sa tasse fumante à la main, elle monta à l'étage dans son bureau minuscule. Elle repoussa la porte derrière elle, accueillie par un calme prometteur. Sa table de travail croulait sous un fastueux banquet d'articles, de photos, de livres d'art, dominé par l'écran noir de l'ordinateur. Le spectacle aiguisa son appétit.

Emma porta la tasse de café à ses lèvres, laissa le liquide glisser doucement dans sa gorge. La caféine se mit à l'ouvrage, lui réchauffa l'œsophage, lui délia le cerveau. Emma s'empara de la première photo.

L'intérieur en noir et blanc d'un bureau de poste. Sur le long mur, à bonne hauteur des fenêtres, se déployait une fresque presque abstraite dans sa composition : des paysans et des ouvriers sur un chantier, représentés à l'échelle des héros. Les nobles travailleurs, engagés corps et âme dans l'agriculture et l'industrie, ces deux piliers de l'économie. L'image évoquait l'art communiste de la même période, songea Emma : même iconographie, même vision idéalisée du travail.

Elle approcha la photo de son visage afin d'examiner le dessin des formes, les liens entre les personnages, l'imagerie. Emma rédigeait toujours un premier jet à la main ; l'ordinateur et son déconcertant rouleau de texte ne venaient qu'après, une fois les idées fixées selon une progression ordonnée. Elle tira un bloc de papier grand format devant elle et se mit à noircir la page lisse et vide.

21

À Marten Island, le bac accostait dans une petite crique abritée. D'un côté se trouvaient le débarcadère et un parking plein de sable ; de l'autre s'élevait un court promontoire escarpé, aux pentes couvertes de longues herbes enchevêtrées. Le sol se nivelait brusquement au sommet ; l'herbe, coupée ras pour faire joli, se transformait en une pelouse que se partageaient trois pavillons de brique. Ces maisonnettes avaient été construites par l'armée au cours de la Seconde Guerre mondiale, époque où Marten Island servait de poste de surveillance : de nuit comme de jour, à l'abri des blockhaus blottis parmi les dunes, des yeux américains surveillaient alors les eaux grises et mouvantes de l'océan, à l'affût des périscopes des sous-marins allemands. Petites et utilitaires, les trois constructions offraient un contraste marqué avec le reste de l'architecture locale. L'île était en effet devenue un lieu de villégiature vers le tournant du siècle, et les maisons les plus anciennes étaient bâties en bois dans le style colonial, avec des tours d'angle, des pignons, de larges galeries sur les quatre côtés.

Quand Emma arriva au débarcadère, ce vendredi soir, une file de voitures s'était déjà formée le long du quai. Sur le parking presque plein, des femmes bavardaient en petits groupes tandis que des bandes d'enfants galopaient entre les véhicules à l'arrêt.

Les femmes qui attendaient le ferry n'avaient pas la même allure que les autres jours : habillées, pomponnées, elles étaient resplendissantes dans des vêtements plus neufs, plus gais que d'habitude. Leurs cheveux tout propres brillaient avec des reflets soyeux. Leurs jambes impeccablement lisses venaient d'être rasées. L'humeur était festive, l'attente joyeuse : le vendredi soir, les maris arrivaient, et l'arrivée des maris valait un changement de saison. Les soirées allaient s'allonger, les horloges de l'île passer à l'heure adulte : le week-end commençait.

Les jours de semaine coulaient sur l'île dans une ambiance familiale paisible. Tous les matins, les mères remontaient la pendule géante dont le tic-tac réglait les activités de la maisonnée. Les enfants étaient autant de petits soleils, au centre de tout. Le doux regard attentif des femmes ne les quittait pas un instant. En semaine, ici, elles n'étaient plus que des mères. Ailleurs, le reste de l'année, la plupart d'entre elles travaillaient, à temps plein ou partiel, pour gagner de l'argent ou bénévolement. Sur l'île, en revanche, elles n'étaient que des mères.

Le vendredi soir, les mères se transformaient en épouses. Leurs yeux attentifs se fixaient sur des astres plus gros, plus exigeants. Dans le ciel du week-end, les pères éclipsaient aisément les enfants. Excités par leur présence, vexés d'être ainsi détrônés, ceux-ci devenaient chahuteurs, capricieux, les mères irritables, les pères sentencieux. À leur tour les pères baissaient les yeux sur les enfants, mais sans la douceur et l'attention des mères. Bien qu'aimant, le regard des pères était arrogant ; il affirmait leur droit de préséance. Les pères avaient passé la semaine dans la chaleur étouffante de la ville. Quand l'heure des pères sonnait, les activités devenaient adultes : parties de golf, apéritifs, sexe.

La saison des amours, cependant, durait peu. Dès le lundi matin, la galaxie des maris s'éloignait et les cieux reprenaient leur aspect antérieur. Les enfants régnaient à nouveau en maîtres dans le firmament.

Il était un peu plus de sept heures lorsque Emma se fraya un chemin à travers le parking, se répandant en bonsoirs souriants. Elle connaissait toutes les femmes qu'elle croisait. Si l'île était assez grande pour compter différents clubs, elle était suffisamment petite pour que tout le monde y connût tout le monde. Au début, Emma avait appréhendé ce qui lui apparaissait comme une contrainte, mais à présent elle voyait les choses de manière différente. En réalité, la population était plus importante qu'il n'y semblait. Les maisons abritaient souvent, non pas une cellule familiale, mais une famille élargie – grands-parents, frères et sœurs, beaux-frères et belles-sœurs, ribambelle de cousins –, et la population estivale se caractérisait par sa fluidité. Parents, invités, locataires se succédaient sans interruption au long de la saison. Emma était maintenant heureuse d'appartenir à cette communauté; elle s'était fait de vrais amis dans l'île.

Ce soir, elle se sentait fraîche et pimpante. En l'honneur de l'arrivée du bac, elle portait un pull en coton fantaisie d'un violet soutenu, soigneusement repassé, et un jean blanc immaculé, lui aussi soigneusement repassé. Elle avait mis de longs pendants d'oreilles en argent: un des avantages des coupes de cheveux très courtes, les boucles d'oreilles. En sortant de voiture, Emma alla rejoindre Susan Cartwright, qu'elle avait repérée au milieu d'un petit groupe. Susan enseignait l'espagnol dans une école de filles de New York. D'une stature solide, généreuse, elle avait un large visage couvert de taches de rousseur, de grands yeux en amande au regard amical. Elle portait une chemise blanche sur son short couleur framboise. Les lunettes de soleil remontées sur sa tête retenaient ses raides cheveux bruns.

« Nous nous plaignons de nos enfants, glissa-t-elle à Emma.

— Je n'arrive pas à obtenir de Sarah qu'elle fasse ses devoirs de vacances », enchaîna Alison Rogers, qui avait transmis à sa fille la teinte noisette de ses iris et son regard sérieux, ainsi que son grand front bombé. Ce soir, Alison arborait des boucles d'oreilles rouges en forme de cœur. « Je ne sais pas ce que je vais bien pouvoir inventer. On est presque à la fin d'août et il lui reste encore deux livres entiers à lire. Il va falloir que je l'enferme dans sa chambre jusqu'à la fin des vacances. Chaque année c'est la même histoire. Ça me rend folle. Il faut se fâcher tous les jours.

— Tu as de la chance que Sarah en ait au moins lu un! s'exclama Carol Morris, une petite femme bien en chair, à la bouche large et aux paupières lourdes. Nick n'en a pas ouvert un seul, poursuivit-elle sur un ton triomphant. Pas un, je ne plaisante pas. De toute façon, à mon humble avis, les instits leur en demandent trop. Les gosses sont censés être en vacances, après tout. Ces livres sont trop gros. À leur place, je ne les lirais pas, moi non plus.

— Les miens passent leur temps devant la télé, intervint Ricky Thompson, une blonde presque albinos, au teint pâle et à la peau sans finesse, aux cils couleur paille. Si seulement on pouvait les interroger sur les épisodes de *Star Trek*!

— Moi, j'ai renoncé. J'en ai assez de me disputer avec Jamie, j'ai décidé de tricher, annonça Nancy Williamson. Je vais lire tous ses livres et je lui raconterai de quoi ils parlent. Et puis je passerai à sa place les tests de niveau pour l'entrée en sixième. Je serai sans doute recalée, d'ailleurs.

— Et Tess? s'enquit Alison en se tournant vers Emma. Je parie qu'elle a lu tout, elle.

— Oh, ça va, je crois», répondit Emma d'un ton dégagé. De fait, Tess avait lu les livres au programme mais jamais Emma ne s'en serait félicitée en public: il lui aurait paru aussi déplacé de s'extasier sur ses enfants que sur elle-même. La bienséance obligeait à éluder les compliments, à insister sur les défauts, à couvrir les autres de compliments qu'à leur tour ils déclinaient.

«Mais bien sûr que Tess a lu ce qu'il fallait lire, déclara gaiement Susan. Tess est un petit prodige, nous le savons toutes.

— C'est vrai. En plus, tu n'as sans doute pas eu besoin de le lui demander, râla Alison. Franchement, Emma, c'est révoltant.

— Allons, protesta Emma avec fierté. Tess n'a rien d'un génie. Elle aime lire, c'est tout.

— Et Amanda ? poursuivit Alison en plissant les yeux. Elle aussi elle aime lire et “c'est tout” ?

— Pas tellement », éluda Emma.

S'agissant des enfants du conjoint, les règles étaient moins claires. Critiquer sa belle-fille n'était pas la même chose que critiquer sa propre fille, car si la place que votre enfant tenait dans votre cœur n'était un secret pour personne, celle qu'y occupait l'enfant de votre mari était loin, très loin d'être aussi évidente. Se plaindre de ses enfants était une preuve de modestie ; la même attitude à l'égard des enfants du conjoint signalait la méchanceté.

« En réalité, mentit Emma, je ne sais pas très bien où en est Amanda de ses devoirs de vacances. Peter se charge de la surveiller.

— C'est le mieux, approuva énergiquement Carol Morris. Il est responsable de sa fille, après tout. Pourquoi aller gâcher tes vacances ? Pour tout avouer, Emma, je te trouve vraiment courageuse de l'avoir prise un mois entier. Courageuse ou inconsciente.

— Oh, ce n'est pas si terrible, dit Emma. C'est plutôt sympa. »

Carol secoua la tête : « Pour ma part, j'ai refusé tout net d'emmener la fille de Ted. Il n'est pas question qu'elle reste avec moi à Marten. J'ai mis les points sur les i avec son père : “Je viens dans l'île depuis que je suis gosse, lui ai-je expliqué. C'est ici qu'est ma maison de famille, notre maison de famille, maintenant. Il me faut au moins un endroit où je n'aie pas ta Cynthia sur le dos. Tu peux la voir tant que tu veux à New York.”

— Comment Ted a-t-il réagi ? demanda Emma.

— Franchement, ça ne lui a pas plu, répondit Carol sur un ton vindicatif, mais il s'y est fait. C'était un vrai cauchemar d'avoir Cynthia ici. Elle ne lâchait pas son père une minute. Vous auriez dû l'entendre ! “Papa, c'était comment, ton mariage avec maman ?” fit-elle d'une voix de fausset. “Elle était jolie, maman, quand tu t'es marié avec elle ?” Une fois, elle nous a même apporté les photos de mariage ici ! Ce jour-là, j'ai décidé que ça suffisait ; trop, c'est trop. “Tu as vu, papa, comme maman était belle, le jour de votre mariage?" minauda Carol en singeant sa belle-fille. "Vous étiez heureux à l'époque, tous les deux?" Ce jour-là, poursuivit la jeune femme en reprenant sa voix normale, j'ai dit à Ted qu'il pouvait la voir tant qu'il voulait à New York. Ici, plus jamais. J'avais ma dose.

— Ça n'a pas l'air facile, en effet, compatit Emma.

— Cette gamine est un monstre. Amanda, je ne sais pas... », conclut Carol en jetant un regard interrogateur à Emma.

Celle-ci n'était cependant pas disposée à s'étendre sur les monstruosités d'Amanda. « Oh, Amanda, ça va », répondit-elle, évasive, en se tournant vers la mer.

Il était décidément frustrant, et bien difficile, d'être à la place de la belle-mère. Où trouver nos modèles? se demandait Emma. Il n'y a pas de gentilles belles-mères, il n'y a que de cruelles marâtres. C'est un rôle qu'il faut inventer, au fur et à mesure. Toutes nous devons aussi inventer la maternité, mais au moins les exemples ne manquent pas, loin de là. En tant que mères, nous pouvons de surcroît nous fier à l'instinct qui nous pousse à chérir nos enfants. En tant que belles-mères, au contraire, ce même instinct n'arrête pas de nous souffler d'aller perdre ces fichus gosses dans la forêt et de garder soigneusement les miettes de pain pour nos propres rejetons. De plus, les conditions de départ sont différentes. On choisit la maternité, on ne choisit pas le statut de belle-mère. Même si une femme accueille à bras ouverts les enfants de son conjoint, même si elle apprend à les aimer, ce n'est pas eux qu'elle a choisis, mais leur père. Aucune femme ne va épouser un homme parce qu'elle est amoureuse de ses enfants.

Emma contemplait l'étendue miroitante dans le crépuscule, fixant le point où le bac devait bientôt apparaître. « Il risque d'être en retard, vous ne croyez pas?

— J'espère bien que non! s'exclama Carol. J'ai du monde à dîner, ce soir. »

Il y aurait des dîners aux quatre coins de l'île, ce soir, et les tables dressées resplendiraient comme des joyaux. Il y aurait des chandelles, hautes colonnes blanches disposées à intervalles réguliers, et des bougies parfumées dont les flammes votives vacilleraient entre les plats. Il y aurait des fleurs en quantité : raides fleurs de serre arrangées en compositions formelles ; fleurs des champs fragiles et échevelées dont les pétales tomberaient sur la nappe. Verres à eau et verres à vin se presseraient à la pointe des couteaux. Le repas serait digne de ce nom.

« Tu mets les petits plats dans les grands ? s'enquit Emma.

— Les pieds dans le plat, plutôt », répondit Carol avec une grimace.

Emma se mit à rire. À côté, la discussion roulait toujours sur les devoirs de vacances.

« J'ai fini par conseiller à Talley de se la couler douce, déclarait Susan. Tu ne veux pas travailler ? Eh bien, ne travaille pas, lui ai-je dit. Quelle importance que tu rentres en sixième, après tout ! Tu seras serveuse dans un restaurant, un boulot sûr ! » Susan hocha la tête en serrant les dents. « Elle me rend dingue. »

Ses compagnes s'esclaffèrent gentiment. Tous leurs enfants sans exception étaient agaçants, intraitables, farouchement déterminés à suivre des voies incompréhensibles. Ils s'ingéniaient à déjouer les projets de leurs mères ; elles ne pouvaient que constater leur impuissance à contrer les instincts déplorables de leur progéniture. Consolantes, consolées, résignées, les mères se tournèrent vers les flots d'où devaient surgir les maris. Emma, qui à présent se taisait, attendit avec elles.

Le soir ne tenait pas les promesses du jour. La brise montée du large contrariait le clapotis des vagues, une grande bande de nuages en chevrons planait bas dans le ciel. Emma s'aperçut soudain qu'elle entendait le bac, qu'il approchait sans qu'elle le vît, qu'elle tendait l'oreille sans même s'en être rendu compte. Le martèlement monotone et régulier venait de loin, s'amplifiant peu à peu.

Les femmes cessèrent de parler. Le bruit de moteur gagnait en vigueur, proche maintenant du tonnerre. Enfin, le bac apparut, contourna la pointe, barra la crique étroite avec toute la solennité massive d'un potentat pénétrant dans la salle du trône. Il s'immobilisa à l'entrée de la crique, et le ronronnement des machines se transforma en rugissement. Le bateau pivota pour décrire un cercle majestueux, recula avec puissance dans des remous bouillonnants puis, avec un nouveau changement de registre, se déporta de façon nette sur le côté pour s'arrêter très précisément au bord du quai. La manœuvre couvrit d'écume les eaux de la petite anse. Une fois ses amarres étroitement arrimées, le bac s'immobilisa tout à fait, ligoté, calmé. Sur le pont, derrière les cordages, on distinguait la horde des maris. Fripés, chiffonnés, fatigués, ils arrivaient sur l'île des femmes et des enfants tels des immigrants, massés les uns contre les autres, raides et figés. Emma passa en revue la rangée des visages : de loin, tous avaient l'air d'inconnus. Au fur et à mesure que le bateau se rapprochait, toutefois, les physionomies devinrent moins floues, plus familières. Là, c'était le mari de Susan, Jackson, avec son regard intense de myope, ses drôles de lunettes rectangulaires. Et là, Ted Morris, reconnaissable à la mollesse de ses traits, à son aspect ébauché, mal fini.

Les maris n'étaient pas seuls à bord ; avec eux se trouvaient aussi plusieurs femmes « actives », selon l'expression consacrée. On reconnaissait Julia, la fille aînée des Sykes, avocate, dans son tailleur rouge fripé, ses cheveux blonds décoiffés par la traversée. À côté d'elle, exactement de la même taille, se trouvait son mari, Soo-Yung Kim, très droit, le visage carré, qui travaillait dans la même société de Wall Street. Les Sykes aimaient beaucoup Soo-Yung ; cela leur était égal qu'il fût étranger. Comment aurait-il pu en être autrement ? Soo-Yung sortait de la prestigieuse faculté de droit de Harvard alors que leur fils unique, Charlie, avait abandonné ses études à trois reprises. Il n'était jamais entré à Harvard, bien sûr ; en désespoir de cause, les Sykes l'avaient inscrit dans un centre de formation professionnelle du Minnesota, dont il avait failli être renvoyé à deux reprises au moins. Cet été, Charlie tirait sa flemme à Marten. Emma l'avait croisé un jour à l'heure du déjeuner, au Grand Club. Un sourire aux lèvres et les yeux vides, il lui avait confié avec l'accent traînant des marginaux qu'il « bûchait sur un scénario ». Comment les Sykes n'auraient-ils pas apprécié le constant, le brillant, le déterminé Soo-Yung ?

L'homogénéité anglo-saxonne de Marten se diluait. Julia Sykes n'était pas la seule à renouveler audacieusement la donne génétique. Angus Witherspoon avait épousé une Noire, inscrite comme lui en droit à Yale, et le fils Wilson s'était allié à une jolie Mexicaine. Au Petit Club, les bébés blonds aux yeux bleus et à la sensible peau blanche jouaient désormais avec des bébés bruns aux yeux de biche et à la peau dorée. Personne ne songeait à se plaindre d'une situation encore impensable une génération plus tôt. Il ne s'agissait pas là d'intrus qui avaient réussi à s'immiscer dans le club, mais de représentants de la troisième génération, membres de plein droit. Si les esprits restaient parfois obtus, comment les cœurs des grands-parents auraient-ils pu ne pas vibrer devant ces amours de petits-enfants aux yeux liquides, à la peau douce, qui les contemplaient si paisiblement, au creux de leurs bras ?

Emma fouillait du regard la foule des visages fatigués. Elle eut un petit pincement de plaisir en reconnaissant Peter. Lui aussi l'avait vue, ils échangèrent un sourire. Pleine d'une hâte impatiente, elle ne le quittait plus des yeux. Peter dépassait les autres d'une bonne demi-tête, mais n'était pas moins débraillé qu'eux. Le col de sa chemise béait, grand ouvert ; il avait retiré sa cravate. Comme ça fait négligé, pensa avec joie Emma, ce costume d'homme d'affaires sans cravate ! Peter était d'habitude si soigneux, si bien mis, qu'elle prenait un vif plaisir à le découvrir séduisant dans le relâchement. Elle agita la main vers lui. Il arrivait encore à Emma de s'étonner de la beauté de son mari. L'été l'avait blondi et une mèche libertine retombait, souple, sur son front. Son sourire éclatait de blancheur. Puis la petite troupe des passagers s'ébranla et très vite tout le monde fut à quai.

« Attends, ne bouge pas », dit Emma quand ils furent enfin dans la voiture. Elle l'enlaça. Répondant à son geste, Peter la serra fort contre lui, lui broyant les côtes. Il sentait merveilleusement bon la fatigue et la sueur, un parfum ténu de peau hâlée. Emma s'emplit les narines de cette odeur qui la rappelait à elle-même.

« Restons dans la voiture, suggéra-t-elle, les yeux fermés. Dans quelques minutes il n'y aura plus un chat. On passera la soirée ici. » Au diable le dîner, songeait-elle. Au diable les filles, au diable la tension.

« D'accord », souffla Peter en resserrant son étreinte.

Ils se séparèrent, néanmoins. Emma mit le contact.

« Tu ne peux pas savoir comme je suis content d'être là, soupira Peter. Le type à côté de moi dans le train n'avait rien à lire, il n'arrêtait pas de lorgner par-dessus mon épaule pour voir ce qu'il y avait dans le *Times*. J'ai failli piquer une crise.

— Seulement failli ?

— Je lui ai demandé s'il voulait y jeter un œil, pour lui faire honte et pour qu'il arrête. Il a répondu non, et il a continué comme si de rien n'était. Je lui ai à nouveau posé la question, il m'a regardé comme s'il ne comprenait pas de quoi je parlais. J'ai fini par changer de position et par me tourner de l'autre côté, j'ai même plié mon journal en quatre pour l'empêcher de lire. Il m'épiait par-dessous ses sourcils. Sans doute espérait-il que j'allais le lui donner quand j'aurais terminé.

— Tu le lui as donné ?

— Bien sûr que non. Je l'ai soigneusement plié et je l'ai rangé dans mon attaché-case.

— Pauvre type, dit Emma en riant. Il devait saliver. Pourquoi avoir été si méchant avec lui ?

— Et lui ? Pourquoi a-t-il été si bête ? Je lui ai proposé mon canard à deux reprises, à ce nul.

— Les hommes sont bizarres, remarqua Emma.

— Parce que des femmes se seraient comportées comment, selon toi ?

— Oh, tu sais… autrement, quoi. Elles auraient essayé de s'entendre. Evan Bradbury se plaint que rien n'est plus pareil, maintenant qu'il y a des femmes dans le comité éditorial de la revue. À l'en croire, nous avons tout gâché.

— Comment vous y êtes-vous prises ?

— Avant, tout le monde criait. C'est comme ça qu'ils réglaient les problèmes : en se criant dessus. Aujourd'hui, d'après Evan, quand un bonhomme rouspète contre une femme du comité, elle fond en larmes. Ça gâche tout, tu comprends.

— Très juste. Qu'est-ce que vous attendez de nous ? Qu'on soit gentils et polis ? » Il commençait à se détendre. « Que ce voyage est long ! soupira-t-il.

— C'est le dernier de l'été », le réconforta Emma en lui tapotant la jambe.

Peter serait en vacances jusqu'au jour de la fête du Travail[1], et cette perspective la rassérénait : peut-être que tout allait s'arranger, à présent qu'il était rentré.

« Je suis contente que tu restes », dit-elle.

Elle se retint d'ajouter « pour t'occuper d'Amanda », mais Peter devina ses pensées.

« Tout a reposé sur toi, s'empressa-t-il de répliquer en lui caressant le genou. Tu t'en es magnifiquement sortie.

— Je n'en suis pas si sûre, se défendit-elle, gênée, sachant que ce n'était pas vrai. En tout cas, je suis heureuse que tu sois là. »

Leur voiture était prise dans la masse lente des véhicules qui tous convergeaient vers la sortie, à l'autre bout du parking.

« Raconte-moi les derniers potins, demanda Peter.

— Oh, il n'y a pas grand-chose. Carol Morris va voter pour George Bush.

— Ça t'étonne ?

— Je crois que je trouverais normal que les femmes soutiennent les démocrates.

— Même moi je ne pourrais pas voter pour Bush. La convention était à vomir. Remarque, ce n'est pas que je trouve Clinton beaucoup mieux.

— Je sais. Ce type n'a manifestement aucun principe. » Les yeux bleus de mauvais garçon, le sourire charmeur

1. Aux États-Unis, la fête du Travail, ou Labor Day, est célébrée le premier lundi du mois de septembre. *(N.d.T.)*

appliqué et cet affreux brushing de dentiste. « Il a une tête de dragueur, le genre à siffler les filles. N'empêche qu'il est tout de même mieux que Bush. Il est pour l'avortement, et il est moins dangereux pour les pauvres et pour l'environnement.

— Tu as dit tout ça à Carol ?

— Elle est persuadée qu'il va mener le pays à la ruine. Tu aurais dû l'entendre : "Clinton ? C'est la faillite économique assurée." Je suis assez sceptique sur les connaissances de Carol en économie. À mon avis, elle répète les discours de Ted. »

Emma se tourna vers Peter, sûre qu'il allait se mettre à rire avec elle, mais il s'était tourné vers la fenêtre.

« Ce n'est pas parce que les gens de Marten votent républicain que tout est affreux ici, finit-il par dire. Tu es si intolérante, Emma.

— Mais non, je ne suis pas intolérante. D'ailleurs, je ne trouve pas les républicains affreux. Je t'aime bien, par exemple.

— Merci, fit Peter sans se dérider.

— Peter, oublie ça, c'était idiot. Je suis heureuse d'être ici, heureuse d'y avoir des amis. Tu n'as pas besoin de défendre les gens de Marten auprès de moi, tu le sais.

— C'est moi qui ai eu l'idée de venir ici. Quand tu te moques de cet endroit, j'ai de la peine.

— J'étais d'accord pour venir, et maintenant ça me plaît. C'est un lieu que nous partageons.

— Je l'espère, dit-il en la regardant.

— Tout ne repose pas sur tes épaules, Peter. Tu te sens toujours responsable de tout. Tu présumes trop de toi-même. » Emma se mit à lui caresser la nuque, et au bout d'un moment il céda, abandonnant sa tête dans sa main.

« Dans le train, j'ai essayé de penser à ce que nous pourrions faire ensemble, pendant ces quinze jours, reprit-il. Ce serait possible, à ton avis, de jouer au tennis en double, avec les filles ?

— Pourquoi pas ? Il faut essayer, l'encouragea Emma en se demandant ce qu'Amanda en penserait.

— Tu crois que Tess y arrivera ?

— Tess s'en sortira de toute façon. Ce n'est pas une championne, mais elle se débrouille. Elle y arrivera.

— Bien, dit Peter rasséréné. Amanda devrait être assez bonne, à présent qu'elle a suivi ce stage. Elle a toujours été assez bonne, d'ailleurs ; elle a toujours bien frappé la balle. »

Emma lui jeta un coup d'œil : c'était pareil tous les vendredis. Durant la semaine, à New York où il était séparé d'Amanda, Peter recréait sa fille de toutes pièces. L'enfant dont il parlait à cet instant était celle qui avait occupé ses pensées : si bonne au tennis, si agréable, si amusante ; il avait une fille idéale, adorable, et qui l'aimait tant.

Une autre voiture venait de se glisser à côté de la leur : celle des Morris. Emma adressa un signe de la main à Ted, assis sur le siège passager. Il agita énergiquement la sienne avec un sourire malencontreux qui fit glisser ses lunettes en écaille sur son nez. Il les remonta du majeur d'un geste machinal, les autres doigts en éventail devant la figure.

« C'est Ted Morris, annonça Emma.

— Je l'ai vu dans le train, dit Peter sans tourner la tête. Il a une affaire terrible sur les bras, il voudrait que je m'en charge. »

Peter trouvait Ted Morris passablement stupide. Pour compenser la froideur de son époux, Emma sourit à nouveau à Ted. Derrière lui, elle apercevait le profil de Carol, son menton volontaire.

« Carol ne veut pas recevoir la fille de Ted à Marten, reprit-elle sans regarder Peter. La petite est trop difficile. Carol trouve que Ted n'a qu'à la voir à New York.

— Charmant.

— Ted n'apprécie pas, mais d'après Carol il finira par s'y faire.

— J'en ai de la chance, commenta Peter sans la regarder lui non plus. C'est ce que tu voulais m'entendre dire ? » Emma ne répondit pas. « C'est vrai, d'ailleurs : j'ai de la chance, reprit-il. Jamais tu ne te conduirais comme ça, je le sais. » Il s'appuya contre le dossier, étira le cou pour se détendre. « Ah, il me tarde de commencer ces vacances ! C'est la première fois que nous allons vivre tous ensemble dans la maison. »

Sa voix frémissait d'impatience. Peter, songea Emma, imaginait quinze jours de bonheur devant lui.

Ils avaient atteint la sortie du parking et franchirent la barrière. Leur voiture vint s'ajouter au flot des véhicules qui roulaient au pas, sur une seule file, le long de la route étroite protégée par le dais des arbres.

« Il y a eu un incident, ce matin, avança Emma avec prudence. Nous avons eu une discussion au petit-déjeuner, Amanda et moi. J'ai peur de m'être un peu énervée. »

À peine ces mots étaient-ils sortis de sa bouche qu'elle regretta de les avoir prononcés. Le moment était bien mal choisi pour aller raconter cela à Peter, mais elle agissait par culpabilité : si elle ne lui en parlait pas tout de suite, elle aurait l'impression de lui cacher quelque chose, de lui mentir par omission. Peter garda le silence.

« Elle s'est vexée », ajouta-t-elle. Peter ne broncha pas. La longue cohorte des voitures s'étirait. « À cause du café. Du fait qu'elle puisse en boire quand elle est avec nous. Pour ma part, je la trouve trop jeune, mais il semble qu'elle y ait droit, chez elle. » Peter faisait mine de s'intéresser au paysage. « Elle n'a tout de même que quinze ans...

— Je sais quel âge a Amanda », la coupa Peter en se tournant vers elle.

Emma garda les yeux fixés sur la route.

Le reste du trajet fut silencieux. Quand ils furent arrivés, Emma grimpa deux à deux les marches de la véranda et, sans le regarder, tint la porte à Peter.

« Merci, dit-il.

— Je t'en prie », répondit-elle.

Les filles étaient en haut. Emma fila à la cuisine pendant que Peter montait lentement l'escalier. Elle avait tout préparé avant de partir et sortit du frigo le grand bol de légumes coupés en morceaux sous le film transparent, le sac contenant les légères feuilles de salade lavées, les tranches d'espadon pâles et molles.

Peter redescendit après s'être douché et changé, toujours aussi maussade.

« Tu crois que ça me fait plaisir que tu me sortes ce genre de remarques ? » demanda-t-il. Ouvrant le réfrigérateur, il se campa devant les frais rayonnages pour en inspecter le contenu. « Tu crois que j'ai envie de t'entendre dire que Caroline a affreusement mal élevé Amanda ?

— Parce que c'est ce que tu penses ? Tu trouves que Caroline élève mal Amanda ? rétorqua Emma, presque excitée d'oser poser la question.

— Ne me demande pas de critiquer la mère de ma fille », déclara Peter d'un ton sec. Il attrapa une bouteille de vin blanc, qu'il posa sans ménagement sur le plan de travail. « Quelle que soit la manière dont Caroline s'y prend, je ne peux rien y changer. Tu comprends ça ? C'est elle qui décide. Elle a la garde d'Amanda et ne tient aucun compte de mes observations. »

Emma ne répondit pas. Devant elle, sur la cuisinière, se trouvaient une casserole de riz, une autre où cuisaient les légumes d'été émincés : lanières luisantes des poivrons vert foncé, jaunes, écarlates, rondelles translucides des oignons. Les cercles bleus des petites flammes tremblotaient sous le récipient. Le riz frémissait sous son couvercle, les légumes commençaient à hoqueter à l'approche de l'ébullition.

« De toute façon, continua Peter, même si Caroline m'écoutait tu ne serais pas satisfaite. » Il pointa le tire-bouchon vers le goulot de la bouteille. « Ce que tu veux, c'est qu'elle t'écoute, toi. Tu veux qu'elle suive tes conseils – à propos du café, par exemple –, pas les miens.

— Tu n'es tout de même pas d'accord pour qu'Amanda boive du café ? À quinze ans ?

— Comment pourrais-je savoir à quel âge Amanda devrait boire du café ? Je m'en fiche comme d'une guigne, oui ! s'emporta Peter en débouchant la bouteille dans un effort violent. Il y a des sujets de discussion autrement plus importants, me semble-t-il. »

Le riz, soudain, menaçait de déborder. L'eau bouillonnait furieusement sous le couvercle, émettant des sifflements et des jets de vapeur. Alors qu'Emma retirait la casserole du feu, une bonne quantité de liquide passa par-dessus bord en grésillant contre l'inox du récipient.

« Bien sûr qu'il y a des choses plus importantes que le café, répliqua Emma, elle aussi en colère à présent, et agacée par le riz. Ce n'est qu'un exemple. Amanda grandit sans règles. Elle a le droit de faire tout ce qui lui passe par la tête.

— Eh bien, peut-être ! tonna Peter. Ou peut-être que Caroline l'élève selon des règles qui t'échappent complètement. Quoi qu'il en soit, ce n'est pas la peine de m'en rebattre les oreilles. Je n'y peux rien. Tout comme Warren ne peut pas t'empêcher d'élever Tess comme tu l'entends.

— J'écoute ce que me dit Warren à propos de Tess. »

Peter eut un reniflement sceptique. Il ouvrit un placard, en sortit deux verres. Posant la cuillère qu'elle tenait à la main, Emma se retourna face à lui.

« Peter, quel rôle suis-je censée jouer vis-à-vis d'Amanda ? Celui de la mère ? Celui de la personne responsable d'elle, ici, sous mon toit ? » Elle marqua un temps d'arrêt avant de reprendre, un ton plus haut : « Je ne suis pas responsable d'Amanda. Je n'ai aucune autorité sur elle, elle ne le permettrait pas. Quand je lui demande de ne pas s'allonger sur le lit avec ses chaussures, elle s'allonge sur le lit avec ses chaussures. Quand je lui dis qu'elle est trop jeune pour boire du café, elle refuse tout net de prendre son petit-déjeuner et sort en claquant la porte. Elle est de passage ici, elle s'en fiche. Elle tue le temps en attendant de rentrer chez elle. Je n'ai jamais eu beaucoup d'autorité sur elle, mais à cette heure je n'en ai absolument plus aucune. Je me rends compte, maintenant, comme cela est fragile. Au moindre prétexte elle est capable de tout envoyer promener.

— Tu t'apitoies sur toi-même, voilà.

— Peut-être. Pourtant j'essaie depuis des années de m'apitoyer sur elle et ça ne sert à rien. La seule façon dont je pourrais l'aider, je crois, c'est de me conduire avec elle comme une mère, mais ni toi ni elle n'êtes prêts à l'accepter. »

Dans le silence brusquement retombé, Peter et Emma s'affrontèrent du regard.

Tout à l'heure, lorsqu'ils étaient rentrés, le jour s'attardait encore dans le crépuscule. Derrière les fenêtres on devinait les arbres épaissis par les ombres, la pelouse gagnée par l'obscurité, les pentes mystérieuses des ondulations du terrain de golf, au loin. À présent, le soir était tombé, et les ténèbres de la nuit d'été s'installaient, pesantes, autour de la maison. Au-delà de la large porte en demi-cintre de la cuisine, les fenêtres de la salle à manger étaient d'un gris opaque. Leurs miroirs fantomatiques reflétaient dans des tons de grisaille les couleurs éclatantes qui égayaient l'intérieur. Dehors, l'air nocturne chargé d'humidité se pressait contre les carreaux.

« Que veux-tu que je réponde ? lâcha enfin Peter, d'une voix plus calme mais dépourvue de chaleur. Je ne peux rien vous imposer, ni à l'une ni à l'autre. Tu veux m'entendre dire que j'aurais aimé que Caroline soit plus sévère ? Eh bien oui, je l'avoue. J'aurais aussi aimé que tu le sois moins. J'aurais aimé qu'Amanda soit moins susceptible. J'aurais voulu qu'elle soit heureuse, ici, avec toi, et toi avec elle. J'aurais tant voulu que tu l'aimes. » Un rire sans joie lui échappa. « Oh, si tu savais comme j'aurais voulu que tu l'aimes !

— N'essaie pas ce genre de chantage sur moi ! jeta Emma avec exaspération. Ne t'amuse surtout pas à me dicter ce que selon toi je devrais éprouver. Je ne contrôle pas mes sentiments. Mes faits et gestes, oui, pas mes sentiments. Ne me traite pas comme ça, je ne l'ai jamais fait, moi.

— Et toi, ne viens pas me raconter que quand ma fille est chez moi elle se sent de passage et qu'elle a horreur d'être ici.

— Lui as-tu jamais laissé le choix, Peter ? Elle ne l'a pas plus que moi, en l'occurrence ! Tu ne nous as jamais laissé la moindre chance de décider nous-mêmes ce que nous voulions. Dès le début tu nous as imposées l'une à l'autre. Tu nous as obligées à faire ce que tu voulais que nous fassions, et aujourd'hui tu essaies de nous forcer à éprouver les sentiments que tu voudrais nous voir ressentir.

— Tu ne t'en prends à moi que pour mieux t'aveugler sur ton compte. N'essaie pas de retourner contre moi les reproches que tu devrais t'adresser. » Peter avait saisi la bouteille pour verser le vin dans les verres, mais il suspendit son geste et serra les doigts autour du goulot comme pour l'étrangler. « *Ne viens surtout pas me raconter que tu as essayé d'être une mère pour Amanda.* » Emma se mordit les lèvres sans répondre. « Vous êtes ce que j'ai connu de pire, ajouta Peter d'une voix terrible, remplie de chagrin. Toi et Amanda. »

Emma se pencha sur la casserole de légumes d'où montait un bouillonnement effréné. S'aidant de la cuillère, elle poussa le poids inerte des poivrons et des oignons défaits, leur masse qui se dérobait sans cesse. Des vagues de chaleur lourde, suffocante, s'élevaient de la grosse cuisinière en fer. Elle avait du mal à respirer.

22

Les quatre fenêtres grandes ouvertes laissaient pénétrer l'air nocturne qui circulait à loisir dans tout l'espace de la chambre, un peu plus tôt encore protégée, close et intime, pleine de lumière et du bruit des propos échangés. Elle s'était transformée. Là, avec les croisées béantes sur l'obscurité silencieuse, les murs avaient semble-t-il disparu et la chambre accueillait la nuit. Elle était maintenant incluse dans un tout plus vaste, devenue espace ouvert au grand passage du vent frais, qui, sous les étoiles, balayait la petite île avant de poursuivre au-delà de ses confins, sur l'eau d'où il s'élevait au gré des lents courants aériens pour traverser les gigantesques étendues du ciel nocturne, oscillant, frissonnant par-dessus l'océan silencieux.

Emma se rendit compte qu'elle était éveillée. La pièce était sombre. Aucun bruit ne troublait sa quiétude. Peter dormait, allongé à côté d'elle. Elle n'entendait que son souffle, calme et lent. Elle avait, réalisa-t-elle, les yeux ouverts et restait étendue sans bouger. Attendant Dieu sait quoi. Le minuscule réveil posé sur la table de chevet rayonnait d'une lueur muette – son trait de lumière à lui. Trois heures quatorze, annonçaient les chiffres lumineux. Derrière, un souffle léger agitait les rideaux.

Emma tendit l'oreille; le courant d'air frais lui effleura le visage. Les arbres bougeaient doucement, dehors. Puis elle perçut un autre son: il y avait quelqu'un dans la chambre avec eux. Emma souleva la tête, essaya de percer les ténèbres. Une vague forme sombre hésitait près du lit.

« Tess ? » chuchota Emma.

La forme opina. Emma écarta les couvertures et bougea pour se rapprocher de Peter. Son geste créa un petit tourbillon d'air frais dans la grotte chaude ménagée sous les draps. Tess grimpa dans le lit, et Emma rabattit les couvertures pour l'y emmitoufler. L'enfant se roula en boule, pelotonnée contre l'arrondi du corps de sa mère ; les genoux sous le menton, ses pieds froids remontés haut, elle se pressait contre elle de toutes ses forces. Emma sentait les chaînons osseux de la colonne vertébrale de Tess le long de son ventre et de son buste. La petite fille, à présent, ne se lovait plus aussi parfaitement contre elle qu'autrefois : son torse s'allongeait, la rapprochant chaque jour de l'âge adulte.

« Tu as fait un mauvais rêve ? » murmura Emma dans l'oreille de sa fille.

La question, presque inaudible, était sortie de sa bouche dans un filet de voix. Emma voulait éviter de réveiller Peter.

Contre sa joue, la tête de Tess bougea en signe d'acquiescement. Emma l'enveloppa plus étroitement de son corps. Elle entendit à peine les mots balbutiés par Tess : *chien enragé*.

Emma ne les comprit qu'à moitié. Elle s'arrêta aux syllabes fortes – chien, rat –, s'étonnant un peu de leur association. À nouveau, elle serra Tess contre elle, puis lui passa une main sur le front pour une lente caresse apaisante. Tess restait tendue, les membres crispés. De temps en temps, un frisson la parcourait, et Emma lui embrassait la nuque, resserrait son étreinte. Le haut du crâne dur de Tess s'appuyait sous son menton, les fins cheveux retombaient sur sa figure en mèches folles. Quand enfin la petite fille cessa de trembler, Emma s'abandonna peu à peu à la torpeur. *Chien en rat ? Chien et rat ?* Ce n'est que lorsqu'elle fut elle-même à moitié assoupie, lorsque, confusément, elle se retrouva en deux endroits à la fois – au sommet d'une colline, sous un ciel d'encre, pour un pique-nique chaotique, et dans son propre lit, au creux de son oreiller –, que les paroles de Tess lui traversèrent l'esprit, soudain claires: *chien enragé*. Tess avait rêvé d'un chien enragé.

Au matin, la lumière du jour la tira du sommeil. Tess, à côté d'elle, était allongée de tout son long, bras et jambes étalés, détendus. Un mouvement de Peter dans son dos lui permit de comprendre qu'il était éveillé, et réprobateur. Leurs corps se touchèrent – n'importe où, par habitude. Emma ne broncha pas. Peter se leva pour s'éclipser dans la salle de bains.

Prenant dans ses bras Tess toujours endormie, Emma la porta dans son lit. La chambre de Tess n'avait plus rien d'effrayant, baignée de clarté protectrice; le soleil s'immisçait, hardi, par le pourtour des stores. Quand Tess ouvrirait les yeux, seule, elle n'aurait pas peur, cette fois.

De retour dans sa chambre, Emma referma doucement la porte derrière elle et s'assit sur le lit en attendant Peter. Il réapparut, rasé et lavé, le visage luisant d'humidité, les cheveux striés de sillons mouillés et froids. Il était nu. Sa peau pâle avait des reflets de moire sur le torse, et plus bas, le long du ventre plat et de la grosse apostrophe flasque qui ballottait sur la bourse rose. Emma détourna les yeux. En temps normal il lui semblait indélicat, injuste, de regarder quand tout était si mou. Là, avec Peter toujours en colère, cela paraissait dangereux – porte-malheur, d'une certaine manière. Peter se dirigea vers sa commode à grandes enjambées, en martelant le plancher de ses talons. Il ouvrit et referma les tiroirs à grand bruit, avec des gestes brusques.

Quand il se décida à ouvrir la bouche, il lui tournait le dos: « Elle est trop âgée pour ça, tu le sais.

— Je sais que tu le penses, répondit Emma.

— Eh bien oui, je le pense! affirma-t-il avec force, en repoussant violemment un tiroir.

— Je sais, répéta Emma.

— Ah, très bien! » Peter se retourna. « Tu sais ce que je pense, mais tu n'en tiens pas compte.

— Je sais ce que tu penses, mais je ne suis pas d'accord avec toi.

— Je vois. Et lorsque nous ne sommes pas d'accord, les choses se passent comme tu veux. C'est bien ça ?

— Non, dit Emma. Pas toujours.

— Si elle vient dormir avec toi, c'est parce que tu l'y autorises.

— Il y a une éternité qu'elle n'était pas venue.

— Elle continuera aussi longtemps que tu la laisseras faire. C'est à toi de poser des limites claires.

— Je ne crois pas qu'on puisse poser des limites à la peur, répliqua Emma. Selon moi, quand un enfant est terrifié, il faut le rassurer. »

Peter avait entrepris de rouler avec application les manches de sa chemise. « C'est une question de discipline », lâcha-t-il en quittant la pièce.

Emma gagna la salle de bains, où elle s'enferma, à l'abri de la réprobation de Peter. L'aversion qu'il lui témoignait l'accablait, et à ce poids s'ajoutait la crainte de le voir se retourner contre Tess. Debout devant le miroir, dans sa chemise de nuit en coton lavande fripée, Emma détailla son image – le cou mince, les cheveux emmêlés par la nuit, les ombres bleuâtres qui cernaient ses yeux, le pli soucieux entre ses sourcils.

Elle ouvrit le robinet, prit sa brosse à dents dans le gobelet. L'angoisse la saisit d'un coup, vive comme un ruban prestement déroulé.

Au petit-déjeuner, Peter ne lui adressa pas la parole. Lorsqu'elle descendit, il était assis à sa place et mangeait un pamplemousse. Il le finit sans dire un mot et passa derrière elle pour aller poser son assiette dans l'évier, en la contournant poliment pour ne pas la gêner dans ses mouvements. Il se prépara un vrai café, puis se rassit avec le journal. Emma, pendant ce temps, s'était fait une tartine et une tasse de café instantané qu'elle emporta du côté salle à manger. Lorsque les filles descendirent, Peter et Emma leur adressèrent un grand sourire. Ils s'animèrent, alors, se mirent à bavarder gaiement, mais jamais l'un avec l'autre.

C'était le jour que Peter avait choisi pour jouer en double en famille. Après le déjeuner, les équipes s'organisèrent : père et fille contre mère et fille. Peter et Amanda gagnèrent le tirage au sort.

« C'est toi qui sers, Nanna, déclara Peter à Amanda en lui lançant une balle. Je viens de recevoir la facture pour la seconde partie de ton stage. J'ai envie de voir comment a été employé mon argent. » Il vint se placer derrière le filet et se pencha en avant, en attendant le service d'Amanda. À Tess, qui se trouvait de l'autre côté du filet, il glissa, moqueur : « Je vais prendre la balle, tu vas voir !

— Ah, non ! » se récria Tess en secouant la tête.

Amanda, les sourcils froncés, l'air godiche, raclait la ligne de service du bout du pied. Elle portait un tee-shirt propre, mais sa jupe de tennis était dégoûtante. En la voyant descendre dans cette tenue, Emma lui avait demandé si elle n'avait rien de plus présentable à se mettre ; Amanda avait répliqué que c'était tout ce qu'elle avait pu trouver.

« Tu as certainement une jupe propre ! » avait protesté Emma, piquée au vif. Amanda essayait-elle d'insinuer que personne ne s'occupait de son linge ? Il lui semblait entendre les reproches muets de Peter, outré qu'elle pût laisser sa fille sortir dans des vêtements sales.

Il s'était cependant contenté de passer un bras autour des épaules d'Amanda. « Elle est très bien, avait-il déclaré sans regarder Emma, aussitôt persuadée qu'il lui en voulait de se montrer trop tatillonne. Allez, on y va. »

Amanda se tenait les épaules voûtées, ses ternes cheveux bruns collaient comme s'ils étaient gras. Elle a vraiment l'air misérable, songea Emma, et si malheureuse. Dans un subit élan d'affection, Emma se promit de faire mieux, désormais, de s'employer à changer les choses.

Amanda jeta la balle en l'air, trop haut, et trop sur le côté. Elle l'envoya dans le filet.

« Faute ! » signala Peter dans un grand cri bref, comme un arbitre.

Amanda expédia de nouveau la deuxième balle dans le filet.

« Faute ! » aboya Peter. Il gagna avec nonchalance l'autre carré de service et adressa un clin d'œil à Tess : « Je vais prendre la balle, méfie-toi.

— Non, Peter ! » s'exclama gaiement la petite fille.

Après une nouvelle double faute, Amanda réussit à envoyer à Tess une balle faiblarde, haute et lente, plongeante. Tess se prépara à contretemps, frappa en déséquilibre et la balle fusa.

« Où va-t-elle atterrir ? Où va-t-elle atterrir ? se mit à psalmodier Peter. La plus jeune joueuse du circuit envoie la balle en orbite. »

Tous regardèrent la balle poursuivre sa trajectoire ascendante, puis entamer sa descente et retomber en dehors du court.

« Pas mal pour un coup d'essai, Tess, déclara Emma.

— Un point pour nous, Nanna ! » brailla Peter, les bras levés dans un geste de triomphe, comme s'il venait de gagner l'US Open. Emma et Tess pouffèrent. Amanda, sans dire un mot, se replaça derrière la ligne de service. Peter se tourna vers elle.

« Attention ! Encore un grand service signé Amanda Chatfield ! L'adversaire pourra-t-il seulement toucher la balle ? C'est un événement dans l'histoire du tennis : personne n'a encore réussi à lui retourner ce service. Elle l'a acquis cet été, lors d'un stage de tennis à Marten Island, c'est là que tout a commencé, là qu'a débuté le prodigieux parcours… » Amanda lança la balle. « … de la grande Amanda Chatfield ! »

La balle se ficha dans le filet.

« Faute ! » s'écria Peter.

Amanda recommença, avec le même résultat.

« Faute ! dit Peter plus sobrement.

— Arrête, papa !

— Excuse-moi, Nanna, je te distrais. Je me tais, promis. » Amanda finit par perdre le jeu sur une autre double faute.

« Ce n'est pas si mal, Nanna, déclara Peter. Le geste, déjà, est excellent. »

Amanda, sans répondre, alla se poster derrière le filet dans la position du receveur, pieds écartés, genoux fléchis, les yeux sur la balle et les sourcils froncés.

Tess était au service. Elle resta un instant immobile derrière la ligne, concentrée. Puis elle jeta la balle bien haut, bien droit, le dos souple et cambré, et se pencha gracieusement vers l'avant, ainsi qu'on le lui avait appris. Elle rata son coup, pourtant, et envoya la balle rebondir sur le court, de son côté du filet.

« Houlà ! s'écria-t-elle.

— Pas mal », l'encouragea Emma.

Son polo sortait de son short, ses couettes battaient de l'aile. Elle dansait et sautillait sur la ligne de service. La raquette semblait trop grande pour elle, et ses coups étaient tout à fait imprévisibles. Tess avait un sourire aussi radieux quand elle mettait la balle dans le court que lorsqu'elle l'envoyait dehors. Emma la vit frapper solidement un puissant revers à deux mains, le pied en appui sur le sol, le bras dans la bonne position. Tous suivirent des yeux la balle qui s'envolait dans le ciel, vers le toit du club-house.

« Houlà », fit Tess en arrondissant le dos.

Peter reprit son imitation de commentateur sportif : « Regardez bien, car voici la plus jeune joueuse du circuit qui va exécuter un des plus grands coups du tennis. Dans un premier temps, elle frappe la balle avec la raquette, puis la raquette se retourne et frappe la balle avec la joueuse.

— Peter ! protesta Tess. Je ne peux pas y arriver si tu parles tout le temps.

— Pardon, madame, s'excusa Peter avec entrain. À partir de maintenant, c'est motus et bouche cousue. » Il adressa une petite grimace à Tess.

« Peter ! Je vais recommencer », le gronda-t-elle.

Amanda gardait le silence. Elle se déplaçait de mauvaise grâce sur le court, la mine renfrognée, en regardant constamment par-dessus son épaule comme si elle espérait voir enfin arriver quelqu'un d'intéressant. Quand Peter servait, elle restait derrière le filet en bâillant à se décrocher la mâchoire. Chaque fois qu'elle frappait la balle, son père l'encourageait : « Pas mal ! Joli coup, Nanna. » Elle s'abstenait de tout commentaire.

Après la partie, Peter regagna la voiture en la tenant par l'épaule.

« Tu deviens vraiment bonne, Nanna, déclara-t-il. Il me semble que ce prof t'a beaucoup aidée. Ton geste de service est fantastique, tu sais : dès que tu l'auras réglé, personne n'arrivera à toucher la balle, et ton coup droit est imparable, quand il part. » Amanda se renfrogna. « Tu l'aimes bien, ce prof ?

— Moi, je l'aime bien », affirma Tess.

Mais Peter voulait entendre sa fille : « Comment le trouves-tu, Amanda ?

— Ça va, répondit Amanda en haussant les épaules. Il est correct.

— Seulement correct ? La seconde moitié de ton stage n'est pas encore payée. Si ce prof te paraît moyen, il faudrait peut-être envisager des cours privés. Tu penses que ça vaut la peine de continuer ?

— Puisque je te dis que ça va, papa ! »

Emma, qui marchait derrière Amanda, perçut du désespoir dans sa voix.

Pauvre Amanda, songea-t-elle.

Peter, ainsi rabroué, retira son bras de l'épaule de sa fille.

Pauvres de nous.

De retour à la maison, Emma suivit Tess dans sa chambre et s'assit sur son lit.

« Tessie, tu te souviens de ce qui s'est passé cette nuit ?

— Quand ?

— Ton cauchemar.

— Ah, oui..., dit Tess, troublée. J'ai fait un cauchemar.

— Tu t'en souviens ?

— Il y avait un chien enragé... »

Les yeux baissés, Tess se mit à pivoter du buste dans un sens, puis dans l'autre, avec une rotation molle des bras qui semblait un défi à la pesanteur.

« Pourquoi rêver d'un chien enragé, Tessie ? insista Emma. Ça t'inquiète donc tant que ça ?

— Sans doute que oui, fit-elle, l'air dubitatif, en haussant les épaules.

— De quoi as-tu peur, au juste ?

— Si jamais un chien enragé t'attaque, il peut te tuer, tu sais, expliqua Tess en balançant les bras de plus en plus fort.

— Les chiens de l'île n'ont pas la rage.

— L'autre jour, tu m'as dit que ce n'était pas sûr, rappela Tess avec un regard en coin.

— C'est du domaine du possible, mais ça ne doit pas t'inquiéter. Il n'y a pas de chiens enragés par ici. Pas l'ombre d'un. » Tess la dévisagea sans répondre, secouant maintenant les bras d'avant en arrière. « Pourquoi est-ce que ça te tracasse, d'ailleurs ? » Tess haussa les épaules, et Emma se leva. « Bon, essaie de ne plus y penser, d'accord ? »

Elle quitta la pièce, soucieuse. Si Tess revenait dans la nuit, Peter serait furieux. C'était bizarre, tout de même, cette frayeur.

Peter et Emma avaient à peine échangé quelques mots de toute la journée. Invités à un cocktail en fin d'après-midi, ils s'habillèrent dans un silence glacial. Emma s'examinait devant son miroir ; elle portait un pantalon blanc en soie, un haut d'un turquoise soutenu. Elle appuya le bout de l'index sur le bord arrondi du col de son flacon de parfum, renversa la petite fiole et posa le doigt derrière la saillie de la mâchoire, à la base du cou. La bouffée odorante lui donna l'assurance d'être belle, désirée, et un instant elle s'attarda à observer le reflet de Peter avec l'espoir qu'il allait la regarder à son tour, lui sourire, lui dire qu'elle était ravissante et que tout était pardonné.

Au lieu de quoi, la main sur la poignée de la porte, il se contenta de demander, distant : « Tu es prête ? »

La disgrâce se prolongeait... Emma se blinda, acquiesça d'un signe. Elle jeta un châle sur ses épaules et sortit derrière lui sans un mot. Peter l'avait précédée pour aller dire bonsoir aux filles.

Elles s'étaient réfugiées dans la chambre d'Amanda, où, toujours dans leurs tenues de tennis et vautrées sur le lit, elles dévoraient des bandes dessinées.

« Salut, les filles, fit Emma. Nous allons boire un verre chez M. Taylor.

— On le sait, répondit Tess sans lever les yeux. Tu nous l'as déjà dit.

— Bon. Bats des cils si tu m'entends », demanda Peter à Amanda en poussant son pied nu du genou.

Amanda redressa la tête et leur sourit à tous les deux, d'un beau sourire tranquille qui soudain la transforma, en fit une enfant différente, une enfant qui les aimait. Ses cheveux courts lissés en arrière épousaient la forme du crâne. Ses yeux bleus pétillaient. Comme elle est jolie, s'étonna Emma. Elle serait belle si elle était heureuse.

« Amusez-vous bien, lança Amanda, comme une adulte qui les aurait envoyés jouer dehors. Tu es superbe, ajouta-t-elle généreusement à l'adresse d'Emma.

— Merci, dit Emma, touchée. Nous serons de retour vers huit heures, huit heures et demie, pour dîner avec vous. »

Elle sourit à Amanda. Peter aussi souriait à Amanda. Il n'avait pas eu un regard pour Emma.

« Allez, on file, glissa-t-il à sa fille. À plus tard, Nanna. Sois gentille. Responsable.

— À tout à l'heure, fit tranquillement Tess.

— Salut », conclut Amanda.

En descendant l'escalier derrière Peter, Emma lui en voulait furieusement de s'être montré si amical avec les filles, si distant avec elle. Comment, s'indignait-elle, ose-t-il m'ignorer toute la journée pour la seule raison que j'ai consolé ma fille ? Elle détestait cette nuque masculine qu'elle avait sous les yeux, elle détestait les larges épaules, elle détestait la façon dont cet homme marchait, les mains dans les poches de sa veste.

Dehors, il faisait encore jour, le ciel était haut, lumineux. Les arbres, immobiles, silencieux, rendaient plus bruyants leurs pas sur les graviers. Ils montèrent dans la voiture sans mot dire.

La route suivait en sinuant la pente de la colline jusqu'au village, puis passait à travers un petit bois. Tout de suite après, le paysage, vaste soudain, s'élargissait jusqu'à la Pointe bien nommée, projetée dans le détroit. Un peu plus loin, la route longeait la côte. Par-delà l'étroite bande de galets, l'immense étendue d'eau paisible s'abandonnait au soleil couchant. Tout était calme. Dans l'air transparent du crépuscule, des mouettes glissaient loin, en silence. Lorsque, emportées par une spirale ascendante, elles sortaient de l'ombre, leurs formes brunâtres frappées par les derniers rayons du soleil se mettaient à briller, étincelaient brusquement dans le grand ciel empli de lumière. Il y avait quelque chose d'automnal chez ces mouettes. L'été touche à sa fin, songea Emma, qui tout à coup se demanda si elle reverrait les mouettes l'année suivante, si elle reviendrait passer l'été à Marten.

Après un dernier virage, la propriété des Taylor apparut sur la crête de la corniche basse. La grande maison blanche en bois était bordée par une galerie profonde, en bois également. Tout autour, des pelouses partaient en pente douce. Plusieurs voitures étaient garées le long de la route. Peter se rangea derrière, et ensemble ils traversèrent la grande pelouse, Emma sur la pointe des pieds pour ne pas risquer d'enfoncer ses talons dans la terre. À l'approche de la maison, ils perçurent une rumeur festive : des voix aimables, des éclats de rire. Une petite foule se massait sur la galerie.

La vieille Mme Taylor avait laissé la maison à ses deux enfants, Christian et Edwina. Edwina y venait en juillet, Christian en août, et lors de leurs séjours respectifs ils organisaient chacun un grand cocktail. La concurrence entre eux était des plus sévères.

Edwina, qui avait épousé un associé de la firme Lehman Brothers, était plus riche que son frère, et elle donnait des fêtes plus luxueuses en feignant de croire que l'argent n'y était pour rien. À un compliment sur son caviar, elle répondait très naturellement, en secouant la tête : « Oh, bien sûr, c'est meilleur que ce que vous sert Christian. Chez lui, il faut s'estimer heureux d'avoir des cacahuètes grillées encore dans leurs sachets. Christian a toujours été comme ça. *Toujours*. Il peut manger n'importe quoi, ça lui est complètement égal. Quand il était gosse, il chipait leur pâtée aux chiens, dans l'écuelle. Il adorait ça. Les pauvres bêtes mouraient de faim. Sans rire. À cause de Christy, il a fallu se résoudre à leur donner à manger au chenil, et non plus dans la maison. »

Les cocktails de Christian étaient pourtant très réussis. Il n'y servait bien sûr pas de la pâtée pour chiens, ni des cacahuètes en sachet, mais de délicieux petits fours ; lorsqu'on lui en faisait compliment, il esquissait un sourire et répondait, de sa voix traînante et nasillarde : « Oh, je sais que ça n'a pas grand-chose à voir avec les fêtes d'Edwina, mais on essaie de faire un effort. Entre nous, d'ailleurs, je ne trouve pas de très bon goût, en été, au bord de la mer, d'engager des serveurs en livrée. C'est un peu prétentieux, non ? Cette pauvre Edwina a toujours été comme ça, même gamine. Elle a toujours eu ce petit travers. » Edwina n'engageait évidemment pas de serveurs en livrée ; comme tous les estivants qui donnaient des réceptions, elle faisait appel aux quatre hommes, toujours les mêmes, qui avaient trouvé ce moyen de gagner de l'argent l'été.

De même qu'Emma et Peter avaient assisté au cocktail d'Edwina, au début de juillet, de même ils allaient à celui de Christian. Tout le monde en faisait autant. Le cocktail d'Edwina ouvrait la saison, celui de Christian annonçait sa clôture, et les deux soirées étaient des plus élégantes ; il y avait un plaisir exaltant à se tenir, au soleil couchant, sur la large galerie étincelante de la grande et belle maison avec vue sur la mer.

Christy Taylor accueillait ses invités en haut des marches. Corpulent, le visage plein, il était très brun et portait des lunettes à monture de corne. Ses yeux s'étoilaient de petites rides blanches creusées dans la peau tannée. Ce soir-là, il avait passé un blazer bleu, une chemise à rayures, un pantalon d'un vert éclatant. Christian était un dandy : les plis de ses vêtements étaient impeccables, leurs couleurs vives, sa silhouette nette.

« Bonsoir, les Chatfield, s'exclama-t-il, cordial, en levant son verre blanc de givre. Soyez les bienvenus. » Il prit Emma par la main et l'embrassa théâtralement sur les deux joues.

« Christian », dit-elle en souriant.

Christian s'écarta d'un pas, sans lâcher sa main, et la détailla de la tête aux pieds. « Tu es un homme heureux, Chatfield », affirma-t-il avec sobriété en secouant la tête. Christian aimait les femmes, bien qu'il ne fût pas marié et que personne ne lui connût ni compagne ni compagnon.

« Je sais », acquiesça Peter avec un sourire destiné à Christian, pas à Emma. Elle-même le jaugeait du regard, comme s'ils venaient juste d'être présentés.

La petite crête où était juchée la maison bénéficiait encore des derniers rayons du soleil. Dans cette lumière qui rendait ses cheveux plus brillants, son regard bleu plus éclatant sur son teint hâlé par l'été, Peter avait l'air aussi radieux et triomphant que le jour où Emma l'avait vu pour la toute première fois, à ce cocktail organisé chez lui. Chaleureux, démonstratif, à l'aise dans son magnifique intérieur, il circulait alors parmi ses amis avec une splendide assurance. Elle l'avait trouvé resplendissant, impressionnant.

Il avait vieilli, à présent : des rides creusaient ses joues, et d'autres, profondes, marquaient ses yeux, moins vifs qu'autrefois. Il continuait cependant d'attirer les regards. Emma avait beau le connaître, elle était restée sensible à sa beauté ; elle aimait les grands yeux écartés, la bouche toujours un peu tordue, ce pli de la lèvre supérieure plus marqué à gauche. Mais Emma, maintenant, connaissait aussi le centre de Peter – ses vallées maussades et ses sommets lumineux. L'aspect extérieur en devenait presque secondaire : Peter était ce qu'il était, avant tout une part d'elle-même. Huit ans, déjà, qu'ils étaient mariés. Il en devenait presque secondaire d'être en colère contre lui, ou de savoir qu'il l'était contre elle, tant elle se sentait liée, associée à lui, malgré la colère et malgré la beauté, dans une union qui engageait tout leur être. Même leur actuel éloignement les rapprochait. Si seulement, souhaita Emma, il pouvait cesser de m'en vouloir.

« Dis-moi, Taylor, tu crois que nous avons une chance de trouver quelque chose à boire ? demandait Peter.

— Sacrément plus qu'à la sauterie d'Edwina, répliqua Christian du tac au tac. Le bar est à l'intérieur, mais les plateaux passent sans arrêt. » Il leva de nouveau son verre, auréolé d'un éclat pâle. « Je vous recommande les margaritas, la spécialité de la maison.

— Oh, ça me donne soif, dit Emma.

— Je veux ! » s'exclama Christian.

Déjà son attention était attirée ailleurs : d'autres invités gravissaient les marches derrière Peter et Emma, et il s'apprêtait à saluer ces nouveaux venus.

La fête avait lieu sous la grande galerie abritée, dont le plancher venait d'être repeint en vert. Les tenues estivales étaient de rigueur – costumes de toile clairs, floraison de couleurs vives. Les cheveux brillants ondulaient, les teints étaient bronzés, les sourires éclatants de blancheur, les voix impatientes. Les invités se massaient en bouquets au milieu desquels circulaient les serveurs. En chemise blanche et redingote noire, ceux-ci leur présentaient des plateaux en argent chargés de hauts verres à pied remplis de vin blanc, de petits verres de margarita ourlés de sel. En robe noire sous un tablier blanc, les serveuses passaient les plateaux de nourriture : rangées de petits fours, canapés chatoyants, crudités colorées. Rien que de menues bouchées brillantes, tentantes. Les petits monticules de persil vert vif en attestaient la fraîcheur.

Un serveur s'approcha de Peter et d'Emma, les laissa choisir leurs boissons. Puis ils se mêlèrent à la foule animée, côte à côte, toujours sans s'adresser la parole. Emma espérait voir enfin Peter s'adoucir. Elle l'observa du coin de l'œil. S'il me parle, je lui parle, se promit-elle.

« Il paraît que les bleus se sont bien battus, hier », disait quelqu'un.

« Emma ! s'écria une femme. Tu seras là, ce week-end ? Ma sœur doit venir. Elle se souvient parfaitement de toi depuis qu'elle t'a vue, l'an dernier. »

Tout autour d'eux, les voix bruissaient, tourbillonnantes.

« Vous saviez qu'il avait été coopté au Racquet Club et au River Club ? glissait un homme sur le ton de la confidence. Alors qu'ils ne peuvent même plus payer les charges de leur appartement : tous les matins, il doit lui-même sortir la poubelle à côté de l'ascenseur de service. En costume de ville. »

« Avant le mois d'avril, il ne la connaissait pas, contait allégrement une femme, et en juillet elle l'obligeait à quitter sa maison et le traînait devant le juge des divorces. Il n'a pas compris ce qui lui arrivait. »

« Non, il est à nouveau chez First Boston. C'est assez obscur. J'ignore quel type d'arrangement il a passé. Personne ne le sait. »

Peter et Emma se séparèrent. Ils connaissaient tout le monde ; se déplacer dans cette cohue joyeuse était comme prendre un bain dans des vagues tièdes et peu agitées. Il y avait là des gens vers qui il fallait avec prudence se frayer un chemin, d'autres qu'il suffisait de saluer d'un signe ; des gens qu'ils avaient vus trop récemment pour avoir grand-chose de nouveau à leur dire, des gens à qui ils n'avaient jamais rien eu à dire et à qui ils se contentaient d'adresser un sourire.

Emma bavardait avec Susan Cartwright quand Peter la rejoignit. La grande Susan avait une allure de déesse sous ses flots de soie verte – un ensemble tunique et pantalon –, avec ses longs pendants d'oreilles verts qui s'agitaient doucement chaque fois qu'elle bougeait la tête. Peter surgit derrière Emma et lui effleura le coude sans douceur.

« Allons-y », murmura-t-il, les yeux ailleurs.

Fâchée de cette brusquerie, Emma, sans lui répondre, écarta son bras et continua comme si de rien n'était à regarder Susan, qui accueillit Peter avec un cri de joie.

« Peter ! Comment vas-tu ? Il me semble que je ne t'ai pas vu de tout l'été. » Elle l'embrassa sur les deux joues. Les margaritas exaltaient sa personnalité chaleureuse : Susan débordait littéralement de sympathie. « Alors, cette maison neuve ? Tu y es bien ?

— Merveilleusement bien, répondit Peter, radouci.

— Je te crois ! Je l'adore. J'adore les piliers de la véranda, les portes rondes, tout. C'est une merveille. Et dis-moi, comment va Amanda ? Est-ce qu'elle se plaît, à Marten ? C'est un succès ?

— Je crois qu'elle s'y plaît, oui. Elle en donne l'impression, du moins. Elle ne va pas jusqu'à nous remercier tous les matins de l'avoir emmenée mais... tu connais les adolescents, tu sais ce que c'est.

— Qu'est-ce qu'elle fait de ses journées ? s'enquit Susan. C'est difficile, à cet âge, quand on n'a pas une bande avec qui traîner.

— Le stage l'occupe déjà pas mal, glissa Emma.

— Le stage ? » Susan préleva sur un plateau qui passait à proximité une châtaigne d'eau enrobée de bacon. « C'est délicieux, vous ne trouvez pas ? fit-elle en jetant alentour un regard de conspiratrice. La semaine dernière, j'ai dit à Christian qu'on avait divinement bien mangé, cette année, à la fête d'Edwina. Il me semble que ça a marché. En tout cas, je m'en félicite. Attendez, attendez, lança-t-elle à la serveuse qui s'éloignait. J'en prendrai encore une !

— Le stage de tennis, précisa Peter. Elle y va trois jours par semaine. En dehors de ça, je ne sais pas trop à quoi elle occupe son temps. »

Susan plissa ses longs yeux en amande et inclina la tête. Elle tenait d'une main son verre de margarita et de l'autre trois cure-dents.

« Une minute. Il faut que je me débarrasse des preuves. » Elle jeta un regard autour d'elle et, avisant un plateau, y déposa les cure-dents. « Quel stage de tennis ? » demanda-t-elle en les dévisageant.

Peter et Emma écarquillèrent les yeux. « Celui du Petit Club, répondit Emma. Là où va Talley.

— Amanda ne suit pas le stage du Petit Club, affirma Susan.

— Amanda ne suit pas le stage ? répéta Peter après un silence. Mais bien sûr que si.

— Non, réitéra Susan. Je t'assure que non. J'y emmène Talley tous les matins. Amanda est venue deux ou trois fois, au début, ensuite elle a arrêté. J'en ai parlé avec Talley, et avec le prof. Il te dira la même chose : elle est venue au début et puis elle a arrêté. Je pensais qu'elle ne devait pas aimer ça et que vous lui aviez trouvé une autre activité. »

Une serveuse naviguait dans les parages. Susan tendit le cou par-dessus l'épaule d'un blazer bleu marine pour examiner le plateau. « Peuh. Du fromage sec sur canapé. J'aurais dû préciser à Christy qu'Edwina n'avait servi que du caviar. » Redevenue sérieuse, elle se rapprocha de Peter et d'Emma : « C'est vraiment une surprise ? Vous ne le saviez pas ? J'espère que je n'ai pas gaffé…

— Ce n'est pas grave, dit Peter en secouant la tête. Ne t'inquiète pas. Autant être au courant, de toute façon. Il faut y aller, maintenant », ajouta-t-il d'un ton plus vif à l'adresse d'Emma.

Elle acquiesça. Ensemble, ils traversèrent la foule en distribuant à la ronde mots gentils et poignées de main. Je l'ai emmenée à ce stage, songeait Emma sans se départir de son sourire. Je l'ai présentée à tout le monde. Pas un jour où je ne lui aie demandé comment ça s'était passé. Le matin, j'allais la réveiller. Je lui préparais son petit-déjeuner.

L'air ravi, Peter et Emma se répandirent en compliments pour remercier Christian. Sitôt qu'ils eurent mis le pied sur la pelouse, cependant, leurs mines réjouies disparurent. Ils n'ouvrirent pas la bouche avant d'être remontés en voiture.

« Maudite fille », articula Peter avec conviction. Il ferma les yeux et répéta : « Maudite fille », d'une voix cette fois proche des larmes.

Emma garda le silence. Peter ouvrit les yeux et démarra.

« Qu'est-ce que tu crois qu'elle fabriquait, à la place ? » demanda-t-il. Emma indiqua d'un signe qu'elle n'en savait rien. « Elle a des copains, par ici ? Elle sort avec quelqu'un ?

— Personne que je connaisse, en tout cas. » Une petite fête ? Emma se souvenait encore de la réaction d'Amanda.

Au détour d'un virage, ils croisèrent la voiture d'amis en route vers la maison de Christian. Ils échangèrent avec eux coucous et sourires, s'assombrirent de nouveau dès que les autres eurent disparu.

« Tu crois que c'est une histoire de drogue ? reprit Peter.

— Qu'est-ce que tu veux dire ?

— Je ne sais pas ce que je veux dire. » Il se tut un moment puis ajouta, la voix haineuse : « Je pourrais l'étrangler.

— Peter, voyons. Elle n'a tout de même pas commis de crime. Est-ce vraiment si terrible ? Ce n'est pas gravissime. Elle a séché ses cours de tennis, bon, d'accord.

— C'est bien pire que ça ! répliqua Peter avec vivacité. Cette façon de nous mentir, ce comportement. Et s'il n'y avait que ça... mais ça vient par-dessus tout le reste ! »

Il en martelait le volant de rage.

Emma repensa au mépris qu'affichait si souvent Amanda, à ses silences vieux de huit ans, à son visage fermé. Elle ne répondit pas.

Peter arrêta la voiture au milieu de l'allée et en jaillit, claquant la portière derrière lui. Il fut le premier en haut des marches.

À distance, ils entendirent les filles se courir après dans la cuisine, comme si elles se bagarraient. Grincements de meubles déplacés, petit piaulement. Peter se précipita dans le couloir, Emma sur ses talons, et le bruit de leurs pas proche de la charge policière ne présageait rien de bon. Les filles se poursuivaient autour de la table en se menaçant d'un objet, leurs voix suraiguës secouées par le rire.

Au moment où Peter et Emma entrèrent dans la pièce, Amanda, le dos à la porte, hurlait : « Non ! non ! » en s'accroupissant derrière une chaise pour se protéger.

« Si ! » brailla Tess en réponse.

De l'autre côté de la table, elle jeta l'épais livre de poche qu'elle tenait à deux mains sur Amanda, au moment précis où celle-ci plongeait derrière la chaise. Le livre, passant par-dessus sa tête, poursuivit sa trajectoire vers Peter, qui tenta de le saisir au vol, faillit l'attraper mais le laissa échapper. Il s'écrasa par terre et glissa aux pieds d'Emma. Tess poussa un cri inarticulé.

Emma ramassa l'ouvrage, reconnut un de ceux d'Amanda. La couverture était illustrée d'un féroce saint-bernard qui montrait les crocs, babines retroussées, un filet de bave gouttant au coin des mâchoires. Un chien enragé, pensa-t-elle.

À la vue du visage de Peter, Tess s'était immobilisée. Sa posture se figea quand elle aperçut Emma derrière lui. Amanda se retourna. Dans leurs tenues de tennis chiffonnées, toutes deux jambes et pieds nus, elles adoptèrent tant bien que mal des poses bienséantes. Une expression prudente et solennelle se peignit sur leurs traits.

« Amanda, tonna Peter sans autre préambule.

— Quoi ? fit Amanda, un coude en appui sur la table pour se donner une contenance.

— Pourquoi m'as-tu raconté que tu allais au stage de tennis ? » Amanda baissa les yeux d'un air buté. « Pourquoi m'as-tu menti ?

— Je ne t'ai pas menti...

— Si, tu m'as menti ! hurla Peter.

— Je n'ai pas menti.

— Comment ça, tu n'as pas menti ?

— J'ai juste dit que le prof était correct. Je n'ai pas dit que j'y allais, se justifia Amanda avec hargne.

— Et tu oses prétendre que ce n'est pas un mensonge ! Ta vie entière est un mensonge. Tu nous as menti tous les jours. Chaque fois qu'Emma t'envoyait au stage de tennis. C'est cela, pour toi, la sincérité ? »

Amanda frottait un de ses doigts sur la table, d'avant en arrière. Elle ne leva pas les yeux.

« Réponds-moi, Amanda. »

Elle n'ouvrit pas la bouche, la tête toujours obstinément baissée.

« Comment oses-tu te conduire de la sorte ? reprit Peter, qui se penchait vers elle, rouge de colère. Comment oses-tu ? »

Amanda sembla se pétrifier. Sa main arrêta son mouvement de va-et-vient, elle courba les épaules. Elle n'était plus là, elle n'était nulle part. Peter s'approcha d'un pas.

« Tu vas me répondre ? Tu vas me répondre, oui ! Comment oses-tu agir ainsi ? C'est toujours la même chose, avec toi ! Tu ne sais faire que ça. Rien de ce que nous te proposons ne t'intéresse, rien. Tu refuses tout. Tu me rends la vie infernale. »

Peter avait les cheveux dans les yeux. Les tendons saillaient sur son cou devenu cramoisi. Il inclina encore le buste. Il attendait.

Amanda restait ferrée dans son mutisme.

« Tu ne sais vraiment faire que ça ! Comment oses-tu ? Comment peux-tu avoir cette attitude ? Amanda ? Réponds-moi. »

Sa voix tremblait d'une détresse folle. Amanda, de glace, fixait le plancher sans desserrer les dents.

« Réponds-moi, réponds-moi Amanda », répéta encore Peter. Il serrait les poings, les bras ramenés contre lui. Amanda regardait obstinément la table. Aucun son ne sortait de ses lèvres.

« Maudite fille ! » jura Peter, et il se détourna. Il pleurait.

23

Amanda s'était réfugiée sur la véranda de derrière. Elle se sentait mieux ici que dans sa chambre : quatre heures du matin, la nuit d'été était infiniment paisible, et le grand silence lui donnait un sentiment de sécurité. À quelques mètres en dessous d'elle flottait le pâle ruban de l'allée, plus loin la tache floue de la voiture. Après, c'était le noir dense des arbres, hauts, touffus, bruissants. Derrière les arbres il y avait la route, dissimulée à sa vue. Elle l'imaginait – sa surface dure et brillante sous la lune.

À l'abri de l'obscurité, Amanda leva son dernier joint, dont le bout rubis luisait en secret. Le seul que son père n'avait pas repéré ; elle-même en avait oublié l'existence. Il était planqué dans un sachet en plastique roulé serré, coincé dans le boîtier vide d'une cassette. Sur l'étiquette, Amanda avait inscrit le mot RÊVES. Elle avait caché le joint là-dedans des mois auparavant, en pension, et ne l'avait retrouvé que cet après-midi, en triant ses cassettes. Elle les avait toutes étalées sur le lit pour les prendre une à une et les regarder en jouant la musique dans sa tête. Elle ne pouvait plus les écouter puisque son père avait pris son baladeur.

Peter lui avait supprimé son baladeur, ses cigarettes et l'herbe, évidemment. Cette fois, il y avait eu une vraie scène : son père penché sur elle, les poings serrés, hurlant. Le visage congestionné, déformé, la fureur jaillie de son corps par vagues. Il était grand et fort, la violence l'enflammait. Amanda avait eu l'impression de se tenir devant un four ouvert : la chaleur lui explosait au visage, à tout instant elle risquait de devenir la proie de ces flammes voraces.

Elle s'efforçait de ne pas y penser, mais cela lui revenait par fragments qui se déroulaient dans sa tête, pareils à des scènes tirées d'un film d'horreur. Son père s'était habillé pour aller à ce cocktail, il avait sa cravate à rayures, une chemise chic, il était si beau qu'en un sens ça rendait les choses encore pires. Il lui avait crié dessus d'une voix terrible : forte, plate, vraiment terrible.

Amanda n'avait pas bougé ; mâchoires crispées, muscles bloqués, elle s'était arc-boutée pour résister à la tornade. Il avait recommencé après avoir trouvé ses affaires – la malhonnêteté, la trahison, la honte : il lui avait jeté tout ça à la tête. Amanda n'avait rien répondu. Voilà au moins une chose qu'elle avait apprise : attendre que ça passe, laisser les autres vous crier dessus sans rien dire. À la fin, ils finissent par se lasser. C'est ce qu'elle faisait avec sa mère, et à l'école : ne lâcher que le minimum pour qu'ils ne s'énervent pas trop et les laisser parler tant qu'ils veulent. Attendre qu'ils aient fini et que les choses se tassent.

Quand son père l'avait avertie qu'il allait fouiller sa chambre puisqu'il ne pouvait plus avoir confiance en elle, Amanda s'était retenue pour ne pas hurler à son tour. La peau lui brûlait à l'idée qu'il allait tripoter ses affaires, que ses grosses mains maladroites allaient se poser sur ses produits de beauté, ses bijoux, ses sous-vêtements – ses affaires à elle, disposées selon son ordre à elle. Elle aurait voulu courir pour arriver en haut avant lui et l'empêcher d'entrer dans sa chambre en se mettant devant la porte, les bras en croix. Il serait passé quand même, il l'aurait poussée, tout simplement. Elle ne pouvait rien faire d'autre qu'attendre. Il s'était éloigné pour sortir de la cuisine tandis qu'elle restait plantée sur place, les bras croisés, puis il s'était retourné : « Tu montes avec moi, Amanda », avait-il ordonné. Elle n'avait pas le choix.

Elle avait cru qu'il allait la battre quand il avait trouvé le sac en plastique sous le matelas. « Maudite fille ! » avait-il juré encore, d'une voix dure, cinglante. C'est terrible, pour un père, de dire une chose pareille ; Amanda avait senti sa gorge se serrer, mais elle avait réussi à retenir les larmes qui se pressaient derrière ses paupières en clignant des yeux. Il pouvait la battre, maintenant, s'il voulait ; bizarrement, même, elle le souhaitait : ce serait presque un soulagement, ça mettrait fin à cette comédie. Elle avait toujours su quels étaient les vrais sentiments de son père pour elle, et là il en apporterait la preuve. En la frappant, il montrerait que tout le reste était de la blague, comme elle s'en doutait depuis toujours. Les démonstrations d'affection, l'insistance déployée pour la convaincre de venir avec eux, et tous ces chichis pour faire croire qu'ils formaient une famille, à eux quatre, et qu'il l'aimait. Quelle comédie, murmurait Amanda pour elle-même. De la comédie pure et simple.

Son père ne l'avait pas frappée, il s'était même arrêté de hurler. Sa colère était épuisée, fourbue. La dope au creux de sa main, il l'avait regardée en disant : « De toute ta vie, Amanda, as-tu jamais fait une chose dont je pourrais être fier ? As-tu jamais fait autre chose que me décevoir ? »

Sur la chambre était retombé un silence cristallin, révélateur. Tess se tenait sur le seuil, pétrifiée. Emma, derrière elle, restait muette et immobile, les yeux fixés sur Amanda.

Amanda avait respiré à fond pour répondre à son père. Elle voulait s'élever avec superbe à son niveau, utiliser les mêmes armes que lui, le pouvoir, l'accusation, parler d'égal à égal avec lui, le défier et révéler combien il était hypocrite. Elle avait bien l'intention de souligner qu'il n'avait plus le droit de prononcer le mot *trahison*, qu'un homme qui abandonnait sa femme ne pouvait plus se permettre de parler de trahison, de honte, de déception infligée aux autres. À son tour elle entendait l'accuser, maintenant, haut et fort, pour tous ses méfaits. Elle allait énumérer les actes impardonnables qu'il avait commis :

personne, ici, ne pourrait plus les oublier et sous les yeux de sa petite famille Peter serait condamné à jamais.

Ce n'est qu'au moment d'ouvrir la bouche qu'Amanda avait compris qu'elle n'y arriverait pas. Elle essayait d'articuler, mais elle avait la gorge serrée et la panique l'envahissait. Les yeux lui piquaient. Tout ce à quoi elle parvint fut de s'écrier, d'une petite voix étranglée : « Tu me fais chier, papa ! » Après, sa gorge s'était nouée, et bien sûr elle s'était mise à pleurer. Il comptait tant, pour elle.

Depuis, toutefois, Amanda s'était sorti tout cela de la tête. Elle ne voulait plus penser à son père. Il n'était que trop clair, pour eux deux, qu'Amanda n'était pas la fille qu'il rêvait d'avoir. Il en aurait voulu une autre, Tess, par exemple – une fille brillante à l'école, et mignonne, et charmante, complètement différente d'Amanda. Si seulement elle avait pu être assez vieille, déjà, pour décider de ne plus jamais revoir son père. Si seulement elle avait pu être majeure.

Il y avait déjà un bon bout de temps qu'elle était sur la véranda. Elle avait lu très tard dans sa chambre, pour être bien sûre que tout le monde dormait. À cause de la chaleur, Peter avait branché le gros ventilateur du grenier. Son vrombissement régulier couvrait le bruit des pas d'Amanda, mais il signifiait aussi que toutes les portes des chambres étaient restées grandes ouvertes. Amanda s'était risquée sur la pointe des pieds à travers la flaque de ténèbres indéchiffrables qui s'étendait devant la chambre de son père, elle avait franchi le cap menaçant du seuil en bravant sa présence et celle d'Emma, invisibles, tout proches. Elle avait réussi : elle était passée, le regard fixé droit devant elle, le souffle bloqué. Son cœur battait à tout rompre ; à un moment il lui avait semblé entendre la voix sévère de son père, comme amplifiée par les pales du ventilateur.

Lorsqu'elle était arrivée au bas de la dernière marche, hors de danger enfin, ce grand calme l'avait accueillie. Amanda écoutait le bruit des feuilles agitées par la brise légère, elle imaginait l'air de la nuit aspiré à des hauteurs vertigineuses dans le ciel scintillant. Elle goûtait la paix. Quand elle eut fumé son joint à moitié, elle commença à percevoir le rapport étroit et rassurant qui rattachait sa personne à tout ce qui se trouvait autour : les arbres murmurants, la texture grossière des marches en bois, jusqu'à la route vide au-delà des arbres, qu'elle voyait briller sans bruit dans sa tête.

Elle contemplait les ténèbres qui s'élevaient, se dilataient. Elle aimait la façon dont le ciel, la nuit, tombait au ras du sol, presque jusqu'à ses pieds. Ce n'était pas pareil le jour : le jour, le ciel était bleu et l'air transparent. La nuit, ils se confondaient. Cette obscurité lumineuse, c'était le ciel et aussi l'air qu'Amanda déplaçait en bougeant. Là, à cet instant précis, Amanda était dans le ciel nocturne. Autour d'elle, peut-être y avait-il des étoiles glissant au gré de courants éthérés, cachées tout près. Elle sourit à cette idée. Seule dans le noir, Amanda se sentait libre, en paix ; il lui semblait n'avoir plus de corps, n'être plus qu'un souffle dans l'haleine sombre.

Une voiture passa lentement au bas de la colline. Elle se demanda qui ce pouvait être, si tard. Il n'y avait pas de restaurant, sur l'île, pas de boîte de nuit, nulle part où aller, sauf quand on était invité. Des jeunes, sans doute, se dit-elle, mais qui ? Était-ce un signe ? Fallait-il aller à leur rencontre, sur la route, là, tout de suite, au secret de la nuit ? Une portière s'ouvrirait, l'ampoule du plafonnier créerait un monde où il n'y aurait qu'eux et elle. Se reconnaîtraient-ils alors comme des semblables, frères et sœurs de la nuit ?

Les jeunes d'ici étaient des extraterrestres : pas un dont elle eût envie de croiser le regard. Amanda leva la main, serra le joint entre ses lèvres. C'est drôle, comme le geste est différent, selon qu'on tient un joint ou une cigarette, observa-t-elle. Une cigarette, ça se tient sans soin, coincée avec négligence entre deux phalanges ; un joint, il faut le serrer doucement entre le pouce et l'index. Ce pincement appliqué avait quelque chose de mesquin. Amanda préférait la désinvolture des fumeurs de cigarettes. Elle essaya : le joint paraissait amorphe et déséquilibré, entre ses phalanges, aussi le prit-elle à nouveau entre pouce et index. Elle tira dessus, une longue bouffée chaude, âpre, exaltante. Plissant les yeux pour les protéger de la fumée, elle retint cette dernière au fond de sa poitrine, la sentit lui monter à la tête le long de voies mystérieuses. Elle baissa les paupières.

Derrière, une image se forma peu à peu. Elle voyait la route sombre monter sur la crête de l'île, comme si elle la suivait au volant d'une voiture. Longue ligne droite de pavés baignés de lune, à perte de vue. Du côté de la mer, les hautes herbes se courbaient sous la brise océane. Silence. L'image, fixe, ressemblait à une photo. Il y avait quelque chose de hardi, d'imprévu, dans le paysage en noir et blanc révélé par les phares.

Amanda ouvrit les yeux. Elle avait envie de conduire. Elle aurait pu, d'ailleurs. Elle savait. Plus tôt, cet été, elle avait passé quelque temps à Stonington, chez son amie Alison Ferguson. Le père d'Alison les avait emmenées toutes les deux sur un parking désert pour leur apprendre comment démarrer, freiner, démarrer, freiner, plusieurs fois d'affilée.

Quand son tour était arrivé, Amanda avait agrippé le volant entre ses mains, comme si toute la force de ses doigts devait suffire à contrôler la voiture. Elle avait posé le pied avec précaution sur la pédale de l'accélérateur et appuyé, appuyé, appuyé. Sans résultat. Inquiète, elle s'était tournée vers le père d'Alison, et juste à ce moment-là le véhicule avait bondi en avant dans un soubresaut.

« Lève le pied, lève le pied », avait conseillé M. Ferguson.

Elle avait cru qu'elle s'était trompée, comme toujours, qu'elle venait de commettre une énorme bêtise, que la voiture, non maîtrisable, allait continuer à foncer en rugissant, les entraînant tous les trois vers leur perte.

Pourtant M. Ferguson restait étonnamment calme. « Lève le pied », se contentait-il de répéter avec patience.

Amanda avait obéi, et la voiture, comme par magie, avait ralenti et adopté une allure nonchalante. En appuyant sur le frein, Amanda avait réussi à l'arrêter tout à fait. Son cœur battait la chamade; elle avait regardé le père d'Alison en coin, persuadée qu'il était très fâché.

Au lieu de quoi il avait déclaré gentiment: « Amanda a une vocation de pilote de Formule 1 », avant d'ajouter, tourné vers sa fille, qui riait comme une folle: « Ton amie a le goût du risque. »

Ensuite, il lui avait appris à maîtriser la pression de son pied sur l'accélérateur pour rouler à la vitesse voulue. À présent, Amanda savait démarrer, s'arrêter. Elle avait même, avec un succès relatif, tenté une marche arrière, envoyant la voiture zigzaguer, de-ci de-là, à travers le parking.

Assise sur la véranda, Amanda observait en clignant des yeux la Volvo garée au bout du chemin de gravier pâle. La carrosserie brillait dans le noir.

Un air de chanson s'éleva dans sa tête; se penchant en avant, elle appuya le front contre ses bras repliés. Les yeux fermés, elle se mit à chantonner tout bas. « Tu ne vois que-ce-que-tu-veux-voir. » La voix qu'elle entendait n'était pas la sienne, mais celle qui chantait ces paroles à la radio. Sous son crâne, l'herbe produisait maintenant des sensations calmes et floues qui l'apaisaient. « Tu ne vois que-ce-que-tu-veux-voir », entonna-t-elle à nouveau pour elle-même. Sa voix montait, haute et douce, mince serpentin sonore.

Elle redressa la tête, fouilla du regard l'ombre des arbres. Elle revit le long ruban rectiligne de la route qui traversait l'île. Son tracé persévérant se déroulait rapidement, comme dans un film. À cette vitesse, le paysage se brouillait, mais la route elle-même filait devant ses yeux avec une stabilité, une certitude, une constance hypnotiques. Elle la voyait, jaillissant du noir dans le faisceau des phares qui en révélait le trajet mystérieux, environnée de toutes parts de silence.

Voilà ce qu'elle voulait: partir, s'enfuir d'ici. Foncer droit devant elle et mener sa vie, foncer aussi longtemps qu'elle ne serait pas majeure et que ces années-là n'appartiendraient pas au passé – ces temps si durs, la déception infligée à son père, le regard de reproche qu'il posait sur elle, encore et toujours, à jamais.

Une pensée magique lui traversa l'esprit : elle allait remonter l'allée, monter dans la voiture. Les clefs étaient toujours dessus. Elle savait conduire. Oui, déjà elle remontait l'allée, les gravillons froids et pointus meurtrissaient ses pieds nus.

Amanda ouvrit les yeux : elle n'avait pas bougé d'un pouce, toujours assise sur les marches. Un sourire aux lèvres, elle reposa la tête sur ses bras croisés. Son imagination la fit à nouveau se risquer sur le gravier, elle sentait les petits cailloux sous la plante de ses pieds. L'allée s'incurvait ; il y avait deux entrées et la Volvo stationnait face à l'une d'elles. Elle n'aurait pas besoin de reculer. Dans la maison, le bruit du ventilateur couvrirait, il fallait l'espérer, celui du moteur au démarrage, et une minute après elle filerait sur la route. Elle la vit encore s'étaler devant elle, noire, déserte. Les choses, peu à peu, prenaient un tour irrévocable.

Il commençait à faire plus frais dehors. Amanda enserra ses jambes entre ses bras et les ramena contre elle. Elle éprouvait à présent une sorte de tendresse pour son corps. Elle aimait jusqu'à ses jambes, leur pardonnait. Sa propre odeur, rassurante, lui emplissait les narines. Sa peau, soudain, devint grenue, hérissée par le froid d'une multitude de bosses minuscules. Chair de poule, pensa Amanda. Elle se frotta les bras, mais n'était pas encore assez transie pour rentrer. Au moins, il n'y avait pas d'insectes.

Une nuit, chez Alison, elles étaient montées sur le toit pour fumer. Elles avaient emporté une bougie, et les papillons s'étaient précipités. Tout excités, complètement cinglés, ils essayaient avec maladresse d'atteindre la flamme. Ils venaient s'y brûler et s'y roussir les ailes avant de s'éloigner dans un vol vacillant aux figures affreusement estropiées.

« Mais qu'est-ce qu'ils fabriquent ? » s'était indignée Amanda en essayant d'en sauver un de l'immolation. Elle avait détesté le toucher, sentir la vibration vrombissante de l'aile desséchée au creux de sa main.

« Ils veulent mourir, avait déclaré Alison. Beurk ! – et elle en avait écrasé un.

— Mais non, regarde. Ils veulent se mutiler. C'est absurde.

— Le suicide, ce n'est pas absurde ?

— Tu es nulle : si tu en as vraiment marre, tu peux toujours te tuer, pourquoi pas ? Mais quel sens ça a d'aggraver encore les choses et de continuer de vivre ?

— Tu y as déjà pensé ? » avait repris Alison après un silence.

Amanda avait hoché la tête.

Bien sûr qu'elle y avait pensé ; toutes, elles y pensaient. Une des filles de leur classe avait fugué de l'école. Une semaine plus tard, on l'avait retrouvée chez elle. Elle s'était pendue dans la grange. Amanda avait maintes fois roulé cette histoire dans sa tête – la grange calme plongée dans la pénombre, cette silhouette en ombre chinoise.

Elle ne ferait jamais ça. Elle ne se pendrait pas – on doit se sentir lourd, soudain, on risque de paniquer. Peut-être qu'au dernier moment on regrette, on change d'avis, mais il est trop tard. Le visage devient tout noir, on se chie dessus. Non, si elle se tuait elle avalerait des cachets. Sa mère prenait des somnifères ; Amanda avait fouillé dans l'armoire à pharmacie et renversé le contenu du flacon dans sa main. C'étaient des petites gélules brillantes ; elles lui avaient glissé dans le creux de la paume avec un bruit de froissement sec très léger. Moitié jaunes, moitié bleues, elles avaient des couleurs vives, cliniques, et leur poids de plume dans sa main ne retirait rien à leur côté sérieux. Elle en avait pris une entre le pouce et l'index, avait appuyé dessus. La petite enveloppe avait fléchi sous la pression : elle livrerait son contenu. Ce qu'il y avait là-dedans pouvait la tuer. Amanda tenait sa mort entre ses doigts. La mort l'appelait – Amanda en était tout près.

Elle avait remis toutes les pilules dans le flacon, revissé le couvercle qui ne s'ouvrait qu'à condition de presser dessus, puis l'avait rangé à sa place, entre un pot de crème régénérante de nuit et un tube de rouge à lèvres rose-mauve, qu'elle avait essayé, en l'appliquant délicatement sur ses lèvres avant de les frotter avec précision l'une sur l'autre. Elle savait où trouver le flacon. De temps en temps, elle allait vérifier, pour s'assurer qu'il était toujours là ; il y était.

Amanda leva les yeux vers la Volvo. La voiture n'avait pas bougé – pas plus qu'Amanda, toujours à la même place, et qui ne s'était pas risquée sur le gravier. Elle reposa sa tête sur ses genoux, ferma de nouveau les yeux. La route. Vers le milieu de l'île, elle longeait une prairie qui descendait vers une petite crique. Il y avait là des parcs à huîtres, des casiers en bois contenant de jeunes huîtres immergées dans l'eau peu profonde. Elle essaya de les imaginer. Les huîtres étaient-elles empilées ou alignées en rangées, comme des petits gâteaux sur une plaque ? Est-ce qu'elles bougeaient ? Est-ce qu'elles souffraient d'être ainsi tassées ? Comment savoir si elles souffraient ? Amanda éprouvait de la tendresse pour ces jeunes huîtres impuissantes qui se laissaient amonceler sans protester au fond des casiers en bois. Elle espérait au moins qu'elles étaient bien traitées ; elle craignait qu'il n'en fût rien.

Elle avait entendu parler du sort réservé aux poulets, aux jeunes veaux. Depuis, elle ne mangeait plus de veau. Elle n'en avait jamais mangé tant que ça, de toute façon, mais c'était pour le principe. Et les animaux de laboratoire… À l'école, on leur avait passé un film montrant comment on traitait ces pauvres bêtes dans les officines qui fabriquaient des produits de beauté. On commençait par leur ôter les cordes vocales, comme ça les gens qui travaillaient là n'étaient plus dérangés par leurs hurlements. À la fin du film, le prof avait discuté avec elles des actions à envisager pour empêcher ça. Plusieurs filles avaient envoyé des lettres furieuses à des maisons de produits de beauté. Pas Amanda, qui se sentait impuissante et infiniment triste. Le monde était comme ça, partout des gens torturaient de pauvres petites créatures. L'horreur était partout, elle ne pouvait rien y changer. C'était comme ça ; c'était la vie. Elle essayait de ne pas trop y penser.

Les huîtres savent-elles quand il fait nuit ? se demandait Amanda. Ont-elles des yeux ? Elle essaya de se souvenir comment voyaient les huîtres. Elle ne se rappelait pas leur avoir jamais vu un œil. En avaient-elles un, bien en évidence quelque part, qui lui aurait échappé ? Les yeux se trouvaient peut-être à l'intérieur de la coquille, et l'huître, alors, n'y voyait que lorsque celle-ci s'ouvrait. Cela paraissait logique. À quoi cela lui aurait-il servi de voir quand sa coquille était fermée ? Pourtant, n'était-ce pas précisément à ce moment-là qu'elle aurait eu le plus besoin de voir ? Difficile de se prononcer, en tout cas, difficile d'imaginer les sensations d'une huître.

Amanda perçut dans son dos le léger déclic de la porte qui s'ouvrait. Aussitôt, elle abrita le joint à demi consumé derrière ses doigts repliés et baissa la tête.

« Amanda ? chuchota la voix de Tess.

— Quoi ? dit Amanda sans se retourner.

— Qu'est-ce que tu fais ? »

Amanda ne répondit pas. Tess laissa le battant se refermer dans un soupir et s'avança sur la véranda. Ses pieds nus produisaient un bruit ouaté à peine audible. Elle vint s'asseoir à côté d'Amanda, simplement vêtue de sa chemise de nuit. Dans la main d'Amanda, le bout du joint brasillait.

« Qu'est-ce que c'est ? demanda Tess.

— Devine. »

Amanda s'exprimait avec lenteur. L'herbe, qui ralentissait les mouvements de sa langue, rendait délectable chacune des syllabes qui s'en détachaient.

« Oh…, fit Tess en changeant de ton. Je peux goûter ?

— Non. Tu es trop jeune, décréta Amanda.

— Mais non. Allez, Amanda…

— Non. Regarde tous les ennuis que tu m'as attirés à cause de ce livre débile sur le chien. Pourquoi es-tu debout, d'ailleurs ? Tu as encore eu peur ?

— Non, mais je me suis réveillée. Je n'avais pas peur. Tu sais, je suis désolée pour le livre du chien. Je n'avais rien dit du tout. » Elle s'interrompit, renifla un petit coup. « Je sens l'odeur, déclara-t-elle, impressionnée par l'absolue étrangeté de la situation.

— Ah bon, dit Amanda.

— Laisse-moi essayer. Juste une bouffée.

— Il ne manquerait plus qu'ils découvrent que je t'ai appris à fumer. Tu imagines ? Papa me ferait exécuter. » Tess écoutait, l'air soucieux. « De toute façon, poursuivit Amanda, c'est le seul qui me reste et je n'ai pas l'intention de le gaspiller. Je me le garde. »

Elle écrasa la braise avec soin, agita le joint pour le refroidir et le remit dans le sac en plastique.

« Tu n'en as pas d'autre ?

— Papa m'a tout pris. Celui-là était caché dans un coin. Je l'avais oublié. »

Tess soupira et cogna ses genoux l'un contre l'autre. Il faisait froid. Elle écarquilla les yeux dans le noir.

« Il n'y a pas de vers luisants, remarqua-t-elle.

— Ils sont tous là-haut », dit Amanda, un doigt pointé vers le ciel.

Tess leva la tête. « Mais non, c'est les étoiles. »

Amanda garda le silence. Ça ne sert à rien d'essayer d'expliquer les choses quand on est défoncé, pensait-elle. Elle comprenait clairement des tas de choses, à présent, mais n'aurait pas été capable d'en expliquer les trois quarts. Tess se remit à cogner ses genoux l'un contre l'autre.

« Allons faire un tour, proposa Amanda.

— En voiture ? » Amanda se mit à rire. « Mais tu ne sais pas conduire.

— Bien sûr que je sais conduire ! Je n'ai pas mon permis mais ça ne m'empêche pas de savoir. »

Tess la regarda. Amanda scrutait les ténèbres. Il lui revenait tout à coup combien c'était facile, si facile de conduire. Elle sentait le volant, cercle parfait de pouvoir qui tournait dans un sens, puis dans l'autre, à volonté entre ses mains. Les papillons allaient se ruer sur le pare-brise, l'air déplacé les enverrait gicler et ils se transformeraient en étoiles, d'un seul coup, en beauté, sans douleur.

Elle se leva. Tess, qui l'observait, n'esquissa pas un geste. Amanda descendit la première marche. Comme c'était facile. Elle avait l'impression d'être portée en secret par une vague invisible. Elle arriva au bas des marches sans même s'en rendre compte et, oubliant Tess, foula le gravier en s'émerveillant de le sentir si pointu. Pointu sous la plante dure de ses pieds nus, sous ses orteils. Pointu, mais indolore. C'était son secret.

« Attends-moi ! » s'écria Tess. Et Amanda entendit le martèlement rapide de ses pieds sur les marches. « Ouille ! gémit la petite, qui ralentit le pas et se mit à clopiner. Aïe ! »

Amanda ouvrit la portière et monta dans la Volvo.

« Cool », murmura-t-elle en s'installant.

C'était génial d'être assis à la place du conducteur. Tout était différent à l'avant. Là, le volant, et devant soi la route. Elle revit l'image de la route noire, les herbes souples sur le bas-côté, courbées par le vent venu de la mer. Elle referma sa portière au moment où Tess se faufilait à côté d'elle. Elles se regardèrent et se mirent à pouffer.

Les clefs glissées dans la pochette du pare-soleil lui tombèrent dans la main comme si elles lui appartenaient, agréablement lourdes, compliquées, magiques. Elle n'eut aucun problème pour démarrer : le moteur obéissant se mit aussitôt à vrombir. Elle fixa le noir du dehors. Les lumières, pensa-t-elle, ravie. Elle tâtonna parmi les commandes du tableau de bord, heurta du coude une manette fixée au volant. Les essuie-glaces s'animèrent, balayant follement le pare-brise de gauche à droite.

« Amanda, dit Tess, inquiète.

— Attends. » Elle arrêta les essuie-glaces, actionna le clignotant, dont le voyant vert se mit à palpiter à gauche. « Hmm. Une minute. » Elle trouva le bouton. Devant elles, la rangée de lilas chétifs sortit de l'ombre, ainsi que le tronc du gros érable, juste au coin de la route.

« Et voilà, déclara Amanda avec une trace d'incertitude dans la voix : la lumière projetée paraissait faible, limitée.

— Ça devrait éclairer mieux que ça, observa Tess, peu convaincue. Tu n'as pas mis les bons phares.

— Si, si. C'est ceux-là qu'il faut mettre quand on n'est pas sur une grande route. Je sais conduire, Tess. »

Elle y voyait bien assez.

Elle posa les deux mains sur le volant, appuya délicatement sur l'accélérateur. La voiture se déplaça, exécutant ses vœux, docile. Amanda se trouvait sublime. Jamais elle ne s'était sentie si puissante, si sûre de sa force.

À présent, tout commençait à s'organiser autour, l'événement de rêve s'accomplissait en douceur. La nuit profonde devant elle, le cercle parfait qu'elle tenait dans ses mains. Les phares révélaient un chemin enchanté, le moteur fredonnait son incantation méthodique. Amanda, le pied fléchi sur la pédale, sut que tout, dès lors, allait exactement se dérouler comme il fallait – à la perfection.

Quelque chose en elle montait peu à peu ; elle débordait, elle exultait. Les choses changeaient, déjà les choses avaient changé. Elles se passeraient bien, désormais. La mauvaise partie de sa vie, celle où elle se trompait tout le temps, faisait tout mal, était derrière elle. La roue venait de tourner : Amanda entamait la partie réussie de sa vie, devant elle le champ des possibles s'élargissait à l'infini. Son pied pressa la pédale, et le moteur, soumis, tourna plus vite. Amanda avait sa place dans un monde immense et merveilleux. La voiture roulait en douceur sur le gravier. Elle s'arrêta quand Amanda leva le pied.

« Tu vois ? glissa-t-elle à Tess. Je t'avais dit que je savais conduire.

— C'est cool », dit Tess. Elle tapotait ses cuisses à travers la chemise de nuit en coton.

Amanda pesa sur l'accélérateur et la voiture repartit sans heurts. Délicieusement consciente de tout ce qui l'entourait, Amanda entendait crisser le moindre gravillon déplacé par le poids de la voiture qui se propulsait vers l'avant. Elle entendait le moteur ronronner à l'abri de sa grotte chaude. Elle voyait en imagination l'endroit où la route, brillante sous la lune haute, arrivait pile au centre de l'île. Elle voyait tout.

Elle sortit sans encombre la voiture de l'allée et tourna avec prudence pour prendre vers la colline. La route, ici, formait un tunnel obscur sous la voûte des arbres. Leurs frondaisons étaient luxuriantes et denses, étranges, sinistres, éclairées par-dessous mais privées de couleur. Les feuilles s'accrochaient là-haut en dessinant des formes compliquées, hachurées, brodées au petit point.

À l'approche du dernier virage avant le sommet de la colline, Amanda ralentit considérablement l'allure. La route, elle le savait, allait tourner sec, presque à angle droit. Une grande haie de troènes la bordait d'un côté. Amanda se rapprocha du bas-côté en roulant au pas et tourna le volant. Elle braqua trop, trop vite : la Volvo fit un écart imprévu. Elle allait très doucement, cependant, et Amanda, levant le pied, redressa en corrigeant la position du volant. Aussitôt, la voiture se stabilisa. Amanda se sentit triompher. Elle faisait tout bien, le voyage commençait. L'église blanche chatoya sur la gauche, pâle et anguleuse apparition dans la nuit noire. Juste après, la route tournait à nouveau, moins fort. Amanda, plus sûre d'elle, manœuvrait le volant avec délicatesse. La voiture s'engagea dans la courbe sans à-coups, à la perfection. Cela devenait plus facile ; elle commençait à comprendre à quoi ça devait ressembler.

« Tu as vu ? » lança-t-elle à Tess.

Amanda s'émerveillait d'occuper simultanément deux états de conscience. L'un, acéré, vigilant, comme lorsqu'elle avait redressé dans le virage, lui permettait d'affronter les dures et pressantes exigences du monde ; l'autre, doux, vulnérable, ensommeillé, excluait qu'elle pût expliquer quoi que ce soit à quiconque – à peine si elle arrivait encore à parler.

« Cool », fit Tess comme tout à l'heure, mais d'une voix assourdie. Penchée en avant, elle scrutait les ténèbres.

Comme une lanterne au fond d'une grotte, la voiture repoussait l'ombre devant elle. La longue route droite était déserte, telle, exactement, qu'Amanda l'avait imaginée. Elles arrivèrent sur la partie plate, là où, à droite, s'étalaient les grands prés. L'herbe duveteuse devenait d'un blanc éclatant sur leur passage. Des insectes flamboyants dans les phares – papillons, créatures aux corps lourds – surgissaient soudain, tout près, puis disparaissaient, écrasés sur le pare-brise qu'ils cognaient dans un bruit mat ou avalés par la vitesse qui les rendait à l'invisibilité. Le long de la route, les poteaux téléphoniques surgissaient en cadence, verticaux, solides, trop près.

Amanda ne s'occupait que de la voiture. Le véhicule prenait une place de plus en plus importante dans sa conscience, il grandissait de façon magique dans sa tête. L'étrange sensation dans ses mains, son mouvement, traduction mystérieuse de ses pensées, la sidéraient. Un sortilège l'entourait d'un halo invisible. Devant elle, la route sombre s'illuminait sous la rapide poussée des phares ; à côté d'elle, Tess se penchait vers le pare-brise, les yeux écarquillés, aussi fascinée que si elles avaient parcouru la surface encore jamais foulée de la lune.

Elles passèrent devant le grand poteau de téléphone où les orfraies avaient leur nid. Amanda l'avait remarqué : un énorme radeau mal fichu de brindilles, perché en l'air. Les orfraies avaient l'air féroce, avec leurs becs recourbés et leurs plumes fangeuses, on les imaginait mal formant une petite famille, se conduisant en bons parents. Amanda trouvait qu'elles ressemblaient à des démons sans merci, à une tribu infernale où tout le monde poussait des cris perçants, où les uns et les autres passaient leur temps à s'arracher ce qu'ils avaient dans la bouche.

Les lents lacets sinueux de l'allée du Grand Club surgirent dans les phares. Amanda ralentit et s'engagea posément dans le parking.

« Et maintenant, qu'est-ce qu'on fait ? » demanda Tess, assagie et anxieuse.

Amanda secoua la tête. Parler ne l'intéressait plus. Elle ne pouvait pas expliquer à Tess qu'il n'y avait rien à craindre, que tout, maintenant, allait bien se passer. Ce savoir était nouveau pour elle. Entre ses mains, la voiture était souple, docile. Sous ses yeux, le parking couvert de gravier suivait sa pente dans le noir, mystérieux, sans couleur, sans rien autour. Un paysage illimité, enseveli sous la nuit. Ici, rien ne l'empêchait de décrire un cercle pour sortir, elle ne serait pas obligée de faire une marche arrière. Tout se déroulait à la perfection. Elle engagea la voiture dans une large boucle, et soudain le bruit des pneus sur le gravier disparut ; les roues tournaient en silence, comme en rêve. Ébahie, Amanda écarquilla les yeux ; elles étaient sur la pelouse, la voiture roulait sur l'herbe.

« La voiture part sur l'herbe, remarqua Amanda. C'est comme moi. »

Elle jeta un coup d'œil à Tess pour voir si elle avait pigé, mais Tess ne broncha pas.

Tess était trop jeune pour comprendre les choses sur le même mode qu'elle. Son immense envie de rire, cette complicité bienfaisante qui la reliait au monde ne pouvaient pas se partager. Amanda, fermant les yeux une seconde, découvrit derrière ses paupières la riche munificence du noir, sa texture, ses strates, sa douceur.

« Amanda », jeta Tess effrayée.

Amanda ouvrit les yeux. Tess la regardait, la main crispée sur la poignée de la portière.

« Quoi ?

— Ouvre les yeux.

— Ça y est », répondit Amanda en riant.

Impossible d'expliquer cela. Elles avaient retrouvé les graviers, retrouvé l'allée, elles partaient dans le bon sens. Elles allaient rentrer. Amanda s'en félicita.

Elles s'engagèrent en douceur sur la route et prirent le chemin du retour. Sur la droite se dressait la masse dense des broussailles échevelées qui s'étaient emparées de l'intérieur de l'île. Des vignes sauvages, des églantiers, des ronces : un fourré exubérant et hérissé. Amanda aimait ça. Elle aimait l'idée de cet enchevêtrement touffu de verdure. Elle aimait le chaos et l'encouragea en pensée. Vas-y, pousse, ordonna-t-elle avec insouciance à la végétation. De l'autre côté de la route s'étendait la prairie où l'herbe ondulait, et plus loin, tout au bout, les huîtres silencieuses.

« Là-bas, il y a des parcs à huîtres. Les pauvres huîtres dorment parquées », déclara Amanda en gloussant.

Tess lui jeta un regard grave. Tess n'était qu'une gamine, songea Amanda. Tess était loin derrière. Amanda secoua la tête et appuya en douceur sur l'accélérateur. La voiture prit de la vitesse. « Pauvres huîtres qui dorment parquées », répéta Amanda. La phrase semblait sortir d'un rêve. Des insectes se cognaient contre le pare-brise, plus fort qu'à l'aller. Le fourré défilait à toute allure, au-dessus d'elles le ciel nocturne immense, très haut, recouvrait tout. Tout se passait bien. Bonne et lumineuse, la marijuana chantait sous son crâne, à présent. Amanda chantait avec elle. La longue nuit noire était là, tout près, dehors mais aussi en elle, la nuit coulait dans son corps comme un sombre flux liquide, exactement comme l'air s'engouffrait par les vitres ouvertes.

Elle faisait ce qu'elle voulait de la voiture, humble, maîtrisée, puissante entre ses mains. Elle empoignait le cercle parfait du volant, un cercle parfait à tenir à jamais. L'envie lui vint de décrire ces sensations à Tess, mais Tess était trop jeune pour comprendre. Amanda sourit : tout finirait bien. Elle était protégée par une espèce de charme. Elle rit tout fort à cette idée, éclata d'un rire joyeux. Puis elle pensa à son père : il allait être content. Il serait content et fier d'elle.

La route montait devant elles, vite, au milieu la ligne blanche ondulait un peu de droite à gauche, comme au cinéma. Amanda essayait de rouler exactement sur cette ligne : c'était ce qu'il fallait faire, conduire en observant cette symétrie, cet équilibre. La bande claire bien centrée bondissait vers elle en tanguant, reptilienne.

« Tu vas trop vite. »

Tess agrippait toujours la poignée et regardait droit devant elle, comme si le fait d'observer attentivement la route lui permettait de la maîtriser.

« Mais non, mais non », répliqua Amanda, qui pour le prouver écrasa plus encore la pédale.

Que de réserves de puissance sous son pied ! Les grands prés défilaient à toute allure, de son côté, les phares rendaient spectrales leurs herbes hautes et épaisses. Elle aussi, soudain, trouva qu'elles allaient vite. Comment réagir maintenant ? Elle ne se souvenait plus de ce que disait le père d'Alison. Amanda eut l'impression d'un creux de l'action, d'un suspens – elle volait dans la voiture, volait le long de la route absolument rectiligne, sur le côté les hautes herbes s'inclinaient, souples et fluides. De toute évidence, tout allait bien, tout se passait parfaitement, mais pas tout à fait comme il aurait fallu ; il y avait autre chose, elle pensait à autre chose en même temps.

« Amanda, souffla Tess sur un ton de mise en garde.

— Quoi ? »

Il y avait ce truc, là, mais elle ne s'en souvenait plus. Qu'avait dit le père d'Alison, déjà ? Qu'est-ce qu'il avait dit ? Qu'elle avait le goût du risque, oui, mais ce n'était pas ça l'important. Elles arrivaient à l'église, la forme blanche fila, les bas-côtés jaillirent à la rencontre du pare-brise noir.

« Amanda ! cria Tess, plus fort cette fois, terrifiée.

— Tout va bien », répondit Amanda. Elle entendit sa propre voix, haut perchée, mystique. Tout ce qu'elle savait tenait dans le creux de son oreille, tout était dans sa voix. « Tout va bien », répéta-t-elle à Tess.

Le virage s'ébauchait juste après l'église. Elles y étaient. Amanda vit le virage dans sa tête, elle le vit s'amorcer en douceur et la voiture s'y engager dignement, en suivant le bord, comme lorsque son père ou Emma conduisaient. Elle savait très bien comment la voiture allait le suivre tout du long, sans ralentir, à la façon dont les minuscules bolides des circuits pour enfants suivent leurs rails métalliques en tournant de manière hypnotique. Elle n'aurait pas su dire ce qu'elle avait sous les yeux, où commençait la réalité et quand l'image apparut dans sa tête. Elle regardait la route qui bondissait sous les phares. Elle regardait la route s'incurver dans le tournant. Sauf que tout allait beaucoup plus vite qu'elle ne l'avait imaginé – le virage était sec, le bas-côté se dérobait, reculait, la haie n'était plus là où elle aurait dû se trouver et soudain tout changea, le tempo du mouvement se modifia, et sous la voiture la ligne blanche bascula, d'un seul coup elle fut partout, dessus, dessous, vrillant et pivotant, puis la masse de la haie fonça sur le pare-brise, puis l'arbre.

TROISIÈME PARTIE

24

La chambre est double mais, pour préserver un peu d'intimité, il est possible de tirer le rideau vert clair entre les deux lits de métal hauts sur pieds. L'autre lit est vide, cependant, aussi le rideau vert est-il repoussé contre le mur. La pièce, pas très grande, a la forme d'un rectangle étroit, et les deux lits occupent presque tout l'espace. En face du lit de Tess se trouve une chaise à dossier droit. Emma est assise dessus depuis huit heures ce matin. On est maintenant l'après-midi du troisième jour d'hôpital de Tess.

Les deux premiers jours, elle a été admise dans l'unité de soins intensifs. Là-bas, il n'y a pas de rideau qu'on puisse tirer, aucune intimité. Les lits sont exposés, alignés à distance des murs pour être accessibles de tous côtés aux médecins, aux infirmières, aux appareils et aux installations qui sauvent la vie. Le chevet des lits ne s'appuie pas contre la cloison, ne s'y arrime pas pour résister à la nuit. Là-bas, il n'y a pas de table de chevet, pas de lampe individuelle. Ces lampes seraient superflues : les plafonniers sont toujours allumés. Inutile de faire le noir, là-bas : les patients ont créé une nuit bien à eux, toute d'obscurité et de silence. Ils dorment continuellement, envers et contre tout, malgré le bruit, l'activité, la lumière implacable.

Dans l'unité de soins intensifs, en arrière-fond de tous les autres sons, on entend en permanence les halètements et les sifflements des respirateurs qui introduisent et extraient de force l'air des poumons des malades dont l'organisme n'assure plus cette fonction vitale. Tess, elle, respirait bravement toute seule, mais il a tout de même fallu la mettre quelque temps sous respirateur afin d'assurer une hyperventilation du cerveau, au cas où il y aurait eu une compression. Tess gisait sur son lit, les lèvres affreusement étirées autour de l'embout d'un tube flexible strié. L'embout était bien trop gros pour elle, c'était évident : il était fait pour une grande bouche d'adulte, pas pour la sienne, petite et délicate. Mais Emma s'était entendu dire qu'il n'en existait pas à la taille des enfants. L'appareil inhalait et exhalait bruyamment, et avec trop de puissance, craignait Emma, pour la poitrine étroite de Tess, qu'elle regardait se soulever et s'abaisser de façon mécanique sous la chemise de nuit d'hôpital.

Il y avait d'autres appareils. Le corps de Tess était relié à un écran noir qui enregistrait les rapides battements vitaux de son cœur et les restituait sous forme de hachures tracées par un petit météore lumineux, silencieux. Alors qu'elle veillait Tess dans l'unité de soins intensifs, Emma avait presque peur de la toucher, peur de risquer sa main ailleurs que sur son bras. Peur de déplacer les bandes qui lui enveloppaient la tête, le bracelet noir du moniteur cardiaque serré autour de son bras, la petite aiguille de la perfusion enfoncée dans la peau fine du dos si doux de la main de Tess, la pince fixée sur son doigt pour mesurer, bien énigmatiquement, le taux d'oxygène de son sang. On avait fait passer des scanners à l'enfant ; son sang, ses urines, ses réflexes avaient tous fait l'objet d'examens destinés à déterminer d'éventuelles lésions, en sus de l'hémorragie. Les analyses n'avaient révélé que des contusions et confirmé l'hémorragie.

Les procédures et les techniques de l'hôpital ont pris le corps de Tess en charge. Elles l'ont nourri, soigné, éloigné d'Emma. Emma y voit un châtiment que sa négligence, peut-être, lui a valu. Car où était-elle à l'instant où le corps de Tess a si rudement, si violemment rencontré l'obstacle inflexible ? Où, alors, se trouvait sa mère, sa protectrice ? Dans l'unité de soins intensifs, Emma a veillé Tess avec crainte. Avant, elle estimait plus ou moins que le corps de Tess lui appartenait ; il était à elle depuis qu'elle lui avait donné le jour. Elle le considérait comme une partie, une extension de son propre corps. Elle l'a touché presque aussi souvent, avec presque autant de familiarité que le sien, elle l'a câliné, lavé, soigné. Elle lui a porté une attention si soutenue, si constante qu'il lui semblait indiscutablement à elle. Elle a aujourd'hui la preuve qu'elle se trompait. À peine, à présent, si elle ose caresser le bras de la petite. Elle risque cette caresse avec d'infinies précautions. Emma vit dans la terreur de déranger quelque chose. Elle tient en superstitieuse estime les appareils, les médecins, les infirmières, tout : ce sont les forces qui tentent de sauver son enfant.

Pour le moment, Emma est seule avec Tess dans la petite chambre étroite. De temps en temps, elle se lève et reste debout près du lit. Elle se penche sur sa fille, caresse son bras inerte.

Tess est couchée, immobile, les yeux fermés. Son visage est enflé, déformé. Le sang s'est rué avec rage sous la peau tendre, l'a marquée de taches noires, de zébrures. Il a créé les îlots des ecchymoses renflées et de petits continents de couleurs impures – du violet, un affreux vert brunâtre. Sur le front, à gauche, s'étire une grosse bosse allongée ; un trait de sang séché en souligne la crête. La bouche est boursouflée, le doux dessin des lèvres transformé. Celle du haut est fendue verticalement d'un côté, là où la peau s'est déchirée.

Derrière les hématomes et les altérations, Emma, pourtant, retrouve sa fille. Les cheveux sont bien ceux de Tess, blonds, très fins, brillants. Les sourcils n'ont pas changé : leurs arcs longs et lustrés ont gardé la douceur des poils de lapin. On distingue toujours les taches de rousseur, pâles apparitions au milieu des marbrures rouges. Les cheveux lisses sont soyeux, le visage propre. Quelqu'un d'autre qu'Emma s'est chargé de laver sa fille. Cette personne a mouillé un linge pour enlever avec délicatesse le sang, nettoyer les fragiles paupières translucides, la peau fine autour des narines tuméfiées. Emma trouve douloureux que quelqu'un d'autre s'en soit chargé ; on l'a privée de quelque chose.

Emma se tient près de Tess et observe ses yeux fermés, profondément nichés dans l'abri des orbites. Ils ne sont pas toujours immobiles derrière les paupières gonflées. Parfois, Emma les voit bouger – palpitation fugitive, battements saccadés. Parfois même ils s'ouvrent, et Emma se penche, le cœur battant. Mais ces yeux sont absents, leurs pupilles paresseuses, leur regard vague, et s'il leur arrive de bouger, ils ne voient pas. Ensuite, ils se referment et retournent à leur immobilité, au néant.

Emma contemple le visage de Tess. La bouche s'entrouvre un peu, détendue, ses belles lèvres pleines à peine disjointes. Bien que Tess respire sans bruit, Emma voit sa poitrine se soulever lentement lorsqu'elle inhale, devine le mouvement ténu survenu dans le tréfonds de sa gorge, et la voit s'affaisser en exhalant.

L'activité d'Emma au chevet de sa fille se résume à cela : la regarder respirer. C'est rassurant. C'est complètement normal de respirer ainsi. Emma se penche encore, avec une extrême attention, comme s'il lui fallait mémoriser le rythme de ce mouvement. Elle n'agissait pas autrement, la nuit, quand Tess était un bébé dans son berceau. Emma se souvient – une subite inquiétude arrache au sommeil, alors on se glisse hors du lit, on pousse des portes dans le noir pour s'introduire en silence dans la chambre du bébé. Debout près du berceau, appuyée aux barreaux, on écoute, on observe, on s'assure que Tess respire, que le petit corps est bien vivant, en sécurité.

Telle est l'émotion qu'Emma tente de retrouver tandis qu'elle se penche sur Tess. Regardant sa fille respirer, elle voudrait à nouveau éprouver ce réconfort, ce soulagement.

Un pansement propre et lisse composé de fines couches de gaze blanche entrecroisées les unes sur les autres protège le haut du crâne de Tess. Abstraction faite du pansement, se dit Emma, abstraction faite des contusions, Tess paraît dormir. Elle dort, se dit Emma, bien décidée à envisager les choses ainsi. Tess a besoin de sommeil. C'est de loin le meilleur et le plus inoffensif des reconstituants. Tess dort d'un sommeil profond, puissant, réparateur. Ce sommeil guérit son cerveau.

Emma essaie d'imaginer le cerveau de Tess. Elle se le représente : compliqué, contourné, plein de volutes mystérieuses adaptées avec précision à la concavité lisse et parfaite du crâne. Ce beau cerveau n'a pas un défaut. Impossible de l'imaginer endommagé – Emma n'essaiera pas.

L'hémorragie s'est produite au niveau de la dure-mère, la couche de cellules immédiatement située sous le crâne. Un violent jet de sang est venu souiller cette zone en principe aussi claire et pâle que les translucides créatures qu'on observe au microscope dans une goutte d'eau stagnante. Le sang a cessé de noyer ce paysage, il ne coule plus, mais il ne s'est pas retiré pour autant. Les pures cellules ont été envahies, violées, même si Emma considère qu'elles ont juste changé de couleur, un peu comme si on avait installé un filtre d'une autre teinte sur le microscope : cela ne les empêche pas de fonctionner normalement. Emma ne peut pas convoquer à la fois l'image de ces cellules opacifiées, celle des belles circonvolutions cérébrales de Tess et celle de son visage tuméfié et inerte. Juxtaposées, ces trois images sont trop terribles.

Emma oscille entre le désir d'en savoir le plus possible et la peur vertigineuse d'en apprendre trop, d'être informée de détails qu'il serait insupportable de connaître. Il est des choses qu'elle ne veut pas savoir ; vraies ou pas, elle ne veut pas en entendre parler. Il est des mots qu'elle ne veut pas qu'on prononce. En un éclair – à la seconde où le crâne chaud de Tess a rencontré le tableau de bord de la voiture, Emma est devenue profondément, irrémédiablement superstitieuse. Elle croit désormais avec une déférence craintive au pouvoir des idées, des coïncidences, du mauvais sort. Elle croit à l'existence d'une volonté maligne omniprésente, omnipotente, qu'elle ne veut surtout ni provoquer ni attirer. À un niveau non analysé, elle croit qu'en autorisant certaines idées à lui passer par la tête elle va leur permettre de se concrétiser. Il ne faut absolument pas que ces idées se mettent à exister, pas même sous la forme muette et passagère d'une réflexion vite envolée. Emma, résolue, s'interdit d'envisager certaines éventualités. Elle ne s'y autorise pas. Cela, au moins, est en son pouvoir. Voilà un acte de volonté dont elle est capable. Le seul à sa portée. Elle n'a aucun autre moyen de venir en aide à Tess.

Si jamais on devait l'informer du pire, ou du simplement inquiétant, Emma, elle le sait, ne le supporterait pas. Une espèce de panique tumultueuse, ravageuse, menace de la submerger sitôt que certaines pensées s'immiscent dans son esprit. Pour éviter la panique, elle ne pose que peu de questions. À quoi correspondent ces écrans, que signifient les signaux électroniques qui apparaissent dessus... Elle écoute les réponses avec attention : ce sont ses lignes de vie. Tout ce qu'elle a. Ces réponses, et aussi l'attitude des médecins et des infirmières à son égard, la façon dont ils la regardent. Emma observe les médecins et les infirmières, les étudie en amoureuse. Elle a examiné et mémorisé chacun de leurs gestes, de leurs mots, le plus subtil changement d'expression sur leurs traits. Elle passe tout au crible pour mieux interpréter – ainsi qu'elle l'entend.

Quand l'infirmière de garde est entrée, ce matin, ses yeux se sont posés sur Emma avant de s'arrêter sur Tess. D'une cinquantaine d'années, petite et corpulente, Jackie a un visage pâteux, un air avenant. Des rides profondes relient son nez aux commissures de sa bouche. Ses cheveux gris se superposent en courtes couches, qui par leur extrême légèreté rappellent le plumage d'un oiseau. Elle a les hanches lourdes, un gros derrière. Emma l'aime beaucoup ; elle aime beaucoup tous ceux qui ont pris soin de Tess, elle les aime comme un prisonnier peut aimer ses gardiens, d'un amour veule, désespéré.

Jackie l'a saluée d'un bonjour. D'ordinaire, ce mot sort de ses lèvres alors qu'elle regarde déjà Tess, mais aujourd'hui c'est vers Emma qu'elle s'est tournée, avec un sourire.

« Bonjour », a répondu Emma en s'efforçant d'effacer toute trace d'impatience dans sa voix.

Jackie s'est dirigée vers le lit avec sa petite écritoire. Elle s'est mise à noter des chiffres, à consigner noir sur blanc les informations fournies par les machines. Tout se passait comme d'habitude, à part cet air particulier sur son visage. Qu'en déduire ? Qu'il y avait du neuf, que Jackie était au courant mais ne voulait pas en parler à Emma, car peut-être ne l'aurait-elle pas supporté ? Que Jackie avait pitié d'Emma, pitié de son innocence face à ce savoir nouveau et effrayant ? Ou bien que Jackie pouvait à présent regarder Emma parce que Tess se tirait peu à peu d'affaire et qu'il n'était plus indispensable de l'entourer avec cette inquiétude, cette vigilance, cette attention de tous les instants ? En arborant cet air-là, ce matin, Jackie voulait peut-être encourager Emma à se rapprocher d'elle : les bonnes nouvelles non divulguées ne l'obligeaient plus à garder ses distances. Ou tout simplement la porte, ce matin, n'était pas fermée, et au moment où Jackie est entrée c'est sur Emma que ses yeux se sont posés en premier. Emma toutefois ne devrait pas se permettre de conjecturer de la sorte. Elle a besoin d'indices clairs, de symboles compréhensibles pour interpréter les possibles signes d'espoir. Les données chiffrées des moniteurs, les brisures régulières des lignes apparues sur les écrans, leurs impulsions brillantes, limpides, leur allure de comètes brillantes sont bien trop effrayantes. Emma se résout avec peine à les regarder, de peur qu'elles n'indiquent un fait indéniable dont la connaissance serait insupportable.

Jackie soulève le bras mou de Tess. Elle pousse dedans la flèche brillante d'une aiguille et en extrait une pleine seringue de sang d'un beau rouge. La couleur est saine, se dit Emma, elle est vive et claire. Pourtant, on a déjà retiré tant de sang de ce petit corps. Jackie vérifie la poche de perfusion. Le sac flasque et transparent est suspendu au-dessus de la forme immobile de Tess, son fin tube en plastique lui fournit un mince mais précieux apport de liquide – des remèdes, des éléments nutritifs. Comment ce tube si étroit suffit-il à nourrir Tess ? à lui assurer trois repas par jour ? Emma en a pourtant reçu l'assurance. Il faut avoir confiance en ces gens, croire les réponses qu'ils donnent.

Jackie se penche sur Tess. Elle lui prend la main.

« Bonjour, Tess, dit-elle. Si tu m'entends, serre-moi la main. »

S'écoule un long moment au cours duquel Emma retient son souffle. Jackie ne bouge pas plus, penchée sur le pauvre visage tuméfié de Tess. Emma observe, écoute de tout son corps. Puis Jackie repose la main de Tess sur le drap. Sans regarder Emma, elle presse le bouton qui va soulever la tête du lit. Un bourdonnement se fait entendre, la tête du lit se relève. Jackie entoure Tess de ses bras vigoureux et bascule la forme inerte sur le côté. Emma a horreur d'assister à cela, horreur de voir les membres de sa fille s'affaler sans vie. Impossible, pourtant, de détourner les yeux.

Cela se produit toutes les deux heures. Une infirmière arrive, tourne Tess, manipule ses bras et ses jambes. De loin en loin, l'une ou l'autre des infirmières va prier Emma de sortir de la chambre. Elle le lui demandera poliment, gentiment, mais l'obligera à partir le temps de faire quelque chose à Tess. Une fois, Emma a cherché à savoir quoi, mais la femme a secoué la tête : « Il y a des procédures que nous ne pouvons exécuter qu'en l'absence des visiteurs, y compris les parents, a-t-elle répondu. C'est le règlement de l'hôpital. »

Se fondant sur ses lectures, Emma se dit qu'elles doivent tester les réflexes, la douleur ; nettoyer la gorge par aspiration. Tôt ou tard se pose aussi le problème des escarres, et les infirmières doivent les enlever. Une escarre est un ulcère provoqué par le décubitus – la position couchée –, et cela, pour Emma, est inimaginable. Emma ne peut envisager que le corps agile et ravissant de Tess nourrisse ses plaies, les entretienne, ou que ces plaies soient écorchées, à vif et suintantes. Son esprit s'y refuse.

Elle a demandé à l'infirmière si elle pouvait retourner Tess elle-même : elle est là toute la journée, elle n'a rien à faire. Elle peut retourner Tess toutes les heures, tous les quarts d'heure, même, si c'est mieux. Elle sait que la circulation est capitale pour les patients dans le coma. Elle l'a appris en lisant la documentation que Peter lui apporte. Elle n'oserait pas parler de ces problèmes aux médecins – Emma ne veut tout simplement pas prononcer ces mots-là à voix haute.

Un sac en toile est appuyé contre un des pieds de sa chaise. Dedans, il y a deux livres qu'elle a pris pour elle – un roman de Trollope, des essais de Lewis Thomas – et trois magazines sur papier glacé. Jusqu'à présent elle n'a ouvert ni le Trollope ni le Thomas. Elle a feuilleté un magazine, mais elle ne sait plus lequel. Le sac contient aussi quelques-uns des livres préférés de Tess : *Le Lion, le Sorcier et la Garde-robe*, deux Tintin. Dans la journée, elle en prend un et lit pour Tess étendue là sans bouger, les yeux fermés. Elle lit des heures d'affilée, en prenant le ton pour rendre l'histoire plus palpitante, en changeant de voix pour chaque personnage. Quand elle lit Tintin, elle reproduit les aboiements de Milou tels qu'ils sont imprimés sur les éditions françaises : « Ouah ! Ouah ! »

L'aboiement français de Milou provoquait les éclats de rire de Tess et d'Amanda. Emma se souvient d'un voyage au cours duquel les filles, agenouillées sur la banquette arrière, jouaient à être Milou et se mettaient à aboyer avec cet accent français pour signaler tout ce qu'elles voyaient. « Ouah ! Ouah ! Un McDonald's ! Ouah ! Ouah ! Un pont ! » Elles poussaient de drôles de grondements, parlaient en déformant les mots de manière ridicule, s'esclaffaient à qui mieux mieux, si bruyamment que Peter, agacé, leur avait ordonné de se calmer, comme si, au lieu de s'amuser, elles se disputaient. Elles riaient cependant trop fort pour pouvoir l'écouter ; un fou rire inextinguible les secouait, et elles se roulaient sur la banquette, les genoux en l'air, les larmes aux yeux, hoquetantes, incapables de se maîtriser. Alors Peter, parce qu'il conduisait sur l'autoroute et qu'il était harassé, sous pression à cause de la vitesse et de la circulation intense, parce qu'il avait l'impression de porter sur ses épaules le lourd fardeau familial dont elles étaient exemptées, s'était mis à hurler pour leur imposer silence. Cela n'avait toutefois pas suffi à les arrêter, tant ce qui les dominait était plus puissant que la colère de Peter ; accroupies à l'abri des dossiers, cachant leurs bouches derrière leurs mains tordues par l'hilarité, elles se chuchotaient des confidences gutturales avec de vains efforts pour étouffer leurs gloussements, leurs reniflements, leurs rires étranglés.

Emma se souvient de la scène et sourit en se remémorant cette crise de fou rire. Alors, aussitôt, le souvenir devient pénible : dès qu'elle s'aperçoit qu'elle sourit, tout lui revient. C'est une torture, ce souvenir si éloigné de ce qui se passe, et l'idée que Peter ait pu s'en prendre à Tess parce qu'elle riait est intolérable, un sacrilège. Cette balade en voiture était en plus tellement, tellement différente de ce qu'Emma sait aujourd'hui de la dernière virée des deux filles qu'elle ne peut se permettre de les associer sans que la panique la menace.

Elle secoue la tête pour chasser le souvenir – il la brûle – et poursuit la lecture, des heures et des heures. Elle se concentre sur l'histoire : l'abominable homme des neiges, le Tibet, une association internationale de malfaiteurs, des gens bienveillants, pleins de mérite et de courage, et bien sûr l'intrépide Tintin au grand cœur et à l'âme noble. Qu'Emma s'oublie et se mette à penser aux personnages – les bons –, aussitôt ses yeux s'embuent. Elle verse une larme furtive pour l'abominable homme des neiges, pauvre solitaire incompris, ou pour le gentil Tibétain qui risque sa vie pour Tintin. Emma pleure maintenant pour un oui ou pour un non.

Sa voix qui lit, se dit-elle, apaise Tess. Emma veut croire que Tess, dans une strate de sa conscience, sait que sa mère est avec elle dans la chambre. Elle veut croire que dans quelque repli de son esprit caché, tranquille, au repos, Tess entend la voix de sa mère, que le son constant de sa voix maintient le lien qui existe entre elle, dans le monde d'ici-bas, et Tess, où qu'elle soit. Emma espère que sa voix saura ramener Tess dans ce monde où sa mère attend.

Il n'est pas tout à fait trois heures et demie lorsque le Dr Baxter arrive. Il passe toujours dans l'après-midi, mais plus tôt, d'habitude. Ce retard a-t-il une quelconque signification ?

Emma, à son entrée, se redresse sur sa chaise. Elle ne se penche qu'à peine et se tient les pieds bien joints. Si elle s'applique, si elle se montre extrêmement polie et courtoise envers le médecin, si sa conduite atteint à une sorte de perfection, le Dr Baxter lui dira peut-être ce qu'elle a envie d'entendre. C'est une autre de ses superstitions.

« Bonjour. »

Les yeux du Dr Baxter ont glissé sur Emma pour s'arrêter sur Tess. Il est bien élevé, mais sa correction impersonnelle montre à l'évidence qu'il n'est pas venu pour discuter. Il est ici pour accomplir une tâche sans rapport avec la présence d'Emma et tolère qu'elle soit là ; il est affable, mais sans plus. Emma se tient très, très droite sur la chaise. Elle brûle d'envie de se lever, de venir le rejoindre au chevet de Tess, mais elle l'a déjà fait, une fois, et il n'a pas eu l'air content. Il préfère apparemment se pencher seul sur Tess. Il estime sans doute qu'il a aujourd'hui plus de droits qu'Emma sur le corps de Tess. Emma ne s'y oppose pas. Elle ne peut rien refuser au docteur. Il faut avoir confiance en lui.

Le Dr Baxter n'est pas très grand, à peine plus qu'Emma. Il est presque chauve et des rides horizontales profondes lui barrent le front. Derrière les lunettes en écaille aux reflets rougeâtres, le regard de ses petits yeux bleus est intense. Il vient de passer derrière Emma, s'arrête devant le lit, fixe le moniteur cardiaque. Il observe l'écran où l'éblouissant têtard blanc frétille inlassablement dans le noir courant.

Emma suit son regard et s'efforce de prendre un air intelligent, intéressé, au cas où il se retournerait vers elle. Elle essaie de paraître vive, éveillée, pour qu'il la considère comme quelqu'un à qui l'on peut parler. Le Dr Baxter ne s'intéresse pas à elle. Il prend la main de Tess dans la sienne et dit : « Tess, si tu m'entends, serre-moi fort la main. »

Emma attend, la bouche sèche tout à coup. Ses larmes menacent de couler, sa gorge se noue. La panique se déploie – il ne faut surtout pas pleurer devant le médecin, surtout pas. Elle refoule la boule qui s'est formée dans sa gorge, déglutit, bat des cils. Le Dr Baxter repose la main de Tess sur les couvertures et se redresse. Il inscrit quelque chose sur le dossier, le dossier de Tess, fixé par une pince sur la planchette qu'il tient à la main.

« Alors ? réussit à articuler Emma pour rompre l'intolérable silence. Comment la trouvez-vous ?

— Il n'y a guère d'évolution », répond le médecin en se tournant vers elle.

Il se courbe un peu au-dessus de la tête de Tess. Il lui soulève les paupières, l'une après l'autre, projette dans chaque œil un minuscule rayon lumineux. Puis il reprend la main de Tess, appuie avec fermeté son pouce sur la chair pâle du poignet. Emma suit tous ses gestes sans respirer. Elle le dévore des yeux, comme si cet homme avait de l'eau et qu'elle meure de soif. Elle sait qu'il écoute, du bout de ce doigt, les murmures enfouis du pauvre corps endommagé ; le sang de Tess lui parle. Muette, Emma attend. L'interroger à nouveau est au-dessus de ses forces.

Toutes les pensées d'Emma sont informulées – ce qu'elle veut se résume à ce qu'elle est, tout ce qu'elle est. Jamais elle n'énonce dans sa tête la phrase qu'elle pense : elle la vit. Cette phrase est tout ce qu'elle a.

Le Dr Baxter rabat le drap. Dans la chemise de nuit de l'hôpital, le petit corps de Tess s'abandonne avec confiance. Les pieds sont légèrement écartés, détendus. Il en soulève un et frotte le bord extérieur avec l'ongle de son pouce. Le pied se tord un peu.

Emma prend son courage à deux mains.

« Que faites-vous ?

— On appelle ça le signe de Babinski, répond le docteur sans la regarder. Il fournit une indication sur l'importance de l'hémorragie cérébrale.

— Oui ? le presse Emma, dont le cœur bat à cent à l'heure. C'est un peu mystérieux pour moi.

— Quand on passe le doigt le long du pied, explique le Dr Baxter, le réflexe normal est une flexion des orteils. Si au contraire ils se mettent en extension, il est à craindre qu'il n'y ait trop de sang dans le cerveau.

— Oh ! » Emma a du mal à respirer, tant le renseignement est crucial, déterminant. Elle ne comprend pas du tout comment fonctionne ce test, pourquoi on interprète ainsi l'inversion du réflexe, mais il ne lui viendrait pas à l'idée de demander : elle croit savoir qu'elle n'a droit qu'à un certain nombre de questions. « Et Tess ? s'arrache-t-elle enfin, affreusement inquiète. Comment réagissent ses orteils ? »

Sans mot dire, le Dr Baxter réitère son geste. Son pouce suit lentement le bord extérieur du pied de Tess. Emma a les yeux fixés sur les orteils de sa fille. Comme par magie, au moment où l'ongle du médecin remonte vers le haut du pied, ils se recroquevillent soudain.

« Oh ! soupire Emma, éperdue de reconnaissance. Alors c'est bon. » Elle a les yeux rivés sur le visage du praticien, qui ne la regarde pas mais acquiesce d'un signe. « N'est-ce pas ? » insiste-t-elle.

Le médecin ne faiblit pas. Il ne va pas lui permettre de s'abandonner à l'espoir. Ignorant l'interrogation, il se tourne vers elle, résolument neutre, protégé par une barrière infrangible. Sa bouche se fige, conformément à ses pensées.

« La réaction est satisfaisante, déclare-t-il, mais on n'observe guère d'évolution. »

Cette chute est destinée à rappeler à Emma que, malgré le joli mouvement des orteils – ce signal à couper le souffle venu de l'intérieur, aussi éclatant, impérieux que le puissant rayon intermittent d'un phare –, l'esprit de Tess est toujours enfoui, embrumé, silencieux.

Le Dr Baxter patiente poliment. Il ne veut pas qu'Emma se berce d'illusions, c'est clair, mais il ne veut pas non plus qu'elle s'effondre et éclate en sanglots. Il ne souhaite nullement être impliqué dans une situation de ce genre. Il ne veut pas qu'elle cherche à obtenir de lui autre chose que des informations.

Emma cille, ses pensées s'affolent, la panique la guette. Toute la journée elle a attendu ce moment, le seul qu'elle ait avec ce médecin en qui elle met tout son espoir. Sa capacité à continuer à vivre dépend de lui seul, et quand cette rencontre a enfin lieu elle ne sait plus où elle en est, elle est dépassée, abasourdie. Elle a peur de lui poser des questions techniques, même lorsqu'elle les a répétées dans sa tête. En présence du médecin, sous son regard neutre et impassible, l'esprit d'Emma se bloque. Elle va se mettre à bafouiller, à dire des absurdités, il va la trouver idiote. Elle connaît les noms, pourtant, le vocabulaire. Elle sait ce qu'est une hémorragie durale. Elle sait que Tess a atteint le niveau sept sur l'échelle de Glasgow, qui mesure de un à dix les lésions des capacités cérébrales. Dix, c'est terrible: dix signe le coma profond. Elle sait que les dommages neurologiques peuvent être irréversibles. Elle sait tout cela mais ne peut se risquer à le dire, à en parler. La peur la rend idiote. Elle se rabat sur des questions maladroites et puériles qui témoignent d'une ignorance insondable, irrémédiable.

« Mais vous, docteur, qu'en pensez-vous ? »

Elle a joué son va-tout. Elle s'est levée, oubliant que le Dr Baxter risquait de s'en offusquer.

« Il n'y a pas beaucoup d'évolution », répète-t-il. Pas trace d'agacement dans sa voix. Il glisse son stylo dans la pince métallique fixée en haut de sa planchette mais reste là. Il attend, disposé encore à lui prêter attention. Serait-ce qu'il la plaint ? qu'il veut lui faire comprendre qu'elle ne doit pas trop espérer ?

« Ça n'est pas forcément mauvais signe, n'est-ce pas ? On peut penser, non, que le cerveau récupère peu à peu de son côté, qu'il se répare, mais qu'elle est toujours... qu'elle est toujours... » Elle s'interrompt. La terreur s'est saisie de ses mots et sa voix se brise. « ... qu'elle va s'en sortir ? »

Le médecin la dévisage un long moment. Son visage est impassible, indéchiffrable. Enfin, il hoche la tête.

« C'est possible. »

Emma ne voit plus ce qu'elle pourrait ajouter. Au bout de quelques secondes, le Dr Baxter s'avance vers elle en homme bien élevé, l'oblige à s'écarter car l'espace est trop réduit pour qu'il puisse passer si elle ne se pousse pas. Elle recule vers la chaise métallique au dossier dur, et sans la regarder il s'engage vers la porte.

« Excusez-moi », dit-il alors qu'elle s'efface devant lui.

C'est tout. L'entrevue avec le médecin est finie.

À six heures pile, la porte donnant sur le couloir s'ouvre. Emma lève les yeux : Warren vient d'arriver. C'est la première fois qu'ils se retrouvent tous les deux seuls depuis l'accident. Warren a l'air tendu, sa bouche est crispée.

Il lui adresse un sec « Bonsoir » et entre. Il est très élégant – costume sombre à fines rayures, large cravate, magnifique. Il est lisse et frais, rayonnant. Comment se débrouille-t-il pour être à ce point impeccable à six heures du soir ? se demande Emma. Serait-il repassé chez lui pour se changer ? Aussitôt, elle lui en veut farouchement de sa coquetterie. Elle lui en veut de s'être habillé pour parader ici, où il vient prendre des nouvelles de sa fille qui est incapable de le voir. Emma se sent vivante de tant le haïr.

« Bonsoir, Warren », dit-elle – et au moment où elle prononce son prénom, soudain, sans que rien l'ait laissé prévoir, elle fond en larmes. Ses sanglots énormes, douloureux rendent vaine toute résistance, Emma se courbe sur sa chaise, le visage dans les mains. Elle n'a pas le pouvoir de calmer les spasmes hideux qui se succèdent sans répit. Warren s'approche, mal à l'aise. Elle le sent qui se tient près d'elle et, par gêne ou par égard pour lui, tente en vain de s'arrêter de pleurer. Les sanglots la secouent avec la violence des bourrasques. Derrière elle, Warren se penche sur l'appui de la fenêtre, où se trouve une boîte de Kleenex. Il la lui tend, lui tapote le dos avec maladresse. Ce semblant de caresse est emprunté, à croire que jamais de sa vie il n'a touché le corps d'Emma, qu'il n'a jamais de sa vie caressé un autre être humain.

« Chut, chut, répète-t-il sur un ton faux. Tout va bien. »

Emma ne répond pas. Elle est folle de rage. Qu'est-ce qui *va bien* ? C'est intolérable, et si absurde, d'entendre Warren affirmer une chose pareille. La colère d'Emma redouble ses pleurs. Cette crise de larmes a raison d'elle, Emma produit des bruits affreux, des gémissements épouvantables, aussi bruyants, aussi atroces que si elle se voyait mourir, de longs halètements trépidants qui l'ébranlent des pieds à la tête. Chaque sanglot la laisse vide, privée d'air. Elle se remet à hoqueter, inspire par saccades, et le souffle reflue, ouvre ses poumons pour le prochain cri. Les larmes roulent à flots sur ses joues, son menton est trempé, et sa gorge, son cou, ses poignets.

Quand enfin elle réussit à refréner ses pleurs, quand les lourds sanglots s'espacent et diminuent, Emma se met debout. Elle lève la tête pour regarder Warren, attrape un Kleenex, sèche ses larmes, se mouche, soupire. Elle sait qu'elle a les yeux rouges, le nez gonflé, et ça lui plaît. Elle veut que Warren voie combien les choses sont graves, comprenne que ça va vraiment mal et que ce n'est pas parce qu'il a mis ses beaux habits que ça va s'arranger. Le visage de Warren est tout près du sien, juste devant elle. Il y a des années qu'elle n'a pas été aussi proche de lui physiquement. Elle se rend compte que, malgré le pli dur, pincé, inamical de la bouche, les yeux de Warren, comme les siens, sont tristes.

Il est le père de Tess.

Emma le prend dans ses bras et pose la tête sur son épaule. Warren ne bouge pas d'un pouce ; il se raidit et se crispe entre les bras qui l'enlacent, mais elle le serre encore un peu contre elle, elle serre le chagrin de Warren contre le sien et, au bout d'un moment, à son tour il la prend dans ses bras. Puis il commence à vaciller, en l'empoignant fort, en se balançant très légèrement, comme s'ils allaient se mettre à danser, il la tient ainsi et il la berce, longtemps.

Emma étreint Warren dans ses bras plus fort qu'elle n'a pu étreindre Peter depuis que c'est arrivé. Le corps de Warren lui est devenu étranger – sa forme, son poids, son équilibre, rien ne va. Elle a oublié son odeur. Elle trouve pourtant que c'est la seule chose à faire, le serrer fort dans ses bras, et elle ferme les yeux, oscille avec lui, le laisse la bercer et le berce. Il va pleurer, lui aussi ; il abandonne sa poitrine contre la sienne, reprend haleine, exhale lentement avec de douloureux hoquets de plus en plus audibles. Emma, en l'entendant, se met à lui caresser le dos ; gentiment, elle passe sa main en rond sur le dos de Warren, traçant de petits cercles apaisants comme si elle consolait un enfant, comme si elle l'aimait.

Emma se tient face à la porte restée ouverte. Par-dessus l'épaule de Warren, elle voit Peter apparaître sur le seuil. Il l'aperçoit, s'immobilise. Elle, les yeux fixés sur lui, se tait. Ses bras enlacent toujours Warren, elle continue à lui caresser le dos en douceur. Peter tient son attaché-case à bout de bras. Ses vêtements sont fripés, il a l'air chiffonné, négligé. Emma le méprise : il se permet de rendre visite à Tess dans cette tenue, comme si ça n'avait aucune espèce d'importance.

Peter attend, mais Emma ne change rien à sa posture et n'ouvre pas la bouche. Ils s'observent. Peter, le visage sombre, se décide enfin à entrer. Il pose son attaché-case sur le lit vide avec un zeste d'ostentation. Warren l'entend et s'écarte d'Emma, tête penchée. Emma lui tend la boîte de Kleenex sans quitter Peter des yeux. Warren se mouche, s'essuie les yeux, essaie de se donner une contenance.

« Bonsoir, dit froidement Peter à Emma.

— Bonsoir, répond-elle sans bouger.

— Bonsoir, Peter, balbutie Warren avec un vague geste de la main, la tête toujours baissée pour tenter de se ressaisir.

— Bonsoir, Warren », répète Peter avec courtoisie.

Cessant de s'intéresser à eux, il s'approche du lit de Tess, se penche sur la forme silencieuse. « Bonsoir, petit écureuil, chuchote-t-il, et il avance la main pour lui caresser la tête.

— Arrête ! » s'écrie Emma. Peter lève les yeux vers elle. « Ne la touche pas. »

La bouche de Peter se contracte. Il retire sa main, se redresse.

« Comment va-t-elle ? » demande-t-il à Emma. Il s'exprime sur un ton neutre, posé, comme s'il s'adressait à un animal paniqué. Emma, les yeux baissés, se contente de secouer la tête. Il persévère : « Que dit le médecin ?

— Rien de neuf », lâche Emma. Elle plie les bras contre sa poitrine.

Que pourrait-elle ajouter ? Warren renifle, s'essuie la figure, essaie de se moucher discrètement.

« Combien de temps va-t-il falloir attendre comme ça ? » reprend Peter. Emma secoue la tête. « Il n'y a pas quelqu'un d'autre avec qui nous pourrions parler ? Tu ne crois pas qu'il faudrait prendre un second avis ? »

Emma garde les yeux fixés sur Peter, mais aucun mot ne sort de sa bouche. Elle se sent ligotée, pieds et poings liés par l'inertie et la peur. Ces journées sont déjà si difficiles à vivre. La seule idée de tout changer, de faire autre chose la terrifie. Elle n'ose pas déranger ce qui se passe ici, intervenir et détruire l'équilibre délicat de la chambre calme et de l'espoir qui s'y accroche, aussi précaire qu'une toile d'araignée. Elle n'ose pas prendre le risque d'irriter le Dr Baxter. Emma ne se voit pas en train de lui expliquer qu'elle conteste son autorité et veut un deuxième avis. Elle ne courra pas le risque de le mettre en colère.

« Il faudrait peut-être essayer, approuve Warren en la regardant.

— Mais à qui s'adresser ? interroge Emma, impuissante.

— Je pourrais demander à mon médecin de nous indiquer quelqu'un, dit Peter. Nous pourrions peut-être obtenir qu'elle soit examinée par le chef du service de neurologie de l'hôpital presbytérien de Columbia...

— Dans un autre hôpital ? s'insurge Emma. Peut-on envisager de la transporter ? Et suppose que ce neurologue estime qu'il faut s'y prendre de façon différente ? Qui croire, alors ? À quel médecin se fier ? À quoi est-ce que ça nous avancera ? »

Le silence retombe. Les regards de Warren et d'Emma se rencontrent, se détournent. Peter regarde Emma. Elle, non : elle ne veut pas croiser ses yeux. À côté du lit, le moniteur cardiaque enregistre sans bruit les trajectoires régulières des astres blancs qui traversent son écran noir.

Emma sait que Peter l'observe. Elle ne veut ni le voir ni lui parler. C'est trop dur. Il faut qu'elle se concentre sur quelque chose. Elle se focalise sur l'instant suivant : comment en venir à bout ? Et comment venir à bout de celui d'après ? Cela pose le problème de Peter. Tout pose problème, mais Peter en particulier.

« Veux-tu que j'en parle au Dr Hendricks ? » lui demande-t-il. Elle se tait. « Émma ? » Cette fois, la voix de Peter contient une trace, un soupçon à peine perceptible d'impatience.

Emma baisse les yeux, secoue la tête.

La pièce redevient silencieuse. Peter se tourne vers Tess, la dévisage avec intensité comme s'il essayait de déchiffrer ce qui se passe en elle. Il s'approche, se penche un tout petit peu, mais sans encore tendre la main. Il la contemple. Le regard qu'il pose sur elle est tendre. Emma lève les yeux, le voit qui contemple Tess.

« Arrête, commande-t-elle d'une voix sans timbre.

— Quoi ? fait Peter en tournant la tête vers elle.

— Ne la regarde pas comme ça. »

Peter hésite avant de dire, au bout d'un moment: « Ne va pas trop loin, Emma. »

Emma ne répond pas. Il n'est pas d'endroit au monde qui soit trop loin pour elle. Elle est capable de tout. Là, elle essaie de venir à bout de l'instant suivant.

Warren redresse les épaules et réintègre enfin son personnage public. Il retrouve son ton poli, impersonnel, pour s'adresser à Peter.

« Vous n'avez pas été trop retardé par les embouteillages ? » s'enquiert-il.

Peter se fige. « Non, pas trop, réplique-t-il, froidement. Ce n'est pas à cause des embouteillages que je suis en retard. Je suis en retard parce que je suis passé à l'appartement. »

À nouveau le silence. Ces deux hommes, à des périodes différentes de leurs vies, auront dit « l'appartement » pour désigner l'endroit où ils vivaient avec Emma.

Emma se tait. Elle ne cherche pas à savoir pourquoi Peter a fait un saut là-bas, ce qu'il en a rapporté. Elle ne se rappelle pas à quoi ressemble l'appartement, ni ce qui aurait pu obliger Peter à s'y rendre. Elle ne peut pas se concentrer là-dessus. Elle essaie de venir à bout de l'instant suivant, c'est épuisant.

Si seulement ils pouvaient partir, tous les deux ! Emma a envie de prendre un des livres de Tess et de lui faire la lecture. Elle a la nette impression que là, tout de suite, ce pourrait être d'une importance cruciale. Ce n'est pas impossible. Là, tout de suite, Tess est peut-être en train de reprendre peu à peu conscience, une lueur, peut-être, commence à poindre dans sa tête. Là, tout de suite, c'est peut-être précisément l'instant où il faudrait qu'elle entende la voix de sa mère énoncer tout haut des mots qu'elle connaît.

Emma pense au courageux Tintin : si ce personnage était le plus susceptible de toucher Tess, de rompre ce qui l'isole ? Le sage pull en V, les pantalons de golf bouffants, les chaussettes à losanges, le petit toupet coquet… Tintin saurait peut-être escalader les lointains sommets de l'esprit assoupi de Tess, comme il a grimpé les pentes glacées de l'Himalaya ? Tintin, oui, Tintin pourrait y arriver.

Emma ne veut pas que Peter la regarde, lui adresse la parole. Elle ne veut pas qu'il l'approche. Les idées de Peter l'indiffèrent. Elle essaie de venir à bout de l'instant suivant.

25

À partir du quatrième jour, Tess a eu droit à une chambre seule. Au même étage, le septième, celui du service de pédiatrie. Comparée à l'autre, la nouvelle chambre, carrée, paraît spacieuse car elle ne contient qu'un lit. La fenêtre donne à l'ouest, sur Central Park. En se penchant, on voit scintiller vers le sud le grand miroir aveugle du Réservoir. Les arbres arrivent juste sous la fenêtre. Quelle que soit l'heure à laquelle Peter regarde dehors, il aperçoit de petites silhouettes en train de courir obstinément autour de l'étendue d'eau. Les shorts et les tee-shirts des coureurs tranchent gaiement sur les verts et les bruns du chemin bordé de massifs d'arbustes. Il trouve bizarre que ces gens continuent à s'entraîner tous les jours et ne changent rien à leurs habitudes, comme si la vie ne s'était pas arrêtée pour tout le monde, comme si Tess n'était pas couchée là, immobile.

Le lit ordonne la chambre. Il est imposant, haut, divisé en carrés par des barres de métal poli. Deux fauteuils sont placés à son pied, séparés par une table basse en Formica. Sur le mur de la fenêtre, face au lit, l'écran gris vitreux d'un téléviseur est accroché en hauteur. Emma ne l'a pas allumé.

Voilà quatre jours que Tess est hospitalisée. Chacune de ces quatre journées paraît immense, énorme, sans commune mesure avec les jours ordinaires. Ce soir, lorsque Peter est entré, il n'a d'abord vu qu'Emma, assise sur un des sièges. Elle penchait le buste vers le lit et se tenait le menton en avant, les bras pliés sur la poitrine, les jambes croisées, une cheville passée sur l'autre.

Un moment, devant l'intensité de sa posture, l'angle vigilant de la pose, Peter crut qu'Emma écoutait. Elle avait l'air calme, absorbé, de quelqu'un qui tend l'oreille avec beaucoup d'attention. Il se dit qu'elle devait écouter Tess, Tess qui depuis l'accident n'avait pas encore émis le moindre son. Son cœur, alors, se souleva dans sa poitrine une fraction de seconde, puis il s'aperçut à l'expression d'Emma qu'elle n'écoutait rien du tout. Elle ne se tenait penchée en avant que pour attendre, attendre, attendre, dans la chambre silencieuse, le retour de Tess.

« Bonsoir, Em. » C'était toujours lui, maintenant, qui entamait la conversation.

« Bonsoir. »

Sans bouger, elle le suivit des yeux pendant qu'il pénétrait dans la pièce et se débarrassait de ses affaires. Il posa son attaché-case et l'encombrant sac en papier contenant leur dîner. Il s'approcha d'Emma, se pencha. Elle leva machinalement le visage pour recevoir son baiser.

« Cette chambre est beaucoup plus agréable », observa Peter en jetant un coup d'œil autour de lui. Emma ne releva pas. Il s'approcha du lit, se pencha sur le visage tuméfié.

« Comment va-t-elle ?

— Toujours pareil. »

Quatrième jour. Tess gisait, encore immobile ; ses lèvres gonflées laissaient passer un souffle invisible. On avait mal rien que de la regarder.

« Bonsoir, petit écureuil », dit Peter presque tout bas. Il l'observa quelques instants. « Il me semble qu'elle va mieux, non ? Tu ne trouves pas qu'elle a repris un peu des couleurs ? » Emma se taisait. Tourné vers elle, Peter attendait une réponse, et au bout d'un moment elle haussa les épaules. « L'enflure a diminué, reprit-il. Les yeux sont moins gonflés. Tu ne l'as sans doute pas remarqué parce que tu es tout le temps avec elle, mais je les trouve beaucoup mieux, aujourd'hui. » Se penchant à nouveau sur Tess, il se remit à lui parler d'une voix très douce. « Réveille-toi, petit écureuil, fit-il câlin, chuchotant presque. Allons, petite Tessie, réveille-toi. On est là, tu sais, on t'attend. On t'aime. On veut tellement que tu reviennes. »

Alors qu'il prononçait ces mots, Peter imagina ce qui se passerait si, là, tout de suite, en l'entendant, Tess entrouvrait les lèvres. Il imagina ce qui se passerait si elle ouvrait les yeux, battait des cils, le reconnaissait. Ce qui se passerait si elle revenait. Dans une tension de tout le corps, Peter se concentra sur l'instant suivant, la poitrine gonflée de cette émotion, de ce désir de voir Tess sortir du sommeil.

Aucun bruit ne s'éleva dans la chambre. Tess était toujours prostrée.

Les yeux de Peter se remplirent de larmes. Il se redressa et se tourna face au mur, le dos vers Emma.

« Il me semble qu'elle va mieux, répéta-t-il quand il eut retrouvé sa voix. Qu'en pense le médecin ?

— Rien. Comme d'habitude. »

Peter, avec un soupir, vint se placer à côté d'Emma. Il imaginait le brillant petit esprit de Tess en train de flotter quelque part, d'attendre. Dans son imagination, l'esprit de Tess était l'image transparente de sa personne : parfaite, intacte. Indemne, mais hors d'atteinte.

« Attendre, c'est le pire », dit-il en posant avec tendresse la main sur la tête d'Emma. Sous les cheveux souples, ses doigts perçurent tout de suite la chaleur – le cerveau, les pensées, le sang. Dans ce monde nouveau, tout, absolument tout ce qui l'entourait lui parlait de Tess. Il soupira et s'assit à côté d'Emma.

Le chagrin pèse d'un vrai poids, songea-t-il. Il accable autant qu'un fardeau réel. On le porte avec soi tout au long de la journée sans pouvoir s'en débarrasser. Le soir, les épaules, le dos sont moulus. Non. Peter rectifia : ce qu'il éprouvait en ce moment, ce n'était pas du chagrin, mais de la peur et de la tristesse. Le chagrin véritable ne laissait pas le moindre espoir. Lui, Peter, continuait d'espérer, en réalité. Il attendait que Tess guérît, il guettait une amélioration. Quatre jours, maintenant.

Chaque jour, lorsqu'il réalisait qu'il n'y avait pas de nouvelles, pas de bonnes nouvelles, aucun changement, il sentait se produire en lui une retombée de mauvais augure, un affaissement – l'orchestre des émotions glissait sans retenue vers des accords de plus en plus graves. Les choses, d'une certaine manière, descendaient, entraînées vers une région inférieure obscure et effrayante qu'il n'avait aucune envie d'explorer. Il n'y avait rien qu'on pût faire. Pas d'autre solution que de continuer, sans prêter l'oreille à ces terribles et sinistres accords, de continuer à s'agiter, à vivre.

Peter se pencha sur le sac d'épicerie.

« Dîner ? » proposa-t-il. Emma ne réagit pas. « Ce soir, nous mangeons italien. » Il souleva une pile de récipients en aluminium recouverts de couvercles en carton blanc. « J'ai pris des raviolis et des *linguine* aux fruits de mer.

— J'ai oublié à quoi ça ressemblait. Les *linguine*.

— Regarde. Choisis, je prendrai ce que tu ne veux pas. »

Il disposa les récipients sur la table, entre eux. Ils étaient encore chauds, mais vaguement, de façon diffuse. Il replia leurs bords flexibles, retira les couvercles en carton. Les aliments révélèrent leurs pâles formes crayeuses qui baignaient dans la sauce rouge figée. Peter ouvrit une boîte en plastique bourrée d'une salade presque blanche où s'accrochaient des gouttelettes d'eau. Il y avait aussi une demi-miche de pain italien, presque entièrement tranchée.

Emma examina sans intérêt les deux barquettes. Elle se décida pour les raviolis, leurs petits oreillers à moitié submergés de rouge sombre. Peter prit les *linguine*, écheveau enchevêtré de minces serpentins. Il sortit encore du fond du sac deux verres en plastique et une grande bouteille d'eau minérale. Un petit sifflement pneumatique s'en échappa lorsqu'il dévissa le bouchon.

« Il m'a semblé que vous appréciiez ce cru, madame. C'est celui que vous avez goûté hier soir », dit-il.

Emma, penchée sur son plateau, leva la tête vers lui. Sans ciller, ses yeux lui envoyèrent un de ces regards qui s'échangent parfois, dans le métro, entre parfaits inconnus. Peter se tassa sur son assiette.

« En fait, j'avais pensé prendre du vin, reprit-il. Demain, je t'en apporterai.

— Non, dit Emma.

— Pourquoi ?

— Pas ici.

— Rien dans le règlement n'interdit de boire du vin ici. Du moins en ce qui concerne les visiteurs », observa-t-il d'un ton raisonnable.

Emma secoua la tête sans le regarder : « Je n'en veux pas dans cette chambre », décréta-t-elle simplement.

Peter, les talons calés contre les pieds en métal de son siège, le petit plat plein de sauce en équilibre sur ses genoux, préféra garder le silence. Quatrième jour. Aucune logique à laquelle on puisse recourir, songea-t-il. Il pouvait se produire n'importe quoi, pour n'importe quelle raison, tout était éminemment imprévisible. D'après le docteur, il n'y avait rien d'autre à faire qu'attendre. Plus Tess restait inconsciente, plus c'était grave. Plus les chances de guérison s'amenuisaient.

Peter essaya de se représenter le site de l'hémorragie : les tissus asphyxiés par le sang. Les cellules de Tess en train de lutter avec courage pour se débarrasser du liquide importun, s'en nettoyer. Peter les y engagea en pensée. Visualiser : n'est-ce pas ainsi qu'on dit ? On imagine le corps occupé à se guérir. Cependant, il faut que ce soit le malade qui visualise… Cela marche-t-il quand même si c'est quelqu'un de très proche de lui, assis tout près de son lit ?

Le scanner pratiqué le premier jour a montré qu'il y avait une hémorragie. Il faudrait du temps pour que le sang s'évacue. Les médecins s'en tenaient là. Le neurologue a parlé de quelques troubles révélés à l'examen, mais c'est tout. Personne n'allait plus loin. Personne ne savait, sans doute ; ou alors ils savaient tous mais se taisaient. Les choses ne pouvaient peut-être pas se passer autrement : ni Emma ni lui ne seraient prêts à entendre les nouvelles, si jamais elles étaient insupportables. Peut-être qu'il fallait vivre avec jusqu'à ce que ça finît par s'imposer tout seul, peu à peu, peut-être que c'était le seul moyen d'y arriver. L'ordre des choses, en quelque sorte, la façon dont la nature vous les rendait supportables.

On ne peut pas savoir, voilà ce que disaient les médecins. Il n'y a pas plus de raisons de pencher pour une issue que pour une autre – Peter voulait le croire. Qui savait si un déplacement ténu, un facteur insoupçonné n'allait pas ramener l'âme de Tess vers eux, indemne ? Qui savait ce qui la retenait au loin ? Emma avait peut-être raison. Peut-être en effet que l'alcool, sans qu'on s'explique comment, aurait interféré. Pourquoi prendre le risque puisqu'on ne pouvait pas savoir ? Sans compter qu'il valait mieux éviter de contrarier Emma. Tess revint occuper ses pensées, fugacement, sorte de spectre rayonnant qui dérivait dans un espace clair et bleu, l'âme belle et saine, parfaite. Attendant Dieu sait quoi.

Les *linguine* avaient tiédi, la sauce était gélatineuse. La cuillère en plastique raclait contre l'aluminium avec un bruit désagréable ; chaque fois qu'il l'entendait, Peter aspirait l'intérieur de ses joues. Il s'appliquait à manger sans hâte, histoire de tirer en longueur cette activité pourtant dépourvue d'agrément : après, il n'y avait rien vers quoi se projeter. Le dîner constituait le seul événement de la soirée.

« Warren est passé ? » demanda-t-il.

Comme Emma ne répondait pas, il leva la tête. Elle acquiesça d'un signe : « Dans l'après-midi », précisa-t-elle. Puis elle prit son verre et but, les yeux toujours fixés sur lui, le regard ouvert, vide.

Blessé, Peter se pencha de nouveau sur son assiette. Autrefois, avant l'accident, la seule mention du prénom de Warren suscitait la complicité entre Emma et lui. Tous deux étaient des alliés, et Warren leur commun adversaire – l'autre. Peter avait beau ne jamais formuler les reproches qu'il adressait à Warren, il n'en pensait pas moins : Warren, cet imbécile. Emma se plaignait à lui de Warren ; Peter compatissait.

Tout cela avait bien changé. La complicité avait disparu, Peter et Emma n'étaient plus des alliés. Warren, à présent, était le père de l'enfant d'Emma. C'est avec Warren que les médecins s'entretenaient. C'est Warren qui discutait avec Emma des décisions à prendre.

Ainsi, Warren était venu au cours de l'après-midi, en son absence. Peter pouvait au moins lui savoir gré de cette preuve de tact. Une nouvelle bouffée de rage l'envahit au souvenir de l'avant-veille, quand il avait trouvé sa femme dans les bras d'un autre homme – cet autre homme. Au moins cela ne s'était-il pas reproduit.

Peter avala une longue gorgée d'eau gazeuse, dont les bulles pétillèrent farouchement au fond de son gosier. Il reposa le verre en plastique. Le lit d'hôpital se trouvait devant lui. Rien ne comptait plus en regard du silence absolu qui régnait dans cette chambre. Tess était la fille de Warren.

D'ailleurs, songeait Peter, en réalité je ne sais pas, aujourd'hui, qui est Warren. Jusqu'alors il l'avait toujours considéré comme quelqu'un d'immature et d'égoïste. Des années plus tôt, pendant la procédure du divorce, ce jugement était sans doute justifié, mais tous autant qu'ils étaient avaient des choses à se reprocher. Était-il vraiment moins égoïste, lui qui avait quitté sa femme ? On apparaît sous son plus mauvais jour quand on divorce. Non seulement on se conduit de manière inadmissible, mais encore on se montre plus soupçonneux, péremptoire et intolérant que jamais. On ne laisse aucune latitude aux autres. Les moindres faits et gestes de l'adversaire sont intolérables, promptement interprétés comme des preuves cruciales d'on ne sait quoi. Cet on-ne-sait-quoi ne cesse de se confirmer et, pris d'une animosité toujours plus forte, on s'excite tout seul, on s'écrie intérieurement : Tu as vu ? Encore ! Encore ! De pire en pire. On ne pardonne rien à l'autre. Il n'y a pas de circonstances atténuantes en la matière, aucune excuse. On est sans merci.

C'est obligé. Admettre que l'on se trompe, que l'on s'aveugle sur sa propre culpabilité, rendrait inadmissible la démarche engagée. Comment se regarder en face après ça ? Le divorce est un combat engagé au nom d'une morale personnelle. Pour survivre, il faut sacrifier l'autre. L'indignation, ici, est précieuse. Elle se déverse, rivière en crue, elle déborde, écumante. Elle se déchaîne pour un oui ou pour un non – au plus léger retard, à la moindre requête, au plus petit changement de plans ou à cause de tractations financières. Tout devient preuve décisive, irréfutable. Le parti qu'on a pris, les raisonnements qu'on tient sont d'une sagesse et d'une bonne volonté transparentes ; ceux de l'autre, d'une absurdité et d'une mauvaise grâce patentes.

Peter se tourna vers Emma. Elle se tenait la tête penchée. La courbe de son cou nu allait à la rencontre des cheveux coupés ras, de la peluche brune qui frisottait à la base de son crâne. Elle mangeait lentement. Sous le plateau en aluminium, ses genoux se pressaient l'un contre l'autre. Plus bas, les pieds se tournaient en dedans, pouces joints et talons écartés. Les épaules se voûtaient, se tassaient, comme si elle venait d'être battue, comme si elle cherchait à se protéger du coup suivant.

Il se souvint d'Emma versant des larmes de rage à cause de Warren. Toujours il lui avait donné raison. Une fois que ses pleurs s'étaient calmés, elle devenait amère, vindicative. Un divorce ne laisse pas place au pardon. On n'essaie plus de comprendre l'autre comme on s'y efforce avec un ami. L'autre n'est pas un ami mais un ennemi, et un ennemi avec qui il faut prendre des dispositions d'ordre intime, infiniment révélatrices. Le pardon n'est pas de mise, ni dans un camp ni dans l'autre, chacun fonctionne en permanence dans un état de rage ébahie. Ce comportement, bien sûr, se déploie à partir du vrai, du grand, de l'indicible scandale du désistement, de la trahison – de la rétraction de l'amour. Il y a la réponse intolérable à l'intolérable question : Tu m'aimes ? Une question qu'on ne supporte pas d'entendre, à laquelle on ne veut pas répondre. Une question qu'on ne peut se permettre. On choisit à la place d'appliquer toute son énergie à des problèmes immédiats – l'enfant, une fois de plus ramené en retard, les plans du week-end modifiés sans préavis, tous les éléments susceptibles d'apporter la preuve évidente du caractère inadmissible des agissements de l'autre.

À se replonger ainsi dans le passé, Peter, avec une stupéfaction lucide, comprit combien lui-même avait été égoïste, aveugle délibéré, inflexible. Une conduite tout entière orientée vers ses propres fins. Il pouvait difficilement reprocher à Warren d'avoir agi de même. Qui ne s'abaisserait à des enfantillages s'il croyait ainsi pouvoir sauver son couple, empêcher qu'on ne lui brisât le cœur ?

En réalité, réalisa Peter, jamais jusqu'ici il ne s'était replongé dans le passé. Jamais il n'avait repensé en détail à sa conduite ou à celle de Warren. Il n'avait vu Warren que par les yeux d'Emma, par les yeux d'Emma en colère, qui plus est, et jamais il ne lui était venu à l'idée d'envisager les choses sous un autre angle. On rencontre les gens dans des circonstances particulières, se dit-il, et on se persuade – on voit ! – que ce contexte révèle leur personnalité profonde. Tout en sachant bien sûr que cela ne vaut pas pour soi-même : mes méchancetés sont des aberrations, des moments d'égarement, des erreurs que je regrette. Je ne suis pas moi-même dans ces moments-là. Il y a sans doute des occasions où Warren se montre généreux et gentil, responsable et drôle. Il y a forcément des gens qui le connaissent sous ce jour. Peter se demanda comment était Warren avec ceux qui l'aimaient : sa seconde femme, Mimi, le petit garçon qu'ils avaient adopté. Il aurait été curieux de savoir comment se comportait Warren quand il était à l'aise, dans son élément. Lui, Peter, ne le verrait jamais ainsi. Ça ressemblait au principe d'incertitude : la seule présence de Peter suffisait à modifier la nature de l'événement.

Qu'en était-il de la séduction de Warren ? Qu'est-ce qu'Emma avait bien pu lui trouver ? Elle avait confié à Peter qu'il savait être drôle, charmant, chaleureux. Peter ne voyait rien de tout cela. Il ne voyait que les cravates en soie de Warren, ses chemises chatoyantes, la complaisance avec laquelle il s'était effondré sur l'épaule d'Emma.

Le souvenir leva en lui une nouvelle bouffée de colère. Cette manière qu'avait Warren de se passer la main dans les cheveux, de lever le menton, cette arrogance de timide. Décidément, Peter ne l'aimait pas, il le détestait.

Il finit la dernière bouchée de ses fades *linguine* en raclant avec soin sa cuillère sur les bords du récipient. S'emparant de la boîte de salade, il éparpilla la moitié de la laitue iceberg dans le plat barbouillé de rouge. Il n'y avait pas de sauce, c'était insipide. Les feuilles se transformaient en eau dans la bouche, sitôt leur texture succulente brièvement mastiquée.

Peter jeta un coup d'œil à Emma. Elle n'avait pas touché à la salade.

« N'oublie pas la verdure », dit-il en poussant la boîte vers elle.

Elle ne s'y intéressa pas. Elle n'avait avalé que la moitié de sa portion de raviolis. Un peu plus tôt, elle avait mangé une confiserie en barre : l'emballage rouge froissé traînait sur la table. En temps normal, Emma s'abstenait rigoureusement de sucre, et Peter se demanda s'il ne s'agissait pas d'un marchandage tacite, si Emma, renonçant à ses principes, ne mettait pas dans la balance sa santé contre celle de Tess.

Qui sait ? Qui sait ce qui peut marcher ? Comment, après une guérison, être sûr qu'elle ne doit rien à la prière, à la douceur des infirmières, au renoncement à l'alcool ? Qui sait quel déplacement subtil va mettre un terme à ce terrible suspens du temps et ramener les choses à la normale, guider vers eux l'esprit de Tess ? Peter n'était pas superstitieux, mais on n'était sûr de rien, il ne fallait rien exclure.

Leur triste repas achevé, Peter remit les plats en aluminium dans le sac. Il posa son attaché-case sur ses genoux, appuya sur les fermoirs en cuivre qui s'ouvrirent dans un claquement sec. Il avait commencé à lire *La Montagne magique* avant l'accident. À présent, il trouvait sinistre à souhait ce roman sur la maladie, qui décrit les réactions impassibles des médecins, un environnement médicalisé, la dangereuse séduction de la maladie. Tout était comme ça, aujourd'hui, tout se rattachait à l'accident, tissait le réseau sinistre et horrifiant de ce qu'on appelle l'ironie de l'histoire. Depuis ce jour, n'importe quel entrefilet à propos d'un accident de voiture, de la drogue, de la délinquance juvénile s'imposait férocement à l'attention de Peter. Il baignait là-dedans. Tout lui semblait avoir un lien avec l'accident, même s'il essayait résolument de se persuader du contraire. C'était de la superstition, de l'hystérie, de la démence de vouloir ramener à toute force la coïncidence à un schéma aléatoire et indéchiffrable. Peter se refusait à interrompre sa lecture sans être allé jusqu'au bout. Il avait l'impression que ce serait lâcher, renoncer devant une force sans doute dangereuse et à laquelle, de toute façon, il ne pouvait se permettre de céder.

Peter se carra dans le fauteuil étriqué et inconfortable en essayant de loger ses épaules entre les bras trop rapprochés. Il ouvrit le gros livre, non sans avoir d'abord jeté un regard à la forme silencieuse étendue sur le lit. De l'endroit où il était assis, il ne voyait que les deux silhouettes des pieds, ensevelis sous la couverture. Ils ne bougeaient pas.

Baissant les yeux sur son livre, il se mit à lire, entamant une lente plongée dans le monde lointain de l'Europe d'avant guerre. Les montagnes solennelles, l'air salubre et limpide, la foi innocente en la pérennité de l'ordre et de la stabilité. Peter passait sa soirée en compagnie de Hans Castorp et de Clavdia Chauchat, avec en toile de fond l'implacable Emma et la distante Tess. Il allait d'un monde à l'autre, glissait en silence entre les deux, pénétrait dans le sanatorium étincelant et glacial. Il y rencontrait Hans Castorp le sybarite, allongé sur sa chaise longue, tirant le plaid sur ses genoux ; et la délicieuse Clavdia à l'étrange prénom, avec cet étirement inattendu du *v*, la sensuelle, la dangereuse Clavdia. Puis Peter émergeait sans joie de cet univers pour retrouver la chambre d'hôpital de la réalité, avec cette enfant bien réelle à qui la maladie n'offrait aucun choix. Réverbérée par les majestueuses montagnes allemandes et l'histoire d'amour condamnée, la même note de tristesse constante résonnait d'un monde à l'autre, si bien que tout, dans le roman, même les plus grands moments de bonheur et d'extase de Hans Castorp, devenait contaminé par la profonde mélancolie de Peter et la creusait à son tour davantage.

Peter interrompait souvent sa lecture, la tête levée vers le lit de Tess, pour écouter. Aucun bruit ne l'avait alerté, et pourtant il se retrouvait soudain à l'affût. À chaque fois, Emma elle aussi dressait l'oreille, pleine d'espoir, pensant qu'il avait peut-être entendu quelque chose qu'elle-même aurait laissé échapper. Au bout d'un moment, elle se replongeait dans son livre sans regarder Peter. Elle lisait en silence, ou bien, de temps en temps, à voix haute, pour Tess. De temps en temps elle rapprochait sa chaise du lit et lisait tout haut. De temps en temps elle se levait et contemplait le visage contusionné de Tess.

Quand elle lisait pour Tess, Peter écoutait sa voix posée. Elle semblait parfois si calme, tellement sous le charme du texte, qu'il se demandait si elle n'avait pas oublié qui composait son public. Il souhaitait de tout cœur qu'elle l'eût oublié. Il espérait qu'elle avait des moments de répit, qu'elle se laissait captiver par l'histoire, ne pensait plus qu'au perfide Edmund, à la courageuse Lucy, au noble Aslan. Qu'elle échappait, un instant, au terrible espace-temps qui était devenu le sien.

Peter allait au bureau tous les jours, et bien des fois au cours de la journée, quand il discutait avec ses collègues, rédigeait un document, déjeunait avec des amis, il lui arrivait d'oublier. Jamais d'oublier vraiment – il gardait ces faits présents à l'esprit, mais en maintes occasions ils cessaient d'occuper l'essentiel de ses pensées, et Peter pouvait rire, par exemple. Il ne voulait pas en parler au bureau, détestait qu'on y fît allusion devant lui. Aussitôt l'horreur reprenait ses droits. Mentionné par d'autres au cours de la conversation, l'accident menaçait de se confondre avec ce que Peter ne pouvait nier et qui risquait de devenir permanent. Tant que cela restait dans l'ombre, non dit, on pouvait penser que c'était provisoire, qu'il ne servait à rien de s'appesantir dessus, qu'il s'agissait d'un cauchemar dont il était inutile de parler. Il ne l'évoquait jamais, et parfois, dans la journée, ça lui sortait presque de la tête. Rire faisait du bien.

À dix heures, Peter referma *La Montagne magique*.

« Bon… Je crois que je vais rentrer. Tu viens avec moi ? »

Emma le dévisagea. Elle avait passé les deux premières nuits à l'hôpital. Quand Tess était dans le service de soins intensifs, elle s'installait dans la salle d'attente et s'assoupissait sur un inconfortable divan recouvert de plastique. Dans la chambre à deux lits, elle avait pu s'allonger sur un matelas à même le sol. On ne l'avait pas autorisée à utiliser l'autre lit, bien qu'il fût vide. Une nuit, elle était rentrée à l'appartement très tard pour dormir quelques heures.

Ce soir, elle refusa la proposition de Peter d'un signe de tête.

« Je reste encore un peu.

— Toute la nuit ?

— Je ne sais pas.

— Bien. »

Il embrassa la bouche passive qu'elle lui tendait. Puis il alla vers le lit et se pencha sur Tess, lui souhaitant bonne nuit dans un chuchotement à peine audible, comme si, à cette heure, il était normal qu'elle dormît, comme s'il ne voulait surtout pas la réveiller. À la porte, il se retourna pour envoyer un baiser à Emma. « Bonsoir », dit-il.

Elle le regarda. Sa frange épaisse lui couvrait le front ; dessous, le pourtour de ses grands yeux était rouge. Avec un temps de retard, à son tour elle lui souhaita bonsoir.

Quand il arriva chez eux, l'appartement plongé dans le noir lui parut étrange, renfrogné, hostile. Sans allumer la lumière, il traversa l'entrée carrée, passa devant le salon obscur où se dissimulaient les petites tables cirées, les tapis rutilants : une ambiance conçue pour mettre en valeur l'éclat des lampes, de la conversation, des rires. L'agrément – quelque chose devenu inconcevable. Une autre vie, un autre monde, ailleurs. À présent, les pièces étaient silencieuses, déprimantes, vibrantes de reproches. Les reproches étaient omniprésents.

Dans leur chambre, sur le grand lit à colonnes, Peter s'endormit tout de suite. Plus tard, il s'éveilla groggy, perdu. Il tendit la main pour toucher Emma, mais son côté du lit était vide – un désert de draps froids. Il tâtonna un moment, décontenancé, incapable de se rappeler la raison de l'absence de sa femme ; avec l'insomnie la mémoire lui revint, écœurante. Le visage affreusement défiguré de Tess, les ecchymoses qui s'épanouissaient sous sa peau. Son silence. Peter ferma les yeux.

Il s'était rendormi lorsque Emma ouvrit la porte, mais sortit à nouveau du sommeil en l'entendant se déshabiller dans le noir. Elle avait des gestes brusques, bruyants, presque.

« Em ? murmura-t-il.

— Oui ? dit-elle fort.

— Tu es rentrée. »

Elle ne répondit pas.

Du lit où il l'observait dans la pénombre, Peter se demanda comment elle considérait son retour à l'appartement. Comme une défaite ? une faiblesse de la chair ? une décision d'ordre pratique, moralement neutre ? Était-ce le désespoir ou le réalisme qui l'avait poussée à rentrer ?

« Viens te coucher », fit-il, mais Emma gagna sans mot dire la salle de bains. Il entendit l'eau couler.

Il l'attendit dans le noir en l'écoutant prendre sa douche. Il se sentait profondément seul, plus que lorsqu'il était rentré, quelques heures plus tôt. Il était seul, et sa solitude paraissait immense, infinie, cruelle. Peter pleurait l'absence d'Emma, la nuit, à son côté. Il pleurait l'absence d'Emma dans sa vie de tous les jours. Emma à présent ne lui adressait presque plus la parole. Quand cela lui arrivait, c'était avec une hostilité à peine voilée, sur un ton accablant.

Peter essayait de prendre son mal en patience. Il ne voulait pas savoir combien de temps encore cela risquait de durer. Il ne s'autorisait pas à envisager la possibilité d'un changement définitif de leurs rapports. Il avait beau chasser cette pensée, elle se profilait pourtant de façon lugubre. Peter se conduisait comme si la situation était provisoire. Pouvait-il agir autrement ? Il voulait retrouver sa femme, il l'aimait. Il voulait que Tess guérît. Il aimait Tess.

Peter se souvenait très bien du moment où il avait découvert qu'il aimait Tess. Il y avait des années de cela – Tess était encore toute petite, quatre ans, cinq peut-être. C'était l'été, dans la maison qu'ils avaient louée pour la première fois à Marten Island. Il faisait beau et chaud, et ils passaient l'après-midi dehors. Les filles jouaient dans leur cachette, sous les branches basses des forsythias. Emma était occupée… à quoi ? Elle ne lisait pas. Il y avait quelque chose – des morceaux de toutes les couleurs – devant elle sur une table de jardin ronde. Peter lisait, lui, assis sur un transat, les pieds en l'air. Soudain, Tess avait poussé un hurlement perçant, suraigu, monté en vrille dans l'air calme, et elle était sortie en trombe de la grosse touffe de forsythias.

« Je suis piquée ! criait-elle dans un glapissement angoissé, en se tenant un coude dans une main. Y avait une abeille ! »

Elle n'avait sur elle qu'un short d'où émergeait son buste de petite fille, rose et vulnérable. Derrière elle, Amanda se glissait à quatre pattes hors des buissons, inquiète.

« Ouille, ouille, ouille ! gémissait Tess, qui se précipitait vers eux en agitant avec violence la tête d'avant en arrière.

— Viens me voir, Tessie », avait dit Emma en lui tendant les bras.

De façon tout à fait imprévisible, cependant, Tess avait ignoré sa mère. Son bras dodu pressé contre son torse nu, elle courait à travers la pelouse en hurlant sur un registre difficilement soutenable. Elle avait fait un écart pour éviter les bras d'Emma et foncer vers Peter.

Surpris, il avait posé son livre, juste à temps. Une seconde après, Tess se jetait sur lui pour se réfugier contre sa poitrine comme un petit animal apeuré.

« Peter, lui avait-elle confié, éperdue de douleur. L'abeille m'a piquée !

— Aïe, aïe, aïe ! avait compati Peter en la prenant dans ses bras.

— Ça fait mal, pleurait Tess dans sa chemise. Tu vas me soigner ? »

Le petit corps chaud, moite, solide, s'abandonnait contre lui avec une entière confiance. La soudaineté, le choix de Tess, sa confiance démontaient Peter. Une émotion à laquelle il ne s'attendait nullement lui gonflait la poitrine, à tel point que quelques secondes durant il en était resté muet, le souffle coupé. Puis il avait dégluti, regardé Emma qui lui souriait, les sourcils en l'air, et serré avec tendresse le corps échauffé de Tess, qui s'agitait pour mieux se nicher. Cessant de bouger, elle avait longuement reniflé.

« Ouille, ouille, ouille, se plaignait-elle tout bas.

— On va mettre de la boue dessus, avait décrété Peter. Ça va arrêter la douleur.

— De la boue ? » avait dit Tess en levant la tête.

Peter, se penchant, avait craché dans la terre humide à côté du transat. Il l'avait remuée ensuite du bout des doigts et avait étalé sur le coude de Tess une petite motte de terre brune. Elle suivait l'opération avec attention, inquiète, encore. Puis Peter l'avait reprise contre lui et bercée en tapotant la peau nue soyeuse. Le dos de Tess était encore si petit qu'en ouvrant les doigts il le couvrait de la main. Il sentait son cœur battre contre le sien. Elle se laissait aller dans ses bras, reniflant. Peter avait frotté son menton sur la tête ronde et posé un baiser sur les fins cheveux blonds.

Il se sentait bizarre, sidéré par cette émotion inattendue qui l'envahissait. Jamais il n'avait sérieusement réfléchi à ce qu'il éprouvait pour Tess. C'était important et vague : de l'affection, de la responsabilité – un lien somme toute assez consciencieux. Ce qui lui arrivait là était bien différent. Peter découvrait soudain une large gamme de sentiments nouveaux. Quelque chose en lui s'était dénoué et il se retrouvait envahi, englouti par une émotion dont il ne se savait pas capable.

Elle avait été suscitée par l'élan de Tess, son innocente certitude que Peter l'aimait. La force de sa conviction rendait cet amour vrai. Tess affirmait ses droits sur lui.

Peter aimait Tess depuis cet instant d'élection, quoique pas du même amour qu'Amanda. Pas plus, pas moins, mais autrement. Il éprouvait pour Tess de la fierté et de l'affection, rarement autre chose. De la contrariété, parfois, jamais de la colère. Il revenait à Emma de se fâcher contre Tess, de la discipliner. Peter, lui, prenait toujours le parti de l'enfant: sa seule tâche consistait à aimer cette petite fille. Ses sentiments à l'égard d'Amanda étaient différents, plus compliqués, plus directs et plus désespérés. La colère y avait sa place: Amanda le prenait au piège d'un amour fou et rancunier. Peter et sa fille étaient soudés, ils partageaient le même système racinaire. Il était impossible de les disjoindre, malgré la rancœur et la rage qui les opposaient. Les griefs étaient nombreux. Aujourd'hui, Peter ne pouvait plus penser à Amanda – allant et venant, bavardant avec ses copines, regardant des cassettes vidéo – sans sentir la rage l'envahir.

À nouveau, il songea à Tess, sur son lit d'hôpital.

Parfois il essayait d'imaginer comment les choses allaient s'organiser si elle ne guérissait pas. Contrairement à Emma, qui chassait cette idée, lui acceptait de l'envisager, la laissait se développer. Il imaginait une pièce – serait-ce chez eux? – où il y aurait un fauteuil imposant, avec des roues aux rayons étincelants, et un lit spécial, haut, en métal. Il imaginait une femme en uniforme blanc assise près du lit. Cette femme adressait un regard radieux à tous ceux qui passaient la porte. Peter n'allait pas plus loin. Il ne pouvait pas se résoudre à imaginer Tess elle-même, transformée.

Alors qu'il attendait Emma, toujours dans la salle de bains, Peter ferma les yeux. Mon Dieu, pensa-t-il, faites qu'elle se rétablisse. Je vous en supplie, faites qu'elle se rétablisse. Je vous en supplie. Son corps tout entier s'absorba dans une concentration fervente. Je vous en supplie, se répétait-il, je vous en supplie. Il priait.

Il n'avait encore jamais prié, avant. Cela semblait presque déloyal de demander son aide à Dieu après lui avoir si longtemps marqué tant d'indifférence, mais il n'y avait personne vers qui se tourner. Si du moins la prière était bien ce jaillissement urgent d'émotion, de désir, Peter maintenant priait sans arrêt, entre deux pensées, deux préoccupations. Que faire d'autre ? Qui savait à quoi tiendrait la différence ? À cela, peut-être. Je vous en supplie, faites qu'elle se rétablisse. Il implorait, humble et fervent.

Emma regagna la chambre. Elle avait passé sa chemise de nuit, un long tee-shirt en coton qui lui arrivait à mi-mollet. L'encolure en V dégageait les deux os à la base de la gorge. À travers le fin coton, Peter voyait les pointes de ses seins, la diagonale des côtes, étonnamment près de la peau, comme si Emma souffrait de la faim.

Son visage éclairé par la lumière provenant de la salle de bains était fermé, inexpressif. Peter souleva le drap de son côté dans une muette invite à venir le rejoindre, mais Emma, sans croiser son regard, contourna le lit pour aller se coucher loin là-bas, à sa place habituelle. Lui tournant le dos, elle se roula en boule au bord du matelas. Elle n'avait pas ouvert la bouche.

Peter bascula pour se glisser près d'elle. Il s'étonnait de trouver le lit si large, l'autre côté si distant. Il la prit dans ses bras et la sentit se raidir.

« Emma », dit-il dans un murmure. Son menton effleura la courbe d'une épaule contractée qui refusait de s'abandonner. Emma se taisait.

« Emma, chuchota-t-il de nouveau.

— Quoi ? fit-elle tout haut, d'une voix qui résonna dans le noir.

— Tu veux bien que je vienne ? » Elle ne répondit pas. « Je t'aime. »

Il passait la main sur la crête de son épaule, sans hâte, dans un doux va-et-vient. Non pour éveiller le désir, mais gentiment, pour consoler sa femme, la réconforter. Il se souvenait de son corps se donnant à lui, s'échauffant sous les caresses qu'il avait le droit, alors, de prodiguer. Il se souvint d'une fois, dans la maison de Marten, où ils s'étaient réveillés en pleine nuit et où Emma, entre ses mains, était devenue de soie, d'argent. Cela paraissait si loin, à présent. L'amour, ses plages immenses de plaisir généreux, appartenait à un monde perdu.

Emma se taisait. Son corps restait rigide sous les mains de Peter.

« Emma, je vis ça avec toi. Moi aussi je veux qu'elle guérisse. Nous sommes ensemble, tu le sais. J'aime Tess. »

Emma se raidit davantage

« Ne prononce pas son nom », dit-elle.

Peter dégagea son bras, roula de l'autre côté, lui tournant le dos.

Puis il se réveilla encore. Emma était partie.

Une obscurité totale, cette fois, régnait dans la pièce ; la porte de la salle de bains était fermée. Peter perçut du bruit, souleva la tête pour écouter. Emma s'y était réfugiée et pleurait. Il entendait les longs sanglots s'étirer, interminables, avec en contrepoint une voix basse, épuisée. Ce désespoir s'exprimait avec une raucité et une absence de retenue effrayantes.

Peter resta un moment l'oreille aux aguets, puis il sortit du lit et se risqua à pas feutrés vers la salle de bains. Il ouvrit la porte, cligna des yeux, surpris par la lumière.

Le carrelage blanc autour de la baignoire, les murs couleur pêche, pourtant, étaient accueillants. Des fougères délicates ornaient le papier peint. La pièce aurait ressemblé à un berceau de verdure s'il n'y avait eu la femme – Emma, à genoux par terre devant la baignoire, les bras en appui sur le bord, la tête posée sur les bras. Les bruits qui sortaient d'elle étaient affreux, choquants.

Peter s'agenouilla, la prit dans ses bras.

« Emma. »

Elle s'arrêta aussitôt. Son corps devint mou. Son silence subit avait quelque chose d'inquiétant. Elle ne répondit pas à Peter, elle attendait qu'il s'en aille. Peter la soutenait. Il essaya de la bercer contre lui. Elle se raidit. Elle ne le regardait pas, elle attendait qu'il s'en aille. Il sentit qu'elle voulait qu'il s'en aille.

Au bureau, dans la journée, Peter passait son temps à attendre un coup de fil d'Emma. Chaque fois que le téléphone sonnait, il s'empressait de décrocher dès la première sonnerie, interrompant au besoin une conversation. Peu importait alors qui, à ce moment-là, se trouvait en face de lui.

« Chatfield », disait-il, avec le fol espoir d'entendre enfin la voix d'Emma lui annoncer ce qu'il avait envie d'entendre. Dans le bref temps qui le séparait de la réponse de son interlocuteur, il pouvait y croire. Pendant cette fraction de seconde, il n'était pas impossible qu'Emma l'appelât pour lui apprendre que Tess s'éveillait peu à peu et que la vie allait recommencer.

26

Tous deux avaient été réveillés en sursaut par le fracas de l'accident, un bruit qu'à ce moment-là ils ne pouvaient identifier. Allongés côte à côte ils avaient écouté le silence, avec encore dans l'oreille ce bruit qu'ils ne reconnaissaient pas.

« Qu'est-ce que c'était ? dit Emma en se redressant.

— Une sorte de… », commença Peter.

Voir Emma assise l'engagea à sortir du lit. Il ne savait pas ce qui arrivait.

Ils avaient enfilé leurs peignoirs, leurs pantoufles, en se déplaçant en silence. Ils étaient descendus au rez-de-chaussée. La lune était pleine, et sa lumière froide baignait les pièces. Le grand calme nocturne avait quelque chose de singulièrement alarmant. Ils étaient sortis par-derrière, s'étaient glissés sur la véranda. Sur la route, un peu plus haut sur la colline, de l'autre côté de la haie, une vague lueur brillait. Ils avancèrent dans cette direction.

« Où est la voiture ? » demanda Emma alors qu'ils s'engageaient dans l'allée.

Peter ne prit pas la peine de répondre : l'absence de la voiture paraissait alors secondaire ; inutile de s'appesantir dessus pour l'instant, l'explication viendrait plus tard.

Elle était cependant tout sauf secondaire, et à partir de là chaque découverte fut plus terrible que la précédente. Plus loin, sous l'affreuse clarté grise de la lune, Peter distingua une masse immobile sur la route, dans le virage. Il ne comprit pas tout de suite, ne reconnut pas la forme sombre. L'étrange lumière irradiait de la haie, de l'arbre. Tout était immobile, silencieux, et malgré cela l'air vibrait d'une violence juste calmée. Ils s'étaient mis à courir, tous les deux, et maintenant Peter voyait que la forme était celle d'une voiture couchée sur le flanc. Le dessous métallique de la carrosserie se trouvait face à eux, le capot s'enfonçait dans le tronc de l'érable.

Pauvres gens, se dit-il, pris de compassion pour ces étrangers, ces inconnus.

Mais à présent chaque détail était plus épouvantable, affreusement plus épouvantable. La voiture, quand il s'en approcha, tandis qu'avec Emma il la contournait par l'arrière, devint une Volvo, familière, reconnaissable – leur Volvo. Inexplicablement la leur. Les phares, les veilleuses plutôt, brillaient dans la haie. Aucun bruit ne venait de l'intérieur. Sur le bas-côté, une silhouette à genoux leur tournait le dos, voûtée, bras ballants, dans une posture, elle aussi, par trop familière.

« Amanda ? »

Elle se retourna. À la lueur sanglante des feux de position, il distingua la longue éraflure rouge qui lui marquait la joue. Sa figure était pleine de bleus, couverte de boue. Amanda regardait son père, étourdie, muette, le regard terne. Jamais il ne lui avait vu cet air-là. La peur lui serra le cœur.

« Amanda, ça va ? » demanda-t-il en lui touchant l'épaule.

Elle s'écarta avec violence pour se dérober à son contact, tandis qu'un bruit bizarre s'échappait de sa gorge.

« Non.

— Que s'est-il passé ? s'exclama-t-il, fou d'inquiétude.

— On a eu un accident.

— C'est ton épaule ? » reprit-il en l'effleurant plus doucement.

Amanda acquiesça et ferma les yeux, paupières crispées.

On, pensa Peter. On a eu…

« Tu étais avec qui ? »

Amanda esquissa un signe de tête en direction de la voiture. Peter se retourna. Emma y était déjà. Les phares éclairaient le tronc de l'arbre et la mosaïque intriquée de la haie de troènes, juste derrière. Les voyants du tableau de bord étaient allumés. Peter entendit le gémissement – un « Oh » plaintif, unique syllabe brisée net. Ça ne ressemblait pas à la voix d'Emma. Peter s'enquit :

« Tess est dedans ? »

Amanda opina lentement du chef en fixant la voiture de son regard éteint.

Emma, en peignoir, se glissait avec précaution à l'intérieur de la voiture par la vitre ouverte. Peter laissa Amanda pour aller la rejoindre. Quand il arriva, elle était dedans. Lui ne vit que sa tête penchée.

« Elle n'est pas blessée ? » fit Peter.

Le sang lui martelait les oreilles, son cœur cognait dans sa poitrine. Emma se poussa, et il aperçut à côté d'elle une masse confuse tassée contre le pare-brise. Sa peur s'amplifia, devint panique, mais il s'y refusait : non, ça ne pouvait pas être Tess, cette forme, cette couleur, cette chose amorphe sur laquelle scintillait un liquide sombre.

« Appelle le 911 et rapporte une couverture », lança Emma. Et dans la seconde, avant qu'il eût saisi, réagi, elle ajouta : « Vite ! Dépêche-toi ! »

Dans la cuisine silencieuse, Peter avait allumé la lumière trop vive et composé le numéro. Puis il avait attendu, seul dans la maison, accompagnant par la pensée le signal qu'il venait d'envoyer à travers la nuit, par-delà l'océan. Il attendait. Dans la cage de sa poitrine, son cœur trop gros, terrifié, cognait comme un sourd. Ça allait s'arranger, les choses s'arrangeraient par la force de sa volonté.

« Vous avez appelé le 911, dit une voix féminine.

— Je veux signaler un accident, déclara Peter, fier de sa voix claire et distincte.

— Quel genre ?

— Un accident de voiture. » Était-ce bien le terme exact, pourtant ? Certes, il y avait la voiture, l'arbre, les filles, mais était-ce bien cela qu'on appelait un accident de voiture ?

« Des blessés ?

— Oui.

— Combien de blessés ?

— Deux... Des enfants, articula Peter avec effort : le mot se bloquait dans sa gorge.

— À quel endroit ? »

Il avait donné les indications nécessaires, précisé son nom.

« Ne quittez pas, fit la femme. Ne raccrochez pas. »

Le silence, à l'autre bout de la ligne. Peter serrait le combiné dans sa main. Il sentait les secondes s'écouler une à une dans son corps. Il pensait à Emma, en pleine nuit là-bas ; son peignoir s'était étalé autour d'elle comme une cape quand elle s'était introduite dans la grotte sombre de la voiture. Chaque seconde rendait l'attente plus insoutenable. Vite, vite, aurait-il voulu crier dans le téléphone.

Puis à nouveau la voix de la femme dans son oreille :

« Ne les bougez pas, expliquait-elle. Vous avez bien compris ? Ne les sortez pas de la voiture, laissez-les dans la même position. Si la colonne vertébrale est touchée, vous pourriez aggraver les choses.

— Très bien, acquiesça Peter, en pensant qu'Emma avait peut-être déjà tiré Tess de la voiture.

— Les enfants sont choqués, il faut les tenir au chaud. Recouvrez-les d'une couverture sans les déplacer. La police est prévenue, elle va arriver. Une ambulance, aussi. Un pilote d'hélicoptère est prêt à décoller. Les policiers jugeront s'il faut qu'il intervienne. Dans l'affirmative, il sera là treize minutes après avoir été prévenu par téléphone.

— Bien, dit Peter. Très bien. »

Peter écoutait cette femme avec dévotion. Il l'imaginait, d'astreinte, veillant toute la nuit près du téléphone, assise devant un bureau encombré : plusieurs appareils, des émetteurs radio, un ordinateur. Elle, la cinquantaine, des cheveux courts grisonnants, des lunettes. Il l'aimait.

« Vous connaissez les noms des victimes ? »

Il hésita : dans un instant, le dernier instant, il aurait reconnu, admis, nommé. Peter donna les deux prénoms. Les syllabes retentirent atrocement.

« Vous êtes Peter Chatfield ?

— Oui. Comment le savez-vous ?

— Votre numéro de téléphone s'est inscrit sur l'écran. Quel lien avez-vous avec les victimes ?

— Je suis le père. » Le mot sonna dans sa bouche comme un aveu. Il l'entendit résonner, lourd de culpabilité. Un coup de gong énorme – maintenant le monde entier savait. Sa responsabilité était engagée, c'était sa faute.

« Je comprends, je suis désolée », dit la femme, qui continua néanmoins à l'interroger. Le nom de son médecin, son assurance médicale, les adresses.

Peter lui fournit consciencieusement tous ces détails tandis que dans un coin de sa tête il se demandait comment il allait pouvoir s'excuser, lui expliquer, après, que rien de tout cela n'était arrivé et que les filles dormaient, là-haut, dans leurs lits. Il voyait Tess de façon très claire. Elle dormait souvent sur le dos, la tête tournée d'un côté, une paume ouverte sur l'oreiller. En ce moment même, bien sûr, elle était dans son lit, c'était évident.

Quand il eut répondu à toutes les questions de la femme du 911, Peter raccrocha et grimpa l'escalier quatre à quatre pour aller chercher les couvertures. Il entra dans la chambre de Tess, appuya sur l'interrupteur, regarda : elle pouvait être dans son lit, c'était plausible, une erreur était tout à fait possible. Amanda avait pu se tromper, il avait mal compris. Le lit était sens dessus dessous, vide. Il tira sur la couverture, sur la couette. Il se précipita en bas et ressortit dans la nuit redoutable.

Emma était dans la voiture, étrangement appuyée contre la portière. Peter lui tendit la couverture, les yeux fixés sur son visage, redoutant de regarder à l'intérieur.

« La police et une ambulance arrivent. On a prévenu l'hélicoptère. Il faut les tenir au chaud mais ne pas les bouger, il ne faut surtout pas les déplacer, au cas où la colonne serait touchée. »

Emma prit la couverture et disparut sans un mot dans les profondeurs sombres de la Volvo. Peter apporta la couette à Amanda, qui s'était relevée et se tenait face à la voiture emboutie, un bras plié sur la poitrine ; l'autre pendait, inerte.

« Attends, je vais t'emmitoufler », dit Peter en drapant avec précaution la couette autour de ses épaules.

Amanda cilla, laissa échapper un son inarticulé. Il l'enveloppa, la main légère, et resta derrière elle, sensible au robuste essor de son jeune corps de femme. La peur l'étreignait, et avec elle une impression de gâchis. Il pensa à Byron – Elle marche dans la beauté, pareille à la nuit de... quelque chose, et les grands cieux étoilés. Peter ouvrit la bouche, suffoqué par l'effroi. C'était sa fille, devant lui.

« Que s'est-il passé, Amanda ?

— J'ai raté le virage.

— Tu conduisais ? » Il en était malade. Devant lui, Amanda hocha la tête. « Comment va ton bras ?

— Je ne peux pas le bouger. »

Il y avait du désespoir dans la voix d'Amanda. Peter, très délicatement, l'embrassa sur la tête. Il ne pouvait pas la prendre dans ses bras. Au contact de la bouche de son père sur ses cheveux, Amanda laissa échapper un sanglot rauque et bascula de façon imperceptible en arrière pour s'appuyer contre lui.

Précédée par ses cris nasillards glaçants, l'ambulance apparut au bas du virage, s'approcha, s'immobilisa. Son gyrophare jetait sur les lieux de l'accident des rayons nerveux, inquiétants, désorientants. Deux hommes en veste sombre sautèrent à bas du véhicule et s'avancèrent vers Peter.

« Elle est dans la voiture », leur indiqua-t-il.

Derrière la vitre ouverte apparut la silhouette d'Emma, qui s'extrayait de la Volvo avec précaution. Échevelée, les yeux enflammés par l'horrible éclairage intermittent du gyrophare, elle avait l'air diabolique.

Un des hommes se glissa dans l'habitacle alors qu'une voiture de police s'arrêtait derrière l'ambulance. L'homme en uniforme qui en sortit s'approcha d'Emma et, posant une main sur son coude, l'entraîna vers Peter. C'était John Garth, un type du coin. Peter le connaissait pour avoir passé quelques soirées à pêcher avec lui sur la plage. Là, dans les reflets erratiques flamboyants, Garth se comportait en étranger formel et compassé.

« Par ici, madame Chatfield, s'il vous plaît, disait-il, les bras ouverts et arrondis à hauteur d'épaule pour chasser Emma des abords de la voiture.

— Non, refusa Emma avec un pas de côté. Ma fille est dedans.

— Je suis désolé, madame, mais il ne faut pas rester là pendant que les secours s'occupent d'elle, c'est la consigne. »

Garth portait la moustache, une grosse moustache châtain, et des lunettes noires. Des lunettes de soleil, remarqua Peter. À quatre heures du matin. Il saisit le poignet d'Emma et la tira vers lui pendant que le policier prenait position devant eux, jambes et bras écartés, usant de son corps comme d'un bouclier pour les protéger de la vue de la voiture. Toutes les deux secondes, il se retournait pour les surveiller par-dessus son épaule.

Emma s'était immobilisée à côté de Peter. Elle n'avait pas jeté un regard à Amanda.

Le deuxième ambulancier s'approcha de la Volvo, chargé d'une mallette et d'un étroit brancard. Les phares de l'ambulance étaient dirigés sur la voiture accidentée ; non loin, quelqu'un avait allumé une lampe puissante directement posée sur le sol. Les hommes travaillaient vite dans ces flots de lumière cauchemardesques. Garth recommanda à Peter et à Emma de ne pas bouger, et ce faisant ses yeux cherchaient ceux de Peter comme pour un échange d'homme à homme. Peter ayant acquiescé d'un signe, Garth s'éloigna pour échanger quelques mots avec les sauveteurs. Campé à quelques mètres sur ses jambes écartées, il leur faisait toujours écran. Il dégagea le talkie-walkie glissé dans son ceinturon et se mit à parler dedans à voix basse.

Derrière Garth, à moitié masquée par lui, ils apercevaient Tess, sanglée sur une courte planche qu'on levait dans la lumière. De larges bandes blanches la retenaient solidement sur ce support, sa chemise de nuit tachée de noir brillait. Quand son corps ainsi soulevé apparut dans l'éclairage violent, Peter vit, comme un terrible secret, que sa tête était brune et sombre, couverte de sang.

Ils la déposèrent sur la civière plus large préparée à côté, avec sa couverture ouverte. Ils en rabattirent les pans sur la petite silhouette, si menue qu'elle s'effaça sous le tissu. Peter distinguait néanmoins le visage de l'enfant, scintillant dans le noir à cause du masque qui lui couvrait le nez et la bouche.

Tess se mit soudain à se débattre dans les sangles qui la retenaient sur la civière. Ils la voyaient, dans la lumière crue, agiter follement la tête, tordre les épaules de façon horrible. Emma se précipita, et aussitôt le policier lui barra le chemin.

« Laissez-moi passer ! protesta Emma, les yeux rivés sur Tess.

— Madame, excusez-moi, je vous demande de reculer. Reculez, s'il vous plaît. Les secours vont l'emmener à l'héliport. L'hélicoptère doit arriver d'un instant à l'autre. Il faut transporter les deux petites, et il n'y a de la place que pour une seule autre personne à bord. Si vous voulez les accompagner, il faut tout de suite vous préparer. »

Ils ne réagirent pas, hypnotisés par Tess. Elle s'arcboutait farouchement sous la couverture, secouait la tête, essayait de relever les épaules comme si elle luttait contre d'invisibles assaillants. Le policier agitait les mains devant eux pour cacher cette vision, mais ils ne pouvaient en détacher leurs regards. Les grosses mains levées qui se déplaçaient sans cesse de gauche à droite étaient gênantes, exaspérantes ; elles s'interposaient mais ne suffisaient pas à masquer la scène.

« Madame, reprit Garth, l'hélicoptère ne vous attendra pas. Le temps est déterminant, vous comprenez. Si vous voulez partir avec les petites, il faut aller vous préparer. »

Les sauveteurs glissèrent la civière dans l'ambulance. Tess, qui se débattait toujours, disparut derrière la double porte. Un des hommes vint chercher Amanda. Les filles étaient parties. L'ambulance entama sa marche arrière, se traîna sur l'accotement avant de retrouver la chaussée et s'éloigna, suivie des lueurs horribles de ses feux de position.

De retour dans leur chambre, Peter et Emma s'étaient activés en silence. La pièce avait l'air d'avoir été cambriolée avec son lit défait, ses placards béants, les vêtements qui la jonchaient çà et là.

« Qu'est-ce qu'il faut que j'emporte, qu'est-ce qu'il faut que j'emporte ? s'écria soudain Emma avec un regard égaré.

— Pour quoi faire ? demanda bêtement Peter.

— Où crois-tu que je vais ?

— Prends tout ce qui peut t'être utile : tu vas directement à l'hôpital. Prends une veste, ton sac. Je ramènerai la voiture par le premier bac. »

C'était surnaturel de se préparer si tôt le matin.

La voiture de police les attendait en bas. Eux n'avaient plus de voiture, réalisa Peter – plus de voiture à ramener par le bac. Emma s'installa devant, à côté de Garth, tandis que Peter grimpait à l'arrière. Ils filèrent sur les routes sombres et silencieuses. Dehors, les arbres commençaient à s'affirmer contre le ciel pâlissant. Ils s'arrêtèrent devant la minuscule piste pavée, à l'extrémité occidentale de l'île, et sortirent tous trois pour attendre, tournés vers le continent. L'ambulance était garée à côté, ses feux de position toujours allumés, toutes portières fermées.

Ils virent l'hélicoptère avant de l'entendre. C'est Emma qui l'aperçut la première, astre sûr et brillant se dirigeant vers eux dans le ciel nocturne. Elle leva la main, le doigt pointé vers lui, et tous alors le virent qui s'avançait parmi les autres étoiles, les bousculant pour se frayer son chemin. Puis ils perçurent son bégaiement mécanique, de plus en plus fort, qui lorsqu'il atterrit s'était transformé en rugissement assourdissant.

Les feux d'atterrissage s'allumèrent, illuminant la piste, les plaques de ciment usé, les hautes graminées couchées par les pales du rotor. Au moment d'entamer la descente, l'hélicoptère se mit à osciller comme un gros oiseau se posant sur son nid, puis décrivit un demi-cercle avant de fondre sur le sol. Aussitôt, les infirmiers jaillirent de l'ambulance et coururent ouvrir les portes arrière. Quand l'hélicoptère se posa avec délicatesse sur la piste, ils avaient sorti les deux civières dans le vacarme et la lumière éblouissante. Les formes étendues dessus étaient emmaillotées, immobiles.

Emma s'élança à la suite des hommes qui transportaient Tess et se hissa avec légèreté à l'intérieur de l'appareil après que les deux civières y eurent été embarquées. Peter l'avait accompagnée sur quelques mètres, puis s'était arrêté à distance de l'hélicoptère, la main levée pour un au revoir. Emma ne le regarda qu'au tout dernier moment, alors que la porte coulissait derrière elle. Ses yeux croisèrent ceux de Peter comme si elle ne le reconnaissait pas.

Le panneau se referma, et aussitôt l'hélicoptère commença majestueusement à s'élever au-dessus de la piste, emporté par le tournoiement de l'hélice qui battait dans un bruit de tonnerre. Il monta ainsi peu à peu dans le ciel puis, obéissant à un mystérieux signal interne, partit en diagonale, toujours plus haut, toujours plus loin, sa cabine appuyée sur la pente oblique de sa trajectoire, tiré en l'air par une force magique. Peter l'avait regardé s'élever régulièrement dans lc jour naissant, jusqu'à le perdre de vue. À présent, il était seul.

27

C'était le cinquième jour.

Un élégant sac en papier à la main, Peter se tenait devant la porte fermée de l'appartement de Caroline. Un instant, il fut tenté de ne pas sonner, d'entrer normalement comme un membre de la famille. Il était un membre de la famille, après tout, ou du moins un membre de sa famille habitait ici. C'était si difficile de se défaire des habitudes créées par l'intimité, de renoncer à son territoire naturel. Mais bien sûr qu'il fallait sonner, c'était évident. Il n'avait plus sa place, ici. Peter appréhendait cette visite.

Il appuya sur le bouton placé à côté de la porte et attendit. Le petit bouton en cuivre brillait, bien astiqué. La porte était noire, laquée, les dalles noires et blanches du sol dessinaient un damier, des moulures en stuc ornaient le haut plafond. Peter ne connaissait pas ce nouvel appartement que Caroline avait acheté quelques années plus tôt, à la mort de son père, avec l'argent qu'il lui avait laissé. Le marasme que traversait alors le marché immobilier lui avait permis de s'installer dans cet immeuble chic, au coin de la 73e Rue et de Madison Avenue, un quartier où les portiers étaient grands, chapeautés et gantés.

Peter présumait que la taille des portiers était proportionnelle au standing. Ils se recrutaient parmi les immigrants de fraîche date, et à l'âge où l'on grandit encore ils n'avaient pas eu droit aux vitamines américaines. Leurs enfants seraient grands, eux ne l'étaient pas toujours. Pendant des années, il n'y avait eu que des portiers irlandais à New York; ensuite les Hispaniques avaient pris le relais. Ils étaient petits et trapus, avec des visages d'Aztèques, sombres et fermés, impassibles. Dans une rue plus populaire du centre, Peter avait un jour remarqué un homme dont l'expression reprenait trait pour trait celle qu'il avait vue gravée en maints exemplaires sur les murs d'un temple à Cuernavaca. Une tête d'empereur de l'âge de pierre, plate, impavide, aux longs yeux étroits, au nez camus, brutal. Cet homme croisé dans la 54e Rue portait une veste blanche de cuistot; il livrait des pizzas.

Jamais on ne voyait de portiers noirs. Était-ce de la discrimination raciale, se demandait Peter, et, si oui, quelle était la race qui établissait la discrimination? Les Noirs pauvres refusaient les emplois serviles, les places de domestiques; c'était difficilement compréhensible, peu défendable. Les Hispaniques pauvres acceptaient tous les boulots qui se présentaient. Les petites épiceries des Coréens restaient ouvertes vingt-quatre heures sur vingt-quatre, leurs gamins lavaient les légumes, balayaient par terre, obtenaient de bonnes notes en classe, allaient à Harvard. Rien de tel chez les Noirs. Avant les luttes pour les droits civiques, pourtant, avant la télévision, les Noirs pauvres travaillaient dur. Qu'était devenue l'éthique du travail? Tous ceux pour qui elle gardait un sens avaient peut-être quitté la ville pour aller vivre dans les banlieues et envoyer leurs enfants à Yale. Peut-être que les ghettos n'étaient plus peuplés que de cas sociaux, qui y trouvaient de quoi alimenter leur désespoir. Ces déshérités pris au piège, impuissants, enragés, étaient le pire problème de l'Amérique.

La toute dernière vague d'immigration venait de Russie. Le garage où allait Peter, dans le West Side, employait des hommes à la peau pâle, au nez en bec d'aigle, aux yeux noirs et liquides. L'anglais, dans leurs bouches, explosait, se brisait; ils irradiaient la roublardise et la rapacité. Tout, avec eux, paraissait négociable; non pas à la manière italienne, arrangeante et bon enfant, mais sur un mode plus dangereux, menaçant. Quand il se présentait au garage, Peter ne savait jamais trop s'ils allaient lui rendre sa voiture ou lui brandir un couteau sous le nez.

Il appuya de nouveau sur la sonnette. Il n'y avait eu aucune réaction audible à l'intérieur, et il se demanda si elle fonctionnait. Cette fois, il pressa le bouton longuement, d'un geste impérieux. La vibration silencieuse lui chatouilla le bout de l'index. Il tendit l'oreille, démoralisé.

Il n'avait pas revu Amanda depuis l'accident. Lorsqu'il était enfin arrivé à New York, ce jour affreux, elle était sortie de l'hôpital et rentrée chez elle. Elle ne souffrait que d'une fracture de la clavicule et de contusions diverses. On lui avait prescrit du repos. Peter l'appelait chaque soir au téléphone, mais c'était la première fois qu'il venait la voir.

Derrière la porte, soudain, il perçut un bruit de pas. Le battant s'ouvrit et Caroline apparut, vêtue de soie rouge et parée de perles. Extrêmement soignée, impeccable, peut-être pour rappeler à Peter qu'elle savait vivre, même sans lui. Elle tenait la tête haute, un pli résolu s'affichait sur ses lèvres.

« Salut, dit Peter avec un hochement de tête.

— Salut. »

Caroline recula d'un pas, en hôtesse chevronnée. Elle avait un nouveau parfum que Peter ne lui connaissait pas. Derrière elle, l'entrée sombre luisait doucement. Un grand miroir au cadre doré qu'il n'avait jamais vu était accroché au-dessus d'une table en acajou. Prudent, Peter s'abstint de regarder autour de lui.

« Comment va-t-elle, aujourd'hui ? demanda-t-il.

— Elle se fatigue vite, répondit Caroline, la voix aigre. Le matin, elle se lève et elle est tout de suite épuisée.

— Il faut qu'elle se repose. Qu'elle évite le surmenage. »

Ses paroles tombèrent dans le silence. Caroline n'avait pas bougé, sa main était toujours posée sur la poignée.

« Où est-elle ? reprit Peter.

— Dans sa chambre.

— Je peux la voir ? » insista-t-il, vexé de devoir poser la question.

Caroline referma la porte et lui tourna le dos sans un mot. Elle s'engagea dans un couloir moquetté.

Peter la suivit. Il savait qu'elle serait grossière. Cela faisait huit ans qu'elle était grossière avec lui, sans gêne, cavalière, méprisante. Il lui arrivait de clore une conversation téléphonique sur un « Au revoir » abrupt et de raccrocher avant que Peter eût répondu. Cela avait beau l'énerver au plus haut point, jamais il ne lui avait fait la moindre remarque à ce sujet. Garde ton sang-froid, s'ordonna-t-il en marchant derrière elle. Ce n'était franchement pas le moment de se disputer avec Caroline. De toute façon, il lui avait dit tout ce qu'il avait à lui dire. Il n'était là que pour voir Amanda. Caroline ouvrit une porte et entra dans la pièce sans un regard pour lui.

La chambre d'Amanda était carrée, de belle taille. Des rideaux en chintz encadraient les hautes fenêtres ; un beau bureau en acajou était appuyé contre un des murs, un tapis décoratif recouvrait en partie le plancher. Pour le reste, le désordre était indescriptible. Des chaussures, des vêtements, des magazines jetés en vrac parsemaient le tapis. La porte de la penderie était ouverte, l'ampoule qui l'éclairait allumée. Les objets les plus divers encombraient le plateau du bureau et la table de nuit croulait sous les revues, les Kleenex roulés en boule, les verres sales. Le gros poste de télévision posé sur un meuble bas près de la fenêtre était allumé, sans le son ; son écran était orienté face au grand lit à colonnes où Amanda lisait, adossée à son oreiller. Elle feuilletait un magazine d'une main, l'autre bras en écharpe. Elle leva les yeux vers son père par-dessus le papier glacé.

« Bonjour, Nanna », dit Peter.

Son cœur tourmenté par la colère s'émut douloureusement à la vue de sa fille. Elle avait l'air d'une pauvre chose au milieu de toute cette pagaille, entourée des tristes détritus de la maladie.

Elle agita le magazine vers lui, d'un geste mou.

Peter traversa la chambre et vint s'asseoir au pied du lit, dans le fouillis des draps froissés ; les couvertures et le couvre-lit pendaient à moitié par terre.

« Je peux m'asseoir ? » s'enquit-il, anxieux, soudain, à l'idée qu'Amanda était peut-être encore fragile et qu'il risquait de perturber un équilibre délicat en creusant le matelas sous son poids. « Je peux ? »

Il avait posé la première question à Amanda, mais la seconde s'adressait à sa mère : Caroline en avait la garde, après tout.

C'était gênant pour lui de s'être aventuré si profond dans le territoire de Caroline, et de découvrir sa fille si éprouvée. De sentir aussi leur hostilité à toutes les deux, sa marée tiède et maussade. De reconnaître surtout celle qu'il éprouvait à leur égard : n'était-il pas au moins aussi lésé que Caroline dans cette histoire ? Et comment Amanda osait-elle manifester sa mauvaise humeur ? Sa colère à lui était tout de même autrement plus justifiée ! Se ressaisissant, Peter se souvint qu'il n'était pas là pour accabler sa fille de reproches, mais pour la réconforter.

Caroline avait répondu à sa question par un haussement d'épaules indifférent. Restée sur le seuil, elle croisait les bras sur la poitrine, comme si elle montait la garde.

Peter se tourna vers Amanda : « Comment te sens-tu ? » demanda-t-il.

Il posa une main timide sur son tibia protégé par le drap, regretta aussitôt son geste. Peut-être n'aurait-il pas dû… Le corps d'une adolescente est un territoire si déconcertant et si compliqué. À son contact, la jambe d'Amanda bascula et s'écarta instinctivement en glissant de côté.

« Excuse-moi », dit Peter.

Amanda secoua la tête. Elle avait le teint pâle, le visage gonflé, de tout petits yeux sous lesquels s'étalaient des cernes sombres vaguement verdâtres. Une tache sale, une ecchymose en voie de guérison, marquait une des pommettes. La mèche vert pâle était toujours visible, mais les cheveux semblaient plats, sans vie.

« Elle est toujours sous analgésiques ? demanda Peter à Caroline.

— Non, fit Caroline sur un ton réprobateur, comme si Peter avait dû le savoir. Elle n'en a pris que le premier jour.

— Elle n'a plus mal, alors. » Mal ! Peter revoyait le visage contusionné de Tess, ses paupières closes.

« Non. Elle se remet peu à peu.

— Quand est-ce qu'elle devrait pouvoir se lever et sortir ? »

Il était plus facile de discuter avec Caroline, malgré sa froideur, qu'avec Amanda, toujours aussi fermée, distante.

« La semaine prochaine, en principe. Le Dr Kornfeld veut la revoir vendredi. » Le nom du médecin sonna comme une accusation. Caroline crânait : elle avait un allié. « Il dit qu'Amanda doit se ménager. Il veut lui éviter une rechute. Seulement, elle s'embête. Le matin, ça va, elle se sent bien. Elle se lève, et tout de suite après elle s'effondre. »

Peter hocha la tête. Il se tourna vers Amanda, toujours allongée dans la même position avec l'air de se demander quand il allait se décider à partir. N'oublie pas qu'elle a été blessée, se morigéna-t-il. Elle est encore sous le choc. Elle a eu un accident de voiture… La seule pensée de l'accident leva en lui une nouvelle bouffée de rage, qu'il étouffa aussi sec. Il n'était pas là pour lui faire des reproches. C'était sa fille, elle souffrait.

« Je t'ai apporté un cadeau », déclara-t-il en lui montrant le petit sac en papier brun. Comme elle n'esquissait pas un geste, il en sortit une banale boîte dorée, attachée avec une ficelle dorée. « Des chocolats Godiva.

— Merci. »

Bien que sidéré par l'extrême apathie de sa voix, Peter lui tendit la boîte de chocolats, qu'elle saisit sans un mot avant de se pencher pour la poser par terre, à côté du lit.

Cette fois, la colère fut plus forte que Peter : « Rends-la si tu n'en veux pas, dit-il. Je trouverai bien quelqu'un à qui ça fera plaisir. »

Amanda, les yeux fixés sur lui, semblait frappée de mutisme.

La voix de Caroline s'éleva dans son dos :

« Tu peux répéter ?

— Si Amanda ne veut pas de mes chocolats, je trouverai sans doute quelqu'un d'autre à qui les donner.

— Tu ne parles pas sérieusement, c'est impensable ! s'exclama Caroline en esquissant un pas vers lui, outrée.

— Si ce que j'ai pris la peine de lui apporter intéresse si peu Amanda qu'elle ne peut même pas se résoudre à le regarder...

— Elle est choquée ! l'interrompit Caroline. Ta fille est sous le choc. Elle souffre ! Tu peux te mettre ça dans la tête ? Tu ne pourrais pas, pour une fois, essayer de comprendre ? »

Se levant, Peter s'éloigna ostensiblement du lit en désordre.

« Si elle souffre, Caroline, ce n'est pas ma faute. Je ne suis pas responsable de tout ce qui se passe dans la vie d'Amanda.

— Je vois ! s'exclama Caroline avec un rire mauvais. Et qui, selon toi, est responsable de ce qui peut faire souffrir Amanda ? Qu'est-ce qui l'a rendue si malheureuse, à ton avis ?

— Nous en sommes aussi responsables l'un que l'autre. Tu es à blâmer autant que moi. »

Peter s'entendit monter le ton. Cette dispute devant Amanda est déplacée, pensa-t-il, et il se dirigea vers la porte. Caroline ne bougea pas.

« Je vois, répéta-t-elle. Lequel de nous deux a rompu le mariage, selon toi ? »

Peter se figea. « Il y a longtemps que nous avons épuisé le sujet », répliqua-t-il avec un coup d'œil en direction du lit. Amanda avait détourné la tête et ne les regardait ni l'un ni l'autre. « Mon départ était une réaction à ton comportement. Nous étions deux dans cette histoire. Qui plus est, ça ne me paraît plus très important, à présent. Il y a près de dix ans que nous avons divorcé.

— Dix ans, vingt ans, qu'est-ce que ça change ? Je me fiche bien de savoir à quand ça remonte puisque c'est aussi vrai aujourd'hui qu'à l'époque. Tu nous as quittées. Tu continues à vivre ailleurs.

— Écoute, Caroline. Le temps passe, les choses évoluent. On ne peut pas en rester toujours au même point. Tu te coinces toi-même. Et si tu veux mon avis, je ne pense pas que ressasser toujours les mêmes griefs soit une bonne manière de vivre sa vie. Tu passes ton temps à ça, maintenant : à m'accabler de reproches et à pousser Amanda à en faire autant. À lui raconter que tout, absolument tout, est ma faute.

— Jamais je n'ai dit une chose pareille à Amanda », affirma Caroline, qui avait frémi sous l'outrage. Sûre de son droit, elle se tenait devant le bureau, les bras croisés sur la poitrine.

« Pas de façon aussi claire, sans doute, mais en te débrouillant pour qu'elle sache bien que c'est ainsi que tu vois les choses. Tu lui as bien fait comprendre que je t'avais gâché la vie en partant, et du coup tu n'as rien épargné pour en faire autant de la sienne. »

Peter se sentit soulagé d'avoir vidé son sac.

« Sors d'ici ! fulmina Caroline, les mains sur les hanches. Sors d'ici, tout de suite. Pauvre type ! Tu es abject. Comment peux-tu insinuer que j'ai voulu gâcher la vie de ma fille ?

— Tu n'as pas arrêté de lui seriner que je vous avais bousillées en partant. Le père abject, oui. J'appelle ça lui gâcher la vie. Les enfants ont besoin d'aimer leurs parents. Tu as tout fait pour qu'il lui devienne impossible d'aimer son père. Tu ne pourrais pas penser à elle, pour changer, au lieu de toujours penser à toi ?

— C'est toi qui viens me conseiller de penser à Amanda au licu de penser à moi ? Tu peux me dire à qui tu pensais quand tu t'es taillé avec ta Lolita ? À Amanda, peut-être ? »

Il y eut une longue pause.

« Non, concéda Peter pour finir. Je pensais à moi. C'était de l'égoïsme. Je suis désolé que vous ayez toutes les deux souffert à cause de moi.

— Ça ne suffit pas, décréta Caroline après un nouveau silence.

— C'est tout ce que je peux dire. Tout ce que je peux offrir. C'est un fait, nous avons divorcé, mais il n'y a aucune raison pour que cette situation empoisonne l'existence d'Amanda. Elle est jeune. Nous ne devons pas anéantir ses chances.

— Pour ce que tu en as à faire ! » siffla Caroline entre ses dents. Penchée en avant, elle lui crachait presque au visage. « Sale moralisateur, minable ! Tu me demandes de protéger ta fille de ton égoïsme. À t'entendre, on croirait que nous sommes de bons copains et qu'ensemble nous allons protéger Amanda de tout ça. Tu te trompes, nous ne sommes pas copains, toi et moi. Ça au moins c'est clair, depuis des années. Tu me l'as bien fait comprendre : tu m'as trahie, tu m'as humiliée. Je ne te dois rien ! Et je ne vais certainement pas te couvrir. Il est temps qu'Amanda réalise par elle-même qui tu es, en réalité.

— Caroline… », tenta Peter. Il s'arrêta.

Il se rappelait Caroline telle qu'il l'avait vue ce tout premier jour sur la plage de Barney's Joy – une grande fille gaie qu'on n'imaginait pas en colère. Il se rappelait son visage souriant. Il y avait si longtemps qu'il n'avait plus entendu sa voix déprise de toute fureur.

« Tu peux m'expliquer ce que tu fais, toi, pour qu'elle ne rate pas sa vie ? reprit Caroline sur un ton de défi.

— Je l'aime, dit Peter.

— Moi aussi, mais pas au point de la laisser traîner tout l'été à fumer des joints.

— Parce que tu crois qu'elle ne se droguait pas, avant ? rétorqua Peter, fou de rage. Tu penses qu'elle a attendu de débarquer à Marten pour découvrir la marijuana ? Qu'elle n'en avait jamais vu de sa vie à New York ?

— Arrêtez ! »

L'exclamation d'Amanda les stoppa net. Ils regardèrent leur fille qui se cachait les yeux derrière sa main valide, la tête tournée vers le mur, aussi loin d'eux que possible. « Allez-vous-en », ajouta-t-elle.

Un silence honteux suivit l'injonction.

« Tu veux que ton père s'en aille, Amanda ? demanda Caroline en s'approchant du lit.

— Tous les deux, précisa Amanda d'une voix étouffée. Laissez-moi. »

Une longue minute durant, personne ne parla.

« Nanna… » risqua Peter lentement. C'était une catastrophe, et c'était sa faute.

« Partez », répéta Amanda, et elle se mit à pleurer, de façon horrible. Les bruits qui sortaient de sa gorge glaçaient Peter. Amanda s'effondrait, elle n'en pouvait plus, et c'était atroce de la voir ainsi, vaincue, anéantie.

« Amanda, je t'en prie, ne pleure pas, dit Peter en se penchant vers elle, la gorge serrée.

— Pourquoi est-ce que je ne pleurerais pas ? hoqueta Amanda entre deux sanglots. Pourquoi est-ce que je ne pleurerais pas ? »

Sa voix était rauque et douloureuse, haletante, comme si Amanda, au lieu de simplement pleurer, était en train de s'étouffer, comme si quelque chose l'empêchait de respirer.

Peter s'agenouilla près du lit et la prit dans ses bras. Il posa sa tête sur le drap à côté de la sienne, et il la tint ainsi, tremblante contre lui. Lui-même était incapable de parler tant sa gorge était nouée. Ses yeux le piquaient, et il sentit qu'à son tour il pleurait. Il crispa les paupières ; aussitôt le visage tuméfié de Tess lui apparut. Sa colère resurgit d'un coup, féroce. Il tournait soigneusement le dos à Caroline, l'exécrant de rester ainsi derrière lui, triomphante, les bras croisés sur la poitrine. À nouveau il revit le petit visage de Tess, réduit au silence, fermé, à jamais peut-être. Ce fut plus fort que lui : la folle colère qu'il nourrissait contre Amanda monta en lui, monta jusqu'à ses lèvres et se déversa en paroles hachées par les sanglots. Jamais de sa vie Peter n'en avait voulu à quelqu'un comme il en voulait à sa fille.

« Comment as-tu pu ? s'entendit-il gémir tout contre Amanda, des larmes jusque dans la voix. Comment as-tu pu ? » Sa voix mouillée devenait plus claire, de plus en plus forte. « Comment as-tu pu ? » Peter berçait toujours Amanda dans ses bras, mais ce mouvement gagnait sans cesse en rudesse, en véhémence. Peter secouait Amanda, à présent, la secouait sans ménagement sur ce lit où elle passait ses journées, sur cet oreiller. Elle s'abandonnait sans résistance. Il la secouait de plus en plus fort. Il voulait obliger sa fille à le regarder, à l'écouter, à reconnaître qui il était, à l'accepter. Il voulait la briser, la forcer à céder, à lui céder. Il voulait la secouer jusqu'à la désarticuler, jusqu'à ce qu'elle craque, complètement. Il s'entendait hurler.

« Comment as-tu pu ? » s'époumonait-il.

Amanda pleurait entre ses bras. Elle ne le serrait pas comme il la serrait, ne s'accrochait pas à lui. Peter sentit Caroline le tirer par-derrière en criant, mais il ne comprit pas ce qu'elle disait, et de toute façon il s'en fichait. Tout près de son oreille, Amanda murmurait à travers ses sanglots. « Je suis désolée, balbutiait-elle. Je n'ai pas fait exprès. Je suis désolée. »

28

Emma est seule dans la chambre.

Elle a un peu l'impression d'être chez elle, maintenant, dans cette chambre d'hôpital. Elle la connaît par cœur, sous tous les angles. Elle sait précisément quelle est la forme du haut lit en métal, avec ses coins arrondis, le franc parallélépipède du matelas épais. Il y a cinq barreaux métalliques à la tête et au pied. En haut, le matelas se soulève ; on l'incline à trente degrés en remontant la manivelle, de façon à surélever le buste et la tête de Tess. Une précaution contre la congestion, lui a dit l'infirmière.

Emma sait aussi décrire le revêtement de sol, des dalles carrées en lino. De couleur beige, elles sont veinées de fausses lignes géologiques censées leur conférer l'aspect du marbre, bien qu'elles ne ressemblent pas du tout à du marbre, mais bel et bien à des dalles carrées en lino. Les gens qui les voient soupçonnent-ils seulement qu'elles sont censées imiter le marbre ? se demande Emma. Pourquoi s'être donné ce mal ? Pourquoi ne pas les avoir toutes fabriquées d'une même couleur unie, sans ce dégradé savant ? Marbre n'est plus un mot du vocabulaire visuel courant, les veinures géologiques ont perdu leur signification. Quand on a conçu ces dalles, dans les années vingt ou trente, sans doute, la nature représentait la norme. Aujourd'hui, *a priori*, on se dit plutôt que les choses doivent être synthétiques.

Emma sait que le cadre de la fenêtre est noir et métallique, les rideaux beiges et moches. Elle connaît les sièges aux formes anguleuses, avec leur dossier et leur assise en similicuir. Elle connaît la table en plastique moulé, son plateau lisse en Formica blanc, la corolle de son piétement. Elle a l'impression de connaître cette pièce depuis toujours, d'y venir et d'y vivre depuis des dizaines et des dizaines d'années.

En ce moment, assise sur un des fauteuils, elle feuillette un magazine que Peter lui a apporté. Elle ne peut plus lire de livres, pas une page, pas un paragraphe, sauf s'il s'agit des albums de Tess. Ceux-là, oui, elle les lit à voix haute ou tout bas, sans réfléchir, en laissant ses pensées ricocher sur le récit. Son esprit effleure les mots avec beaucoup de douceur et d'amour, comme un texte sacré devenu si familier, si intime qu'on ne peut plus que le lire ainsi : sans essayer de comprendre, en restant à la surface et à l'unisson. Quand Emma les lit, on dirait qu'elle prie. Elle croit, oui, que cela aide Tess. À tout le moins que cela pourrait l'aider.

Pour le moment, cependant, elle regarde une revue. Sur papier glacé, en couleurs, pleine de maisons sereines baignées de lumière, de pelouses verdoyantes, de jardins croulant sous les fleurs. Il n'y a pas de gens sur ces photos. La présence de gens qui vivent dans ces maisons est supposée, pas affirmée – une grossesse à l'envers, selon une des expressions favorites d'Emma. C'est pour elle un soulagement de ne pas voir de gens sur les photos : pas d'enfants aux joues roses en train de courir sur les pelouses, pas de parents au bon sourire dans les cuisines. Ces endroits sont tous beaux, tous vides. Cela apaise l'œil.

Emma lit le texte : « Dans le salon, ce thème moyen-oriental se retrouve dans les gravures de monuments égyptiens dues à l'artiste du XIXe siècle Robert Scott, ainsi que dans la paire de fauteuils anglo-indiens garnis de cuivre, avec les têtes de bélier qui se projettent au-dessus des dossiers. » Le problème de cette prose, ce sont les verbes, car les articles se résument au vrai à des listes d'objets. Leurs auteurs s'efforcent d'injecter dans leurs phrases un semblant d'activité, mais leur tâche est difficile dans la mesure où les sujets qu'ils traitent sont inertes.

Emma examine les photos. Effectivement, il y a bien une gravure du Sphinx, imprécis et massif, sur fond de sables égyptiens. Et là, sur les dossiers des fauteuils, voici les têtes de bélier. Puissantes, compactes, elles se tiennent face à face, à distance l'une de l'autre, ornées de leurs cornes recourbées en spirale serrée. Une tête de bélier, songe Emma, est un de ces objets naturels au dessin absolument parfait. Contrairement à la silhouette de la vache, par exemple, disgracieuse et difficile à dessiner. Ou au grand caniche, une des races de chiens qu'elle préfère, fort gracile et élégant dans la réalité, mais impossible à rendre avec ses qualités. Le grand Stubbs lui-même y a échoué : elle revoit le dessin maladroit qu'il a tenté – une masse informe, beige et laineuse, dans un paysage. Ce prodige de force et de délicatesse qu'est le cheval n'a pas, lui non plus, la perfection graphique épurée de la tête de bélier. Que de simplicité dans le museau écrasé qui s'élargit vers les cornes où se love la puissance. Emma se souvient d'avoir vu quelque part deux rangées d'antiques béliers de pierre qui s'affrontaient nez à nez, avec beaucoup de gravité. Où était-ce ? À Louksor ? À Karnak ? À Delos ? Comment peut-elle avoir oublié ?

Un mouvement agite le lit. Aussitôt Emma saute sur ses pieds et s'approche. Les paupières de Tess se sont légèrement soulevées, les yeux se sont entrouverts, à peine, mais ils ne voient rien, ne fixent pas. Un tube incolore étroit lui entre dans une narine. C'est maintenant par ce canal que Tess s'alimente. La perfusion ne constituait qu'une solution à court terme, pour lui apporter les calories nécessaires par l'intermédiaire du dextrose. La sonde gastrique assure une alimentation plus équilibrée, a expliqué l'infirmière. Le cœur d'Emma s'est serré quand elle a entendu ça. C'est donc pour le long terme, a-t-elle pensé.

Le mouvement qui l'a attirée vers le lit est dû au pied de Tess, agité de soubresauts.

« Alors, Tessie », dit Emma à voix basse. Elle prend la main de sa fille dans la sienne. « Si tu m'entends, Tess, serre ma main. »

Elle a fait ce geste et prononcé ces mots des centaines de fois, lui semble-t-il, des centaines et des centaines, mais chaque fois ce qui se joue là est aussi décisif, crucial, capital. Il y a, chaque fois, la possibilité du miracle, de la réaction signalant que Tess est en train de revenir vers eux. Un frémissement dans les muscles, minime mais voulu : c'est ainsi que cela devrait se passer. En douceur.

Pendant la seconde qui suit, Emma, silencieuse, immobile, retient son souffle. Tout son corps est à l'affût de la réaction de Tess. Dans sa main, les doigts de Tess sont chauds, vivants. Les muscles sont bien là, actifs, les nerfs fonctionnent. Cette main pourrait bouger, elle pourrait serrer les doigts d'Emma, là, tout de suite. C'est ainsi que ces choses-là finissent par arriver, avec un geste infime. En un instant.

La main de Tess est douce et molle : Emma la tient dans la sienne comme une main qu'on s'apprête à serrer. Elle la presse. Les doigts souples et fins de Tess retombent les uns sur les autres, endormis. Ils n'opposent aucune résistance, ne répondent pas à la pression. La main est inerte.

Emma se penche sur Tess. Avec d'infinies précautions, elle lui caresse les cheveux, les lui écarte de la figure. Peter a raison, se dit-elle : les bleus, de façon presque imperceptible encore, ont commencé à s'estomper, l'enflure a diminué. Tess retrouve peu à peu ses traits, son vrai visage. L'arrondi des joues n'est plus aussi haut, aussi étrange, on voit mieux ses yeux, à présent que les pommettes ne prennent plus toute la place. Les yeux de Tess, si beaux, leurs cils souples et fournis. La ligne douce de la paupière pâle, humblement repliée sur elle-même. Le sourcil innocent, étiré sur le trait pur de l'arcade.

Un bonheur inattendu envahit Emma tandis qu'elle contemple le visage adoré de l'enfant. Elle éprouve de la gratitude – pourquoi, elle n'en sait rien, mais la gratitude jaillit en elle. Simplement parce qu'elle a Tess ? Cela ressemble à la prière, cette soudaine éclosion qui l'a envahie. Emma ferme les yeux et laisse l'émotion déferler. Elle se sent humble – humblement reconnaissante d'avoir Tess. À nouveau elle regarde sa fille. Sa poitrine se gonfle. « Tess », murmure-t-elle. Elle est près de pleurer, troublée, incapable de décrire ce qu'elle ressent et qui, contre toute raison, touche à la félicité.

Tess s'agite, bascule la tête sur le côté, puis reste sans bouger.

Emma va à la fenêtre. L'après-midi touche à sa fin. Dans le ciel d'un bleu très pâle, le disque chauffé à blanc du soleil décroît sur la partie ouest de la ville. Il est aveuglant, trouve Emma, bien plus que lorsqu'elle était enfant. La couche d'ozone disparaît. Elle imagine la couche d'ozone sous l'aspect d'un voile paisible, une superposition de bandes de tulle enveloppantes. C'est un brouillard apaisant, protecteur, bienveillant et utile. Autrefois, le soleil lui-même était doux et bienfaisant. Elle se souvient de ces illustrations des vieux livres pour enfants, avec la face rayonnante du soleil qui souriait là-haut, par-dessus les voyageurs et les fleurs. Depuis que la couche d'ozone se troue chaque année davantage, le soleil a pris un caractère bien différent. C'est devenu une présence redoutable, flamboyante et maléfique. Le soleil de mai est aussi féroce et accablant qu'il l'était jadis en août, le soleil d'août est meurtrier. Quand Emma était petite, il était sain de vivre au grand air, et on encourageait les enfants à jouer au soleil. Le soleil, source de vie, se révèle à présent un ennemi. D'habitude, ce n'est pas sans un sentiment de terreur croissant qu'Emma retourne ces idées dans sa tête. Comment l'impensable a-t-il pu se produire ? Qu'a-t-on fait de la Terre ? Elle est un peu dans la situation du spectateur d'un film d'horreur, dépassé par la stupidité des personnages qui laissent l'irréparable se produire. Cependant, cette peur s'est éloignée, amoindrie – tout cela lui paraît sans rapport avec elle : Tess est tout ce qui l'intéresse.

Le parc s'étend sous la fenêtre, masse brouillée de frondaisons vertes poussiéreuses. Vers le sud, la vaste étendue lumineuse du Réservoir reflète le ciel livide, décoloré. On distingue autour du bassin les minuscules silhouettes des coureurs à pied qui trottinent résolument sur la piste sèche. Tout en les observant, Emma éprouve une tendresse étonnante pour leurs efforts courageux, infatigables et sans objet, qui leur secouent l'échine et les poussent à pilonner sans fin la terre sous leurs semelles. Que pourraient-ils faire d'autre que continuer à tourner autour de cette grande étendue d'eau plate, à se remplir à fond les poumons d'air pollué, à poser les pieds avec confiance sur le chemin, l'un devant l'autre, encore et encore ?

Emma regarde par la fenêtre quand soudain s'élève une voix dans son dos : « Bonjour. »

Elle se retourne. Rachel se tient sur le seuil.

En la voyant, Emma a la gorge nouée d'émotion. Rachel aussi a aimé Tess. Elle a tenu Tess sur ses genoux, l'a serrée dans ses bras. Elle a connu le corps tendre de Tess quand il était bien-portant. Emma lutte contre l'envie de pleurer qui lui gonfle la poitrine. Elle bat des cils, déglutit, lève le menton pour ne pas fondre en larmes. C'est important de se maîtriser, de ne pas se laisser aller. Elle ne veut pas pleurer devant Rachel.

« Rachel, bonjour. Entrez. Je suis si contente de vous voir.

— Je n'ai pas pu venir plus tôt », s'excuse Rachel.

Elle est superbe dans sa longue veste rouge. Elle ne natte plus ses cheveux en tresses minuscules, à présent, mais les coiffe en arrière, en casque soyeux et soigné. Elle se débarrasse de son sac, les yeux fixés sur Tess.

« Allez lui dire bonjour, l'encourage Emma. C'est bon, pour elle, de percevoir des voix qu'elle connaît. Je crois qu'elle nous entend. »

Rachel se penche sur Tess.

« Tessie, dit-elle de sa voix chaude et calme. Tessie, c'est moi, Rachel. Comment vas-tu ? »

Le pied de Tess se tord. Emma le tapote gentiment.

« Elle fait cela, vous voyez : ces mouvements. D'après le docteur ça ne signifie pas grand-chose, mais je pense que c'est bon signe.

— Bonjour, Tessie », répète Rachel.

Elle pose sa grande main brune sur le front de Tess et ramène les fins cheveux en arrière, comme elle l'a fait des centaines de fois. Les doigts repliés, elle laisse avec douceur courir ses phalanges sur la joue enfantine. Et tout à coup Tess pousse un soupir et on entend son souffle – une inspiration, une expiration, un doux bruissement embué. Ses paupières frémissent, puis rien. Immobiles à côté du lit, les deux femmes observent tout cela. Dehors, le soleil décline. Ses rayons déjà rougis qui frappent la fenêtre de biais s'introduisent dans la petite chambre. Rachel retire sa main, se redresse.

Emma et Rachel s'assoient sur les sièges placés au pied du lit, et Emma se met à parler. Elle raconte à Rachel ce qui s'est passé, l'accident, toute l'histoire, sans rien omettre. Elle lui confie ce que le médecin lui a dit. Elle parle des idées fixes qui l'obsèdent, en se répétant, comme si les expressions qu'elle utilise avaient un pouvoir curatif.

« On l'a mise sous respirateur, au début, dit-elle. Pour l'hyperventiler, parce qu'on craignait une compression cérébrale. On a passé une radio pour vérifier qu'elle n'avait pas de pneumonie : il y a plus de risques d'infection quand on est dans le coma. »

Rachel écoute attentivement. Elle plisse le front d'un air soucieux à cause des terribles détails, hoche la tête avec compréhension quand Emma détaille les raisons à l'origine des décisions.

« Maintenant, il faut attendre, continue Emma. Elle n'est plus en coma profond, le pire coma. Je me dis qu'elle se repose. » Sa voix se brise sur ce mot, et vite elle reprend son souffle pour se ressaisir. Elle avale sa salive, lève les yeux vers Rachel. « Je suis si contente que vous soyez venue. Ça me fait tant plaisir de vous voir. »

Emma examine avec amour le beau visage large. Le sourire qui l'éclaire lui rappelle soudain l'époque où Rachel était presque toujours maussade et renfrognée. Elle-même, alors, était bien décidée à se battre. Pourquoi ? Pareille réaction de sa part lui paraît maintenant inimaginable. Rachel était si merveilleuse avec Tess, cela elle s'en souvient. Elle ne se souvient plus que de cela, du talent de Rachel pour déclencher les cris de joie de Tess, de la présence de Rachel quand elle donnait à manger à Tess, la baignait, la consolait. Emma aimerait tant pousser la porte de la cuisine et les découvrir toutes les deux en train de rire aux éclats. Pourquoi, alors, cette distance qu'elle avait instaurée avec Rachel, ces rapports tendus, cette rivalité ? Emma se revoit en train de rentrer subrepticement dans l'appartement au petit matin, sans avoir prévenu Rachel qu'elle passait la nuit dehors : qu'est-ce qui la poussait à agir de la sorte ? à mettre la pauvre Rachel dans cette situation ? Et pourquoi avoir attaché tant d'importance à la façon dont Rachel s'adressait à elle ? Que c'était bête, tout ça, qu'elle était bête, alors. Il faut dire qu'elle était si angoissée, à l'époque, si craintive ; un rien l'affolait. Ses peurs anciennes lui paraissent bien ridicules dans cette chambre d'hôpital.

« Je suis contente de vous voir, moi aussi, renchérit Rachel en la gratifiant d'un sourire chaleureux.

— Parlez-moi de vous, lui demande Emma. Où est-ce que vous travaillez ?

— Dans une compagnie d'assurances, répond Rachel en riant.

— Une compagnie d'assurances ? » répète Emma, riant aussi sans savoir pourquoi. Rachel est si amusante.

« À Brooklyn.

— Et alors ? Ça vous plaît ?

— J'aime bien. » Rachel hausse les épaules avec indifférence. « J'aime mieux ça que balayer par terre.

— Oui, bien sûr, glisse Emma. Et votre mère ? Comment va votre mère ? » Cette mère fameuse à qui Rachel avait un jour offert une chèvre pour son anniversaire. Emma imaginait une femme de haute stature, laconique et farouche. Elle la voyait vivre dans une petite maison peinte d'une couleur vive, bâtie sur une colline antillaise avec des bananiers tout autour : Emma connaissait cette photo où elle posait sur le porche, un demi-sourire aux lèvres, le visage épanoui, les pieds nus. Derrière elle, on devinait l'entrée sombre.

« Maman est morte, dit Rachel.

— Oh, je suis désolée. » Elle prend la main de Rachel, la tapote. C'est tellement facile, pour elle, de se conduire comme ça aujourd'hui, tellement évident que c'est ce qu'il faut faire en pareille occasion: tout de suite offrir sa sympathie. Embarrassée, Emma repense à ce qu'elle était quelques années plus tôt – inhibée, réservée, timide. « Je suis vraiment désolée pour vous, Rachel.

— Oui, poursuit Rachel avec un petit hochement de tête guindé, les yeux fixés droit devant elle. Ç'a été très rapide. Elle a eu une attaque. Sur le coup j'ai été très malheureuse, et maintenant... Vous savez, elle me manque, bien sûr, mais ça me soulage de ne pas toujours me sentir obligée d'aller à la maison, là-bas, pour la voir, pour être avec elle. C'est elle qui a eu la première l'idée qu'il fallait que je vienne ici. Oh, je l'aime, pour l'aimer je l'aime, mais maintenant je l'ai tout le temps avec moi. »

Emma approuve de la tête en souriant.

Les deux femmes restent un moment sans parler. Derrière la fenêtre, le soleil s'est embrasé et ses rayons colorent la pièce. Sur le lit haut, Tess est calme.

« Et votre maman à vous ? s'enquiert Rachel.

— Elle va bien. » Le sourire d'Emma se fige. « Elle vient demain avec mon père pour voir Tess. » Elle soupire, car elle redoute cette visite, la gauche sollicitude de sa mère, la présence de son père, sa raideur, ses critiques ; il passera son temps à récriminer.

« Et votre sœur ? » Rachel tient en piètre estime Francie, qu'elle a rencontrée au mariage d'Emma.

« Ça va, dit Emma. Elle s'est séparée de l'homme avec qui elle vivait.

— C'est bien, approuve Rachel.

— Ah, j'étais sûre que vous alliez dire ça ! rétorque Emma, ravie. Rassurez-vous, elle en a pris un autre.

— Ça ne m'étonne pas ! »

Elles s'esclaffent de concert.

Emma se sent si bien en compagnie de Rachel. C'est un peu comme si Rachel était sa meilleure amie. Elle n'a pas envie de la voir partir tout de suite.

« Vous vous rappelez, reprend-elle, cette fois où Tess était toute petite ? Elle avait deux ou trois ans et vous l'avez trouvée dans sa chambre en train d'aller et venir en se récitant des comptines. Elle déambulait, les mains sur les hanches, très à son aise, en chantonnant toute seule, en déformant les paroles… »

Rachel éclate franchement de rire à cette évocation de Tess, si engagée dans cette occupation, si candide, si sûre qu'elle n'avait rien à craindre du monde.

« Et cette fois où elle a prétendu qu'elle était capable d'éteindre toutes les lumières d'un coup ? On lui a demandé de nous montrer, elle s'est écriée "Regardez !" et elle a fermé les yeux. »

Elles évoquent la petite enfance de Tess, ses mots de bébé. Emma s'amuse. Quel plaisir de rire ainsi, sans retenue ! Elle ne pense plus qu'à Rachel et au passé, le passé qui a dès lors des airs radieux de bonheur tout simple, immédiat. C'était le paradis, elle s'en rend compte. Elle s'interdit de penser à quoi que ce soit d'autre – ni à Tess allongée immobile sur le lit surélevé, ni à Peter, qu'elle hait.

Pendant qu'elles discutent, de temps en temps un mouvement venu du lit les interrompt et les fait se lever toutes les deux. Elles se penchent sur Tess, lui parlent en chuchotant. Elles l'aiment, sans limites.

Une infirmière vient de pousser la porte : c'est Cardina, une femme dont Emma se méfie. Elle est grande et forte, noire, autoritaire, et il est rarissime qu'elle regarde Emma dans les yeux. Elle entre, jette à la dérobée un coup d'œil à Rachel, décide de l'ignorer.

« J'aurais besoin que vous sortiez un moment », déclare-t-elle de sa voix revêche.

Emma entraîne Rachel jusqu'à l'horrible salle d'attente, avec sa table basse où traînent des revues trop souvent feuilletées, son atmosphère désespérante d'attente épuisée. Une femme blonde y est assise sur le canapé en similicuir. Elle porte des chaussures de jogging, un collant, un tee-shirt. Son fils a été renversé par une voiture il y a six jours. Elle se tient jambes croisées, bras croisés, la tête inclinée sur la poitrine. Elle dort.

« Merci d'être venue, Rachel, dit Emma à voix basse, en lui posant une main sur l'épaule.

— C'est tout naturel, répond Rachel avec un sourire.

— Cela m'a fait vraiment plaisir. »

Elle aimerait aller plus loin, ajouter : Je m'en veux tant d'avoir été si désagréable et méchante avec vous quand Tess était petite. J'étais injuste, je m'en rends compte, et je suis désolée. Elle aimerait pouvoir parler comme ça. Elle se demande ce qui l'en empêche. Les mots lui tournent dans la tête, mais elle est incapable de les aligner et de les articuler. Elle a honte, en plus. Énoncer tout haut ce qu'elle pense accroîtrait encore sa honte, la rendrait palpable, réelle.

Alors elle se tait ; aussi parce qu'elle a peur de fondre en larmes. Et si l'accident, cette chose atroce arrivée à Tess, était le châtiment destiné à punir Emma des innombrables preuves qu'elle a données de son égoïsme, de sa froideur, de sa mesquinerie ? Cela lui est arrivé si souvent qu'elle ne sait même plus combien de fois, même plus quand. Penser à toutes ces méchancetés dont elle s'est rendue coupable l'accable, la laisse sans voix. Elle sait tout ce qu'elle a fait de mal, tout, mais elle ne peut se résoudre à en confier le premier mot à Rachel.

C'est alors que Rachel la prend dans ses bras et la serre contre elle, doucement, étroitement. Emma se met à pleurer et se laisse bercer comme un bébé.

Quand l'infirmière sort de la chambre de Tess, Emma se dégage de l'étreinte de Rachel et se lève. L'infirmière lui adresse un signe de tête brusque, sans un regard pour la visiteuse.

« Merci encore d'être venue, Rachel, dit Emma.

— C'est tout naturel, répète la jeune femme. Je repasserai », et elle s'en va à grandes enjambées.

Emma la suit des yeux pendant qu'elle s'éloigne dans le couloir, son sac à longue bandoulière cognant sur sa hanche. Elle marche sur des talons hauts peu gracieux qui lui font des pieds immenses, mais elle est assez grande pour pouvoir se le permettre. Elle est vraiment bien, songe Emma, avec ses épaules larges qu'elle tient droites, sa veste rouge froissée. Emma l'aime. Arrivée au coin, Rachel tourne la tête. Emma lève la main ; Rachel lui adresse en réponse un signe amical, puis elle disparaît.

Emma regagne la chambre de Tess. Elle sait quels soins lui a donnés Cardina en son absence : à l'aide d'une petite pompe aspirante, elle a enlevé ce qui pouvait se trouver dans sa gorge. Le corps de Tess a été tourné d'un côté, puis de l'autre. Cardina a soulevé ses membres un à un. Emma se penche sur Tess : elle a l'air inchangé. Sauf peut-être ce soupçon de couleur, sur les joues. Emma se penche plus près.

« Tessie, Tessie, murmure-t-elle. Je t'aime. » Elle prend la main de Tess dans la sienne. « Si tu m'entends, serre ma main fort. » Elle attend.

Lorsque Peter arrive, Emma, assise sur son fauteuil, lit le magazine sur papier glacé. Il s'approche pour l'embrasser – leurs lèvres s'effleurent à peine. Puis il va vers le lit, et Emma le regarde se pencher sur Tess. Il lui touche la main, lui parle tout bas.

« Elle a l'air mieux, déclare-t-il en revenant vers Emma. Elle est moins enflée.

— Rachel est passée.

— Ah, tiens. C'est gentil de sa part. » Peter pose son attaché-case par terre, puis vient s'asseoir à côté d'elle, les traits tirés. « Et le docteur ? Qu'est-ce qu'il dit ?

— Je ne l'ai pas encore vu. Il ne devrait pas tarder. »

Juste au moment où elle prononce ces mots, la porte s'ouvre et le Dr Baxter se glisse à l'intérieur. Sa longue blouse blanche qui n'est pas boutonnée jusqu'en bas se soulève légèrement quand il marche. Ça lui donne une allure rapide, importante. Il hoche un peu la tête, le visage grave.

« Bonsoir, madame Chatfield. Monsieur Chatfield... », et il passe devant eux pour aller droit au chevet de Tess. Peter et Emma, debout, restent au pied du lit. Ils regardent. Le médecin examine Tess ; il lui relève les paupières, dirige l'étroit faisceau de sa petite lampe en plein dans ses yeux. Il vérifie la sonde introduite dans son nez, consulte son dossier. Il attrape Tess par le menton, lui tourne la tête à droite, à gauche. Puis il vérifie ses réflexes : une main passée sous un genou et le marteau dans l'autre, il tape sur la rotule à l'endroit précis ; la jambe, sans réaction, continue de pendre mollement. Peter et Emma observent, muets. Enfin le praticien s'écarte du lit et se tourne vers eux.

« Qu'en pensez-vous ? s'enquiert Peter.

— Il n'y a guère d'évolution, répond-il en agrafant sa petite lampe torche à la poche de poitrine de sa blouse blanche.

— Que va-t-il se passer ensuite ? demande Peter.

— Il faut attendre, c'est tout. » Chaque fois que le Dr Baxter termine une phrase, il pince la bouche et ses lèvres s'incurvent dans le contraire d'un sourire.

« Combien de temps, encore ? insiste Peter.

— Nul ne le sait. » Le médecin a un geste d'impuissance puis fixe Peter dans les yeux. « Il faut attendre.

— Mais combien de temps est-ce que ça peut durer ? intervient Emma. Combien de temps encore avant que ce ne soit, enfin, vous savez... trop long. »

Il y a des mots qu'elle se refuse à prononcer.

Le Dr Baxter pose sur elle ses yeux inexpressifs. Emma est fascinée par les rides qui s'étagent l'une au-dessus de l'autre sur son front.

« Plus vite son état s'améliorera, mieux ce sera, dit-il, mais elle peut tout à fait rester comme cela une semaine, quinze jours même, sans que cela compromette ses chances de guérison. L'important, pour le moment, c'est d'éviter l'infection. »

Quinze jours... Aujourd'hui n'est que le cinquième. Emma hoche la tête comme si ce qu'elle venait d'entendre était normal, acceptable. Comme si elle avait quelque pouvoir, quelque autorité sur ce qui se passe. Comme si ce geste avait un sens.

« Comment pourrait-elle attraper une infection ? » s'étonne Peter. Avec sa chemise froissée, sa cravate desserrée, cette posture, les mains dans les poches, il ressemble à un étudiant surmené, distrait.

« Eh bien, dit le docteur, l'organisme humain n'est pas fait pour rester immobile. » Il pose un doigt sur la monture de ses lunettes, les remet bien d'aplomb sur son nez. « Il ne faut pas écarter les risques de formation d'un caillot, l'apparition d'une infection transmise par la perfusion ou le cathéter. C'est la raison pour laquelle on procède à des analyses de sang : pour vérifier qu'il n'y a pas d'infection. »

Emma et Peter l'écoutent en opinant, pour bien montrer qu'ils comprennent. Tous ces détails à intégrer donnent à Emma l'impression qu'elle s'est éloignée à la nage loin du bord, là où elle n'a plus pied, et que des vagues monstrueuses s'abattent sur elle l'une après l'autre et la roulent, l'assomment. Tout ce qu'elle vient d'entendre lui fournit autant de nouveaux motifs d'inquiétude. Des caillots. Une infection due à la perfusion, à la sonde gastrique, au cathéter… Emma avait cru que ces procédures hospitalières étaient inoffensives et simplement utiles ; elle doit à présent les considérer comme des menaces potentielles. Ce sommeil dans lequel est plongée Tess est peut-être un ennemi, lui aussi. Emma est abasourdie.

Peter, lui, continue de hocher la tête en regardant le médecin bien en face, l'air préoccupé. Un pli profond s'est creusé entre ses sourcils. Il n'est pas moins ébahi.

Une fois le médecin parti, ils se rassoient sur les fauteuils. Emma se renverse contre le dossier, les yeux fermés.

« Au moins, nous savons que nous avons deux semaines devant nous », dit Peter au bout d'un moment. Emma préfère se taire. « C'est rassurant », ajoute-t-il en la regardant.

Elle n'ouvre pas la bouche, les yeux toujours clos.

Peter ouvre bruyamment son attaché-case, en sort quelques papiers qu'il étale sur ses genoux et commence à lire, un crayon à la main. Sans cesse ses pensées le ramènent à Amanda. Il est encore sous le choc de l'avoir ainsi tenue dans ses bras alors qu'elle sanglotait. Chaque fois qu'il y pense, c'est la même émotion : cette enfant, ce désespoir. Il se décide enfin à en parler.

« J'ai vu Amanda aujourd'hui », lâche-t-il, tête baissée.

Emma se redresse, comme mue par un ressort. Elle ne répond pas.

« Je suis passé chez Caroline, poursuit Peter. Elle est toujours alitée. » Il se tourne vers Emma silencieuse. « Elle a un bras en écharpe, elle est très mal. »

Il cherche la compassion.

Puis s'interrompt. Au vrai, il voudrait raconter à Emma l'épreuve terrible qu'il a vécue là-bas, la colère de Caroline, intacte malgré le temps passé, et tout ce qu'elle lui met sur le dos, les reproches dont elle l'accable et que sa fille reprend à son compte, le rendant responsable de ce qui lui arrive. Il voudrait lui confier qu'il a eu l'impression d'être un prisonnier traîné dans le camp de l'ennemi pour y être agoni d'injures. Essayer de lui expliquer combien il s'est senti fragile, impuissant, exposé. Et furieux, tellement furieux et torturé de voir Amanda au fond de son lit avec ce teint blême presque verdâtre, et si agressive, et alors cette explosion de violence en lui, ce déchaînement qui ensuite s'était épuisé, laissant la place au chagrin, à la compassion, à l'amour qu'il vouait malgré tout à sa fille. Il sait pourtant qu'il n'arrivera pas à rendre cette scène intelligible à Emma, qui ne feint même pas d'écouter, ne veut rien savoir de tout cela.

« Elle est toujours en état de choc, ajoute-t-il simplement, et il en reste là.

— Je ne veux pas entendre parler d'elle », dit Emma sans le regarder.

Le silence retombe sur la chambre.

« Emma, écoute… Amanda…

— Je ne veux pas entendre son nom, martèle Emma, tournée vers lui. Je ne veux plus l'entendre. Plus jamais. »

Ils se regardent, aussi interdits l'un que l'autre.

Peter ouvre la bouche, mais Emma le coupe avant qu'il ait dit quoi que ce soit. « Plus jamais », répète-t-elle en élevant la voix. Elle chancelle, elle a l'air d'une folle.

Peter baisse les yeux vers les feuilles étalées sur ses genoux. Il lève les mains à son visage et le cache derrière ses doigts écartés.

Plus tard, à la nuit tombée, Peter sort pour aller chercher leur dîner. Cette fois, il l'a commandé par téléphone chez « Pico », un restaurant entre Madison et la 91e Rue. La soirée d'été est douce. Peter descend la Cinquième Avenue et traverse Madison au niveau de la 91e. À côté des immeubles massifs, imposants, majestueux de la Cinquième Avenue, ceux de Madison paraissent modestes, à l'échelle humaine, avec leurs quatre ou cinq étages qui ne barrent pas le ciel nocturne violet. Les boutiques sont avenantes, bourgeoises : épiceries fines, antiquités, librairies, vêtements pour enfants. Les vitrines sont joliment décorées. À cette heure-ci, les gens ont sur eux les vêtements qu'ils ont portés pendant la journée, chiffonnés, sentant la sueur ; ils se hâtent de rentrer chez eux. Les femmes chic arborent une petite robe noire, une veste légère, des anneaux en or aux oreilles. Les jeunes hommes d'affaires se reconnaissent à leur attaché-case neuf et à ces pantalons italiens flottants qu'ils portent tous aujourd'hui. Dans les années quatre-vingt-dix, cette partie de Madison Avenue est essentiellement résidentielle.

La plupart de ces passants ont des enfants, songe Peter. Aucun d'entre eux ne soupçonne ce qui lui arrive : il a l'impression d'être un espion, parmi eux, un imposteur. Comme, l'espace d'une seconde, son regard croise celui d'une inconnue aux cheveux blonds crêpelés ramassés en queue de cheval, au visage rond, serein et impassible, Peter, horrifié, sent une larme rouler sur sa joue. Il réalise alors quel abîme le sépare de cette femme, aussi profond que s'il était toxicomane ou d'une autre race.

Il pousse la porte du restaurant, noir de monde, déjà, et au menu visiblement assez cher. Les clients sont bien mis, les lumières tamisées. La salle de devant est aménagée sur deux niveaux ; Peter la traverse en direction du comptoir derrière lequel se tient une jeune femme blonde en noir.

« Je suis M. Chatfield », déclare Peter, avec à nouveau cette impression que la réalité se dédouble. C'est impossible, pense-t-il. Tout est normal à part ça. « Je viens chercher deux dîners que j'ai commandés.

— Bien sûr, répond la jeune femme. Je vous les apporte. »

Elle est partie vers les cuisines. Peter tente de se ressaisir. Ici comme dehors, autour de lui tout est normal, naturel, mais en lui il porte le chaos – la terre qui s'ouvre, béante, le sol qui se dérobe, s'éboule en avalanches, un paysage de désolation. Désolation. Il revoit l'expression d'Emma, réentend son « Plus jamais ». Peter se rend compte qu'il grince des dents. « Plus jamais », a dit Emma. Peut-il y avoir pire, autre chose encore après cela ? Est-ce le début de la fin, pour eux deux ? Il paraît qu'il n'est pas rare que les couples se séparent à cause de ce qui est arrivé à un enfant. Jusqu'ici, il croyait qu'Emma et lui sauraient éviter ce piège et se consoler mutuellement au lieu de se dresser l'un contre l'autre. Comment peut-il continuer à vivre avec une femme qui refuse de l'entendre prononcer le nom de sa fille ?

Emma n'est pas elle-même en ce moment, songe Peter. Le ciel lui est tombé sur la tête, on ne peut rien exiger d'elle.

La jeune femme blonde vient de pousser la porte battante et se dirige vers le comptoir. Sa démarche est curieusement guindée à cause de ses très hauts talons, et malgré son sourire elle a les mains vides.

« Ce sera prêt dans quelques minutes, assure-t-elle.

— Merci », répond Peter.

Comment sait-on qu'il est temps de tirer les conclusions ? Emma est irrationnelle. Il vaut mieux ne rien précipiter tant que les choses ne se sont pas tassées. Oui, mais si elles ne devaient pas se tasser ? À nouveau ces accords qui lui résonnent aux oreilles, des accords graves et funestement sourds, qui s'enfoncent vers un registre toujours plus bas.

La jeune femme blonde lui tend un sac en papier bien rempli. Peter est surpris : il ne se souvient pas qu'un serveur l'ait apporté. Dysfonctionnement synaptique – est-ce ainsi que cela se traduit, par ces absences de la perception ? Va-t-il bientôt commencer à avoir des hallucinations ? des trous de mémoire ? Si ça se trouve, songe-t-il avec espoir, Tess va mieux et il l'a oublié.

« Quarante-neuf dollars soixante-dix-huit ? fait la jeune femme blonde sur un ton poli qui suggère qu'elle a déjà dû le lui dire.

— Bien sûr, bien sûr », acquiesce Peter, les sourcils froncés pour montrer qu'il pensait à autre chose, ce qui est d'ailleurs le cas.

Il sort son portefeuille, fouille dedans à la recherche de la carte en plastique vert, la tend à la femme. Il lui semble encore serrer Amanda en pleurs dans ses bras. Il voit le visage d'Emma, fermé, et celui de Tess, tuméfié.

« Voici. »

La jeune femme blonde lui sourit. Elle a des sourcils pâles, presque blancs. C'est sans doute une vraie blonde, une Scandinave, se dit Peter. Il paraît qu'en Scandinavie les femmes se teignent en brunes, pour l'exotisme. Il pense à la mèche vert blafard d'Amanda : exotique. Mon Dieu... elle séchait les stages de tennis. Ce rappel est atroce, insupportable. Qu'est-ce que ça peut bien faire, pourtant ? Qu'est-ce que ça peut bien faire ?

« Merci », dit-il à la blonde.

Parler lui est incroyablement pénible.

Elle lui remet sa carte de crédit. Ses deux dents de devant sont de travers, très peu mais assez pour se chevaucher, et ses lèvres sont gercées. Peter se rend compte qu'il la dévisage avec trop d'insistance et baisse les yeux. Il signe le reçu qu'elle lui présente, glisse le double avec sa carte, attrape le gros sac en papier et se fraie un chemin vers la sortie. À la table, dans l'angle, deux hommes accoudés devant leurs assiettes discutent passionnément. Affaires ou agrément ? se demande Peter. Ils ont une petite vingtaine d'années – c'est bien jeune pour ce maintien grave et posé. À leur âge, Peter était moins convaincu que la vie était sérieuse, dangereuse. Bonne chance, leur souhaite-t-il en son for intérieur. Bonne chance. Là, en cet instant précis, il est crucial pour lui de répandre la bienveillance.

Il pousse la porte et se retrouve dans Madison Avenue, en sens inverse. Chaque pensée lui assène un nouveau coup. Sécher les stages de tennis, se dit-il. Il revoit le visage d'Amanda le soir où Emma et lui sont rentrés furieux à la maison après le cocktail. Quand ils étaient arrivés, les filles s'amusaient si bien en se courant après à grand bruit, en se jetant ce livre en travers de la table, les joues rouges, les yeux vifs. C'était précisément ce qu'ils avaient souhaité tout l'été, Emma et lui : les trouver enfin heureuses ensemble, en train de jouer.

Peter se souvient de la rage explosive qui l'a envahi ce soir-là. Cette humiliation, cette impression d'être montré du doigt devant toutes les personnes rassemblées chez Christian Taylor. Tout le monde sur l'île savait que sa fille avait triché, l'avait trompé.

Et alors ? Qu'est-ce que ça changeait ? En quoi est-ce que ça pouvait justifier son comportement inouï ?

C'est comme pour tout, se dit Peter : on apprend en se trompant. Et quand enfin on sait, il est trop tard.

Arrivé au carrefour entre la 86e et Madison, il prend vers l'ouest, en direction de la Cinquième Avenue. Les rues sont plus sombres, et après la 86e Rue Madison Avenue devient peu sûre. Les immeubles miteux n'ont plus rien de bourgeois. La nuit, les boutiques ne sont pas éclairées, de ce côté, leurs vitrines ne sont pas joliment décorées. À l'heure de la fermeture, on tire devant elles les rideaux de fer qui descendent dans un bruit de ferraille jusqu'au trottoir. Par ici, il y a des gens tapis dans l'ombre qui regardent passer les autres. Quand le badaud est blanc, il se sent mal à l'aise.

Un homme qui pousse un chariot à provisions encombré de boîtes de conserve vides dépasse lentement Peter. La manne des retombées économiques de la politique reaganienne n'a pas profité aux clochards de New York. Maintenant que Reagan est malade, il ne saura jamais à quel point il s'est trompé. Bush estime que toutes les décisions prises étaient bonnes. Peut-être, mais qu'en est-il de ces pauvres gens à la rue, en loques, qui vous regardent dans le blanc des yeux ? D'accord, c'étaient peut-être des menteurs, des escrocs, des tricheurs, mais ils étaient pauvres et ils le sont restés.

Peter tourne dans la Cinquième Avenue, vers le nord. Sur sa gauche, les arbres du parc frémissent, pleins d'une ombre prometteuse. Vers l'ouest retentit soudain un ululement de sirène insistant, dément.

« Plus jamais, a dit Emma. Plus jamais. » Elle l'a dit, oui, haut et fort. La rage, à nouveau, étouffe Peter.

Il pénètre dans l'hôpital avec un signe de tête à l'adresse du gardien noir chargé de la sécurité. L'homme fait de même, sans aménité. Peter se dirige vers les ascenseurs et appuie sur le bouton en plastique glissant. Quelqu'un l'a précédé : une lueur blafarde éclaire le bouton de l'intérieur. Un homme et une femme attendent déjà. Lui est très pâle, il porte des lunettes à monture métallique ; elle aussi a le teint blafard et des yeux noirs brillants. Tous deux paraissent épuisés ; la femme est mal fagotée dans sa longue jupe lâche. Silencieux, absorbés en eux-mêmes, ils se dévisagent sans un mot : de vieux ennemis, se dit Peter, des adversaires qui se connaissent par cœur et attendent chacun que l'autre bouge le premier.

Obnubilé par les rapports si difficiles et hostiles de son propre couple, Peter se demande à quoi pensent ces deux êtres, ce qui garde leurs regards ainsi rivés l'un à l'autre. Est-ce que, lorsqu'un enfant est frappé de façon subite, les parents, inévitablement, se déchirent ? À qui d'autre s'en prendre ?

L'ascenseur vient d'arriver et ils s'engouffrent tous les trois à l'intérieur. L'homme s'est placé face à la porte, le dos tourné à sa femme. Ils s'arrêtent au troisième. L'homme sort le premier et s'éloigne, sans s'être assuré que sa femme le suit.

Peter monte jusqu'au septième, le dîner dans les bras. Pour ce soir, il a commandé un ragoût d'agneau, avec du pain au romarin et une vraie salade. Au moins aura-t-il appris à se débrouiller pour les repas, même si le caractère nécessaire de ce savoir lui est odieux.

Dans la chambre, Emma, assise le dos rond, lit toujours son magazine, et l'arrivée de Peter ne la distrait pas de sa lecture. Il ouvre en silence les récipients contenant la nourriture, les dispose sur la table. Emma prend une assiette. Ils mangent sans s'adresser la parole.

La soirée s'éternise ainsi, dans le silence. À un moment, le téléphone sonne. Emma répond.

« Bonsoir, maman, dit-elle, tendue. Non… Non, rien de neuf… Toujours pareil, oui. Non… Je sais, oui. Merci. Merci d'avoir appelé. » Puis, après un temps : « Ce serait parfait. Très bien. Après le déjeuner, donc. Bien. D'accord, au revoir. »

Dès qu'elle raccroche, son visage se referme. Peter attend ; elle se tait.

« C'était ta mère ? » finit-il par demander avec humeur.

Elle acquiesce d'un signe.

« Elle va venir ? »

Elle répète son geste.

« Quand ?

— Jeudi.

— C'est demain.

— Je sais. »

Comme elle n'ajoute rien, Peter se replonge dans *La Montagne magique*. Hans Castorp s'achemine irrévocablement vers sa ruine. Tous les aspects de son existence sont autant de présages funestes de sa destruction imminente. Vivre ainsi ce lent déclin de Hans Castorp trouble Peter, qui se sent à la fois piégé par le roman et obligé d'aller jusqu'au bout. Abandonner cette lecture maintenant serait lâche de sa part, indigne.

Au moindre mouvement provenant du lit, Emma se lève, s'approche de Tess, lui parle à voix basse. Pour Peter, c'est affreux. Dans la voix d'Emma qui parle à sa fille, il entend que c'est là tout ce qu'elle veut : cela, rien d'autre. Il se souvient d'Amanda dans ses bras, des râles horribles de ses sanglots. *Il a toujours une fille.*

À dix heures, Peter referme son livre. « Il est l'heure d'aller se coucher », annonce-t-il.

Emma ne bouge pas. Elle penche la tête sur sa page, et la fixité de son menton indique à Peter qu'elle préférerait ne pas l'entendre et qu'elle ne lui répondra pas.

« Emma, rentre avec moi. »

Elle refuse de la tête, sans un regard. « Alors je vais t'attendre », déclare-t-il, et elle se tourne vers lui.

Ses lèvres sont raidies par le chagrin. Le menton paraît plus pointu que d'habitude, les yeux plus étroits, cernés de creux en demi-lunes. À cet endroit, la peau est translucide et foncée, pleine d'ombres. Elle le regarde sans ciller.

« Nous avons besoin de passer une nuit ensemble », dit Peter.

Il n'éprouve pour elle rien qui ressemble au désir, à la tendresse physique, et sait que c'est dangereux. Il faut faire attention, il ne faut surtout pas laisser ce silence s'installer. Il lui tend la main, insistant : « Emma. »

Elle reste un long moment les yeux rivés sur lui, puis referme son magazine et se lève. Elle avait enlevé ses chaussures, et il l'observe tandis qu'elle repêche une ballerine plate du bout de son pied nu, le glisse dedans, trouve la seconde ballerine, va vers le lit pour souhaiter dans un murmure bonne nuit à Tess.

Dans le taxi qui les ramène chez eux, Peter ne se résout pas à la toucher. Les réverbères zèbrent au passage le siège arrière de lumière, et sous cet éclairage inconstant il distingue les cuisses d'Emma, serrées l'une contre l'autre dans une posture guindée. Penser à ce corps l'atterre – ces jambes, ces bras dont les siens ne savent que faire. Peter regarde par la vitre du taxi qui file dans la nuit d'été. La lune brille, l'air est limpide. Des nuées d'insectes, étincelles d'un feu sans couleur, se pressent sous les ampoules des réverbères. Leur taxi dévale en bringuebalant la Cinquième Avenue vers le sud, tourne à droite pour prendre par le parc, coupe les virages, fonce dans le gouffre noir du souterrain dont il émerge face aux hautes falaises des immeubles qui se dressent à l'ouest de Central Park.

Au long de cette course nocturne, Peter s'interroge sur lui-même. Qu'est-ce qu'il cherche ? Il règle sa conduite sur des sentiments qu'il n'éprouve plus. A-t-il une autre solution ? Il ne va pas rompre parce que Tess a été blessée. Il faut bien que quelqu'un protège leur couple de cette menace, d'Emma. Le silence glacial d'Emma suscite en lui de la colère, pas de l'amour. Je risque de ne pas y arriver, songe-t-il.

De retour chez eux, ils se déshabillent chacun dans une pièce. Emma sort de la salle de bains sans chercher à croiser le regard de Peter.

« Tu as pris ton somnifère ? » lui demande-t-il.

Le médecin lui en a prescrit de nouveaux, miséricordieusement forts, à action rapide, presque instantanée. Emma acquiesce d'un signe et se glisse dans le lit de son côté. Elle se roule en boule, pas tout à fait aussi loin de lui, cependant, que la nuit précédente. Peter s'en rend compte mais continue à lire, allongé sur le dos. Il ne peut toujours pas se résoudre à la toucher, pas même à lui tapoter l'épaule. Quand il éteint, elle ne bronche pas ; il fait semblant de croire qu'elle dort et bascule de son côté, le plus loin possible, en lui tournant le dos.

Le matin, au réveil, sa colère contre Emma le reprend tout de suite. Il ne l'a encore ni vue ni regardée, mais sent sa présence exaspérante à l'autre bout du lit. « Plus jamais », a-t-elle dit. Il lui semble qu'il serre toujours Amanda contre lui. Plein de rage, il ouvre les yeux, se tourne vers Emma, prêt à parler.

Elle est partie. Le lit est vide et Peter, floué, est encore plus furieux.

Il ne se lève pas tout de suite. On est au sixième jour.

Plus jamais.

29

Il n'est pas encore neuf heures et déjà la chaleur est écrasante. La chemise que Peter porte sous sa veste lui colle à la peau. Il sort du métro, pas très loin de la 81e Rue ouest, derrière le Rockefeller Center, un peu plus bas, et ce matin le trajet lui a paru interminable.

D'habitude il n'y prend pas garde ; il va sans réfléchir d'un point à un autre, délibérément ailleurs par la pensée. Ce matin, en revanche, ç'a été l'horreur : les bruits infernaux de ce monde souterrain, les autres passagers assourdis comme lui, secoués, malmenés. L'attente dans la station, à respirer l'âpre odeur moite des tunnels. L'attente dans les wagons, pris dans la cohue d'autres corps muets, coincés, suants. Une femme de petite taille vêtue d'un imperméable le collait de si près que ses rêches cheveux gris le chatouillaient sous le menton. À côté de lui, un jeune Noir musclé en tee-shirt d'un rouge délavé et jean à taille basse trop large agrippait nonchalamment la barre métallique graisseuse. À chaque cahot, il écrasait Peter sous sa masse, et sous les paupières lourdes ses yeux pleins de haine, semblait-il, glissaient sur lui, se détournaient. Et tout autour l'insupportable proximité physique d'inconnus dont Peter découvrait à son corps défendant les anatomies et les odeurs.

Il appréhende sa discussion avec Caroline, redoute la colère qu'elle nourrit contre lui. La colère le cerne de toutes parts.

Peter franchit les lourdes portes du 30, Rockefeller Center. À l'intérieur, il se fond dans la multitude qui se presse dans le long hall cathédrale aux plafonds immensément hauts, pleins de recoins ténébreux. Les éléments de décoration pseudo-aztèques, les surfaces minérales polies, toute cette célébration stylisée transporte autrement plus que l'austère architecture moderne. Ses édifices nus tout d'un bloc ignorent l'humanité ; ce style Arts déco imitation ecclésiastique y condescend à peine, mais au moins reconnaît-il son existence. Il rend hommage aux entreprises humaines. Ces réflexions, qui d'ordinaire réconfortent Peter, y échouent ce matin ; aujourd'hui, rien ne saurait le rasséréner.

Autour de lui, la foule va et vient en tous sens ; il marche à pas rapides, suivant certains de ces flux, les fendant au besoin. Les batteries d'ascenseurs sont logées dans des renfoncements plus bas de plafond, plus intimes, un peu semblables à des confessionnaux. Peter appuie son attaché-case sur le bouton de l'ascenseur, irrité de devoir encore attendre au milieu de la presse rassemblée là pour la même raison que lui. Tout, ce matin, est d'une lenteur insupportable.

Devant lui, des portes coulissent, la foule pousse vers l'avant et il se retrouve au fond de la cabine, face à l'ouverture ; le cube se remplit, puis ses portes se ferment et il monte en silence dans les étages. En examinant les visages qui l'entourent, Peter s'aperçoit qu'il est plus vieux qu'eux. Je dois être vraiment en avance, se dit-il, pour me retrouver avec ces jeunes arrivistes. Sa montre, pourtant, indique neuf heures et quart. Évidemment, réalise-t-il, c'est la fin août. Tous les cadres qui ont un peu d'ancienneté sont encore en vacances. Comme lui-même devrait toujours l'être. Sous ses yeux, le visage de Tess, les bleus qui s'y épanouissent. Chaque fois, cette prise de conscience est aussi nouvelle qu'au premier jour, brutale, à vomir.

Un jeune homme nerveux au long crâne étroit se trouve juste devant lui. Ses cheveux blonds un peu frisés sont coupés très courts. Il se tient trop près, sans doute parce qu'il n'a pas conscience de la présence de Peter derrière lui. Quelques pellicules blanches constellent l'épaule grise de son costume. Son oreille, à quelques centimètres du nez de Peter, décolle de la tête étroite. Roses, translucides, d'une intimité indécente, les replis de la chair cartilagineuse évoquent outrageusement la nudité. L'homme sent fort le propre, le savon. Peter entend de façon claire sa respiration, son rythme de marée lente, inexorable – le flux, le reflux, le flux. Lui serre les dents, si fort qu'il les entend grincer. Il ferme les yeux pour ne plus voir cette oreille.

Il sort au treizième étage, si bien climatisé qu'il y fait trop froid. Les secrétaires gardent leurs pulls tout l'été. On règle le thermostat à vingt degrés en été, à vingt-deux en hiver. Inverser ces deux valeurs permettrait d'économiser des milliards de dollars d'énergie fossile, mais les Américains tiennent à avoir trop chaud en hiver et froid en été. Un usage passé dans les mœurs, un legs des années cinquante, de l'époque où ils étaient riches et où le pétrole ne valait rien.

Bien que sombre et frais, le bureau de Peter sent le renfermé. L'air n'y est jamais renouvelé, les stores sont tirés, les lumières éteintes. Il allume, et le décor familier apparaît : un mur entièrement occupé par une bibliothèque en teck pleine de livres juridiques ; un mur percé de fenêtres derrière les deux fauteuils à oreilles en cuir vert ; et, accrochés au mur derrière son bureau, ses diplômes encadrés sous verre : Harvard, Columbia. Peter pose son attaché-case sur le bureau.

Il revoit le menton volontaire et têtu d'Emma, ses yeux hostiles. Elle le repoussera, encore et encore. Emma est comme ça : après chacune de leurs disputes, elle se mure dans un silence glacial et attend que Peter fasse le premier pas. Elle est capable d'attendre des jours, muette, obstinée, implacable. Lorsque Peter a enfin épuisé sa colère et qu'effectivement il risque un geste, lui tend la main, la prend dans ses bras, tout de suite elle cède, devient toute douce, s'en veut. Mais tant qu'il ne lui a pas adressé la parole, elle se tait.

Dans la famille d'Emma, on raconte l'histoire de cet aïeul – un pasteur ? – qui vivait au XIXe siècle et qui, un jour, fit part à sa femme de son intention d'aller à New York écouter Jenny Lind, le Rossignol suédois. « Nathaniel – ou Ezekiel, ou Obadiah, un prénom biblique en tout cas –, si tu vas écouter cette femme de mauvaise vie, je ne te parlerai plus jamais », le prévint son épouse. Il se rendit à New York et elle cessa de lui parler, du moins à ce que prétend l'histoire. Des années plus tard, alors que sa femme était sur le point de rendre l'âme, le pasteur lui murmura quelque chose à l'oreille. Elle se tourna vers le mur et mourut sans plus jamais lui avoir adressé la parole. Dans la famille d'Emma, on raconte cette histoire en se rengorgeant, comme si elle était exemplaire de droiture, et non d'intolérance, comme s'il s'agissait d'une victoire, et non d'une défaite.

Ils sont tous pareils, dans cette famille, songe Peter avec rancœur. Tous prompts à censurer, entêtés, implacables. Le pire, c'est qu'ils en sont fiers. Everett, le père d'Emma, est le vieux pédant le plus péremptoire que Peter ait jamais rencontré ; sûr que son bon droit le rend juste et bon. Il n'a toujours pas rencontré le nouveau mari de Francie, Carlos.

Peter sort dans le couloir pour aller se chercher un café. Il a besoin d'un fortifiant avant d'appeler Caroline. Le distributeur est dans un recoin discret, à l'écart de l'entrée. Peter y remplit sa tasse couleur caramel qui vient de Starbucks, un endroit où il n'a jamais mis les pieds.

De retour à son bureau, il ferme la porte et s'installe dans son fauteuil. Il avale une gorgée du liquide amer, décroche le téléphone. Il tape d'un doigt rageur sur les chiffres du numéro de Caroline, s'agaçant de la brève musique atonale. Pourquoi pas de vraies notes ? Pourquoi pas la gamme normale ? Pendant qu'à l'autre bout la sonnerie retentit, il ferme les yeux, rassemble son énergie, se ramasse pour l'affrontement.

« Caroline ? C'est moi. Amanda est là ? questionne-t-il, le ton vif et cassant.

— Elle est là, oui, mais je crois qu'elle dort, répond Caroline avec froideur.

— Je vois », dit Peter, d'emblée déconcerté par cette réponse. Il attend, mais Caroline s'en tient là. « Tu es sûre ? reprend-il. Ça t'ennuie d'aller vérifier ?

— Je crois qu'elle dort, répète platement Caroline.

— Bien. J'aimerais lui parler quand elle se réveillera. Tu peux lui demander de me rappeler ?

— Je lui dirai, dit-elle sans rien promettre.

— À quelle heure penses-tu qu'elle va se réveiller ?

— Aucune idée. »

Peter ne proteste pas. Il est bien décidé à ne pas se disputer avec Caroline.

« Bon, soupire-t-il. Dès qu'elle sera réveillée, demande-lui de me rappeler, s'il te plaît. C'est important. Comment va-t-elle ?

— Elle n'est pas levée, je ne l'ai pas vue, je ne sais pas.

— Bon. Merci », et il raccroche.

Il attrape sa tasse de café. La main qui tient l'anse en faïence épaisse tremble. Peter regarde ses doigts, se concentre dessus pour arrêter ce tremblement. Il échoue. Alors il repose la tasse et écarte les doigts, paume à plat. *Maudite Caroline.*

Ses doigts semblent flotter au-dessus de la futaine rouge du sous-main. Plutôt épais, ils se tendent en raide éventail. La main elle-même est large, grossière, sa peau plissée, ridée. Dessous, les veines sombres dessinent un delta noduleux. Sur le dos, quelques poils épars, très clairs, scintillent comme ces herbes qui poussent sur les dunes. À partir du poignet, la main bouge, agitée d'une trémulation régulière que Peter ne contrôle pas.

Il ouvre son attaché-case. Gêné par la crispation douloureuse de sa mâchoire, il desserre volontairement les dents. Ça ne peut pas continuer comme ça. Il ne pourra pas supporter plus longtemps la froideur d'Emma, il ne permettra pas qu'elle le dresse contre sa propre fille. Il y a des choses qu'on ne peut pas tolérer. Plus jamais, a-t-elle dit, et elle parlait sérieusement. Cette femme, sa femme, a un glaçon à la place du cœur.

Peter avale une autre gorgée de son café amer. Toute son existence est sur le point d'exploser. L'atmosphère dans laquelle il vit se fissure, il le sent, de manière invisible mais toujours davantage. Les débris de sa vie sont soufflés loin au-delà. Il faut qu'il fasse quelque chose, qu'il prenne une décision.

À nouveau le visage de Tess lui apparaît, à nouveau la même incrédulité s'empare de lui, le ramène à la nuit de l'accident. Peter se souvient du tout premier moment, quand il s'est réveillé en sursaut, abasourdi, l'oreille dressée, dépassé par ce qu'il entendait. À cet instant-là il ne savait pas encore : aujourd'hui, il pourrait pleurer sur cette bienheureuse ignorance perdue, sur cette seconde juste antérieure à l'atroce compréhension. L'éclat rouge dément du gyrophare de la voiture de police. Le vacillement lourd de l'hélicoptère. La civière qu'on levait pour l'enfourner dans sa panse obscure. La porte qui se refermait dessus. Le stage de tennis, en plus. Mon Dieu. Sa colère. Sa propre colère. Peter plonge la tête dans ses mains et se cache le visage.

En principe, Peter appelle Emma pendant la journée. Ce matin, il s'en abstient, et les heures s'égrènent sans entamer sa détermination. Chaque fois qu'il pense à Emma, il voit sa bouche pincée, les deux petits pics tendus que forment ses lèvres lorsqu'elle est en colère. Plus jamais, elle l'a dit, pour de bon. Seulement, elle n'est pas seule à décider.

Vers le milieu de la matinée, Peter reçoit la visite de John Norman, un de ses associés. Norman, un grand type roux assez peu sûr de lui, le hèle du seuil.

« Tu aurais un moment à me consacrer aujourd'hui ? demande-t-il. Je dois plaider cette affaire et j'aurais aimé en parler avec toi, quand tu auras trois minutes.

— Tout de suite, si tu veux, lui propose Peter en écartant son fauteuil du bureau. Entre, assieds-toi. »

Il est heureux de cette diversion, heureux d'avoir un interlocuteur en chair et en os devant lui. En manches de chemise, les pouces dans ses bretelles, Peter se renverse dans son siège et écoute Norman, les yeux fixés sur son long visage intelligent. Norman s'est installé dans un des fauteuils verts et il croise les jambes. Il a le teint pâle, les yeux un peu roses, une lèvre inférieure élastique et vermeille. Il n'a encore jamais plaidé devant un jury. Cette pratique ne s'est répandue que récemment en droit commercial, et Peter a en la matière plus d'expérience que la plupart de ses associés.

« Si je devais plaider l'affaire, déclare-t-il à Norman, avant tout je m'attacherais à faire comprendre aux jurés que l'octroi même de ce brevet d'exploitation n'est pas sans poser problème. Je partirais de là… » Le téléphone l'interrompt dans ses explications. « Excuse-moi, dit-il à Norman, et il décroche au milieu d'une sonnerie, persuadé d'avoir Emma au bout du fil. Allô ? lance-t-il avec impatience.

— Papa ? » La voix d'Amanda, lointaine.

« Ah, bonjour ma chérie, reprend Peter, assez mal à l'aise. Tu peux me rappeler dans un petit moment ? Je suis en réunion.

— Je m'en vais, répond Amanda. Je rentrerai cet après-midi. On sort prendre un brunch avec maman.

— Non, non, non, attends une minute, il faut que je te parle. Tu ne peux pas être sur le point de sortir alors que tu te lèves à peine ?

— Je suis debout depuis pas mal de temps.

— Ta mère ne t'a pas demandé de me rappeler quand tu t'es levée ? »

Il y a une pause.

« Elle m'a dit de t'appeler, risque Amanda avec prudence.

— Je lui avais pourtant précisé que j'avais besoin de te parler le plus tôt possible. Alors, s'il te plaît, tu vas attendre un peu pour sortir, déclare-t-il en montant le ton. Je dois te parler avant.

— Papa, on part, là. On discutera plus tard.

— Amanda, je viens de te demander d'attendre et de ne pas sortir tout de suite, dit Peter, debout derrière son bureau. Il faut que je te dise quelque chose.

— Mais on doit y aller. Maman a un rendez-vous après. »

Compréhensif, Norman se lève et lui adresse un petit signe pour attirer son attention. « Je repasserai », articule-t-il en silence, puis il s'esquive et referme sans bruit derrière lui.

Peter se rassied.

« Très bien, dit-il. Alors, parlons maintenant. » Il attend que la porte soit bien refermée. « Amanda, je veux que tu viennes avec moi voir Tess à l'hôpital. »

Il y a un long silence.

« Non. »

Instantanément, Peter saute à nouveau sur ses pieds.

« Tu n'as pas à dire non, Amanda, s'emporte-t-il en sentant sa poitrine se gonfler de colère. Je sais que tu n'as pas envie de venir, mais ta responsabilité est engagée, tu ne peux pas te dérober. »

Il parle fort, trop fort, il s'en rend compte, mais ne peut pas s'en empêcher. Cet appel l'a pris de court. Il était distrait par la présence de Norman, et Amanda l'a perturbé en le menaçant de sortir. Il est furieux contre Caroline, qui sabote ses plans.

« Je n'ai pas envie de venir, bredouille Amanda.

— Je me doute bien que tu n'en as pas envie, mais tu y es moralement obligée, Amanda. Je veux que tu viennes.

— Papa, je n'ai pas envie.

— Je me fiche que tu en aies envie ou pas ! s'exclame Peter. Je veux que tu viennes, un point c'est tout ! Tu as compris ? »

Amanda se tait.

« Amanda ? »

Elle ne répond pas.

« Amanda. » Peter est furieux, à présent : sa fille lui résiste, lui désobéit. « Tu dois y aller, je le veux. Elle est là-bas à cause de toi, tu dois aller la voir. Est-ce que tu comprends ce que tu as fait ? Tu ne peux pas te dérober, Amanda. Tu es directement impliquée. » Et ne viens pas me dire que ce n'est pas ta faute ! rage-t-il à part lui. Ne viens pas me dire ça !

Il y a un long silence, puis des bruits étouffés à l'autre bout.

« Peter ? intervient Caroline. Qu'est-ce que tu es encore allé raconter à Amanda ?

— Je veux qu'elle vienne avec moi voir Tess à l'hôpital.

— C'est hors de question ! s'écrie Caroline. Elle n'ira pas. Elle est encore choquée, il est exclu qu'elle aille courir dans New York.

— Ce qui ne l'empêche pas de sortir pour un brunch, remarque Peter. Ça, ce n'est pas trop fatigant.

— Exactement.

— Caroline, je suis sérieux, reprend Peter. Amanda ne peut pas faire comme si rien ne s'était passé. C'est terrible, ce qu'elle a provoqué. Tu peux comprendre ça ? C'est peut-être irréparable. » En s'entendant prononcer ce mot, Peter sent sa gorge se nouer : *irréparable*. Ses yeux le brûlent. Il n'a aucun contrôle sur ce drame, le pire est là, tout près. Et si ce qu'il venait de dire était vrai ? « Amanda doit prendre sa part des choses. C'est en partie de sa vie qu'il s'agit. C'est aussi une part de ma vie qui est en jeu. Je veux qu'elle soit présente à mes côtés, qu'elle comprenne ce qui est arrivé, qu'elle le voie de ses yeux. Elle est impliquée, elle ne peut pas faire comme si ça n'existait pas. Tu n'as pas le droit de l'y encourager.

— Je t'interdis de me dicter ma conduite. Tu n'as aucun pouvoir sur moi, absolument aucun, rétorque Caroline. Amanda est ma fille, j'en ai la garde et je ne veux pas qu'elle t'accompagne à l'hôpital. C'est malsain, morbide. Tu voudrais la punir pour quelque chose qui était un accident : elle ne l'a pas fait exprès. Tu la harcèles, tu la tyrannises, mais je t'en empêcherai. »

Peter se tourne vers la fenêtre. L'immeuble de l'autre côté de la rue est revêtu d'une carapace de miroirs qui réfléchissent le bâtiment où se trouve son bureau. Cet autre immeuble se dissout bizarrement dans le paysage, le bleu du ciel derrière lui se confond avec le bleu du ciel qu'il reflète. Ainsi, alors qu'il regarde dehors, Peter regarde aussi dedans. Sa fenêtre est quelque part dans cette grille miroitante que l'immeuble d'en face lui renvoie, de même que Caroline lui renvoie sa colère.

Il inspire à fond et reprend la parole, plus calme. Cela, au moins, il l'a préparé.

« Caroline, si tu t'opposes à moi sur ce point, déclare-t-il en détachant les mots avec soin, je t'attaque en justice pour qu'on te retire la garde d'Amanda. Je déclarerai devant le tribunal qu'alors qu'elle t'était confiée elle a régulièrement fumé de la marijuana, une drogue interdite, comme tu le sais. Je raconterai la tragédie entraînée par cette habitude répréhensible. Je prouverai que tu n'as pas su remplir tes obligations, que tu as sur elle une influence morale déplorable, que tu es une mauvaise mère. » Un long silence suit cette déclaration. « Je t'assure que je n'hésiterai pas, reprend Peter. Je ne plaisante pas. »

Il attend.

« Ignoble salaud ! lâche enfin Caroline.

— Passe-moi Amanda », dit Peter au bout d'un moment, en s'efforçant de ne pas prendre un ton triomphant.

Une autre pause : là-bas, le téléphone change de main.

« Allô ? murmure lamentablement Amanda.

— Je passe te prendre cet après-midi à quatre heures, lui annonce Peter d'un ton sec. Nous irons à l'hôpital ensemble.

— Mais, papa...

— Je vais t'expliquer pourquoi je veux que tu viennes, Amanda. Je veux que tu cesses de penser exclusivement à toi pour penser enfin à Tess, et à Emma. » Il toussote. Sa voix s'est brisée sur le dernier mot. « Ce qui s'est passé est très grave, et nous devons le traverser tous ensemble. Je sais que tu ne l'as pas fait exprès, bien sûr, mais tu y as contribué. Tu ne peux pas te dérober, Amanda. Tu ne peux tout simplement pas. »

Peter sent à nouveau sa poitrine se gonfler, et il s'arrête, incapable d'aller plus loin.

Le silence dure longtemps. Quand enfin Amanda répond, c'est dans un filet de voix atone.

« Oui, papa, murmure-t-elle.

— Préviens ta mère », dit Peter avant de raccrocher.

Il regarde sa montre : midi et quart seulement, et déjà cette fatigue. Mon Dieu. Il est épuisé, lessivé. Rétamé pour le restant de la journée. Il aimerait rentrer chez lui, mais rien ne l'attend chez lui. Rien non plus ne l'attend à l'hôpital, hormis l'hostilité butée d'Emma. Rien ne l'attend nulle part, il n'y a pas d'endroit au monde où il pourrait enfin se reposer. Il n'y a plus de repos.

À quatre heures précises, Peter appuie sur la sonnette de Caroline. La porte s'ouvre presque aussitôt.

« Elle est prête », déclare brutalement Caroline.

Amanda attend dans l'entrée, pitoyable. De grands cercles sombres lui creusent les yeux, sa peau est d'une blancheur maladive, l'affreuse mèche verte commence à foncer à la racine. Amanda a enfilé un tee-shirt froissé et une jupe en jean. Elle est chaussée de grosses baskets noires. Peter la regarde et il l'aime.

« Allons-y, ordonne-t-il.

— À tout à l'heure, maman », dit Amanda d'un air malheureux.

Caroline s'appuie contre le chambranle, les bras croisés sur la poitrine.

« À tout à l'heure, chérie, répond-elle avant d'ajouter, à l'adresse de Peter : Jamais je ne te pardonnerai ça.

— Tu ne m'as jamais rien pardonné », réplique Peter.

Caroline claque la porte derrière eux, de toutes ses forces.

Dans l'ascenseur, Peter essaie d'accrocher le regard de sa fille.

« Je te suis très reconnaissant de venir, Amanda, commence-t-il. J'imagine à quel point c'est difficile pour toi... » Il se désespère de s'exprimer avec une telle froideur, de façon si formelle. En homme de loi, pense-t-il.

Amanda garde les yeux fixés sur la porte de la cabine.

« Ce n'est pas ça... », proteste-t-elle vaguement.

Ils prennent un taxi pour se rendre à l'hôpital. Il fait très chaud. La température n'a pas cessé de grimper depuis ce matin. Peter est arrivé chez Caroline en nage. Ce soleil est mauvais. Emma prétend que c'est à cause des trous dans la couche d'ozone, mais elle le dit toujours comme si c'était sa faute à lui, Peter, alors il lui oppose d'autres arguments. Cela n'a rien d'exceptionnel qu'il fasse chaud au mois d'août – mais il faut bien reconnaître que cette lumière implacable paraît de mauvais augure.

Le vieux taxi défoncé dans lequel ils sont montés n'est pas climatisé. Il les emmène le long de Park Avenue dans un bruit de ferraille. Peter baisse sa vitre. L'air est sec, granuleux, usé. Peter se sent crasseux. Depuis hier soir il n'a toujours pas échangé un mot avec Emma. *Plus jamais. Plus jamais*. La main d'Amanda repose, abandonnée, sur la banquette sale. Peter la prend dans la sienne. Celle de sa fille est molle et moite. *Si tu m'entends, serre ma main fort*. Le souffle de Peter se bloque dans sa gorge. Il déglutit avec peine, porte à sa bouche la main d'Amanda et l'embrasse sur le dos : la peau très lisse dégage une odeur très douce. Elle est légèrement humectée de sueur.

Peter sourit à Amanda.

« Ta main sent bon », dit-il.

Surprise, elle murmure un « Merci » accompagné d'un demi-sourire.

Peter embrasse de nouveau la main et la repose sur le siège. Le taxi roule maintenant dans Madison Avenue : d'ici, il faut dépasser l'hôpital et poursuivre dans cette direction pendant quelques centaines de mètres, puis prendre vers l'ouest jusqu'à la Cinquième Avenue et tourner à gauche. Alors qu'ils descendent la Cinquième Avenue en longeant Central Park, ils doivent s'arrêter au feu au croisement de la 100e Rue. Un couple latino marche sur le trottoir bordé par le mur du parc. La femme, petite et très brune, en tee-shirt lâche, jupe serrée et hauts talons, pousse devant elle une poussette vide. Elle avance à grandes enjambées décontractées. L'homme, brun lui aussi, la suit à quelques pas, l'enfant sur ses épaules. Il plie les bras vers le haut pour tenir les jambes de l'enfant, qui pendent sur sa poitrine. Les hommes des pays latins portent leurs enfants quand ils se promènent dans la rue, songe Peter. Les Italiens, les Espagnols, les Américains du Sud portent leurs gosses. Pas les Anglo-Saxons, pas les Anglais ni les Allemands : chez eux, ce sont les femmes qui portent les bébés. En tout cas, les Anglo-Saxons de sexe masculin ne portent leurs bébés que depuis l'invention des sacs kangourous et le Mouvement de libération des femmes; quelquefois, ils vont jusqu'à changer les couches. Le père de Peter ne l'aurait jamais porté en public. Quant au père d'Emma, ce vieux pédant, autant ne pas en parler; lui, il obligeait sans doute sa femme à marcher un pas derrière lui sur le trottoir.

La femme lève la tête pour regarder l'enfant et dit quelque chose. L'enfant lui répond, penché en avant, entourant de ses bras la tête de son père, lui caressant la mâchoire. Le père à son tour prononce quelques mots, ses dents blanches étincellent sur son visage hâlé. L'enfant domine la foule avec confiance, à l'abri des périls des régions inférieures. Il se laisse soulever et retomber souplement au rythme de la marche du père. Sa petite tête, centre d'où la vie pulse dans son être, se presse contre celle de son père. Peter n'arrive pas à s'arracher à la contemplation de cette famille. Ils ont l'air si heureux, tous les trois.

Leur taxi franchit l'entrée de l'hôpital, se gare derrière un autre taxi. Peter sort son portefeuille de sa poche de poitrine.

À côté de lui, Amanda regarde par la fenêtre.

« Tiens, les parents d'Emma sont là », remarque-t-elle.

Peter lève les yeux : il avait oublié que les Kirkland devaient venir aujourd'hui. Ils sont sur les marches, qu'ils gravissent sans hâte côte à côte. Leurs mouvements manquent d'assurance. Peter, ému, s'étonne de les découvrir si soumis. Comme ils ont l'air fragiles, timides même, hors de leur propre territoire. Dans son costume gris fripé, M. Kirkland paraît plus mince et plus voûté que d'habitude. Mme Kirkland flotte dans sa jupe trop grande ; elle s'accroche gauchement au bras de son mari. Ils montent en diagonale les grandes marches arrondies, dans une lente dérive incertaine, comme refoulés vers le rivage par une marée imprévue.

Peter paie le chauffeur et, suivi d'Amanda, rattrape ses beaux-parents.

« Bonjour, Everett », lance-t-il poliment.

Everett Kirkland pivote aux trois quarts, prêt à engager les hostilités.

« Ah, bonjour, maugrée-t-il, sourcils froncés.

— Bonjour », glisse avec inquiétude Mme Kirkland.

Ni l'un ni l'autre n'ont regardé Amanda.

« Vous vous souvenez d'Amanda », dit Peter en prenant la jeune fille par le bras pour la tirer devant lui alors qu'ils reprennent tous l'ascension.

« Bonjour, Amanda, murmure Mme Kirkland avec un pauvre sourire.

— Bonjour », répond Amanda.

M. Kirkland la dévisage.

« Everett, c'est ma fille, Amanda », insiste Peter sur un ton de reproche, comme pour lui rafraîchir la mémoire.

M. Kirkland s'arrache un bref « Bonjour » et détourne les yeux. Tous quatre progressent en silence.

« Par ici », indique Peter en les conduisant vers les ascenseurs.

Un tas d'autres gens s'engagent avec eux dans la cabine ; personne ne parle. Ils sortent au septième étage, Peter devant avec Amanda, les Kirkland derrière, d'un pas mal assuré.

« C'est par là », précise Peter.

La main d'Amanda serrée dans la sienne, il les pilote dans le couloir jusqu'à la chambre de Tess.

La première chose qu'il voit en entrant est un dos masculin recouvert d'une blouse blanche. Emma, juste derrière, est toute pâle. Elle parle avec le médecin.

Peter s'arrête. Ils sont trop nombreux pour entrer tous en même temps, mais Peter a déjà un pied dedans et il souhaite, lui aussi, parler au médecin. Bien sûr, il ne tient pas à ce qu'Amanda assiste à l'entretien, mais il ne veut pas non plus la laisser à la porte avec ce type qui refuse de prononcer son prénom.

Peter se faufile à l'intérieur en contournant le docteur. Emma lève la tête vers lui, ses yeux infiniment tristes cherchent les siens. Puis elle voit qu'il n'est pas seul, reconnaît Amanda. Son regard devient noir, sa bouche se pince.

« Bonjour, docteur, lance Peter d'une voix sonore, pour faire comprendre aux Kirkland qu'il serait préférable qu'ils attendent dans le couloir, mais sans se retourner pour vérifier.

— Bonjour », répond le Dr Baxter de son ton sérieux. Il remonte ses lunettes sur son nez du bout du majeur. La partie chauve de son crâne luit.

« Comment va Tess aujourd'hui ? » s'enquiert Peter.

Il se demande si Amanda est toujours derrière lui. Il n'en sait rien et ne veut pas s'en assurer ; il faut qu'il continue à s'adresser à Emma et au médecin. Vaut-il mieux qu'Amanda l'ait suivi ou non ? Peter souhaite-t-il qu'elle entende leur conversation ? Il ne sait pas, il n'a pas de réponse. Les choses échappent à son contrôle.

« Je disais justement à votre femme que j'ai constaté une légère amélioration dans le réflexe pupillaire, reprend le Dr Baxter.

— Voilà une bonne nouvelle », déclare Peter en hochant la tête, bien que l'explication médicale le dépasse, obscure.

Amanda, entrée sur ses talons, vient se placer à son côté. En face, séparée de lui par le médecin, il y a Emma, qui se consume de rage : sa colère est une fournaise qui l'embrase de l'intérieur. Refusant délibérément de les regarder, Amanda et lui, elle reste les yeux rivés sur le praticien.

« Certes, dit ce dernier en levant un index circonspect, c'est sans doute une bonne nouvelle, mais il est un peu tôt pour l'affirmer. Il est encore trop tôt. »

Encore trop tôt. Quelle drôle d'expression, songe Peter. Comme une absurdité logique. Est-elle seulement correcte, cette expression ? Et qu'est-ce que le réflexe pupillaire ? Il le sait pourtant, il le sait mais n'arrive pas à s'en souvenir.

« Qu'est-ce que le réflexe pupillaire ? demande-t-il.

— Chaque jour, répond le Dr Baxter, j'examine avec cette lampe la pupille de votre fille.

— Tess n'est pas sa fille, lâche Emma d'une voix neutre.

— Excusez-moi, votre belle-fille, corrige le médecin.

— C'est cela », approuve Peter, furieux.

Le Dr Baxter attrape la petite torche de la taille d'un crayon accrochée à sa poche de poitrine. Il l'allume, comme si sa lumière était en soi révélatrice.

« Jusqu'à présent, poursuit-il, ses pupilles restaient dilatées. Aujourd'hui, j'ai toutefois noté un changement. Elles se sont un peu rétractées devant le faisceau lumineux, ce qui est la réaction normale de l'œil.

— Bien, bien », acquiesce Peter en opinant avec vigueur. C'est merveilleux. Il se demande où sont les Kirkland. Se sont-ils arrêtés avec tact sur le seuil, pour écouter ? La consultation est-elle terminée ? Est-ce que le médecin s'apprête à prendre congé ? Est-ce qu'il s'en va parce qu'il y a trop de monde dans la chambre ? Faudrait-il, alors, conseiller à Amanda d'attendre dehors ? Et si Emma, le devançant, disait à Amanda de sortir ? Il lui balancerait une gifle.

Le Dr Baxter les salue, Emma et lui, d'un petit signe de tête solennel, les lèvres froncées dans une moue préoccupée. Son crâne brille. Est-ce qu'il lui donne des soins particuliers pour qu'il luise comme ça ? Ça se soigne comment, une peau chauve ? Avec une lotion ? une huile spéciale ? un genre de cire, comme un parquet ? Faudra-t-il, un jour, que Peter sache tout cela lui aussi ? Le médecin entame une retraite habile, de toute évidence impatient de partir.

« Nous verrons comment elle est demain », dit-il.

Il se dispose à remettre la petite lampe à sa place, sur la poche de poitrine de sa blouse blanche, mais rate son geste. Il fronce un peu les sourcils, ses lèvres esquissent la même petite moue que tout à l'heure. La seconde tentative est la bonne : la torche s'accroche au rabat.

« Au revoir », ajoute le docteur en se faufilant vers la porte.

Une fraction de seconde, Peter se retrouve face à Emma, qui continue à les ignorer, Amanda et lui. Elle suit le médecin dans le couloir, où patientent toujours ses parents.

« Papa, maman, bonjour. Entrez », l'entend dire Peter, et l'instant d'après ils pénètrent dans la chambre en file indienne. Tout le monde reste debout, gêné.

« Bonjour, ma chérie, dit Mme Kirkland dans le dos de Peter. Comment va-t-elle ? Le docteur t'a annoncé de bonnes nouvelles ?

— Oui, répond Emma. Venez la voir. »

Elle pousse ses parents vers le lit, toujours sans un regard pour Amanda.

Peter prend sa fille par la main. Il l'examine furtivement : elle hausse les sourcils, ce qui lui donne l'air distant, et se tient les yeux baissés, comme si elle s'ennuyait ferme. Peter, tout près d'elle, attentif, capte une faible odeur corporelle. Elle n'a donc pas jugé bon de prendre une douche ? Maudite Caroline, jure Peter en lui-même. Maudite, maudite, maudite femme !

Emma s'est penchée d'un côté du lit, sa mère de l'autre. M. Kirkland reste raide comme la justice derrière sa femme ; il regarde sa petite-fille, mais sans s'approcher. Tess est couchée sur le dos, un bras en travers du ventre, l'autre le long du corps. Aujourd'hui, son visage paraît moins gonflé. Est-ce possible ? Ou est-ce juste parce que Peter essaie de la voir comme si c'était la première fois, à la manière dont ces nouveaux venus la découvrent ? Elle est pourtant méconnaissable. Les meurtrissures qui défigurent le nez, les joues. Les ecchymoses brun-vert. Mon Dieu.

« Vous voyez, dit Emma. Vous avez entendu le Dr Baxter. Le réflexe pupillaire est plus prononcé. C'est signe que ses yeux commencent à percevoir la lumière. »

Pour le moment, les yeux de Tess sont fermés, et personne ne voit ses pupilles.

La climatisation marche au maximum, il fait trop froid dans la chambre. Amanda, soudain, frissonne. Peter lui serre la main pour la réconforter et l'empêcher de s'éloigner de lui.

« C'est signe..., vient d'ajouter Emma, qui s'interrompt. C'est signe que le cerveau... » Mais non, les mots sont trop affreux, elle ne peut pas aller plus loin. La réserve du Dr Baxter, sa prudence, sa fuite délibérée rendent brusquement cette minuscule étincelle d'espoir pathétique devant la réalité : les traits tuméfiés de Tess, son silence.

Emma, la figure entre les mains, courbe les épaules, la tête affaissée sur la poitrine. Resté au pied du lit, Peter devrait, pour la rejoindre, lâcher la main d'Amanda.

Mme Kirkland se penche par-dessus le lit, par-dessus Tess. « Ma chérie, dit-elle, en effleurant les cheveux d'Emma. Ma pauvre chérie. »

Emma se dérobe à la caresse maternelle, aussi vivement que si un insecte venait de la piquer. Elle se tourne vers la fenêtre, le dos à ses parents, et se met à pleurer. Tous se figent pendant qu'elle sanglote.

Puis Peter lâche la main d'Amanda et s'avance vers Emma en contournant le lit. Il l'enlace, l'agrippe par les épaules et la tient contre lui, et un instant il la sent qui se laisse aller sur son bras, avant, tout de suite, de se raidir.

« Sors ! siffle-t-elle entre ses dents serrées.

— Emma… » dit Peter, et c'est presque une mise en garde.

Elle relève la tête.

« Sors d'ici.

— Emma », répète Peter, avec cette fois de la colère.

Emma se tourne vers Amanda. Le chagrin déforme ses traits, les larmes ruissellent sur ses joues. Elle a les yeux rouges, des yeux de bête.

« Toi, va-t'en ! ordonne-t-elle. Comment peux-tu avoir l'audace de venir ici ?

— Emma, s'interpose Mme Kirkland.

— Ne parle pas comme ça, Emma ! se fâche Peter. C'est ma fille. »

Emma le défie du regard. Elle tend le bras vers le lit : « Ma fille est là.

— Emma, tente de nouveau Mme Kirkland, très agitée.

— Sors ! répète Emma.

— Ne me parle pas ainsi, Emma. Je suis ton mari, le beau-père de Tess.

— Je veux que tu sortes d'ici ! s'obstine Emma, les yeux fous, la voix plus aiguë. Je veux que tu sortes !

— Emma, écoute. »

Peter s'avance vers elle, la prend dans ses bras. Elle se dégage et recule d'un pas.

« Ne me touche pas ! s'écrie-t-elle. Je t'en supplie, ne me touche plus jamais !

— Emma, tais-toi », l'implore Mme Kirkland.

Emma se tourne vers son père : « Fais-le sortir.

— Emma, n'exagère pas, la prévient Peter en reprenant la main d'Amanda. Tu es peut-être déjà allée trop loin. »

Emma éclate d'un rire atroce : « Ah ! *Je* suis peut-être allée trop loin ? Mais regarde ma fille ! s'exclame-t-elle avec un geste en direction de Tess. C'est toi qui oses me dire ça ? Et elle, tu oses l'amener ici ?

— Emma... » Peter s'arrête et ferme les yeux. C'est sans issue. « Viens, Amanda », reprend-il en se dirigeant vers la porte, non sans se retourner pour saluer les Kirkland. « Bonsoir, lance-t-il.

— Peter, ne partez pas, dit Mme Kirkland faiblement.

— Va-t'en », lui enjoint Emma, les bras croisés sur la poitrine.

Peter entraîne Amanda dans le couloir. Il referme la porte derrière lui, tourne la tête à gauche, à droite. Il ne sait plus où se trouve l'ascenseur.

30

Alors qu'il sort de l'ascenseur au rez-de-chaussée, Peter croise des yeux la femme noire entre deux âges qui tient l'accueil, derrière le comptoir. Ses cheveux laqués se dressent haut sur son front. Derrière les paupières à moitié baissées, le regard est impénétrable, intransigeant. Étonné d'être ainsi l'objet de son attention, Peter, brusquement, se rend compte qu'il traîne toujours Amanda par la main.

Il la lâche en traversant le hall pour se diriger vers la sortie et murmure, tourné vers elle : « Je n'ai pas l'intention de te laisser partir. Simplement, je n'ai pas envie d'être arrêté pour enlèvement. »

Amanda a l'air sidéré, puis un timide sourire s'ébauche sur ses lèvres. « Merci », dit-elle avec gratitude.

Cette timidité frappe Peter, et cette reconnaissance aussi. Au fond, songe-t-il, je n'ai jamais été comme ça avec elle. Jamais je ne lui ai expliqué les choses, les choses toutes bêtes, le pourquoi des choses. Je voudrais qu'elle les sache sans qu'on lui ait rien expliqué, et quand elle n'y arrive pas je m'énerve.

Dehors, la chaleur est toujours aussi étouffante. Le soleil déjà bas dans le ciel, à l'ouest, de l'autre côté du parc, darde sur eux des rayons aveuglants.

« Où est-ce qu'on va ? » questionne Amanda, et Peter tressaille, le cœur serré. A-t-elle jamais eu le choix, la pauvre enfant ? Les enfants vont là où on les emmène.

Peter pense à tous ces week-ends où Amanda a dû quitter sa maison, sa chambre, ses amis, sa mère pour venir chez eux, dans cet appartement où elle n'était pas chez elle. Parce qu'il le voulait. Parce qu'il l'exigeait.

« Où as-tu envie d'aller ? demande-t-il à son tour. Si on marchait un peu dans le parc ? Après, si tu veux, on pourrait aller au cinéma. »

C'est lui, maintenant, qui se sent timide. Elle peut refuser sa proposition, et du coup le rejeter : le risque existe.

Amanda acquiesce paisiblement – « Okay » –, et côte à côte ils s'avancent sur le bord du trottoir. Ils attendent que le feu passe au rouge pour pouvoir traverser et marcher le long du mur de pierre qui délimite le parc. Un forsythia vigoureux manifeste par-dessus le faîte, lançant haut son feuillage dru foncé par l'été et qui pend, assoiffé, mais cependant vert. Ça a l'air plus respirable de l'autre côté de la rue.

La sueur perle aux tempes de Peter. Il aurait envie de saisir à nouveau la main d'Amanda, comme ça, en guise d'ouverture, pour affirmer leur lien, seulement il fait trop chaud et il ne souhaite pas attirer les regards. Elle n'en a d'ailleurs peut-être pas envie.

Le feu passe au rouge et ils traversent l'avenue. Peter s'interroge : par où commencer, avec Amanda ? Que va-t-il lui dire ? Où va-t-il aller, cette nuit, et comment interpréter ce qu'il a déclaré à Emma en partant ?

« Qu'est-ce que tu vas faire ? demande Amanda, les yeux levés vers lui.

— J'irai au club », répond-il. Ou ailleurs, qu'importe, pense-t-il.

« Ah », fait-elle en se détournant.

Il aimerait la rassurer. Il a toujours estimé qu'il était de sa responsabilité de la protéger du monde, de l'abriter sous un dais parental afin qu'elle comprenne que, si compliqué et incompréhensible soit-il, le comportement des adultes ne pouvait en rien la menacer. Il croyait que son mariage avec Emma, la façon dont ils se comportaient tous les deux, lui paraîtrait logique, dans l'ordre des choses. C'est fini. Il ne sait absolument pas ce qui va se passer, désormais, entre Emma et lui, et il ne peut donc pas tranquilliser Amanda sur ce point. Elle a des yeux pour voir ; elle saura en tirer seule la leçon. Elle voit qu'il est malheureux, qu'il ne sait pas quoi faire de lui. Elle a vu qu'il prenait son parti contre Emma, qui voulait la chasser. Elle a vu qu'Emma était allée trop loin.

« C'est à cause de moi ? interroge-t-elle.

— À cause de toi, oui, lui répond-il. Mais ce n'est pas ta faute. »

Ils marchent en silence. Devant eux, une petite femme élégante promène un labrador jaune. Elle avance d'un pas languissant dans la chaleur ; le chien, sa langue rose presque par terre, zigzague paresseusement à côté d'elle.

« Je ne peux pas accepter qu'Emma te traite de cette façon, explique Peter. Je ne le permettrai jamais. »

Amanda le regarde, puis baisse les yeux.

Aurait-il été trop dur avec Emma ? Peter repense au petit visage tuméfié. Non. Quand bien même : non. Elle ne peut pas tout exiger de lui, même si Tess est grièvement blessée. Et puis elle le rejette tout le temps, le repousse, implacable, inflexible. Encore cette colère qui monte en lui.

« Tu es ma fille, énonce-t-il.

— Je n'aurais pas cru que ça comptait.

— Que veux-tu dire ?

— Parce que toujours, chaque fois que je remarquais que tu faisais quelque chose pour Tess, tu disais toujours que tu nous traitais pareil toutes les deux, que tu nous traiterais toujours pareil. Alors c'était comme si ça t'était égal que je sois ta fille, comme s'il n'y avait pas de différence.

— Amanda… », commence Peter.

La colère est sans doute l'émotion qu'elle a le plus souvent suscitée chez lui. Amanda provoquait des ravages : elle énervait Tess, elle énervait Emma, elle brisait les règles, rompait ses promesses, cassait la vaisselle. Des années durant, toute sa vie elle s'était comportée comme ça. Il ne pouvait pas la voir sans éprouver de la colère, de la rancœur, et le besoin de protéger Emma et Tess contre elle. Il y avait Emma et Tess, qu'il était prêt à défendre, et Amanda qui arrivait armée jusqu'aux dents, parée pour l'attaque. Il lui incombait à lui, son père, de l'empêcher de provoquer trop de dégâts. Elle y parvenait de toute façon ; il ne la voyait que boudeuse, rebelle, intraitable. Désireuse de détruire. Peter, maintenant, s'interroge sur le rôle qu'il a joué. Que pouvait bien éprouver sa fille lorsqu'elle débarquait chez eux et le trouvait décidé à protéger cette autre femme, cette autre fille, quitte à la repousser au besoin ?

« Je t'aime, affirme-t-il avec gravité.

— Je savais que tu allais dire ça, remarque Amanda d'une voix résignée.

— Mais bien sûr que je t'aime. » Et bien sûr que c'est vrai, mais quelles preuves lui en a-t-il données ?

« Et tu aimes Tess.

— Oui, mais pas comme je t'aime toi. » Amanda lève la tête vers lui ; l'expression est sincère, les yeux infiniment tristes. Elle est cruelle, la douleur qui se peint sur un visage d'enfant. « Tu es ma fille », articule-t-il péniblement.

Comment lui faire comprendre, lui expliquer ce que cela signifie ? Peter réalise qu'il dépend de sa fille, qu'il a besoin de sa vie. La vie d'Amanda est une extension de la sienne, il est indispensable pour lui qu'elle poursuive vers l'avenir, qu'elle vive pour lui et mieux que lui, une existence plus passionnante. Elle est le chaînon qui le rattache au futur : il veut qu'elle continue pour lui, qu'elle accomplisse ce qu'il n'a, pour sa part, jamais rêvé d'accomplir. Elle est son lien précieux avec le monde, sa fille très précieuse.

Mais quelle forme cela a-t-il pris, pour elle ? Pendant des années, Peter l'a obligée à se conformer à ses vœux. Il exigeait d'elle l'obéissance et réclamait sa présence, mais à ses conditions, contre sa volonté. L'âge doit représenter le seul espoir de libération d'Amanda. Que se passera-t-il si, devenue majeure, elle décide de ne plus le revoir ? Cette perspective l'épouvante. Que va-t-il se passer si elle l'accable d'autant de reproches qu'il lui en a adressé ?

Devant eux, la femme au labrador vient de s'arrêter parce que sa chaussure la gêne. Le chien aussi s'est immobilisé ; il la regarde. La femme enlève sa chaussure, la secoue. Elle porte une robe chemise ample, de couleur vive. Une petite trentaine d'années, des cheveux bruns bien coupés, une tête d'intellectuelle… Elle pourrait travailler dans un musée. Est-ce avec une fille comme elle que je finirai ? se demande Peter. Suis-je un homme seul, désormais ? Mon mariage serait de l'histoire ancienne ? L'idée est si déprimante qu'il la chasse. Ils traversent la chaussée pavée en silence.

Au niveau de la 92ᵉ Rue, le trottoir s'élargit pour former une petite place semi-circulaire en partie prise dans Central Park. Une statue néoclassique se dresse au milieu, face à la rue. Des marches en pierre aménagées de part et d'autre mènent à l'esplanade, et de là au parc.

« Tu veux qu'on entre ? propose Amanda. Le chemin est vraiment joli, par ici.

— D'accord », acquiesce Peter, surpris de découvrir qu'elle connaît si bien le parc, surpris qu'elle puisse trouver un chemin vraiment joli, surpris d'apprendre qu'elle a une vie de son côté, une vie dont il ignore tout.

Elle a raison. Ils avancent sur une large allée au sol de terre damée, sous une tonnelle de branches entrecroisées. Sur leur droite, en haut d'une petite falaise, se trouve le Réservoir. À intervalles réguliers, la silhouette d'un coureur en short se profile contre le ciel, propulsée dans une course lente et lourde à travers l'air poisseux. Les pas de tous ces gens qui courent résonnent sur le sol à un rythme profondément humain qui tranche sur les bruits discordants de circulation venus de la Cinquième Avenue, en contrebas.

« Quand est-ce que tu viens te promener par ici ? demande Peter. Je ne savais pas que tu connaissais si bien le parc. »

Amanda le regarde et sourit, puis détourne les yeux.

« On venait souvent ici, après les cours. »

Pour fumer un joint ? pense Peter. Il en sait si peu sur sa vie.

« Comment ça se passe, à l'école ? En vrai, je veux dire ?

— Ça va, répond Amanda en haussant les épaules – quelle lassitude dans sa voix ! Ça peut aller. Mais j'en ai marre, il me tarde de partir en fac.

— Marre de quoi ? »

Elle secoue la tête pour écarter sa frange, fronce les sourcils.

« J'en sais rien. C'est juste que j'ai horreur... » Elle s'interrompt. « Tu sais, l'école, ça n'a jamais été si génial que ça, pour moi.

— C'est vrai, reconnaît Peter. Je me demande pourquoi.

— Toi, tu trouvais ça génial, l'école ? J'ai tellement l'impression que tout le monde est malheureux, là-dedans. Plus tard, quand même, ça doit être mieux... la vie, je veux dire.

— Mon école... » Peter essaie de se souvenir.

Ils sont arrivés au Réservoir ; le sentier qu'ils suivent s'en écarte en sinuant.

« Viens, on continue par là, décrète Amanda en l'entraînant vers l'ouest, vers l'intérieur du parc. Allons jusqu'à la Grande Pelouse. J'aime bien le son de ces mots : la Grande Pelouse, pas toi ? »

Jamais Peter ne l'a entendue parler de cette façon, jusqu'ici, dire par exemple qu'elle aimait bien le son de certains mots. Qu'elle aimait quoi que ce soit. Il en est tout ému de plaisir, éperdu de gratitude pour la confiance qu'elle lui témoigne.

« Est-ce que j'étais heureux, à l'école ? reprend-il. Il me semble, oui, mais je ne me rappelle plus très bien. Il y avait des trucs qui me plaisaient beaucoup. J'aimais jouer au foot. J'adorais courir, j'étais très fort au cross.

— C'est vrai ?

— Oui. Au printemps, à l'automne, je me levais très, très tôt. Un calme absolu régnait dans le dortoir. Je sortais, et j'avais pour moi tout seul les terrains de l'école verts et vides. Je courais des kilomètres avant le petit- déjeuner. Je revois encore un grand pré qui était toujours couvert de rosée, le matin.

— Je ne savais pas, dit Amanda en le dévisageant avec un sourire.

— J'adorais courir, poursuit Peter. Je n'avais pas tellement d'amis. Un ou deux, jamais plus. Le seul prof qui me plaisait était le prof d'histoire. » Elles furent pourtant mouvementées, ces années de pensionnat. Peter n'en garde plus aujourd'hui qu'un souvenir d'insurrection permanente, de révolte acharnée contre le règlement, l'institution, cet endroit. Une impression de brimades perpétuelles exercées contre la volonté collective des élèves. « En fait, je ne m'amusais sans doute pas tant que ça, avoue-t-il. Je ne m'étais jamais vraiment posé la question.

— Bien sûr, déclare Amanda, stoïque. Tu attendais que ça passe, voilà tout.

— Si tu me parlais de la drogue ? » tente Peter d'un ton mal assuré : n'est-ce pas trop lui demander, trop vite ?

Amanda hausse les épaules. Ils sont arrivés à la Grande Pelouse et suivent le sentier qui la borde. La surface plane épuisée par l'été s'étire vers les flèches de conte de fées des gratte-ciel du West Side qui surplombent les arbres, de l'autre côté du parc.

« De l'herbe, c'est tout, répond-elle, l'air indifférent. J'ai des copains qui en fument tout le temps.

— Et toi ? »

Peter est inquiet. Cette fois, oui, il est sans doute allé trop loin, mais il faut qu'il sache.

« Pas mal, admet Amanda. Presque tous les jours. »

Peter accuse le coup. Cela lui paraît sinistre, des gosses de cet âge engagés dans ces transactions furtives et minables. Allant ensuite se cacher Dieu sait où pour la brève exaltation de la défonce, suivie du triste retour à la réalité de l'école, des devoirs.

« Où est-ce que tu te procures l'herbe ? demande-t-il. Où est-ce que tu fumes ?

— On en trouve partout, tu sais. Tu sors dans la rue et les types t'en proposent. Avant, je l'achetais dans le parc, vers la 72e Rue, toujours au même mec. Maintenant, je connais quelqu'un d'autre sur la 86e. Quelquefois, c'est une copine qui m'en file. En pension, on fume la nuit, dans les chambres. Avant, c'était chez moi, l'après-midi.

— Ta mère n'était pas là l'après-midi ? »

La question est risquée : il l'a posée avec douceur.

« Quand elle était là, on allait ailleurs. »

Une partie de football a lieu sur la Grande Pelouse. Les joueurs, tous des hommes torse nu, sont simplement vêtus d'un short de couleur vive. Leur peau bronzée luit de sueur. Quelques-uns portent un bandana noué autour du cou. Ils courent dans tous les sens, en criant. Le ballon fuse sur le gazon râpé ; un coup de pied adroit le renvoie de l'autre côté.

« Jolie passe, commente Peter.

— Je déteste le sport, déclare Amanda, qui ne s'intéresse pas à la partie.

— Je sais. Quelle est ton activité préférée ? Qu'est-ce que tu aimes ?

— J'aime mes amis. J'aime la musique. J'aime le cinéma et les musées.

— Les musées ? » s'étonne Peter, impressionné et surpris. Encore une chose qu'il ignorait.

« J'aime beaucoup les musées, oui.

— Quel genre de musées ?

— Tous. Il y en a un super bien, dans le West Side, sur les Indiens d'Amérique. On y va, des fois.

— Je ne savais pas du tout », dit Peter humblement.

Amanda ne relève pas.

De la Cinquième Avenue montent soudain les glapissements impatients d'une sirène. Le son ne bouge pas, ce qui signifie que pour une raison quelconque le véhicule est immobilisé, coincé. Peter repense à Tess sur la civière. Par chance, elle a pu être transportée sans délai. Heureusement que ça s'est produit à quatre heures du matin. Elle est arrivée à l'héliport de la 60e Rue, où l'ambulance l'a emmenée sur-le-champ à l'hôpital. Le réflexe pupillaire… Dieu merci, il y a des progrès.

Il pense maintenant au Knickerbocker Club, se demande si on y est bien, à quoi ressemblent les chambres. Il n'a aucune idée de ce qui va se passer. Est-ce la fin de son mariage ? Et Tess, pourra-t-il la revoir ? Aura-t-il le droit de voir Tess lorsqu'elle ira mieux, si Emma et lui divorcent ? Le contraire est inconcevable. Imaginer le contraire est un déchirement. Tess saura-t-elle qu'il l'a aimée s'il n'est plus autorisé à la rencontrer ? Amanda sait-elle qu'il l'aime alors qu'il l'a obligée à le voir ?

À la hauteur de la 62e Rue, Peter s'arrête.

« Accompagne-moi jusqu'au Knick, dit-il. Je vais voir s'ils ont une chambre. »

Le hall d'entrée du club est spacieux, obscur, frais. À voir l'élégante volée néoclassique de l'escalier en pierre presque blanche qui mène aux salles de réception, on a envie de croire que le XVIIIe siècle attend en haut des marches. C'est très calme, ici, les grandes pièces sont vides. On est à la fin du mois d'août, bien sûr. La majorité des membres du Knick sont ailleurs – au bord de la mer, à la montagne. Dans des endroits avec pelouses et vérandas, où souffle un petit vent agréable.

Peter et Amanda se sont approchés de l'accueil, à côté du vestiaire. Les chambres sont en rénovation, s'entend dire Peter, mais il y en a une disponible. Peter remercie ; il la réserve, prévient qu'il va repasser.

Dehors, ils stationnent un instant sur le trottoir.

« Je dois rentrer pour prendre mes affaires, dit Peter, mais veux-tu qu'on dîne ensemble ? Ou bien on va au cinéma, si tu préfères. Choisis. »

Amanda hésite. Les sourcils un peu froncés, elle fixe un point derrière lui, par terre. Serait-il déjà derrière eux, ce moment de simplicité, de confiance partagée, d'amitié ?

« Je n'ai pas très envie de voir un film, avoue-t-elle enfin. Dîner, ça serait bien.

— Alors d'accord ! s'exclame Peter, le cœur léger. Où as-tu envie que je t'invite ? Choisis. »

Amanda fronce à nouveau les sourcils, l'air concentré.

« Chez "Harry Cipriani [1]", décide-t-elle, réponse qui met Peter en joie. Qu'est-ce que ça a de si drôle ? Tu ne trouves pas que c'est un bon restaurant ?

1. « Harry Cipriani » est un des grands restaurants italiens de New York. Luxueux, très cher, il se trouve sur la Cinquième Avenue. *(N.d.T.)*

— C'est un excellent restaurant ! » la rassure Peter en riant. Il se penche et prend entre ses mains la tête de sa fille, qu'il embrasse sur les deux joues. « Tu es formidable. Je passe te chercher ou on se retrouve là-bas ?

— Là-bas. À quelle heure ?

— Huit heures. À ce soir. Et habille-toi, c'est chic. »

Le visage d'Amanda s'éclaire alors d'un sourire timide et charmant, presque coquet.

« Oh, mais je sais, dit-elle, et elle agite le poignet d'un mouvement souple et gracieux, le petit doigt en l'air. Ah ! là, là ! soupire-t-elle, moqueuse. Papa, papa. »

L'allégresse de Peter dure jusqu'à ce qu'il pousse la porte de l'appartement. Dedans, tout est lugubre, mort. Peter va directement à la chambre. Il attrape la valise rangée en haut de sa penderie. Une valise en tapisserie, gravée à ses initiales, avec des contreforts en cuir. Emma la lui a offerte il y a des années, lors d'un de leurs premiers Noëls ensemble. La toile commence à s'user au niveau des coutures du bas ; quand Peter s'en est aperçu, il s'est dit qu'il en parlerait à Emma afin qu'elle puisse en commander une autre pour Noël, si elle voulait. Est-ce réellement fini, ces rapports de gens mariés depuis longtemps, ce luxe de l'affection dont on ne s'étonne plus ?

Il lui faut des vêtements pour trois jours. D'ici là, les choses auront forcément bougé. Ou il sera revenu, ou il aura déménagé pour de bon. Peter se dépêche, entasse n'importe comment ce qu'il veut emporter. Il a déposé une première couche de choses au fond de la valise – ses baskets de jogging, un short, des chaussettes – quand le téléphone se met à sonner. Interdit, il regarde l'appareil. Serait-ce Emma ? Elle essaie peut-être de le joindre pour s'excuser, lui donner des nouvelles de Tess ? Mais non, réalise-t-il : elle ne peut pas savoir qu'il est ici. L'appel doit être pour elle ; elle le trouvera en rentrant sur le répondeur de la bibliothèque. Lui n'a pas le courage d'engager une conversation avec quelqu'un d'autre à cet instant, de raconter que tout va très bien, de promettre de transmettre le message d'un ami, de remercier cet interlocuteur d'avoir appelé. Il ne peut tout simplement pas. Ce rôle lui est déjà assez pénible, depuis que leur couple ne l'est plus guère que de nom. Tout en empilant ses chemises à la diable, Peter essaie de retrouver à quand ça remonte. Sur les lieux de l'accident, déjà, dès qu'elle a vu que Tess était blessée, Emma s'est élevée contre lui.

Il met dans la valise sa trousse de toilette dont le cuir doux est taché par la crème à raser et l'eau de centaines de chambres d'hôtel. Un cadeau d'Emma, ça aussi. Elle s'est tout de suite dressée contre lui, à croire qu'elle tenait enfin un prétexte pour lui en vouloir. Apparemment, en effet, elle lui en veut autant qu'à Amanda. Elle est si dure avec lui que même si Amanda n'y était pour rien il n'est pas sûr que ce serait très différent. Emma a choisi Tess contre Peter. C'est ainsi qu'elle les voit, tous les deux, comme des rivaux dans sa vie. Lui, il vient en second. Non que cela le scandalise de passer après un enfant; ce qui le scandalise, c'est d'être mis en concurrence avec cet enfant. D'un geste rageur, Peter jette une poignée de slips dans sa valise, par-dessus les chemises.

Il a épousé une femme dure, rigide, intolérante. Peter regarde autour de lui. De quoi a-t-il besoin, encore? De cravates. Il va en décrocher dans la penderie en se demandant ce qu'Emma et ses parents vont faire ce soir. Tourner en rond jusqu'à défaillir d'inanition, se dit-il: aucun d'entre eux n'a jamais de sa vie réservé une table au restaurant.

Peter prend la décision d'aller à Marten Island pour le week-end de la fête du Travail. Il a besoin de sortir de New York. Il n'a qu'à la laisser ici, puisqu'elle ne veut pas lui parler. Quel intérêt qu'il reste? Sauf si elle l'autorise à voir Tess, bien sûr. Peter ne veut pas quitter Tess. Il n'est cependant pas dit qu'Emma le laisse la voir. C'est à peine si elle le regarde. Ou alors il pourrait emmener Amanda en week-end. Dans le Maine, pourquoi pas, ou au bord d'un lac du New Hampshire. Ce serait bien le diable s'ils ne trouvaient pas un hôtel. Ils feraient de longues promenades ensemble, iraient visiter un musée... des canards sculptés dans le bois, des canoës indiens en bouleau. Maudite Emma. Peter ferme sa valise et la pose par terre.

Il s'assied sur le lit pour appeler chez « Harry Cipriani ».

Alors qu'il compose le numéro, il lui vient à l'idée que c'est peut-être Amanda qui a appelé, tout à l'heure. Et s'il y avait un problème ? Il n'en réserve pas moins une table pour huit heures, raccroche. Que va faire Amanda si sa mère ne veut pas qu'elle sorte ? Il se rassure en se disant que cette nouvelle Amanda, cette jeune personne qui aime les musées, saura se débrouiller. Il imagine déjà l'expression pincée et contrariée que va prendre Caroline en entendant son nom. Il est cependant probable, se raisonne Peter, qu'Amanda ne parlera pas de lui à sa mère.

Comment se fait-il qu'Amanda ait évolué comme ça ? Oh, il n'est pas étonnant qu'elle soit si forte pour enfreindre les règles, dissimuler, ne pas dire la vérité. Depuis qu'elle est petite, il faut qu'elle dissimule ce qu'elle ressent à l'un au moins de ses parents. Ils ne lui ont pas laissé le choix.

Peter pense à Tess et au réflexe pupillaire. C'est une bonne nouvelle, même si le médecin ne veut pas les autoriser à le penser. C'est une bonne nouvelle, oui, même s'il est encore trop tôt. Il ne veut pas se mouiller, le petit bonhomme au crâne astiqué. Peter est sûr que c'est une bonne nouvelle. Peter sent que l'espoir renaît. Il aurait aimé passer plus de temps là-bas, il aurait aimé pouvoir se pencher sur le visage de Tess, lui parler, plonger lui aussi ses yeux dans les siens. Ses yeux vides et courageux. C'est le début de la guérison, oui, cette amélioration du réflexe pupillaire. Après, Tess va serrer une main.

Il s'interroge sur les parents d'Emma. Sont-ils restés là-bas tout l'après-midi, empêtrés dans un silence gêné ? Everett Kirkland n'a sans doute pas pu rester enfermé tout ce temps dans la chambre sans se débrouiller d'une façon ou d'une autre pour attirer l'attention sur lui. En faisant tout un plat d'un incident mineur, en râlant contre les infirmières, les médecins. Où vont-ils dormir, cette nuit ? Emma ne l'avait même pas prévenu de leur arrivée, il a fallu qu'il le lui arrache. La fureur, à nouveau, s'empare de lui. Elle veut qu'il sorte de sa vie, voilà ce qu'elle veut. Eh bien, elle a réussi. Qu'elle ne compte pas sur lui pour s'accrocher.

Peter attrape sa valise, la mort dans l'âme. Est-il possible qu'il parte pour de bon ? Un second mariage a plus de chances de se terminer par un divorce qu'un premier : peut-être parce que ça paraît plus facile, la deuxième fois. Le téléphone se remet à sonner. Qu'il sonne, songe Peter en regardant autour de lui. Il s'en va, son mariage est peut-être derrière lui. Il pense à Tess, à son visage ; elle lui manque beaucoup. Il lui semble qu'il a tout perdu. La sonnerie retentit toujours au moment où il part. Il l'entend s'interrompre brusquement tandis que le répondeur se met en marche, dans la bibliothèque.

Amanda est en retard, mais pour une fois, la première, Peter ne s'en offusque pas. Installé à la table, un verre de vin blanc devant lui, il surveille la porte. Dans la salle chaleureuse s'affairent des serveurs en veste noire et de grandes Italiennes blondes. Les surfaces miroitent, le linge de table est raide d'apprêt. L'ambiance est plus animée, plus sémillante que dans un restaurant français. L'air vibre des échos énergiques de l'italien parlé à toute allure.

La porte s'ouvre sur une jeune femme en robe noire et blazer blanc. Peter la remarque à cause de ses yeux inquiets, effarouchés. Sa bouche est une entaille rouge sombre, ses yeux sont outrageusement maquillés. Ses cheveux bruns dégagent son front, ses joues. Peter a un choc en reconnaissant la mèche verte.

« Amanda ! » s'écrie-t-il debout, en agitant la main.

Elle regarde autour d'elle, le voit, et son visage s'éclaire. Lui s'étonne de la trouver si jolie.

« Salut », lance-t-elle avant même d'être arrivée à la table.

Un serveur s'empresse pour tirer sa chaise, s'incline : « Signorina. »

Elle s'installe avec grâce sur son siège, sourit au serveur pour le remercier. Puis elle accroche son sac au dossier et pose les mains sur ses genoux, comme une petite fille. Assise très droite, elle regarde son père en souriant, radieuse. Sa peau est resplendissante à la lumière des bougies. Peter s'aperçoit qu'elle a mis de la poudre, du fond de teint, et cela lui fait un drôle d'effet – il est fier, oui. Un trait noir borde les yeux d'Amanda, ses paupières sont enduites d'un fard sombre, ses cils lourds et épais. La robe noire découvre sa gorge pâle, étonnamment large et belle, adorable... Le modeste collier de perles que Peter lui a offert pour Noël souligne la base de son cou. Elle porte aux oreilles des perles serties d'or. Ses cheveux bizarrement hérissés se tiennent droit sur sa tête, comme d'habitude, mais là, avec cet éclairage aux chandelles et les boucles d'oreilles, le maquillage, la robe noire, cette coupe a un petit côté crâneur et insouciant. Chic.

Comme elle a l'air différente de l'Amanda qu'il connaît, cette fille presque adulte et, mieux encore, amusante. Peter lui sourit sans arrêt ; c'est plus fort que lui, c'est comme tomber amoureux. Il est touché du soin avec lequel elle s'est préparée pour ce dîner. Il l'imagine penchée vers son miroir, traçant le long trait au bord de sa paupière avec toute l'application qu'il a vu Emma mettre dans ce geste. Comme elle est élégante, son Amanda – presque élégante, au vrai, ce qui est plus émouvant encore. Il y a ce très léger vacillement de la démarche sur les talons hauts, ce pli qui froisse un peu la robe noire. Peter est terriblement fier d'elle. Elle est si jolie : ce sera une beauté. Dire qu'il n'avait pas su, pas pu le voir jusqu'ici.

Que faut-il lui offrir à boire ? La question le tracasse. Serait-ce irresponsable de sa part de lui proposer de l'alcool ? Serait-ce la pousser de force vers l'âge adulte avant qu'elle soit tout à fait prête ? Ne serait-il pas absurde, cependant, de ne pas lui proposer d'alcool, de faire semblant de croire qu'elle n'y a jamais touché, qu'elle est encore une petite fille ?

« Je ne sais pas ce qu'il faut que je commande à boire pour toi », confesse-t-il avec candeur.

Parler ainsi est un vrai soulagement. Peter comprend qu'il ne peut pas indéfiniment continuer de tout décider par lui-même. Il reconnaît qu'il n'a pas su être un vrai père, un bon père, qu'il s'en est plutôt mal tiré. Le visage de Tess danse devant ses yeux. Il a fait ce qu'il a pu, mais en se trompant plus souvent qu'à son tour. Désormais, il renonce à tout prendre en charge. Il essaie une autre méthode : « Qu'est-ce qui serait bien, selon toi ? Qu'est-ce qui te ferait plaisir ?

— Je voudrais un verre de vin blanc, déclare fermement Amanda, et de l'eau minérale. Avec des bulles. »

De toute évidence, elle a réfléchi à la question.

« Garçon ! » appelle Peter, une main en l'air, ravi. Pourquoi n'avoir jamais pensé jusqu'ici à lui demander son avis ? Quel soulagement, quel allégement de la charge !

« Tu es très élégante, la félicite-t-il après avoir commandé les boissons.

— Merci, dit-elle, toute contente.

— J'aime beaucoup tes boucles d'oreilles. »

Elle les touche du bout du doigt, les yeux fermés de plaisir. « Chanel, révèle-t-elle. C'est maman qui me les a données. »

Revoilà Caroline, prompte à gâcher les échanges entre père et fille. Elle s'interpose entre eux à la manière d'un courant traître, elle est toujours là, volonté séparatrice et nuisible. Des bijoux Chanel pour une adolescente de quinze ans, s'indigne automatiquement Peter. Quelle idée !

« Tu as dit à ta mère ce que tu faisais ce soir ? »

Le sourire d'Amanda s'efface ; elle soupire.

« J'ai juste dit que je dînais dehors.

— Elle ne t'a pas demandé avec qui ?

— Non. De toute façon je ne le lui aurais pas dit. » Elle le regarde droit dans les yeux. « Quand tu dis ça, "ta mère", tu prends toujours un ton hargneux. »

Peter ne répond pas tout de suite. Il a été tenté de nier, mais elle a sans doute raison. Sa nouvelle méthode consiste à ne pas nier la vérité.

« C'est bien possible, reconnaît-il. Chaque fois que je pense à elle, ça me met en rogne.

— Mais pourquoi, après tout ce temps ? Il y a huit ans que vous avez divorcé.

— Je ne sais pas. Peut-être juste parce qu'elle est toujours là. Elle est la preuve vivante que je me suis trompé, tu comprends ? Si je pense que Caroline est quelqu'un de merveilleusement gentil, comment veux-tu que je justifie ce que j'ai fait ? J'ai besoin au contraire de m'assurer qu'elle est méchante et que tous ceux qui m'entourent en sont convaincus. » Amanda réfléchit, les yeux toujours fixés sur lui, le front troublé. « Bien sûr, ce n'est pas aussi simple, s'empresse-t-il d'ajouter. Ta mère n'est pas méchante, ne va pas croire que je le pense. »

Amanda continue à se taire, et le regard qu'elle pose sur lui le juge. Nous ne craignons probablement rien tant, songe Peter, que d'être jugés par nos propres enfants. Voilà pourquoi nous reculons le plus possible le moment où nous les autorisons enfin à penser par eux-mêmes, à donner leur avis. Ils risquent de se montrer impitoyables envers nous, eux qui nous connaissent sous notre plus mauvais jour.

Le serveur qui vient de surgir leur présente les menus. « Tu es déjà venue ici, Nanna ? » reprend Peter. Il veut s'y retrouver. Il veut récupérer la maîtrise. Il est son père, après tout. « On y mange merveilleusement bien. Et tu as vu cet encadré ? "Nous serions reconnaissants à nos clients de ne pas se servir de leurs téléphones portables à l'intérieur du restaurant, car cela contrarie la cuisson du risotto." » Il la regarde en souriant. « Il n'y a pas plus élégant que les Italiens.

— Oui, je suis déjà venue une fois », répond Amanda sans lui rendre son sourire, et sans s'expliquer davantage.

Mouché, Peter cesse de l'interroger.

Après qu'ils ont passé leurs commandes, Amanda se renverse confortablement contre le dossier de sa chaise et lève les yeux vers lui.

« Tu le savais dès le début, que maman et toi vous ne resteriez pas ensemble ? »

Peter réfléchit, convoque ses souvenirs.

« Non, dit-il. Non, je ne crois pas. Si je le savais, c'était sans le savoir. Je ne savais pas ce qu'on est censé ressentir, alors peut-être que je ne ressentais pas ce qu'il fallait, mais sans le savoir. Pourquoi ?

— Comme ça. Si vous le saviez dès le début, que ça ne marcherait pas, je me demande quelquefois pourquoi vous m'avez eue. »

Peter se penche par-dessus la table pour lui caresser la joue du dos de la main. « Nous étions mariés, ta mère a été enceinte. Jamais il ne nous serait venu à l'idée, pas plus à elle qu'à moi, de ne pas t'avoir. Nous étions tous les deux très heureux d'avoir un bébé. Nous sommes toujours heureux, tous les deux, de t'avoir eue. » Étrange, dans sa bouche, cette expression, « tous les deux », à propos de Caroline et de lui. De l'autre côté de la table, Amanda, silencieuse, le regarde fixement. « J'espère que tu n'en doutes pas », ajoute-t-il.

Non, ce n'est pas cela qui la tracasse, mais autre chose, qu'il comprend soudain :

« Ne me dis pas que tu préférerais qu'on ne t'ait pas eue. »

Amanda avale une gorgée de vin blanc.

« Je ne peux pas l'imaginer, dit-elle, mais ç'aurait été plus facile pour moi si vous ne m'aviez pas eue. »

Elle ne s'apitoie pas sur elle-même, elle constate. Elle aurait échappé au malheur si ses parents avaient pris le temps de réfléchir, avaient été assez prévenants pour l'empêcher de naître.

C'est insupportable. Peter repose son verre et dévisage sa fille, les mains croisées sur la table. Il vient de se passer quelque chose d'essentiel, se dit-il, un de ces moments après lesquels rien n'est plus jamais pareil. Il faut qu'il soit à la hauteur.

« Amanda... »

Il n'arrive plus à imaginer ce qu'il éprouvait il y a un mois, quinze jours encore, envers sa fille. Pas ça, en tout cas – il se souvient d'avoir été distant, impatient. Il n'imagine plus ne pas la comprendre. Comment a-t-il pu ignorer à ce point la douleur dans ce regard ? Comment a-t-il pu résister à cette immense compassion qu'il ressent maintenant pour elle, à cet amour ?

Il a à peine ouvert la bouche qu'Amanda agite la main, écartant d'avance les mots qu'il s'apprête à prononcer.

« Ne viens pas encore me dire que tu m'aimes, assène-t-elle. Je sais que tu m'aimes. Ou du moins je sais que tu penses m'aimer, que tu y crois. Sauf que tu ne m'aimes pas. Et Emma non plus. »

31

Après le dîner, Peter ramène Amanda en taxi. Il descend avec elle devant son immeuble et l'accompagne jusque sous la marquise pour lui souhaiter bonne nuit. Tout ce qu'il pouvait lui dire, il le lui a dit. Il ne sait pas si elle le croit. Il a fait ce qu'il a pu.

Debout devant elle, il la tient gentiment par les bras, doux sous ses mains et fermes, vigoureux. Il l'embrasse à deux reprises, un baiser sur chaque joue lisse, et respire son parfum : une chaude odeur fleurie. Il passe les doigts dans ses drôles de cheveux hérissés pour les redresser un peu. La mèche verte insensée lui paraît maintenant gaie, charmante. Comment a-t-il pu y voir une menace ?

« Bonsoir, Nanna, dit-il. J'aime bien ta coiffure.

— Merci. Bonne nuit, papa. Merci pour le dîner. Je t'aime.

— Moi aussi », glisse-t-il avec reconnaissance.

Elle pousse la porte, se retourne pour lui adresser un signe, lui envoie un baiser. Elle disparaît à l'intérieur.

La chambre qu'il occupe au dernier étage du Knick donne au nord, sur la 62e Rue. Le lit est en cuivre, avec de grosses boules rondes à chaque coin. De longs rideaux en coton léger pendent devant la fenêtre. Un bureau en bois, éraflé, marqué de taches noirâtres, est poussé contre un mur ; devant se trouve un fauteuil blanc capitonné. L'ensemble, à la fois réconfortant et étrange, ressemble à la chambre d'amis d'une maison dont Peter ne connaîtrait pas les propriétaires.

Peter se déshabille vite. Il a envie d'être au fond d'un lit dans le noir, invisible. Il veut que cette pièce devienne invisible. Il est en exil : son appartement, sa vie sont là-bas, de l'autre côté du parc. S'il essayait, il pourrait presque apercevoir son immeuble de la fenêtre. Personne ne l'y attend.

Emma et ses parents ont dû dîner ensemble, et ensuite ? Est-ce qu'elle est rentrée à l'appartement avec eux ou retournée à l'hôpital ? Peter se demande si elle va deviner qu'il est là, si elle va essayer de savoir où il est. Il se demande si c'est la fin de son mariage.

« Emma t'aime », a-t-il affirmé à Amanda au restaurant, mais alors que ces mots sortaient de sa bouche, il a douté. Emma aime-t-elle Amanda ? L'a-t-elle jamais aimée ? À présent, seuls lui reviennent en mémoire les moments qui tendraient à prouver le contraire. Ce voyage en voiture où Emma avait invité Tess à s'asseoir sur ses genoux et décrété qu'Amanda était trop grande pour ça. Emma grondant Amanda pour une bêtise que les deux filles avaient commise. Emma critiquant Caroline devant Amanda. Emma, la bouche pincée, se tournant systématiquement vers lui et attendant sa réaction parce que Amanda avait fait ceci ou dit cela. L'hiver où ils étaient tous allés à Aspen et où Amanda – elle avait neuf ans ! – aurait voulu skier avec elle : Emma avait refusé sous prétexte qu'elle devait rester avec Tess. Peter ne se souvient plus que des scènes de ce genre – Emma prompte à punir, froide, intolérante. Amanda n'était qu'une petite fille, comment Emma pouvait-elle la traiter de façon aussi dure ? Et lui, comment a-t-il pu laisser cela se produire ? Comment a-t-il pu la laisser maltraiter sa fille ?

Il est minuit moins le quart. Peter se glisse sous les draps et éteint la lumière. Le climatiseur inséré dans la fenêtre émet un ronronnement monotone. Allongé dans le noir, Peter remonte le temps et les années défilent. Déjà à leur mariage, ça lui revient, il y avait eu un minidrame pour une histoire de fleurs : Emma n'avait pas donné de bouquet à Amanda. Au lieu d'avoir droit à un bouquet, comme Tess, Amanda ne portait qu'une fleur unique. Elle datait de loin, l'injustice d'Emma.

Quand il a éteint la lumière, la chambre a d'abord sombré dans une obscurité bénie qui la transformait en refuge, en caverne propice au sommeil. Maintenant que ses yeux se sont habitués, Peter perçoit la lueur égale qui vient de la rue. La nuit urbaine s'immisce. Le sommeil le fuit.

Avant leur mariage pourtant, Emma, il s'en souvient, était gentille avec Amanda. Non ? Si. Il en est sûr, il se rappelle avoir été éperdu de reconnaissance pour la gentillesse d'Emma. Que s'est-il donc passé ? Elle ne simulait tout de même pas ? Ce soupçon le rend fou. Il rallume, s'assied dans le lit, pose les pieds par terre.

Peter examine la chambre mal éclairée par la petite lampe. Les rideaux qui encadrent le coffret métallique du climatiseur ont quelque chose de suffocant avec leurs plis lourds, oppressants. Le chevet du lit en cuivre est terni, sa rangée de barreaux droits ressemble à la fenêtre d'une cellule de prison. Aux murs sont accrochées de sinistres gravures en noir et blanc, des vues de Londres au XIXe siècle. Ce bureau en bois est nul avec son buvard abîmé, son unique tiroir trop mince. Peter sera-t-il encore ici dans un mois ? La perspective est accablante.

Pendant le dîner, il a demandé à Amanda si elle aimerait partir avec lui pour le week-end de la fête du Travail, et où. Au Canada, a-t-elle répondu sans hésiter. Peter a trouvé cela curieux. Lui-même a du Canada une image plutôt lugubre, mais c'est un pays immense, c'est vrai, gigantesque : la couverture forestière remonte jusqu'à la courbe septentrionale du globe, au-delà s'étend la toundra, le Grand Nord. Et puis il y a toute la partie française de la côte Est, toute cette agitation latine autour de la langue, de la culture. Il emmènera Amanda là-bas, si elle veut. L'île du Prince-Édouard… à moins qu'elle ne soit couverte d'habitations, maintenant ? Peter a lu quelque part que l'endroit était envahi par les Japonais. À ce qu'il paraît, cette partie de la côte sera bientôt entièrement construite. Si le climat de la planète se réchauffe, tout le monde va vouloir son bout de terrain au Canada, en bord de mer. Demain, le Canada sera ce qu'est le Maine aujourd'hui ; le Maine ressemblera à la côte est du Maryland et la Floride aura un climat équatorial. Tous ces pauvres vieux schnocks de retraités ne pourront jamais revendre leurs appartements, ils vont griller sur place. Ils auraient mieux fait de rester dans le Queens ! Au moins, leurs enfants seraient venus les voir. De toute façon, réchauffement de la planète ou pas, Peter a toujours eu horreur de la Floride : rien que des tours, des routes plates et des cliniques de dons d'organes. Des élevages d'alligators à la place des musées.

Peter est assis au bord du lit, ses pieds nus posés sur la carpette vert foncé. Ses orteils bougent tout seuls, agités par un mouvement nerveux. Les Kirkland vont sans doute dormir chez lui, dans ce qu'on appelle toujours la chambre d'Amanda alors qu'en réalité, il s'en rend compte avec colère, il ne s'agit ni plus ni moins que d'une chambre d'amis. Emma continue à parler de la chambre d'Amanda, mais elle l'a décorée avec du chintz à motifs de roses et le lit une personne se tire pour devenir un inconfortable lit à deux places. Emma est peut-être rentrée à la maison dans l'après-midi, avec ses parents, après qu'Amanda et lui eurent quitté l'hôpital. Peut-être que pendant un moment elle a accepté de s'occuper de choses normales, retrouvé les gestes de sa vie d'avant – préparé les serviettes de toilette, fait les lits, pensé à Tess à chaque instant en se demandant si son état évoluait. Si ça se trouve, elle est passée juste après lui, il l'a peut-être ratée de peu quand il est allé chercher ses affaires. Et s'il l'y avait rencontrée ? Emma lui manque, il la veut.

Le visage tuméfié. Peter se souvient : les pupilles ont entamé leur mystérieux mouvement vers la synchronisation, et il pense au changement de marée, quand l'eau noire se met à refluer sans bruit. Tout au fond de lui palpite un bonheur fragile. Et s'il allait à l'hôpital, là, tout de suite ? Il est libre de faire ce qu'il veut, à présent, tout ce qu'il veut. Pourquoi ne pas s'habiller, sortir sur la Cinquième Avenue, héler un taxi qui roulerait sans hâte dans la fraîcheur nocturne, le silence de la ville ? On le laissera entrer, à l'hôpital, le garde renfrogné le connaît comme quelqu'un de la famille. Personne ne sait qu'il n'est que le beau-père, que sa femme et lui sont fâchés. Désunis. Il pousserait la porte de la chambre, se pencherait sur l'enfant endormie. Il resterait là, dans la nuit calme, à lui murmurer ces mots qu'il voudrait tant qu'elle entende et n'a, à ce jour, pas été capable de lui dire. *Je t'aime, Tess. Si tu m'entends, serre ma main.*

Mon Dieu, prie-t-il, faites qu'elle guérisse.

Ses orteils s'agitent. Il sent l'odeur de ses aisselles, l'odeur riche de sa propre sueur. La climatisation est presque au maximum, cependant la chaleur semble stagner à l'intérieur. Emma va-t-elle penser à appeler ici ? Elle lui manque. Il lui en veut toujours, mais ça n'a rien à voir : d'un côté sa colère, de l'autre le manque. Peter voudrait Emma avec lui, il veut qu'elle revienne. Il voudrait que tout soit comme avant.

Il se rappelle leur dernier week-end à Marten, l'entrée du bac dans la crique. Comme les autres maris, il se tenait sur le pont et scrutait le quai, cherchant sa femme du regard. Il l'avait repérée parmi les épouses, si fraîche, si jolie. Debout au milieu des autres, les pieds joints, les jambes un peu arquées dans le pantalon blanc, les mains dans les poches. Elle bavardait, souriante. Il la regardait avec fierté, elle avait l'air si bien, si calme, dans ce pantalon impeccable, cette chemise. Ses cheveux bruns et soyeux. Ses yeux plissés, si doux. Puis à son tour elle l'avait vu ; elle aussi passait les visages en revue, et enfin elle l'avait découvert et leurs regards s'étaient trouvés. Peter se rappelle le dernier, l'ultime petit élan de soulagement qu'il avait éprouvé à cet instant – ça y est, je suis arrivé, avait-il pensé en accrochant les yeux d'Emma.

C'était sa partenaire, il l'avait toujours vue ainsi. Alors il lui semblait que la responsabilité d'Amanda leur incombait à tous les deux, ensemble. La nuit, ils dormaient tout près, inséparables, l'un touchant l'autre pendant la périlleuse traversée des ténèbres. Emma, parfois, collait son dos contre son ventre à lui, se pelotonnait dans la courbe enveloppante qu'il formait des genoux aux épaules. Quand il passait un bras par-dessus son épaule et glissait la main sous l'oreiller d'Emma, elle tournait un peu la tête pour lui embrasser le bras, lui embrasser la main en dormant, si proche. S'il basculait de l'autre côté, s'écartant d'elle, elle basculait aussi pour se rapprocher de lui. Tout en dormant, elle lui glissait un pied sur la cheville, sur le mollet, si proche. Toute la nuit elle l'aimait. Elle était là, et c'était de l'amour. Sa présence lui manque. Il se demande où elle peut être en ce moment. Seule dans leur lit ? À l'hôpital, blottie, tassée sur l'inconfortable fauteuil ?

Si elle était à l'hôpital et s'il l'appelait, là, tout de suite, pourraient-ils, oubliant leur querelle, avoir une conversation intime, privée ? Ils auraient tout le temps de se disputer plus tard, dans la journée. Pour le moment, Emma lui manque. Tête basse, Peter tend les bras à la verticale et enfonce les poings dans les draps. Il espérait qu'ils auraient un chien, un jour, et pour lui ce désir était associé à la maison de Marten. Dans son enfance, il y avait des labradors chez lui. Cela paraît bien compromis, maintenant.

Peter jette un œil au petit réveil de voyage qu'il a emporté. Une heure, il n'est qu'une heure. Combien de temps Emma va-t-elle attendre ? Elle ne lui téléphonait jamais. Lui, oui, elle jamais – et il repense avec dégoût à cette affreuse histoire de famille qu'on raconte, chez elle. Ses orteils s'acharnent les uns sur les autres. Une heure. L'insomnie lui écarquille les yeux. À quoi ressemble le sommeil ? Peter se demande si les yeux de Tess se réparent en secret la nuit, tandis qu'elle dort, ou seulement dans la journée, quand elle est plus proche de l'état de veille. Y a-t-il une différence, pour elle, entre le jour et la nuit ? Est-ce que son sommeil change entre ces deux moments ? Le mot *coma* lui fait horreur.

La certitude soudain le traverse qu'elle va guérir.

« Elle va guérir », affirme-t-il tout haut.

Sa voix est surprenante, dans cette chambre. Il regarde autour de lui. Les mots lui tiennent compagnie. Peter lève le menton, étire le cou. Il ferme les yeux. Où peut-elle bien être ? Où est Emma ?

Il se lève et gagne la salle de bains, car il vient de se souvenir qu'il a chipé des somnifères à Emma. Debout près du grand lavabo carré de cette pièce vieillotte toute carrelée de blanc, Peter prend deux des cachets oblongs et les avale avec un peu d'eau du robinet. New York est paraît-il la ville des États-Unis où l'eau est la meilleure, mais elle empeste le chlore et Peter doit bloquer son souffle pour la boire.

Il retourne à la chambre, examine les gravures de Londres : des attelages conduits par des chevaux au long cou, des hommes élégants en hauts-de-forme et queues-de-pie, des femmes en longues robes à crinoline. L'atmosphère est stérile, ça sent le renfermé. Peter a l'impression de vivre ici depuis des années. Il est pris au piège, comme les pauvres vieux schnocks en Floride.

Où est-elle ? Pourquoi est-ce qu'elle n'appelle pas ? Elle doit bien se douter qu'il ne dort pas. Comment a-t-elle pu se montrer si injuste, si constamment injuste envers sa fille ? Il revoit l'expression d'espoir sur le visage d'Amanda lorsqu'elle est entrée dans le restaurant, tout à l'heure, son regard inquiet qui passait de table en table à la recherche de son père. Ses yeux, émouvants sous le maquillage, les cils noirs collés par le mascara, les paupières enduites de fard. Elle a une belle peau, au grain serré, lisse ; ça ne l'avait jamais frappé avant. Sa fille est adorable. Et cette façon qu'elle avait d'avancer sur ses hauts talons, avec cette démarche à la Minnie Mouse. Tellement attachante. Tous les gosses sont attachants, bien sûr, à partir du moment où ils sont à vous. Sinon, ce sont des fléaux. La fille de Peter est un fléau pour Emma, qui trouve par ailleurs normal qu'il se soit attaché à la sienne.

Cette pensée l'exaspère, et il se jette sur le lit en ramenant ses pieds sous les draps, puis reste étendu sur le dos, mains nouées derrière la tête.

Emma a toujours été comme ça, songe-t-il avec sévérité. Pour elle, il allait de soi que je devais aimer Tess. Peter replonge dans le passé. Il se souvient de cette nuit, à Marten, où Tess est venue les rejoindre dans leur lit. Emma savait parfaitement qu'il était contre, mais elle a fait comme si de rien n'était. Les règles qu'il cherchait à imposer à la fille d'Emma comptaient pour des prunes, alors que les règles qu'elle imposait à la fille de Peter étaient sacrées. Il avait entendu Tess entrer, cette nuit-là. Emma la gâtait. Il avait compris qu'elle soulevait le drap pour faire une place à sa fille. Tess était bien trop grande pour venir dans leur lit. Emma la gâtait et ne tenait aucun compte de lui. Couché sur le dos, Peter fulminait en ressassant ses griefs.

Le lendemain, il était encore très en colère et il ne lui avait pas caché ce qu'il en pensait. Emma n'avait toutefois pas envenimé les choses, pas versé d'huile sur le feu. À l'inverse, elle s'était montrée douce et soumise, conciliante, acceptant sa colère, la tête penchée comme si elle était en disgrâce. C'était bien cela, d'ailleurs ; de toute la journée il ne lui avait pas adressé la parole.

Il pense au geste furtif, subreptice d'Emma soulevant le drap pour Tess. Il pense à Emma, ainsi couchée entre deux corps aimés, craignant que l'un ne s'insurge contre la présence de l'autre. À ce moment-là, en réalité, elle n'attendait rien de lui, ni tendresse ni compassion. Elle ne considérait plus que les choses allaient de soi.

Il se revoit, lui, le lendemain matin, exaspéré, intolérant. Il s'étonne d'avoir été aussi furieux. Était-ce vraiment si grave ? D'où tirait-il la certitude qu'il fallait absolument interdire leur lit aux enfants ? Pourquoi Tess ne serait-elle pas venue se rassurer auprès d'eux, si elle avait peur ? En quoi est-ce que cela le gênait ? Le livre prêté par Amanda était à l'origine de cette frayeur d'enfant, il l'a appris depuis. L'idée d'avoir pu refuser quoi que ce soit à Tess lui est soudain intolérable. Et cette image de Tess, debout dans le noir, terrorisée, ne voulant que dormir avec eux.

En réalité, Peter n'arrive pas à se rappeler une seule fois où Emma aurait trouvé normal, évident qu'il aimât Tess. Elle ne lui demandait pas de l'aimer, bien au contraire : elle se conduisait comme s'il fallait protéger Tess de lui.

L'infernale lueur diffuse irradiée par New York filtre par-dessus le boîtier du climatiseur. La nuit, à la campagne, quand on regarde en direction de la ville, on voit clairement cet immense halo rouge-violet et on se prend à imaginer un gigantesque parc d'attractions. La nuit n'est jamais noire, à New York ; il y fait simplement plus sombre.

Peter se souvient d'une nuit d'été passée à la belle étoile avec le chien. Il devait avoir douze ou treize ans, et il avait décidé d'aller dormir dans le verger avec Achille et son sac de couchage. La nuit, d'un noir d'encre, pesait sur ses paupières, l'écrasait sous sa masse. Mais son père lui avait parié cinquante *cents* qu'il ne resterait pas longtemps seul dehors, et Peter était bien décidé à tenir jusqu'au bout. Il n'en menait pas large, pourtant ; il avait même essayé de faire entrer le chien avec lui dans le duvet. Au petit matin, il s'était réveillé le nez à quelques centimètres de la queue plate d'Achille, qui était couché de tout son long contre lui, la tête sur ses pieds. Il était très tôt, et en ouvrant les yeux Peter avait découvert les hautes herbes du verger, immobiles dans la brume bleutée. Le silence ; les oiseaux n'avaient pas encore commencé. Le grand silence et la fraîcheur de l'aube d'été dans le verger, et cette lumière bleue.

Peter tape du poing dans son oreiller. Il aime la fille d'Emma qui n'aime pas la sienne. Ce n'est pas juste. Il a vécu des années avec l'enfant d'Emma ; elle, elle trouve difficile de vivre un mois d'affilée avec sa fille à lui. Cela étant, il lui faut reconnaître que Tess l'aime, alors qu'Amanda n'aime pas Emma ; cela fait tout de même une différence.

« Elle va guérir », lance-t-il à nouveau tout haut.

La phrase, cette fois, l'effraie : et si c'était de l'orgueil de sa part, une façon d'attirer le mauvais sort ? « Merci, mon Dieu », s'empresse-t-il d'ajouter.

Ses pensées l'entraînent derechef vers la nuit à la belle étoile, vers le chien qui pressait contre lui son échine tiède. Sur le point de s'endormir, Peter avait perçu un mouvement très léger, à peine perceptible dans les branches au-dessus de sa tête. Invisible, le chien noir était une présence chaude entre ses bras, une odeur forte et musquée. Peter se demande si on a jamais emmené ce chien à Marten, puis il réalise que son esprit bascule dans le sommeil. Les somnifères, bien sûr, songe-t-il avec reconnaissance, et la seconde d'après il glisse dans cet ailleurs doux, somptueux, bercé par la houle des ténèbres.

Au matin, c'est un autre bruit qui sort du climatiseur : il bourdonne à présent sur une note insistante. Sans doute parce qu'il doit travailler plus dur dans la journée, se dit Peter, qui s'éveille doucement. Il fait plus chaud, dehors. Il ouvre les yeux sur le plafond blanc. Où est Emma ? Quand va-t-elle le contacter ? Elle doit savoir qu'il est ici, à l'heure qu'il est ; elle a sûrement deviné. Il pourrait, lui, appeler l'hôpital et demander la chambre de Tess. Il n'y a pas de répondeur, là-bas : si Emma n'est pas là, personne d'autre ne décrochera. Mais il s'en voudrait de déranger Tess si tôt avec la sonnerie du téléphone. Il imagine Tess toujours occupée, maintenant, absorbée. Ses yeux, à l'abri des paupières fermées, réapprennent peu à peu. Peter regarde le réveil : six heures dix. Le septième jour.

Il reste immobile, les yeux grands ouverts, secs. Il bat des cils. Les somnifères lui ont laissé une légère migraine, à part ça il est bel et bien réveillé. Les draps enchevêtrés s'enroulent autour de lui comme des cordes. Il rue dedans pour libérer ses pieds, ferme fort les yeux.

Le sommeil se dérobe. Peter, d'un geste décidé, se redresse : autant aller courir, puisqu'il a pensé à prendre ses affaires. Il brûle soudain d'énergie, d'impatience.

Où est Emma ? Quand va-t-elle appeler ?

Il imagine la soirée qu'elle a dû passer avec ses parents : elle, froide, glaciale, mutique, blindée contre le monologue égocentrique de son père, les remarques pétillantes de sa mère. Elle va trouver qu'il l'a délibérément lâchée en s'en allant et en la laissant avec eux. Elle aura raison.

La colère, dès lors, n'accélère plus les battements de son cœur quand il pense à Emma et à Amanda. Il se dit juste qu'Emma a eu tort, de même qu'il a eu tort. Elle lui manque.

Peter enfile un short, un tee-shirt, ses chaussures de jogging. Il dévale le large escalier, passe sans s'arrêter devant les grandes salles de réception, silencieuses et plongées dans la pénombre par les rideaux tirés devant les hautes fenêtres. Franchissant la lourde porte d'entrée, il part aussitôt au petit trot en remontant la Cinquième Avenue du côté du parc. L'air est doux, sur sa peau, les rues presque vides encore. Quelques coureurs à pied martèlent comme lui les pavés ronds du trottoir, chacun lancé sur sa trajectoire solitaire dans le petit matin citadin. Des traces d'humidité rendent le revêtement pavé glissant et scintillant.

Peter court droit devant lui le long de la Cinquième Avenue. Déjà vingt pâtés de maisons : pas loin de mille cinq cents mètres ; d'ici, il y a encore un bon kilomètre et demi jusqu'au Réservoir, près de deux pour en faire le tour, un autre kilomètre et demi pour rentrer. D'habitude, Peter court six kilomètres. Ce matin, il déborde tellement d'énergie trop longtemps contenue qu'il se sent capable d'en faire une quinzaine. Il paraît qu'on arrive sans peine à doubler sa distance moyenne, au besoin. Il trouve cette pensée réconfortante, bien qu'il voie mal ce qui pourrait provoquer ce besoin : une catastrophe naturelle ? Quelle catastrophe naturelle se produirait assez lentement pour qu'on puisse y échapper en courant ? Il est tout de même content de savoir qu'il dispose en lui d'une réserve secrète de douze kilomètres, pas un de moins, à sa disposition en cas de nécessité. Pour sauver la vie de quelqu'un, s'il ne fallait que ça. Il voit le visage de Tess.

Les propriétaires de chiens sont de sortie. Certains traînent les pieds, l'allure dissimulée, cachant de toute évidence un pyjama ou une chemise de nuit sous leur imperméable. Ils ont une sale tête, encore figée dans les plis du sommeil, pas prête au commerce entre humains.

Un peu plus loin se dresse un immeuble de brique blanc qui tranche sur ses voisins en pierres jointoyées. Il brille, éblouissant dans le soleil matinal. Un jour, Emma lui a dit que la seule chose qui intéressait Edward Hopper, c'était « la manière dont les rayons du soleil frappent un mur blanc». Heureuse formule. Peter pense aux paysages désolés de Hopper, à ses murs blancs nus.

Impérieuse, haineuse, la voix d'Emma lui résonne aux oreilles: *Jamais plus*. Toute colère retombée, il n'éprouve plus à présent que de la compassion pour sa femme. Courir le rend léger, bouillonnant d'énergie. À chaque foulée, il s'élève au-dessus des pavés ronds humides. Il se sent plus fort, plus sûr de ce qu'il peut faire.

Il pénètre dans Central Park au niveau de la 76ᵉ Rue pour suivre l'allée cimentée qui tourne en direction du nord. Il connaît mal les chemins, de ce côté-ci du parc. Celui qu'il a pris sinue, s'enfonce, plonge sous un lourd pont de pierre noircie, large et sinistre, puant l'urine, en ressort pour se lancer à l'assaut d'une petite éminence. Peter a alors sur sa droite la lourde masse du Metropolitan Museum, et il passe sans s'arrêter devant le temple de Dendur. Absurde, songe-t-il, d'avoir pris sur l'espace du parc pour intégrer ce bâtiment au musée. Pourquoi pas un village entier, tant qu'on y était? Les musées ont pour vocation d'abriter des objets, pas des édifices. Un musée pour un bâtiment: bel exemple de l'arrogance américaine.

Peter traverse la rue qui coupe le parc, derrière le musée, et qui à cette heure est encore déserte, paisible et silencieuse. Vers le nord il aperçoit la falaise escarpée qu'il va devoir grimper pour arriver au Réservoir. Il poursuit sa course le long de la rue; une dizaine de taxis lancés à toute allure le dépassent soudain en peloton serré, dans un rugissement de moteurs digne d'une course automobile, puis disparaissent aussi sec. La rue de nouveau vide, plate et calme, reprend ses airs de campagne. À l'extérieur du parc, la ville bourdonne, s'éveille, mais ici tout est tranquille, et l'air frais embaume.

Il franchit un petit pont de bois brut, bizarrement champêtre sous le couvert des arbres. Juste après, ce sont les marches en ciment, au sommet desquelles s'élève la majestueuse station de pompage en pierre sereinement bâtie au bord de l'eau, sur la rive sud du Réservoir. Sa silhouette italianisante monte la garde sur le chemin où le flot des coureurs à pied s'écoule, continu; Peter n'est plus seul. Arrivé en haut des marches, il emprunte à son tour la piste en terre battue et se mêle aux autres, à cette grande traque d'un même but qui actionne les jambes comme des pistons, fait battre les cœurs, projette les mentons en avant et referme mollement les mains à hauteur des coudes.

Peter se glisse parmi les coureurs, se coule dans un trou en ajustant ses foulées à celles d'un groupe. Il court juste derrière un homme plus âgé, qu'il suit avec courtoisie jusqu'au moment où la piste tourne vers le nord, parallèle à la Cinquième Avenue. Là, Peter accélère et dépasse cet homme, qui lui jette à la dérobée un regard outragé.

Peter pourrait tous les dépasser. Il se sent des ailes, il est de plus en plus dynamique. Il lui semble qu'il pourrait courir autour du Réservoir toute la matinée sans jamais s'arrêter. Il s'est trouvé un espace vide à l'écart du flot des coureurs, juste au bord de la haute clôture grillagée qui entoure l'étendue d'eau calme où la lumière se reflète. Une petite brise frissonne à la surface, y lève un léger clapotis. Une forêt touffue de roseaux bleu-vert pousse sur le rivage. Il y a là un couple de colverts, couleurs hardies et contours nets sur fond de roseaux. Les colverts s'accouplent pour la vie, se souvient Peter.

Sur sa droite apparaît le Guggenheim trapu, avec sa spirale projetée comme un cri dans le ciel.

Il va appeler Emma. Il n'attendra pas. Son cœur bat plus fort. C'est qu'il exulte; il est plus fort qu'elle, et qu'importe qui tend la main le premier. Elle n'en est pas capable; lui, si, et il ne lui en veut pas. Ils doivent mettre leurs forces en commun, c'est tout ce qui compte. Peter arrive au bout de la longue ligne droite qui borde le Réservoir à l'est et tourne à angle droit pour suivre ensuite le côté nord, sans s'écarter du grand miroir d'eau claire. Son cœur cogne à grands coups. Il aime Emma. Il sait qu'il y a des choses dont elle n'est pas capable. Pourquoi les attendre d'elle, dans ce cas? Il y en a d'autres dont lui n'est pas capable et qu'elle assume. Il voit le visage d'Amanda tel qu'il lui est si longtemps apparu par le passé – maussade, fermé, affreux. Pendant des années, il a imposé cela à Emma, il a insisté. Jamais il ne lui est venu à l'idée de demander leur avis à sa fille ou à sa femme.

Derrière lui, un autre coureur s'approche à foulées rapides, beaucoup plus rapides que les siennes. Il se donne à fond, ce type maigre et efflanqué d'une vingtaine d'années qui aspire l'air à grandes goulées. Il a un bandeau dans les cheveux, un vrai maillot de coureur avec des petits trous. Il dépasse Peter dans un martèlement précipité, se faufile entre les autres coureurs et se perd dans la masse. Des flaques se sont creusées dans la cendre noire du sentier. Peter les franchit d'un bond, avec une détente impeccable des jarrets. Il pourrait sauter des haies. Il se sent fort, et bon. Il envie le jeune Mercure de vingt ans. Lui n'est plus ni maigre ni efflanqué ; il a la quarantaine bien sonnée et enfin il commence à apprendre ce qu'il est important de savoir. Il s'en rend compte, avec gratitude.

Il dépasse la petite station de pompage de la rive nord aux allures de minuscule château perdu dans une forêt d'Europe. Peter aime ces fantasques constructions de plein air, les stations de pompage crénelées, le Belvédère féerique qui cache au fond des bois sa tour de pierre et ses remparts.

Il tourne le coin suivant et suit maintenant le Réservoir sur son côté ouest. Ce faisant, il s'est dangereusement rapproché de l'appartement, il sent sa force d'attraction. Emma sait-elle qu'il est tout près ? Soudain, le visage de Tess surgit sous ses yeux. Il a la curieuse impression d'être clandestin, comme s'il se cachait intentionnellement d'Emma. Ce n'est pourtant pas le cas : il est membre du Knick, elle aurait pu y penser. Il va l'appeler dès qu'il sera rentré. Avant toute chose, il téléphonera à l'hôpital, au cas où elle y serait retournée hier soir, ou partie tôt ce matin ; ensuite il essaiera à la maison. Tant pis s'il la réveille, il s'en fiche. Et si c'est son beau-père qu'il tire du lit, il s'en fiche encore plus.

Ce matin, néanmoins, alors qu'au-dessus de sa tête le ciel devient plus lumineux, plus bleu, et qu'à côté l'étendue d'eau scintille, Peter va jusqu'à éprouver de la compassion pour Everett Kirkland. Comment s'en sortir quand on est mal dans sa peau ? Sans doute se dit-on qu'il doit y avoir autre chose, quelque chose qu'on a raté et que les autres ont mais qui est alors hors de portée. Everett était coincé dans son égocentrisme, pris au piège, incapable d'en sortir. Ça ne l'empêchait pas d'aimer ses filles et sa femme, à sa manière grincheuse, mesquine. Pauvre vieux, s'apitoie Peter. Emma est entêtée, elle aussi, sûre de son bon droit comme son père, mais grâce à la force généreuse qui le pousse de l'avant, Peter saura y remédier. Ses pas martèlent le sol noir avec un bruit de tambour méthodique, régulier.

Alors qu'il s'engage sur le côté sud du Réservoir, les tourelles de la station de pompage d'où il est parti surgissent à nouveau devant lui. Il commence à peine à se détendre, il pourrait courir des kilomètres encore. Peter n'a aucune envie de s'en tenir là, et sans réfléchir davantage il laisse derrière lui l'édifice et tourne sur la rive est pour filer une fois de plus vers le nord. Les colverts ont quitté le bord pour se risquer plus avant dans l'eau. Le mâle pêche dans les vagues en y plongeant prestement sa tête lustrée d'un vert iridescent. La femelle, plumage châtain et attitude soumise, le suit à une encablure mais pêche avec autant d'appétit. Un type qui choisit de vivre en couple ne se débarrasse pas de sa femme sous prétexte qu'elle n'est pas parfaite ; d'accord, elle ne l'est pas. Lui non plus. Et avec Caroline, est-ce qu'il aurait pu tenir ? s'il avait voulu comme il les veut aujourd'hui l'amitié, l'intimité, une alliance au vrai sens du terme ? C'est cela, le secret. Cela qu'il va proposer à Emma, sans s'arrêter à ce qu'elle a dit ou dit vouloir. Il voit clairement qu'il lui en a trop demandé.

Arrivé à l'extrémité nord, Peter réalise pourquoi il a continué jusqu'ici : en fait, il va à l'hôpital. Aussitôt, il quitte la piste douce aux pieds et dévale la pente à travers buissons et broussailles, en agitant les bras dans de grands moulinets pour écarter les feuillages ramollis par l'été. Le bruit de ses pas qui cognent sur le sol nu le propulse vers l'avant : Peter court vers Tess.

Il sort du parc et, sans ralentir l'allure, enfile le trottoir de la Cinquième Avenue. Même dans cette tenue on le laissera bien entrer. Il veut saisir cette occasion de rester seul un moment avec Tess, sans se préoccuper de ce qui se passera ensuite avec Emma. Au carrefour de la 96e Rue, il attend que le feu passe au rouge en sautillant sur place : il n'a pas épuisé son trop-plein d'énergie. La sueur dégouline dans son dos, le long de ses jambes. Peter se sent aérien, triomphant.

Le feu vient de changer : quelques voitures démarrent en trombe. Un bus passe lourdement dans un nuage nauséabond et s'éloigne en tanguant dans l'avenue. Peter traverse et poursuit vers le nord. Arrivé dans sa rue, il doit à nouveau attendre au feu pour passer de l'autre côté de la Cinquième. L'hôpital dresse devant lui sa façade en béton percée de rangées de fenêtres. S'il comptait les étages, il trouverait la chambre de Tess. Les mains sur les hanches, il lève les yeux et se met à compter. La sueur goutte de son cou alors qu'il se tient ainsi, la tête renversée en arrière. Et soudain il entend qu'on l'appelle.

Emma est sur les marches de l'entrée. Elle les descend d'un pas raide, les bras serrés sur la poitrine, les traits affreusement tirés. Une peur folle étreint Peter. Qu'est-il arrivé ? Emma a atteint le trottoir alors que le feu passait au rouge et elle traverse l'avenue en courant vers lui. Le temps qu'elle le rejoigne, elle a fondu en larmes.

Peter recule d'un pas, s'écarte de la rue, des voitures, et lui ouvre les bras. Elle s'y jette en sanglotant.

Mon Dieu, se dit-il, mon Dieu, alors c'est arrivé. C'est arrivé. Il pense à cette terrible contusion à l'intérieur du cerveau, ces endroits qu'il n'osait pas se représenter, et le sang coulant, atroce, sur ces zones qui ne peuvent l'absorber. Le cerveau. Il enlace étroitement Emma, la berce contre lui, puis la tire un peu plus en arrière, vers les arbres, le parc.

« Je suis si contente de te voir, sanglote Emma. Où étais-tu ?

— Au Knick.

— Je voulais que tu sois là », balbutie-t-elle, en parlant dans le tee-shirt trempé de Peter.

Il lui tapote le dos. Il ne veut pas lui demander, il ne veut pas entendre ces mots.

« Tu m'as manqué », murmure-t-il en la serrant pendant qu'elle pleure sur sa poitrine.

Puis elle s'écarte, penche la tête pour le regarder. « J'ai pensé à toi toute la nuit, j'avais besoin de te parler, articule-t-elle, toujours en pleurs. Je ne suis pas à la hauteur. Tu aurais tant voulu que je le sois, je sais, mais je ne peux pas. Je ne suis pas à la hauteur. »

Peter repousse les cheveux qui lui cachent le front.

« Tu es tout à fait à la hauteur.

— Non, répond Emma avant de poser à nouveau la tête sur sa poitrine. Je sais ce que tu attendais de moi, avec Amanda. J'aurais voulu être comme ça, mais je n'ai pas pu. Je ne pouvais pas, je suis désolée.

— Là, là, murmure Peter pour la rassurer, sans cesser de lui caresser le dos, de la serrer contre lui. C'était trop lourd pour toi. J'ai trop exigé de toi. Tu as fait ce que tu pouvais, du mieux que tu pouvais. »

Emma se dégage de son étreinte.

« Allons nous asseoir, dit-elle en jetant un coup d'œil autour d'elle. On a l'air de s'être échappés d'un film. »

Un banc en bois couvert de rosée est adossé au mur de pierre. Ils prennent place côte à côte sur les planches mouillées. Peter pose son bras sur les épaules d'Emma, lui prend la main. Emma se remet à parler, les yeux fixés droit devant elle.

« Je ne savais pas comment m'y prendre, tu vois. Je n'ai pas arrêté de me tromper. Mais elle était méchante avec Tess. Elle détestait tout ce que je disais, tout ce que je lui demandais, tout ce qui venait de moi. Tout ce que je trouvais amusant, elle le détestait.

— Je sais, oui », reconnaît Peter bourrelé de remords. Il se souvient alors de toutes les tentatives d'Emma. Emma chantant des chansons à Amanda, lui lisant des histoires, l'emmenant se promener. Et Amanda, renfrognée, qui se contentait de hausser les épaules, qui boudait dans son coin. Il presse la main d'Emma.

« Mais ce n'est pas une excuse, reprend Emma. Je suis une adulte, ce n'est qu'une enfant. J'ai essayé d'être un peu sa mère, mais elle m'en voulait tant. Et puis je ne l'aimais pas. » Elle le regarde. Ces mots font mal. « Je suis désolée, Peter, mais je ne l'aimais pas. Je sais que j'aurais dû, je sais que toi tu aimes Tess et je me sens coupable de ne pas aimer Amanda. Au début, ça me paraissait simple, mais elle me détestait tellement, et après elle est devenue de plus en plus odieuse avec moi. Si hostile, tu sais. » Peter lui serre la main. « Je n'ai jamais rien pu te dire. J'ai toujours eu peur de t'en parler. J'avais peur que tu te mettes en colère, peur que tu ne m'aimes plus. » Elle le regarde. Elle a les yeux rouges et gonflés, les joues barbouillées de larmes. « J'ai peur, encore. Je pense que c'est fini. Comment pourrais-tu m'aimer, maintenant ? J'ai baissé les bras, je t'ai fait défaut, et si gravement. » À nouveau elle se détourne. « Je ne savais pas quoi faire. Amanda venait gâcher tous mes moments avec Tess.

» J'ai l'air de m'apitoyer sur moi, je sais, poursuit-elle en secouant la tête. J'aurais dû être plus forte, mais je ne le suis pas. C'est à cause de Tess, en partie. Si Tess n'avait pas été là, je me serais consacrée à Amanda. Je l'aurais laissée vivre à sa guise, selon les règles en vigueur chez elle. Seulement je ne pouvais pas laisser Amanda enfreindre les règles que j'imposais à Tess. Comment aurais-je pu lui permettre de regarder la télé quand je le défendais à Tess ? ou de manger n'importe quoi alors que Tess n'en avait pas le droit ? Si je laissais Amanda se tenir mal, se négliger, pourquoi Tess n'aurait-elle pas fait pareil ? » Emma pousse un gros soupir. « Je sais bien, pourtant, comment j'aurais dû m'y prendre : en me conduisant comme une mère, alors que je suis restée dans mon rôle de belle-mère, de marâtre. Je suis désolée, Peter. Je n'ai pas pu faire mieux, c'est aussi bête que cela. J'aurais voulu en être capable, mais je n'ai pas pu, je n'y suis pas arrivée, je suis désolée. »

Peter lui prend le menton, lui relève la tête et plonge ses yeux dans les siens.

« De toute façon et quoi qu'il en soit, Emma, je t'aime, déclare-t-il.

— Mais pourquoi ? demande Emma en se remettant à pleurer.

— Parce que nous ne faisons qu'un, toi et moi, répond-il en l'enlaçant. Parce que nous avons tous les deux commis des erreurs. Je n'aurais jamais dû t'imposer Amanda. Tu ne m'as pas imposé Tess : j'ai pu apprendre à l'aimer, et cela je te le dois. »

Emma reste silencieuse. Elle a chaud et elle transpire entre les bras de Peter. À quelques mètres devant eux, sur la chaussée, la circulation devient plus dense. Trois bus passent à la file, cahin-caha, en crachant leurs gaz d'échappement.

Peter s'écarte un peu pour regarder Emma. Il ne lui posera pas de questions sur Tess. Cela peut attendre. Si les nouvelles étaient mauvaises, Emma, il veut le croire, l'en aurait informé.

« J'ai dîné avec Amanda, hier soir, lui annonce-t-il.

— Ne me répète pas ce qu'elle a dit sur moi, le supplie-t-elle, les yeux fermés, les mains sur les oreilles.

— Non, mais elle n'a rien dit de méchant. Elle avait choisi un grand restaurant, tu sais, et elle est arrivée toute chic. Elle avait des boucles d'oreilles, elle s'était maquillée, elle était adorable. Je ne l'avais jamais vue comme ça, et ça m'a fait réfléchir. J'ai réalisé que je n'étais quasiment jamais seul avec elle, que je ne m'étais jamais intéressé à elle, pour elle-même. J'étais si obnubilé par l'idée que nous devions tous former une famille que je ne la voyais que lorsqu'elle était avec toi et Tess.

— Tess », répète Emma.

Peter l'étreint plus étroitement. Elle ne lui a toujours rien dit. C'est sans doute que ça va. Il ferme les yeux pour mieux se préparer.

« Tu as passé la nuit ici ? demande-t-il.

— Oui, dit-elle en s'écartant. C'est vrai, tu ne sais pas.

— Quoi ? »

Il retient son souffle. Cet instant qui le sépare encore de ce qu'il va entendre est peut-être le tout dernier à lui offrir la possibilité de l'espoir, le dernier où il peut penser à Tess sans souffrir.

« Elle va mieux, lui annonce Emma en souriant. Ce matin, je me suis réveillée avec le jour. Il était cinq heures et quart, à peu près. Je me suis levée, je me suis approchée du lit. Une de ses jambes bougeait convulsivement – le genou, le pied. J'ai pris sa main, j'ai senti ses doigts se contracter, et j'ai dit comme toujours : "Tess, si tu m'entends, serre ma main." J'étais si triste, si malheureuse en pensant à toi, si déprimée, j'ai récité ça comme un mantra, une formule toute faite, une prière, et j'ai senti ses doigts bouger à nouveau dans ma main. J'ai attendu un peu, et je l'ai redit. "Si tu m'entends, Tessie, serre ma main." Elle m'a serré la main, vraiment. J'ai baissé les yeux et j'ai vu qu'elle me regardait. »

Emma s'est remise à pleurer et Peter lui aussi sent affluer ses larmes. Elles montent, accompagnées par un élan de gratitude inouï qui fait en lui le vide et le silence, une reconnaissance infinie pour la vie rendue à l'enfant.